I0748385

ДЕТИ КАПИТАНА ГРАНТА

Жюль Верн

Дети капитана Гранта

Жюль Верн

Однажды моряки паровой яхты «Дункан» поймали акулу с головой-молотом. Рыба оказалась не простой, в ней, как в матрешке, «хранилось» много необычных вещей. Результатом этой удивительной находки становится кругосветное путешествие по воде и суше вдоль 37-й параллели. Экспедицию во главе с бесстрашным шотландским лордом и страшно рассеянным консультантом-географом ждет масса опасностей и самых непредсказуемых встреч.
Бессмертный роман Жюля Верна «Дети капитана Гранта» – настоящая энциклопедия приключений и любопытных фактов о жителях и природе Южной Америки, Австралии, островов и архипелагов вечно бушующей Атлантики и Океании.

ISBN: 978-1-7638223-7-5

ДЕТИ КАПИТАНА ГРАНТА

ЧАСТЬ ПЕРВАЯ

Глава первая. Рыба-молот

26 июля 1864 года по волнам Северного канала шла на всех парах при сильном норд-осте великолепная яхта. На ее фок-мачте [1] развевался английский флаг, а на голубом вымпеле грот-мачты[2] виднелись шитые золотом буквы «Э.» и «Г.». Яхта эта носила название «Дункан» и принадлежала лорду Эдуарду Гленарвану, виднейшему члену известного во всем Соединенном Королевстве Темзинского яхт-клуба.

На борту «Дункана» находились Гленарван со своей молодой женой леди Элен и его двоюродный брат майор Мак-Наббс.

Недавно в открытом море, в нескольких милях от залива Фёрт-оф-Клайд, было произведено испытание этой яхты, и теперь она шла обратно в Глазго.

На горизонте уже вырисовывался остров Арран, когда стоявший на вахте матрос доложил о том, что за кормой «Дункана» плывет какая-то огромная рыба. Капитан Джон Манглс немедленно приказал сообщить об этом лорду Гленарвану, и тот в сопровождении майора Мак-Наббса не замедлил подняться на ют[3].

– Скажите, что это за рыба, по-вашему? – спросил он капитана.

– Я думаю, милорд, что это крупная акула, – ответил Джон Манглс.

– Акула – в здешних водах! – воскликнул лорд Гленарван.

– В этом нет никакого сомнения, – продолжал капитан, – такие акулы встречаются во всех морях и под всеми широтами. Это рыба-молот. Или я сильно ошибаюсь, или мы имеем дело с одной из этих мерзких тварей. Если вы, милорд, согласны и леди Гленарван доставит удовольствие

---

[1] Фок-мачта – передняя мачта корабля.
[2] Грот-мачта – самая высокая мачта корабля.
[3] Ют – передняя часть судна.

присутствовать при такой любопытной ловле, то мы можем скоро узнать в точности, что это за рыба.

– А вы какого мнения, Мак-Наббс? – обратился Гленарван к майору. – Стоит нам поохотиться?

– Я заранее присоединяюсь к вашему мнению, – невозмутимо ответил майор.

– Вообще следует уничтожать как можно больше этих хищных тварей, – заметил Джон Манглс. – Воспользуемся же случаем, и мы увидим необычайное зрелище и заодно сделаем полезное дело.

– Тогда начнем, Джон, – сказал лорд Гленарван.

Он велел предупредить жену, и леди Элен, очень заинтересованная предстоящей захватывающей охотой, поспешила на ют к мужу.

Море было спокойно, и с капитанского мостика нетрудно было следить за всеми движениями акулы: она то ныряла, то с удивительной силой выскакивала на поверхность воды.

Джон Манглс отдал необходимые приказания. Матросы сбросили с правого борта яхты крепкий канат с крюком, на который была насажена приманка – большой кусок свиного сала. Прожорливая акула, хотя она и находилась ярдах[1] в пятидесяти от «Дункана», почуяла приманку и стала быстро догонять яхту. Видно было, как ее плавники, серые на концах и черные у основания, с силой рассекали волны, а хвост помогал ей удерживать безукоризненно прямое направление. По мере того как акула приближалась к яхте, все отчетливее выступали ее большие, горящие алчностью глаза навыкате; когда же она переворачивалась, из разинутой пасти выглядывало четыре ряда зубов. Голова у нее была широкая и напоминала двойной молот, насаженный на рукоятку. Джон Манглс не ошибся – это действительно была самая прожорливая из акул: рыба-молот.

И пассажиры и команда «Дункана» с напряженным вниманием следили за акулой. Вот она уже оказалась совсем близко от крюка, вот перевернулась на спину, чтобы поудобнее схватить его. Миг – и огромная приманка исчезла в ее объемистой пасти. Еще миг – и акула, сильно дернув за канат, сама насадила себя на крюк. Тут матросы, не теряя времени, принялись подтягивать добычу при помощи блоков, прикрепленных к грот-рею.

[1] Ярд равен 0,91 метра.

Акула, чувствуя, что ее вырывают из родной стихии, отчаянно забилась, но с ней быстро справились, накинув на хвост мертвую петлю и тем парализовав ее движения. Еще несколько мгновений – и акула была поднята над бортовыми сетками и сброшена на палубу. Тотчас же один из матросов осторожно приблизился к акуле и сильным ударом топора отсек ее страшный хвост.

Охота закончилась. Больше нечего было бояться чудовища. Чувство мести моряков было удовлетворено, но не их любопытство. Надо сказать, что на всех судах принято тщательно осматривать желудок акул. Матросы, зная, до какой степени эта прожорливая рыба неразборчива, обыкновенно ждут от подобного осмотра какого-нибудь сюрприза, и ожидания их не всегда бывают напрасны.

Леди Гленарван не пожелала присутствовать при этой отвратительной операции и перешла в рубку. Акула еще дышала. Она была десяти футов[1] длины и весила больше шестисот фунтов[2]. Это обычные размеры и вес для этой породы. Но рыба-молот, пусть не самая крупная из акул, считается одной из наиболее опасных.

Вскоре огромную рыбу без дальнейших церемоний вскрыли ударами топора. Крюк проник в самый желудок, оказавшийся совершенно пустым. Очевидно, акула давно постилась. Разочарованные моряки уже собирались было выбросить акулу в море, как вдруг внимание помощника капитана привлек какой-то грубый предмет, основательно засевший в ее внутренностях.

– Э! Что это такое? – крикнул он.

– Да, верно, кусок скалы, акула его проглотила, чтобы нагрузиться балластом, – ответил один из матросов.

– Рассказывай! – отозвался другой. – Это просто-напросто ядро: оно попало в желудок этой твари и еще не успело там перевариться.

– Помалкивайте, вы! – вмешался в разговор помощник капитана Том Остин. – Не видите разве, что эта тварь была горькой пьяницей и, чтобы ничего не потерять, не только вылакала все вино, но проглотила еще и бутылку?

– Как! – воскликнул лорд Гленарван. – Бутылка – в брюхе акулы?

---

[1] Фут равен 30,4 сантиметра.

[2] Фунт равен 409 граммам.

– Настоящая бутылка, – подтвердил помощник капитана, – но, как видно, из погреба она вышла давненько.

– Ну тогда, Том, выньте ее, да поосторожнее, – сказал лорд Эдуард, – ведь в бутылках, найденных в море, нередко бывают важные документы.

– Вы думаете? – проговорил майор Мак-Наббс.

– По крайней мере, это возможно.

– О, я не спорю с вами, – отозвался майор. – Быть может, в этой бутылке и кроется какая-нибудь тайна.

– Сейчас мы это узнаем, – промолвил Гленарван. – Велите отмыть бутылку от этой мерзости и принести ее в рубку.

Том выполнил приказание, и бутылка, найденная при таких странных обстоятельствах, вскоре стояла на столе в кают-компании. Вокруг стола разместились лорд Гленарван, майор Мак-Наббс, капитан Джон Манглс и леди Элен – недаром говорят, что все женщины любопытны.

В море любая мелочь становится событием. С минуту все молчали. Каждый смотрел на хрупкий сосуд, стараясь угадать, что он в себе содержит: тайну ли какого-нибудь кораблекрушения или просто записку, вверенную волнам праздным мореплавателем.

Но пора было узнать, в чем дело, и лорд Гленарван начал осматривать бутылку, приняв все необходимые в таких случаях меры предосторожности. В эту минуту он напоминал коронера[1], разбирающего важное преступление.

И он, конечно, был прав, относясь к делу так внимательно, ибо часто то, что кажется пустяком, может открыть очень многое.

Прежде чем вскрыть бутылку, Гленарван осмотрел ее снаружи. У нее было удлиненное крепкое горлышко, на котором еще уцелел обрывок проржавленной проволоки. Стенки ее были так плотны, что могли выдержать давление в несколько атмосфер. Это говорило о том, что бутылка из Шампани. Такими именно бутылками виноградари Эпернэ и Аи перешибают спинки стульев, причем на стекле не остается даже самой маленькой трещины. Не удивительно, что и эта бутылка смогла вынести испытания дальних странствований.

– Бутылка фирмы Клико, – объявил майор.

---

[1] Официальное лицо в Англии, ведущее следствие в случае чьей-нибудь внезапной и подозрительной смерти. (Прим. автора.)

И так как Мак-Наббс считался знатоком в этом вопросе, никто не усомнился в его правоте.

– Дорогой майор, – обратилась к нему леди Элен, – не все ли равно, какая это бутылка, если мы не узнаем, откуда она взялась.

– Это мы узнаем, дорогая Элен, – сказал лорд Гленарван. – Да и теперь уже можно сказать, что она приплыла издалека. Обратите внимание на каменный нарост, который ее покрывает. Это минеральные отложения морской воды. Бутылка долго носилась по волнам океана, прежде чем очутилась в брюхе акулы.

– Нельзя не согласиться с вами, – отозвался майор. – Конечно, этот хрупкий сосуд в своей каменистой оболочке мог проделать длинное путешествие.

– Но откуда он? – спросила леди Гленарван.

– Погодите, погодите, дорогая Элен: здесь необходима выдержка. Или я сильно ошибаюсь, или бутылка сама ответит нам на все вопросы.

С этими словами Гленарван принялся счищать нарост с горлышка бутылки, и вскоре показалась пробка, очень пострадавшая от морской воды.

– Досадно, – заметил Гленарван, – если там какая-нибудь бумага, она должна быть сильно повреждена.

– Боюсь, что так, – согласился майор.

– К тому же, – продолжал Гленарван, – этой плохо закупоренной бутылке грозила опасность пойти ко дну. К счастью, акула вовремя проглотила ее и доставила на борт «Дункана».

– Это верно, – сказал Джон Манглс, – но все же было бы лучше, если бы мы ее выловили в открытом море, под определенной широтой и долготой. Тогда, учтя воздушные и морские течения, было бы возможно установить пройденный этой бутылкой путь, а теперь, с таким вот почтальоном, как акула, плывущая против ветра и течения, в этом будет очень трудно разобраться.

– Посмотрим, – сказал Гленарван и принялся с величайшей осторожностью вытаскивать пробку.

Когда бутылка была откупорена, по кают-компании распространился сильный запах морской соли.

– Ну? – с чисто женской нетерпеливостью спросила леди Элен.

– Да, я был прав, – отозвался Гленарван, – там бумаги.

– Документы! Документы! – воскликнула леди Элен.

– Только, по-видимому, они попорчены сыростью, – заметил Гленарван, – и их невозможно вытащить, до того они пристали к стенкам бутылки.

– Разобьем ее, – предложил Мак-Наббс.

– Я предпочел бы сохранить бутылку в целости, – ответил Гленарван.

– Я тоже, – согласился майор.

– Несомненно, хорошо бы сохранить бутылку, – вмешалась Элен, – но содержимое ведь более ценно, чем самый сосуд, и потому лучше пожертвовать последним.

– Вам достаточно отбить горлышко, – посоветовал Джон Манглс, – и тогда можно будет вынуть документы, не повредив их.

– Скорее же, дорогой Эдуард! – воскликнула леди Элен.

В самом деле, иным способом трудно было бы извлечь бумаги, и лорд Гленарван решился отбить горлышко драгоценной бутылки. Так как каменистый нарост на ней приобрел твердость гранита, пришлось прибегнуть к молотку. Вскоре на стол посыпались осколки, и из бутылки показались слипшиеся клочки бумаги. Гленарван осторожно извлек их и разложил перед собой. Леди Элен, майор и капитан обступили его.

Глава вторая. Три документа

Вынутые из бутылки клочки бумаги были наполовину уничтожены морской водой. Из почти стертых строк можно было разобрать лишь немногие слова. Лорд Гленарван стал исследовать эти клочки. Он поворачивал их, смотрел на свет, разглядывал каждую буковку, которую пощадило море. Затем он взглянул на своих друзей, не сводивших с него жадных глаз.

– Здесь, – сказал он, – три различных документа, по-видимому, копии одного и того же, написанные на трех языках: английском, французском и немецком. Я убедился в этом, сличив уцелевшие слова.

– Но, по крайней мере, в этих-то словах все же можно уловить какой-нибудь смысл? – спросила леди Элен.

– Трудно сказать что-нибудь определенное на этот счет, дорогая: уцелевших слов очень немного.

– А может быть, они дополняют друг друга? – заметил майор.

– В самом деле, – отозвался Джон Манглс. – Не уничтожила же морская вода в трех документах слова на одних и тех же местах! Соединив уцелевшие обрывки фраз, мы в конце концов доберемся до их смысла.

– Этим мы и займемся, – сказал Гленарван, – но будем делать все методически. Начнем с английского документа.

В этом документе строки и слова были расположены следующим образом:

62 Bri gow
sink stra
aland
skipp Gr
that monit of long
and ssistance
lost

– Да, смысла здесь не много, – с разочарованным видом проговорил майор.

– Как бы то ни было, – заметил капитан, – ясно, что это английский язык.

– В этом нет никакого сомнения, – отозвался лорд Гленарван, – слова *sink, aland, that, and, lost*[1] уцелели; а *skipp*, очевидно, значит *skipper*[2]. Видимо, речь тут идет о каком-то мистере Gr..., вероятно капитане потерпевшего крушение судна.

– Добавим еще к этому обрывки слов *monit* и *ssistance*[3], – сказал Джон Манглс, – смысл их совершенно ясен.

– Ну вот, уже кое-что мы знаем! – сказала леди Элен.

– К несчастью, не хватает целых строк, – заметил майор. – Как узнать название погибшего судна и место его крушения?

– Узнаем и это, – сказал Гленарван.

– Без сомнения, – согласился майор, всегда присоединявшийся к общему мнению. – Но каким образом?

– Дополняя один документ другим.

– Так примемся же за дело! – воскликнула леди Элен.

Второй клочок бумаги пострадал больше, чем предыдущий. В нем было всего несколько бессвязных слов, расположенных следующим образом:

7 Juni *Glas*
zwei *atrosen*
graus
bringt *ihnen*

– Это написано по-немецки, – сказал Джон Манглс, взглянув на бумагу.

– А вы знаете этот язык, Джон? – спросил Гленарван.

– Знаю очень хорошо.

– Тогда скажите нам, что значат эти несколько слов.

Капитан внимательно осмотрел документ.

– Прежде всего, – сказал он, – мы можем теперь установить, когда именно произошло кораблекрушение: *7 Juni*, то есть *седьмого июня*, а

---

[1] Английские слова sink, aland, that, and, lost соответственно означают: терпеть крушение, на земле, этот, и, пропавший.

[2] Шкипер – капитан коммерческого судна.

[3] Слова monition, assistance означают: документ, помощь.

сопоставляя это с цифрой «шестьдесят два», стоящей в английском документе, мы получаем точную дату: *седьмого июня тысяча восемьсот шестьдесят второго года*.

– Чудесно! – обрадовалась леди Элен. – Что же дальше, Джон?

– В той же строчке, – продолжал молодой капитан, – я вижу слово *Glas*; сливая его со словом *gow* первого документа, получаем *Glasgow*. Очевидно, речь идет о судне из порта Глазго.

– Я того же мнения, – заявил майор.

– Второй строчки в этом документе совсем нет, – продолжал Джон Манглс, – но в третьей я вижу два очень важных слова: *zwei*, что значит «два», и *atrosen*, вернее сказать – *Matrosen*, в переводе – *матросы*.

– Значит, речь здесь как будто идет о капитане и двух матросах, – сказала Элен.

– По-видимому, – согласился Гленарван.

– Я должен признаться, – продолжал капитан, – что следующее слово, *graus*, ставит меня в тупик – я не знаю, как его перевести. Быть может, это разъяснит нам третий документ. Что же касается двух последних слов, то их легко понять: *bringt ihnen* значит *окажите им*, а если мы свяжем их с английским словом *assistance*, которое, подобно им, находится в седьмой строчке первого документа, то сама собой напрашивается фраза: «*Окажите им помощь*».

– *«Окажите им помощь»!* – повторил Гленарван. – Но где находятся эти несчастные? До сих пор у нас нет ни малейшего указания на место, где произошла катастрофа.

– Будем надеяться, что французский документ окажется более ясным, – заметила леди Элен.

– Прочтем же французский документ, – сказал Гленарван, – мы все знаем этот язык, так что это будет нетрудно.

Вот точное воспроизведение третьего документа:

trois ats tannia
gonie austral
abor
contin pr cruel indi
jeté ongit
et 37°11′ lat

– Здесь есть цифры! – воскликнула леди Элен. – Смотрите, господа! Смотрите!

– Будем делать все по порядку, – сказал лорд Гленарван, – и начнем сначала. Разрешите мне восстановить одно за другим все эти неполные, отрывочные слова. С первых же букв я вижу, что речь идет о трехмачтовом судне, название которого благодаря английскому и французскому документам для нас вполне ясно: это «Британия». Из следующих двух слов *gonie* и *austral*[1] – только второе для нас всех понятно.

– Вот уже драгоценная подробность, – заявил Джон Манглс, – значит, кораблекрушение произошло в Южном полушарии.

– Это неопределенно, – заметил майор.

– Продолжаю, – сказал Гленарван. – Слово *abor* – корень глагола *aborder*. Эти несчастные выбрались на какой-то берег. Но где? Что значит *contin*? Не материк ли? Затем *cruel*[2].

– Cruel! – воскликнул Джон Манглс. – Так вот объяснение немецкого слова *graus: grausam* – жестокий!

– Продолжаем! Продолжаем! – сказал Гленарван. Он вчитывался в текст со все более страстным интересом, по мере того как перед ним раскрывался смысл этих незаконченных слов. – *Indi*... Не идет ли тут речь об Индии, куда эти моряки могли быть выброшены? А что значит слово *ongit*? А! *Longitude*[3]. А вот и широта: тридцать семь градусов одиннадцать минут. Наконец-то мы имеем точное указание!

– Да, но нет долготы, – промолвил Мак-Наббс.

– Не все сразу, дорогой майор, – отозвался Гленарван. – Точно знать градус широты – это уже немало. Решительно этот французский документ самый полный из трех. Очевидно, каждый из них является дословным

---

[1] Южный (фр.).

[2] Французские слова aborder, continent, cruel соответственно означают: приставать, достигать; материк, жестокий.

[3] Долгота (фр.).

переводом других, ведь количество строк везде одинаковое. В таком случае, надо эти три документа соединить, перевести их на один язык, а затем постараться найти их наиболее правдоподобный, логичный и полный смысл.

– На какой же из трех языков собираетесь вы переводить? – спросил майор.

– На французский, – ответил Гленарван, – ведь больше всего слов сохранилось во французском документе.

– Вы правы, – согласился Джон Манглс. – К тому же этот язык нам всем хорошо знаком.

– Итак, решено! Я составлю этот документ следующим образом: объединю обрывки слов и фраз, оставляя между ними пробелы, и дополню те слова, смысл которых несомненен. Затем мы их сравним и обсудим.

Гленарван тотчас взялся за перо и через несколько минут подал своим друзьям бумагу, где было написано следующее[1]:

7 июня 1862 года трехмачтовое судно «Британия», Глазго,
потерпело крушение гони южн
берег два матроса
Капитан Гр (abor)
(contin) (pr) жесток (indi)
брошен этот документ долготы
и 37°11' широты окажите им помощь
погибнут

В эту минуту появился матрос. Он доложил капитану, что «Дункан» входит в Фёрт-оф-Клайд, и спросил, какие будут приказания.

– Каковы ваши намерения, милорд? – обратился Джон Манглс к Гленарвану.

– Как можно скорее достигнуть Дамбартона. Оттуда леди Элен поедет домой, в Малькольм-Касл, а я отправлюсь в Лондон представить этот документ в адмиралтейство.

Джон Манглс отдал соответствующие распоряжения, и матрос пошел передать их помощнику капитана.

– Теперь, друзья мои, – сказал Гленарван, – будем продолжать наше расследование. Мы напали на след катастрофы, и от нас зависит жизнь

---

[1] В переводе в скобки взяты обрывки слов, смысл которых неясен.

нескольких человек. Напряжем же все силы нашего ума, чтобы разгадать эту загадку.

– Мы готовы, дорогой Эдуард, – ответила Элен.

– Прежде всего, – продолжал Гленарван, – выделим в документе три части: во-первых, то, что нам уже известно, во-вторых, то, о чем можно догадываться, и, наконец, в-третьих, то, что нам неизвестно. Что мы знаем? Мы знаем, что седьмого июня тысяча восемьсот шестьдесят второго года трехмачтовое судно «Британия», вышедшее из порта Глазго, потерпело крушение. Затем нам известно, что два матроса и капитан бросили в море под широтой тридцать семь градусов одиннадцать минут вот этот документ и что они просят оказать им помощь.

– Совершенно верно, – согласился майор.

– О чем мы можем догадываться? – продолжал Гленарван. – Прежде всего о том, что крушение произошло в южных морях, и тут я обращу ваше внимание на обрывок слова *gonie*. Нет ли в нем указания на название страны?

– *Патагония!* – воскликнула Элен.

– Верно!

– Но разве через Патагонию проходит тридцать седьмой градус широты? – спросил майор.

– Это легко проверить, – ответил Джон Манглс, раскрывая карту Южной Америки. – Совершенно верно: тридцать седьмая параллель пересекает Арауканию, проходит через пампасы по северным областям Патагонии, а затем через Атлантический океан.

– Хорошо! Идем дальше в наших догадках. Два матроса и капитан *abor*... достигли... чего? *Contin*... материка. Обращаю на это ваше внимание. Они достигли материка, а не острова. Какова же их судьба? К счастью, две буквы *pr* говорят нам о ней. Бедняги! Они *prisonniers, пленники*. Чьи же пленники? *Cruels indiens – жестоких индейцев*. Достаточно ли убедительно это для вас? Разве эти слова не просятся сами собой на пустые места? Разве смысл документа не становится ясен? Разве ваши умы не озаряются светом?

Гленарван говорил с таким убеждением, в глазах его светилась такая абсолютная уверенность, что воодушевление его невольно передалось слушателям, и они в один голос воскликнули:

– Конечно! Конечно!

После минутного молчания лорд Гленарван продолжал:

– Друзья мои, все эти гипотезы мне кажутся очень правдоподобными. По-моему, катастрофа произошла у берегов Патагонии. Впрочем, я непременно наведу справки в Глазго о том, куда направлялась «Британия». Тогда мы наверняка будем знать, могла ли она очутиться в тех водах.

– О, нам нет нужды ездить так далеко, – заговорил Джон Манглс, – у меня есть комплект «Мореходной газеты», и мы получим из нее самые точные сведения.

– Давайте посмотрим! – сказала леди Гленарван.

Джон Манглс вынул комплект газет 1862 года и стал их бегло просматривать.

Поиски его длились недолго, и вскоре он с удовлетворением прочел вслух:

– «Тридцатого мая тысяча восемьсот шестьдесят второго года. Перу. Кальяо. Место назначения Глазго, «Британия», капитан Грант».

– Грант! – воскликнул Гленарван. – Не тот ли это отважный шотландец, который собирался основать Новую Шотландию где-то в Тихом океане!

– Да, – ответил Джон Манглс, – это тот самый Грант. В тысяча восемьсот шестьдесят первом году он отплыл из Глазго на «Британии», и с тех пор о нем ничего не известно.

– Теперь нет никаких сомнений, никаких! – сказал Гленарван. – Это он! «Британия» вышла из Кальяо тридцатого мая, а седьмого июня, через неделю после отплытия, она потерпела крушение у берегов Патагонии. И вот из этих, казалось бы, непонятных обрывков слов мы узнали всю ее историю. Как видите, друзья мои, мы многое угадали! Теперь неизвестной остается лишь долгота – только ее нам и не хватает.

– Но она нам и не нужна, – заявил Джон Манглс, – раз известна страна и та широта, под которой произошло крушение. Я берусь найти это место.

– Значит, нам известно все? – спросила леди Элен.

– Все, дорогая, и я могу восстановить слова, смытые морской водой, с такой же уверенностью, словно мне их продиктовал сам капитан Грант.

Лорд Гленарван снова взял перо и уверенной рукой написал следующее:

«7 июня 1862 года трехмачтовое судно “Британия”, из порта Глазго, затонуло у берегов Патагонии, в Южном

полушарии. Два матроса и капитан Грант попытаются достигнуть берега, где попадут в плен к жестоким индейцам. Они бросили этот документ под... градусами долготы и 37°11' широты. Окажите им помощь, иначе их ждет гибель».

– Прекрасно! Прекрасно, дорогой Эдуард! – воскликнула леди Элен. – И если эти несчастные снова увидят свою родину, то они будут обязаны этим счастьем вам!

– Они увидят родину! – ответил Гленарван. – Этот документ настолько ясен и достоверен, что Англия не может не прийти на помощь трем своим сыновьям, заброшенным на пустынный морской берег. То, что она сделала когда-то для Франклина [1] и многих других, она сделает теперь для потерпевших крушение на «Британии».

– У этих несчастных, – заговорила леди Элен, – конечно, есть семьи, которые их оплакивают. Быть может, у бедного капитана Гранта есть жена, дети...

– Вы правы, дорогая, и я берусь уведомить их о том, что надежда еще не совсем потеряна. А теперь, друзья мои, поднимемся на палубу, так как мы, по-видимому, подходим к порту.

И в самом деле, «Дункан», прибавив ходу, проходил в эту минуту мимо острова Бьюта. Справа виднелся Ротсей. Затем яхта устремилась в узкий фарватер залива, прошла мимо Гринока и в шесть часов вечера бросила якорь в Дамбартоне, у базальтовой скалы, на вершине которой стоит знаменитый замок шотландского героя Уоллеса.

У пристани ожидал экипаж, который должен был отвезти леди Элен и майора Мак-Наббса в Малькольм-Касл. Лорд Гленарван обнял свою молодую жену и поспешно отправился на вокзал на поезд в Глазго.

Но прежде чем уехать, он прибегнул к самому быстрому способу сообщения, и несколько минут спустя телеграф передал в редакции газет «Таймс» и «Морнинг кроникл» следующее объявление:

«Относительно судьбы трехмачтового судна «Британия» из Глазго, капитан Грант, обращаться к лорду Гленарвану, Малькольм-Касл, Люсс, графство Дамбартон, Шотландия».

---

[1] Джон Франклин (1796–1848) – английский мореплаватель, пропавший без вести во время путешествия в Северный Ледовитый океан. Англия снарядила несколько экспедиций для его поисков.

Глава третья. Малькольм-Касл

Малькольм-Касл – один из самых поэтических замков горной Шотландии. Он расположен вблизи деревни Люсс и возвышается над красивой долиной. Прозрачные воды озера Лох-Ломонд омывают его гранитные стены. С незапамятных времен замок принадлежал роду Гленарванов, сохранившему в краю героев Вальтера Скотта – Роб Роя и Фергуса Мак-Грегора – старинное гостеприимство. Во времена революции в Шотландии многие мелкие фермеры, которые не могли заплатить высокую арендную плату бывшим вождям кланов, были изгнаны. Одни умерли с голоду, другие стали рыбаками или эмигрировали. И только Гленарваны, считая, что честность обязательна как для бедных, так и для богатых, не предали своих арендаторов. Ни один из них не покинул родного крова и могил предков, все остались на земле клана. Поэтому во времена всеобщей ненависти и раздоров у лорда Гленарвана и в замке и на яхте «Дункан» служили одни шотландцы из старинных кланов Мак-Фарлана, Мак-Наббса, Мак-Ногтона, уроженцы графств Стерлинг и Дамбартон, честные и преданные люди. Некоторые из них еще говорили на древнем гэлльском языке Каледонии[1].

Лорд Гленарван был обладателем огромного состояния, которое он тратил на то, чтобы делать добро ближним. А доброта его даже превосходила щедрость, ведь если щедрость неизбежно имеет предел, то доброта безгранична.

Господин Люсса, «лерд»[2] Малькольм был представителем от своего графства в палате лордов. Но английским государственным мужам было не по вкусу то, что он открыто высказывал симпатию к выходцам из Шотландии Стюартам, не заботясь о том, понравится ли это правящей Ганноверской династии[3], был привержен традициям предков и энергично противился политическому нажиму «этих южан».

---

[1] Каледония – старинное название Шотландии.

[2] Лерд – титул главы клана, рода, в Шотландии.

[3] В 1688 году английские правящие классы свергли с престола короля Иакова II из старинной шотландской династии Стюартов. С 1711 года на английском престоле утвердились короли так называемой Ганноверской династии.

Это не значит, однако, что лорд Эдуард Гленарван был отсталым, косным и ограниченным человеком; но, приветствуя в своем графстве все прогрессивное, он оставался в душе шотландцем. И только о славе Шотландии заботился он, принимая участие в соревнованиях Темзинского королевского яхт-клуба.

Эдуарду Гленарвану было тридцать два года. Он был высокого роста, с несколько суровыми чертами лица, но необыкновенно добрыми глазами, настоящий житель поэтичной горной Шотландии. Он слыл человеком беззаветно храбрым, деятельным, великодушным, Фергусом XIX столетия. А главное – он был добрее самого святого Мартина[1], и, окажись на его месте, он не только поделил бы с нищим свой плащ, но отдал бы его весь.

Лорд Гленарван был женат всего три месяца. Его жена, Элен, была дочерью известного путешественника Уильяма Таффнела, принесшего свою жизнь в жертву географической науке и страсти к открытиям.

Мисс Элен не принадлежала к дворянскому роду, но она была шотландкой, что в глазах лорда Гленарвана было выше всякого дворянства, и он избрал подругой жизни эту прелестную, мужественную, самоотверженную девушку. Он познакомился с ней в Кильпатрике, где она, оставшись сиротой, жила в одиночестве и боролась с нуждой. Гленарван оценил стойкость этой девушки и женился на ней. Мисс Элен была двадцатидвухлетней блондинкой с глазами голубыми, как воды шотландских озер в прекрасное весеннее утро. Ее любовь к мужу была еще больше, чем благодарность к нему. Она любила его так, как будто это он был одиноким сиротой, а она – наследницей большого состояния. Крестьяне и слуги готовы были умереть за «добрую хозяйку Люсса», как они называли Элен.

Молодые супруги жили счастливо в Малькольм-Касле, среди чудесной дикой природы горной Шотландии. Они гуляли по тенистым дубовым и кленовым аллеям, по берегам озер, спускались в дикие ущелья, где древние развалины повествуют об истории Шотландии. Сегодня они бродили в березовых и хвойных лесах, по просторным лугам с пожелтевшим вереском, а завтра взбирались на крутые вершины или скакали верхом по опустевшим долинам. Они изучали, понимали, любили этот полный поэзии край, называемый до сих пор «краем Роб Роя», и все те знаменитые места,

---

[1] Легенда о святом Мартине рассказывает о том, как однажды, чтобы защитить от холода нищего, он разделил с ним свой единственный плащ.

которые так вдохновенно воспел Вальтер Скотт. Вечером, когда на горизонте зажигался «фонарь Мак-Фарлана» – луна, они уходили бродить по старинной галерее, опоясывавшей своими зубчатыми стенами весь замок Малькольм. И там, задумавшись и забыв обо всем на свете, они сидели на каком-нибудь камне, окруженные безмолвием, освещенные бледными лучами луны, а ночной сумрак медленно сгущался над вершинами гор. Долго оставались они погруженными в тот возвышенный восторг, в ту духовную близость, тайной которой владеют лишь любящие сердца…

Так прошли первые месяцы их супружества. Но лорд Гленарван не забывал, что его жена – дочь известного путешественника. Ему казалось, что у леди Элен должны были быть такие же стремления, как и у ее отца, и он не ошибался в этом. Был построен «Дункан». Ему предстояло перенести лорда и леди Гленарван в самые прекрасные уголки мира, к островам Эгейского моря, в Средиземное море. Можно представить себе радость Элен, когда муж передал «Дункан» в полное ее распоряжение. В самом деле, что может быть лучше для молодых супругов, чем путешествие к пленительным берегам Греции, медовый месяц в волшебных восточных краях!

И вот лорд Гленарван уехал в Лондон. Но ведь речь шла о спасении несчастных, потерпевших крушение, и потому внезапный отъезд мужа не опечалил Элен. Она только с большим нетерпением ждала его. Полученная на следующий день телеграмма обещала скорое его возвращение. Вечером же пришло письмо, сообщавшее, что лорд Гленарван задерживается в Лондоне вследствие некоторых возникших в его деле осложнений. На третий день было получено новое письмо, в котором лорд Гленарван уже не скрывал своего недовольства адмиралтейством.

В этот день леди Элен начала уже беспокоиться. Вечером, когда она сидела одна в своей комнате, появился управляющий замком, Халберт, и спросил, будет ли ей угодно принять молодую девушку и мальчика, желающих поговорить с лордом Гленарваном.

– Они местные жители? – спросила Элен.

– Нет, миледи, я их не знаю, – ответил управляющий. – Они приехали по железной дороге в Баллох, а оттуда пришли в Люсс пешком.

– Попросите их сюда, Халберт, – сказала леди Гленарван.

Управляющий вышел. Через несколько минут в комнату леди Элен вошли молоденькая девушка и мальчик. Это были брат и сестра. Сходство между ними было так велико, что в этом невозможно было усомниться.

Сестре было лет шестнадцать. Ее хорошенькое, немного утомленное личико, глаза, уже, видимо, пролившие немало слез, скромное и в то же время мужественное выражение лица, бедная, но опрятная одежда – все это располагало в ее пользу. Она держала за руку мальчика лет двенадцати. У него был очень решительный вид. Казалось, он считает себя покровителем сестры. Да! Несомненно, каждому, кто осмелился бы отнестись без должного уважения к девушке, пришлось бы иметь дело с этим мальчуганом.

Девушка, очутившись перед леди Элен, несколько смутилась, но та поспешила заговорить с ней.

– Вы желали поговорить со мной? – спросила она, ободряюще глядя на девушку.

– Нет, не с вами, – решительным тоном заявил мальчик, – а с самим лордом Гленарваном.

– Извините его, сударыня, – проговорила девушка, бросая укоризненный взгляд на брата.

– Лорда Гленарвана нет в замке, – пояснила леди Элен, – но я его жена, и если я могу заменить…

– Вы леди Гленарван? – спросила девушка.

– Да, мисс.

– Жена того самого лорда Гленарвана из Малькольм-Касла, который поместил в газете «Таймс» объявление, касающееся крушения «Британии»?

– Да, да! – поспешила ответить леди Элен. – А вы?..

– Я дочь капитана Гранта, а это мой брат.

– Мисс Грант! Мисс Грант! – воскликнула леди Элен и тут же порывисто обняла девушку и расцеловала мальчугана.

– Сударыня, – взволнованно сказала девушка, – что вам известно о кораблекрушении, которое потерпел мой отец? Жив ли он? Увидим ли мы его когда-нибудь? Говорите, умоляю вас!

– Милая девочка! Я не хочу легкомысленно внушать вам призрачные надежды…

– Говорите, сударыня, говорите! Я умею переносить горе и в силах все выслушать.

– Милое дитя, – ответила леди Элен, – хотя надежда на это очень слаба, но все же возможно, что настанет день, когда вы снова увидите вашего отца.

– Боже мой, боже мой!.. – воскликнула мисс Грант и, не в силах больше сдерживаться, разрыдалась.

А ее брат, Роберт, горячо целовал в это время руки леди Гленарван.

Когда прошел первый порыв этой горестной радости, девушка засыпала леди Элен бесчисленными вопросами, и та ей рассказала историю документа, рассказала о том, как «Британия» потерпела крушение у берегов Патагонии, о том, как капитан и два матроса, уцелевшие после катастрофы, по-видимому, достигли материка, и, наконец, о том, как в документе, составленном на трех языках и брошенном на волю океана, они взывали о помощи ко всему миру.

Во время этого рассказа Роберт Грант смотрел на леди Элен так, как будто вся его жизнь зависела от ее слов. Детское воображение мальчика рисовало ему ужасные минуты, пережитые отцом: он видел его на палубе «Британии», видел его в волнах, вместе с ним цеплялся за прибрежные утесы, полз, задыхаясь, по песку, настигаемый волнами. Несколько раз во время рассказа у мальчика вырывалось:

– О папа, мой бедный папа! – и он еще крепче прижимался к сестре.

Что же касается мисс Грант, она слушала, сложив руки, не проронив ни слова.

– А документ, где документ, сударыня?! – воскликнула девушка, как только Элен окончила свой рассказ.

– У меня уже нет его, милая девочка, – ответила та.

– Уже нет?

– Да, в интересах вашего отца лорду Гленарвану пришлось отвезти этот документ в Лондон. Но я ведь дословно передала вам его содержание и то, каким образом нам удалось разобраться в нем. Среди этих обрывков почти стертых фраз волны пощадили несколько цифр. К несчастью, долгота…

– Можно обойтись и без нее! – крикнул мальчуган.

– Конечно, мистер Роберт, – согласилась Элен, невольно улыбаясь такой решительности юного Гранта. – Как видите, мисс Грант, – снова обратилась она к девушке, – теперь малейшие подробности документа так же хорошо известны вам, как и мне самой.

– Да, сударыня, – ответила девушка, – но мне хотелось бы увидеть почерк отца!

– Ну что ж, быть может, завтра лорд Гленарван возвратится домой. Имея в руках неоспоримый документ, он решил представить его в адмиралтейство и добиться немедленной отправки судна на поиски капитана Гранта.

– Возможно ли это! – воскликнула девушка. – Неужели вы это сделали для нас?

– Да, мисс, и я с минуты на минуту жду лорда Гленарвана.

– Сударыня, – с глубокой признательностью и верой произнесла девушка, – да благословит бог вас и лорда Гленарвана!

– Милая девочка, – ответила Элен, – мы не заслуживаем никакой благодарности: каждый на нашем месте сделал бы то же самое. Только бы оправдались надежды, которые я заронила в ваше сердце! А до возвращения мужа вы, конечно, останетесь в замке…

– Сударыня, мне не хотелось бы злоупотреблять вашим сочувствием к нам, чужим для вас людям.

– Чужим! Нет, милое дитя, ни ваш брат, ни вы не чужие в этом доме, и я непременно хочу, чтобы мой муж, вернувшись домой, сообщил детям капитана Гранта, что будет сделано для спасения их отца.

Невозможно было отказаться от приглашения, сделанного так сердечно. Мисс Грант с братом остались в Малькольм-Касле ожидать возвращения лорда Гленарвана.

Глава четвертая. Предложение леди Гленарван

Говоря с детьми капитана Гранта, леди Элен умолчала об опасениях, высказанных в письме лордом Гленарваном относительно ответа адмиралтейства на его просьбу. Также не проронила она ни слова и о том, что капитан Грант, вероятно, попал в плен к южноамериканским индейцам. К чему было еще больше огорчать этих бедных детей и омрачать только что засиявшую перед ними надежду! А дела это совершенно не меняло. И леди Элен, ответив на все вопросы мисс Грант, в свою очередь принялась расспрашивать девушку о том, как она живет, как растит одна брата.

Простой и трогательный рассказ девушки еще больше увеличил симпатию к ней леди Гленарван.

Мери и Роберт были единственными детьми капитана Гранта. Гарри Грант лишился жены при рождении Роберта. На время своих дальних плаваний он поручал заботу о своих детях доброй старой двоюродной сестре. Капитан Грант был отважным моряком, соединявшим качества мореплавателя и коммерсанта, что так ценно для капитана торгового флота. Жил он в Шотландии, в городе Данди графства Перт, и был коренной шотландец. Его отец, священник церкви Сент-Катрин, дал ему хорошее образование, считая, что оно никому не вредит и пригодится даже капитану дальнего плавания.

Во время первых заморских плаваний Гарри Гранта, сначала в качестве помощника капитана, а затем и капитана, дела его шли удачно, и несколько лет спустя после рождения сына он обладал уже некоторым состоянием.

Вот тогда-то и появилась у него мысль, сделавшая его популярнейшим человеком во всей Шотландии. Подобно Гленарванам и некоторым другим знатным шотландским семействам, он в душе не признавал власть Англии. По его убеждению, интересы его родины не могли совпадать с интересами англосаксов, и он решил основать большую шотландскую колонию на одном из островов Тихого океана. Мечтал ли он о независимости для своей будущей колонии, по примеру Соединенных Штатов Америки? Возможно. Быть может, он как-нибудь и выдал свои тайные надежды. Во всяком случае, правительство отказалось прийти на помощь в осуществлении его проекта. Больше того: оно создавало капитану Гранту всяческие препятствия, которые в другой стране погубили бы его. Но Гарри Грант не пал духом: он воззвал к патриотическим чувствам своих земляков, пожертвовал своим состоянием, а на вырученные средства построил судно «Британия» и, набрав отличную команду, отплыл с ней исследовать большие острова Тихого океана. Детей же своих он оставил на попечении старой двоюродной сестры. Было это в 1861 году. В течение года, вплоть до мая 1862 года, он давал о себе знать. Но со времени его отплытия из Кальяо, в июне 1862 года, никто больше не слыхал о «Британии», и «Мореходная газета» упорно молчала об участи капитана Гранта.

Старая родственница Гарри Гранта неожиданно умерла, и его дети остались одни на свете. Мери Грант было всего четырнадцать лет, но отважная девочка, очутившись в таком тяжелом положении, не пала духом и всецело посвятила себя брату, совсем еще ребенку. Его надо было воспитывать, учить. Экономная, осторожная, предусмотрительная девочка, работая день и ночь, отказывая себе во всем ради брата, воспитывала его и стойко выполняла материнские обязанности.

Двое детей жили в Данди, упорно борясь с нуждой. Мери думала только о брате и мечтала о счастливой будущности для него. Бедная девочка была убеждена, что «Британия» погибла и отца нет в живых. Не поддается описанию волнение Мери, когда случайно попавшееся ей на глаза объявление в «Таймсе» вдруг вывело ее из того отчаяния, в котором она жила.

Она решилась действовать без промедления. Если б она узнала, что тело капитана Гранта найдено на каком-нибудь пустынном берегу среди обломков потерпевшего крушение судна, то даже и это было бы лучше, чем непрестанное сомнение, вечная пытка неизвестности.

Она все рассказала брату. В тот же день дети капитана Гранта сели на пертский поезд, а вечером были уже в Малькольм-Касле, и здесь, после стольких душевных мук, Мери вновь обрела надежду.

Вот какую грустную историю поведала Мери Грант леди Гленарван. Она рассказала все очень просто, далекая от мысли, что в эти долгие годы испытаний вела себя как героиня. Но для Элен это было очевидно, и, слушая Мери, она, не стыдясь, плакала и обнимала обоих детей капитана Гранта.

Роберту же казалось, что он узнал все это только сейчас. Слушая рассказ сестры, мальчик широко раскрывал глаза. Он впервые стал отдавать себе отчет в том, сколько она для него сделала, сколько выстрадала, и наконец, не в силах больше сдерживаться, он бросился к сестре и крепко обнял ее.

– Мамочка, дорогая моя мамочка! – воскликнул он, глубоко растроганный.

Пока продолжались эти разговоры, наступила ночь. Леди Элен, понимая, что дети устали, решила прервать беседу.

Мери и Роберта Грант отвели в предназначенные для них комнаты, и они заснули с надеждой на будущее.

После их ухода леди Элен велела попросить к себе майора и рассказала ему обо всем, что произошло в этот вечер.

– Славная девушка эта Мери Грант, – заметил Мак-Наббс, выслушав рассказ леди Элен.

– Только бы мужу удалось то дело, за которое он взялся, – промолвила леди Элен, – иначе положение этих детей будет ужасным!

– Лорд Гленарван добьется своего, – отозвался Мак-Наббс. – Не каменные же сердца у этих лордов адмиралтейства.

Но, несмотря на уверенность майора, леди Элен провела очень беспокойную, бессонную ночь.

На следующий день, когда Мери и Роберт, поднявшись на заре, прогуливались по обширному двору замка, послышался шум подъезжающего экипажа. Это возвращался в Малькольм-Касл лорд Гленарван. Лошади неслись во всю прыть.

Почти одновременно с коляской во дворе появилась в сопровождении майора леди Элен и бросилась навстречу мужу.

Вид у него был разочарованный. Он молча обнял жену.

– Ну что, Эдуард? – воскликнула леди Элен.

– У этих людей нет сердца, дорогая! – ответил лорд Гленарван.

– Они отказали?

– Да, они отказали в моей просьбе послать судно. Они говорили о миллионах, напрасно потраченных на розыски Франклина, они заявили, что документ темен, непонятен; говорили, что катастрофа с этими несчастными произошла два года назад и теперь очень мало шансов найти их; уверяли, что потерпевшие крушение, попав в плен к индейцам, конечно, были уведены ими внутрь страны и что нельзя же обыскать всю Патагонию, чтобы найти трех человек – трех шотландцев! – что эти рискованные, напрасные поиски погубят больше людей, нежели спасут. Словом, они приводили все возможные доводы, заранее решив отказать. Они помнят о проектах капитана, и несчастный Грант безвозвратно погиб!

– Бедный мой отец! – воскликнула Мери Грант, падая на колени перед Гленарваном.

– Ваш отец? – спросил лорд Гленарван, с удивлением глядя на склонившуюся к его ногам девушку. – Неужели, мисс…

– Да, Эдуард, – вмешалась леди Элен, – мисс Мери и ее брат Роберт – дети капитана Гранта. Это их лорды адмиралтейства только что обрекли на сиротство.

– Ах, мисс, – сказал лорд Гленарван, поднимая девушку, – если б я знал, что вы здесь…

Он не докончил фразы. Тягостное молчание, прерываемое рыданиями, воцарилось во дворе замка. Никто не проронил ни слова: ни лорд Гленарван, ни леди Элен, ни майор, ни безмолвно стоявшие вокруг своих хозяев слуги. Видно было, что все эти шотландцы негодовали на английское правительство.

Через несколько минут майор спросил лорда Гленарвана:

– Итак, у вас нет никакой надежды?

– Никакой!

– Ну что ж! В таком случае я отправлюсь к этим господам! – крикнул юный Роберт. – И мы посмотрим…

Сестра не дала ему договорить, но сжатый кулак мальчугана выдал его отнюдь не миролюбивые намерения.

– Нет, Роберт, нет! – проговорила Мери Грант. – Поблагодарим милых хозяев этого замка за все, что они для нас сделали – мы никогда в жизни этого не забудем, – а затем удалимся.

– Мери! – крикнула леди Элен.

– Что же вы собираетесь делать? – спросил лорд Гленарван девушку.

– Я хочу броситься к ногам королевы, – ответила девушка, – и посмотрим, останется ли она глуха к словам двух детей, молящих спасти их отца.

Лорд Гленарван покачал головой: не потому даже, что он сомневался в добром сердце королевы, а потому, что знал, что Мери Грант не сможет до нее добраться.

Мольбы слишком редко доходят до ступеней трона, и на дверях дворцов как будто начертаны те слова, которые англичане помещают у штурвала своих кораблей: «Passangers are requested not to speak to the man ad the wheel»[1].

Леди Элен поняла мысль мужа. Она знала, что попытка девушки должна кончиться ничем. Для нее было ясно, что отныне жизнь этих двух детей будет полна отчаяния. И тут ее осенила великая, благородная мысль…

– Мери Грант! – воскликнула она. – Подождите, не уходите, мое дитя. Выслушайте меня.

Девушка держала руку брата, собираясь уходить. Она остановилась.

---

[1] «Пассажиров просят не разговаривать с рулевым» (англ.).

Леди Элен, взволнованная, со слезами на глазах, обратилась к мужу.

– Эдуард! – сказала она твердым голосом. – Капитан Грант, бросая в море это письмо, вверял свою судьбу тому, кому оно попадет в руки. Оно попало к нам…

– Что вы хотите сказать, Элен? – спросил лорд Гленарван.

Все вокруг молчали.

– Я хочу сказать, – продолжала леди Элен, – что начать супружескую жизнь добрым делом – великое счастье! Вот вы, дорогой Эдуард, чтобы порадовать меня, задумали увеселительное путешествие. Но можно ли испытать большую радость, можно ли принести больше пользы, чем спасая несчастных, которым отказалась помочь их родина?

– Элен! – воскликнул Гленарван.

– Да! Вы поняли меня, Эдуард. «Дункан» – доброе, надежное судно. Оно смело может плыть в южные моря, может совершить кругосветное путешествие, и оно совершит его, если это понадобится! В путь же, Эдуард! Плывем на поиски капитана Гранта!

Услышав эти решительные слова своей юной жены, лорд Гленарван обнял ее и, улыбаясь, прижал к сердцу, в то время как Мери и Роберт осыпали ее руки поцелуями, а слуги замка, растроганные и восхищенные этой сценой, от всего сердца кричали:

– Ура! Да здравствует хозяйка Люсса! Трижды ура лорду и леди Гленарван!

Глава пятая. Отплытие «Дункана»

Мы уже говорили, что леди Элен была женщина великодушная и сильная духом. Ее поступок был бесспорным тому доказательством. Лорд Гленарван действительно мог гордиться такой благородной женой, способной понимать его и идти с ним рука об руку. Уже в Лондоне, когда его ходатайство было отклонено, ему пришла в голову мысль самому отправиться на поиски капитана Гранта, и если он не опередил Элен, то только потому, что не мог примириться с мыслью о разлуке с ней. Но, если Элен сама стремилась отправиться на эти поиски, никаким колебаниям уже не могло быть места. Слуги восторженно приветствовали это предложение – ведь речь шла о спасении таких же шотландцев, как они сами. И Гленарван от всего сердца присоединился к их крикам «ура» в честь молодой хозяйки Малькольм-Касла.

Раз отплытие было решено, не приходилось терять ни одного часа. В тот же день лорд Гленарван послал Джону Манглсу приказ привести «Дункан» в Глазго и сделать все нужные приготовления для плавания в южных морях, – плавания, которое могло стать и кругосветным. Надо сказать, что леди Элен, предлагая «Дункан» для экспедиции, не ошиблась в оценке его мореходных качеств. Это замечательно прочное и быстроходное судно могло не бояться дальнего плавания.

То была превосходная паровая яхта водоизмещением в двести десять тонн, а ведь первые суда, достигавшие Америки, – суда Колумба, Пинсона, Веспуччи, Магеллана – все были гораздо меньших размеров[1].

Две мачты «Дункана»: фок и грот – несли по два прямых паруса, кроме того, на яхте были косые паруса: кливера и стаксели. Вообще парусность «Дункана» была совершенно достаточной для того, чтобы он ходил как обыкновенный клипер[2]. Но, конечно, больше всего можно было рассчитывать на его механическую силу – паровую машину, построенную по новейшей системе. Это был двигатель высокого давления в сто шестьдесят

---

[1] Свое четвертое путешествие в Америку Христофор Колумб совершил на четырех судах. Самое большое из них – каравелла, на которой плыл сам Колумб, – было водоизмещением в 70 тонн, а самое малое судно – в 50 тонн. Это были суда, пригодные лишь для каботажного плавания. (Прим. автора.)

[2] Клипер – быстроходное парусное судно.

лошадиных сил, приводящий в движение двойной винт. Идя на всех парах, «Дункан» развивал небывалую скорость. В самом деле, во время пробного плавания в заливе Фёрт-оф-Клайд патент-лаг[1] отметил скорость, доходящую до семнадцати морских миль[2] в час.

«Дункан», конечно, мог смело отправиться даже и в кругосветное плавание.

Джону Манглсу оставалось лишь позаботиться о внутреннем переоборудовании судна.

Прежде всего он занялся расширением угольных ям, чтобы погрузить побольше угля, ибо в пути не так-то легко возобновить запасы топлива.

С не меньшим вниманием отнесся Джон Манглс и к пополнению камбуза. Он умудрился запастись съестными припасами на целых два года. Правда, недостатка в деньгах у него не было; ему их хватило даже на то, чтобы приобрести небольшую пушку, которая и была установлена на шканцах[3] яхты. Кто знает, что может случиться в пути!

Надо сказать, что Джон Манглс был знаток своего дела, и хотя в данное время он командовал лишь яхтой, но вообще считался одним из лучших шкиперов Глазго. Ему было тридцать лет. В чертах его лица, немного суровых, сквозили мужество и доброта. Ребенком он был взят в Малькольм-Касл. Семья Гленарван дала ему образование и сделала из него прекрасного моряка. Во время нескольких совершенных им дальних плаваний Джон Манглс не раз проявлял свое искусство, энергию и хладнокровие. Когда Гленарван предложил ему взять на себя командование «Дунканом», он охотно на это согласился, ибо любил хозяина Малькольм-Касла, как брата, и искал случая выказать ему свою преданность.

Помощник Джона Манглса, Том Остин, был старый моряк, заслуживавший полного доверия. Судовая команда «Дункана», включая капитана с его помощником, состояла из двадцати пяти человек. Все они, испытанные моряки, были уроженцами графства Дамбартон, сыновьями арендаторов Гленарванов. Они и на яхте как бы представляли собой клан бравых шотландцев. Среди них даже был традиционный piper-bag[4]. Таким

---

[1] Патент-лаг – инструмент, показывающий скорость движения судна.

[2] Морская миля равна 1852 метрам. (Примеч. автора.)

[3] Шканцы – часть верхней палубы между грот– и бизань-мачтами.

[4] Игрок на волынке; игроки на волынке доныне сохранились в шотландских полках. (Прим. автора.)

образом, Гленарван имел в своем распоряжении команду преданных ему, отважных, горячо любящих свое дело, опытных моряков, умеющих владеть оружием и пригодных для самых рискованных экспедиций. Когда команде «Дункана» стало известно, куда ей предстоит отправиться, моряки не в силах были сдержать свою радость и огласили громким «ура» скалы Дамбартона.

Джон Манглс, усердно занимаясь погрузкой на «Дункан» топлива и провианта, не забывал о необходимости приспособить для дальнего плавания помещения лорда и леди Гленарван. Ему также надо было приготовить каюты для детей капитана Гранта – ведь леди Элен не могла не внять просьбе Мери взять ее с собой на борт «Дункана». А юный Роберт, конечно, скорее спрятался бы в трюме, чем остался на берегу. Он был готов плыть на «Дункане» юнгой, как в свое время Нельсон и Франклин. Разве можно было отказать такому мальчугану! Даже и не пытались. Пришлось согласиться и с тем, что он будет считаться не пассажиром, а членом команды. Джону Манглсу было поручено обучать его морскому делу.

– Прекрасно! – заявил Роберт. – Пусть капитан не щадит меня и угостит кошкой-девятихвосткой[1], если я сделаю что-нибудь не так, как надо.

– Будь спокоен на этот счет, мой мальчик, – серьезным тоном ответил Гленарван, умолчав о том, что кошки-девятихвостки на «Дункане» не применялись, да в них и не было нужды.

Чтобы дополнить список пассажиров яхты, надо еще упомянуть о майоре Мак-Наббсе. Это был человек лет пятидесяти, с правильным, спокойным лицом, с прекрасным характером: скромный, молчаливый, мирный и добродушный. Мак-Наббс всегда шел туда, куда ему указывали, всегда во всем со всеми соглашался. Он никогда ни о чем не спорил, ни с кем не препирался, никогда не выходил из себя. Так же спокойно, как по лестнице в свою спальню, взбирался он на откос разбитой траншеи: ничто не могло его взволновать или отклонить от его пути, даже бомба; и, вероятно, он так и умрет, не найдя случая рассердиться. Мак-Наббс был не только храбрым воякой, смельчаком, какими бывают все физически сильные люди, но, что гораздо ценнее, у него было и нравственное мужество – сила духа. Единственной его слабостью было то, что он был шотландцем с головы до ног, настоящим сыном Каледонии, и упорно

---

[1] Плеть из девяти ремней, часто применявшаяся в английском флоте. (Прим. автора.)

придерживался всех старинных обычаев своей родины. Поэтому он никогда не хотел служить Англии, а свой майорский чин получил в 42-м полку конной гвардии, командный состав которого пополнялся исключительно шотландскими дворянами. Как близкий родственник Гленарвана, Мак-Наббс жил в Малькольм-Касле, а как офицер, майор счел совершенно естественным отправиться в плавание на «Дункане».

Таковы были пассажиры яхты, которой по непредвиденным обстоятельствам суждено было совершить одно из самых изумительных путешествий новейших времен.

С момента своего появления у пароходной пристани Глазго «Дункан» стал возбуждать любопытство публики. Ежедневно его осматривало множество народа; только им и интересовались, только о нем и говорили. Это не очень-то нравилось другим капитанам, в том числе и капитану Бертону, который командовал великолепным пароходом «Шотландия», стоявшим у пристани бок о бок с «Дунканом» и готовившимся плыть в Калькутту. Капитан этого громадного парохода действительно был вправе смотреть свысока на своего крошку-соседа «Дункан». Однако всеобщий интерес, притом со дня на день возраставший, сосредоточивался на яхте Гленарвана.

Время отплытия «Дункана» приближалось. Джон Манглс показал себя капитаном умелым и энергичным. Через месяц со дня испытания яхты в заливе Фёрт-оф-Клайд, снабженный топливом, провиантом, оборудованный для дальнего плавания «Дункан» уже был готов выйти в море. Отплытие было назначено на 25 августа. Таким образом, яхта могла прибыть в южные широты приблизительно к началу весны.

Когда проект лорда Гленарвана получил известность, ему пришлось выслушать много замечаний об утомительности и опасности подобного путешествия, но он не обратил на них ни малейшего внимания и готовился отбыть из Малькольм-Касла. Многие порицавшие шотландского лорда в то же время втайне восхищались им. В конце концов, общественное мнение открыто стало на его сторону, и вся печать, за исключением правительственных органов, единодушно осудила поведение лордов адмиралтейства. Впрочем, лорд Гленарван был так же равнодушен к похвалам, как и к порицаниям, – он делал то, что считал своим долгом, а остальное его не волновало.

24 августа Гленарван, леди Элен, майор Мак-Наббс, Мери и Роберт Грант, мистер Олбинет, стюард[1] яхты, и его жена, миссис Олбинет, служанка леди Гленарван, покинули Малькольм-Касл. Преданные семье Гленарван слуги устроили им самые сердечные проводы.

Через несколько часов путешественники уже были на борту «Дункана». Население Глазго с большой симпатией приветствовало леди Элен, эту юную отважную женщину, которая, отказавшись от роскошной жизни с ее спокойными удовольствиями, спешила на помощь потерпевшим кораблекрушение.

Помещения лорда Гленарвана и его жены находились на юте «Дункана» и состояли из двух спален, гостиной и двух небольших ванных комнат. Затем имелась общая кают-компания, куда выходили шесть кают, из которых пять были заняты Мери и Робертом Грант, мистером и миссис Олбинет и майором Мак-Наббсом. Каюты Джона Манглса и Тома Остина были расположены на носу яхты и выходили на палубу. Команда же была размещена в межпалубном помещении, и размещена с удобствами, ибо яхта не имела другого груза, кроме угля, провианта и оружия.

Таким образом, капитан умело всех устроил, пользуясь тем, что на яхте было много свободного места.

«Дункан» должен был выйти в море 25 августа, около трех часов утра, с началом отлива, но до отплытия яхты жители Глазго стали свидетелями трогательного зрелища. В восемь часов вечера лорд Гленарван, его семья и гости, вся команда, от кочегара до капитана, все участники предстоящей экспедиции отбыли с яхты и направились в Сен-Мунго, старинный собор в Глазго, так живо описанный Вальтером Скоттом. Этот собор, уцелевший среди опустошений, произведенных еще во времена Реформации, принял под свои величественные своды пассажиров и моряков «Дункана». В обширном нефе со множеством надгробных плит преподобный Мортон призвал благословение божье на путешественников, молясь о даровании им благополучного плавания. И вот в древней церкви зазвучал голос Мери Грант. Девушка пела и в молитве возносила благодарность своим благодетелям и богу.

В одиннадцать часов вечера все были на борту. Капитан и команда занялись последними приготовлениями к отплытию. В полночь стали разводить пары. Капитан отдал приказ быстрее подбрасывать уголь, и

---

[1] Стюард – буфетчик.

вскоре клубы черного дыма смешались с ночным туманом. Паруса – они не могли быть использованы, так как дул юго-западный ветер, – были тщательно покрыты холщовыми чехлами для предохранения их от копоти.

В два часа ночи на «Дункане» стали чувствоваться толчки от дрожания паровых котлов: манометр показывал давление в четыре атмосферы; перегретый пар со свистом вырывался из-под клапанов. Между приливом и отливом наступил временный штиль. Начинало рассветать, и уже можно было разглядеть фарватер реки Клайд, его бакены с потускневшими при свете зари фонарями. Надо было отплывать. Джон Манглс приказал известить об этом лорда Гленарвана, и тот не замедлил подняться на палубу.

Вскоре начался отлив. Прозвучали громкие свистки «Дункана», были отданы концы, яхта отвалила от пристани. Заработал винт, и «Дункан» двинулся по фарватеру реки. Джон не взял лоцмана: ему прекрасно был знаком фарватер реки Клайд, и никто не смог бы лучше вывести судно в открытое море. Яхта послушно двигалась по его воле. Молча и уверенно управлял он правой рукой машиной, а левой – рулем. Вскоре последние заводы, расположенные по берегам, сменились виллами, возвышавшимися по прибрежным холмам. Городской шум замер вдали.

Час спустя «Дункан» пронесся мимо скал Дамбартона, а через два часа был в заливе Фёрт-оф-Клайд. В шесть часов утра яхта уже плыла в открытом океане.

Глава шестая. Пассажир каюты номер шесть

В первый день плавания «Дункана» море было довольно неспокойно, и к вечеру ветер посвежел. «Дункан» сильно качало. Поэтому женщины не выходили на палубу. Они лежали в каютах на койках.

На следующий день ветер несколько изменил направление. Капитан Джон Манглс приказал поднять паруса. Благодаря этому «Дункан» стал устойчивее – меньше чувствовалась боковая и килевая качка. Леди Элен и Мери Грант смогли рано утром подняться на палубу, где уже стояли лорд Гленарван, майор и капитан.

Восход солнца был великолепен. Дневное светило, напоминавшее позолоченный металлический диск, поднималось из океана, словно из колоссальной гальванической ванны. «Дункан» скользил в потоках света, и казалось, что не ветер, а солнечные лучи надувают его паруса.

Пассажиры яхты молча созерцали появление сияющего светила.

– Что за чудное зрелище! – проговорила наконец леди Элен. – Такой восход предвещает прекрасный день. Только бы ветер не переменился и оставался попутным!

– Трудно желать более благоприятного ветра, дорогая Элен, – отозвался лорд Гленарван, – и нам не приходится жаловаться на такое начало нашего путешествия.

– А скажите, дорогой Эдуард, сколько времени может продлиться наше путешествие?

– На это нам может ответить только капитан Джон... – сказал Гленарван. – Как мы идем, Джон? Довольны ли вы своим судном?

– Вполне доволен, милорд. Это чудесное судно – моряку приятно ступать по его палубе. И машина и корпус как нельзя лучше соответствуют друг другу. Вот почему яхта, как видите, оставляет за собой такой ровный след и так легко уходит от волны. Идем мы со скоростью семнадцать морских миль в час, и если скорость эта не понизится, то мы дней через десять пересечем экватор, а меньше чем через пять недель обогнем мыс Горн.

– Слышите, Мери? Меньше чем через пять недель! – обратилась к девушке леди Элен.

– Слышу, сударыня, – ответила Мери. – Мое сердце забилось при этих словах капитана.

– Как вы переносите плавание, мисс Мери? – спросил лорд Гленарван.

– Неплохо, милорд. А скоро я и совсем освоюсь с морем.

– А наш юный Роберт?

– О, Роберт!.. – вмешался Джон Манглс. – Если его нет в машинном отделении, значит, он уже взобрался на мачту. Этот мальчуган просто насмехается над морской болезнью… Да вот, сами полюбуйтесь. Видите, где он?

Взоры всех устремились туда, куда указывал капитан, – на фок-мачту: там, футах в ста от палубы, на канатах брам-стеньги[1] висел Роберт. Мери невольно вздрогнула.

– О, успокойтесь, мисс! – сказал Джон Манглс. – Я отвечаю за него. Обещаю вам, что в недалеком будущем представлю капитану Гранту лихого молодца, – ведь мы, несомненно, разыщем этого достойного капитана!

– Да услышит вас небо, мистер Джон! – ответила девушка.

– Милая мисс Мери, будем надеяться, – заговорил Гленарван. – Все предвещает нам удачу. Взгляните на этих славных малых, взявшихся за осуществление нашей высокой цели. С ними мы не только добьемся успеха, но добьемся его без особенного труда. Я обещал Элен увеселительную прогулку и верю, что сдержу свое слово.

– Эдуард, вы лучший из людей! – воскликнула леди Элен Гленарван.

– Отнюдь нет, но у меня лучшая команда на лучшем судне… Разве вы не восхищаетесь нашим «Дунканом», мисс Мери?

– Конечно, восхищаюсь, милорд, – ответила девушка, – и восхищаюсь как настоящий знаток.

– Вот как!

– Я еще ребенком играла на кораблях отца. Он должен был сделать из меня моряка. Но и теперь, если бы понадобилось, я, пожалуй, смогла бы взять на рифы[2] парус.

– Что вы говорите, мисс! – воскликнул Джон Манглс.

– Если так, – сказал лорд Гленарван, – то в лице капитана Джона вы, несомненно, будете иметь большого друга, ибо профессию моряка он ставит

---

[1] Брам-стеньга – верхняя часть мачты.

[2] Взять на рифы – т. е. уменьшить площадь паруса.

выше всякой другой на свете. Даже для женщины он не представляет себе ничего лучшего. Не правда ли, Джон?

– Совершенно верно, милорд, – ответил молодой капитан. – Я, конечно, должен признаться, что мисс Грант более пристало находиться в рубке, чем ставить брамсель[1]. Тем не менее мне были очень приятны ее слова.

– Особенно когда она так восхищалась «Дунканом»… – добавил лорд Гленарван.

– …который этого вполне заслуживает, – ответил Джон Манглс.

– Право, вы так гордитесь вашей яхтой, – сказала леди Элен, – что мне захотелось осмотреть ее всю до самого трюма, а также поглядеть, как наши славные матросы устроились в кубрике.

– Устроились превосходно, – ответил Джон Манглс, – совсем как дома.

– И они действительно дома, дорогая Элен, – сказал лорд Гленарван. – Ведь эта яхта – часть нашей древней Каледонии, уголок графства Дамбартон, плывущий по волнам океана. И мы вовсе не покинули нашей родины: «Дункан» – это Малькольм-Касл, а океан – озеро Лох-Ломонд.

– Ну тогда, дорогой Эдуард, покажите же нам ваш замок, – шутливо сказала леди Элен.

– К вашим услугам! – ответил лорд Гленарван. – Но раньше позвольте мне сказать несколько слов Олбинету.

Стюард «Дункана» Олбинет был превосходный метрдотель, усердно и умно исполнявший свои обязанности. Он немедленно явился на зов хозяина.

– Олбинет, мы хотим прогуляться перед завтраком, – сказал лорд Гленарван таким тоном, словно речь шла о прогулке в окрестностях замка. – Надеюсь, что к нашему возвращению завтрак будет на столе.

Олбинет важно отвесил поклон.

– Идете вы с нами, майор? – спросила Мак-Наббса леди Элен.

– Если прикажете, – ответил он.

– О, майор поглощен дымом своей сигары, – вмешался лорд Гленарван, – не будем же отрывать его. Знаете, мисс Мери, он у нас заядлый курильщик – даже и во сне не выпускает изо рта сигару.

Майор кивнул головой в знак согласия. Остальные спустились в кубрик.

---

[1] Брамсель – один из парусов судна.

Оставшись один на палубе, Мак-Наббс, по своей всегдашней привычке, стал мирно беседовать сам с собой, окружая себя еще более густыми облаками дыма. Он стоял неподвижно и глядел на пенистый след за кормой яхты. После нескольких минут молчаливого созерцания он обернулся и увидел перед собой новое лицо. Если бы вообще что-нибудь могло удивить майора, то он, пожалуй, был бы удивлен этой встречей, ибо этот пассажир был ему совершенно незнаком.

Этому высокому, сухощавому человеку могло быть лет сорок. Он напоминал длинный гвоздь с большой шляпкой. Голова у него была круглая и большая, лоб высокий, нос длинный, рот большой, подбородок острый. Глаза скрывались за огромными круглыми очками, и особенная неопределенность во взгляде говорила о никталопии[1]. Лицо у него было умное и веселое. В нем не было той неприветливости, какую напускают на себя некоторые для важности. Такие люди из принципа никогда не смеются, пряча под маской серьезности свое ничтожество. Напротив, непринужденность и милая бесцеремонность этого незнакомца ясно показывали, что он умеет видеть в людях и вещах только хорошее. Хоть он еще не открывал рта, чувствовалось, что он любит поговорить. Было ясно также, что он из тех страшно рассеянных людей, которые смотрят и не видят, слушают и не слышат.

Незнакомец был в дорожной фуражке, обут в грубые желтые ботинки и кожаные гетры. На нем были бархатные коричневые панталоны и такая же куртка с бесчисленными туго набитыми карманами, откуда торчали записные книжки, блокноты, бумажники, вообще масса столь же ненужных, сколь и обременительных предметов. Через плечо у него висела на ремне подзорная труба.

Суетливость незнакомца составляла полную противоположность невозмутимому спокойствию майора. Он вертелся вокруг Мак-Наббса, рассматривал его, кидал на него вопросительные взгляды, но тот и не думал поинтересоваться тем, откуда взялся этот господин, куда он направляется и почему он на борту «Дункана».

Когда загадочный незнакомец увидел, что все его попытки общения разбиваются о равнодушие майора, он схватил свою подзорную трубу – раздвинутая во всю длину, она достигала четырех футов – и, расставив ноги,

---

[1] Никталопия – особенное свойство глаз видеть предметы в темноте. (Прим. автора.)

неподвижный, как дорожный столб, направил ее на линию горизонта, где вода сливалась с небом. Понаблюдав так минут пять, он поставил свою подзорную трубу на палубу и оперся на нее, как на трость; но тут труба сложилась, части ее вошли одна в другую, и новый пассажир, внезапно потеряв точку опоры, едва не растянулся у грот-мачты.

Всякий другой на месте майора хотя бы улыбнулся, но он даже бровью не повел. Тогда незнакомец смирился наконец с его безразличием.

– Стюард! – крикнул он с иностранным акцентом и стал ждать.

Никто не появлялся.

– Стюард! – позвал он уже громче.

Мистер Олбинет проходил в эту минуту в камбуз, находившийся под шканцами. Каково же было его удивление, когда он услышал, что его так бесцеремонно окликает какой-то долговязый незнакомец!

«Откуда он взялся? – подумал Олбинет. – Какой-нибудь друг лорда Гленарвана? Невозможно!» Однако он подошел к незнакомцу.

– Вы стюард этого судна? – спросил тот.

– Да, сэр, но я не имею чести…

– Я пассажир каюты номер шесть, – не дал ему договорить незнакомец.

– Каюты номер шесть? – повторил Олбинет.

– Ну да. А как ваше имя?

– Олбинет.

– Ну так вот, друг мой Олбинет, – сказал незнакомец из каюты номер шесть, – нужно подумать о завтраке, да не откладывая. Уже тридцать шесть часов, как я ничего не брал в рот, вернее сказать, я проспал тридцать шесть часов, что вполне простительно человеку, который без остановок примчался из Парижа в Глазго. Скажите, пожалуйста, в котором часу здесь завтрак?

– В девять, – машинально ответил Олбинет.

Незнакомец пожелал взглянуть на часы, но это заняло немало времени, так как часы он нашел только в девятом кармане.

– Да, но ведь еще нет и восьми часов! Ну тогда, Олбинет, принесите-ка мне пока печенья и стакан шерри: я падаю от истощения.

Олбинет слушал, ничего не понимая, а незнакомец говорил без умолку, с необыкновенной быстротой перескакивая с предмета на предмет.

– Ну а где же капитан? Еще не встал? А его помощник? Он что, тоже спит? – трещал незнакомец. – К счастью, погода хорошая, ветер попутный, судно идет само собой.

Как раз в ту минуту, когда он это говорил, на лестнице юта показался Джон Манглс.

– Вот и капитан, – объявил Олбинет.

– Ах, я очень рад! – воскликнул незнакомец. – Очень рад познакомиться с вами, капитан Бертон!

Удивление Джона Манглса не имело границ, и не столько потому, что его назвали капитаном Бертоном, сколько потому, что он увидел незнакомца на борту своего судна.

Тот продолжал рассыпаться в любезностях.

– Позвольте пожать вам руку, – сказал он. – Если я этого не сделал третьего дня вечером, то только потому, что в момент отплытия не следует никого беспокоить. Но сегодня, капитан, я счастлив познакомиться с вами.

Джон Манглс, широко открыв глаза, с удивлением смотрел то на Олбинета, то на незнакомца.

– Теперь мы познакомились с вами, дорогой капитан, – продолжал незнакомец, – и стали старыми друзьями. Ну, давайте поболтаем. Скажите, довольны ли вы своей «Шотландией»?

– О какой «Шотландии» вы говорите? – наконец спросил Джон Манглс.

– О «Шотландии», на которой мы с вами находимся. Это прекрасное судно. Мне расхвалили его качества и достоинства его командира, славного капитана Бертона. А кстати, не родственник ли вы великого африканского путешественника Бертона, этого отважного человека? В таком случае примите мои горячие поздравления.

– Сэр, я не только не родственник путешественника Бертона, но даже и не капитан Бертон, – ответил Джон Манглс.

– А-а… – протянул незнакомец. – Значит, я говорю с помощником капитана Бертона, мистером Берднессом?

– Мистер Берднесс? – переспросил Джон Манглс.

Он уже начал догадываться, в чем тут дело, только еще не мог разобрать, кто перед ним: сумасшедший или чудак. Молодой капитан уже собирался без дальних околичностей это выяснить, но на палубе появились лорд Гленарван, его жена и мисс Грант.

Увидев их, незнакомец закричал:

– А, пассажиры! Пассажиры! Чудесно! Надеюсь, мистер Берднесс, вы будете так добры представить меня…

Но тут же, не ожидая посредничества Джона Манглса, он непринужденно выступил вперед.

– Миссис… – сказал он мисс Грант. – Мисс… – сказал он леди Элен. – Сэр… – прибавил он, обращаясь к лорду Гленарвану.

– Лорд Гленарван, – пояснил Джон Манглс.

– Милорд, – продолжал незнакомец, – я прошу извинить меня за то, что сам представляюсь вам, но в море, мне кажется, можно несколько отступить от светского этикета. Надеюсь, мы быстро познакомимся, и в обществе этих дам путешествие на «Шотландии» покажется нам и коротким и приятным.

Ни леди Элен, ни мисс Грант не нашлись, что на это ответить. Они никак не могли понять, каким образом этот посторонний человек мог очутиться на палубе «Дункана».

– Сэр, – обратился к нему лорд Гленарван, – с кем я имею честь говорить?

– С Жаком-Элиасеном-Франсуа-Мари Паганелем, секретарем Парижского географического общества, членом-корреспондентом географических обществ Берлина, Бомбея, Дармштадта, Лейпцига, Лондона, Петербурга, Вены, Нью-Йорка, а также почетным членом Королевского географического и этнографического института Восточной Индии. Вы видите перед собой человека, который двадцать лет изучал географию, не выходя из кабинета, и наконец, решив заняться ею практически, направляется теперь в Индию, чтобы связать там в одно целое труды великих путешественников.

Глава седьмая. Откуда появился и куда направлялся Жак Паганель

Очевидно, секретарь Географического общества был приятным человеком, так как все это было сказано им чрезвычайно мило. Впрочем, теперь лорд Гленарван прекрасно знал, с кем имеет дело: ему были хорошо известны имя и заслуги Жака Паганеля. Его труды по географии, доклады о новейших открытиях, печатаемые в бюллетенях общества, переписка его чуть ли не со всем светом – все это сделало Паганеля одним из самых видных ученых Франции. Поэтому Гленарван сердечно протянул руку своему нежданному гостю.

– А теперь, когда мы представились друг другу, – сказал он, – вы позволите мне, господин Паганель, задать вам один вопрос?

– Хоть двадцать, милорд, – ответил Жак Паганель, – разговор с вами всегда будет для меня удовольствием.

– Вы поднялись на борт этого судна третьего дня вечером?

– Да, милорд, третьего дня в восемь часов вечера. Прямо из вагона я бросился в кеб, а из кеба – на «Шотландию», где я еще из Парижа заказал каюту номер шесть. Было темно. Я никого не заметил на палубе. А так как я был утомлен тридцатичасовой дорогой и к тому же знал, что во избежание морской болезни полезно немедленно по прибытии на судно улечься на койку и не вставать с нее в первые дни плавания, то я сейчас же лег и самым добросовестным образом, смею вас уверить, проспал целых тридцать шесть часов!

Теперь для слушателей Жака Паганеля стало ясно, каким образом он очутился на яхте. Французский путешественник, перепутав суда, сел на «Дункан» в то время, когда все были в церкви Сен-Мунго. Все объяснилось. Но что скажет ученый-географ, узнав название и место назначения судна, на которое он попал?

– Итак, господин Паганель, вы избрали Калькутту исходным пунктом вашей экспедиции? – спросил лорд Гленарван.

– Да, милорд. Всю свою жизнь я лелеял мечту увидеть Индию. И вот наконец-то эта заветная мечта осуществится, я попаду на родину слонов.

– Значит, господин Паганель, для вас было бы не безразлично, если бы вам пришлось посетить не эту, а какую-нибудь другую страну?

– Мне было бы это, милорд, не только не безразлично, а даже очень неприятно, так как у меня имеются рекомендательные письма к лорду Соммерсету, генерал-губернатору Индии, да к тому же мне дано Географическим обществом поручение, которое я должен выполнить.

– А! Вам дано поручение?

– Да, мне поручено осуществить одно полезное и любопытное путешествие, план которого был разработан моим ученым другом и коллегой, господином Вивьеном де Сен-Мартеном. По этому плану мне надлежит направиться по следам братьев Шлагинтвейт, полковника Во Уэбба, Ходжсона, миссионеров Гю и Габе, Муркрофта, Жюля Реми и многих других известных путешественников. Я хочу добиться того, что, к несчастью, не удалось осуществить в тысяча восемьсот сорок шестом году миссионеру Крику, то есть обследовать течение реки Цангпо[1], которая, огибая с севера Гималайские горы, на протяжении тысячи пятисот километров орошает Тибет. Мне хотелось бы, наконец, выяснить, не сливается ли эта река на северо-востоке области Ассама с рекой Брахмапутрой. А уж тому путешественнику, которому удастся осветить этот важнейший для географии Индии вопрос, будет, конечно, обеспечена золотая медаль.

Паганель был восхитителен. Он говорил с неподражаемым воодушевлением, он так и несся на быстрых крыльях фантазии. Остановить его было бы так же невозможно, как воды Рейнского водопада.

– Господин Жак Паганель, – начал лорд Гленарван, когда знаменитый ученый сделал минутную передышку, – это, бесспорно, прекрасное путешествие, и наука будет вам за него признательна. Но я не хочу держать вас дольше в заблуждении и потому должен сказать, что, по крайней мере, на ближайшее время вам придется отказаться от удовольствия побывать в Индии.

– Отказаться? Почему?

– Да потому, что вы плывете в сторону, противоположную полуострову Индостан.

– Как! Капитан Бертон…

– Я не капитан Бертон, – отозвался Джон Манглс.

---

[1] Цангпо – китайское название реки Брахмапутры.

– Но «Шотландия»…

– Это судно – не «Шотландия»!

Удивление Паганеля не поддается описанию. Он посмотрел по очереди на лорда Гленарвана, сохранявшего совершенную серьезность, на леди Элен и Мери Грант, лица которых выражали огорчение и сочувствие, на улыбавшегося Джона Манглса, на невозмутимого майора, а затем, пожав плечами, опустив очки со лба на нос, воскликнул:

– Что за шутка!

Но в этот момент глаза его остановились на штурвале, и он прочел надпись:

– «Дункан»! «Дункан»! – крикнул Паганель в отчаянии, а затем, сбежав с лестницы, устремился в свою каюту.

Как только злосчастный ученый исчез, никто на яхте, кроме майора, не в силах был удержаться от смеха; хохотали и матросы. Поехать не в ту сторону по железной дороге, ну хотя бы сесть в дамбартонский поезд вместо эдинбургского – еще куда ни шло, но перепутать судно и плыть в Чили, когда собрался в Индию, – это уже верх рассеянности!

– Впрочем, такой случай с Жаком Паганелем меня не удивляет, – заметил лорд Гленарван. – Он ведь известен подобными злоключениями. Однажды он издал прекрасную карту Америки, куда умудрился втиснуть Японию. Но все это не мешает ему быть выдающимся ученым и одним из лучших географов Франции.

– Что же мы будем делать с этим беднягой? – проговорила леди Элен. – Не можем же мы увезти его с собой в Патагонию!

– А почему нет? – веско сказал Мак-Наббс. – Разве мы отвечаем за его рассеянность? Допустим, он сел бы не в тот поезд, – разве он мог бы его остановить?

– Не мог бы, но он сошел бы на ближайшей станции, – возразила леди Элен.

– Ну, так это он сможет сделать, если пожелает, в первой же гавани, где мы остановимся, – заметил лорд Гленарван.

В это время Паганель, убедившись, что багаж его находится на том же судне, снова поднялся на палубу. Удрученный и пристыженный, он все твердил злополучное слово: «Дункан»! «Дункан»! Других слов у него не находилось. Он ходил взад и вперед, рассматривая мачты яхты, вопрошая безмолвный горизонт открытого моря. Наконец он снова подошел к лорду Гленарвану.

– А куда идет этот «Дункан»? – спросил он.

– В Америку, господин Паганель.

– Куда именно?

– В Консепсьон.

– В Чили! В Чили! – закричал несчастный ученый. – А моя экспедиция – в Индию! Что скажет господин Катрфаж, президент Центральной комиссии! А господин Авезак! А господин Кортамбер! А господин Вивьен де Сен-Мартен! Как я теперь покажусь на заседании Географического общества!

– Не отчаивайтесь, господин Паганель, – стал успокаивать его Гленарван, – все это может кончиться для вас сравнительно небольшой потерей времени. А река Цангпо пока подождет вас в горах Тибета. Скоро мы зайдем на остров Мадейра, и там вы сядете на судно, которое доставит вас обратно в Европу.

– Благодарю вас, милорд. Видно, уж придется примириться с этим. Но надо сказать, приключение удивительное! Только со мной подобная вещь и могла случиться. А моя каюта, заказанная на «Шотландии»!..

– Ну, о «Шотландии» вам лучше позабыть.

– Но мне кажется, – снова начал Паганель, еще раз оглядывая судно, – «Дункан» – прогулочная яхта.

– Да, сэр, – отозвался Джон Манглс, – и принадлежит она лорду Гленарвану…

– …который просит вас без стеснения пользоваться его гостеприимством, – докончил Гленарван.

– Бесконечно благодарен вам, милорд, – ответил Паганель. – Глубоко тронут вашей любезностью. Но позвольте мне высказать вам такое простое соображение: Индия – прекрасная страна, полная чудесных неожиданностей для путешественников. Наверно, дамы не бывали там… И стоит рулевому повернуть руль, как «Дункан» так же свободно направится к Калькутте, как и к Консепсьону, а раз это увеселительное путешествие…

Но тут, видя, что Гленарван отрицательно качает головой, Паганель умолк.

– Господин Паганель, – сказала леди Элен, – если бы это было увеселительное путешествие, то я, не задумываясь, ответила бы вам: «Давайте все вместе отправимся в Индию», и лорд Гленарван, я уверена, не был бы против. Но дело в том, что «Дункан» плывет в Америку, чтобы привезти оттуда на родину потерпевших крушение у патагонских берегов, и он не может отказаться от такой гуманной цели.

Через несколько минут французский путешественник был уже в курсе дела. Не без волнения услыхал он о чудесной находке документа, об истории капитана Гранта и о великодушном предложении леди Элен.

– Сударыня, – обратился он к ней, – позвольте мне выразить безграничное восхищение, которое внушает мне ваш поступок. Пусть ваша яхта продолжает свой путь! Я не простил бы себе, если бы задержал ее хоть на один день.

– Так вы хотите присоединиться к нашей экспедиции? – спросила леди Элен.

– Для меня это невозможно: я должен выполнить данное мне поручение. Я высажусь на первой же вашей стоянке.

– Значит, на Мадейре, – заметил Джон Манглс.

– Пусть на Мадейре. Я буду там всего в ста восьмидесяти милях от Лиссабона и подожду какого-нибудь судна.

– Ну что ж, господин Паганель, – сказал Гленарван, – так и будет сделано. Что касается меня, я рад возможности видеть вас несколько дней гостем на моей яхте. Будем надеяться, что вы не слишком соскучитесь в нашем обществе!

– О, – воскликнул ученый, – это еще счастье, милорд, что я ошибся судном так удачно! Тем не менее нельзя не признаться, что человек, который собрался в Индиго, а плывет в Америку, попал в довольно-таки смешное положение.

Как ни печально, но Паганелю пришлось примириться с задержкой, которую он не был в силах предотвратить. Он оказался человеком очень милым, веселым, конечно, рассеянным и очаровал дам своим неизменно хорошим настроением. Не прошло и дня, как Паганель со всеми подружился. Он попросил, чтобы ему показали знаменитый документ, и долго и тщательно изучал его. Истолкование документа не вызывало у него никаких сомнений. Он отнесся с живым участием к Мери Грант и ее брату и старался внушить им твердую надежду на встречу с отцом. Он так уверовал в успех экспедиции «Дункана», так радужно смотрел на все, что, слушая его, Мери не могла не улыбаться. Право, если бы не его поручение, он тоже бросился бы на поиски капитана Гранта.

Когда же Паганель узнал, что леди Элен – дочь известного путешественника Уильяма Таффнела, он разразился восторженными восклицаниями. Он знал ее отца. Какой это был отважный ученый! Сколькими письмами обменялись они, когда Уильям Таффнел стал членом-корреспондентом Парижского географического общества! И это он, он, Паганель, вместе с господином Мальт-Брюном предложил Таффнела в члены общества!.. Какая встреча! Какое удовольствие путешествовать с дочерью Уильяма Таффнела!

В заключение географ попросил у леди Элен разрешения поцеловать ее. И леди Гленарван согласилась, хотя, может быть, это и было несколько «improper»[1].

---

[1] Неприлично (англ.).

Глава восьмая. На «Дункане» стало одним хорошим человеком больше

Между тем яхта, благодаря попутным течениям у берегов Северной Африки, быстро приближалась к экватору. 30 августа показался остров Мадейра. Гленарван, верный обещанию, сказал своему гостю, что можно остановиться и высадить его на берег.

– Дорогой лорд, – ответил Паганель, – я буду говорить с вами попросту. Скажите, намеревались ли вы до моего появления сделать остановку у Мадейры?

– Нет, – сказал Гленарван.

– Тогда разрешите мне использовать мою злосчастную рассеянность. Остров Мадейра слишком хорошо известен. Он не представляет никакого интереса для географа. Все о нем уже сказано и написано; к тому же когда-то знаменитое тамошнее виноделие теперь в полнейшем упадке. Подумайте только: на Мадейре больше нет виноградников! В тысяча восемьсот тринадцатом году там добывалось двадцать две тысячи пип[1] вина, а в тысяча восемьсот сорок пятом году уже всего две тысячи шестьсот шестьдесят девять пип. Прискорбное явление! Если вам безразлично, нельзя ли сделать остановку у Канарских островов…

– Сделаем остановку у Канарских островов, – ответил Гленарван, – они у нас на пути.

– Я это знаю, дорогой лорд. А Канарские острова интереснее: они состоят из трех групп, не говоря уже о пике на острове Тенерифе[2] – мне всегда хотелось его увидеть. Вот как раз удобный случай! Им я воспользуюсь и в ожидании судна, которое доставит меня в Европу, поднимусь на эту знаменитую гору.

– Как вам будет угодно, дорогой Паганель, – невольно улыбаясь, ответил Гленарван.

И он улыбался не зря.

---

[1] Пипа равна 50 гектолитрам. (Прим. автора.)

[2] Тенерифский пик – имеется в виду высшая точка острова Тенерифе – вулкан Тейде. (Прим. автора.)

Канарские острова находятся недалеко от Мадейры, всего в двухстах пятидесяти милях – расстояние незначительное для такой быстроходной яхты, как «Дункан».

31 августа в два часа дня Джон Манглс и Паганель разгуливали по палубе. Француз забрасывал капитана вопросами о Чили.

– Господин Паганель! – вдруг прервал его Джон, указывая на какую-то точку на южной стороне горизонта.

– Что такое, дорогой капитан? – отозвался ученый.

– Соблаговолите посмотреть вон в ту сторону. Вы ничего там не видите?

– Ничего.

– Вы не туда смотрите. Это не у горизонта, но повыше, среди облаков.

– Среди облаков? Сколько я ни смотрю…

– Ну вот, теперь взгляните по направлению бушприта[1].

– Ничего не вижу.

– Да вы просто не хотите видеть! Но поверьте мне, что хотя мы еще и в сорока милях от Тенерифского пика, его остроконечная вершина уже вырисовывается над горизонтом.

Но через несколько часов только слепой мог ничего не видеть, и Паганель волей-неволей сдался.

– Наконец-то вы ее видите, – сказал ему капитан.

– Да, да, вижу совершенно ясно. Вот это и есть так называемый Тенерифский пик? – пренебрежительно прибавил географ.

– Он самый.

– Мне кажется, он не так уж высок.

– Однако он возвышается на одиннадцать тысяч футов над уровнем моря.

– Но ему, во всяком случае, далеко до Монблана.

– Возможно, но когда дело дойдет до подъема на эту гору, пожалуй, вы найдете, что она достаточно высока.

– Подниматься? Подниматься на Тенерифский пик? К чему это, дорогой капитан, после Гумбольдта и Бонплана? Гениальный Гумбольдт поднялся на эту гору и описал ее так, что уже ничего не прибавишь. Он тогда же установил вертикальную смену растительных поясов: пояс виноградников,

---

[1] Бушприт – рей, выставленный вперед с носа корабля.

пояс лавровых лесов, пояс сосен, пояс горной пустыни с дроком и, наконец, каменистые осыпи, где совершенно отсутствует растительность. Гумбольдт добрался до самой высшей точки Тенерифского пика – там негде было даже сесть. Перед его глазами расстилалось пространство, равное четвертой части Испании. Затем он спустился до самого кратера этого вулкана. Спрашивается: что остается мне делать на этой горе после великого человека?

– Действительно, после него вам ничего не открыть, – согласился Джон Манглс. – А жаль, вам будет ужасно скучно ждать в порту Санта-Крус-де-Тенерифе прихода судна. Развлечений там мало, вряд ли вам удастся рассеяться.

– Моя рассеянность всегда при мне, – смеясь, заметил Паганель. – Но скажите, дорогой Манглс, разве нет крупных портов на островах Зеленого Мыса?

– Конечно, есть. И для вас, например, было бы очень легко сесть в Прая на пароход, идущий в Европу.

– Не говоря уж об одном немалом преимуществе, – заметил Паганель, – ведь острова Зеленого Мыса недалеко от Сенегала, где я найду земляков. Конечно, мне прекрасно известно, что эту группу островов считают малоинтересной, пустынной, да и климат там нездоровый. Но для глаз географа все любопытно: уметь видеть – это наука. Есть люди, которые не умеют видеть и путешествуют так же «умно», как какие-нибудь ракообразные. Но поверьте, у меня другая школа.

– Как вам будет угодно, господин Паганель, – ответил Джон Манглс. – Я уверен, что ваше пребывание на островах Зеленого Мыса обогатит географическую науку. А мы как раз должны туда зайти, чтобы запастись углем, и ваша высадка нас нисколько не задержит.

Сказав это, капитан взял курс на запад от Канарских островов. Знаменитый Тенерифский пик остался за кормой. Продолжая идти таким же быстрым ходом, «Дункан» пересек 2 сентября, в пять часов утра, тропик Рака. Погода стала меняться. Воздух сделался тяжелым и влажным, как всегда в период дождей. Время это испанцы зовут «Le tiempo de las aguas» [1]. Оно очень тягостно для путешественников, но полезно для жителей африканских островов, страдающих от недостатка растительности, а значит, и от недостатка влаги. Бурное море не позволяло пассажирам

[1] Дождливый сезон (исп.).

яхты оставаться на палубе, но разговоры в кают-компании не стали от этого менее оживленными.

3 сентября Паганель, готовясь высадиться на берег, принялся укладывать свои вещи. «Дункан» уже лавировал между островами Зеленого Мыса. Он прошел мимо острова Сал, бесплодного и унылого, как песчаная могила, прошел вдоль обширных коралловых рифов, а затем, оставив в стороне остров Сен-Жак, перерезанный с севера на юг цепью базальтовых гор, вошел в бухту Прая и стал на якорь у самого города. Погода была ужасная, и бушевал прибой, несмотря на то, что бухта была защищена от морских ветров. Дождь лил как из ведра, и сквозь его потоки едва можно было разглядеть город. Расположен он был на плоской горной террасе, упирающейся в отроги мощных скал вулканического происхождения, вышиной триста футов. Вид острова сквозь частую завесу дождя был удручающе унылый.

Леди Элен не удалось осуществить свое намерение побывать в городе. Погрузка угля протекала с большими затруднениями.

В то время как море и небо в каком-то смятении смешивали свои воды, пассажирам не оставалось ничего другого, как сидеть в кают-компании. Естественно, злободневной темой разговоров на яхте была погода. Каждый сказал что-нибудь по этому по воду. Один майор не проронил ни слова; он, кажется, с полным равнодушием присутствовал бы и при всемирном потопе.

Паганель ходил взад-вперед, качая головой.

– Все как нарочно! – повторял он.

– Да, стихии против вас, – отозвался Гленарван.

– А я все-таки восторжествую над ними.

– Не можете же вы покинуть яхту в такую погоду, – сказала леди Элен.

– Я лично, сударыня, прекрасно мог бы и опасаюсь только за свой багаж и инструменты: ведь все пропадет.

– Опасен только момент высадки, – заметил Гленарван, – а как только вы попадете в Прая, вы там устроитесь не так уж плохо. Правда, относительно чистоты можно пожелать большего: придется жить с обезьянами и свиньями, а соседство с ними далеко не всегда приятно. Но путешественник не должен обращать внимание на такие мелочи. К тому же надо надеяться, что месяцев через семь-восемь вам удастся сесть на судно, идущее в Европу.

– Через семь-восемь месяцев! – воскликнул Паганель.

– Да, и это самое меньшее: ведь в период дождей суда не так уж часто заходят на острова Зеленого Мыса. Но вы сможете с пользой употребить свое время. Этот архипелаг еще малоизвестен. Здесь есть над чем поработать в области топографии и климатологии, этнографии и гипсометрии[1].

– Вы сможете заняться обследованием рек, – заметила леди Элен.

– Таковых там не имеется, – ответил Паганель.

– Ну, займитесь речками.

– Их также нет.

– Тогда какими-нибудь потоками, ручьями…

– И их не существует.

– В таком случае вам придется обратить свое внимание на леса, – промолвил майор.

– Для лесов необходимы деревья, а они здесь отсутствуют.

– Приятный край, нечего сказать! – отозвался майор.

– Утешьтесь, дорогой Паганель, – сказал Гленарван, – ведь вам все же остаются горы.

– О, милорд! Горы эти и невысоки и неинтересны. Да к тому же они уже изучены.

– Изучены? – удивился Гленарван.

– Да. Как всегда, мне не везет. На Канарских островах все было уже сделано Гумбольдтом, а здесь меня опередил один геолог, господин Шарль Сент-Клер-Девиль.

– Неужели?

– Увы, это так! – жалобно ответил Паганель. – Этот ученый был на борту французского корвета «Решительный», когда тот стоял у островов Зеленого Мыса. И вот Сент-Клер воспользовался своим пребыванием здесь, чтобы подняться на самую интересную из вершин архипелага, а именно – на вулкан острова Фогу. Скажите же на милость, что мне остается делать после него?

– Это действительно прискорбно, – сказала леди Элен. – Что же вы, господин Паганель, думаете предпринять?

---

[1] Гипсометрия – измерение рельефа местности.

Паганель несколько минут молчал.

– Право, вам надо было высадиться на Мадейре, хоть там и нет больше вина, – заметил Гленарван.

Ученый секретарь Парижского географического общества по-прежнему молчал.

– Я бы подождал еще, – сказал майор, но он так же равнодушно мог бы посоветовать обратное.

– Дорогой Гленарван, – прервал наконец молчание Паганель, – где вы думаете сделать следующую остановку?

– О, не раньше чем в Консепсьоне.

– Черт возьми! Это меня чрезвычайно отдаляет от Индии!

– Да нет же: как только вы обогнете мыс Горн, вы начнете к ней приближаться…

– Это-то я знаю.

– К тому же, – продолжал Гленарван самым серьезным тоном, – не все ли равно, попадете ли вы в Ост– или Вест-Индию?

– Как не все ли равно?!

– Ну да, ведь между индейцами Патагонии и индийцами Пенджаба разница всего в одной букве!

– А знаете, милорд, – воскликнул Паганель, – ведь этот довод никогда не пришел бы мне в голову!

– А что касается золотой медали, дорогой Паганель, – продолжал Гленарван, – то ее можно заслужить в любой стране. Можно работать, производить изыскания, делать открытия и в Кордильерах, и на Тибете.

– Но как же мои исследования реки Цангпо?

– Ну что ж, вы ее замените Рио-Колорадо. Река большая, почти не изученная. Географы наносят ее на карту, как им заблагорассудится.

– Я знаю, дорогой лорд. Встречаются ошибки в несколько градусов. Я нисколько не сомневаюсь в том, что, обратись я к Географическому обществу с просьбой послать меня в Патагонию, оно так же охотно командировало бы меня туда, как и в Индию. Но я как-то не думал об этом.

– По вашей обычной рассеянности…

– А не отправиться ли вам вместе с нами, господин Паганель? – спросила ученого леди Элен самым любезным тоном.

– Сударыня, а мое поручение?..

– Предупреждаю вас, что мы пройдем Магеллановым проливом, – объявил Гленарван.

– Милорд, вы искуситель!

– Добавлю, что мы побываем в Голодном Порту.

– Голодный Порт! – воскликнул атакованный со всех сторон француз. – Да ведь это же порт, знаменитый во всех географических летописях!

– Примите еще во внимание, господин Паганель, – продолжала леди Элен, – что в вашем лице Франция разделила бы с Шотландией честь участвовать в экспедиции.

– Да, конечно!

– Географ был бы очень полезен нашей экспедиции, а что может быть прекраснее, чем поставить науку на службу людям!

– Вот это хорошо сказано!

– Поверьте мне: положитесь, как это сделали мы, на волю случая или, вернее, провидения! Оно послало нам этот документ, и мы двинулись в путь. Оно же привело вас на борт «Дункана» – не покидайте его.

– Хотите знать, друзья мои, что я думаю? – сказал Паганель. – Так вот: вам очень хочется, чтобы я остался.

– Вам самому, Паганель, смертельно хочется остаться, – парировал Гленарван.

– Чертовски! – воскликнул ученый-географ. – Но я боялся быть навязчивым.

Глава девятая. Магелланов пролив

Все на яхте пришли в восторг, узнав о решении Паганеля. Юный Роберт с такой пылкостью бросился ему на шею, что почтенный секретарь Географического общества едва удержался на ногах.

– Бойкий мальчуган! – сказал Паганель. – Я обучу его географии.

А так как Джон Манглс брался учить Роберта морскому делу, Гленарван – быть мужественным, майор – хладнокровным, леди Элен – добрым и великодушным, а Мери Грант – благодарным таким учителям, то, очевидно, юный Грант должен был стать безукоризненным джентльменом.

«Дункан», быстро закончив погрузку угля, покинул эти унылые места. Уклонившись к западу, он попал в течение, проходившее у берегов Бразилии, а 7 сентября при сильном северном ветре пересек экватор и очутился в Южном полушарии.

Все шло прекрасно. Все верили в успех экспедиции. Казалось, каждый день прибавлял шансы найти капитана Гранта. Едва ли не больше всех верил в успех сам капитан «Дункана». Впрочем, его вера была внушена главным образом горячим желанием, чтобы мисс Мери утешилась и была счастлива. Джон Манглс питал к этой девушке особые чувства, которые он так плохо скрывал, что все на «Дункане», кроме Мери Грант и его самого, их заметили. Что же касается ученого-географа, то, вероятно, он был самым счастливым человеком во всем Южном полушарии. По целым дням изучал он географические карты, разложенные на столе в кают-компании. Из-за этого у него происходили ежедневные споры с мистером Олбинетом, которому он мешал накрывать на стол. И надо сказать, что в этих спорах на стороне Паганеля были все пассажиры яхты, за исключением майора – тот относился к географии с обычным своим равнодушием, в особенности же в обеденное время. Кроме того, Паганель раскопал у помощника капитана целый ворох разрозненных книг и, найдя среди них несколько испанских, решил изучать язык Сервантеса, которого, надо заметить, никто на яхте не знал. Знание этого языка должно было облегчить географу изучение чилийского побережья. Полагаясь на свои лингвистические способности, Паганель надеялся к прибытию в Консепсьон свободно говорить по-испански. Итак, он с жаром взялся за занятия и беспрестанно бормотал непонятные слова.

В свободное время он еще умудрялся заниматься с Робертом: рассказывал ему о земле, к которой «Дункан» так быстро приближался.

10 сентября, когда яхта находилась под 5°37' широты и 31°15' долготы, Гленарван узнал то, чего, вероятно, не знают многие и более образованные люди. Паганель излагал новым друзьям историю Америки. Говоря о великих мореплавателях, по пути которых следовал «Дункан», он упомянул Христофора Колумба и закончил утверждением, что великий генуэзец так и умер, не подозревая, что он открыл Новый Свет.

Слушатели запротестовали, но Паганель стоял на своем.

– Это совершенно достоверно, – объявил он. – Я отнюдь не хочу умалять славу Колумба, но факт остается фактом. В конце пятнадцатого века все помыслы людей были направлены к тому, чтобы облегчить сношения с Азией и западными путями выйти к востоку. Одним словом, стремились найти кратчайший путь в «страну пряностей». Это и пытался осуществить Колумб. Он совершил четыре путешествия, приставал к Америке у берегов Гондураса, Никарагуа, Верагуа[1] и Коста-Рики, причем все эти земли считал японскими и китайскими. И он умер, не подозревая о существовании огромного материка, увы, даже не унаследовавшего его имени.

– Я готов поверить вам, дорогой Паганель, – отозвался Гленарван. – Но позвольте мне выразить удивление и задать вам вопрос: кто же из мореплавателей правильно понял открытие Колумба?

– Его последователи, начиная с Охеды, который сопровождал Колумба в его путешествиях, затем Винсент Пинсон, Америго Веспуччи, Мендоса, Бастидас, Кабрал, Солис, Бальбоа. Эти мореплаватели проплыли вдоль восточных берегов Америки, отмечая на карте их границы: триста шестьдесят лет назад их несло к югу то самое течение, которое теперь несет и нас с вами. Представьте, друзья мои, мы пересекли экватор как раз в том месте, где пересек его Пинсон в последний год пятнадцатого века, и мы приближаемся к тому самому восьмому градусу южной широты, под которым Пинсон высадился тогда у берегов Бразилии. Годом позже португалец Кабрал спустился южнее – до Порту-Сегуру. Затем Веспуччи во время своей третьей экспедиции, в тысяча пятьсот втором году, продвинулся еще дальше на юг. В тысяча пятьсот восьмом году Винсент Пинсон и Солис соединились для совместного обследования американских

[1] Верагуа – старое название Панамы.

берегов, и в тысяча пятьсот шестнадцатом году Солис открыл устье реки Ла-Платы, но там его съели туземцы. Честь же первым обогнуть новый материк выпала Магеллану. Этот великий мореплаватель в тысяча пятьсот двадцатом году направился к Америке с пятью судами. Он проплыл вдоль берегов Патагонии, открыл порт Десеадо, а также бухту Сан-Хулиан, где долго простоял. Затем, открыв за пятьдесят вторым градусом широты пролив Вирхенес[1], который впоследствии получил его имя, Магеллан вышел в Тихий океан. Ах, какую радость он должен был почувствовать, как забилось от волнения его сердце, когда перед его глазами, сверкая под лучами солнца, раскинулось новое море!

– Как бы мне хотелось быть там! – воскликнул Роберт, воодушевленный словами географа.

– Мне тоже, мой мальчик, и, конечно, я не упустил бы такого случая, родись я на триста лет раньше.

– Но это было бы печально для нас, господин Паганель, – отозвалась леди Элен, – ведь в этом случае вас не было бы с нами на палубе «Дункана» и мы не услышали бы всего того, что вы сейчас рассказали нам.

– Другой бы рассказал вам об этом вместо меня, сударыня, и он еще прибавил бы, что западный берег Америки был исследован братьями Писарро. Эти искатели приключений основали здесь много городов. Куско, Кито, Лима, Сантьяго, Вильяррика, Вальпараисо и Консепсьон, куда направляется наш «Дункан», обязаны им своим существованием. Открытия братьев Писарро дополнили открытия Магеллана, и очертания американских берегов были, к большому удовлетворению ученых Старого Света, занесены на карту.

– Ну, я не удовлетворился бы этим, – заявил Роберт.

– Почему же? – спросила Мери, глядя на своего юного брата, увлеченного рассказом обо всех этих открытиях.

– В самом деле, мой мальчик, почему? – с ободряющей улыбкой спросил и лорд Гленарван.

– Да потому, что я захотел бы узнать, есть ли еще что-нибудь за Магеллановым проливом.

---

[1] Ошибка Ж. Верна: Вирхенес – мыс, выдающийся в Магелланов пролив; пролив этот был назван Магелланом проливом Тодос-лос-Сантос (Всех Святых).

– Браво, друг мой! – воскликнул Паганель. – Я тоже захотел бы узнать, простирается ли материк до Южного полюса или там открытое море, как предполагал Дрейк, один из ваших соотечественников. Итак, несомненно, что если бы Роберт Грант и Жак Паганель жили в семнадцатом веке, то они непременно отправились бы вслед за двумя голландцами – Схаутеном и Ле Мером, стремясь, как и они, отгадать эту географическую загадку.

– Это были ученые? – спросила леди Элен.

– Нет, просто смелые купцы, которых мало заботила научная сторона открытий. В то время существовала голландская Ост-Индская компания, которая одна имела право провозить товары через Магелланов пролив. А так как тогда не знали другого пути в Азию, кроме этого пролива, такая привилегия была просто грабительской. И вот несколько купцов решили уничтожить эту монополию, открыв другой пролив. В их числе был некий Исаак Ле Мер, человек умный и образованный. Он снарядил на свои средства экспедицию, во главе которой были поставлены его племянник Якоб Ле Мер и Схаутен, опытный моряк родом из Горна. Эти отважные мореплаватели пустились в путь в июне тысяча шестьсот пятнадцатого года, почти через сто лет после Магеллана. Они открыли новый пролив между Землей Штатов и Огненной Землей, названный проливом Ле Мера, а в феврале тысяча шестьсот шестнадцатого года обогнули столь известный теперь мыс Горн, который еще больше, чем его собрат, мыс Доброй Надежды, заслуживает названия мыса Бурь.

– О, я в самом деле хотел бы быть там! – воскликнул Роберт.

– И ты, мой мальчик, испытал бы ни с чем не сравнимое счастье! – с воодушевлением сказал Паганель. – В самом деле, есть ли большее удовлетворение, большая радость, чем те, которые испытывает мореплаватель, нанося на судовую карту свои открытия! Его взору медленно открываются новые земли, они как бы всплывают из морских волн, остров за островом, мыс за мысом. Сначала контуры этих земель на карте прерывисты: тут – отдельный мыс, там – одинокая бухта, дальше – затерянный в пространстве пролив. Но со временем открытия дополняют друг друга, отрезки соединяются, точки сливаются, и вот наконец новый материк с его озерами, реками, речками, горами, долинами, равнинами, деревнями, городами, столицами появляется на глобусе во всем своем великолепии. Ах, друзья мои, человек, открывающий новые земли, – тот же изобретатель! Он переживает те же волнения, те же неожиданности. Но теперь эта золотая жила оскудела: всё видели, всё обследовали, всё, что можно было открыть, открыли, и нам, современным географам, больше нечего делать.

– Нет, дорогой Паганель, еще есть что делать, – возразил Гленарван.

– А что же?

– Да то, что мы делаем.

Между тем «Дункан» с изумительной быстротой несся по пути Веспуччи и Магеллана. 15 сентября он пересек тропик Козерога и взял курс к знаменитому проливу. Несколько раз едва заметной полоской на горизонте показывались низкие берега Патагонии. До них было больше десяти миль, и Паганель, даже смотря в свою знаменитую подзорную трубу, мог получить об американском побережье лишь весьма неясное представление.

25 сентября «Дункан» был уже у Магелланова пролива и уверенно вошел в него. Пароходы, направляющиеся в Тихий океан, обычно предпочитают этот путь. Точная длина Магелланова пролива составляет всего триста семьдесят шесть миль. Он настолько глубок, что по нему даже у самых берегов могут проходить суда большого водоизмещения. По берегам много источников пресной воды, рек, изобилующих рыбой, лесов, богатых дичью, сколько угодно легкодоступных мест для стоянок. Словом, здесь множество преимуществ, которых нет ни в проливе Ле Мера, ни у мыса Горн с его грозными скалами, где непрестанно свирепствуют ураганы и штормы.

В первые часы, то есть на протяжении шестидесяти – восьмидесяти миль, до самого мыса Грегори, «Дункан» плыл вдоль низких песчаных берегов. Жак Паганель старался не упустить ни одного уголка берега, ни одной детали пролива. Яхта должна была пройти пролив меньше чем за двое суток, и подвижная панорама берегов, залитая сверкающим южным солнцем, конечно, заслуживала такого неотступного наблюдения. На северном берегу не видно было жителей, только по обнаженным скалам Огненной Земли бродили несколько туземцев.

Паганелю оставалось лишь сожалеть о том, что он не видит ни одного патагонца; это вызывало в нем сильнейшую досаду, что очень забавляло его спутников.

– Что за Патагония без патагонцев! – с раздражением повторял он.

– Потерпите, почтенный географ, мы еще увидим патагонцев, – утешал его Гленарван.

– Далеко не уверен в этом.

– Но ведь они существуют, – заметила леди Элен.

– Сомневаюсь в этом, сударыня, раз я не вижу ни одного.

– Но ведь кого-то же назвали «патагонцами», что по-испански значит «большие ноги».

– Э, название ничего не значит! – воскликнул Паганель, упрямо стоявший на своем, чтобы разжечь спор. – А к тому же, сказать по правде, неизвестно еще, как они называются.

– Не может быть! – удивился Гленарван. – Вы знали это, майор?

– Нет, – ответил Мак-Наббс, – и не дал бы и одного шотландского фунта за то, чтобы узнать.

– И все-таки вы сейчас услышите кое-что об этом, равнодушный человек! – заявил Паганель. – Правда, Магеллан назвал здешних туземцев патагонцами, но арауканы зовут их техуэльче, у Бугенвиля они известны под именем чайхи. Сами же они себя зовут общим именем инакен[1]. Вот и скажите теперь, как тут разобраться и вообще может ли существовать народ, у которого столько названий.

– Вот это довод! – воскликнула леди Элен.

– Ну, хорошо, – сказал Гленарван, – но наш друг Паганель, наверное, согласится с тем, что если существуют сомнения относительно названия патагонцев, то, по крайней мере, известно, какого они роста.

– Никогда не соглашусь с таким чудовищным утверждением! – воскликнул Паганель.

– Они высокого роста, – настаивал Гленарван.

– Не знаю.

– Низкого? – спросила леди Элен.

– Никто не может утверждать и этого.

– Так среднего роста? – проговорил Мак-Наббс, желая всех примирить.

– И это мне не известно.

---

[1] Географы XVIII–XIX вв. внесли основательную путаницу в этнографическую номенклатуру Южной Америки. В те времена Патагонией назывался район от широты Буэнос-Айреса до Огненной Земли. Собственно патагонцами является группа индейцев техуэльче, которые делятся на северных и южных.

– Ну, это уж слишком! – воскликнул Гленарван. – Путешественники, которые их видели…

– Путешественники, которые их видели, – перебил его Паганель, – противоречат друг другу. Так, Магеллан говорит, что его голова едва доходила им до пояса…

– Ну, вот видите!

– Да, но Дрейк утверждает, что англичане выше ростом самого высокого патагонца.

– Ну, англичане… – презрительно заметил майор. – Вот если бы там были шотландцы…

– Кавендиш уверял, что патагонцы – народ крепкий и рослый, – продолжал Паганель. – По словам Гаукинса, это просто великаны. Ле Мер и Схаутен приписывают им рост в одиннадцать футов…

– Прекрасно! Эти люди заслуживают доверия, – заметил Гленарван.

– Да, но такого же доверия заслуживают и Вуд, и Нарборо, и Фолкнер, а по их мнению – патагонцы среднего роста. Правда, Байрон Ла Жироде, Бугенвиль, Уэлс и Картере утверждают, что средний рост патагонцев – шесть футов шесть дюймов, а господин д'Орбиньи, лучший знаток этих мест, считает, что он равен только пяти футам четырем дюймам.

– Но какое же из этих противоречивых показаний верно? – спросила леди Элен.

– Верно, сударыня, что у патагонцев ноги короткие, а туловище длинное. В шутку можно выразиться так: в них шесть футов, когда они сидят, и только пять, когда стоят.

– Браво, милейший ученый! – воскликнул Гленарван. – Вот это хорошо сказано!

– Ну а если патагонцев вообще не существует, тогда отпадают и все разногласия, – продолжал Паганель. – А теперь, друзья мои, замечу в утешение, что Магелланов пролив великолепен и без патагонцев.

В это время «Дункан», плывя вдоль живописных берегов, огибал полуостров Брансуик. Было пройдено уже семьдесят миль от мыса Грегори, по правому борту осталась исправительная тюрьма в Пунта-Аренас. Среди деревьев промелькнул чилийский флаг и колокольня церкви. Пролив катил свои воды среди величественных гранитных массивов. Подножия гор скрывались в огромных лесах, а вершины их, покрытые вечным снегом, терялись в облаках. На юго-западе поднималась гора Тарн в шесть тысяч пятьсот футов вышиной.

После продолжительных сумерек наступила темнота. Дневной свет постепенно угас, и на землю легли мягкие тени. Небо загорелось яркими звездами. Созвездие Южного Креста указывало мореплавателям путь к Южному полюсу. В этой сияющей ночи, при свете звезд, заменявших в этих краях маяки цивилизованных стран, яхта смело продолжала свой путь, не бросая якоря ни в одной из удобных бухт, которых здесь так много. Часто реи задевали за ветки южных буков, склонявшихся к волнам, часто винт взбивал воды в устьях больших рек, поднимая диких гусей, уток, куликов, чирков и вообще все пернатое царство этих болотистых мест. Вскоре показались какие-то развалины и оползни. Ночь придавала им величественный вид. Это были печальные остатки покинутой колонии, имя которой – вечное свидетельство того, что местность эта вовсе не так плодородна, а леса не так богаты дичью, как говорят. «Дункан» проходил мимо Голодного Порта.

На этом месте поселился в 1584 году испанец Сармьенто во главе четырехсот эмигрантов. Здесь он основал город Сан-Фелипе. Часть поселенцев погибла от свирепых морозов. Голод прикончил тех, кого пощадила зима. И в 1587 году корсар Кавендиш нашел последнего из четырехсот несчастных эмигрантов умирающим от голода на развалинах этого города, просуществовавшего три года, но пережившего, казалось, шесть веков.

«Дункан» проплыл вдоль этих пустынных берегов. На рассвете он снова плыл по тесному проливу между буковыми, ясеневыми и березовыми лесами. Время от времени показывались зеленые пригорки, поросшие остролистом холмы, вершины гор. Там, высоко, был виден обелиск Бугенвиля.

Яхта прошла мимо устья бухты Сан-Николас. Некогда Бугенвиль назвал ее Французским заливом. Вдали резвились тюлени и киты, о величине которых можно было судить по выбрасываемым ими мощным фонтанам воды, видимым на расстоянии четырех миль. Наконец «Дункан» обогнул мыс Фроуорд, еще покрытый кое-где зимним льдом. По другую сторону пролива, на Огненной Земле, поднималась на шесть тысяч футов в небо гора Сармьенто – гигантское нагромождение утесов и скал, между которыми проползали облака, образуя как бы воздушный архипелаг.

В сущности, мысом Фроуорд и заканчивается Америка, ибо мыс Горн – не что иное, как утес, затерявшийся в океане под 56° южной широты.

После мыса Фроуорд, между полуостровом Брансуик и островом Десоласьон, пролив суживается. Этот длинный остров вытянулся среди множества мелких островков, напоминая колоссального кита, выброшенного на усеянный валунами берег. Как не похож этот изрезанный конец Американского материка на ровные, правильные оконечности Африки, Австралии и Индии! Какая неведомая катастрофа искрошила этот огромный мыс, брошенный между двух океанов!

Далее вместо плодородного побережья протянулись пустынные, дикие берега, изрезанные запутанным лабиринтом узких проток.

«Дункан» неуклонно и безошибочно шел этими капризными извилинами, смешивая столбы дыма из своих труб с туманом, сквозь который порой проглядывали скалы. Не замедляя хода, яхта прошла мимо нескольких испанских факторий, обосновавшихся на этих безлюдных берегах. Затем пролив снова расширяется. «Дункан», обойдя крутые берега островов Нарборо, приблизился к южному побережью. Наконец, через тридцать шесть часов после входа в пролив, на «Дункане» увидели скалу мыса Пилар на самой окраине острова Десоласьон. Огромное, просторное, сверкающее море простиралось перед форштевнем «Дункана». И Жак Паганель, приветствуя море восторженным жестом, был взволнован не менее, чем сам Магеллан, когда его корабль «Тринидад» накренился под ветром Тихого океана.

Глава десятая. Тридцать седьмая параллель

Через неделю после того, как «Дункан» обогнул мыс Пилар, он на всех парах вошел в бухту Талькауано – великолепную гавань длиной в двенадцать и шириной в девять миль. Погода была прекрасная. В этом краю с ноября по март на небе не видно ни одной тучки, и вдоль берегов, защищенных Кордильерами, неизменно дует южный ветер. По приказанию лорда Гленарвана Джон Манглс вел яхту вблизи берегов архипелага Чилоэ и других бесчисленных осколков этой части Американского материка. Здесь какой-нибудь обломок, сломанная мачта, кусок дерева, обработанный человеческой рукой, могли навести «Дункан» на след крушения «Британии». Но ничего такого не было видно. Яхта продолжала свой путь и, наконец, через сорок два дня после того, как покинула туманные воды Фёрт-оф-Клайд, бросила якорь в порту Талькауано.

Тотчас же Гленарван велел спустить на воду шлюпку, сел в нее вместе с Паганелем, и вскоре они высадились на берег у бревенчатого мола. Ученый-географ хотел было применить на практике свой испанский язык, над изучением которого он так добросовестно потрудился, но, к его крайнему удивлению, туземцы его не понимали.

– Очевидно, у меня плохое произношение, – сказал он.

– Отправимся в таможню, – сказал Гленарван.

В таможне с помощью нескольких английских слов и выразительных жестов ему дали понять, что английский консул живет в Консепсьоне, на расстоянии часа езды. Гленарван легко нашел двух хороших верховых лошадей, и вскоре они с Паганелем уже въезжали в этот большой город, обязанный своим существованием предприимчивому Вальдивия, спутнику братьев Писарро.

Но в какой упадок пришел некогда великолепный город! Подвергающийся набегам индейцев, пострадавший от пожара в 1819 году, со стенами, еще черными от огня, опустошенный, разоренный, он насчитывал теперь едва восемь тысяч жителей, уступая по значению соседнему городу – Талькауано. Жители Консепсьона были до того ленивы, что улицы его зарастали травой, как луга. Никакой торговли, никакой деятельности, никаких дел. С каждого балкона неслись звуки мандолины, а из-за решетчатых ставен слышалось томное пение. Консепсьон, бывший когда-то городом мужчин, стал селением женщин и детей.

Гленарван не выказал большого желания углубляться в причины такого упадка, хотя Паганель и порывался заговорить на эту тему. Не теряя ни минуты, Гленарван отправился к консулу ее величества британской королевы Дж. Р. Бентоку, эсквайру, который принял его очень учтиво и, узнав историю капитана Гранта, взялся навести справки по всему побережью.

Консул Бенток ничего не знал относительно того, было ли выброшено у тридцать седьмой параллели, на чилийском или арауканском побережье, трехмачтовое судно «Британия». Никаких подобных сведений не поступило ни к нему, ни к его коллегам, консулам других стран. Гленарвана это, однако, не обескуражило. Он вернулся в Талькауано и, не жалея ни хлопот, ни денег, разослал по всему побережью людей на разведку. Тщетно: самые подробные опросы прибрежного населения ничего не дали. Из этого следовало, что после крушения «Британии» от нее не осталось никаких следов.

Гленарван уведомил своих спутников о безрезультатности предпринятых им розысков. Мери Грант и ее брат не смогли скрыть горя. Прошло уже шесть дней со времени прибытия «Дункана» в Талькауано. Его пассажиры собрались на юте. Леди Элен старалась утешить – конечно, не словами (что могла она сказать!), а ласками – детей капитана. Жак Паганель снова взялся за документ: он с глубочайшим вниманием рассматривал его, словно стремясь выпытать у него нечто новое. Уже целый час географ разглядывал документ, когда Гленарван вдруг обратился к нему:

– Паганель! Я полагаюсь на вашу проницательность. Не ошибочно ли наше толкование этого документа? Логичны ли дополненные нами слова?

Паганель ничего не ответил: он размышлял.

– Быть может, мы неверно определили предположительное место катастрофы? – продолжал Гленарван. – Разве слово «Патагония» не бросается в глаза даже самому недогадливому человеку?

Паганель продолжал молчать.

– Наконец, слово «индеец» не говорит ли за то, что мы правы? – прибавил Гленарван.

– Несомненно, – отозвался Мак-Наббс.

– А если так, разве не очевидно, что потерпевшим крушение в ту минуту, когда они писали эти строки, грозила опасность попасть в плен к индейцам?..

– Тут я остановлю вас, дорогой Гленарван, – заговорил наконец Паганель. – Если ваши первые выводы верны, то последний, во всяком случае, мне не кажется правильным.

– Что вы хотите сказать? – спросила леди Элен.

Все взоры устремились на географа.

– Я хочу сказать, что капитан Грант *в настоящее время в плену у индейцев,* – раздельно произнес Паганель, – и добавлю, что документ не оставляет никаких сомнений на этот счет.

– Объясните, господин Паганель, – попросила мисс Грант.

– Нет ничего легче, дорогая Мери: вместо того чтобы читать «станут пленниками», нужно читать «стали пленниками», и тогда все становится ясно.

– Но это невозможно! – воскликнул Гленарван.

– Невозможно? А почему, мой уважаемый друг? – спросил, улыбаясь, Паганель.

– Да потому, что бутылка могла быть брошена только в тот момент, когда судно разбилось о скалы. Отсюда и вывод, что градусы широты и долготы, означенные в документе, указывают место крушения.

– Это не доказано! – с живостью возразил Паганель. – Не вижу, почему потерпевшие крушение не могли бы попытаться дать знать с помощью этой бутылки, где они находятся, уже после того, как индейцы увели их в глубь материка.

– По одной простой причине, дорогой Паганель: для того чтобы бросить в море бутылку, надо, во всяком случае, быть у моря.

– Или, за отсутствием моря, у рек, впадающих в него.

Удивленное молчание встретило этот ответ – неожиданный, но вполне приемлемый. По заблестевшим глазам слушателей Паганель мог понять, что в сердце каждого из них снова затеплилась надежда.

Первой прервала молчание леди Элен.

– Какая мысль! – воскликнула она.

– И какая хорошая мысль! – наивно добавил географ.

– Так вы думаете… – начал Гленарван.

– Я думаю, что надо найти место пересечения Американского материка тридцать седьмой параллелью и затем следовать вдоль нее, не уклоняясь ни на полградуса, до той точки, где эта параллель уходит в Атлантический океан. Двигаясь по этому маршруту, нам, быть может, и удастся найти потерпевших крушение на «Британии».

– Слабая надежда, – заметил майор.

– Хоть и слабая, но нельзя пренебрегать и такой, – возразил Паганель. – Если предположение мое верно и бутылка была действительно принесена в океан водами одной из рек этого материка, мы непременно нападем на следы пленников. Смотрите, друзья мои, смотрите на карту этой страны: я все докажу вам с полной очевидностью!

Говоря это, Паганель разложил на столе карту Чили и аргентинских провинций.

– Смотрите же, – повторил он, – и следуйте за мной в этой прогулке по Американскому материку. Переберемся через узкую полосу Чили. Перевалим через Андские хребты[1]. Спустимся к пампасам. Разве в этой местности мало рек, речек, горных потоков? Наоборот. Вот Рио-Негро, вот Рио-Колорадо, вот их притоки; все они пересечены тридцать седьмой параллелью, и все они свободно могли унести в море бутылку с документом. Быть может, там, среди какого-нибудь оседлого племени индейцев, на берегу одной из этих малоизвестных рек, в каком-нибудь горном ущелье те, кого я вправе назвать нашими друзьями, ждут, томясь в плену, чудесного избавления. Можем ли мы обмануть их надежды? Разве вы не согласны, что нам надо неуклонно придерживаться линии, которую мой палец проводит сейчас по карте? А если, вопреки моим предположениям, я и на этот раз ошибаюсь, разве долг не велит нам двигаться по тридцать седьмой параллели, и если это понадобится для разыскания потерпевших крушение, то и совершить по ней кругосветное путешествие?

Эти великодушные слова, произнесенные Паганелем с таким воодушевлением, произвели глубокое впечатление на слушателей. Все встали и стали пожимать ему руку.

– Да, мой отец там! – крикнул Роберт, жадно глядя на карту.

---

[1] Анды состоят из многочисленных параллельных, преимущественно меридиональных хребтов, называемых Кордильерами. Отсюда второе на звание Анд – Андские Кордильеры.

– И мы найдем его, где бы он ни был, мой мальчик, – заявил Гленарван. – Действительно, ничего не может быть логичнее толкования документа, сделанного нашим другом Паганелем, и надо без всяких колебаний идти по указанному им пути. Капитан Грант мог попасть в плен к многочисленному племени или к племени небольшому. В последнем случае мы сами его освободим. В первом же – разузнав о положении капитана, мы возвращаемся на восточное побережье, садимся на «Дункан» и достигаем Буэнос-Айреса. Здесь майор Мак-Наббс организует такой отряд, который справится со всеми индейцами аргентинских провинций.

– Правильно, правильно, милорд! – воскликнул Джон Манглс. – А я еще добавлю, что этот переход через материк безопасен.

– Безопасен и неутомителен, – подтвердил Паганель. – Сколько людей совершили этот переход, не располагая нашими возможностями и не имея перед собой, как мы, великой цели, их воодушевляющей! Разве некий Базилио Вильярмо не прошел в тысяча семьсот восемьдесят втором году от Кармен-де-Патагонес до Анд? А чилиец, судья из провинции Консепсьон, дон Луис де ла Крус, выйдя в тысяча восемьсот шестом году из Антуко и перевалив через Анды, не добрался ли через сорок дней до Буэнос-Айреса, следуя по той же тридцать седьмой параллели? Наконец, полковник Гарсиа, господин Альсид д'Орбиньи и мой почтенный коллега доктор Мартин де Мусси – разве они не изъездили этот край во всех направлениях, совершив во имя науки то, что мы собираемся совершить во имя человеколюбия!

– Господин Паганель! Господин Паганель! – воскликнула Мери Грант дрожащим от волнения голосом. – Как отблагодарить вас за самоотверженность, которая подвергнет вас стольким опасностям!

– Опасностям? – воскликнул Паганель. – Кто произнес здесь слово «опасность»?

– Не я! – отозвался Роберт.

Глаза мальчугана сверкали и были полны решимости.

– Опасности! – продолжал Паганель. – Да разве они есть? И вообще, о чем говорить? Путешествие всего в каких-нибудь тысячу четыреста километров – ведь мы будем двигаться по прямой линии; путешествие, которое будет совершаться под широтами, соответствующими широтам Испании, Сицилии, Греции в Северном полушарии, значит, почти в таком же климате, наконец, путешествие, которое продлится не больше месяца. Да это прогулка!

– Господин Паганель, – обратилась к нему леди Элен, – значит, вы думаете, что если потерпевшие крушение попали в руки индейцев, им пощадили жизнь?

– Думаю ли я, сударыня? Но эти индейцы не людоеды! Отнюдь! Один мой соотечественник, знакомый мне по Географическому обществу, Гинар, провел три года в пампасах в плену у индейцев. Правда, он перенес там немало страданий, с ним плохо обращались, но в конце концов он вышел победителем из этого испытания. В этих краях европейца считают полезным. Индейцы знают ему цену и заботятся о нем, как о самом полезном животном.

– Итак, решено! – заявил Гленарван. – Нужно отправляться, и немедленно. Каким будет наш путь?

– Нетрудным и приятным, – ответил Паганель. – Вначале горы, потом отлогий восточный склон Кордильер, а дальше – гладкая равнина с травкой и песочком: настоящий сад.

– Посмотрим по карте, – предложил майор.

– Вот, дорогой Мак-Наббс. Мы выступим из той точки чилийского побережья между мысом Румена и заливом Карнеро, где тридцать седьмая параллель вступает на Американский материк. Миновав столицу Араукании, мы горным проходом Антуко перевалим через Береговые Кордильеры, причем вулкан останется в стороне, на юге. Затем спустимся по пологим склонам гор, переберемся через Рио-Колорадо и двинемся через пампасы к озеру Салина-Гранде, к реке Гуамини, к Сьерра-Тапальке. В этом месте проходит граница провинции Буэнос-Айрес. Перейдя ее, мы поднимемся на Сьерра-дель-Тандиль и продолжим наши поиски до мыса Меданос на побережье Атлантического океана.

Описывая маршрут предстоящей экспедиции, Паганель даже не потрудился взглянуть на лежавшую перед его глазами карту: он не нуждался в ней. Его четкая память, хранившая труды Фрезье, Молина, Гумбольдта, Мьерса, д’Орбиньи, не могла ни ошибиться, ни запутаться. Покончив с этой географической номенклатурой, Паганель прибавил:

– Итак, друзья мои, путь наш прям. В месяц мы его закончим и будем на восточном побережье даже раньше «Дункана», если его хоть немного задержит в пути западный ветер.

– Стало быть, «Дункану» придется крейсировать между мысами Корьентес и Сан-Антонио? – спросил Джон Манглс.

– Именно так.

– А какой вы наметили бы состав нашей экспедиции? – спросил Гленарван.

– Самый малый. Ведь наша цель – разузнать, что с капитаном Грантом. Мы же не собираемся сразу вступать в бой с индейцами. Я думаю, пойдет лорд Гленарван – он, разумеется, будет нашим предводителем; майор, который, конечно, никому не согласился бы уступить свое место; ваш покорный слуга Жак Паганель…

– И я! – крикнул юный Грант.

– Роберт! Роберт! – остановила его сестра.

– А почему бы и нет? – возразил Паганель. – Юноши закаляются в путешествиях. Итак, мы четверо и трое матросов с «Дункана»…

– Как, – спросил Джон Манглс Гленарвана, – а меня вы не берете?

– Дорогой Джон, мы ведь оставляем на борту яхты наших пассажирок, то есть самое драгоценное для нас на свете. Кто лучше может о них позаботиться, чем преданный капитан «Дункана»!

– Так, значит, мы не сможем пойти с вами? – сказала леди Элен. Взор ее затуманился грустью.

– Дорогая Элен, – ответил Гленарван, – наше путешествие должно совершиться в кратчайший срок. Мы расстаемся ненадолго, и…

– Да, друг мой, я понимаю вас, – промолвила леди Элен. – Поезжайте, горячо желаю вам успеха!

– К тому же это даже не путешествие, – заявил Паганель.

– Что же это такое? – спросила леди Элен.

– Да просто переход. Мы совершим его, как совершают путь земной все честные люди, творя добро по мере сил. Transire benefaciendo[1] – вот наш девиз.

Этими словами Паганеля спор закончился, если спором можно назвать разговор, все участники которого держатся одного мнения. В тот же день начались приготовления к экспедиции. Решено было держать их в строжайшей тайне, чтобы не привлечь внимания индейцев.

Отъезд назначили на 14 октября. Когда речь зашла о том, кто из матросов отправится, все они предложили свои услуги. Гленарван не знал,

---

[1] Идти, творя добро (лат.).

кого выбрать, и, не желая обидеть никого из этих славных малых, решил бросить жребий. Так и было сделано.

Повезло помощнику капитана Тому Остину, силачу Вильсону и Мюльреди, который, пожалуй, мог бы состязаться в боксе с самим Томом Сайерсом.

Гленарван проявил исключительную энергию в этих приготовлениях. Он желал завершить их в назначенный день и добился этого. Не менее энергично, чем Гленарван, действовал Джон Манглс. Он спешил запастись углем, чтобы немедленно выйти снова в море. Джону хотелось прибыть на аргентинское побережье раньше путешественников. И вот между Гленарваном и молодым капитаном возникло настоящее соперничество, и оно, конечно, послужило на пользу дела.

14 октября в назначенный час все были готовы. В момент отплытия пассажиры яхты собрались в кают-компании. «Дункан» уже снимался с якоря, и лопасти его винта будоражили прозрачные воды бухты Талькауано. Гленарван, Паганель, Мак-Наббс, Роберт Грант, Том Остин, Вильсон и Мюльреди, вооруженные карабинами и кольтами, готовились покинуть яхту. Проводники и мулы ждали их у конца бревенчатого мола.

– Пора, – вымолвил наконец лорд Гленарван.

– Ну, отправляйтесь, друг мой, – стараясь сдержать волнение, ответила леди Элен.

Лорд Гленарван прижал ее к груди. Роберт бросился на шею сестре.

– А теперь, дорогие друзья, – воскликнул Паганель, – покрепче пожмем на прощанье друг другу руки, чтобы это рукопожатие чувствовалось до самой нашей встречи на берегах Атлантического океана!

Это, конечно, было невозможно. Однако некоторые обнимались так горячо, что пожелание почтенного ученого могло, пожалуй, и осуществиться.

Все, кто оставался, снова поднялись на палубу, а семеро путешественников покинули «Дункан». Вскоре они высадились у набережной. Маневрировавшая в это время яхта подошла к ней ближе чем на полкабельтова[1].

– Счастливого пути и успеха, друзья мои! – крикнула в последний раз леди Элен с юта.

– Вперед! – скомандовал Джон Манглс машинисту.

---

[1] Кабельтов – морская мера длины, равная 185,2 метра.

– В путь! – как бы перекликаясь с капитаном, крикнул лорд Гленарван.

И в тот момент, когда наши всадники понеслись по прибрежной дороге, «Дункан» на всех парах направился в открытое море.

Глава одиннадцатая. Переход через Чили

Гленарван взял с собой четырех проводников-туземцев: троих мужчин и одного мальчика. Во главе их стоял англичанин, проживший в этой стране более двадцати лет. Занимался он тем, что отдавал внаем мулов путешественникам и был проводником через Кордильеры. Перевалив через горы, он обыкновенно передавал своих путешественников «бакеано» – аргентинскому проводнику, хорошо знакомому с дорогами в пампасах. Англичанин еще не совсем забыл в обществе индейцев и мулов свой родной язык и мог разговаривать с нашими путешественниками. Гленарван был очень рад, что благодаря этому индейцы понимали и выполняли его приказы, ведь Жаку Паганелю никак не удавалось объясниться с ними.

При проводнике (туземцы называли его «катапац») было два подручных пеона и двенадцатилетний мальчуган. Пеоны погоняли мулов, нагруженных багажом экспедиции, а мальчик вел «мадрину» – невысокую кобылу с бубенчиками. Мадрина шла впереди, десять мулов следовали за ней. На семи из них ехали наши путешественники, на восьмом – катапац. Остальные два мула были нагружены съестными припасами и рулонами ткани, которые должны были задобрить касиков[1]. Пеоны шли, как они привыкли, пешком. Переход через Южную Америку обещал быть быстрым и безопасным.

Перевалить через Анды не так-то легко. Сделать это можно, только имея в своем распоряжении выносливых мулов, из которых наиболее ценятся аргентинские. У этих превосходных животных выработались свойства, какими порода их первоначально не обладала. Они неприхотливы в пище, пьют раз в день, легко проходят сорок километров за восемь часов и свободно несут груз в четырнадцать арробов[2].

На всем пути от одного океана до другого нет ни одного постоялого двора. Обычно путешественники питаются в дороге сушеным мясом, рисом, приправленным перцем, и дичью, которую удается подстрелить. В горах пьют из потоков, на равнине – из ручьев. К воде прибавляют несколько капель рома, хранящегося у каждого путешественника в бычьем роге – шифле. Впрочем, в тех краях лучше пить поменьше спиртного, ибо нервы и

[1] Касик – вождь туземного племени.

[2] Арроб – местная мера веса, равная 11 килограммам.

без того в очень возбужденном состоянии. А все постельные принадлежности заменяет туземное седло – рекадо. Оно сделано из пелионов – бараньих шкур, дубленных с одной стороны и покрытых шерстью с другой, – и укрепляется на муле широкими, роскошно вышитыми подпругами. Ночью путешественник, завернувшись в эти теплые пелионы, спокойно спит: ему нипочем никакая сырость.

Гленарван, бывалый путешественник, умеющий приноравливаться к местным обычаям, оделся сам и одел своих спутников в чилийские одежды. Паганель и Роберт – большое дитя и малое – пришли в невыразимый восторг, когда просунули головы в чилийское пончо – широкий плащ с отверстием посередине, а на ноги натянули сапоги из лошадиной кожи. И надо было видеть, какой вид имели их мулы в богатой сбруе, с арабскими удилами во рту, с длинными плетеными поводьями, служившими в то же время и кнутом, с металлическими украшениями на уздечке, с яркими альфорхас – двойными холщовыми мешками с дневным запасом продуктов. Пока рассеянный Паганель взбирался на такого великолепного мула, животное три или четыре раза чуть не лягнуло его. Усевшись же в седло, с неразлучной подзорной трубой через плечо, и упершись ногами в стремена, наш ученый всецело положился на опытность своего мула, и надо сказать, что ему не пришлось в этом раскаиваться. Роберт же проявил замечательные способности к верховой езде.

Двинулись в путь. Погода была чудесная. Хотя на небе не было ни облачка, но зноя не чувствовалось – дул свежий ветер с моря. Маленький отряд быстро продвигался по извилистым берегам бухты Талькауано, стремясь выйти в тридцати милях к югу на тридцать седьмую параллель. Целый день быстро ехали среди камышей пересохших болот, но говорили мало: слишком живо было впечатление от прощания с оставшимися на яхте. Еще виднелся дым «Дункана», уже исчезавшего за горизонтом. Все молчали, за исключением Паганеля: усердный географ задавал себе вопросы по-испански и отвечал сам себе на том же языке.

Глава проводников – катапац – был человеком довольно молчаливым; к тому же и его профессия не очень располагала к болтовне. Он почти не разговаривал с пеонами. Те прекрасно знали свое дело. Когда какой-нибудь из мулов останавливался, они подгоняли его гортанным криком, а если это не помогало, то преодолевали упрямство животного, метко швыряя в него камнями. Когда, случалось, ослабевала подпруга или сваливалась уздечка, пеон сбрасывал свой плащ и, покрыв им голову мула, приводил все в порядок, после чего животное снова пускалось в путь.

Погонщики мулов имеют обыкновение начинать дневной переход после завтрака, в восемь часов утра, и останавливаться на ночлег в четыре часа пополудни. Гленарван сообразовался с этим обычаем. Когда катапац подал сигнал к остановке, путешественники, ехавшие весь день у пенистых волн океана, приближались к городу Арауко, расположенному в самой южной части бухты. Отсюда до места, где начинается тридцать седьмая параллель, – до залива Карнеро – надо было проехать к западу еще миль двадцать. Но нанятые Гленарваном люди уже осмотрели всю эту часть побережья и не нашли никаких следов крушения. Новое обследование было бы излишним. Поэтому решили, что из Арауко экспедиция направится по прямой линии на восток.

Маленький отряд остановился на ночь в городе, расположившись прямо во дворе одного трактира, благоустроенность которого оставляла желать лучшего.

Арауко – столица Араукании, крошечного государства, занимающего площадь всего в каких-нибудь сто пятьдесят лье в длину и тридцать в ширину. Населяют Арауканию молуче – эти первородные сыны Чили. Гордое и сильное племя молуче – единственное из племен Америки, которое никогда не подпадало под иноземное владычество. Правда, некогда город Арауко был захвачен испанцами, но население Араукании не подчинилось им. Оно оказывало им такое же сопротивление, какое теперь оказывает захватническим попыткам Чили. И поныне государственный флаг его – белая звезда на лазурном фоне, – развеваясь на укрепленном холме, защищающем столицу, гордо говорит о независимости Араукании[1].

Пока готовили ужин, Гленарван, Паганель и катапац прогуливались по городу, между домами с соломенными крышами. В Арауко, кроме церкви и развалин францисканского монастыря, не было ничего достопримечательного. Гленарван попытался разузнать что-нибудь о «Британии», но безуспешно. Несмотря на все старания Паганеля, никто из местных жителей не понимал его. Но раз родным языком их было, как и повсюду здесь, до самого Магелланова пролива, арауканское наречие, то,

---

[1] Араукания была постоянным объектом территориальных захватов испанских колонизаторов, оттеснявших арауканов в глубинные и южные районы. В 1773 году испанские власти формально признали независимость Араукании. В 80-х годах XIX века она была включена в состав Чили.

конечно, испанский язык мог пригодиться ему не больше древнееврейского. Но географ тешил если не слух, то глаз: разглядывая различные типы молуче, он как ученый испытывал истинную радость. Мужчины были рослые, с плоскими лицами медно-красного цвета, крупными головами с копной черных волос, все безбородые: у них было в обычае выщипывать себе бороду. Во взгляде их сквозило недоверие. Казалось, они предавались безделью, – безделью воинов, не знающих, чем заняться в мирное время. Их несчастные и отважные женщины несли на себе всю тяжелую работу по домашнему хозяйству, чистили лошадей и оружие, ходили за плугом, охотились за дичью вместо своих повелителей – мужчин. При всем этом женщины молуче умудрялись еще выделывать пончо – национальные плащи бирюзового цвета. Каждое из этих пончо требовало двух лет работы и стоило не меньше ста долларов. В общем, молуче – народ малоинтересный, с довольно-таки дикими нравами. Им свойственны почти все человеческие пороки, но только одна доблесть – любовь к независимости.

– Настоящие спартанцы! – повторял Паганель после прогулки за ужином.

Конечно, почтенный ученый преувеличивал, но он еще больше удивил своих собеседников, прибавив, что его французское сердце громко билось во время прогулки по городу Арауко. На вопрос майора, что же могло вызвать это внезапное сердцебиение, Паганель ответил, что волнение его было совершенно естественным, ибо еще не так давно один из его соотечественников занимал престол Араукании. Майор попросил географа сообщить имя этого монарха. Жак Паганель с гордостью назвал господина де Тоннена, бывшего адвоката из Перигё, доблестного человека, обладателя пышной бороды, который претерпел в Араукании то, что лишившиеся трона короли охотно называют «неблагодарностью своих подданных». Так как майор, услышав о бывшем адвокате, изгнанном с престола, насмешливо улыбнулся, то Паганель с полной серьезностью заметил, что, пожалуй, легче адвокату стать хорошим королем, чем королю хорошим адвокатом. Эти слова вызвали всеобщий смех. И тут же все выпили несколько глотков маисовой водки за здоровье бывшего короля Араукании – Орелия Антония I.

Через несколько минут путешественники, завернувшись в свои пончо, уже спали крепким сном.

На следующее утро, в восемь часов, маленький отряд двинулся вдоль тридцать седьмой параллели на восток. Шли в том же порядке: впереди –

мадрина, сзади – мулы. Дорога про ходила по плодородной земле Араукании, богатой виноградниками и пастбищами. Но мало-помалу местность делалась все пустыннее. Изредка встречались то хижина «растреадорес» – индейских объездчиков диких лошадей, известных по всей Америке, то какая-нибудь заброшенная почтовая станция, служившая теперь приютом бродяге-туземцу. Две речки преградили за этот день путь отряду: Раке и Тубал, но в обоих случаях катапац нашел брод.

У горизонта тянулась горная цепь Анд, постепенно повышаясь и вырисовываясь все более частыми пиками по направлению к северу. Но это еще были только нижние позвонки огромного хребта, поддерживающего могучее туловище Нового Света.

В четыре часа пополудни, после перехода в тридцать пять миль, путешественники, встретив среди равнины рощицу из гигантских миртов, сделали здесь привал. Мулов разнуздали и расседлали, и они принялись щипать густую луговую траву. Из ярких двойных мешков – альфорхас – достали неизменное сухое мясо и рис. После ужина путешественники улеглись на землю и, закутавшись в бараньи пелионы, положив под голову седла – рекадо, погрузились в глубокий целительный сон. Катапац и пеоны бодрствовали поочередно всю ночь.

Погода была благоприятной, и все участники экспедиции, не исключая и Роберта, хорошо себя чувствовали. Раз путешествие начиналось при таких счастливых предзнаменованиях, надо было этим пользоваться и «оседлать удачу», как делают это игроки. Таково было общее мнение.

На следующий день двигались быстро, благополучно переправились через пороги реки Бель, и, когда вечером расположились лагерем на берегу Био-Био, протекавшей на границе между Чили испанским и Чили независимым, Гленарван отметил, что экспедицией пройдено еще тридцать пять миль. Местность не менялась. Край был плодородный, кругом росли во множестве амариллис, фиалковое дерево, дурман и кактусы с золотистыми цветами. В чаще прятались какие-то звери; среди них оцелот – дикая кошка. Птиц было немного: иногда только мелькали цапля, чомга, одинокая сова или спасающиеся от когтей сокола дрозды. Туземцев почти не встречалось. Лишь изредка, словно тени, проносились галопом «гуасо» – вырождающиеся потомки индейцев и испанцев; бока их лошадей были исколоты огромной шпорой, привязанной к голой ноге всадника. По дороге не попадалось никого, кто мог бы что-нибудь сообщить путешественникам. Но Гленарван уже примирился с этим. Он старался убедить себя, что индейцы, захватив в плен капитана Гранта, должны были увести его по ту сторону Анд – следовательно, поиски могли дать какие-либо результаты только в пампасах, а не по эту сторону гор. Значит, пока надо было запастись терпением и быстро двигаться вперед.

17-го тронулись в путь в обычное время и в установленном порядке. Соблюдать этот порядок Роберту было нелегко. Горячий мальчуган, к отчаянию своего мула, все порывался опередить мадрину, и только строгий окрик Гленарвана мог вернуть его на место.

Местность становилась менее ровной. Появившиеся холмы и бурно катившиеся многочисленные рио – речки – указывали на близость гор. Паганель часто заглядывал в карту, и если какая-нибудь из речек там не значилась, а это бывало нередко, кровь географа закипала, и он очень забавно сердился.

– Речка без названия – это все равно что человек без паспорта, – с возмущением говорил ученый. – Для географического закона она не существует.

На этом основании наш ученый, не стесняясь, давал этим безыменным речкам самые звучные испанские названия и тут же заносил их на свою карту.

– Что за язык! – повторял Паганель. – Какой он звучный и гармоничный! Он будто вылит из металла! Я уверен, что в нем семьдесят восемь частей меди и двадцать две части олова – как в той бронзе, из которой льют колокола.

– Делаете вы успехи в испанском языке? – спросил его Гленарван.

– Конечно! Если бы только не это проклятое произношение!

И Паганель, не унывая, громогласно боролся с трудностями испанского произношения, что, впрочем, не мешало ему делать и географические наблюдения. В этой-то области он был удивительно силен, и тут уж, конечно, превзойти его никто не мог. Когда Гленарвану случалось обратиться к катапацу с вопросом относительно какой-нибудь особенности данного края, географ всегда опережал проводника. Катапац с великим изумлением смотрел на ученого.

В этот самый день, около двух часов дня, путь отряда пересекла какая-то дорога. Естественно, Гленарван спросил у катапаца ее название, и, естественно, ему ответил Жак Паганель:

– Это дорога из Юмбеля в Лос-Анхелес.

Гленарван посмотрел на катапаца.

– Совершенно верно, – подтвердил тот, а затем, обращаясь к географу, спросил: – Вы, значит, проезжали в этих краях?

– Разумеется! – серьезным тоном ответил Паганель.

– На муле?

– Нет, в кресле.

Капатас, очевидно, не понял его, так как, пожав плечами, вернулся на свое обычное место во главе отряда.

В пять часов вечера сделали привал в неглубоком ущелье, в нескольких милях от города Лаха. Эту ночь путешественники провели у подножия сьерры – первых ступеней Анд.

Глава двенадцатая. На высоте двенадцати тысяч футов

Переход через Чили совершался до сих пор без значительных происшествий. Но теперь должны были возникнуть все те препятствия и опасности, с которыми сопряжено путешествие в горах. Начиналась борьба с суровой природой.

Прежде чем пуститься в путь, нужно было решить один важный вопрос: какой перевал через Кордильеры выбрать, чтобы не отклониться от намеченного пути. Спросили мнение катапаца.

– В этой части Кордильер, – ответил тот, – я знаю лишь два перевала, удобных для езды.

– Вы, без сомнения, имеете в виду перевал Арика, открытый Вальдивия Мендосой? – спросил Паганель.

– Да.

– А второй, не правда ли, перевал Вильяррика?

– Правильно.

– Но, друг мой, оба эти перевала нам не подходят, потому что один из них лежит далеко к северу, а другой – далеко к югу от нашего пути.

– А вы можете предложить нам еще какой-нибудь проход? – обратился к географу майор.

– Могу, – ответил Паганель, – я имею в виду проход Антуко, идущий по склону вулкана под тридцать седьмым градусом тридцатью тремя минутами южной широты, то есть приблизительно в полуградусе от нашего пути, на высоте всего шести тысяч футов.

– Прекрасно! – сказал Гленарван. – Ну а вы, катапац, знаете этот перевал?

– Да, милорд, мне случалось проходить им, а не упомянул я о нем только потому, что это скорее горная тропа, по которой гонят свой скот пастухи-индейцы с восточных склонов.

– Ну что ж, друг мой, – сказал Гленарван, – там, где проходят стада лошадей, баранов и быков, сумеем пройти и мы. А раз этот проход ведет нас по прямой линии, пойдем через него!

Немедленно был дан сигнал к отправлению, и отряд углубился в лежащую меж больших известковых скал долину Лас-Лахас. Подъем был едва заметен. Около одиннадцати часов утра пришлось обогнуть небольшое озеро. Этот естественный водоем был живописным местом встречи всех соседних речек: журча, стекались они сюда и безмолвно сливались в прозрачной глади. Над озером поднимались «льянос» – обширные, поросшие дикими злаками склоны, где пасся скот индейцев. Вскоре отряд наткнулся на болото, тянувшееся к югу и к северу. Только благодаря инстинкту мулов путешественники выбрались оттуда благополучно. В час пополудни показался форт Бальенаре; он возвышался на утесе, как бы увенчивая его остроконечную вершину своими полуразвалившимися стенами. Отряд проехал мимо. Дорога становилась круче и каменистее; камни шумным каскадом скатывались из-под ног мулов. Около трех часов появились живописные развалины другого форта, разрушенного во время восстания 1770 года.

– Как будто горы, – сказал Паганель, – недостаточная преграда для людей и нужны еще укрепления!

Начиная отсюда дорога стала не только трудной, но даже и опасной. Подъемы сделались более крутыми, пропасти – угрожающе глубокими, тропинки по их краю становились все уже и уже. Мулы шли вперед осторожно, нагнув голову, обнюхивая дорогу. Ехали гуськом. Случалось, что на каком-нибудь крутом повороте мадрина вдруг исчезала из виду, и тогда маленький караван шел на отдаленное позвякивание ее колокольчика. Нередко извилистая тропа раздваивалась, отряд двигался по параллельным тропинкам, и катапац переговаривался со своими пеонами через непроходимую пропасть шириной всего в каких-нибудь двадцать футов, но глубиной в две тысячи.

Здесь трава еще боролась с камнями, пробиваясь между ними, но уже чувствовалось, что царство минералов побеждает царство растений. О близости вулкана Антуко говорили застывшие потоки лавы цвета железа, испещренные иглообразными желтыми кристаллами. Нагроможденные друг на друга утесы, казалось, должны были вот-вот обрушиться и удерживались на своем месте вопреки всем законам равновесия. Вероятно, их очертания легко менялись во время землетрясений. И при взгляде на все эти склонившиеся набок остроконечные вершины, покосившиеся купола, бугры было ясно, что для этой горной местности час окончательного формирования еще не пробил.

В таких условиях дорогу не так-то легко разыскать. Почти непрекращающиеся сотрясения костяка Анд часто меняют трассу, ориентиры исчезают. Поэтому катапац часто останавливался, разглядывал скалы, старался найти среди легко крошившихся камней следы индейцев. Но не оставалось никаких примет.

Гленарван шаг за шагом следовал за проводником. Он все понимал и чувствовал, как замешательство катапаца возрастало с трудностями пути. Он не решался задавать ему вопросы, считая, быть может не без основания, что не только у мулов, но и у их погонщиков есть инстинкт, на который и следует полагаться.

Так – можно сказать, наудачу – катапац брел еще с час, все поднимаясь, однако, в гору. Наконец он принужден был остановиться. Отряд находился в одном из узких ущелий, называемых индейцами «кебрадас». Дорогу преградила отвесная скала из порфира. После тщетных поисков какого-нибудь прохода катапац слез с мула и, скрестив на груди руки, остановился в выжидательной позе. Гленарван подошел к нему.

– Вы заблудились? – спросил он.

– Нет, милорд, – ответил катапац.

– Однако мы ведь не в проходе Антуко?

– Мы в нем.

– Вы не ошибаетесь?

– Не ошибаюсь. Вот зола костра, который разводили здесь индейцы, а вон следы, оставленные стадами лошадей и овец.

– Значит, по этой дороге можно пройти?

– Теперь уже нельзя: последнее землетрясение сделало ее непроходимой.

– Для мулов, но не для людей, – отозвался майор.

– Ну, это ваша забота, – ответил катапац, – я сделал все, что мог. Если вам угодно, мы с моими мулами готовы вернуться назад и искать других проходов через Анды.

– И на сколько это задержит нас?

– Дня на три, не меньше.

Гленарван задумался. Разумеется, катапац не отступал от условий, его мулы не могли идти дальше.

Но когда он предложил вернуться назад, Гленарван, обернувшись к своим спутникам, спросил их:

– Может быть, попробуем все-таки пройти?

– Мы пойдем за вами, – ответил Том Остин.

– И даже впереди вас, – добавил Паганель. – В чем, собственно говоря, дело? Надо перевалить через горную цепь, противоположный склон которой несравненно более отлог, чем тот, где мы сейчас находимся. Спустившись же по тому склону, мы раздобудем себе и аргентинских проводников – бакеанос, и быстроногих коней, привыкших скакать по равнинам. Вперед, и без колебаний!

– Вперед! – подхватили спутники Гленарвана.

– А вы не отправитесь с нами? – спросил катапаца Гленарван.

– Я погонщик мулов, – ответил тот.

– Как хотите.

– И без него обойдемся, – сказал Паганель. – Ведь по ту сторону этой скалы мы снова очутимся на тропинках прохода Антуко, и я ручаюсь, что не хуже лучшего местного проводника выведу вас самым прямым путем к подножию Кордильер.

Гленарван уплатил катапацу то, что ему причиталось, и отпустил его вместе с его пеонами и мулами. Оружие, инструменты и съестные припасы были распределены между семью путешественниками. С общего согласия, было решено немедленно начать восхождение и, если понадобится, провести в пути часть ночи. По левому склону гор вилась очень крутая тропинка, по которой мулы не могли бы пройти. Подниматься по такой тропинке было чрезвычайно трудно, но все же после двух часов изнурительного, запутанного пути Гленарван и его спутники снова выбрались в проход Антуко.

Теперь они находились уже недалеко от вершины хребта. Но никакой протоптанной тропы не было. Недавнее землетрясение все здесь изменило. Это неожиданное исчезновение тропы порядком озадачило Паганеля. Он подумал, что теперь подъем на вершину Анд, средняя высота которых колеблется от одиннадцати до двенадцати тысяч шестисот футов, будет сопряжен с большими трудностями. К счастью, время года было благоприятное: ветра нет, на небе ни облачка. Зимой – с мая по октябрь – такое восхождение было бы невозможно. Снежные лавины убивают путешественников, а тех, кого они пощадят, часто приканчивают жестокие «темпоралес» – местные ураганы, которые ежегодно сбрасывают новые жертвы в пропасти Анд.

Подъем продолжался всю ночь. Путники то взбирались на почти неприступные площадки, цепляясь руками за их выступы, то перепрыгивали через широкие и глубокие расщелины. Плечи товарищей при этом служили лестницей, а поданные друг другу руки – веревками. Отважные путешественники походили на труппу каких-то ловкачей-акробатов. Вот когда пригодились сила Мюльреди и ловкость Вильсона. Этим славным шотландцам приходилось просто разрываться на части, и их отвага и преданность не раз спасали весь отряд. Гленарван не спускал глаз с Роберта, так как мальчуган по своей горячности был очень неосторожен. Паганель устремлялся вперед с чисто французским пылом. Майор же потихоньку продвигался по склону, не делая ни одного лишнего движения. Замечал ли он вообще, что уже несколько часов поднимается в гору? Наверное, нет! Быть может, ему даже казалось, что он спускается.

В пять часов утра барометр показал, что путешественники уже достигли высоты в семь тысяч пятьсот футов. Они находились на так называемых вторичных плоскогорьях, где кончалась древесная растительность. Тут прыгали животные, которые осчастливили бы любого охотника, но они сами прекрасно знали это, ибо, еще издали завидев людей, уносились со всех ног. Это были ламы – драгоценные горные животные, заменяющие и барана, и быка, и лошадь, способные жить там, где не смог бы существовать даже мул, – и шиншиллы – маленькие боязливые грызуны, нечто среднее между зайцем и тушканчиком, ценные своим мехом. Задние лапки делали их похожими на кенгуру. Очень забавно было смотреть, как эти проворные зверьки, подобно белке, скакали по верхушкам деревьев.

– Это еще не птица, но уже не четвероногое, – заметил Паганель.

Однако лама и шиншилла не были последними животными, встреченными маленьким отрядом во время подъема. На высоте девяти тысяч футов, у границы вечных снегов, бродили целыми стадами жвачные животные необыкновенной красоты: альпака с длинной шелковистой шерстью и викуньи – безрогая коза, изящная и благородная, с тончайшей шерстью. Но приблизиться к этим красавицам гор было немыслимо, да и рассмотреть их было трудно: они уносились, как на крыльях, бесшумно скользя по ослепительно-белым коврам снега.

Все вокруг преобразилось: поднимающиеся со всех сторон огромные глыбы блестящего, местами синеватого льда отражали первые лучи восходящего солнца. Подъем стал очень опасным. Нельзя было ступить ни шагу, не прощупав самым тщательным образом, нет ли под снегом расщелины. Вильсон шел во главе отряда, пробуя ногой крепость льда. Его спутники поднимались за ним, стараясь идти точно по его следам и избегая повышать голос, ибо малейший шум, сотрясая воздух, мог вызвать обвал снегов, нависших футах в семистах или восьмистах над их головами.

Путники достигли пояса кустарников. Когда они поднялись еще на двести пятьдесят туазов, кустарники сменились злаками и кактусами. На высоте же одиннадцати тысяч футов исчезли и они. На бесплодной почве уже не видно было никакой растительности. За все время подъема путешественники сделали лишь один привал, в восемь часов утра. Быстро передохнув и кое-как подкрепившись, они, превозмогая усталость, отважно возобновили подъем, пренебрегая все возраставшими опасностями. Им приходилось перелезать через остроконечные гребни, пробираться над пропастями, куда даже заглянуть было страшно. Во многих местах попадались деревянные кресты, указывавшие места прошлых катастроф. Около двух часов пополудни между оголенными остроконечными вершинами развернулось огромное, без всяких следов растительности плоскогорье, похожее на пустыню. Воздух здесь был сухой, а небо ярко-голубого цвета. На этой высоте дождей не бывает: испарения здесь превращаются в снег или град. Повсюду, словно кости скелета, торчали из-под белого покрова остроконечные порфировые и базальтовые вершины. Иногда обваливались куски разрушавшегося от выветривания кварца или гнейса; разреженный воздух почти заглушал тупой звук их падения.

Несмотря на все мужество путешественников, силы начали изменять им. Гленарван, видя, до чего изнурены его спутники, стал уже раскаиваться в том, что завел их так далеко в горы. Юный Роберт старался не поддаваться усталости, но сил у него не могло хватить надолго.

В три часа Гленарван остановился.

– Надо отдохнуть, – сказал он, сознавая, что никто, кроме него, не сделает такого предложения.

– Отдохнуть, но где? – отозвался Паганель. – Ведь здесь нет никакого укрытия.

– Но это необходимо, хотя бы для Роберта.

– Да нет, милорд, я еще могу идти… – возразил отважный мальчуган. – Не останавливайтесь…

– Тебя понесут, мой мальчик, – перебил его Паганель, – но нам во что бы то ни стало необходимо добраться до восточного склона. Там, быть может, мы найдем какой-нибудь кров. Прошу вас продержаться еще два часа.

– Все ли согласны на это? – спросил Гленарван.

– Да, – ответили его спутники.

– А я берусь нести мальчика, – прибавил Мюльреди.

И отряд снова двинулся на восток. Еще целых два часа длился этот ужасающий подъем. Надо было добраться до самой вершины. Разреженный воздух вызывал у путешественников болезненное удушье, кровоточили десны и губы. Чтобы усилить кровообращение, приходилось часто дышать, а это утомляло не меньше, чем ослепительный блеск снегов. Как ни велика была сила воли у этих мужественных людей, но настала минута, когда самые отважные из них изнемогли, и головокружение, этот ужасный бич гор, лишило их не только физических, но и душевных сил. Нельзя безнаказанно пренебрегать подобным переутомлением: то один, то другой падал, а поднявшись, был уже не в состоянии идти и тащился на коленях или ползком. Было ясно, что обессиленные люди скоро совсем не смогут продолжать слишком затянувшийся подъем.

Гленарван не без ужаса глядел на необозримые снега, сковавшие холодом эту мрачную область; на вечерний сумрак, уже заволакивавший пустынные вершины, – глядел и с болью в сердце думал о том, что кругом нет никакого пристанища, как вдруг майор, остановив его, сказал спокойным голосом:

– Хижина.

Глава тринадцатая. Спуск с Анд

Всякий другой на месте Мак-Наббса раз сто прошел бы мимо этой хижины, кругом нее и даже над нею, не заподозрив о ее существовании. Занесенная снегом, она почти не выделялась среди окрестных скал. Пришлось откапывать ее. Полчаса упорного труда Вильсона и Мюльреди ушло на то, чтобы освободить вход в хижину, и маленький отряд поспешил укрыться в ней.

Хижина эта была построена индейцами, сложившими ее из «адобес» – кирпичей из глины и соломы, высушенных на солнце. Она имела форму куба высотой в двенадцать футов и стояла на вершине базальтовой скалы. Каменная лестница вела к входу – единственному отверстию в хижине, и как ни был узок этот вход, но когда в горах по временам бушевал ветер, снег и град проникали через него внутрь.

В хижине свободно могли поместиться десять человек, и стены ее, недостаточно предохранявшие от влаги в период дождей, в это время года служили неплохой защитой от резкого холода – термометр показывал десять градусов ниже нуля. К тому же очаг с трубой из кое-как сложенных кирпичей позволял развести огонь и успешно бороться с холодом.

– Вот и приют, хотя и не особенно удобный, но, во всяком случае, сносный, – сказал Гленарван.

– Как, – воскликнул Паганель, – да это просто дворец! Не хватает лишь караула и придворных. Мы здесь чудесно устроимся!

– Особенно когда в очаге запылает огонь, – прибавил Том Остин. – Ведь мы все не только проголодались, но и замерзли, и меня лично хорошая вязанка дров порадовала бы больше, чем кусок мяса.

– Что ж, Том, постараемся раздобыть топлива, – отозвался Паганель.

– Топливо – на вершинах Кордильер! – сказал Мюльреди, недоверчиво качая головой.

– Раз в хижине устроили очаг – значит, поблизости есть и топливо, – заметил майор.

– Наш друг Мак-Наббс совершенно прав, – сказал Гленарван. – Готовьте все к ужину, а я возьму на себя обязанности дровосека.

– Мы с Вильсоном пойдем вместе с вами, – объявил Паганель.

– Если я могу быть вам полезен… – сказал, вставая с места, Роберт.

– Нет, мой храбрый мальчик, отдыхай, – ответил Гленарван. – Ты станешь мужчиной, когда твои сверстники будут еще детьми.

Гленарван, Паганель и Вильсон вышли из хижины. Было шесть часов вечера. Мороз сильно обжигал, хотя воздух был неподвижен. Голубое небо начинало темнеть, и последние лучи заходящего солнца озаряли остроконечные вершины гор. Паганель захватил с собой барометр. Взглянув на него, он убедился, что давление ртути соответствует высоте в одиннадцать тысяч семьсот футов, – следовательно, эта часть Анд была ниже Монблана только на девятьсот десять метров. Если бы в здешних горах встречались такие же трудности, какие встречаются на каждом шагу на гигантской швейцарской горе, и если бы путешественники попали в бури и метели, то ни один из них, конечно, не перебрался бы через мощную горную цепь Нового Света.

Гленарван и Паганель, взобравшись на порфировый утес, оглядели горизонт. Они находились на самой верхушке главного хребта Анд и охватывали взором пространство в сорок квадратных миль. Восточный склон был отлог. По его откосам можно было легко спускаться, а пеоны умудрялись даже скользить по ним на протяжении сотен саженей. Вдали виднелись громадные продольные полосы морен, образовавшихся из камней и обломков скал, оттесненных туда ледниками. Долина Рио-Колорадо уже погружалась в тень: солнце склонялось к западу. Освещенные его лучами выступы скал, шпили, пики один за другим угасали, и весь восточный склон мало-помалу темнел. Западный же, отвесный склон со всеми его отрогами был еще освещен. Вид этих скал и ледников, залитых лучами заходящего солнца, был ослепительно красив. К северу спускался волнообразно ряд вершин. Незаметно сливаясь друг с другом, они образовали смутно терявшуюся вдали неровную линию, словно проведенную неумелой рукой. Зато на юге зрелище было великолепное, и по мере приближения ночи оно становилось величественно-грандиозным. Внизу виднелась дикая долина, а над нею, в двух милях от наших путешественников, зиял кратер Антуко. Вулкан этот, выбрасывая потоки пламени, пепла и дыма, ревел, как огромное чудовище. Окружавшие его горы, казалось, были объяты пламенем. Град раскаленных добела камней, клубы красноватого дыма, взлетающие струи лавы – все это сливалось в сверкающие снопы. И в то время как тускнеющее солнце, словно потухшее светило, исчезало во мраке горизонта, ослепительный, с каждой минутой усиливающийся свет вулкана заливал все вокруг своим заревом.

Паганель и Гленарван забыли о своей новой роли дровосеков и превратились в художников. Они, пожалуй, долго бы еще восхищались этой величественной борьбой земного и небесного огня, но Вильсон, более трезво настроенный, вернул их к действительности. Дров, правда, нигде кругом не оказалось, но, к счастью, скалы здесь были покрыты тощим, сухим лишайником. Путешественники запаслись в большом количестве этим лишайником, а также растением льяретта, корни которого неплохо горят. Как только это драгоценное топливо было принесено в хижину, им немедленно набили очаг. Но разжечь огонь, а особенно поддерживать его оказалось делом далеко не легким. В разреженном воздухе было слишком мало кислорода для горения – по крайней мере, такое объяснение дал майор.

– Зато, – прибавил он, – воде здесь, чтобы закипеть, не понадобится доходить до ста градусов; и тому, кто любит кофе, сваренный на воде в сто градусов, придется обойтись без этого, так как вода на этой высоте кипит при температуре даже ниже девяноста[1].

Мак-Наббс оказался прав: термометр, опущенный в воду в тот момент, когда она закипела, показал только восемьдесят семь градусов. Все с наслаждением выпили по нескольку глотков горячего кофе. Что же касается сушеного мяса, то оно доставило присутствующим мало удовольствия и вызвало со стороны Паганеля замечание, столь же здравое, сколь и бесполезное.

– Да, – сказал он, – по правде говоря, кусок из жареной ламы нам бы сейчас не помешал. Говорят, что это животное способно заменить и быка и барана. Мне хотелось бы знать, распространяется ли это и на его мясо.

– Как! Вы недовольны нашим ужином, ученый Паганель? – обратился к нему Мак-Наббс.

– Я в восторге от него, почтенный майор, но не могу не признаться, что блюдо из дичи было бы очень кстати.

– Вы сибарит, – сказал Мак-Наббс.

---

[1] Понижение точки кипения равняется приблизительно 1 градусу на 324 метра подъема. (Прим. автора.)

– Согласен с этим эпитетом, майор, но, что бы вы ни говорили, разве отказались бы вы от доброго бифштекса?

– Пожалуй, нет, – согласился майор.

– А если бы вас попросили пойти на охоту, несмотря на холод и тьму, вы отправились бы незадумываясь?

– Конечно. И если только вам угодно...

Не успели еще друзья Мак-Наббса поблагодарить его и заявить, что они вовсе не хотят злоупотреблять его бесконечной любезностью, как вдали послышался вой. Он не прекращался. Казалось, то был вой не отдельных животных, а целого быстро приближающегося стада. У географа мелькнула мысль: не желает ли провидение, дав им приют, снабдить их еще и ужином? Но Гленарван несколько разочаровал его, напомнив, что четвероногие животные Анд никогда не встречаются на таких высотах.

– Откуда же тогда этот шум? – спросил Том Остин. – Слышите, он приближается?

– Уж не лавина ли? – сказал Мюльреди.

– Невозможно! – возразил Паганель. – Это настоящий звериный вой.

– Сейчас увидим, – сказал Гленарван.

– И увидим с оружием в руках, – добавил майор, беря свой карабин.

Все выскочили из хижины. Уже наступила ночь, темная и звездная. Узкий серп убывающей луны еще не показывался на небе. Северные и восточные вершины тонули во мраке: еле можно было различить фантастические силуэты ближайших утесов. Вой – вой перепуганных зверей – все усиливался. Он несся со стороны гор, погруженных во мрак. Что там происходило? Вдруг на плоскогорье обрушилась бешеная лавина – лавина живых существ, обезумевших от страха. Все плоскогорье как будто заколебалось. Неслись сотни, быть может, тысячи животных, производивших, несмотря на разреженность воздуха, оглушительный шум. Были ли это дикие звери пампасов, или только стадо лам и викуний? Гленарван, Мак-Наббс, Роберт, Остин и оба матроса едва успели броситься на землю, как этот живой вихрь промчался в нескольких футах над ними. Паганель, видевший ночью лучше, чем днем, и оставшийся на ногах, чтобы все разглядеть, был мгновенно сбит с ног.

В этот момент раздался выстрел. Это майор выпалил наугад. Ему показалось, что какое-то животное упало в нескольких шагах от него, а вся стая в неудержимом порыве уже неслась с еще большим шумом по склонам, освещенным отблеском вулкана.

– А! Вот они! – раздался голос Паганеля.

– Кто это «они»? – спросил Гленарван.

– Да мои очки. Чуть было не потерял их в этой сумятице.

– А вы не ранены?

– Нет! Помят немножко. Не знаю только кем.

– Вот кем, – отозвался майор, таща за собой застреленное им животное.

Все поспешили вернуться в хижину и при свете очага стали рассматривать добычу Мак-Наббса.

Это было красивое животное, похожее на небольшого верблюда, только без горба. У него была изящная головка, стройное тело, длинные тонкие ноги, шелковистая светло-кофейного цвета шерсть с белыми пятнами на брюхе.

Как только Паганель увидел его, он воскликнул:

– Это гуанако!

– Что это значит? – спросил Гленарван.

– Животное, годное в пищу, – ответил Паганель.

– И вкусное?

– Очень вкусное. Пища, достойная богов Олимпа! Я же знал, что у нас будет на ужин свежее мясо! Да еще какое мясо!.. Но кто же освежует тушу?

– Я, – сказал Вильсон.

– Прекрасно! А я берусь зажарить мясо, – добавил Паганель.

– Вы, стало быть, и повар, господин Паганель? – спросил Роберт.

– Конечно, мой мальчик, раз я француз – ведь каждый француз в душе кулинар.

Через пять минут Паганель уже раскладывал на раскаленных углях очага большие куски дичи. Десятью минутами позже он подал своим товарищам аппетитное жареное «филе гуанако». Никто не стал чиниться, и все накинулись на еду. Но, едва проглотив первый кусок, все, к великому изумлению географа, скривились и стали отплевываться.

– Отвратительно! – говорил один.

– Совершенно несъедобно! – добавлял другой.

Бедный ученый, попробовав сам своей стряпни, принужден был сознаться, что это жареное мясо было действительно несъедобно даже для голодных людей. Его товарищи стали подшучивать над ним, к чему, впрочем, он отнесся очень добродушно, и подняли на смех «пищу богов». Паганель ломал себе голову, каким образом вкусное, всеми ценимое мясо гуанако могло сделаться таким несъедобным в его руках. Вдруг его осенила мысль...

– Понял! – воскликнул он. – Понял, черт побери! Я знаю теперь, в чем тут дело.

– Быть может, это мясо слишком долго лежало? – спокойно спросил Мак-Наббс.

– Нет, язвительный майор, оно слишком долго бежало. Как я мог упустить это из виду!

– Что вы хотите сказать, господин Паганель? – спросил Том Остин.

– Я хочу сказать, что мясо гуанако хорошо только тогда, когда животное убито во время отдыха. Если же за ним долго охотились и оно много пробежало, мясо его становится несъедобным. И вот по отвратительному вкусу нашего жаркого я могу заключить, что это животное, да и вообще все стадо, примчалось издалека.

– Вы в этом уверены? – спросил Гленарван.

– Совершенно уверен.

– Но какое же происшествие, какое явление природы могло так напугать этих животных и погнать из мест, где они должны бы теперь спокойно спать?

– На это, дорогой Гленарван, я не могу вам ответить. Право же, не стоит искать объяснений, а давайте лучше уснем. Я, например, просто смертельно хочу спать. Ну как, будем спать, майор?

– Будем спать, Паганель!

Подбросили топлива в очаг, и каждый завернулся в свое пончо. Вскоре раздался богатырский храп на все лады, причем громче всех выделялся в этом стройном оркестре бас ученого-географа.

Один Гленарван не сомкнул глаз. Его томило какое-то смутное беспокойство. Мысли его невольно возвращались к этому стаду гуанако, в необъяснимом ужасе мчавшемуся куда-то. Их не могли преследовать хищные звери – на такой высоте хищников почти нет, а охотников и того меньше. Что же пробудило в гуанако этот ужас, погнавший их к пропастям Антуко? Гленарван предчувствовал надвигающуюся опасность.

Однако под влиянием полудремоты мысли его приняли другое направление, и тревога сменилась надеждой. Завтра он со своими спутниками очутится у подошвы Анд. Там по-настоящему начнутся поиски капитана Гранта, и, быть может, они вскоре увенчаются успехом. Он мечтал о том, как будут освобождены от тяжкого плена капитан Грант и два его матроса. Эти картины одна за другой проносились в его воображении. Порой его отвлекало от них потрескивание искр, взлетавших над очагом, или яркая вспышка пламени, освещавшая лица его спавших товарищей и бросавшая беглые тени на стены хижины. Но потом его с еще большей силой стали томить предчувствия. Он полубессознательно прислушивался к доносившимся извне звукам, объяснить происхождение которых среди этих пустынных вершин было трудно.

Ему почудились вдруг отдаленные, глухие, угрожающие раскаты, похожие на раскаты грома, но неслись они не с неба. Видимо, это была гроза, бушевавшая где-то по склонам гор, на несколько тысяч футов ниже. Гленарвану захотелось убедиться в этом, и он вышел из хижины.

Всходила луна. Воздух был прозрачен и неподвижен. Ни одного облачка ни вверху, ни внизу. Кое-где мелькали отблески огнедышащего вулкана Антуко. Ни грозы, ни молний. Тысячи звезд сверкали на небе. А между тем грохот не умолкал. Казалось, он приближался, раскатываясь по горам. Гленарван вернулся в хижину, охваченный еще большим беспокойством. Он ломал себе голову над тем, что могло быть общего между этими подземными раскатами и бегством гуанако. Уж не являлось ли одно следствием другого? Он взглянул на часы. Было два часа ночи. Не совсем уверенный в том, что действительно надвигается какая-то опасность, он не разбудил своих утомленных товарищей, спавших мертвым сном, и сам впал в тяжелую дремоту, которая длилась несколько часов.

Вдруг ужасающий грохот поднял его на ноги. Это был оглушительный шум, как будто по гулкой мостовой проезжали повозки с артиллерийскими снарядами. Гленарван почувствовал, что почва уходит из-под его ног; хижина заколебалась, и в стенах ее появились трещины.

– Тревога! – крикнул он.

Едва проснувшись, путешественники были сбиты с ног и, повалившись друг на друга, покатились вниз по крутому склону. В лучах рассвета их глазам открылась страшная картина. Очертания гор менялись на глазах: вершины обламывались, скалы, качаясь, исчезали, словно проваливались в какие-то люки. Происходило то, что часто случалось в Андах[1]: целый горный кряж в несколько миль шириной перемещался, катясь к равнине.

– Землетрясение! – крикнул Паганель.

Географ не ошибся. Это было одно из стихийных бедствий, обычных на гористой границе Чили: в течение четырнадцати лет город Копьяпо был дважды уничтожен, а Сантьяго разрушен четыре раза. Эта часть земного шара особенно подвержена действию подземного огня, а вулканов – клапанов молодых гор – недостаточно для беспрепятственного выхода подземных газов. Отсюда непрекращающиеся сотрясения, на местном наречии – «трамблорес».

Горное плато с семью ошеломленными, охваченными ужасом людьми, вцепившимися в росшие кругом лишайники, катилось вниз с быстротой курьерского поезда, то есть со скоростью пятидесяти миль в час. Нельзя было ни задержаться, ни даже крикнуть. Расслышать друг друга было немыслимо. Подземный гул, грохот сталкивающихся гранитных и базальтовых скал, облака снежной пыли делали какое-либо общение невозможным. Кряж то спускался без толчков и тряски, то качался, словно судно в бурном море. Он проносился мимо пропастей, в которые сваливались каменные глыбы, выкорчевывал вековые деревья, и, подобно гигантской косе, срезал все выступы восточного склона.

Трудно даже представить себе всю мощь этой огромной массы, в миллиарды тонн весом, мчащейся со все возрастающей скоростью под уклон в пятьдесят градусов!

Никто не мог определить, сколько времени длилось это неописуемое падение. Никто не осмелился бы подумать о том, в какую бездну предстояло этой громаде свергнуться. Никто не мог бы сказать, все ли еще живы или кто-нибудь уже лежит распростертый на дне пропасти. Задыхаясь от быстрого движения, окоченевшие от ледяного ветра, ослепленные снежным вихрем, они едва переводили дыхание, обессиленные, почти безжизненные, и только могучий инстинкт самосохранения заставлял их цепляться за скалы.

---

[1] Почти такое же явление произошло на Монбланской горной цепи в 1820 году. При этой ужасающей катастрофе погибли три проводника из Шамуни. (Прим. автора.)

Вдруг толчок невероятной силы оторвал их от скользящего острова, и они покатились по последним уступам гор. Плато, на котором они неслись, резко остановилось.

В течение нескольких минут никто не шевельнулся. Наконец кто-то поднялся. Оглушенный толчком, он все-таки твердо держался на ногах. То был майор. Стряхнув ослеплявшую его пыль, он осмотрелся. Вокруг него один на другом неподвижно лежали его спутники. Майор пересчитал их и недосчитался одного. Не хватало Роберта Гранта.

Глава четырнадцатая. Спасительный выстрел

Восточный склон Анд, опускаясь длинными пологими скатами, незаметно переходит в равнину. Здесь и остановился внезапно обломок. В этом новом краю расстилались тучные пастбища, целыми лесами стояли отягощенные золотистыми плодами яблони, посаженные еще во времена завоевания материка. Казалось, путешественники очутились в уголке плодородной Нормандии. Конечно, при иных обстоятельствах они были бы поражены таким внезапным переходом от пустыни к оазису, от снеговых вершин к зеленым лугам, от зимы – к лету.

Почва больше не колебалась. Землетрясение прекратилось. Видимо, подземные силы проявляли свою разрушительную деятельность уже где-то дальше, ведь Анды всегда сотрясаются в каком-нибудь месте. На этот раз землетрясение было особенно сильным. Очертания гор резко изменились. На фоне голубого неба вырисовывалась новая панорама вершин, гребней, пиков, и проводник по пампасам напрасно стал бы искать на них знакомые приметы.

Было восемь часов утра.

Гленарван и его спутники благодаря стараниям майора мало-помалу вернулись к жизни. Они были сильно оглушены, но и только.

Итак, с Анд они спустились и могли бы даже приветствовать такое передвижение, все заботы о котором взяла на себя природа, если бы не исчез один из них, самый слабый, еще ребенок: Роберт Грант.

Все полюбили отважного мальчика: и Паганель, особенно к нему привязавшийся, и майор, несмотря на свою сдержанность, но больше всех – Гленарван. Когда он узнал об исчезновении Роберта, то пришел в отчаяние. Ему представлялось, что несчастный мальчик лежит на дне какой-нибудь пропасти и тщетно зовет на помощь его, своего второго отца.

– Друзья мои, друзья мои, – говорил Гленарван, с трудом удерживая слезы, – надо его искать, надо его найти! Не можем же мы его так бросить! Мы должны осмотреть каждую долину, каждую пропасть. Обвяжите меня веревкой и спустите вниз. Это моя воля, слышите! Только бы Роберт был жив! Как без него искать его отца? И что это будет за спасение капитана Гранта, если оно стоило жизни его сыну!

Спутники Гленарвана молча слушали его. Чувствуя, как ему хочется прочесть в их взгляде хотя бы тень надежды, они опускали глаза.

– Ну что ж, – продолжал Гленарван, – вы слышали меня. Вы молчите! Значит, у вас нет никакой надежды? Никакой?

Несколько минут длилось молчание. Наконец заговорил Мак-Наббс:

– Кто из вас, друзья мои, помнит, в какой именно момент исчез Роберт?

Ответа на этот вопрос не последовало.

– Скажите, по крайней мере, возле кого был мальчик во время спуска? – продолжал майор.

– Возле меня, – отозвался Вильсон.

– До каких пор ты видел его рядом? Постарайся припомнить... Говори же!

– Вот все, что я помню, – отозвался Вильсон. – Минуты за две до толчка, которым кончился наш спуск, Роберт, уцепившись за пучок лишайника, еще был рядом со мной.

– Минуты за две? Подумай хорошенько, Вильсон. Минуты могли показаться тебе очень длинными. Не ошибаешься ли ты?

– Думаю, что не ошибаюсь. Да, именно так: минуты за две, а быть может, и того меньше.

– Пусть так. Где же был Роберт: справа или слева от тебя? – спросил Мак-Наббс.

– Слева. Я еще помню, как его пончо хлестало меня по лицу.

– А по какую сторону от нас ты сам был?

– Тоже слева.

– Значит, Роберт мог исчезнуть только с этой стороны, – проговорил майор, поворачиваясь к горам и указывая вправо. – А судя по тому, когда исчез мальчик, он мог упасть на высоте не более двух тысяч футов. Мы должны разделиться, обыскать по участкам всю эту зону и найти его.

Никто не добавил к этому ни слова. Путники взобрались на склоны гор и начали поиски на разной высоте. Держась правее линии спуска, они обыскивали малейшие трещины, спускались, рискуя жизнью, до дна пропастей, местами заваленных обломками скал, и выбирались оттуда с окровавленными руками и ногами, в изодранной одежде. В течение долгих часов вся эта часть Кордильер, кроме нескольких совершенно недоступных плато, была обследована самым тщательным образом, причем ни одному из этих самоотверженных людей и в голову не пришло подумать об отдыхе. Но, увы, все поиски оказались тщетными. Видимо, бедный мальчик нашел в горах не только смерть, но и могилу, навеки сокрытую, как надгробной плитой, какой-нибудь огромной скалой.

Около часа дня Гленарван и его спутники, разбитые усталостью, удрученные, сошлись на дне долины. Гленарван глубоко скорбел. Он почти не мог говорить и только, вздыхая, повторял:

– Не уйду отсюда! Не уйду!..

Никто не возражал ему, все понимали это упорство, ставшее навязчивой идеей.

– Подождем, – сказал Паганель майору и Тому Остину, – отдохнем немного и восстановим свои силы. Это необходимо, возобновим ли мы поиски или будем продолжать путь.

– Да, – ответил Мак-Наббс, – останемся здесь, раз этого хочет Эдуард. Он надеется… но на что?

– Один бог знает, – сказал Том Остин.

– Бедный Роберт! – Паганель вытер слезы.

В долине кругом росло множество деревьев. Майор выбрал место под группой высоких рожковых деревьев и распорядился разбить здесь временный лагерь. Несколько одеял, оружие, немного сушеного мяса и риса – вот все, что уцелело у путешественников. Речка, протекавшая поблизости, снабдила их водой, еще мутной после обвала. Мюльреди развел на земле костер и вскоре предложил Гленарвану подкрепиться горячим питьем. Но тот отказался и продолжал в оцепенении лежать на своем пончо.

Так прошел день. Настала ночь, такая же тихая и без мятежная, как и начало предыдущей. Все улеглись, но глаз сомкнуть не могли, а Гленарван снова отправился на поиски по склонам Кордильер. Он прислушивался, надеясь расслышать призыв мальчика. Он поднялся высоко в горы и то слушал, приложив ухо к земле и стараясь приглушить биение своего сердца, то с отчаянием звал Роберта.

Всю ночь несчастный Гленарван блуждал в горах. То Паганель, то майор шли за ним следом, готовые поддержать его на тех скользких гребнях, у края тех пропастей, к которым увлекала его бесполезная отвага. Но и эти последние усилия оказались бесплодными. Напрасно выкрикивал он без конца: «Роберт! Роберт!» – ответом ему было лишь эхо.

Наступило утро. Друзьям Гленарвана пришлось идти за ним на отдаленное плоскогорье и силой увести его в лагерь. Он был в невыразимом отчаянии. Кто посмел бы заговорить с ним об уходе, кто посмел бы предложить ему покинуть эту роковую долину? Между тем не хватало съестных припасов. Где-то поблизости можно было встретить тех аргентинских проводников, о которых говорил им катапац, и найти лошадей, необходимых для перехода через пампасы. Вернуться назад было гораздо труднее, чем двигаться вперед. Кроме того, ведь было условлено встретиться с «Дунканом» на побережье Атлантического океана. Эти веские соображения не позволяли больше медлить: в интересах всего отряда надо было идти дальше.

Мак-Наббс попытался отвлечь Гленарвана от горестных мыслей. Долго уговаривал он своего друга, но тот, казалось, ничего не слышал и только качал отрицательно головой. Наконец он пробормотал:

– Выступать?

– Да, выступать.

– Подождем еще час.

– Хорошо, подождем, – согласился майор.

Час прошел, и Гленарван стал умолять, чтобы ему дали еще час. Казалось, приговоренный к смерти молит о продлении своей жизни. Так тянулось до полудня. Наконец Мак-Наббс, посоветовавшись со всеми остальными, решительно заявил, что надо отправляться, ибо от этого зависит жизнь всех участников экспедиции.

– Да, да, – отозвался Гленарван, – надо, надо отправляться.

Но проговорил он это, уже не глядя на Мак-Наббса. Взор его был привлечен какой-то черной точкой высоко в небе. Вдруг его рука поднялась и замерла.

– Вон там, там! – крикнул Гленарван. – Смотрите! Смотрите!

Все устремили глаза в том направлении, куда он так настойчиво указывал. Черная точка уже успела заметно увеличиться – это была птица, парившая на неизмеримой высоте.

– Это кондор, – сказал Паганель.

– Да, кондор, – отозвался Гленарван. – Как знать!.. Он летит сюда, снижается… Подождем…

На что надеялся Гленарван? Уж не начал ли помрачаться его рассудок? Что значили слова: «Как знать»?

Паганель не ошибся: кондор делался все более и более ясно видимым. Этот великолепный хищник, которому некогда поклонялись инки, был царем южных Кордильер. В этих местах кондоры достигают необычайно крупных размеров. Сила их изумительна: нередко они сталкивают в пропасть быков. Кондор набрасывается на бродящих по равнинам овец, козлят, телят и, вцепившись в свою жертву когтями, поднимается с ней на большую высоту[1]. Часто он парит на высоте двадцати тысяч футов. Отсюда, недоступный ничьим взорам, этот царь поднебесья устремляет свои глаза на землю и различает там мельчайшие предметы с зоркостью, изумляющей естествоиспытателей.

Что же мог увидеть кондор? Быть может, труп Роберта?

– Как знать!.. – повторял Гленарван, не спуская глаз с громадной птицы.

А она приближалась, то паря в воздухе, то камнем устремляясь вниз. Но вот меньше чем в семистах футах от земли хищник начал описывать большие круги. Теперь кондора можно было ясно рассмотреть: ширина его могучих распростертых крыльев превышала пятнадцать футов, и они держали его в воздухе, почти не двигаясь, ибо большим птицам свойственно летать с величественным спокойствием, в то время как насекомым, чтобы удержаться в воздухе, нужны тысячи взмахов крыльев в секунду.

Майор и Вильсон схватили свои карабины. Гленарван жестом остановил их. Кондор описывал круги над недоступным горным плато, находившимся приблизительно в четверти мили от наших путников. Огромная птица носилась с головокружительной быстротой, то выпуская, то пряча свои страшные когти и потряхивая мясистым гребнем.

– Это там! Там!.. – крикнул Гленарван.

Вдруг в голове его мелькнула мысль.

– Если Роберт еще жив… – воскликнул он в ужасе. – Эта птица… Стреляйте, друзья мои, стреляйте!

---

[1] Строение лап кондора таково, что он не может поднять что-либо, тем более на значительную высоту. Жюль Верн был введен в заблуждение многочисленными сказками о кондорах, рассказываемыми в его время, но полностью опровергнутыми позднейшими научными наблюдениями.

Но было уже поздно: кондор исчез за высокими выступами скалы. Прошла какая-нибудь секунда, показавшаяся столетием… Огромная птица появилась снова; она летела медленнее, отягощенная грузом.

Раздался вопль ужаса: в когтях у кондора висело и раскачивалось безжизненное тело – тело Роберта Гранта. Хищник, держа мальчика за платье, парил в воздухе футах в ста пятидесяти над лагерем. Он завидел путешественников и, стремясь поскорее улететь со своей тяжелой добычей, с силой рассекал крыльями воздух.

– А! – крикнул Гленарван. – Пусть лучше тело Роберта разобьется об эти скалы, чем послужит…

Он не договорил и, схватив карабин Вильсона, стал наводить его на кондора, но руки его дрожали, глаза заволоклись туманом, и он не мог прицелиться.

– Позвольте мне, – сказал майор.

И, неподвижный, спокойный, уверенный, Мак-Наббс прицелился в кондора: тот был от него уже в трехстах футах.

Но не успел майор нажать курок своего карабина, как в глубине долины раздался выстрел; белый дымок поднялся между двумя базальтовыми громадами – и кондор, сраженный пулей в голову, медленно описывая круги, стал спускаться, словно на парашюте, на своих широко распростертых крыльях. Не выпуская добычи, он мягко упал футах в десяти от крутого берега ручья.

– Вперед! Вперед! – крикнул Гленарван.

И, не стараясь узнать, откуда раздался благодетельный выстрел, он кинулся к кондору. Спутники его помчались за ним. Когда они добежали до кондора, птица была уже мертва, а тела Роберта почти не было видно из-под ее широких крыльев.

Гленарван бросился к мальчику, вырвал его из когтей кондора, уложил на траву и приник ухом к груди безжизненного тела.

Никогда еще из уст человеческих не исторгалось такого радостного крика, как тот, что вырвался в этот миг у Гленарвана:

– Он жив! Он жив еще!

В одну минуту с Роберта сняли одежду, смочили ему лицо свежей водой. Мальчик пошевелился, открыл глаза, посмотрел и пробормотал:

– А, это вы, милорд… отец мой!..

Гленарван, задыхаясь от волнения, был не в силах ответить: опустившись на колени возле чудом спасенного мальчика, он плакал от радости.

Глава пятнадцатая. Испанский язык Жака Паганеля

Роберт, избавившись от одной огромной опасности, тут же подвергся другой – пожалуй, не меньшей: его едва не задушили в объятиях. Хотя он был еще очень слаб, ни один из его спутников не мог удержаться от того, чтобы не прижать его к груди. Но надо полагать, что такие сердечные объятия не гибельны для больных: по крайней мере, Роберт от них не умер.

Но от спасенного мысли наших путешественников обратились к спасителю, и, разумеется, майору первому пришло в голову осмотреться кругом.

Шагах в пятидесяти от реки он увидел человека чрезвычайно высокого роста, неподвижно стоявшего на уступе у самой подошвы горы. Он держал длинное ружье. Этот неожиданно появившийся человек был широкоплеч, с длинными волосами, схваченными кожаным ремешком. Рост его превышал шесть футов. Его смуглое лицо было раскрашено: брови – красной краской, нижние веки – черной, а лоб – белой. Он был в одежде индейцев пограничной полосы Патагонии: на нем был великолепный плащ из шкуры гуанако, разукрашенный красным орнаментом и сшитый жилами страуса. Под плащом виднелась еще одежда из лисьего меха. Она была стянута поясом, у которого висел мешочек с красками для лица.

Несмотря на пеструю раскраску, лицо этого патагонца было величественно и говорило о его несомненном уме. В позе, полной достоинства, он ожидал, что будет дальше. Глядя на эту неподвижную, внушительную фигуру, можно было принять ее за статую хладнокровия.

Как только майор заметил патагонца, он указал на него Гленарвану, и тот тотчас же побежал к нему. Патагонец сделал два шага вперед. Гленарван взял его руку и крепко пожал.

В глазах Эдуарда, во всем его сияющем лице, светилась такая горячая благодарность, что патагонец, конечно, не мог не понять его. Он слегка нагнул голову и произнес несколько слов, которые остались непонятными как для майора, так и для его кузена.

Тогда патагонец, внимательно посмотрев на чужестранцев, заговорил на другом языке, но, как он ни старался, его не поняли и на этот раз.

Однако во фразах, произнесенных туземцем, что-то напомнило Гленарвану испанский язык – он знал несколько общеупотребительных испанских слов.

– Español? – спросил он.

Патагонец кивнул головой сверху вниз – движение, имеющее значение подтверждения у всех народов.

– Отлично, – сказал майор, – теперь дело за нашим другом Паганелем. Хорошо, что ему пришло в голову учить испанский язык!

Позвали Паганеля. Он немедленно прибежал и раскланялся перед патагонцем с чисто французской грацией, которую тот, по всей вероятности, не смог оценить. Географу тотчас рассказали, в чем дело.

– Чудесно! – воскликнул он.

И, широко открывая рот, чтобы яснее выговаривать, он проговорил:

– Vos sois um homem de bem[1].

Туземец, видимо, напряг слух, но ничего не ответил.

– Он не понимает, – сказал географ.

– Быть может, вы неправильно произносите? – спросил майор.

– Возможно. Произношение дьявольское!

И Паганель снова повторил свою любезную фразу, но успех ее был тот же.

– Ну, выразимся иначе, – сказал географ и, произнося медленно, как учитель в классе, спросил патагонца: – Sem duvida, um Patagão?[2]

Тот по-прежнему молчал.

– Dizeime![3] – добавил Паганель.

Патагонец и на этот раз не проронил ни слова.

– Vos compriendeis?[4] – закричал Паганель так громко, что едва не порвал себе голосовые связки.

Было очевидно, что индеец не понимал того, что ему говорили, так как он ответил наконец по-испански:

– No comprendo[5].

---

[1] Вы славный человек.
[2] Конечно, вы патагонец?
[3] Отвечайте!
[4] Вы понимаете?
[5] Не понимаю.

Тут уж настала очередь Паганеля изумиться, и он с видимым раздражением сдвинул очки со лба на глаза.

– Пусть меня повесят, если я понимаю хоть одно слово из этого дьявольского диалекта! – воскликнул он. – Верно, это арауканское наречие.

– Да нет же, – отозвался Гленарван, – этот человек ответил по-испански.

И, повернувшись к патагонцу, он вновь спросил его:

– Español?

– Si, si![1] – ответил туземец.

Паганель прямо-таки остолбенел. Майор и Гленарван украдкой переглядывались.

– А знаете, мой ученый друг, – начал, слегка улыбаясь, майор, – может быть, вы что-нибудь перепутали по вашей бесподобной рассеянности?

– Как? Что? – насторожился географ.

– Дело в том, что патагонец, несомненно, говорит по-испански.

– Он?

– Да, он! Уж не изучили ли вы случайно другой язык, приняв его…

Мак-Наббс не успел договорить.

– О! – возмущенно прервал его ученый, пожимая плечами, и довольно сухо сказал: – Вы слишком много позволяете себе.

– Но чем же объяснить, что вы его не понимаете? – ответил Мак-Наббс.

– Не понимаю я потому, что этот туземец плохо говорит! – ответил, начиная раздражаться, географ.

– Так вы считаете, что он плохо говорит, только потому, что вы его не понимаете? – спокойно спросил майор.

– Послушайте, Мак-Наббс, – вмешался Гленарван, – ваше предположение невероятно. Как ни рассеян наш друг Паганель, но не настолько, чтобы изучить один язык вместо другого.

– Тогда, дорогой Эдуард, или лучше вы, почтенный Паганель, объясните мне: что здесь происходит?

– Мне нечего объяснять: я констатирую, – ответил географ. – Вот книга, которой я ежедневно пользуюсь для преодоления трудностей испанского языка. Посмотрите на нее, майор, и вы увидите, что я не ввожу вас в заблуждение!

---

[1] Да, да!

С этими словами Паганель начал рыться в своих многочисленных карманах и через несколько минут вытащил весьма потрепанный томик, который и подал с уверенным видом майору. Тот взял книжку и посмотрел на нее.

– Что это за произведение? – спросил он.

– Это «Лузиады», – ответил Паганель, – великолепная героическая поэма, которая…

– «Лузиады»? – воскликнул Гленарван.

– Да, друг мой, ни более ни менее как «Лузиады» великого Камоэнса!

– Камоэнса? – повторил Гленарван. – Но, бедный друг мой, ведь Камоэнс – португалец! Вы в течение последних шести недель изучаете португальский язык!..

– Камоэнс… «Лузиады»… Португальский… – вот все, что мог пролепетать Паганель.

У него потемнело в глазах, а в ушах загремел гомерический хохот обступивших его спутников.

Патагонец и бровью не повел. Он терпеливо ждал объяснения того, что происходило на его глазах и было ему совершенно непонятно.

– Ах я безумец, сумасшедший! – воскликнул наконец Паганель. – Вот оно что! Значит, в самом деле! Это не шутка! И я мог… я! Да ведь это вавилонское смешение языков! Ах, друзья мои, друзья! Подумайте только: отправиться в Индию и очутиться в Чили, учить испанский язык, а говорить на португальском!.. Нет, это уж слишком! Если так пойдет и дальше, то в один прекрасный день я, вместо того чтобы выбросить в окно сигару, выброшусь сам.

Видя, как Паганель относится к своему злоключению, как переживает он свою комическую неудачу, нельзя было не смеяться. Впрочем, он первый подал пример.

– Смейтесь, друзья мои, смейтесь от души! – повторял он. – Поверьте мне, что всех больше буду смеяться над собой я сам! – И, говоря это, он захохотал так, как, должно быть, не хохотал никогда ни один ученый в мире.

– Шутки шутками, но мы остались без переводчика, – сказал майор.

– О, не отчаивайтесь, – отозвался Паганель, – португальский и испанский языки до того похожи, что, как видите, я смог даже перепутать их, но зато это же сходство поможет мне быстро исправить свою ошибку, и в недалеком будущем я смогу поблагодарить этого достойного патагонца на языке, которым он так хорошо владеет.

Паганель не ошибся: уже через несколько минут ему удалось обменяться с туземцем несколькими словами. Географ даже узнал, что патагонца зовут Талькав, что на арауканском языке значит «громовержец». По всей вероятности, это прозвище дано ему за умение метко стрелять.

Но особенно обрадовался Гленарван тому, что патагонец оказался профессиональным проводником по пампасам. Казалось, сама судьба послала им этого патагонца, и все окончательно уверовали в успех экспедиции, и никто уж не сомневался в спасении капитана Гранта.

Путешественники вернулись вместе с индейцем к Роберту. Мальчик протянул руки к туземцу, и тот безмолвно положил ему на голову свою руку. Он осмотрел Роберта, ощупал ушибленные места. Затем, улыбаясь, пошел к берегу реки, сорвал там несколько пучков дикого сельдерея и, вернувшись, натер им тело больного. После этого сделанного чрезвычайно осторожно массажа мальчик почувствовал прилив сил, и стало ясно, что, отдохнув несколько часов, он встанет на ноги.

Было решено этот день и следующую ночь провести в лагере. Надо было еще решить два важных вопроса: относительно пищи и транспорта. Ни съестных припасов, ни мулов у путешественников не было. К счастью, теперь с ними был Талькав. Этот проводник, привыкший сопровождать путешественников вдоль границы Патагонии, один из самых умных местных бакеанос, взялся снабдить Гленарвана всем необходимым для его небольшого отряда. Он предложил отправиться в индейскую деревню – тольдерию, находившуюся всего в четырех милях. Там, по его словам, можно будет достать все, в чем нуждалась экспедиция. Предложение это было сделано наполовину с помощью жестов, а наполовину с помощью испанских слов, которые Паганелю удалось понять. Оно было принято, и Гленарван со своим ученым другом, простившись с товарищами, немедленно направились вслед за проводником-патагонцем вверх по течению реки.

Они шли полтора часа, быстро, большими шагами, стараясь поспеть за великаном Талькавом. Вся эта прилегавшая к подножию Анд местность отличалась красотой и замечательным плодородием. Одни тучные пастбища сменялись другими. Казалось, они свободно могли прокормить хоть стотысячное стадо. Широкие пруды, соединенные между собой частой сетью речек, обильно питали своей влагой зеленеющие равнины. Черношейные лебеди резвились в этом водяном царстве, оспаривая его у множества страусов, носившихся по льяносам[1]. Вообще мир пернатых был здесь блестящ, очень шумен и вместе с тем изумительно разнообразен. «Изакас» – изящные горлицы, серенькие с белыми полосками, и желтые кардиналы, сидя на ветках деревьев, напоминали живые цветы. Перелетные голуби летели куда-то вдаль, а мелкие птахи, носясь друг за другом, наполняли воздух своим пронзительным чириканьем.

Жак Паганель был в упоении от всего окружающего, и из его уст то и дело вырывались восторженные восклицания. Это очень удивляло патагонца: тот считал вполне естественным, что на деревьях есть птицы, на прудах – лебеди, а на лугах – травы. Вообще ученому-географу не пришлось ни жалеть о предпринятой прогулке, ни жаловаться на ее продолжительность. Когда он увидел поселение индейцев, ему показалось, что он только что пустился в путь. Тольдерия раскинулась в глубине долины, сжатой отрогами Анд. Здесь в шалашах из ветвей жило человек тридцать туземцев-кочевников. Они занимались скотоводством и, перегоняя с пастбища на пастбище большие стада коров, быков, лошадей и овец, всюду находили для своих четвероногих питомцев обильную пищу.

Эти андо-перуанцы – помесь арауканов, пуэльче и аукассов. Цвет их кожи имеет оливковый оттенок, они среднего роста, коренастые, с почти круглым невыразительным лицом, низким лбом, выдающимися скулами, тонкими губами.

В общем, туземцы были малоинтересны. Но Гленарвану нужны были не они, а их стада. А раз у кочевников были быки и лошади, он был вполне доволен ими.

Талькав взялся вести переговоры; на это не потребовалось много времени. За семь низкорослых лошадок аргентинской породы со сбруей, за сто фунтов сушеного мяса – карки, несколько мер риса и несколько бурдюков для воды индейцы согласились получить, за неимением вина или рома, что для них было бы более ценно, двадцать унций золота, – стоимость золота они прекрасно знали. Гленарван хотел было купить и восьмую лошадь, для патагонца, но тот дал понять, что в этом нет нужды.

---

[1] Льяносы – высокотравные степи в Южной Америке.

Закончив эту сделку, Гленарван распрощался со своими новыми «поставщиками», как их назвал Паганель, и меньше чем через полчаса все трое были уже в лагере. Там их встретили восторженными криками, которые относились, правда, скорее к съестным припасам и верховым лошадям. Все с большим аппетитом принялись за еду.

Поел немного и Роберт. Силы уже почти вернулись к нему.

Остаток дня посвятили отдыху. Говорили понемногу обо всем: вспомнили своих милых спутниц, вспомнили «Дункан», капитана Джона Манглса и его славную команду, не забыли и Гарри Гранта – он ведь мог быть где-нибудь поблизости.

Паганель же не расставался с индейцем – стал тенью Талькава. Географ был вне себя от радости, что увидел настоящего патагонца, рядом с которым его самого можно было принять за карлика, который мог соперничать ростом с римским императором Максимином или с тем негром из Конго восьми футов ростом, которого видел ученый Ван-дер-Брок.

Паганель осаждал Талькава своими испанскими фразами, и тот терпеливо отвечал. На этот раз географ изучал испанский язык уже без книги. Он старательно напрягал горло, язык, губы, громко произнося испанские слова.

– Не моя вина, если у меня будет плохое произношение, – не раз говорил он майору. – Кто бы мог подумать, что испанскому языку меня будет обучать патагонец!

Глава шестнадцатая. Рио-Колорадо

На следующий день, 22 октября, в восемь часов утра, Талькав объявил, что пора отправляться. Аргентинские равнины между 22 и 42° широты понижаются с запада на восток – перед путешественниками теперь простирался отлогий спуск к морю.

Когда патагонец отказался от предложенной лошади, Гленарван подумал, что Талькав, как многие местные проводники, предпочитает идти пешком, что, при его длинных ногах, было делом нетрудным.

Но Гленарван ошибся.

Перед самым отъездом Талькав свистнул как-то по-особому, и тотчас же на зов хозяина из соседней рощицы выбежала великолепная рослая лошадь. Это было необыкновенно красивое животное караковой масти, сильное, гордое, смелое и горячее. У него была маленькая, изящно посаженная голова, раздувающиеся ноздри, глаза, полные огня, мощные колени, крутой загривок, высокая грудь, длинные бабки – словом, все признаки силы и ловкости. Мак-Наббс, знаток лошадей, не мог налюбоваться этим степным скакуном; майор обнаружил у него некоторое сходство с английским гунтером. Этот красавец конь носил имя «Таука», что по-патагонски значит «птица». Несомненно, он заслуживал это имя.

Талькав вскочил в седло, и лошадь рванулась вперед. Нельзя было без восхищения смотреть на этого великолепного наездника. У его седла висели болас и лассо, бывшие в большом ходу у охотников аргентинских равнин. Болас состоит из трех шаров, соединенных кожаным ремнем. Индейцам случается кидать его шагов на сто в преследуемого зверя или врага, и они делают это так метко, что болас опутывает ноги жертвы, и она тут же валится на землю. Это грозное оружие в руках индейцев, владеющих им с поразительной ловкостью. Лассо же никогда не покидает руки того, кто его бросает. Оно представляет собой длинный, футов в тридцать, ремень, сплетенный из двух кожаных полос и заканчивающийся мертвой петлей, скользящей по железному кольцу. Эту петлю бросают правой рукой, а левой держат за конец лассо, который прочно прикреплен к седлу. Длинный, надетый через плечо карабин дополнял вооружение патагонца.

Талькав, не замечая восторга, вызванного его ловкостью, непринужденной и гордой осанкой, стал во главе отряда, и все двинулись в путь. Всадники или скакали галопом, или ехали шагом, ибо аргентинским лошадям рысь, видимо, была незнакома. Роберт ехал так уверенно, что Гленарван быстро перестал беспокоиться относительно его умения держаться в седле.

Пампасы начинаются у самой подошвы Анд. Они могут быть разделены на три части: первая часть, покрытая низкорослыми деревьями и кустарником, тянется от гор на двести пятьдесят миль; вторая, шириною в четыреста пятьдесят миль, поросшая великолепными травами, кончается в ста восьмидесяти милях от Буэнос-Айреса. Отсюда до самого моря путешественник едет по бескрайним лугам, покрытым дикой люцерной и чертополохом, – это третья часть пампасов.

Когда отряд Гленарвана выехал из ущелий Кордильер, ему прежде всего встретилось на пути множество песчаных дюн, носящих здесь название «меданос». Если пески эти не укреплены корнями растений, то ветер их гонит, словно морские волны. Песок дюн, необыкновенно мелкий, при малейшем ветерке взвивается, порой образуя целые смерчи, поднимающиеся на значительную высоту. Смотреть на это одновременно и приятно и неприятно. Приятно, потому что, конечно, чрезвычайно любопытно наблюдать за этими бродящими по равнине смерчами: они сталкиваются, смешиваются, падают и снова поднимаются в хаотическом беспорядке; а неприятно, потому что эти бесчисленные меданос наполняют воздух мельчайшей пылью, которая проникает в глаза, как плотно ни закрывай их.

Это явление, вызываемое северным ветром, продолжалось в течение всего дня. Тем не менее отряд быстро продвигался вперед, и к шести часам вечера горы, оставшиеся в сорока милях позади, лишь смутно чернели на горизонте, теряясь в вечернем тумане.

Путешественники, несколько утомленные после перехода в добрых тридцать восемь миль, были рады отдыху. Привал сделали на берегу реки Неукен, мутные, бурые воды которой мчались меж высоких красных утесов. Неукен называется у одних географов «Рамид», а у других – «Комоэ» и берет начало среди озер, известных только индейцам.

Этой ночью и за весь следующий день не произошло ничего такого, о чем стоило бы рассказать. Ехали легко и быстро. Ровная местность и умеренная температура облегчали путешествие. Все же около полудня солнечные лучи стали жгучими. Вечером горизонт на юго-западе заволокло тучами – верный признак перемены погоды. Патагонец не мог не знать этого и указал географу пальцем на западную часть горизонта.

– Знаю, – отозвался Паганель и, обращаясь к своим спутникам, добавил: – Погода меняется. Нам придется испытать на себе памперо.

И тут же он объяснил, что памперо, холодный, чрезвычайно сухой юго-западный ветер, – частое явление в аргентинских равнинах. Талькав не ошибся, и ночью памперо задул с ужасной силой. Для путников, защищенных одними пончо, эта ночь была нелегкой. Лошади улеглись на землю, а люди сбились в кучу подле них. Гленарван боялся, что ураган может задержать их, но Паганель, поглядев на свой барометр, успокоил его, сказав:

– Обычно памперо свирепствует три дня подряд, на что безошибочно указывает падение барометра. Но когда барометр поднимается, как в данном случае, все ограничивается несколькими часами яростного шквала. Успокойтесь же, мой друг, на рассвете небо снова станет ясным.

– Вы говорите, как книга мудрости, Паганель, – заметил Гленарван.

– Я и есть книга, – согласился географ, – и вы свободно можете перелистывать ее, сколько вам заблагорассудится.

«Книга» не ошиблась: в час ночи ветер вдруг стих, и путешественникам удалось восстановить свои силы крепким сном. Все проснулись освеженными и бодрыми, в особенности Паганель: как молодой пес, он весело потягивался, так что хрустели суставы.

Было 24 октября. Прошло десять дней со времени отъезда путешественников из Талькауано. До того места, где Рио-Колорадо пересекается тридцать седьмой параллелью, оставалось еще девяносто три мили[1], то есть еще три дня пути. Во время этого переезда через Американский материк Гленарван стремился встретить туземцев, надеясь получить от них какие-либо сведения о капитане Гранте. Сделать это он мог при посредстве патагонца, с которым Паганель уже недурно стал объясняться. Но, к сожалению, ехали по местам, мало посещаемым индейцами, так как проезжие дороги из Аргентинской республики к Андам проходят севернее. Поэтому путешественники не встречали на своем пути никаких индейцев: ни кочевников, ни оседлых, живущих под властью касиков. Если же случайно вдали и показывался какой-нибудь всадник-

[1] 150 километров. (Прим. автора.)

кочевник, то он спешил ускакать, видимо не желая вступать в сношения с незнакомцами. Подобный отряд должен был в самом деле казаться подозрительным всякому, кто бы ни отважился в одиночестве бродить по здешней равнине: грабителя пугал вид этих восьми вооруженных людей на быстрых лошадях, а путешественник среди этих пустынных мест мог заподозрить в них людей злонамеренных. И потому им никак не удавалось побеседовать ни с честными людьми, ни с грабителями. Пожалуй, приходилось пожалеть, что на пути им не попадалась шайка растреадоров[1], хотя бы даже и пришлось начать разговор ружейными выстрелами.

И все же, хотя Гленарвану и не удалось, к сожалению, войти в сношения с индейцами, произошло нечто, удивительным образом подтвердившее правильность толкования документа.

Уже несколько раз отряд пересекал разные дороги и тропы, в том числе довольно значительную дорогу из Карменде-Патагонес в Мендосу. Ее легко можно было узнать по грудам костей домашних животных: мулов, лошадей, овец и быков. Кости эти, обглоданные хищными птицами и побелевшие от действия воздуха, служили как бы вехами дороги. Их были тысячи, и, вероятно, не один человеческий скелет смешался здесь с останками животных.

До сих пор Талькав не задавал никаких вопросов о маршруте путешественников. Но, конечно, он понимал, что путь этот, не проходивший ни по одной из дорог пампасов, не вел ни к деревням, ни к городам, ни к учреждениям аргентинских провинций. Каждое утро отряд, выезжая, направлялся навстречу восходящему солнцу и держался в течение всего дня прямой линии, а вечером, когда делали привал, заходящее солнце виднелось позади. Должно быть, Талькаву как проводнику казалось странным, что не он ведет путешественников, а его самого ведут. Но если он и удивлялся, то по сдержанности, свойственной индейцам, не показывал этого и, пересекая тропинки, по которым отряд не желал следовать, никаких замечаний не делал. Однако в этот день, когда отряд достиг дороги из Кармен-де-Патагонес в Мендосу, Талькав остановил своего коня и, повернувшись к Паганелю, сказал:

– Это дорога на Кармен-де-Патагонес.

---

[1] Грабителей. (Прим. автора.)

– Ну да, милейший мой патагонец, – ответил географ, стараясь как можно лучше выговаривать испанские слова, – это дорога из Кармен-де-Патагонес в Мендосу.

– Мы по ней не поедем? – спросил Талькав.

– Нет, – отозвался Паганель.

– А куда же мы направляемся?

– Всё на восток.

– Это значит никуда не попасть.

– Как знать!

Талькав замолчал и с глубоким удивлением посмотрел на ученого. Однако он ни на минуту не допускал, что Паганель шутит. Индеец, всегда ко всему относящийся серьезно, не может себе представить, чтобы кто-либо говорил несерьезно.

– Так, значит, вы не едете в Кармен? – прибавил он, помолчав немного.

– Нет, – ответил Паганель.

– И в Мендосу не едете?

– И туда не едем.

В это время Гленарван подъехал к Паганелю и спросил его, что говорил ему Талькав и почему он остановился.

– Он спрашивал, куда мы направляемся: в Кармен-де-Патагонес или в Мендосу, – пояснил Паганель, – и был очень удивлен, узнав, что мы не едем ни в одно из этих мест.

– В самом деле, наше путешествие должно ему казаться очень странным, – заметил Гленарван.

– Видимо, так. Он говорит, что мы никуда не попадем.

– Ну что же, Паганель, не могли бы вы разъяснить ему, какова цель нашей экспедиции и почему нам важно двигаться все время на восток?

– Это будет очень трудно сделать, – ответил Паганель, – ведь для индейца непонятно, что такое географические градусы, а история документа покажется ему фантастической.

– Чего он не поймет: саму историю или того, кто будет ее рассказывать? – с самым серьезным видом вставил майор.

– Ах, Мак-Наббс, – воскликнул Паганель, – вы все еще сомневаетесь в моем испанском языке!

– Попытайтесь, мой почтенный друг! – ответил тот.

– Попытаюсь.

Паганель подъехал к патагонцу и начал объяснения. Географу часто приходилось останавливаться из-за недостатка слов, а также из-за трудности передать индейцу некоторые особенности дела и разъяснить ему совершенно непонятные для него подробности. Любопытно было глядеть на ученого: он жестикулировал, силился как можно отчетливее произносить слова и вообще так старался, что пот градом катился у него со лба. От устных объяснений он перешел к наглядным. Паганель соскочил с лошади и стал чертить на песке географическую карту, где меридианы пересекались с параллелями, где были изображены два океана и проходила дорога на Кармен-де-Патагонес. Ни один преподаватель еще не бывал в таком затруднительном положении. Талькав невозмутимо следил за всеми движениями географа, но по его виду нельзя было угадать, понимает он или нет.

Урок географа длился более получаса. Наконец Паганель умолк, вытер вспотевшее лицо и посмотрел на патагонца.

– Понял он? – спросил Гленарван.

– Сейчас выясним, – ответил Паганель. – Но если он не понял, то от дальнейших пояснений я отказываюсь.

Талькав не сделал ни одного движения, не проронил ни слова. Он не отрывал глаз от начерченной карты, мало-помалу сдуваемой ветром.

– Ну? – спросил его Паганель.

Казалось, Талькав не слышал этого вопроса. Ученый заметил на губах майора ироническую улыбку и, задетый за живое, собирался было с новой энергией возобновить свой урок географии, но патагонец жестом остановил его.

– Вы ищете пленника? – спросил он.

– Да, – ответил Паганель.

– И ищете именно вдоль этой линии, которая идет от заходящего солнца к восходящему? – прибавил Талькав, пользуясь индейской манерой выражаться для определения дороги с запада на восток.

– Вот-вот.

– Это ваш бог вручил волнам огромного моря тайну пленника?

– Да, сам бог.

– Ну, так пусть воля его свершится, – с некоторой торжественностью проговорил Талькав. – Мы будем двигаться на восток и, если понадобится, до самого солнца!

Паганель, придя в восторг от своего ученика, не замедлил перевести товарищам ответы индейца.

– Что за умный народ! – с жаром прибавил он. – Я уверен, что из двадцати французских крестьян девятнадцать не поняли бы моих объяснений.

Гленарван попросил узнать у патагонца, не слыхал ли он о каком-либо чужестранце, попавшем в плен к индейцам пампасов. Паганель задал индейцу этот вопрос и стал ждать ответа.

– Быть может… – сказал патагонец.

Этот ответ был немедленно переведен на английский язык, и семь путешественников, окружив патагонца, вперили в него вопросительные взгляды.

Паганель, волнуясь и с трудом подбирая слова, продолжал задавать вопросы. Его глаза, устремленные на лицо невозмутимого патагонца, словно пытались прочесть на нем ответ раньше, чем он слетит с его губ.

Каждое испанское слово патагонца географ тотчас повторял по-английски, так что его спутники понимали индейца, как будто он говорил на их родном языке.

– Кто же был этот пленник? – спросил Паганель.

– Это был чужестранец, европеец, – ответил Талькав.

– Вы видели его?

– Нет, но я знаю о нем по рассказам индейцев. То был храбрец. У него было сердце быка.

– Сердце быка! – повторил Паганель. – Ах, как выразительны патагонцы!.. Вы понимаете, друзья мои? Он хочет сказать «мужественный человек»!

– Мой отец! – крикнул Роберт Грант. Потом, обращаясь к Паганелю, он спросил: – Как сказать по-испански: «Это мой отец»?

– Es mio padre, – ответил географ.

Тогда Роберт взял Талькава за руки и с нежностью произнес:

– Es mio padre!

– Su padre![1] – воскликнул патагонец, и взгляд его просветлел.

Он обнял мальчика, приподнял его в седле и посмотрел на него с любопытством и приязнью. Умное, спокойное лицо индейца выражало сочувствие.

Но Паганель еще не закончил своих расспросов. Где находился этот пленник? Что он делал? Когда именно Талькав слышал о нем? Все эти вопросы теснились одновременно в его уме. Ответы были тут же получены. Паганель узнал, что европеец был в плену у одного из индейских племен, кочующих между Рио-Колорадо и Рио-Негро.

– Но где же находился он в последнее время? – спросил Паганель.

– У касика Кальфукура, – ответил Талькав.

– Не вблизи ли той линии, по которой мы двигались до сих пор?

– Да.

– А кто такой этот касик?

– Он вождь индейского племени пойуче – человек с двумя языками, с двумя сердцами.

– То есть он хочет сказать, что этот вождь – человек лживый на словах и на деле… – пояснил Паганель, предварительно переведя дословно это образное выражение. – А сможем ли мы освободить нашего друга? – спросил он, обращаясь к проводнику.

– Быть может, если он еще в руках индейцев.

– А когда вы о нем слыхали?

– Давно. С тех пор уже солнце два раза посылало пампасам лето.

Радость Гленарвана не поддавалась описанию. Время, указанное патагонцем, совпадало с датой документа. Оставалось предложить еще один вопрос Талькаву, и Паганель не замедлил это сделать.

– Вы говорите об одном пленнике, – сказал он, – а разве их было не трое?

– Не знаю.

– И вы ничего не знаете о том, что теперь с пленником?

– Ничего.

На этом разговор закончился. Вполне возможно, что трое пленников могли быть давно разлучены. Но из слов патагонца было ясно, что индейцы

---

[1] Его отец!

слышали о европейце, попавшем в плен. Время пленения, место, где находился пленник, даже образная фраза патагонца о его отваге – все говорило за то, что это был капитан Грант.

На следующий день, 25 октября, путешественники с новым воодушевлением продолжали свой путь к востоку. Ехали они по скучной, однообразной, бесконечной равнине, на местном языке носящей название «травезиас». Глинистая почва, постоянно обдуваемая ветром, была совершенно гладкой: нигде ни камня, ни даже мелкого камешка. Они попадались только на дне какого-нибудь пересохшего оврага или по берегам небольших прудов, вырытых руками индейцев. Изредка встречались рощи из низких деревьев с темными верхушками. Среди них проглядывали белые рожковые деревья, – мякоть их стручков сладка, освежающа и приятна. Показывались рощицы фисташковых деревьев – ханаров – и всевозможные колючие кустарники, один вид которых говорил о скудости почвы.

День 26 октября был утомителен. Нужно было поскорее добираться до Рио-Колорадо. Лошади, погоняемые всадниками, неслись с такой быстротой, что в тот же вечер отряд достиг этой великолепной реки пампасов. Индейское название ее – Кобу-Лебу, что значит «великая река». Пересекая пампасы, она впадает в Атлантический океан. Там, вблизи устья, происходит любопытное явление: количество воды в этой реке по мере приближения к океану все уменьшается – потому ли, что почва дна реки впитывает влагу, потому ли, что вода испаряется. Наука еще не вполне выяснила причину.

Добравшись до Рио-Колорадо, Паганель, «в географических целях», счел прежде всего нужным искупаться в ее окрашенных красноватой глиной водах. Река оказалась удивительно глубокой, что объяснялось таянием снегов под лучами летнего солнца. Да и ширина ее была так велика, что лошади не в состоянии были ее переплыть. К счастью, двигаясь вверх по течению, путешественники вскоре обнаружили висячий мост, сделанный по индейскому способу – из сплетенных гибких прутьев, скрепленных ремнями. По этому мосту отряду удалось перебраться на левый берег, где путешественники и расположились лагерем.

Прежде чем лечь спать, Паганель вознамерился уточнить координаты Рио-Колорадо. И он самым тщательным образом нанес на карту эту реку – за отсутствием Цангпо, которая протекала вдали от него в Тибетских горах.

Следующие два дня – 27 и 28 октября – путешествие продолжалось без особых происшествий. Перед глазами был все тот же вид – бесплодная равнина. Более однообразного пейзажа, более невзрачной панорамы не найти. Между тем почва делалась все влажнее. Приходилось перебираться через затопленные водой низины, так называемые «каньядас», и через никогда не пересыхающие мелкие лагуны – «эстерос», заросшие болотными травами. Вечером лошади остановились у большого озера – Урре-Лаукен, вода которого содержит очень много минеральных солей, вот почему индейцы зовут его Горьким озером. В 1862 году оно было свидетелем жестокой расправы аргентинских войск с туземцами.

Здесь путешественники расположились как обычно, и ночь прошла бы спокойно, если бы вокруг не было обезьян и диких собак. Эти шумные животные, терзая уши европейцев, исполнили, видимо, в их честь, дикую симфонию, которую, быть может, и одобрит какой-нибудь композитор грядущих лет.

Глава семнадцатая. Пампасы

Аргентинские пампасы простираются от 29° до 40° южной широты. Слово «пампасы» арауканское, оно значит «равнина трав». Такое название как нельзя больше подходит к этому краю. Заросли мимозы западной его части и роскошные травы восточной придают ему своеобразный вид. Вся эта растительность пускает корни в слой земли, под которым лежит красная или желтая глинисто-песчаная почва.

Американские пампасы – такое же особое географическое явление, как, например, саванны Страны великих озер или степи Сибири. Континентальный климат пампасов отличается более суровой зимой и более знойным летом, чем климат провинции Буэнос-Айрес. По словам Паганеля, океан зимой медленно отдает земле тепло, которое поглощается им летом. Этим объясняется, что на островах более ровная температура, чем в глубине материков[1]. Вот почему климат западной части пампасов не похож на умеренный климат побережья Атлантического океана. В западной части бывают резкие скачки температуры: то суровые холода, то жгучая жара. Осенью, то есть в апреле и мае, нередки проливные дожди. Но в описываемое нами время года погода стояла очень сухая и чрезвычайно жаркая.

На рассвете отряд, определив направление, двинулся в путь. Грунт, скрепленный корнями деревьев и кустов, сделался совершенно твердым: исчез мельчайший песок, из которого образовывались меданос; исчезла и пыль, клубившаяся в воздухе.

Лошади шли бодрым шагом среди высокой травы, которая растет только в пампасах. Индейцы укрываются под ней от гроз. Иногда, но все реже и реже, встречались влажные лощины, где росли ивы, а также местное растение Gynerium argenteum, растущее вблизи стоячей воды. Лошади, встретив в этих лощинах воду, спешили воспользоваться случаем и пили вволю, словно желая запастись влагой на будущее. Талькав ехал впереди и бил палкой по кустам, распугивая «голинас» – опаснейших змей, от укуса которых, менее чем через час, погибает даже бык. Проворный конь

---

[1] По этой причине зима в Исландии мягче, чем в Ломбардии. (Прим. автора.)

Талькава перепрыгивал через густые кусты, помогая своему хозяину прокладывать путь тем, кто ехал позади.

Путешествие по этим гладким равнинам не представляло трудности, и отряд подвигался быстро. Местность не менялась: все так же ни одного камня на сто миль кругом. Невыносимое, нескончаемое однообразие! Нужно было быть Паганелем – одним из тех ученых-энтузиастов, которые что-то видят там, где нечего видеть, чтобы интересоваться подробностями такой дороги. Что же привлекало его внимание? Трудно сказать. Какой-нибудь кустик, может быть, травка. Но и этого было достаточно, чтобы развязать язык словоохотливому географу. Он тут же принимался поучать Роберта, и мальчик охотно слушал его.

В течение всего этого дня, 29 октября, перед глазами всадников простиралась та же бесконечно однообразная равнина. Около двух часов пополудни под копытами лошадей стали попадаться побелевшие кости. Это были останки огромного стада быков. Но кости лежали не отдельными кучками, как обычно скелеты обессиленных животных, падавших одно за другим. И никто не мог объяснить, почему на сравнительно небольшом пространстве было собрано столько скелетов. Непонятно было это даже и для Паганеля. Он обратился за разъяснениями к Талькаву, который тут же ответил что-то.

Восклицание географа: «Быть не может!» – и утвердительный жест патагонца очень заинтересовали всех остальных.

– Так что же это такое? – спросили они Паганеля.

– Небесный огонь, – ответил географ.

– Как, – воскликнул Том Остин, – молния могла убить наповал стадо голов в пятьсот!

– Талькав это утверждает, а он не ошибается. Впрочем, я ему верю, ведь грозы в пампасах отличаются особенной силой. Только бы нам не испытать этого на себе!

– Что-то очень жарко, – заметил Вильсон.

– Термометр, наверное, показывает тридцать градусов в тени, – отозвался Паганель.

– Это меня не удивляет, – сказал Гленарван, – я чувствую, как электричество пронизывает меня. Будем надеяться, что подобная жара недолго продержится.

– Ну нет, – возразил Паганель, – нельзя рассчитывать на перемену погоды, когда на горизонте не видно ни облачка.

– Тем хуже, – заметил Гленарван, – наши лошади измучены зноем... А тебе, мой мальчик, не слишком жарко? – прибавил он, обращаясь к Роберту.

– Нет, милорд, – ответил мальчуган, – я люблю жару. Жара – вещь хорошая!

– Особенно зимой, – глубокомысленно заметил майор, выпустив клуб дыма от своей сигары.

Вечером сделали привал у заброшенного ранчо – глиняной мазанки с соломенной крышей. Около хижины был частокол, правда полусгнивший, но все же он мог оградить лошадей от лисиц. Самим лошадям эти хитрые звери не страшны, но они перегрызают их недоуздки, и лошади пользуются этим, чтобы вырваться на свободу.

В нескольких шагах от ранчо была вырыта яма, очевидно служившая кухней, так как в ней виднелась остывшая зола. Внутри ранчо имелись скамья, убогое ложе из бычьей кожи, котелок, вертел и чайник для приготовления матэ – чая индейцев из сушеных трав, очень распространенного в Южной Америке. Его пьют, как многие американские напитки, через соломинку. По просьбе Паганеля, Талькав приготовил несколько чашек матэ, и путешественники с удовольствием запили им свой обычный ужин, найдя индейский напиток превосходным.

На следующий день, 30 октября, солнце встало в знойной дымке и устремило на землю необыкновенно жгучие лучи. Жара была невыносимой, а на равнине, к несчастью, нигде нельзя было укрыться от нее. Однако маленький отряд снова храбро двинулся на восток. Несколько раз в пути встречались огромные стада коров и быков. Не имея сил пастись из-за этой удручающей жары, скот лениво лежал на траве. Сторожей, вернее сказать пастухов, не было. Одни собаки сторожили эти стада. Впрочем, здешние быки очень мирного нрава и, не в пример своим европейским родичам, не впадают в ярость при виде красного цвета.

– Это потому, что они пасутся на земле республики, – сказал Паганель и сам пришел в восторг от своей шутки во французском духе.

К полудню в пампасах начались изменения, которые не могли ускользнуть от глаз, утомленных однообразием этих мест. Злаки стали реже. Вместо них появились тощие репейники и гигантские чертополохи, футов в девять вышиной, которые могли бы осчастливить всех ослов земного шара.

То и дело попадались низкие колючие кусты с темной зеленью. На такой иссушенной почве это была самая пышная растительность. До сих пор влага, сохранявшаяся в глинистой почве равнины, питала луга, и ковер травы был густ и роскошен. Но теперь этот ковер, местами истертый, местами прорванный, обнажил свою основу и обнаружил скудость почвы. Талькав указал спутникам на эти явные признаки возраставшей сухости.

– Я лично ничего не имею против этой перемены, – заявил Том Остин, – все трава да трава – это может и надоесть.

– Да, но там, где есть трава, есть и вода, – отозвался майор.

– О, у нас ее еще много, – вмешался Вильсон, – да и по дороге мы наверняка встретим какую-нибудь реку.

Услышь это Паганель, он, конечно, не упустил бы случая сказать, что между Рио-Колорадо и горами аргентинской провинции рек очень мало, но как раз в этот момент географ объяснял Гленарвану одно явление, на которое тот обратил его внимание.

С некоторого времени в воздухе как будто чувствовался запах гари, а между тем до самого горизонта не видно было никакого огня. Не замечалось и дыма – указания на отдаленный пожар. Таким образом, это явление нельзя было объяснить какой-нибудь обычной причиной. Вскоре запах горелой травы стал так силен, что все, за исключением Паганеля и Талькава, были удивлены.

На вопросы своих друзей географ, всегда готовый все объяснить, поведал им следующее:

– Мы с вами не видим огня, но чувствуем запах дыма. А ведь нет дыма без огня, и эта поговорка так же верна в Америке, как и в Европе. Значит, где-то есть и огонь. Просто здесь в пампасах такая ровная поверхность, что воздушные течения не встречают никаких препятствий, и запах горящей травы часто чувствуется миль за семьдесят пять.

– За семьдесят пять миль? – недоверчиво переспросил майор.

– Да, именно, – подтвердил Паганель. – Надо сказать, что эти пожары охватывают большие пространства и порой достигают значительной силы.

– Кто же поджигает траву? – спросил Роберт.

– Иногда молния, когда травы очень высушены зноем, а иногда это дело рук индейцев.

– А зачем они это делают?

– Индейцы утверждают – не знаю, насколько это верно, – будто после таких пожаров в пампасах лучше растут злаки. Возможно, зола удобряет почву. Я же думаю, что цель этих пожаров – уничтожить миллиарды клещей, докучающих стадам.

– Но такой энергичный способ может стоить жизни животным, бродящим по равнине, – заметил майор.

– Так и бывает, но какое это имеет значение, когда скота так много!

– Я забочусь не об индейцах – это их дело, – продолжал Мак-Наббс, – а думаю о путешественниках, которые проезжают через пампасы. Ведь их может настигнуть огонь!

– Как же, как же! – с видимым удовольствием воскликнул Паганель. – Это порой случается, и я лично с удовольствием полюбовался бы таким зрелищем.

– Это похоже на нашего ученого, – сказал Гленарван. – Из любви к науке он согласился бы сгореть заживо!

– Ну нет, дорогой Гленарван, но я ведь читал Купера, и его Кожаный Чулок научил меня, как спастись от надвигающегося пламени. Надо просто вырвать траву на несколько саженей вокруг себя. Нет ничего проще. Поэтому-то я нисколько не страшусь приближения пожара и, напротив, мечтаю его увидеть.

Но пожеланиям Паганеля не суждено было осуществиться, и если он и оказался наполовину изжарен, то только по милости нестерпимо жгучих лучей солнца. Лошади тяжело дышали, измученные тропической жарой. Тени можно было ждать только от изредка набегавшего на огненный диск облачка. Тогда всадники, подгоняя лошадей, старались держаться в освежающей тени, которую вместе с облаком гнал вперед западный ветер. Но лошади скоро отставали, и солнце, ничем не заслоненное, заливало новыми огненными потоками иссохшую почву пампасов.

Вильсон, заявляя, что у них есть достаточный запас воды, не подумал о неутолимой жажде, терзавшей в течение этого дня путников, а его утверждение, что на их пути наверняка встретится какая-нибудь река, было слишком поспешным. На самом деле речек не было видно (однообразно плоская почва не представляла для них удобных русел), даже искусственные водоемы, вырытые руками индейцев, и те все пересохли. Видя, что земля становится с каждой милей все суше, Паганель заговорил об этом с Талькавом и спросил, где рассчитывает он найти воду.

– В озере Салина-Гранде, – ответил индеец.

– А когда мы доедем до него?

– Завтра вечером.

Обычно аргентинцы во время путешествий по пампасам роют колодцы и находят воду на глубине нескольких футов. Но так как у путешественников не было нужных инструментов, они не могли прибегнуть к этому способу. Пришлось ограничивать порции воды, и хотя ее хватало, чтобы никто не испытывал мучительной жажды, но напиться вволю тоже было нельзя.

Вечером, после перехода в тридцать миль, сделали привал. Все рассчитывали выспаться и отдохнуть, но ночью тучи назойливых москитов и комаров не дали никому покоя. Их появление указывало на предстоящую перемену ветра. И действительно, вскоре он изменил направление: стал дуть с севера. А эти проклятые насекомые обычно исчезают лишь при южном и юго-западном ветре.

В то время как майор спокойно переносил эти мелкие житейские неприятности, Паганель, напротив, негодовал на них. Проклиная москитов и комаров, он сожалел о том, что нет подкисленной воды, которая успокаивала бы зуд от множества укусов. И, хотя майор пытался утешить географа, говоря, что им еще повезло, если из трехсот видов насекомых, известных естествоиспытателям, приходится иметь дело только с двумя, Паганель встал в плохом настроении. Однако, когда отряд на заре собирался двинуться в путь, торопить ученого не понадобилось, так как в этот день предстояло добраться до Салина-Гранде. Лошади были переутомлены. Они чуть не умирали от жажды, хотя всадники, заботясь о них, и урезывали свою собственную порцию воды. Засуха еще больше давала себя чувствовать, а зной при северном, несущем пыль ветре – этом самуме пампасов – казался еще нестерпимей.

В тот день небольшое происшествие нарушило обычную монотонность путешествия. Мюльреди, ехавший впереди, вдруг повернул назад и сообщил своим спутникам о приближении отряда индейцев. К этому отнеслись различно. Гленарвану пришло в голову, что от туземцев он, пожалуй, сможет узнать что-нибудь о потерпевших крушение на «Британии». Талькав же отнюдь не был рад встрече с индейцами-кочевниками: он считал их грабителями и старался избегать их.

По его совету всадники сгрудились и привели в боевую готовность оружие. Нужно было приготовиться ко всему.

Вскоре показался отряд индейцев. Он состоял человек из десяти, не больше. Это успокоило патагонца. Индейцы приблизились на расстояние каких-нибудь ста шагов. Теперь их легко можно было разглядеть. Эти туземцы принадлежали к тому пампасскому племени, которое в 1833 году разгромил генерал Розас. Рослые, с высоким выпуклым лбом, оливковым оттенком кожи, они были прекрасными представителями индейской расы.

Их одежда была сделана из шкур гуанако, а вооружение состояло из копий футов в двадцать длиной, ножей, пращей, болас и лассо. По ловкости, с которой они управляли лошадьми, видно было, что это искусные наездники.

Они остановились шагах в ста от путешественников и стали совещаться, крича и жестикулируя. Гленарван направил к ним своего коня. Но не успел он проехать и десятка футов, как отряд индейцев круто повернул и с невероятной быстротой скрылся из виду. Истомленные лошади Гленарвана и его спутников, конечно, никак не смогли бы их догнать.

– Трусы! – крикнул Паганель.

– Честные люди так быстро не убегают, – прибавил Мак-Наббс.

– Что это за индейцы? – спросил Паганель Талькава.

– Гаучо.

– Гаучо, – повторил Паганель, поворачиваясь к своим спутникам, – гаучо! Тогда нам не стоило принимать всех этих мер предосторожности, ибо бояться было нечего.

– Почему? – спросил майор.

– Да потому, что эти гаучо – безобидные крестьяне.

– Вы так думаете, Паганель?

– Конечно. Они нас приняли за грабителей и потому обратились в бегство.

– А по-моему, они просто не решились напасть на нас, – возразил Гленарван, очень раздосадованный тем, что ему не удалось вступить в переговоры с этими туземцами, кем бы они ни были.

– Мне тоже кажется, что эти гаучо не так уж безобидны, – заявил майор.

– Что вы! – воскликнул Паганель.

И он с таким жаром принялся спорить по этому этнологическому вопросу, что даже умудрился расшевелить майора, и тот, вопреки своей обычной покладистости, сказал ему:

– Я думаю, вы неправы, Паганель.

– Неправ? – переспросил ученый.

– Да. Сам Талькав принял этих индейцев за грабителей, а он хорошо знает эти края.

– Ну и что ж? На этот раз Талькав ошибся, – возразил с некоторой резкостью Паганель. – Гаучо – мирные землепашцы и пастухи, только и всего. Я сам писал об этом в одной брошюре о пампасах, пользующейся некоторой известностью.

– Значит, вы ошиблись, господин Паганель.

– Я ошибся, господин Мак-Наббс?

– Если угодно – по рассеянности, – продолжал настаивать майор, – и вам надо будет внести некоторые поправки в следующее издание вашей брошюры.

Паганель, очень уязвленный *тем,* что его географические познания не только подвергаются сомнению, но и становятся предметом шуток, начал раздражаться.

– Знайте, милостивый государь, – сказал он майору, – что мои книги не нуждаются в подобных исправлениях!

– Нет, нуждаются, по крайней мере в данном случае! – возразил Мак-Наббс, также охваченный упрямством.

– Вы, сударь, слишком придирчивы сегодня! – отрезал Паганель.

– А вы слишком сварливы! – парировал майор.

Спор принял большие размеры, чем заслуживал такой незначительный повод, и Гленарван нашел нужным вмешаться.

– Несомненно, – сказал он, – один из вас чересчур придирчив, а другой чересчур сварлив. По правде сказать, вы оба удивляете меня.

Патагонец, не понимая, о чем спорят два друга, без труда догадался, что они готовы поссориться. Он улыбнулся и спокойно сказал:

– Это северный ветер.

– Северный ветер! – воскликнул Паганель. – При чем тут северный ветер?

– Ну конечно, – отозвался Гленарван, – ваше плохое настроение объясняется северным ветром. Я слышал, что этот ветер на юге Америки чрезвычайно раздражает нервную систему.

– Клянусь святым Патриком, вы правы, Эдуард! – воскликнул майор и расхохотался.

Но Паганель, не на шутку раздраженный, сдаваться не желал и набросился на Гленарвана, чей тон ему казался неуместно шутливым:

– Так, по-вашему, милорд, моя нервная система в возбужденном состоянии?

– Конечно, Паганель, и причина этому – северный ветер. Он здесь часто толкает людей даже на преступления, подобно трамонтано в окрестностях Рима.

– На преступления? – крикнул ученый. – Так я похож на человека, собирающегося совершать преступления?

– Я этого не говорю.

– Скажите лучше прямо, что я хочу зарезать вас!

– Ох, боюсь, что недалеко до этого! – ответил Гленарван, не в силах больше удерживаться от смеха. – К счастью, северный ветер дует только один день.

Слова Гленарвана вызвали всеобщий хохот.

Паганель пришпорил лошадь и ускакал вперед, желая рассеять в одиночестве свое плохое настроение. Через какие-нибудь четверть часа он уже и не помнил о происшедшем. Так на короткое время ученый изменил своему добродушному характеру, но, как правильно указал Гленарван, причина этого была чисто внешняя.

В восемь часов вечера Талькав, ехавший немного впереди, сообщил, что они приближаются к желанному озеру. Четверть часа спустя маленький отряд уже спускался по крутому берегу Салина-Гранде. Но здесь путников ожидало тяжелое разочарование: озеро пересохло.

Глава восемнадцатая. В поисках воды

Озером Салина-Гранде заканчивается ряд небольших озер, которые тянутся между Сьерра-де-ла-Вентана и Сьерра-Гуамини. Раньше к Салина-Гранде направлялись из Буэнос-Айреса целые экспедиции для добывания соли, так как воды его содержат весьма значительное количество хлористого натрия. Но теперь из-за сильной жары вода испарилась, и осевшая соль превратила озеро в огромное сверкающее зеркало.

Когда Талькав говорил о питьевой воде Салина-Гранде, он, в сущности, имел в виду не самое озеро, а пресные речки, впадающие в него во многих местах. Но сейчас и они пересохли: все выпило палящее солнце. Легко представить себе то подавленное состояние, которое овладело путешественниками, измученными жаждой, когда они увидели высохшие берега Салина-Гранде.

Надо было немедленно принять какое-нибудь решение. Воды в бурдюках оставалось немного, да и та была наполовину испорчена и не могла утолить жажду. А она жестоко давала себя чувствовать. И голод и усталость забывались перед этой насущной потребностью. Изнуренные путешественники приютились в «рука» – кожаной палатке, раскинутой и оставленной туземцами в небольшом овраге. Лошади, лежа на илистых берегах озера, с видимым отвращением жевали водоросли и сухой тростник.

Когда все разместились в рука, Паганель обратился к Талькаву и спросил, что, по его мнению, следовало делать. И географ и индеец говорили быстро, но Гленарвану все же удалось разобрать несколько слов. Талькав говорил спокойно, а Паганель жестикулировал за двоих. Их диалог длился несколько минут, затем патагонец, замолчав, скрестил руки на груди.

– Что он сказал? – спросил Гленарван. – Мне показалось, что он советует нам разделиться.

– Да, на две группы, – ответил Паганель. – Те, у кого лошади еле передвигают ноги, пусть как-нибудь продолжают путь вдоль тридцать седьмой параллели. Те же, у кого лошади в лучшем состоянии, должны, опередив первый отряд, отправиться на поиски реки Гуамини, которая впадает в озеро Сан-Лукас в тридцати одной миле отсюда[1]. Если воды в этой

[1] В 50 километрах. (Прим. автора.)

реке достаточно, второй отряд подождет товарищей на ее берегах. Если же Гуамини также пересохла – направится обратно им навстречу, чтобы избавить их от напрасного перехода.

– А тогда что делать? – спросил Том Остин.

– Тогда придется спуститься на семьдесят пять миль к югу, к отрогам Сьерра-де-ла-Вентана, а там рек очень много.

– Совет неплох, – сказал Гленарван, – и нам нужно немедленно последовать ему. Моя лошадь еще не очень ослабела от жажды, и я могу сопровождать Талькава.

– О милорд, возьмите меня с собой! – взмолился Роберт, как будто дело шло об увеселительной поездке.

– Но сможешь ли ты поспевать за нами, мальчик?

– Да. У меня хорошая лошадь. Она так и рвется вперед… Так как же, милорд?.. Прошу вас!

– Хорошо, едем, мой мальчик, – согласился Гленарван. Он, в сущности, был очень рад, что ему не придется расставаться с Робертом. – Не может же быть, в самом деле, чтобы нам втроем не удалось найти какой-нибудь источник свежей и чистой воды!

– А я? – спросил Паганель.

– О, вы, милейший Паганель, останетесь, – отозвался майор. – Вы слишком хорошо знаете и тридцать седьмую параллель, и реку Гуамини, и вообще все пампасы, чтобы покинуть нас. Ни Мюльреди, ни Вильсон, ни я – никто из нас не сможет добраться до места, которое Талькав назначит для встречи. Под знаменем же храброго Жака Паганеля мы смело двинемся вперед.

– Приходится покориться, – согласился географ, очень польщенный тем, что его поставили во главе отряда.

– Но смотрите только, не будьте рассеянны, – прибавил майор, – не заведите нас не туда, куда надо, например, обратно к Тихому океану!

– А вы заслуживаете этого, несносный майор!.. – смеясь, сказал Паганель. – Но вот что скажите мне, дорогой Гленарван: как будете вы объясняться с Талькавом?

– Я полагаю, что нам с патагонцем не придется разговаривать, – ответил Гленарван, – но в каком-нибудь экстренном случае тех испанских слов, которые я знаю, хватит для того, чтобы мы поняли друг друга.

– Так отправляйтесь в путь, мой достойный друг, – сказал Паганель.

– Сначала поужинаем, – сказал Гленарван, – и, если сможем, выспимся перед отъездом.

Путешественники закусили всухомятку, что, конечно, мало подкрепило их, а затем, за неимением лучшего, улеглись спать. Паганелю снились потоки, водопады, речки, реки, пруды, ручьи, даже полные графины – словом, снилось все, в чем содержится питьевая вода. То был настоящий кошмар.

На следующий день, в шесть часов утра, лошади Талькава, Гленарвана и Роберта Гранта были оседланы. Их напоили оставшейся в бурдюках водой. Пили они с жадностью, но без удовольствия, ибо вода эта была отвратительная. Когда лошади были напоены, Талькав, Гленарван и Роберт вскочили в седла.

– До свиданья! – крикнули остающиеся.

– Главное, постарайтесь не возвращаться! – добавил Паганель.

Вскоре патагонец, Гленарван и Роберт потеряли из виду маленький отряд, оставленный на попечении географа. Desertio de las Salinas, то есть пустыня озера Салина, по которой ехали три всадника, представляла собой равнину с глинистой почвой, поросшую чахлыми кустами футов в десять вышиной, низкорослыми мимозами (курра-мамель) и кустарниками юмма, содержащими много соды. Кое-где встречались обширные пласты соли, отражавшие с необыкновенной яркостью солнечные лучи. Если бы не палящий зной, эти баррерос[1] можно было бы легко принять за обледенелые участки земли. Контраст между сухой, выжженной почвой и сверкающими соляными пластами придавал пустыне своеобразный и интересный вид.

Совершенно иную картину представляет находящаяся в восьмидесяти милях южнее Сьерра-де-ла-Вентана, куда, если река Гуамини пересохла, пришлось бы спуститься нашим путешественникам. Этот край, обследованный в 1835 году капитаном Фицроем – главой экспедиции на «Бигле», необыкновенно плодороден. Здесь находятся роскошные, лучшие на индейских землях пастбища. Северо-западные склоны Сьерра-де-ла-Вентана покрыты пышными травами; ниже расстилаются леса, состоящие из разных видов деревьев. Там растет альгарробо – род рожкового дерева, плоды которого сушат, размельчают и готовят из них хлеб, весьма ценимый

[1] Земли, пропитанные солью. (Прим. автора.)

индейцами; белое квебрахо – дерево с длинными, гибкими ветвями, напоминающее нашу европейскую плакучую иву; красное квебрахо, отличающееся необыкновенной прочностью; легко воспламеняющийся наудубай – причина страшных пожаров; вираро с лиловыми цветами в форме пирамиды и, наконец, восьмидесятифутовый гигант тимбо, под колоссальной кроной которого может укрыться от солнечных лучей целое стадо. Аргентинцы не раз пытались колонизировать этот богатый край, но им так и не удалось преодолеть сопротивления индейцев.

Конечно, такое плодородие говорило о том, что сюда несут свои воды многочисленные речки, низвергаясь по склонам горной цепи. И в самом деле, речки эти даже во время сильнейших засух никогда не пересыхают. Но, чтобы добраться до них, нужно было продвинуться к югу на сто тридцать миль. Вот почему Талькав был, несомненно, прав, решив сначала направиться к реке Гуамини: это было и гораздо ближе, и по пути.

Лошади быстро неслись вперед. Эти превосходные животные, видно, инстинктивно чувствовали, куда направляли их хозяева. Особенно резва была Таука. Она птицей перелетала через пересохшие ручьи и кусты куррамамель. Лошади Гленарвана и Роберта, увлеченные ее примером, смело следовали за ней, хотя и не с такой легкостью. Талькав же, словно приросший к седлу, служил примером для своих спутников.

Патагонец часто оглядывался на Роберта. Видя, что мальчик сидит в седле уверенно и правильно – опустив плечи, свободно свесив ноги, прижав к седлу колени, – индеец поощрял его одобрительными возгласами. Действительно, Роберт Грант становился превосходным наездником и заслуживал его похвалы.

– Браво, Роберт! – говорил Гленарван. – Талькав, видимо, доволен тобой.

– Чем же он доволен, милорд?

– Доволен твоей посадкой.

– О, я крепко держусь, вот и все, – краснея от удовольствия, ответил мальчуган.

– А это главное, Роберт, – продолжал Гленарван. – Ты слишком скромен, но я предсказываю тебе, что из тебя выйдет отличный спортсмен.

– Что ж, это хорошо, – смеясь, сказал Роберт. – Но что скажет на это папа, ведь он хочет сделать из меня моряка?

– Одно не мешает другому. Хоть и не все наездники хорошие моряки, но все моряки могут стать хорошими наездниками. Сидя верхом на рее, приучаешься крепко держаться, а умение осадить коня, заставить его выполнять боковые и круговые движения приходит само собой, это несложно.

– Бедный отец! – промолвил мальчик. – Как будет он благодарен вам, милорд, когда вы его спасете!

– Ты очень любишь его, Роберт?

– Да, милорд. Папа ведь был так добр к нам с сестрой! Он только и думал о нас. После каждого дальнего плавания он привозил нам подарки из всех тех стран, где он побывал. Но что бывало дороже всего – он, вернувшись домой, был так нежен, с такой любовью говорил с нами! О, когда вы узнаете папу, вы сами его полюбите! Мери на него похожа. У него такой же мягкий голос, как и у нее. Для моряка это даже странно, не правда ли?

– Да, очень странно, Роберт, – согласился Гленарван.

– Я вот как будто вижу его, – продолжал мальчик, словно говоря сам с собой. – Добрый, славный папа! Когда я был маленьким, он укачивал меня на коленях, напевая старинную шотландскую песню об озерах нашей родины. Порой мне вспоминается мелодия, но смутно. Мери тоже помнит ее. Ах, как мы любили его! Знаете, мне кажется, что только в детстве умеешь так любить отца!

– Но нужно вырасти, чтобы научиться уважать его, мой мальчик, – сказал Гленарван, растроганный признаниями, вырвавшимися из этого юного сердца.

Пока они говорили, лошади замедлили ход и пошли шагом.

– Ведь мы найдем его, правда? – проговорил Роберт после нескольких минут молчания.

– Да, мы найдем его, – ответил Гленарван. – Талькав навел нас на его след, а патагонец внушает мне доверие.

– Талькав – славный индеец, – отозвался мальчик.

– Без сомнения!

– Знаете что, милорд?

– Скажи – тогда я отвечу тебе.

– Я хочу сказать, что вокруг вас только славные люди: леди Элен – я так ее люблю! – майор, всегда такой спокойный, капитан Манглс, господин Паганель и все матросы «Дункана», такие отважные и такие преданные!

– Я знаю это, мой мальчик, – ответил Гленарван.

– А знаете ли вы, что лучше всех вы сами?

– О, вот этого я не знал!

– Так знайте, милорд! – воскликнул Роберт, хватая руку Гленарвана и горячо целуя ее.

Гленарван тихонько покачал головой. Он продолжал бы разговаривать с Робертом, если бы Талькав жестом не дал им понять, чтобы они поторапливались и не отставали. Надо было спешить и помнить об оставшихся позади.

Все трое всадников снова пустились вперед крупной рысью. Но вскоре стало ясно, что лошадям, за исключением Тауки, это не под силу. В полдень пришлось дать им часовой отдых. Они совсем выбились из сил и даже отказывались есть пучки альфальфы – разновидности люцерны, тощей и выжженной палящими лучами солнца.

Гленарвана охватило беспокойство: признаки засушливости не исчезали, и недостаток воды мог привести к гибельным последствиям. Талькав молчал и, вероятно, думал, что в отчаяние приходить преждевременно, пока не выяснилось, пересохла или нет река Гуамини.

Итак, он снова двинулся вперед, и волей-неволей, понуждаемые хлыстами и шпорами, лошади поплелись шагом – большего от них добиться нельзя было.

Талькав мог бы опередить спутников, Таука в несколько часов домчала бы его до берегов реки. Разумеется, это не могло не прийти в голову патагонцу, и, разумеется, он не захотел оставить спутников одних среди этой пустыни. Вот почему он заставил своего скакуна умерить шаг.

Не без сопротивления примирилась с этим Таука: она становилась на дыбы, неистово ржала. Ее хозяин прибегнул не столько к силе, сколько к увещаниям. Ведь Талькав буквально разговаривал со своей лошадью, и Таука если и не отвечала ему, то, во всяком случае, все понимала. Надо думать, что доводы патагонца были очень вески, так как, «поспорив» некоторое время, Таука все-таки сдалась и подчинилась, правда продолжая грызть удила.

Но если Таука поняла, чего от нее хотел Талькав, то и сам он сумел понять своего скакуна. Умное животное почувствовало признаки влажности в воздухе: лошадь жадно втягивала его, шевеля языком, словно опускала его в спасительную влагу.

Патагонцу стало ясно: близко вода. Он подбодрил своих спутников, объяснив им нетерпение Тауки. Вскоре и две другие лошади тоже почуяли близость воды. Они напрягли последние силы и понеслись вслед за индейцем.

Около трех часов пополудни впереди, в низине, блеснула светлая полоса. Она переливалась под лучами солнца.

– Вода! – сказал Гленарван.

– Да, вода, вода! – крикнул Роберт.

Теперь уж им не нужно было погонять лошадей. Бедные животные, почувствовав прилив сил, неудержимо помчались вперед. В несколько минут они доскакали до реки Гуамини и, не останавливаясь, зашли по грудь в благодатную воду. Всадники поневоле последовали их примеру и приняли ванну, о чем им не пришлось жалеть.

– Ах, как вкусно! – воскликнул Роберт, упиваясь водой посередине речки.

– Будь умерен, мой мальчик, – предупредил его Гленарван, сам, однако, не подавая примера этой умеренности.

Некоторое время не было слышно ничего, кроме громких, торопливых глотков. Талькав же пил спокойно, не спеша, глотками маленькими, но «длинными, как лассо», – по патагонскому выражению. Он никак не мог напиться, и можно было опасаться, как бы он не выпил всю реку целиком.

– Ну, видно, нашим друзьям не придется разочароваться в своих ожиданиях, – сказал Гленарван. – Добравшись до Гуамини, они найдут сколько угодно чистой воды, если только Талькав оставит что-нибудь на их долю.

– А не могли бы мы отправиться им навстречу? – спросил Роберт. – Этим мы избавили бы их от нескольких часов тревоги и страданий.

– Понятно, это можно было бы сделать, мой мальчик, но в чем же отвезти им воду? Ведь бурдюки остались у Вильсона. Нет, уж лучше нам ждать здесь, как было условлено. Учитывая расстояние, которое им надо проехать, притом проехать шагом, они прибудут сюда только ночью. Итак, приготовим для них хороший ночлег и ужин.

Талькав, не дожидаясь предложения Гленарвана, уже отправился искать место для привала. Ему посчастливилось найти на берегу реки рамаду – трехсторонний загон для скота. Это было превосходное убежище для людей, которые, как наши путешественники, не боятся спать под открытым небом. Поэтому они не стали искать ничего лучшего, и все трое растянулись на земле, чтобы просушить на солнце промокшее платье.

– Место для ночлега у нас есть, – сказал Гленарван. – Подумаем теперь об ужине. Надо, чтобы наши друзья остались довольны своими посланными вперед гонцами, и, если я не ошибаюсь, им не придется жаловаться на них. Мне кажется, что, поохотившись с часок, мы не потеряем времени даром... Ты готов, Роберт?

– Да, милорд, – ответил мальчик, поднимаясь на ноги и беря ружье.

Мысль об охоте пришла в голову Гленарвану потому, что на берегах Гуамини, казалось, собиралась вся дичь окрестных равнин. Целыми стаями поднимались «тинаму» – род красных куропаток, водящихся в пампасах, – черные ржанки, желтые коростели и водяные курочки с великолепным зеленым оперением.

Четвероногих же что-то не было видно. Но Талькав, указав спутникам на высокие травы и густой лес, дал им понять, где скрываются эти животные. Охотникам достаточно было сделать несколько шагов, чтобы найти дичь в изобилии.

Сначала они пренебрегали птицами, их первые выстрелы были сделаны в крупную дичь пампасов. Они вспугнули сотни косуль и гуанако, подобных тем, которые так неистово обрушились на них на вершинах Кордильер. Но эти чрезвычайно пугливые животные умчались с такой быстротой, что охотники не смогли приблизиться к ним на расстояние ружейного выстрела. Тогда они обратили свое внимание на менее стремительную, но не менее вкусную дичь. Было подстрелено штук двенадцать красных куропаток и коростелей, а кроме того, Гленарван убил метким выстрелом пекари. Мясо этого толстокожего животного с рыжеватой шерстью очень вкусно, и на него не жаль было потратить порох.

Менее чем в полчаса охотники без труда настреляли столько дичи, сколько им было нужно. Роберт также не остался без трофеев: он застрелил армадилла – любопытное животное из семейства неполнозубых, нечто вроде броненосца, длиной в полтора фута, покрытое панцирем из подвижных костяных пластинок. Это было очень жирное животное, и, по словам патагонца, из него должно было получиться превкусное блюдо. Роберт очень гордился своей добычей.

Талькав показал своим спутникам, как охотятся на страуса нанду, отличающегося удивительной быстротой. Имея дело с таким быстроногим животным, индеец не стал прибегать к хитрости. Он пустил Тауку галопом прямо на нанду, стремясь сразу настичь его, ибо, не сделай он этого, страус только замучил бы и лошадь и охотника, стремительно убегая и петляя.

Приблизившись к нанду на нужное расстояние, Талькав метнул своей могучей рукой болас, и так ловко, что веревка сейчас же обвилась вокруг ног страуса и остановила его. Еще несколько секунд – и нанду уже лежал распростертый на земле.

Индеец постарался добыть нанду не из охотничьего тщеславия, а потому, что мясо этого страуса очень ценится, и Талькаву хотелось предложить от себя блюдо для общего стола.

Связку красных куропаток, страуса Талькава, пекари Гленарвана и броненосца Роберта принесли в рамаду. Со страуса и пекари тотчас же содрали жесткую кожу и разрезали мясо на тонкие ломтики. Броненосец же обладает одним ценным свойством: он носит на себе противень, на котором его можно изжарить. Поэтому его без дальнейших церемоний положили на раскаленные уголья в собственном панцире.

Охотники удовольствовались за ужином одними куропатками, оставив своим друзьям все самое питательное. К ужину была подана чистейшая прозрачная вода, показавшаяся им вкуснее всех вин мира, вкуснее даже, чем «ускебо»[1], столь любимая в Шотландии.

Не забыли и о лошадях. В рамаде нашлось столько сена, что его им хватило не только для еды, но и для подстилки.

Когда все приготовления были закончены, Гленарван, Роберт и индеец, завернувшись в пончо, улеглись на перины из альфальфы – обычное ложе охотников в пампасах.

---

[1] Род ячменной водки, на дрожжах. (Прим. автора.)

Глава девятнадцатая. Красные волки

Настала ночь, ночь перед новолунием, когда молодой месяц еще невидим для обитателей Земли. Одни звезды озаряли своим слабым светом равнину. У горизонта едва мерцали в тумане созвездия Зодиака. Гуамини бесшумно катила свои воды. Птицы и звери, устав за день, отдыхали, и над необъятными пампасами распростерлось безмолвие пустыни.

Гленарван, Роберт и Талькав, по примеру всего живого, спали крепчайшим сном, растянувшись на мягком ложе из люцерны. Обессиленные усталостью лошади также улеглись на землю. Лишь Таука, как настоящий чистокровный конь, спала, стоя на ногах. У нее и во сне был такой же гордый вид. Чувствовалось, что она готова броситься вперед по первому зову хозяина. В загоне царило ничем не нарушаемое спокойствие; лишь угли догоравшего костра мерцали среди безмолвного мрака.

Однако около десяти часов вечера индеец, проспав очень недолго, проснулся. Едва открыв глаза, он насторожился и стал к чему-то прислушиваться. Видимо, Талькав стремился уловить какой-то еле слышный звук. Вскоре на его обычно спокойном лице отразилось смутное беспокойство. Заслышал ли он подкрадывающихся бродяг-индейцев или приближение ягуаров, рычание тигров или других опасных зверей, нередко встречающихся вблизи рек? Это, по-видимому, показалось ему вероятным, так как он бросил быстрый взгляд на сваленное в загоне топливо, и беспокойство его еще более усилилось. В самом деле, вся сухая альфальфа должна была скоро сгореть и недолго могла служить защитой от дерзких хищников.

Итак, Талькаву оставалось только одно: ждать событий, и он стал ожидать их полулежа, в позе человека, внезапно разбуженного какой-то надвигающейся опасностью.

Прошел час. Всякий другой на месте Талькава, успокоенный царившей кругом тишиной, снова улегся бы и заснул. Но там, где чужестранец ничего не заподозрил бы, индеец благодаря обостренным чувствам и природному инстинкту почуял близкую опасность. В то время как Талькав прислушивался и приглядывался, Таука вдруг глухо заржала и, повернув голову к входу в рамаду, потянула ноздрями воздух. Патагонец быстро приподнялся.

– Таука почуяла опасность, – пробормотал он и, выйдя из рамады, стал внимательно осматривать равнину.

Было тихо, но неспокойно. Талькав заметил какие-то тени, бесшумно скользившие среди поросли курра-мамель. Там и сям сверкали светящиеся точки. Они двигались во всех направлениях, встречались, потухали, снова загорались. Можно было подумать, что это плясали по зеркалу огромной лагуны отблески каких-то фантастических фонарей. Чужестранец мог бы принять эти летающие искры за светляков, часто мерцающих по ночам в пампасах, но Талькав не обманулся: патагонец понял, с каким врагом придется иметь дело. Зарядив ружье, он стал на страже у входа в загон.

Долго ждать ему не пришлось. В пампасах раздался странный крик – не то лай, не то вой. Ответом на него был выстрел из карабина, а затем послышались ужасающие завывания, казалось несшиеся из сотни глоток.

Гленарван и Роберт, внезапно разбуженные, вскочили на ноги.

– Что случилось? – крикнул Роберт.

– Индейцы? – спросил Гленарван.

– Нет, – ответил Талькав, – гуары.

– Гуары? – вопросительно глядя на Гленарвана, повторил Роберт.

– Да, – ответил Гленарван, – красные волки пампасов.

Схватив ружья, они присоединились к индейцу. Талькав молча указал им на равнину, откуда несся оглушительный вой. Роберт инстинктивно сделал шаг назад.

– Ты не боишься волков, мой мальчик? – спросил Гленарван.

– Не боюсь, милорд, – твердо ответил мальчик. – Когда я с вами, я вообще ничего не боюсь.

– Тем лучше. Эти гуары – не очень-то страшные звери, и не будь их так много, я бы совсем не обратил на них внимания.

– А если и много! – отозвался Роберт. – Мы хорошо вооружены. Пусть только сунутся к нам!..

– И мы их примем как следует!

Говоря это, Гленарван хотел успокоить мальчика, но сам он в глубине души не без страха думал об этом ночном нашествии бесчисленного множества разъяренных хищников. Быть может, там их целые сотни, и троим, хотя бы и хорошо вооруженным людям, нельзя было надеяться на успех в борьбе с таким количеством зверей.

Когда патагонец произнес слово «гуар», Гленарван тотчас узнал название, данное пампасскими индейцами красному волку. Этот хищник известен у натуралистов под именем Chrysocyon brachgurus. Ростом он с большую собаку, голова его похожа на лисью, шерсть рыжевато-желтая, а по спине вдоль всего хребта идет длинная грива. Зверь этот очень проворен и силен. Живет он обыкновенно в болотистых местах и часто преследует свою добычу даже вплавь. Ночь выгоняет красного волка из его логова, где он спит днем. Особенно боятся его на больших фермах. Голодные гуары нападают даже на крупный скот и производят немалые опустошения. В одиночку красный волк не страшен, но голодная стая их представляет большую опасность. Лучше даже встретиться с кугуаром или ягуаром: с ними можно, по крайней мере, сразиться один на один.

Слыша разносящийся по пампасам вой и видя множество мчащихся по равнине теней, Гленарван не мог сомневаться в том, что на берегах Гуамини собралась огромная стая волков. Хищники эти почуяли верную добычу – лошадиное и человечье мясо, и каждый из них жаждал вернуться в свое логово с частью этой добычи. Положение было более чем тревожное.

Тем временем круг волков мало-помалу суживался. Проснувшиеся лошади были охвачены ужасом. Лишь Таука нетерпеливо била копытом землю, порываясь оборвать повод и умчаться. Хозяину удавалось успокоить ее только непрерывным свистом. Гленарван и Роберт стали у входа в рамаду, готовясь к обороне. Зарядив карабины, они собирались уже выстрелить по первому ряду гуаров, как вдруг Талькав молча поднял рукой вверх дула их ружей.

– Чего хочет Талькав? – спросил Роберт.

– Он запрещает нам стрелять.

– Почему?

– Быть может, потому, что находит это несвоевременным.

Но не эта, а более важная причина побудила индейца так поступить. Гленарван понял его, когда Талькав, открыв и перевернув свою пороховницу, показал, что она почти совсем пуста.

– Что же? – спросил Роберт.

– Нам придется беречь заряды. Сегодняшняя охота дорого обошлась нам: у нас мало свинца и пороха. Мы не сделаем и двадцати выстрелов.

Мальчик ничего не ответил.

– Ты не боишься, Роберт?

– Нет, милорд.

– Хорошо, мой мальчик.

В эту минуту раздался выстрел: Талькав уложил на месте одного слишком дерзкого врага. Волчья стая, надвигавшаяся тесными рядами, отступила и сбилась в кучу в ста шагах от частокола. Гленарван, по знаку индейца, стал на его место. А Талькав, собрав подстилки, сухую траву – словом, все, что могло гореть, навалил это у входа в загон и бросил в середину кучи пылающий уголь. Вскоре на черном фоне неба протянулась огненная завеса. Между языками пламени проглянула ярко освещенная колеблющимся заревом равнина. Тут Гленарван увидел, против какого неисчислимого количества хищников им придется бороться. Вряд ли кому-нибудь приходилось видеть такое скопище голодных волков. Огненная завеса, созданная Талькавом, сразу остановила хищников и этим еще больше разъярила их. Но все же некоторые из них под натиском задних рядов приблизились к самому костру и обожгли себе лапы. Время от времени приходилось стрелять, чтобы удержать эту завывающую стаю, и через час на равнине уже валялось штук пятнадцать убитых волков.

Теперь осажденные находились в сравнительно менее опасном положении. Пока не кончился порох, пока огненная завеса пылала у входа в рамаду, нечего было опасаться вторжения волков. Но что делать, когда эти средства защиты будут исчерпаны? Гленарван посмотрел на Роберта, и сердце его сжалось. Он уже не думал о себе, а только об этом мужественном не по годам мальчике. Роберт был бледен, но не выпускал из рук ружья и, полный решимости, ожидал нападения разъяренных волков.

Хладнокровно обдумав положение, Гленарван понял, что надо на что-то решиться.

– Через какой-нибудь час у нас не будет ни пороха, ни пуль, ни огня, – сказал он, – и, конечно, нам нужно не ждать этого, а что-нибудь делать.

Он подошел к Талькаву и, припоминая все испанские слова, сохранившиеся в его памяти, начал с ним разговор, часто прерываемый выстрелами.

Не без труда удалось собеседникам понять друг друга. К счастью, Гленарвану были известны повадки гуаров. Без этого он не понял бы слов и жестов патагонца. Все же прошло с четверть часа, прежде чем он начал рассказывать Роберту о содержании своего разговора с Талькавом.

– И что же он ответил? – спросил Роберт Грант.

– Он сказал, что нам во что бы то ни стало надо продержаться до рассвета. Гуар выходит на добычу только ночью, а с зарей возвращается в свое логово. Это ночной хищник: он труслив и боится дневного света – своего рода сова, только четвероногая.

– Что ж, будем защищаться до рассвета!

– Да, мой мальчик, и защищаться ножами, когда ружья станут бесполезны.

Талькав уже начал подавать этому пример: и когда какой-нибудь волк слишком приближался к пылавшему костру, патагонец, сжимая в руке нож, протягивал ее через пламя, и каждый раз клинок обагрялся кровью волка.

Между тем средства обороны были на исходе. Около двух часов ночи Талькав бросил в костер последнюю охапку сухой травы; зарядов же оставалось всего на пять выстрелов.

Гленарван с грустью оглянулся вокруг.

Он думал о мальчике, стоявшем подле него, о своих товарищах, думал обо всех, кого любил. Роберт молчал. Быть может, в его детском, доверчивом воображении опасность не казалась неминуемой. Но Гленарван думал о ней за него. Ему рисовалась ужасная, неизбежная участь: быть растерзанными заживо. Не владея больше собой, он привлек к себе Роберта, прижал его к груди и со слезами, которых не в силах был удержать, поцеловал его в лоб.

Роберт, улыбаясь, посмотрел на него.

– Я не боюсь, – промолвил он.

– И не надо бояться, мой мальчик, ты прав, – ответил Гленарван. – Через два часа рассветет, и мы будем спасены… Молодец, Талькав! Молодец, мой храбрый патагонец! – крикнул он, увидев, что индеец убил ударами приклада двух огромных волков, порывавшихся перепрыгнуть через огненную преграду.

Но в эту минуту при угасающем свете костра Гленарван увидел стаю волков, идущую плотными рядами на приступ рамады.

Развязка этой кровавой драмы приближалась. Костер мало-помалу угасал. Равнина, до сих пор освещенная, погружалась во мрак, и в этом мраке снова замелькали фосфоресцирующие глаза красных волков. Еще несколько минут – и вся эта огромная стая устремится в загон.

Талькав выпустил последний заряд из своего карабина, прикончив еще одного врага. Истощив свои боевые припасы, патагонец скрестил руки на груди. Голова его склонилась. Казалось, он молча что-то обдумывал. Изыскивал ли он какой-нибудь смелый, невозможный, безрассудный способ отразить эту разъяренную стаю? Гленарван не решался задать ему вопрос.

Тут волки вдруг изменили свой план нападения: они стали удаляться, и их оглушительный вой сразу прекратился. На равнине воцарилась мрачная тишина.

– Они уходят, – промолвил Роберт.

– Быть может, и так, – отозвался, прислушиваясь, Гленарван.

Но Талькав, догадавшись, о чем они говорят, отрицательно покачал головой. Патагонец знал, что хищники не уйдут от верной добычи до тех пор, пока заря не загонит их в темные логова.

Однако тактика врагов явно изменилась: они уже не пытались ворваться через вход в рамаду, а избрали новый, еще более страшный способ действий. Гуары, отказавшись от намерения проникнуть через вход, который так упорно отстаивался огнем и оружием, обошли рамаду и напали на нее с противоположной стороны. Вскоре осажденные услышали, как когти хищников раздирают полусгнившее дерево. Между расшатанными кольями уже просовывались сильные лапы, окровавленные морды. Перепуганные лошади, сорвавшись с привязи, метались, обезумев от ужаса, по загону.

Гленарван схватил мальчика и прижал к себе, решив защищать его до последней возможности. Быть может, у него мелькнула безумная мысль попытаться спастись с Робертом бегством, но в этот миг взгляд его упал на индейца. Талькав, только что быстро ходивший по загону, как дикий зверь в клетке, вдруг подошел к своей дрожавшей от нетерпения лошади и принялся тщательно седлать ее, не забывая ни одного ремешка, ни одной пряжки. Казалось, возобновившийся с удвоенной силой вой хищников совершенно перестал его беспокоить. Гленарван смотрел на патагонца с ужасом.

– Он бросает нас на произвол судьбы! – воскликнул он, видя, что Талькав готов прыгнуть в седло.

– Талькав? Никогда! – сказал Роберт.

И действительно, индеец собирался не бросить друзей, а спасти их.

– Говорю тебе, что я поеду! – крикнул Гленарван, вырывая из рук Талькава повод. – А ты спасай мальчика! Доверяю тебе его, Талькав!

Гленарван в возбуждении перемешивал испанские слова с английскими. Но что значит язык! В такие грозные мгновения все выражают жесты, и люди сразу понимают друг друга.

Но Талькав настаивал на своем, спор затягивался, а опасность с секунды на секунду все возрастала. Изгрызенные колья уже начинали поддаваться натиску волков.

Ни Гленарван, ни Талькав не хотели уступать друг другу. Индеец увлек Гленарвана к входу в загон; он показывал ему на освобожденную от волков равнину. Своей страстной речью он стремился заставить понять Гленарвана, что нельзя терять ни секунды, что в случае неудачи в наибольшей опасности окажутся оставшиеся; наконец, что он один достаточно знает Тауку, чтобы использовать для общего спасения изумительное проворство и быстроту ее бега. Но Гленарван в ослеплении упорствовал: он во что бы то ни стало хотел пожертвовать собой.

Вдруг его отбросил в сторону сильный толчок. Таука поднялась на дыбы и, рванувшись вперед, перелетела через огненную преграду и лежавшие за ней трупы волков.

В ту же минуту донесся детский голос:

– Да спасет вас бог, милорд!

И перед глазами Гленарвана и Талькава промелькнула фигурка Роберта, вцепившегося в гриву Тауки, – промелькнула и исчезла во мраке.

– Роберт! Несчастный! – крикнул Гленарван.

Но этого крика не расслышал даже индеец: раздался ужасающий вой. Волки, бросившись за лошадью, с невероятной быстротой помчались на запад.

Талькав и Гленарван выбежали из рамады. На равнине уже снова водворилась тишина; лишь вдали среди ночного мрака ускользала смутная волнообразная линия.

Подавленный, ломая в отчаянии руки, Гленарван упал на землю. Он поднял глаза на Талькава. Тот улыбался со свойственным ему спокойствием.

– Таука – хорошая лошадь! Храбрый мальчик! Спасется... – повторял патагонец, подкрепляя слова кивками головы.

– А если он упадет? – сказал Гленарван.

– Не упадет!

Несмотря на эту уверенность Талькава, несчастный Гленарван провел ночь в страшной тревоге. Он даже не думал о том, что с исчезновением стаи волков для него исчезла и опасность. Он хотел скакать на поиски Роберта. Индеец не пустил его и дал ему понять, что с их лошадьми догнать Роберта немыслимо, что Таука, конечно, опередила своих врагов и найти ее в темноте невозможно. Словом, по его убеждению, надо было ждать рассвета и только тогда начинать поиски Роберта.

В четыре часа утра стала заниматься заря. Сгустившийся у горизонта туман вскоре окрасился бледным золотом.

Прозрачная роса пала на равнину, и утренний ветерок закачал высокие травы. Пришло время отправляться.

– Поедем! – сказал индеец.

Гленарван молча вскочил на лошадь Роберта. Вскоре оба всадника неслись галопом прямо на запад, навстречу второму отряду.

Целый час они бешено мчались, ища глазами Роберта и все боясь увидеть его окровавленный труп. Гленарван немилосердно всаживал шпоры в бока своей лошади. Вдруг послышались ружейные выстрелы, раздававшиеся через определенные промежутки времени, как будто кто-то подавал сигналы.

– Это они! – воскликнул Гленарван.

Оба всадника еще быстрее погнали своих лошадей. Несколько минут спустя они соединились с отрядом Паганеля. У Гленарвана вырвался крик: Роберт был здесь, живой и невредимый, верхом на великолепной Тауке! Лошадь радостно заржала, завидев своего хозяина.

– Ах, мальчик мой, мальчик! – с невыразимой нежностью воскликнул Гленарван.

И они с Робертом, соскочив с лошадей, бросились на шею друг другу.

Затем наступила очередь индейца прижать к груди мужественного сына капитана Гранта.

– Он жив! Он жив! – восклицал Гленарван.

– Да, – ответил Роберт, – благодаря Тауке!

Но еще до того, как индеец услышал эти полные признательности слова, он стал благодарить своего коня: говорил с ним, целовал его, словно в жилах этого благородного животного текла человеческая кровь.

Затем Талькав повернулся к Паганелю.

– Храбрец! – сказал он, указывая на Роберта. И, пользуясь индейской метафорой для выражения отваги, добавил: – Шпоры его не дрогнули.

– Скажи, дитя мое, почему ты не дал ни мне, ни Талькаву сделать эту последнюю попытку спасти тебя? – спросил Гленарван, обнимая Роберта.

– Милорд, – ответил мальчик, и в голосе его звучала горячая благодарность, – разве я не должен был пожертвовать собой? Талькав уже спас мне жизнь, а вы спасете жизнь моего отца!

Глава двадцатая. Аргентинские равнины

Как ни радостна была встреча, но после первых же излияний Паганель, Остин, Вильсон, Мюльреди – все, кто оставались позади, за исключением, быть может, одного майора Мак-Наббса, почувствовали, что умирают от жажды. К счастью, Гуамини протекала невдалеке, и путешественники немедленно двинулись дальше. В семь часов утра маленький отряд достиг загона. Нагроможденные у входа волчьи трупы красноречиво говорили о том, как яростно нападал враг и с какой энергией оборонялись осажденные.

Путешественники с лихвой утолили жажду, а потом им предложили в ограде загона роскошный завтрак. Филе нанду было признано великолепным, а броненосец, зажаренный в собственном панцире, – восхитительным блюдом.

– Есть такие вкусные вещи в умеренном количестве было бы неблагодарностью по отношению к провидению, – заявил Паганель. – Долой умеренность!

И географ действительно объелся, отбросив всякую умеренность, но его здоровье не потерпело от этого никакого ущерба благодаря воде Гуамини: по мнению ученого, она способствовала пищеварению.

В десять часов утра Гленарван, не желая повторять ошибку Ганнибала, чрезмерно задержавшегося в Капуе[1], подал сигнал к отправлению. Бурдюки были наполнены водой, и отряд пустился в путь. Освеженные и сытые лошади охотно мчались вперед легким галопом. Земля становилась более влажной, а потому и более плодородной, но оставалась такой же пустынной.

2 и 3 ноября прошли без всяких приключений, и вечером второго дня путешественники, уже привыкшие к длинным переходам, сделали привал на границе между пампасами и провинцией Буэнос-Айрес. Отряд покинул бухту Талькауано 14 октября. Значит, он совершил в двадцать два дня переход в четыреста пятьдесят миль; иными словами, преодолел уже две трети пути.

На следующее утро путешественники перешли условную границу, отделявшую аргентинские равнины от пампасов. Здесь Талькав надеялся

---

[1] Армия Ганнибала, задержавшись в Капуе, совершенно разложилась.

встретить тех касиков, в руках которых, как он думал, находятся Гарри Грант и два его товарища по плену.

Из четырнадцати провинций, составляющих аргентинскую республику, провинция Буэнос-Айрес самая обширная и самая населенная. На юге, между 64° и 65°, она граничит с индейской территорией. Почва этой провинции удивительно плодородна, а климат необыкновенно здоровый. Это простирающаяся до подножия гор Сьерра-дель-Тандиль и Сьерра-Тапальке почти идеально гладкая равнина, покрытая злаками и бобовыми растениями.

Покинув берега Гуамини, путешественники, к своему немалому удовольствию, заметили, что температура становится все умереннее: в среднем было не более семнадцати градусов по Цельсию. Причиной этого понижения температуры были постоянные холодные ветры из Патагонии. И животные и люди, столько претерпевшие от засухи и зноя, теперь не имели ни малейшего повода жаловаться. Путешественники ехали бодро и уверенно. Но, вопреки ожиданиям Талькава, край казался совершенно необитаемым или, вернее сказать, обезлюдевшим.

Путь к востоку вдоль тридцать седьмой параллели, по которому двигался отряд, часто проходил мимо небольших озер то с пресной, то с солоноватой водой или пересекал эти озера. У воды порхали под сенью кустов проворные корольки и пели веселые жаворонки; тут же мелькали танагры – соперники колибри по разноцветному блестящему оперению. Все эти красивые птицы весело хлопали крыльями, не обращая внимания на скворцов с их красными погонами и красной грудью, расхаживавших по краю берега, точно солдаты на военном параде. На колючих кустах раскачивались, как креольский гамак, подвижные гнезда птиц, носящих название «аннубис»; по берегам озер, распуская по ветру огнецветные крылья, бродили целыми стаями великолепные фламинго. Здесь же виднелись их гнезда, тысячами расположенные близко друг от друга, имевшие форму усеченного конуса примерно в фут вышиной и образовывавшие целые колонии.

Приближение всадников не очень встревожило фламинго, и это не понравилось ученому Паганелю.

– Мне давно хотелось увидеть, как летают фламинго, – сказал он майору.

– Вот и прекрасно! – отозвался майор.

– И конечно, раз представляется случай, я им воспользуюсь.

– Разумеется, Паганель!

– Тогда и вы со мной, майор, и ты, Роберт, тоже. Мне нужны свидетели.

И Паганель, пропустив остальных, направился в сопровождении майора и Роберта к стае фламинго. Приблизившись к ним на расстояние выстрела, географ выпалил из ружья холостым зарядом – он был не способен пролить напрасно даже и птичью кровь, – и вот фламинго, словно по сигналу, разом поднялись и улетели. Паганель внимательно следил за ними через очки.

– Ну что, вы видели, как они летают? – спросил он майора, когда стая исчезла из виду.

– Конечно, видел, – ответил Мак-Наббс. – Только слепой не увидел бы этого.

– Скажите, похож ли летящий фламинго на оперенную стрелу?

– Ничуть не похож.

– Ни малейшего сходства, – прибавил Роберт.

– Я был в этом уверен, – с довольным видом заявил ученый. – А вот представьте, что мой знаменитый соотечественник Шатобриан допустил это неточное сравнение фламинго со стрелой. Запомни, Роберт: сравнение – самая рискованная из известных мне риторических фигур. Бойся сравнений и прибегай к ним лишь в самых крайних случаях.

– Итак, вы довольны вашим экспериментом? – спросил майор.

– Чрезвычайно.

– И я тоже. Но теперь давайте поторопим лошадей: по милости вашего знаменитого Шатобриана мы отстали на целую милю.

Подъезжая к своим спутникам, Паганель увидел, что Гленарван ведет какой-то оживленный разговор с индейцем, видимо плохо понимая его. Талькав то и дело останавливался, внимательно всматривался в горизонт, и каждый раз на его лице отражалось сильное удивление.

Гленарван, не видя подле себя своего обычного переводчика, пытался сам расспросить индейца, но эта попытка оказалась безуспешной. Заметив приближавшегося ученого, Гленарван еще издали крикнул ему:

– Скорей сюда, друг Паганель, а то мы с Талькавом никак не можем понять друг друга!

Побеседовав несколько минут с патагонцем, Паганель обернулся к Гленарвану.

– Талькава, – сказал он, – удивляет один факт, и в самом деле очень странный.

– Какой?

– Дело в том, что нигде кругом не видно ни индейцев, ни даже следов их, а между тем их отряды обычно пересекают эти равнины во всех направлениях: то они гонят скот, то пробираются к Андам – продавать там свои самодельные ковры и бичи, сплетенные из кожи.

– А чем Талькав объясняет исчезновение индейцев?

– Он сам не находит объяснения, а только удивляется.

– Каких же индейцев рассчитывал он встретить в этой части пампасов?

– Именно тех, в чьих руках были пленники-чужестранцы: подданных касиков Кальфукура, Катриеля или Янчетруца.

– Кто это такие?

– Это вожди племен. Они были всемогущи до того, как их лет тридцать назад оттеснили за горы. Теперь они смирились – насколько, впрочем, может смириться индеец – и теперь кочуют по пампасам и по провинции Буэнос-Айрес. И признаться, я удивлен не меньше Талькава тем, что нам не встречаются следы индейцев в этих местах.

– Что же делать? – спросил Гленарван.

– Сейчас узнаю, – ответил Паганель.

Снова поговорив несколько минут с Талькавом, он сказал:

– Совет патагонца мне кажется очень разумным. По его мнению, нам следует продолжать путь на восток до форта «Независимый», и если даже мы не получим там сведений о капитане Гранте, то, во всяком случае, узнаем, куда девались индейцы аргентинской равнины.

– А далеко до этого форта? – поинтересовался Гленарван.

– Нет, он находится в Сьерра-дель-Тандиль, милях в шестидесяти.

– Когда же мы будем там?

– Послезавтра к вечеру.

Гленарван был порядком озадачен. Казалось, меньше всего можно было ожидать, что в пампасах не встретятся индейцы. Обычно их там даже слишком много. Должно было произойти что-то исключительное, чтобы они ушли. Но если Гарри Грант действительно пленник одного из этих племен, важно было узнать, куда же увели его индейцы: на север или на юг? Эти сомнения не переставали тревожить Гленарвана. Нужно было во что бы то ни стало не утерять следов капитана, и потому разумней всего казалось последовать совету Талькава – добираться до селения Тандиль. Там, по крайней мере, можно будет с кем-нибудь поговорить.

Около четырех часов пополудни на горизонте появился холм, который в такой плоской местности мог быть назван и горой. Это была Сьерра-Тапальке. Достигнув ее подножия, путники расположились лагерем на ночь.

На следующий день они без труда перебрались через эту гору по отлогим песчаным склонам. Такой переход людям, перевалившим через Кордильеры, показался легким. Лошадям почти не пришлось замедлять ход. В полдень всадники миновали заброшенный форт Тапальке. Но, ко все возраставшему изумлению Талькава, индейцев и здесь не оказалось. Однако вскоре вдали появились три всадника, хорошо вооруженные, на прекрасных конях. Они некоторое время наблюдали за маленьким отрядом, а затем, не дав возможности приблизиться к ним, проворно умчались. Гленарван был раздосадован.

– Гаучо, – пояснил патагонец, давая этим туземцам то название, которое вызвало в свое время такой горячий спор между майором и Паганелем.

– А! Гаучо! – воскликнул Мак-Наббс. – Сегодня, кажется, нет северного ветра. Что вы теперь о них думаете, Паганель?

– Думаю, что у них самый бандитский вид, – ответил Паганель.

– А от вида до сущности, мой любезный ученый?..

– Только один шаг, дорогой майор.

Признание Паганеля рассмешило всех, но он не только не обиделся, но даже рассказал об этих индейцах кое-что весьма любопытное.

– Я где-то читал, – сказал он, – что у арабов очень злой рот, но добрые глаза. А вот у американских дикарей наоборот: у них очень злые глаза. Ни один физиономист не сумел бы точнее охарактеризовать индейскую расу.

Между тем путешественники, по совету Талькава, ехали, держась близко друг от друга: как бы ни был пустынен этот край, все же следовало остерегаться неожиданного нападения. Однако эти меры предосторожности оказались излишними, и в тот же вечер отряд расположился на ночлег в пустой, обширной тольдерии, где касик Катриель имел обыкновение собирать предводимые им отряды туземцев. Патагонец обследовал землю кругом, и, так как нигде не было заметно свежих следов, он пришел к заключению, что тольдерия эта уже давно пустует.

На следующий день Гленарван и его спутники снова очутились на равнине. Показались первые из расположенных близ Сьерра-дель-Тандиль ферм. Но Талькав решил не делать здесь привала, а двигаться прямо к форту «Независимый», где он рассчитывал получить нужные сведения, в первую очередь – о причинах этого странного обезлюдения края.

Снова появились деревья, так редко встречавшиеся за Кордильерами. Большинство их было посажено после заселения американской территории европейцами. Здесь росли персиковые деревья, тополя, ивы, акации; они росли без ухода, быстро и хорошо. Больше всего этих деревьев было вокруг коралей – обширных загонов для скота, обнесенных частоколом. Там паслись целыми тысячами быки, бараны, коровы и лошади, на которых было выжжено раскаленным железом тавро их хозяина. Множество крупных бдительных собак сторожило их. Солоноватая почва у подошвы гор дает стадам превосходный корм. Поэтому такую почву и выбирают обычно для устройства ферм. Во главе этих скотоводческих хозяйств стоят управляющий и его помощник, имеющие в своем распоряжении пеонов, по четыре человека на каждую тысячу голов скота. Эти люди ведут жизнь библейских пастырей. Их стада так же, если не более, многочисленны, как стада, заполнявшие равнины Месопотамии, но им не хватает мирных семей, и скотоводы пампасов больше похожи на мясников, чем на библейских патриархов.

Паганель обратил внимание своих спутников на одно любопытное явление, свойственное этим плоским равнинам: на миражи. Так, фермы издали напоминали большие острова, а растущие вокруг них тополя и ивы, казалось, отражались в прозрачных водах, отступавших по мере приближения путешественников. Иллюзия была настолько полной, что путники все снова и снова поддавались обману.

6 ноября отряд проехал мимо нескольких ферм, а также одной-двух боен «саладеро». Здесь режут скот, откормленный на сочных пастбищах. Саладеро – одновременно и солильня, как показывает название: место, где не только убивают скот, но и солят его мясо.

Эта неприятная работа начинается в конце весны. «Саладерос», бойцы, приходят за животными в кораль; они ловят их с помощью лассо, которым владеют с большой ловкостью, и отводят в саладеро. Здесь всех этих быков, волов, коров, овец забивают сотнями; с них сдирают шкуру и разделывают их туши. Но часто быки не даются без сопротивления. Тогда саладерос превращаются в тореадоров. И они выполняют эту опасную работу с редкой ловкостью и столь же редкой жестокостью. В общем, эта резня представляет собой ужасное зрелище. Ничего не может быть отвратительнее саладеро. Из этих страшных, зловонных загонов слышатся свирепые крики бойцов, зловещий лай собак, протяжный вой издыхающих животных. Сюда же тысячами слетаются крупные аргентинские грифы.

Но сейчас в саладеро царили тишина и покой – они были пусты. Час грандиозной резни еще не наступил.

Талькав торопил отряд. Он хотел еще в тот же вечер попасть в форт «Независимый». Лошади, подгоняемые седоками и увлеченные примером Тауки, мчались среди высоких злаков. Навстречу всадникам попадались фермы, окруженные зубчатыми стенами и защищенные глубокими рвами. На кровле главного дома была терраса, с которой обитатели, всегда готовые к бою, могли отстреливаться от нападения с равнины.

Гленарвану, быть может, и удалось бы получить на этих фермах сведения, которых он добивался, но вернее было добираться до селения Тандиль. Поэтому всадники нигде не останавливались. Через две речки – Уэсос и несколькими милями дальше Напалеофу – переправились вброд. Вскоре лошади скакали по зеленым склонам первых уступов Сьерра-дель-Тандиль, и через час в глубине узкого ущелья показалось селение, над которым возвышались зубчатые стены форта «Независимый».

Глава двадцать первая. Форт «Независимый»

Сьерра-дель-Тандиль возвышается над уровнем моря на тысячу футов. Она возникла в древности, еще до появления на Земле всякой органической жизни, и постепенно изменялась под действием вулканических сил. Эта горная цепь представляет собой полукруглый ряд гнейсовых холмов, поросших травой. Округ Тандиль, носящий имя горной цепи, занимает всю южную часть провинции Буэнос-Айрес. На севере границей округа являются склоны гор, на которых берут свое начало текущие на север реки.

В округе Тандиль около четырех тысяч жителей. Административный центр его – селение Тандиль – расположен у подошвы северных склонов гор, под защитой форта «Независимый». Протекающая здесь речка Напалеофу придает селению довольно живописный вид. У этого поселка есть одна особенность, о которой не мог не знать Паганель: он был населен французскими басками[1] и итальянцами. Действительно, французы первые основали свои колонии по нижнему течению Ла-Платы. В 1828 году для обороны новой колонии от частых нападений индейцев, защищавших свои владения, французом Паршаппом был выстроен форт «Независимый». В этом деле ему помогал французский ученый Альсид д'Орбиньи, который превосходно изучил и описал эту часть Южной Америки.

Селение Тандиль – довольно крупный пункт. Отсюда «галерас» – большие, запряженные быками телеги, очень удобные для передвижения по дорогам равнины, – добираются до Буэнос-Айреса в двенадцать дней, поэтому население поддерживает с этим городом довольно оживленную торговлю. Жители Тандиля возят туда скот со своих ферм, соленое мясо со своих боен и очень любопытные изделия индейцев: бумажные и шерстяные ткани, предметы из плетеной кожи весьма тонкой работы и тому подобное. В Тандиле есть не только благоустроенные дома, но даже несколько школ и церквей, где преподают основы светских и духовных знаний.

Рассказав обо всем этом, Паганель прибавил, что в Тандиле, несомненно, можно будет что-нибудь разузнать у местных жителей; к тому же в форте всегда стоит отряд национальных войск. Гленарван распорядился поставить лошадей на конюшне довольно приличного на вид

---

[1] Баски – народ, живущий в испанских и французских Пиренеях, а также в Южной Америке.

постоялого двора, а затем сам он, Паганель, майор и Роберт в сопровождении Талькава направились в форт «Независимый».

Поднявшись немного в гору, они очутились у входа в крепость. Ее не слишком бдительно охранял часовой-аргентинец. Он пропустил путешественников беспрепятственно, что говорило либо о чрезвычайной беспечности, либо о полной безопасности.

На площади крепости происходило учение солдат. Самому старшему из них было не больше двадцати лет, а самый младший не дорос и до семи. По правде сказать, это была просто дюжина детей и подростков, старательно проделывавших воинские упражнения. Форменная одежда их состояла из полосатой сорочки, стянутой кожаным поясом. Брюк, длинных или коротких, и в помине не было. Впрочем, в такую теплую погоду можно было одеваться легко. Паганель сразу составил себе хорошее мнение о правительстве, не растрачивающем государственные деньги на галуны и прочую мишуру. У каждого из этих мальчуганов были ружье и сабля, но для младших ружье было слишком тяжело, а сабля длинна. Все они, равно как и обучавший их капрал, были смуглые и походили друг на друга. По-видимому, – так впоследствии и оказалось, – это были двенадцать братьев, которых обучал военному делу тринадцатый.

Паганель не был удивлен. Он знал, что, по данным статистики, среднее количество детей в семье здесь больше девяти, но чрезвычайно изумило его то обстоятельство, что юные воины обучались ружейным приемам, принятым во французской армии, и что капрал отдавал порой команду на родном языке географа.

– Вот это интересно! – промолвил он.

Но Гленарван явился в форт «Независимый» не для того, чтобы смотреть, как какие-то мальчуганы упражняются в военном искусстве; еще менее интересовали его их национальность и происхождение. Поэтому он не дал Паганелю долго удивляться, а попросил его вызвать коменданта. Паганель передал эту просьбу капралу, и один из аргентинских солдат направился к домику, служившему казармой.

Спустя несколько минут появился и сам комендант. Это был человек лет пятидесяти, крепкий, с военной выправкой. У него были жесткие усы, выдающиеся скулы, волосы с проседью, повелительный взгляд. Таков был комендант, насколько можно было судить о нем сквозь густые клубы дыма, вырывавшиеся из его короткой трубки. Походка его и своеобразная манера держаться напомнили Паганелю старых унтер-офицеров его родины.

Талькав, подойдя к коменданту, представил ему Гленарвана и его спутников. Пока Талькав говорил, комендант рассматривал Паганеля с настойчивостью, способной смутить любого. Ученый, не понимая, в чем дело, собирался уже попросить у него объяснений, но тот, бесцеремонно взяв географа за руку, радостно спросил его на родном языке:

– Вы француз?

– Француз, – ответил Паганель.

– Ах, как хорошо! Добро пожаловать! Милости просим! Я сам француз! – выпалил комендант, с устрашающей энергией тряся руку ученого.

– Это ваш друг? – спросил географа майор.

– Разумеется! – ответил тот не без гордости. – У меня друзья во всех пяти частях света.

Не без труда освободив свою руку из живых тисков, чуть не раздавивших ее, он вступил в разговор с богатырем-комендантом. Гленарван охотно бы вставил слово об интересующем его деле, но вояка начал рассказывать свою историю и отнюдь не был склонен останавливаться на полпути. Видно было, что этот бравый малый так давно покинул Францию, что стал уже забывать родной язык – если не самые слова, то построение фраз. Он говорил примерно так, как говорят негры во французских колониях.

Комендант форта «Независимый» оказался сержантом французской армии, бывшим товарищем Паршаппа. С самого основания форта, с 1828 года, он не покидал его, а в настоящее время состоял комендантом форта, причем занимал этот пост с согласия аргентинского правительства. Это был баск пятидесяти лет, по имени Мануэль Ифарагер – как видно по имени, почти испанец. Спустя год после прибытия в Тандиль сержант Мануэль натурализовался, поступил на службу в аргентинскую армию и женился на индейской женщине. Скоро жена подарила ему двух близнецов – разумеется, мальчиков, ибо достойная спутница жизни сержанта никогда не позволила бы себе подарить ему дочерей. Для Мануэля не существовало на свете другой деятельности, кроме военной, и он надеялся со временем преподнести республике целую роту юных солдат.

– Вы видели? – воскликнул он. – Молодцы! Хорошие солдаты! Хозе! Хуан! Микель! Пепе!.. Пепе семь лет, а он уже умеет стрелять!

Пепе, услыхав, что его хвалят, сдвинул свои крошечные ножки и очень ловко отдал честь ружьем.

– Далеко пойдет, – прибавил комендант. – Когда-нибудь будет полковником или бригадиром!

Комендант Мануэль говорил так увлеченно, что спорить с ним по поводу преимущества военной службы или того будущего, которое он готовит для своего воинственного чада, было невозможно. Он был счастлив. «А что дает счастье, то и реально», – сказал Гете.

Рассказ Мануэля Ифарагера, к великому удивлению Талькава, длился добрых четверть часа. Индейцу было непонятно, как может столько слов выходить из одного горла. Никто не прерывал коменданта. Но так как даже и французский сержант должен когда-нибудь замолчать, замолчал наконец и Мануэль, заставив предварительно гостей зайти к нему в дом. Те безропотно покорились необходимости быть представленными госпоже Ифарагер, а познакомившись с ней, нашли ее «милой особой», если это выражение применимо к индейской женщине.

Когда все желания сержанта были выполнены, он спросил гостей, чему он обязан честью видеть их у себя.

Наступил самый благоприятный момент для расспросов. Эту задачу взял на себя Паганель. Начал он с того, что рассказал коменданту на французском языке обо всем их путешествии по пампасам, и кончил тем, что спросил, по какой причине индейцы покинули этот край.

– Э, никого! – воскликнул сержант, пожимая плечами. – Верно!.. Никого… Мы все сложа руки… делать нечего…

– Но почему?

– Война.

– Война?

– Да, гражданская война…

– Гражданская война? – переспросил Паганель, который, сам того не замечая, заговорил на ломаном французском.

– Да, война между Парагваем и Буэнос-Айресом, – ответил сержант.

– Ну и что же?

– Ну, индейцы все на севере… за генералом Флоресом…

– Где же кацики?

– Касики с ними.

– Как, и Катриель?

– Нет Катриеля.

– А Кальфукур?

– Нет и его.

– А Янчетрус?

– Тоже нет.

Этот разговор был передан Талькаву, и тот утвердительно кивнул головой. Патагонец, видимо, не знал или забыл о гражданской войне, которая в это время уничтожала население аргентинских провинций Парагвай и Буэнос-Айрес и должна была в будущем повлечь вмешательство Бразилии. Это было на руку индейцам, не желавшим упустить такой удобный случай поживиться. Таким образом, сержант не ошибался, объясняя обезлюдение пампасов междоусобной войной, свирепствовавшей в северных провинциях Аргентины.

Но это событие расстраивало все планы Гленарвана. В самом деле, если только Гарри Грант в плену у кациков, то они, значит, увели его к северным границам республики. А если так, то где и как его разыскивать? Следовало ли начинать новые опасные и почти бесполезные поиски на севере пампасов? Прежде чем принять такое серьезное решение, надо было тщательно его обсудить.

Оставался, однако, еще один важный вопрос, который можно было задать сержанту, и сделать это пришло в голову майору. В то время как его друзья молча переглядывались между собой, Мак-Наббс спросил сержанта, не слышал ли он о том, что у кациков пампасов находятся в плену европейцы. Мануэль подумал несколько минут, как бы припоминая что-то, а затем сказал:

– Да, слышал.

– А! – вырвалось у Гленарвана; у него блеснула новая надежда.

Гленарван, Паганель, Мак-Наббс и Роберт окружили сержанта.

– Говорите, говорите же! – впиваясь в него глазами, повторяли они.

– Несколько лет назад… – начал сержант, – да, верно… европейские пленники… но никогда не видел…

– Несколько лет! – прервал его Гленарван. – Вы ошибаетесь. «Британия» погибла в июне тысяча восемьсот шестьдесят второго года. Значит, это было меньше чем два года назад.

– О, больше этого, милорд!

– Не может быть! – крикнул Паганель.

– Нет, так. Это было, когда родился Пепе… Было двое…

– Нет, трое, – вмешался Гленарван.

– Двое, – настаивал сержант.

– Двое? – переспросил очень удивленный Гленарван. – Двое англичан?

– Совсем нет, – ответил сержант. – Какие там англичане! Нет… один – француз, другой – итальянец.

– Итальянец, который был убит индейцами племени пуэльче? – воскликнул Паганель.

– Да… потом узнал… француз спасся.

– Спасся! – воскликнул Роберт, жизнь которого, казалось, зависела от того, что скажет сержант.

– Да, спасся – убежал из плена, – подтвердил сержант.

Все оглянулись на Паганеля: он в отчаянии ударял себя по лбу.

– Теперь я понимаю, – промолвил он наконец. – Все объясняется, все ясно!

– Но в чем же дело? – нетерпеливо спросил встревоженный Гленарван.

– Друзья мои, – сказал Паганель, беря за руки Роберта, – нам придется примириться с крупной неудачей: мы шли по ложному пути! Тут речь идет вовсе не о капитане Гранте, а об одном моем соотечественнике, товарищ которого, Марко Вазелло, был действительно убит индейцами племени пуэльче. Француза же индейцы несколько раз уводили с собой к берегам Рио-Колорадо. Потом ему удалось бежать, и он снова увидел Францию. Думая, что идем по следам Гарри Гранта, мы шли по следам молодого Гинара[1].

Слова Паганеля были встречены глубоким молчанием. Ошибка была очевидна. Подробности, сообщенные сержантом, национальность пленника, убийство его товарища, его бегство из плена – все подтверждало ее.

---

[1] Гинар действительно провел три года, с 1856 по 1859 год, в плену у индейцев-пуэльче. Он с исключительным мужеством перенес тяжелые испытания, выпавшие на его долю, и наконец бежал и перешел Анды по перевалу Успальята. В 1861 году он вернулся во Францию и теперь является одним из коллег достойного Паганеля по Географическому обществу. (Прим. автора.)

Гленарван с удрученным видом смотрел на Талькава.

– Вы никогда не слыхали о трех пленных англичанах? – спросил Талькав сержанта.

– Никогда, – ответил Мануэль. – В Тандиле было бы известно… Я знал бы… Нет, этого не было.

После такого категорического заявления Гленарвану больше нечего было делать в форте «Независимый». Он и его друзья, поблагодарив сержанта и пожав ему руку, удалились.

Гленарван был в отчаянии, видя, что все его надежды рушились. Роберт молча шел подле него с влажными от слез глазами. Гленарван не мог найти для мальчика ни одного слова утешения. Паганель, жестикулируя, разговаривал сам с собой. Майор не открывал рта. Что касается Талькава, то, видимо, его индейское самолюбие было задето тем, что он повел иностранцев по неверному следу.

Однако никому из них не пришло в голову поставить ему в вину столь извинительную ошибку.

Ужин прошел грустно. Конечно, ни один из этих мужественных и самоотверженных людей не жалел о том, что напрасно потратил столько сил и напрасно подвергал себя стольким опасностям, но каждого из них угнетала мысль, что в одно мгновение рухнула всякая надежда на успех. В самом деле, можно ли было надеяться напасть на след капитана Гранта между Сьерра-дель-Тандиль и океаном? Разумеется, нет. Если бы какой-нибудь европеец попал в руки индейцев у берегов Атлантического океана, то, конечно, это было бы известно сержанту Мануэлю. Такое происшествие не могло ускользнуть от внимания туземцев, которые вели постоянную торговлю и с Тандилем, и с Кармен-де-Патагонес, расположенным у устья Рио-Негро. А торговцы аргентинских равнин всё знают и обо всем друг другу рассказывают. Итак, путешественникам оставалось лишь одно: без промедления добираться до «Дункана», ожидавшего их, как было условленно, у мыса Меданос.

Все же Паганель попросил у Гленарвана документ, на основании которого были предприняты их неудачные поиски. Географ перечитывал его с нескрываемым раздражением. Он словно стремился вырвать у него новое толкование.

– Но ведь документ так ясен! – повторял Гленарван. – В нем самым определенным образом говорится и о крушении «Британии», и о том, где находится в плену капитан Грант.

– А я говорю, нет! – ответил, ударив кулаком по столу, Паганель. – Нет и нет! Раз Гарри Гранта нет в пампасах – значит, его вообще нет в Америке. А где он, об этом нам должен сказать этот документ. И он скажет это, друзья мои, или я не Жак Паганель!

Глава двадцать вторая. Наводнение

Форт «Независимый» находится в ста пятидесяти милях от берега Атлантического океана. Гленарван считал, что если в пути не случится каких-либо неожиданных задержек – а этого вряд ли можно было ожидать, – то они должны быть на «Дункане» через четыре дня. Но вернуться на корабль без капитана Гранта, потерпев полную неудачу в своих розысках, – с этим он никак не мог примириться. Поэтому на следующий день он медлил с подготовкой к отъезду. Майор сам приказал запасти провизию, оседлать лошадей и расспросить, где можно будет остановиться в пути. Благодаря проявленной им энергии маленький отряд в восемь часов утра уже спускался по поросшим травой склонам Сьерра-дель-Тандиль. Гленарван молча скакал рядом с Робертом. Его смелый, решительный характер не позволял ему отнестись спокойно к постигшей его неудаче. Сердце его бешено билось, голова пылала. Раздосадованный Паганель перебирал в голове слова документа, пытаясь найти в них какой-нибудь новый смысл. Талькав ехал молча, опустив поводья. Не терявший надежды майор держался бодро, как человек, никогда не впадающий в отчаяние. Том Остин и оба матроса разделяли огорчение своего начальника. Вдруг дорогу перебежал пугливый кролик. Суеверные шотландцы переглянулись.

– Плохое предзнаменование, – сказал Вильсон.

– Да, в Шотландии, – отозвался Мюльреди.

– То, что плохо в Шотландии, не лучше и здесь, – поучительно заметил Вильсон.

Около полудня путешественники перевалили через горную цепь Тандиль и очутились на обширных равнинах, плавно спускающихся к океану. На каждом шагу встречались реки. Орошая своей прозрачной водой этот плодородный край, они терялись среди тучных пастбищ. Земля, как океан после бури, делалась все более гладкой. Последние отроги гор остались позади, и теперь лошади ступали по ровной однообразной прерии, словно по большому зеленому ковру.

До сих пор погода стояла прекрасная, но в этот день небо омрачилось. Обильные испарения, вызванные высокой температурой последних дней, скопились в виде густых туч, грозивших проливным дождем. К тому же близость Атлантического океана и постоянный западный ветер делали климат этой местности особенно влажным. Об этом можно было судить по ее плодородию, по тучности пастбищ, по темно-зеленой окраске трав. В тот день, однако, тяжелые тучи не разразились ливнем, и к вечеру лошади, сделав переход в сорок миль, добрались до берегов глубоких естественных рвов, наполненных водой. Здесь сделали привал. Укрыться было негде. Пончо послужили путешественникам и палатками, и одеялами. Все заснули под открытым небом, угрожавшим ливнем. К счастью, угрозой все и ограничилось. На другой день, по мере того как равнина понижалась к океану, сделалось еще заметнее присутствие подпочвенных вод – влага просачивалась как бы через все поры земли. Вскоре дорогу на восток стали пересекать большие пруды: одни из них были уже полны, другие только начинали наполняться. Пока по пути попадались эти ясно очерченные, свободные от водяных растений пруды, лошади легко обходили их, но когда появились так называемые «пантанос» – трясины, заросшие высокими травами, подвигаться стало гораздо труднее. Заметить их и вовремя избежать опасности было невозможно.

Эти трясины, очевидно, были роковыми для многих живых существ. Действительно, Роберт, обогнавший отряд чуть не на полмили, прискакал назад, крича:

– Господин Паганель! Господин Паганель! Там целый лес рогов!

– Что? – удивился Паганель. – Ты нашел лес рогов?

– Да, да! Если не лес, то, по крайней мере, рощу!

– Рощу? Ты бредишь, мальчик! – промолвил Паганель, пожимая плечами.

– Нет, это не бред, – уверял Роберт, – вы сами увидите. Вот так диковинный край! Здесь сеют рога, и они растут, как хлеба. Хотелось бы мне иметь такие семена!

– Да ведь он говорит серьезно, – сказал майор.

– Да, господин майор, вы сейчас убедитесь в этом.

Роберт не ошибался: вскоре отряд подъехал к огромному полю, утыканному рогами. Рога эти торчали правильными рядами, и им не было видно конца. Действительно, это место производило впечатление какой-то низкорослой, густой, но странной лесной поросли.

– Ну что? – спросил Роберт.

– Это невероятно! – проговорил Паганель и тотчас обратился за разъяснениями к Талькаву.

– Рога торчат из земли, но под нею быки, – сказал Талькав.

– Как, – воскликнул Паганель, – здесь, в этой трясине, увязло целое стадо?

– Да, – подтвердил патагонец.

И в самом деле: здесь нашло свою смерть огромное стадо – земля не выдержала его тяжести. Сотни быков недавно погибли здесь, задохнувшись в громадной трясине. Такие катастрофы порой случаются в аргентинских равнинах, и этого не мог не знать Талькав. Конечно, подобное предостережение надо было принять во внимание.

Отряд объехал место этой колоссальной гекатомбы [1] , способной удовлетворить самых требовательных богов древнего мира, и час спустя поле рогов осталось в двух милях позади.

Талькава, видимо, стало тревожить что-то необычное. Он часто останавливал лошадь и поднимался в стременах. Большой рост позволял ему окинуть взором обширное пространство, но, должно быть, не замечая ничего, что могло бы ему объяснить происходящее, он снова пускал свою лошадь вперед. Проехав с милю, он останавливался, а затем, отделившись от своих спутников, отъезжал на несколько миль то к северу, то к югу, потом опять становился во главе отряда, ни одним словом не выдавая ни своих надежд, ни своих опасений. Такое поведение Талькава заинтересовало Паганеля и обеспокоило Гленарвана. Он попросил ученого узнать у индейца, в чем дело.

Паганель сейчас же передал вопрос Талькаву. Индеец ответил, что он не может понять, почему почва так пропитана влагой. Никогда еще, с тех пор как он служит проводником, не случалось ему видеть, чтобы почва была до того влажной. Даже в период сильных дождей по Аргентинской равнине всегда можно было пробраться.

– Но откуда же эта все возрастающая влажность? – интересовался Паганель.

– Не знаю, – ответил индеец, – да если б и знал…

– А разве горные речки во время сильных ливней не выходят из берегов?

---

[1] Гекатомба – в Древней Греции жертвоприношение из ста быков.

– Случается.

– Так, может быть, это происходит и теперь?

– Может быть.

Паганель принужден был довольствоваться этим полуответом. Он передал Гленарвану свой разговор.

– А что советует Талькав? – спросил Гленарван.

– Что надо делать? – переспросил Паганель патагонца.

– Ехать быстрее, – ответил индеец.

Совет этот легче было дать, чем выполнить. Лошади быстро утомлялись, ступая по земле, проваливавшейся у них под ногами. Местность все понижалась, и эта часть равнины представляла собой огромную лощину, куда быстро могли нахлынуть воды из соседних мест. Поэтому следовало по возможности скорее выбраться из этой низины, которая при наводнении не замедлила бы превратиться в озеро.

Поехали быстрее. Но будто мало было той воды, по которой шлепали лошади: около двух часов пополудни разверзлись хляби небесные, и хлынул потоками тропический ливень. Укрыться от него не было возможности. Оставалось одно: стать философами и стоически переносить его. На пончо всадников стекала вода со шляп, словно с переполненных желобов крыш. С бахромы седел струились ручьи. Всадники, осыпаемые брызгами, летевшими из-под копыт лошадей, ехали как бы под двойным ливнем – с небес и с земли.

Промокшие, окоченевшие от холода, измученные усталостью, путники к вечеру добрались до какого-то жалкого ранчо. Только очень неприхотливые люди могли видеть в этом ранчо убежище, и только путешественники, находящиеся в отчаянном положении, способны были укрыться в нем. Но у Гленарвана и его спутников не было выбора, и они забились в эту заброшенную лачугу, которой пренебрег бы последний бедняк-индеец. Не без труда развели они там из сухой травы костер, дававший больше дыма, чем тепла. За стенами ранчо дождь продолжал лить как из ведра, и крупные капли просачивались сквозь прогнившую соломенную крышу. Раз двадцать костер грозило залить, и каждый раз Мюльреди и Вильсон отстаивали его у воды.

Очень невкусный и скудный ужин прошел невесело. Ни у кого не было аппетита. Только один майор не побрезговал промокшей провизией:

невозмутимый Мак-Наббс был выше всяких злоключений. Паганель, как истый француз, попытался было пошутить, но ему никого не удалось рассмешить.

– Видно, шутки мои подмочены, – заметил он, – они дают осечки.

Лучшее, что можно было сделать в подобном положении, это заснуть. Поэтому каждый попытался на время забыть во сне усталость. Ночь была бурная, ранчо трещало, качалось и грозило рухнуть при каждом сильном порыве ветра. Несчастные лошади, не защищенные от непогоды, жалобно ржали во дворе, но и хозяевам их было немногим лучше в скверной лачуге. Мало-помалу сон все же стал одолевать путников. Первым заснул Роберт, положив голову на плечо Гленарвану, а за ним погрузились в сон и все остальные случайные обитатели ранчо.

Ночь прошла без происшествий. Разбудила путников Таука. Бодрая, как всегда, она ржала и с силой била копытом о стену ранчо. Когда Талькав не подавал сигнала к отъезду, это умела сделать его лошадь. Так как путешественники были уже многим обязаны Тауке, то не повиноваться ей было нельзя, и отряд двинулся в путь.

Ливень прекратился, шел только небольшой дождь, но глинистая почва уже не впитывала скопившихся вод. Все эти лужи, болота, пруды сливались в огромные «баньядос» предательской глубины. Паганель, взглянув на карту, подумал, что Рио-Гранде и Рио-Вивората – реки, в которые обычно стекают все воды этой равнины, – теперь, вероятно, образовали одно русло шириной в несколько миль.

Необходимо было двигаться вперед как можно скорее. Дело шло об общем спасении. Если наводнение усилится, где тогда найти убежище? До самого горизонта не видно было ни одной возвышенности, а на такую низменную равнину воды должны были нахлынуть очень быстро.

Лошадей пустили во весь опор. Таука неслась впереди. В эти минуты она больше какой-нибудь амфибии заслуживала название морского коня, ибо скакала в воде, словно это была ее родная стихия.

Вдруг, около десяти часов утра, Таука стала проявлять признаки сильнейшего волнения. Она то и дело поворачивала морду к южной части равнины. Она протяжно ржала, с силой втягивала свежий воздух, порывисто вскидывалась на дыбы. Скачки лошади не могли вышибить Талькава из седла, но все же он не без труда справлялся с нею. Он натянул удила – выступившая изо рта коня пена окрасилась кровью, но горячее животное все не унималось. Хозяин Тауки сознавал, что стоит дать ей волю, и она во весь опор умчится к северу.

– Что это творится с Таукой? – спросил Паганель. – Уж не впились ли в нее здешние свирепые пиявки?

– Нет, – ответил индеец.

– Значит, она чего-то испугалась.

– Да, она почуяла опасность.

– Какую же?

– Не знаю.

Хотя опасность, почуянная Таукой, была еще недоступна глазам, но слух уже улавливал ее. Глухой рокот, похожий на рокот прилива, доносился издалека, из-за линии горизонта. Порывистый ветер был влажен и нес с собой водяную пыль. Стремительно улетая от чего-то неведомого, проносились птицы. Лошади, ступая по колено в воде, уже ощущали напор течения. Вскоре со стороны юга, в какой-нибудь полумиле от отряда, послышалось ужасающее мычание, ржание, блеяние, и вдали показались огромные стада перепуганных животных. Опрокидывая друг друга, вновь поднимаясь, бешено прорываясь вперед, они мчались со страшной быстротой. С трудом можно было разглядеть этих обезумевших животных из-за поднимаемых ими столбов водяных брызг. Кажется, сотня самых больших китов не могла бы с большей силой волновать океан.

– Anda, anda![1] – крикнул громовым голосом Талькав.

– Что такое? – спросил Паганель.

– Разлив! Разлив! – ответил Талькав и, дав шпоры лошади, помчался к северу.

– Наводнение! – воскликнул Паганель.

И все понеслись вслед за Таукой.

Нельзя было медлить: милях в пяти на юге уже виднелся надвигавшийся огромный, широкий водяной вал, превращавший равнину в настоящий океан. Высокие травы исчезали, словно скошенные. Вырванные водой кусты неслись по течению, образуя как бы островки. Вода прибывала с непреодолимой силой. Очевидно, крупнейшие реки пампасов вышли из берегов и воды Рио-Колорадо на севере и Рио-Негро на юге слились в один поток.

---

[1] Скорей, скорей! (исп.)

Водяной вал, на который указал Талькав, надвигался со скоростью скаковой лошади. Всадники уносились от него, словно тучи, гонимые вихрем. Напрасно они искали глазами места, где можно было бы найти убежище: до самого горизонта простиралась вода.

Охваченные паническим страхом, лошади мчались неистовым галопом. Всадники едва держались в седлах. Гленарван часто оглядывался назад.

«Вода настигает нас», – думал он.

– Anda, anda! – кричал Талькав.

Несчастных лошадей гнали еще и еще быстрее. Кровь с их расцарапанных шпорами боков тянулась по воде длинными красными нитями. Лошади спотыкались о рытвины, запутывались в скрытых под водой травах. Они падали. Их заставляли подниматься. Они снова падали, и снова их заставляли подниматься. А между тем вода все прибывала. По ней уже шли волны, говорившие о том, что грозный вал вскоре настигнет путешественников, – его гребень пенился уже меньше чем в двух милях позади них.

С четверть часа продолжалась эта отчаянная борьба с самой грозной из всех стихий. Беглецы не могли бы сказать, какое расстояние они покрыли, но, судя по скорости лошадей, оно было немалым. Вот уже лошади, по грудь в воде, двигались вперед лишь с величайшим трудом. Гленарван, Паганель, Остин – все считали себя погибшими, обреченными на страшную смерть. Лошади начинали терять почву под ногами, а глубина в шесть футов означала для всадников смерть.

Не поддается описанию ужас этих восьми людей, которых настигал чудовищный водяной вал. Они чувствовали, что борьба со стихией превышает человеческие силы. Спасение их зависело уже не от них.

Прошло пять минут, и лошади поплыли. Неистовое течение влекло их со скоростью более двадцати миль в час – даже самым бешеным галопом они не могли бы нестись быстрее.

Казалось, уже исчезла всякая надежда на спасение, как вдруг раздался голос майора:

– Дерево!

– Дерево? – воскликнул Гленарван.

– Там, там! – отозвался Талькав и указал пальцем на гигантское дерево, похожее на ореховое, одиноко поднимавшееся из воды саженях в восьмистах от них.

Подгонять своих спутников Талькаву не пришлось. Все понимали, что надо во что бы то ни стало добраться до этого дерева, так неожиданно попавшегося на их пути. Лошади, видимо, не в силах были доплыть до него, но люди, по крайней мере, могли спастись: течение несло их к дереву. В этот миг лошадь Остина глухо заржала и исчезла под водой. Сам он высвободил ноги из стремян и поплыл, мощно взмахивая руками.

– Хватайся за мое седло! – крикнул ему Гленарван.

– Спасибо, – ответил Том Остин. – Руки у меня крепкие!

– А как твоя лошадь, Роберт? – спросил Гленарван, поворачиваясь к юному Гранту.

– Она плывет, милорд, плывет, как рыба.

– Берегись! – крикнул майор.

Не успел он произнести это слово, как беглецов настиг огромный вал; чудовищный, в сорок футов вышиной, он с грохотом обрушился на них. И люди и лошади – все исчезли в бурлящем водовороте. Колоссальная масса воды, в несколько миллионов тонн весом, понесла их в своем бешеном разливе.

Когда вал прокатился дальше, путешественники вынырнули на поверхность воды и поспешно пересчитали друг друга. Все люди выплыли, но лошади, кроме Тауки, исчезли.

– Смелее! Смелее! – подбадривал Паганеля Гленарван, поддерживая его одной рукой и гребя другой.

– Ничего… ничего!.. – отозвался почтенный ученый. – Я даже не жалею…

Но о чем не жалел он, так навсегда и осталось неизвестным, ибо конец фразы бедняге пришлось проглотить вместе с порядочной порцией мутной воды. Майор плыл вперед так спокойно и размеренно, что заслужил бы похвалу любого учителя плавания. Матросы скользили, как дельфины, попавшие в родную стихию. Роберт уцепился за гриву Тауки, и она тащила его. Лошадь, сильно рассекая грудью воду, инстинктивно плыла к дереву, куда, впрочем, несло ее и течение.

До дерева оставалось только саженей двадцать; еще несколько минут – и все доплыли до него. Им повезло: не будь дерева, пропала бы всякая надежда на спасение, и им пришлось бы погибнуть в волнах.

Вода доходила до нижних основных ветвей дерева, и потому взобраться на него было нетрудно. Талькав оставил лошадь и, подсадив Роберта, первый влез на дерево; вскоре его могучие руки помогли всем остальным измученным пловцам взобраться туда же.

Между тем Тауку быстро относило течением. Она поворачивала к хозяину свою умную голову и, встряхивая длинной гривой, ржала, как бы зовя его на помощь.

– Неужели ты бросишь ее? – спросил Паганель Талькава.

– Я?! – вскричал индеец.

И, кинувшись в бурные волны, он вынырнул футах в тридцати от дерева. Через несколько минут он уже держался за шею Тауки, и оба – лошадь и ее хозяин – плыли по течению к северу, в туманную даль.

Глава двадцать третья, в которой путешественники живут как птицы

Дерево, на котором Гленарван и его спутники нашли себе убежище, походило на ореховое блестящими листьями и закругленной кроной. На самом же деле это было омбу. Такие одиночные деревья встречаются на аргентинских равнинах. Его огромный, искривленный ствол прикреплен к земле не только толстыми корнями, но и могучими отростками, что делает его особенно устойчивым. Поэтому-то оно и смогло выдержать такой натиск водяной стихии.

Омбу имело футов сто вышины и могло покрыть своей тенью окружность диаметром в сто восемьдесят футов. Основой этой громады был ствол в шесть футов толщиной и отходящие от него три массивные ветви. Две из них поднимались почти вертикально. Они-то и поддерживали огромную крону, разветвления которой, скрещенные, перепутанные, словно сплетенные корзинщиком, образовали непроницаемое ее прикрытие. Третья ветвь, напротив, тянулась почти горизонтально над ревущими водами; ее нижние листья купались в них. Эта ветвь была как бы мысом зеленого острова, окруженного океаном. На таком гигантском дереве недостатка места, конечно, не чувствовалось, и под его роскошной листвой было вдоволь и воздуха и прохлады. Глядя на бесчисленные, перевитые лианами ветви, поднимавшиеся чуть не до самых облаков, и на солнечные лучи, скользившие сквозь просветы листвы, можно было, право, подумать, что на этом дереве вырос целый лес.

При появлении на омбу беглецов целый пернатый мирок взлетел на верхние ветки, протестуя своими криками против столь вопиющего захвата их обиталища. Видимо, во время наводнения птицы также нашли себе приют на этом одиноком дереве. Их было здесь великое множество: целые сотни черных дроздов, скворцов, «изаков», «хильгуэрос», но больше всего, пожалуй, колибри – «пика-флор» – с лучезарным оперением. Когда эти птички вспорхнули, можно было подумать, что это порыв ветра сорвал с дерева цветы.

Таково было случайное убежище маленького отряда Гленарвана. Юный Грант и ловкий Вильсон, едва взобравшись на дерево, тотчас же залезли на самую его верхушку. Они высунули из зеленого купола свои головы и с высоты окинули взглядом горизонт. Наводнение превратило равнину в океан, который окружал их со всех сторон: не видно было ни конца его, ни края. Над водой не поднималось ни единого дерева – только их омбу содрогалось под напором бушевавших вокруг него волн. Вдали, увлекаемые с юга на север стремительным течением, проносились вырванные с корнями стволы деревьев, изломанные ветви, солома с кровель разрушенных ранчо, балки, сорванные водой с крыш ферм, трупы утонувших животных со следами крови на шкурах. Целая семья ягуаров плыла на качающемся дереве – они, рыча, вцепились когтями в свое утлое судно. Еще дальше Вильсону удалось разглядеть едва заметную черную точку. То были Талькав и его верная Таука – они исчезали вдали.

– Талькав! Друг Талькав! – крикнул Роберт, протягивая руку в сторону, где только что был виден мужественный патагонец.

– Он спасется, мастер[1] Роберт, – сказал Вильсон. – А теперь давайте спускаться вниз.

Через минуту Роберт Грант и матрос спустились с «трехэтажных» ветвей к тому месту, где начинались нижние ветви. Здесь сидели Гленарван, Паганель, майор, Остин и Мюльреди, устроившись, как кому удобнее: кто верхом, кто уцепившись за ветки. Вильсон рассказал, что он видел с вершины омбу. Все согласились с ним в том, что Талькав не погибнет. Талькав ли Тауку или Таука Талькава, но они спасут друг друга.

Положение гостей омбу было, бесспорно, более угрожающим, чем положение патагонца. Правда, дерево, по-видимому, должно было выдержать напор течения, но все прибывающая вода могла подняться до верхних его ветвей, ибо эта низменная часть равнины превратилась в природный водоем. Поэтому Гленарван прежде всего распорядился сделать зарубки на стволе омбу, чтобы следить за уровнем воды. Она не поднималась – значит, наводнение уже достигло своей наибольшей высоты. Это несколько успокоило путешественников.

– Что же мы будем теперь делать? – спросил Гленарван.

– Вить гнездо, черт возьми! – весело сказал Паганель.

– Вить гнездо! – воскликнул Роберт.

– Без сомнения, мой мальчик, и жить как птицы, раз мы не можем жить как рыбы.

---

[1] При обращении к мальчику слово «мистер» заменяется словом «мастер».

– Хорошо, – согласился Гленарван, – но кто же будет кормить нас?

– Я, – заявил майор.

Все взоры устремились на Мак-Наббса.

Майор с комфортом сидел в кресле из двух гибких ветвей и протягивал спутникам свои, правда промокшие, но все же туго набитые чересседельные сумки.

– Узнаю вас, Мак-Наббс! – воскликнул Гленарван. – Вы всегда помните обо всем, даже при таких обстоятельствах, когда позволительно все забыть!

– Раз мы решили не тонуть, то, верно, не собираемся умереть с голоду, – отозвался майор.

– Я бы тоже, конечно, подумал о пище, не будь я так рассеян, – наивно сказал Паганель.

– А что в этих сумках? – поинтересовался Том Остин.

– Пища для семи человек на два дня, – ответил Мак-Наббс.

– Отлично! – промолвил Гленарван. – Надо надеяться, что за сутки вода заметно спадет.

– Или что мы найдем за это время способ добраться до твердой земли, – прибавил Паганель.

– Итак, наш первый долг – позавтракать, – заявил Гленарван.

– Предварительно высушив одежду, – заметил майор.

– А как добыть огонь? – спросил Вильсон.

– Развести его, – ответил Паганель.

– Где?

– Да здесь же, на дереве, черт возьми!

– Из чего?

– Из сухих веток, которые мы наломаем на этом же дереве.

– Но как их разжечь? – спросил Гленарван. – Наш трут напоминает мокрую губку.

– Обойдемся и без него, – ответил Паганель. – Немного сухого мха, увеличительное стекло от моей подзорной трубы, луч солнца – и у меня будет превосходный огонь. Ну, кто пойдет в лес за дровами?

– Я! – крикнул Роберт.

И, сопровождаемый своим другом Вильсоном, мальчик, словно котенок, исчез в чаще ветвей.

Тем временем Паганель набрал сухого мха, уложил его на слой сырых листьев в развилке ветвей, затем вывинтил из подзорной трубы увеличительное стекло и, поймав солнечный луч – а это было легко, ибо дневное светило ярко сияло, – без труда зажег сухой мох. Такой костер не представлял никакой опасности. Вскоре Вильсон и Роберт вернулись с охапками сухих сучьев, которые тотчас же были брошены на горящий мох. Паганель принялся раздувать огонь по арабскому способу: он встал, расставив свои длинные ноги, над костром и стал быстро нагибаться и выпрямляться, размахивая пончо. Сучья загорелись, и вскоре яркое пламя с треском взвилось над импровизированным очагом. Все стали обсушиваться, кто как мог; повешенные на ветвях пончо развевались на ветру. Обсушившись, приступили к еде, соблюдая при этом должную умеренность – ведь приходилось думать и о завтрашнем дне: провизии было очень мало, а нахлынувшие в огромную ложбину воды могли спадать медленнее, чем надеялся Гленарван. На омбу не произрастало никаких плодов, но, к счастью, на его ветвях было множество гнезд, и дерево предоставило своим гостям богатый выбор яиц. Ни яйцами, ни пернатыми хозяевами гнезд пренебрегать, конечно, не приходилось.

Пребывание на дереве могло затянуться, поэтому надо было разместиться поудобнее.

– Раз кухня и столовая у нас в нижнем этаже, то спать мы отправимся этажом выше, – заявил Паганель. – Места в доме много, квартирная плата невысока, стесняться нечего. Вон там, наверху, я вижу люльки, будто уготованные нам самой природой; если мы привяжемся к ним покрепче, они не уступят лучшим кроватям в мире. Опасаться нам нечего. Впрочем, можно установить и дежурство. Отряду в семь человек не страшны ни дикие звери, ни индейцы.

– Нам не хватает лишь оружия, – заметил Том Остин.

– Мои револьверы при мне, – сказал Гленарван.

– И мои тоже, – отозвался Роберт.

– А зачем они нам, если господин Паганель не найдет способа изготовить порох? – спросил Том Остин.

– Это ни к чему, – откликнулся Мак-Наббс, показывая совершенно неподмоченную пороховницу.

– Откуда вы ее взяли, майор? – спросил изумленный Паганель.

– Это пороховница Талькава. Он подумал о том, что она может пригодиться нам, и, прежде чем броситься спасать Тауку, передал ее мне.

– Как великодушен и отважен этот индеец! – воскликнул Гленарван.

– Да, если все патагонцы похожи на него, я поздравляю Патагонию, – сказал Том Остин.

– Не забудьте, пожалуйста, и о лошади, – прибавил Паганель, – ведь она как бы срослась с нашим патагонцем. Я уверен, что мы снова увидим Талькава верхом на его Тауке.

– Как далеко находимся мы от Атлантического океана? – спросил майор.

– Милях в сорока, самое большее, – ответил географ. – А теперь, друзья мои, раз каждый из нас волен делать, что ему заблагорассудится, я прошу разрешения покинуть вас. Сейчас я поднимусь наверх, выберу наблюдательный пункт и, глядя в подзорную трубу, буду докладывать вам о том, что творится на свете.

Ученому предоставили действовать по его усмотрению, и он, проворно взбираясь по веткам, вскоре исчез за зеленой завесой листвы. Спутники же его начали приготовляться к ночлегу. Они быстро покончили с этой несложной работой: ведь им не пришлось ни устанавливать кроватей, ни накрывать их бельем и одеялами. А потому все вскоре опять разместились вокруг костра.

Завязался разговор, но вовсе не о настоящем положении путешественников, которое им приходилось терпеливо переносить. Разговор вернулся к неисчерпаемой теме – к судьбе капитана Гранта. Если вода схлынет, то через каких-нибудь три дня маленький отряд вернется на борт «Дункана», но не приведет с собой несчастных, потерпевших кораблекрушение: Гарри Гранта и двух его матросов. Казалось даже, что после такой неудачи, после бесполезного перехода через Америку, всякая надежда найти их была безвозвратно потеряна. Где их теперь искать? В каком горе будут леди Элен и Мери Грант, когда узнают, что будущее не сулит никакой надежды!

– Бедная сестра! – грустно сказал Роберт. – Для нас все кончено!

Впервые Гленарван не нашел для мальчика ни одного слова утешения. О какой надежде можно было говорить? Разве экспедиция самым точным образом не придерживалась в своих поисках указаний найденного документа?

– А все же в документе упоминалась именно тридцать седьмая параллель, – сказал он. – Указывает ли она место плена Гарри Гранта или крушения его судна, но, во всяком случае, цифра эта не вымысел, не догадка! Мы прочли ее собственными глазами.

– Все это так, милорд, – отозвался Том Остин, – однако наши поиски ни к чему не привели.

– Вот это-то и раздражает меня и приводит в отчаяние! – воскликнул Гленарван.

– Раздражать это может, – заметил Мак-Наббс спокойным тоном, – но приходить в отчаяние не от чего. Именно потому, что у нас есть точная цифра, мы должны следовать ей до конца.

– Что вы хотите сказать, – спросил Гленарван, – и что, по-вашему, можно еще сделать?

– Все очень просто и логично, дорогой Эдуард: добравшись до «Дункана», мы должны взять курс на восток и, если понадобится, продвигаться вдоль этой тридцать седьмой параллели хотя бы до той самой точки, откуда мы вышли.

– Неужели вы можете предположить, Мак-Наббс, что я не думал об этом? – ответил Гленарван. – Думал, сто раз думал! Но какие шансы имеем мы на успех? Покидая Американский материк, мы ведь удаляемся от места, указанного самим Гарри Грантом: удаляемся от Патагонии, о которой так ясно говорится в документе.

– Значит, вы хотите возобновить поиски в пампасах и теперь, когда ясно, что «Британия» не потерпела крушения ни у тихоокеанского, ни у атлантического побережья Америки? – возразил майор.

На этот вопрос Гленарван ничего не ответил.

– И как ни мало шансов найти Гарри Гранта, следуя вдоль тридцать седьмой параллели, разве не должны мы попытаться это сделать? – добавил Мак-Наббс.

– Я не спорю… – отозвался Гленарван.

– А вы, друзья мои, – обратился майор к морякам, – согласны ли вы со мной?

– Совершенно согласны, – ответил Том Остин.

А Мюльреди и Вильсон кивнули.

– Выслушайте меня, друзья мои, – заговорил после некоторого размышления Гленарван, – и ты, Роберт, вникни хорошенько в то, что я скажу, ибо это очень важно. Я сделаю все, чтобы отыскать капитана Гранта. Я обязался сделать это и, если понадобится, посвящу поискам всю свою жизнь. Вся Шотландия поможет мне спасти этого мужественного, преданного ей человека. Я тоже думаю, что как ни мало шансов на успех, а надо обогнуть земной шар по тридцать седьмой параллели, и я это сделаю. Но сейчас нам предстоит решить не этот вопрос, а другой, более сложный. Вот он: должны ли мы отныне окончательно отказаться от розысков на Американском материке?

Никто не отважился ответить на вопрос, поставленный так категорически.

– Так как же? – спросил Гленарван, обращаясь к майору.

– Ответить на ваш вопрос, дорогой Эдуард, – значит взять на себя довольно большую ответственность, – сказал Мак-Наббс. – Это требует размышлений. Прежде всего, я хочу знать, через какие именно страны проходит тридцать седьмая параллель южной широты.

– Это по части Паганеля, – сказал Гленарван.

– Так спросим его.

Географа не было видно за густой листвой, и Гленарвану пришлось окликнуть его:

– Паганель! Паганель!

– Я здесь, – ответил голос, словно с неба.

– Где вы?

– На моей башне.

– Что вы делаете?

– Изучаю необъятный горизонт.

– Можете вы на минутку спуститься сюда?

– Я вам нужен?

– Да.

– По какому поводу?

– Чтобы узнать, через какие страны проходит тридцать седьмая параллель.

– Ничего нет легче, – ответил Паганель, – и для этого мне вовсе не нужно спускаться вниз.

– Ну так скажите!

– Покидая Америку, тридцать седьмая параллель южной широты пересекает Атлантический океан.

– Так.

– На своем пути она встречает острова Тристан-да-Кунья.

– Прекрасно.

– Далее она проходит двумя градусами южнее мыса Доброй Надежды.

– Затем?

– Пересекает Индийский океан.

– Потом?

– Задевает остров Сен-Пьер в группе островов Амстердам.

– Дальше?

– Пересекает Австралию, проходя через провинцию Виктория.

– Продолжайте!

– После Австралии…

Эта последняя фраза осталась недоконченной. Может быть, географ сбился, забыл? Нет. С вершины омбу донесся громкий крик. Гленарван и его друзья, побледнев, переглянулись. Неужели опять катастрофа? Неужели Паганель упал?

Уже Вильсон и Мюльреди бросились на помощь, как вдруг показалось длинное туловище – Паганель катился с ветки на ветку. Руки его не могли ни за что ухватиться. Жив он? Мертв? Так или иначе, он уже падал в ревущие волны, когда рука майора удержала его.

– Я вам весьма обязан, Мак-Наббс! – воскликнул Паганель.

– Что с вами? – спросил майор. – Что случилось? Опять ваша всегдашняя рассеянность?

– Да, да, – ответил Паганель, задыхаясь от волнения. – Да, рассеянность… и на этот раз просто феноменальная…

– В чем же дело?

– Мы впали в заблуждение! Мы и сейчас заблуждаемся! Мы все время заблуждались!

– Что вы хотите сказать?

– Гленарван, майор, Роберт и вы все, друзья мои, слушайте! Мы ищем капитана Гранта там, где его нет!

– Что вы говорите? – воскликнул Гленарван.

– И не только нет, но никогда и не было! – добавил Паганель.

Глава двадцать четвертая. Птичья жизнь продолжается

Все были поражены этими неожиданными словами. Что хотел сказать географ? Уж не сошел ли он с ума? Однако он говорил так убедительно! И все взоры обратились к Гленарвану. Утверждение Паганеля было, в сущности, прямым ответом на только что заданный Гленарваном вопрос. Но Гленарван только отрицательно покачал головой. Он, видимо, отнесся скептически к словам ученого. А тот, справившись со своим волнением, снова заговорил.

– Да, да, – сказал он с убеждением, – мы искали там, где не надо было искать, и прочли в документе то, чего там нет.

– Объясните же вашу мысль, Паганель, – попросил Мак-Наббс, – только спокойнее.

– Все очень просто, майор. Как и вы все, я заблуждался. Как и вы все, я неверно толковал документ. И только минуту назад, сидя на вершине этого дерева и отвечая на ваши вопросы, в тот миг, когда я произносил слово «Австралия», меня вдруг озарило, словно молнией, и все мне стало ясно.

– Что? – воскликнул Гленарван. – Вы считаете, что Гарри Грант…

– Да, я считаю, – перебил его Паганель, – что слово *austral* в документе не полное слово, как мы до сих пор предполагали, а корень слова *Australie,* Австралия.

– Вот это интересно! – отозвался майор.

– Интересно? – пожал плечами Гленарван. – Да это просто невозможно.

– Невозможно! – крикнул Паганель. – Мы, во Франции, не признаем этого слова.

– Как, – продолжал Гленарван тоном, в котором звучало полнейшее недоверие, – вы решаетесь утверждать, ссылаясь на документ, что «Британия» потерпела крушение у берегов Австралии?

– Я уверен в этом, – ответил Паганель.

– Право, Паганель, подобное заверение в устах секретаря Географического общества меня очень удивляет, – сказал Гленарван.

– Почему? – спросил задетый за живое Паганель.

– Да потому, что, если вы признаете в слове *austral* Австралию, вы одновременно должны признать там существование индейцев, а их там никогда не бывало.

Паганель улыбнулся, нисколько не смущенный этим доводом: он, видимо, ожидал его.

– Дорогой Гленарван, – сказал он, – не спешите торжествовать: сейчас я разобью вас наголову, и поверьте мне, никогда англичанину еще не случалось терпеть такого поражения. Да будет это расплатой за неудачи Франции при Креси и Азенкуре[1].

– Буду очень рад. Разбейте меня, Паганель!

– Ну, слушайте! В документе так же мало говорится об индейцах, как и о Патагонии. Обрывок слова *indi* значит не *indiens* – индейцы, а *indigènes* – туземцы. А что в Австралии имеются туземцы, вы, надеюсь, допускаете?

Надо признаться, что тут Гленарван пристально посмотрел на географа.

– Браво, Паганель! – одобрил майор.

– Что же, дорогой Гленарван, принимаете вы мое толкование?

– Да, но только в том случае, если вы мне докажете, что gonie не конец слова «Патагония».

– Конечно, нет! – крикнул Паганель. – Патагония тут ни при чем. Подбирайте любые слова, только не это.

– Но какое же может быть здесь слово?

– Космогония, теогония, агония…

– Агония, – выбрал майор.

– Это мне безразлично, – ответил Паганель, – данное слово не имеет значения; я даже не стану доискиваться его смысла. Важно то, что *austral* указывает на Австралию. Не сбей вы меня тогда с толку своими ложными толкованиями, я сразу же пошел бы по правильному пути, до того здесь все очевидно! Найди я этот документ сам, я никогда бы не мог понять его иначе!

На этот раз слова Паганеля были встречены криками «ура», приветствиями, поздравлениями. Остин, матросы, майор, а больше всех счастливый Роберт, окрыленный новой надеждой, – все принялись рукоплескать достойному ученому. Гленарван, мало-помалу убеждавшийся в своей ошибке, заявил, что он почти готов сдаться.

---

[1] Во время Столетней войны английские войска нанесли крупные поражения французам при Креси (1346) и Азенкуре (1415).

– Еще один вопрос, дорогой Паганель, – сказал он, – и мне останется только преклониться перед вашей проницательностью.

– Говорите, Гленарван!

– Как же будет читаться весь документ при вашем новом толковании?

– Все очень просто. Возьмем документ, – ответил Паганель, доставая драгоценную бумагу, которую добросовестно изучал последние дни.

Пока географ собирался с мыслями, все молчали. Наконец Паганель, водя пальцем по отрывочным строкам, уверенно, подчеркивая голосом некоторые слова, прочел следующее:

– «Седьмого июня тысяча восемьсот шестьдесят второго года трехмачтовое судно «Британия», из порта Глазго, потерпело крушение после...» Здесь можно вставить, если хотите, «двух дней», «трех дней» или просто «долгой агонии» – это безразлично – «...у берегов Австралии. Направляясь к берегу, два матроса и капитан Грант попытаются высадиться...», или «высадились на материк, где они попадут...», или «попали в плен к жестоким туземцам. Они бросили этот документ...» и так далее, и так далее. Ясно ли это?

– Ясно, если только слово «материк» применимо к Австралии, представляющей собой лишь остров.

– Успокойтесь, дорогой Гленарван, лучшие географы того мнения, что следует называть этот остров Австралийским материком.

– Тогда, друзья мои, мне остается сказать вам только одно: в Австралию! И да поможет нам небо! – воскликнул Гленарван.

– В Австралию! – в один голос подхватили его спутники.

– Знаете, Паганель, – прибавил Гленарван, – само провидение послало вас на «Дункан»!

– Что ж, – отозвался географ, – допустим, что я посланник провидения, и не будем больше говорить об этом.

Так закончился разговор, имевший такие важные последствия в будущем. Он совершенно изменил настроение путешественников. Они снова обрели путеводную нить в лабиринте, откуда им, казалось, уже не было выхода. Над развалинами их рухнувших планов засияла новая надежда. Теперь они могли без боязни покинуть Американский материк, а мысленно они уже устремились в Австралию.

Поднимаясь снова на борт «Дункана», они не принесут с собой отчаяния. Леди Элен и Мери Грант не придется оплакивать безвозвратную потерю капитана Гранта. Охваченные радостными надеждами, путешественники позабыли обо всех опасностях, грозивших им самим, и жалели лишь об одном: что не могут немедленно пуститься в путь.

Было четыре часа пополудни. Решили ужинать в шесть. Паганелю захотелось ознаменовать этот счастливый день роскошным пиром, а так как меню было очень скудно, он предложил Роберту пойти с ним на охоту в «соседний лес». Мальчик захлопал от радости в ладоши. Они взяли пороховницу Талькава, вычистили револьверы, зарядили их и отправились.

– Не заходите слишком далеко, – серьезным тоном напутствовал охотников майор.

После их ухода Гленарван и Мак-Наббс решили посмотреть зарубки, сделанные на дереве, а Вильсон и Мюльреди снова разожгли костер.

Спустившись к поверхности образовавшегося огромного озера, Гленарван не заметил, чтобы вода убывала. Однако уровень ее достиг, по-видимому, своего максимума. Все же та неистовая сила, с которой воды неслись с юга на север, доказывала, что аргентинские реки не пришли еще в нормальное состояние. Прежде чем уровень воды начнет понижаться, эти бурные воды должны были успокоиться, как море между приливом и отливом. А пока они так стремительно неслись к северу, нельзя было рассчитывать на их убыль.

В то время как Гленарван и майор делали свои наблюдения, в ветвях омбу раздались выстрелы, сопровождаемые почти столь же шумными криками радости. Высокий голос Роберта сливался с басом Паганеля. Неизвестно, кто из них больше был ребенком. Охота, по-видимому, обещала быть удачной и сулила роскошные кушанья. Вернувшись к костру, майор и Гленарван с удовольствием поздравили Вильсона с одной прекрасной идеей. Этот славный моряк при помощи булавки и бечевки затеял рыбную ловлю, и результаты ее были изумительны: несколько дюжин маленьких рыбок «мохоррас», вкусных, как корюшка, трепетали, брошенные на его пончо, обещая путешественникам изысканное блюдо.

В это время спустились охотники. Паганель осторожно нес яйца черных ласточек и связку воробьев, которых он собирался подать за обедом под видом жаворонков. Роберт же ловко подстрелил несколько пар «хильгуэрос»: эти маленькие желто-зеленые птички очень приятны на вкус, и на них большой спрос на рынке в Монтевидео. Паганель, знавший пятьдесят один способ приготовления яиц, на этот раз мог только испечь их в горячей золе костра. Тем не менее меню получилось разнообразное и изысканное. Сушеное мясо, крутые яйца, жареные «мохоррас», воробьи и «хильгуэрос» составили незабываемую трапезу.

За едой весело беседовали. Паганеля превозносили и как охотника и как повара. Он принимал эти похвалы со скромностью заслужившего их человека.

Затем он начал забавный рассказ о бесконечной, по его словам, чаще ветвей приютившего их омбу.

– Нам с Робертом казалось, что мы охотимся в настоящем лесу, – рассказывал он. – Одно время я даже стал опасаться, что мы заблудимся: представьте, я никак не мог найти дорогу! Солнце уже склонялось к западу. Тщетно искал я наши следы. Голод жестоко давал себя чувствовать. Уже из темной чащи доносилось рычанье диких зверей... то есть нет, я ошибся... здесь нет диких зверей, и я очень сожалею об этом!

– Как, – спросил Гленарван, – вы жалеете, что здесь нет диких зверей?

– Конечно, жалею!

– Но они свирепы...

– С научной точки зрения они вовсе не свирепы, – возразил ученый.

– Ну уж извините, Паганель! – вмешался майор. – Вы никогда не заставите меня уверовать в полезность диких зверей. Какой от них толк?

– О, майор! – вскричал Паганель. – Но они необходимы для классификации: отряды, семейства, роды, виды...

– Велика польза, нечего сказать! – сказал Мак-Наббс. – Я бы без этого вполне обошелся. Будь я с Ноем во время потопа, я бы уж, конечно, не дал этому неблагоразумному патриарху посадить в ковчег по паре львов, тигров, пантер, медведей и других зверей, столь же зловредных, сколь и бесполезных.

– Вы бы это сделали? – спросил Паганель.

– Сделал бы.

– Вот как? Но с зоологической точки зрения вы были бы неправы.

– Зато прав с человеческой точки зрения, – ответил Мак-Наббс.

– Это возмутительно! – воскликнул ученый. – Я бы, наоборот, заставил Ноя взять с собой в ковчег и мегатериев, и птеродактилей, и вообще всех допотопных животных, которых мы, к несчастью, теперь лишены…

– А я вам говорю, – возразил Мак-Наббс, – что Ной прекрасно поступил, оставив их на произвол судьбы, если, конечно, они в самом деле жили в его время.

– А я вам говорю, – упорствовал Паганель, – что Ной поступил дурно и на веки вечные заслужил проклятия ученых.

Слушая этот спор Паганеля и майора о старике Ное, окружающие не могли не хохотать. У майора, никогда в жизни ни с кем не спорившего, происходили, вопреки всем его принципам, ежедневные стычки с Паганелем. Очевидно, ученый обладал особой способностью выводить его из равновесия.

Гленарван, по своему обыкновению, вмешался в спор.

– Стоит или нет об этом сожалеть с научной или человеческой точки зрения, – сказал он, – но нам нужно примириться с отсутствием диких зверей. Да, конечно, Паганель и не мог надеяться встретить их в таком воздушном лесу.

– А почему бы и нет? – отозвался ученый.

– Дикие звери на дереве? – удивился Том Остин.

– Ну конечно! Американский тигр – ягуар, когда его окружат охотники, обыкновенно спасается от них на деревьях. И одно из таких животных, захваченное наводнением, вполне могло найти убежищс на ветвях омбу.

– Все же, надеюсь, вы ягуара не встретили? – спросил майор.

– Нет, хотя и обошли весь «лес». А жаль! Вот была бы чудесная охота! Ягуар – свирепый хищник! Одним ударом лапы он сворачивает шею лошади. Если ему доведется однажды отведать человечьего мяса, он снова алчет его. Больше всего он любит индейцев, потом идут негры, потом – мулаты, а потом – белые.

– Я рад, что занимаю только четвертое место.

– Это только доказывает, что вы безвкусны.

– Очень рад! – парировал майор.

– Но это унизительно, – невозмутимо продолжал Паганель, – ведь белый человек считает себя лучше всех других. Очевидно, ягуары не разделяют этого мнения.

– Как бы там ни было, друг Паганель, – сказал Гленарван, – поскольку среди нас нет ни индейцев, ни негров, ни мулатов, я очень рад отсутствию ваших милых ягуаров. Наше положение все-таки не так приятно…

– Не так приятно? – воскликнул Паганель, набрасываясь на эти слова, которые могли дать новое направление спору. – Вы жалуетесь на свою судьбу, Гленарван?

– Конечно, – ответил Гленарван. – Неужели вам так удобно на этих довольно-таки жестких ветвях?

– Никогда не чувствовал себя лучше даже в своем собственном кабинете! Мы живем как птицы: распеваем, порхаем… Я начинаю думать, что люди предназначены для жизни на деревьях.

– Им не хватает лишь крыльев, – вставил майор.

– Когда-нибудь они сделают их себе.

– А пока, – сказал Гленарван, – позвольте мне, милый друг, предпочесть этому воздушному обиталищу усыпанную песком дорожку парка, паркетный пол дома или палубу судна.

– Видите ли, Гленарван, – ответил Паганель, – нужно уметь мириться с обстоятельствами: хороши они – тем лучше; плохи – надо не обращать на это внимания… Я вижу, вы жалеете о комфорте своего замка.

– Нет, но…

– Вот Роберт, я уверен, совершенно доволен, – не дал договорить Гленарвану географ, желая привлечь на свою сторону хоть одного приверженца.

– О да, господин Паганель! – весело воскликнул Роберт.

– В его возрасте это естественно, – заметил Гленарван.

– И в моем тоже, – возразил ученый. – Чем меньше удобств, тем меньше потребностей, а чем меньше потребностей, тем человек счастливее.

– Ну вот: теперь Паганель поведет атаку на богатство и роскошь, – заметил Мак-Наббс.

– Ошибаетесь, майор, – отозвался ученый. – Но если хотите, я расскажу вам по этому поводу маленькую арабскую сказку – она как раз мне вспомнилась.

– Пожалуйста, пожалуйста, расскажите, господин Паганель! – воскликнул Роберт.

– А что докажет ваша сказка? – поинтересовался майор.

– То, что доказывают все сказки, милый друг.

– Значит, немногое, – ответил Мак-Наббс. – Но все же рассказывайте вашу сказку, Шахерезада. Вы же так искусны в этом.

– Жил когда-то сын великого Гарун-аль-Рашида, – начал Паганель. – Он был несчастлив. Пошел он за советом к старому дервишу. Мудрый старец, выслушав его, сказал, что счастье трудно найти на этом свете. «А все же, – прибавил он, – я знаю один верный способ добыть счастье». – «Что же это за способ?» – спросил юный принц. «Надо надеть рубашку счастливого человека», – ответил дервиш. Обрадованный принц обнял старца и отправился на поиски своего талисмана. Он долго странствовал. Он побывал во всех земных столицах! Он надевал рубашки королей, рубашки императоров, рубашки принцев, рубашки вельмож – напрасный труд, все тщетно. Счастливее он не стал. Тогда принц принялся надевать рубашки художников, воинов, купцов. Никакого прока. Долго он так скитался в тщетных поисках счастья. В конце концов, перепробовав столько рубашек и отчаявшись в успехе, принц печально отправился назад. И в один прекрасный день, когда он уже подходил ко дворцу своего отца, он вдруг увидел в поле шедшего за плугом крестьянина. Тот весело распевал. «Если и этот несчастлив, то счастья вообще нет на земле», – подумал принц и, подойдя к пахарю, спросил его: «Добрый человек, счастлив ли ты?» – «Да», – ответил тот. «И ты ничего не хочешь?» – «Ничего!» – «И даже не хотел бы променять свою судьбу на судьбу короля?» – «Ни за что!» – «Ну, тогда продай мне свою рубашку». – «Рубашку? Да у меня ее вовсе нет!»

Глава двадцать пятая. Между огнем и водой

Сказка Паганеля имела огромный успех. Ему даже аплодировали, но каждый остался при своем мнении. Ученый достиг обычного результата всякого спора – он никого не убедил. Но все же с ним согласились в том, что под ударами судьбы не надо падать духом и что, если нет ни дворца, ни хижины, надо довольствоваться и деревом.

Пока велись эти разговоры, наступил вечер. После такого тревожного дня нужно было как следует выспаться. Постояльцы омбу были не только утомлены борьбой с наводнением, но, сверх того, измучены жгучей дневной жарой. Их крылатые соседи уже скрылись в гуще листвы; мелодичные рулады хильгуэрос, этих пампасских соловьев, мало-помалу затихали. Птицы погружались в сон. Лучше всего было последовать их примеру.

Но прежде чем, по выражению Паганеля, «забиться в гнездышко», Гленарван, Роберт и географ взобрались в свою «обсерваторию», чтобы в последний раз осмотреть водную равнину. Было около девяти часов вечера. Солнце только что скрылось, и облака на горизонте еще пылали. Всю западную половину неба заволокли клубы теплого пара. Обычно столь яркие, созвездия Южного полушария смутно мерцали, будто скрытые мглистым покровом. Все же их можно было распознать, и Паганель познакомил Роберта и Гленарвана с яркими звездами околополярной зоны. Ученый показал им много созвездий, в том числе Южный Крест – созвездие из четырех звезд первой и второй величины, расположенных в виде ромба почти над самым полюсом, созвездие Кентавра, в котором расположена самая близкая к земле звезда – до нее всего восемь тысяч миллиардов миль; две обширные туманности – облака Магеллана, – из которых более крупная в двести раз больше видимой поверхности Луны; и, наконец, «черную дыру» – то место на небесном своде, где как будто совершенно отсутствуют звезды.

Географ очень жалел о том, что на небе еще не появился видимый на обоих полушариях Орион, но зато он рассказал своим ученикам об одной любопытной легенде патагонской «космографии». В глазах поэтичных индейцев Орион – это громадное лассо и три болас, брошенные рукой охотника, бродящего по небесным прериям. Все эти созвездия, отражаясь в зеркале вод, создавали как бы второе небо. Картина была поистине восхитительна.

Пока Паганель вел ученые речи, небо на востоке омрачилось. Густая, темная, резко очерченная туча постепенно поднималась, гася звезды. Мрачная, зловещая, она вскоре заволокла половину небесного свода. Казалось, что она движется сама собой, так как не чувствовалось ни малейшего ветерка. Воздух был неподвижен. Ни один листок на дереве не шевелился, ни малейшей ряби не пробегало по поверхности вод. Даже дышать становилось трудно – точно колоссальный насос разредил воздух. Атмосфера была насыщена электричеством; каждое живое существо ощущало, как оно бежит по его нервам.

Гленарван, Паганель и Роберт почувствовали эти электрические волны.

– Надвигается гроза, – заметил Паганель.

– Ты не боишься грома? – спросил Гленарван мальчика.

– О, милорд!

– Ну, тем лучше: скоро будет гроза.

– И гроза сильная, судя по виду неба, – добавил Паганель.

– Меня беспокоит не столько гроза, – продолжал Гленарван, – сколько ливень, который хлынет одновременно с ней. Нас промочит до костей. Что бы вы ни говорили, Паганель, а гнездом человек довольствоваться не может, и вы скоро в этом убедитесь на самом себе.

– О, относясь философски…

– Философия не помешает вам вымокнуть.

– Нет, конечно, но она согревает.

– Однако давайте спустимся к нашим друзьям, – сказал Гленарван, – и посоветуем им, вооружившись философией, как можно плотнее завернуться в пончо, а главное, запастись терпением, ибо оно нам понадобится.

Гленарван в последний раз окинул взором грозное небо. Оно было покрыто тучами; только на западе неясная полоса еще чуть светилась сумеречным светом. Вода потемнела и тоже напоминала огромную тучу, готовую слиться с тучей на небе. Ничего не было видно. Ни проблеска света, ни звука. Тишина становилась такой же глубокой, как темнота.

– Давайте же спускаться, – повторил Гленарван, – скоро ударит гром.

Все трое соскользнули по гладким веткам вниз и с удивлением увидели какой-то странный полусвет, освещавший все вокруг. Исходил он от несметного количества светящихся точек, носившихся с жужжанием над водой.

– Что это, фосфоресценция? – спросил Гленарван географа.

– Нет, – ответил тот, – это светляки – живые и недорогие алмазы, из которых дамы Буэнос-Айреса делают себе прекрасные уборы.

– Как, эти летающие искры – насекомые? – воскликнул Роберт.

– Да, мой милый.

Роберт поймал одного из светляков. Паганель не ошибся – это было насекомое, похожее на шмеля, с дюйм длиной. Индейцы зовут его «кукухо». Два пятнышка на щитке насекомого излучали свет, позволявший даже читать в темноте.

Паганель поднес жучка к своим часам и разглядел, что они показывают десять часов вечера.

Гленарван, подойдя к майору и трем морякам, стал отдавать распоряжения на ночь. Нужно было приготовиться к грозе. После первых раскатов грома, без сомнения, забушует ураган, и омбу начнет сильно раскачиваться. Поэтому каждому было предложено покрепче привязать себя к доставшейся ему постели из ветвей. Если уж нельзя было избежать потоков с неба, то, во всяком случае, надо было уберечься от земных вод и не упасть в бурный поток, несшийся у подножия дерева.

Все пожелали друг другу спокойной ночи, не очень-то, правда, на это надеясь, затем каждый улегся на свое висячее ложе, завернулся в пончо и постарался заснуть.

Но приближение грозных явлений природы вызывает во всяком живом существе какую-то смутную тревогу; побороть ее не могут даже самые сильные. Постояльцы омбу, взволнованные, угнетенные, были не в состоянии сомкнуть глаз, и в одиннадцать часов первый отдаленный раскат грома застал всех их еще бодрствующими. Гленарван пробрался на самый конец горизонтальной ветви и высунул голову из листвы.

Даль темного неба уже разрезали блестящие молнии, отчетливо отражаясь в водах разлившейся реки. Эти молнии разрывали тучи бесшумно, словно мягкую, пушистую ткань.

Увидев, что небо сливается с горизонтом в едином мраке, Гленарван вернулся к стволу.

– Что скажете, Гленарван? – спросил его Паганель.

– Скажу, что начало – на славу, друзья мои, и если так пойдет и дальше, то гроза будет страшнейшая.

– Тем лучше! – с восторгом вскричал Паганель. – Все равно грозы не избежать, но пусть хоть будет чем полюбоваться!

– Вот еще одна из ваших теорий, которая рассыплется с треском, – заметил майор.

– Одна из лучших моих теорий, Мак-Наббс! Я согласен с Гленарваном – гроза будет великолепная! Сейчас, когда я пытался заснуть, мне припомнилось несколько случаев, которые вселяют в меня надежды. Ведь мы как раз находимся в краю великих электрических бурь. Я где-то читал, что в тысяча семьсот девяносто третьем году как раз здесь, в провинции Буэнос-Айрес, во время одной грозы прогремело тридцать семь раскатов грома подряд. По наблюдению моего коллеги Мартена де Мусси, это длилось целых пятьдесят пять минут без перерыва.

– Он наблюдал с часами в руках? – спросил майор.

– С часами в руках. Единственное, что могло бы меня встревожить, если бы тревога помогала избежать опасности, – прибавил Паганель, – это то, что на всей этой равнине самый возвышенный пункт – омбу, на котором мы с вами находимся. Здесь был бы очень кстати громоотвод, ибо из всех деревьев пампасов молния почему-то питает особую слабость именно к омбу. А потом, вам, конечно, небезызвестно, друзья мои, что ученые не рекомендуют укрываться во время грозы под деревьями.

– Ну, нельзя сказать, чтобы совет этот был уместен, – заявил майор.

– Надо признаться, Паганель, вы чрезвычайно удачно выбрали момент, для того чтобы сообщить нам эти успокоительные сведения, – прибавил иронически Гленарван.

– Ба! Любое время хорошо для пополнения знаний… – отозвался Паганель. – О, начинается!

Раскаты грома прервали этот неуместный разговор. Их сила нарастала, а звук повышался. Приближаясь, они переходили из низких тонов в средние (если заимствовать подходящее сравнение из музыки). Небесные струны вибрировали все чаще – звук стал нестерпимым. Все вокруг пылало. Невозможно было определить среди этого огня, какому именно электрическому разряду соответствовал нескончаемый грохот, эхо которого, перекатываясь, уходило в бесконечную глубь неба.

То и дело сверкали молнии самой разной формы. Некоторые свергались перпендикулярно и вспыхивали по пяти-шести раз на одном и том же месте. Другие поразили бы любого ученого: если Араго в своей любопытной статистике всего два раза отмечал раздвоенную молнию, то здесь их было сразу сотни. Некоторые молнии, бесконечно разветвляясь, загорались кораллообразными зигзагами, на темном небесном своде вырисовывались как бы светящиеся деревья. Вскоре на северо-востоке протянулась яркая фосфорическая полоса. Воспламеняя тучи, словно какое-то горючее вещество, и отражаясь в бурных водах, она мало-помалу охватила весь горизонт. Это молния отразилась в воде, и омбу очутилось в центре огненной сферы.

Гленарван и его спутники глядели на это грозное зрелище молча. Их слов все равно не было бы слышно... Порой беловатый, точно призрачный свет на мгновение озарял то невозмутимое лицо майора, то оживленное любопытством лицо Паганеля, то энергичные черты лица Гленарвана, то растерянное личико Роберта, то беспечные физиономии матросов.

Однако ни дождя, ни ветра еще не было. Но вскоре хляби небесные разверзлись, и вертикальные, словно нити ткацкого станка, струи соединили черное небо с водной равниной. Крупные капли, ударяясь о поверхность огромного озера, отскакивали тысячами брызг, озаренных молниями.

Может быть, этот ливень предвещал конец грозы и путешественники отделались лишь обильным душем? Нет! В разгар электрической бури на конце главной, горизонтальной ветви омбу вдруг появился окруженный черным дымом огненный шар величиной с кулак. Этот шар, покружившись несколько секунд на одном месте, разорвался, подобно бомбе, с таким грохотом, что он перекрыл даже непрерывный оглушительный гром. Запахло серой.

На миг все затихло, и в этот момент послышался крик Тома Остина:

– Дерево загорелось!

Том Остин не ошибся. Мгновенно, словно фейерверк, пламя охватило всю западную сторону омбу. Сучья, гнезда из сухой травы и пористая кора были прекрасной пищей для огня. Поднявшийся в это время ветер еще больше раздул его. Надо было спасаться. Гленарван и его спутники стали поспешно перебираться на восточную часть омбу, еще не охваченную огнем. Взволнованные, растерянные, они молча, то протискиваясь, то подтягиваясь на руках, карабкались по ветвям, гнувшимся под их тяжестью. Пылающие ветви корчились, трещали, извиваясь в огне, словно заживо сжигаемые змеи. Горящие головни падали в воду и, бросая пламенные отблески, уносились по течению. Пламя то поднималось до самого неба, то, прибитое вниз разъяренным ураганом, охватывало все дерево, словно туника. Гленарван, Роберт, майор, Паганель, матросы были охвачены ужасом, их душил густой дым, обжигал нестерпимый жар. Огонь уже добирался до них; ничто не могло ни потушить, ни даже приостановить его. Несчастные считали себя обреченными сгореть заживо, подобно тем индусам, которых сжигают в утробе их божества – истукана.

Наконец положение стало невыносимым. Из двух смертей приходилось выбирать менее жестокую.

– В воду! – крикнул Гленарван.

Вильсон, которого уже касалось пламя, первый бросился в воду, но вдруг оттуда раздался его отчаянный крик:

– Помогите! Помогите!

Остин стремительно кинулся к нему и помог ему вскарабкаться обратно на ствол.

– Что такое?

– Кайманы! Кайманы! – крикнул Вильсон.

И в самом деле, вокруг омбу собрались пресмыкающиеся. Их спины блестели, отражая огонь. По сплющенным хвостам, головам, напоминающим наконечник копья, глазам навыкате, широчайшим, заходящим за уши пастям Паганель сразу признал в них свирепых американских аллигаторов, называемых в испанских колониях кайманами. Их было штук десять. Они страшными хвостами били по воде и грызли омбу длинными зубами.

Несчастные поняли, что гибель их неизбежна. Их ждал ужасный конец: или сгореть заживо, или стать жертвой кайманов. Майор проговорил своим спокойным голосом:

– Кажется, в самом деле это конец.

Бывают обстоятельства, при которых человек бессилен бороться, когда неистовствующую стихию может побороть лишь другая стихия. Гленарван блуждающими глазами смотрел на ополчившиеся против них огонь и воду, не зная, откуда могло бы прийти спасение.

Гроза, правда, уже начинала стихать, но в воздухе сконденсировалось значительное количество наэлектризованных, бурно движущихся паров. К югу от омбу начал образовываться колоссальный смерч, как бы конус из тумана, вершиной вниз, а основанием вверх, он соединил грозовые тучи с бушевавшими водами. Эта огромная воронка, бешено вращаясь, втягивала потоки воздуха и подняла вверх целый водяной столб. Гигантский смерч приближался и через несколько минут налетел на омбу и охватил его со всех сторон. Дерево задрожало до самых корней.

Гленарвану показалось, что кайманы набросились на омбу и вырывают его из земли своими мощными челюстями. Путешественники ухватились друг за друга: они почувствовали, что могучее дерево уступает натиску и опрокидывается. Еще миг – и пылающие ветви с пронзительным шипением погрузились в бурные воды. А смерч уже прошел и помчал дальше свою разрушительную силу, как бы выкачивая за собой воду озера до дна.

Рухнувшее омбу, гонимое ветром, понеслось по течению. Кайманы обратились в бегство; лишь один из них полз по вывороченным корням и с разинутой пастью подбирался к людям. Мюльреди отломил горящую ветку и изо всех сил хватил ею по спине хищника. Кайман упал в воду и, ударяя по ней со страшной силой хвостом, исчез в бурном потоке.

Гленарван и его спутники, спасенные от этих хищных пресмыкающихся, перебрались на подветренную сторону дерева. Полуобгоревшее омбу плыло среди ночного мрака, и языки пламени, раздуваемые ураганом, выгибались, как огненные паруса.

Глава двадцать шестая. Атлантический океан

Уже целых два часа неслось омбу по огромному озеру, а берега все не было видно. Огонь, пожиравший дерево, мало-помалу угас. Главная опасность этого жуткого плавания миновала. Майор сказал даже, что не удивится, если им удастся спастись.

Течение продолжало нести омбу в том же направлении: с юго-запада на северо-восток. Темнота вновь стала непроницаемой; лишь изредка ее прорезывали запоздалые молнии. Паганель тщетно старался разглядеть что-либо на горизонте. Гроза затихала, тучи рассеивались. Крупные капли дождя сменились мелкой водяной пылью, мчавшейся по ветру. Омбу неслось по бурному потоку с такой поразительной быстротой, словно под его корой был скрыт какой-то мощный двигатель. Казалось, оно будет нестись так еще не один день. Около трех часов утра майор, однако, заметил, что корни омбу порой задевают за дно. Том Остин с помощью отломанной ветки нащупал дно и установил, что оно поднимается. Действительно, минут через двадцать омбу натолкнулось на что-то и сразу остановилось.

– Земля! Земля! – громко воскликнул Паганель.

Концы обгоревших ветвей наткнулись на какой-то выступ. Никогда, кажется, ни одна мель не приносила столько радости мореплавателям, как эта: ведь она была для них гаванью.

Роберт и Вильсон, первыми выскочившие на твердую землю, уже кричали восторженно «ура», как вдруг послышался знакомый свист, раздался лошадиный топот, и из мрака показалась высокая фигура индейца.

– Талькав! – воскликнул Роберт.

– Талькав! – подхватили в один голос все остальные.

– Amigos![1] – отозвался патагонец.

Он ждал путешественников на том месте, куда их должно было вынести течение, так же как оно вынесло туда и его самого. Патагонец поднял Роберта и прижал его к груди. Экспансивный географ бросился к нему на шею. Гленарван, майор и моряки, радуясь, что снова видят своего верного проводника, крепко и сердечно пожали ему руку. Затем патагонец отвел их

[1] Друзья! (исп.)

в сарай одной покинутой фермы, находившейся поблизости. Там пылал большой костер, у которого они и обогрелись. На огне жарились сочные куски дичи. Новоприбывшие съели их до последней крошки. И когда они несколько пришли в себя, никому просто не верилось, что им удалось спастись от стольких опасностей: и от воды, и от огня, и от грозных аргентинских кайманов.

Талькав в нескольких словах рассказал Паганелю, как он спасся, добавив, что обязан этим всецело своему неустрашимому коню. Потом Паганель попытался разъяснить патагонцу новое предложенное им толкование документа и поделился с ним теми надеждами, которые это толкование сулило. Понял ли индеец остроумные гипотезы ученого? Сомнительно. Но он видел, что друзья его довольны и питают какие-то надежды, а большего ему и не требовалось.

После такого дня «отдыха» на омбу отважным путешественникам не терпелось снова двинуться в путь. К восьми часам утра они уже были готовы выступить. Они находились намного южнее всех ферм и саладеро, так что негде было раздобыть какие-либо средства передвижения. Приходилось идти пешком. Впрочем, предстояло пройти всего лишь миль сорок. Да и Таука могла время от времени подвезти одного, а то и двух утомленных пешеходов. За сутки с небольшим можно было добраться до берегов Атлантического океана.

Оставив позади огромную лощину, еще всю затопленную водой, путешественники двинулись по более возвышенной местности. Вокруг расстилался тот же однообразный аргентинский пейзаж; иногда, но так же редко, как около Тандиля и Тапальке, встречались насажденные европейцами рощицы. Туземные же деревья растут только по окраинам степей и на подступах к мысу Корьентес.

Так прошел день. Близость океана стала чувствоваться уже на следующий день, когда до него оставалось еще миль пятнадцать. Виразон – ветер, который дует всегда только в конце дня и в конце ночи, – пригибал к земле высокие травы. На тощей земле росли редкие перелески низких мимоз и кусты акации. Порой на пути встречались соленые озерца, блестевшие словно куски стекла. Они затрудняли путь, так как их приходилось обходить. А путники спешили, стремясь в тот же день добраться до озера Лагуна-Саладо у Атлантического океана. Надо признаться, что они изрядно устали, когда в восемь часов утра увидели песчаные дюны вышиной саженей в двадцать, высившиеся у пенистой границы океана. Вскоре послышался и протяжный рокот прилива.

– Океан! – крикнул Паганель.

– Да, океан! – подхватил Талькав.

И путешественники, казалось уже еле передвигавшие ноги, с замечательным проворством взобрались на дюны. Но уже стемнело. Нельзя было ничего разглядеть в безбрежном сумраке. «Дункана» не было видно.

– А все же он здесь! – воскликнул Гленарван. – Он ожидает нас, лавируя у этих берегов!

– Завтра мы его увидим, – отозвался Мак-Наббс.

Остин стал окликать невидимую яхту, но никакого ответа не последовало. Дул свежий ветер, и море было довольно бурным. Облака шли на запад, и брызги пенящихся валов долетали до верхушек дюн. Если бы «Дункан» даже и был на условленном месте встречи, то вахтенный все равно не смог бы ни услышать крик, ни ответить на него.

На этом берегу кораблям негде было укрыться: ни залива, ни бухты, ни гавани. По всему берегу далеко в море уходили длинные песчаные отмели. А такие отмели для судна опаснее, чем выступающие из воды рифы. Они усиливают волнение, и бури здесь особенно свирепы. Судно, попавшее в бурную погоду на эти песчаные банки, обречено на верную гибель.

Естественно, что «Дункан» при этих условиях держался вдали. Джон Манглс, всегда очень осторожный, несомненно, не решился бы приблизиться к берегу. Таково было убеждение Тома Остина: он уверял, что «Дункан» находится на расстоянии не меньше пяти миль от берега.

Майор советовал своему нетерпеливому кузену покориться необходимости. Раз никак нельзя рассеять мрак, зачем же понапрасну утомлять свои глаза, тщетно всматриваясь в темный горизонт!

Высказав это, Мак-Наббс занялся устройством ночлега под прикрытием дюн. Здесь за последним ужином этого путешествия были съедены остатки провизии. Затем все, по примеру майора, вырыли себе в песке ямы, улеглись в них, укрылись до подбородка огромным одеялом песков и заснули тяжелым сном. Один Гленарван бодрствовал.

Дул сильный ветер, и океан все еще не успокаивался после бури. Волны с громовым шумом разбивались у отмелей. Гленарвана мучила тревога: здесь ли «Дункан»? Ведь нельзя было и думать, что корабль еще не дошел до установленного места встречи. 14 октября Гленарван покинул бухту Талькауано и 12 ноября достиг берегов Атлантического океана. Если в эти тридцать дней отряд пересек Чили, перевалил через Анды, перебрался через пампасы и Аргентинскую равнину, то, конечно, за это время «Дункан» успел обогнуть мыс Горн и достичь условленного места на противоположном берегу Американского материка. Такую быстроходную яхту ничто не могло задержать. Правда, недавно была буря, разыгрался сильный шторм, но «Дункан» был хорошим судном, а его капитан – хорошим моряком. И раз «Дункан» должен был прийти сюда, значит, он и пришел.

Эти размышления не могли, однако, успокоить Гленарвана. Когда сердце борется с рассудком, рассудок редко бывает победителем. А сердце Гленарвана тянулось к тем, кого он любил: к Элен, Мери Грант, матросам «Дункана». Гленарван бродил по пустынному берегу, на который набегали светившиеся фосфорическим блеском волны. Он всматривался, прислушивался. Порой ему казалось, что в море светится какой-то тусклый огонек.

«Я не ошибаюсь, – думал он, – я видел свет судового фонаря – фонаря «Дункана». Ах, почему глаза мои не в силах проникнуть сквозь этот мрак!»

И вдруг ему в голову пришла идея: Паганель уверял, что он никталоп. Паганель видит ночью! И Гленарван пошел будить Паганеля.

Ученый крепко спал в своей яме, как вдруг сильная рука извлекла его из этого песчаного ложа.

– Кто это? – крикнул Паганель.

– Это я, Паганель.

– Кто вы?

– Гленарван. Идемте, мне нужны ваши глаза.

– Мои глаза? – переспросил Паганель, протирая их.

– Да, ваши глаза – чтобы разглядеть в этой тьме наш «Дункан». Идемте же!

«Черт побери никталопию!» – сказал про себя географ, впрочем очень довольный тем, что может быть полезен Гленарвану.

Паганель вылез из своей ямы, потянулся и, разминая затекшие члены, побрел вслед за Гленарваном на берег. Гленарван попросил его вглядеться в темный морской горизонт. В течение нескольких минут ученый добросовестно занимался созерцанием.

– Ну? Вы ничего не видите? – спросил наконец Гленарван.

– Ничего! Да тут и кошка ничего бы в двух шагах не увидела.

– Ищите красный или зеленый свет, то есть фонари правого или левого борта.

– Не вижу ни зеленого, ни красного. Все черно! – ответил Паганель.

Глаза географа невольно смыкались. С полчаса он машинально ходил за своим нетерпеливым другом; время от времени его голова падала на грудь, и он резким движением снова поднимал ее. Он шел, как пьяный, не отвечая на вопросы и сам ничего не говоря. Гленарван посмотрел на Паганеля – Паганель спал на ходу. Тогда он взял ученого под руку, отвел его, не будя, к яме и укутал песком.

На рассвете всех поднял на ноги крик Гленарвана:

– «Дункан»! «Дункан»!

– Ура, ура! – отозвались его спутники, бросаясь к берегу.

В самом деле, милях в пяти в открытом море виднелась яхта. Убрав нижние паруса, она шла под малыми парами. Дым из ее трубы терялся в утреннем тумане. Море было бурное, и судно такого тоннажа, как яхта, не могло без риска подойти к банкам.

Гленарван, вооружившись подзорной трубой Паганеля, следил за маневрами «Дункана». Джон Манглс, видимо, еще не заметил своих пассажиров. Яхта продолжала идти левым галсом под зарифленным марселем.

Но тут Талькав, зарядив свой карабин, выстрелил из него по направлению яхты. Все стали прислушиваться, а главное – вглядываться. Трижды, будя эхо в дюнах, прогремел карабин индейца.

Наконец над бортом яхты появился белый дымок.

– Они увидели нас! – воскликнул Гленарван. – Это пушка «Дункана»!

Еще несколько секунд – и глухой выстрел донесся до берега. «Дункан» сделал поворот и, ускорив ход, направился к берегу.

Вскоре в подзорную трубу стало видно, как от борта яхты отвалила шлюпка.

– Леди Элен не сможет сесть в шлюпку, – сказал Том Остин, – море слишком бурное.

– Джон Манглс тоже, – отозвался Мак-Наббс, – ему нельзя оставить судно.

– Сестра, сестра! – повторял Роберт, протягивая руки к яхте, которая сильно качалась на волнах.

– Ах, как мне не терпится попасть на «Дункан»! – воскликнул Гленарван.

– Терпение, Эдуард, – сказал майор. – Через два часа вы будете там.

Два часа! Но, конечно, шестивесельная шлюпка не могла проплыть оба конца в более короткий срок. Гленарван подошел к патагонцу, который, скрестив на груди руки, стоял рядом со своей Таукой и спокойно смотрел на волнующийся океан. Гленарван взял его за руку и, указывая на «Дункан», сказал:

– Едем с нами!

Индеец покачал тихонько головой.

– Едем, друг! – повторил Гленарван.

– Нет, – мягко ответил Талькав. – Здесь Таука, там пампасы, – прибавил он, со страстной любовью протянув руки к беспредельным степным просторам.

Гленарван понял, что индеец никогда не согласится покинуть прерию, где покоится прах его предков. Он знал, какую благоговейную привязанность питают эти сыны пустыни к своему родному краю. И он больше не настаивал – только крепко пожал Талькаву руку. Не настаивал он и тогда, когда тот с улыбкой отказался принять плату за свой труд, сказав:

– По дружбе.

Взволнованный Гленарван ничего не смог ответить. Ему очень хотелось оставить честному индейцу хоть что-нибудь на память о друзьях-европейцах. Но у него ничего не было: и оружие и лошади – все погибло во время наводнения. Спутники его были не богаче. И вот, когда Гленарван ломал себе голову над тем, как отблагодарить бескорыстного проводника, его вдруг осенила счастливая мысль. Он вынул из своего бумажника драгоценный медальон с прекрасным портретом кисти Лоуренса и подал его индейцу.

– Моя жена, – пояснил он.

Талькав с нежностью посмотрел на портрет.

– Добрая и красивая! – сказал он просто.

Роберт, Паганель, майор, Том Остин, оба матроса один за другим трогательно простились с Талькавом. Эти славные люди были искренне огорчены разлукой с отважным, преданным другом. Индеец их всех прижал поочередно к своей широкой груди. Паганель подарил ему карту Южной Америки и обоих океанов, на которую патагонец не раз посматривал с интересом. Географ отдал то, что у него было самого драгоценного. Роберту же было нечего дать, кроме ласк, и он с жаром излил их на своего спасителя, не позабыв уделить часть их и Тауке.

Но к берегу уже подходила шлюпка с «Дункана». Проскользнув между двумя отмелями, она врезалась в песок.

– Как моя жена? – спросил Гленарван.

– Как сестра? – крикнул Роберт.

– Леди Элен и мисс Грант ожидают вас на яхте, – ответил старший матрос. – Но надо спешить, милорд, – прибавил он, – нельзя терять ни минуты: уже начался отлив.

Все в последний раз обняли индейца. Талькав проводил своих друзей до шлюпки, уже спущенной на воду.

В тот миг, когда Роберт садился в шлюпку, индеец обнял мальчика, с нежностью поглядел на него и сказал:

– Знай: теперь ты мужчина!

– Прощай, друг, прощай! – повторил Гленарван.

– Увидимся ли мы когда-нибудь! – воскликнул Паганель.

– Quién sabe![1] – ответил Талькав, поднимая руку к небу.

Это были последние слова индейца. Их заглушил свист ветра.

Шлюпка, уносимая отливом, уходила все дальше в открытое море. Долго еще над пенившимися волнами вырисовывалась неподвижная фигура Талькава, но мало-помалу она стала уменьшаться и наконец совсем исчезла из глаз друзей, с которыми его нечаянно свела судьба.

Час спустя Роберт первый взбежал по трапу на «Дункан» и бросился на шею Мери Грант под гремевшие кругом радостные крики «ура».

Так закончился этот переход через Южную Америку, совершенный строго по прямой линии. Ни горы, ни реки не могли заставить путешественников отклониться от намеченного пути, и если этим

---

[1] Кто знает! (исп.)

благородным, отважным людям не пришлось бороться с людской злобой, то стихии, не раз обрушиваясь на них, подвергали их суровым испытаниям.

ЧАСТЬ ВТОРАЯ

Глава первая. Возвращение на «Дункан»

В первые минуты все только радовались встрече. Гленарвану не хотелось омрачать эту радость известием о неудаче поисков.

– Будем верить в успех, друзья мои! – воскликнул он. – Будем верить! Капитана Гранта нет с нами, но мы совершенно уверены, что разыщем его!

В словах Гленарвана звучала такая убежденность, что в сердцах пассажирок «Дункана» снова затеплилась надежда.

Действительно, пока шлюпка приближалась к яхте, леди Элен и Мери Грант пережили немало волнений. Стоя на юте, они пытались пересчитать сидевших в шлюпке. Девушка то приходила в отчаяние, то, наоборот, воображала, что видит отца. Сердце ее трепетало, она была не в силах вымолвить ни одного слова и едва держалась на ногах. Леди Элен поддерживала ее. Джон Манглс молча стоял подле Мери и пристально вглядывался в шлюпку. Его глаза моряка, привыкшие различать отдаленные предметы, не видели капитана Гранта.

– Он там! Он с ними! Отец! – шептала девушка.

Однако по мере приближения шлюпки иллюзия рассеивалась. Когда же она была уже в одном кабельтове от яхты, то не только леди Элен и Джон Манглс, но и Мери потеряла всякую надежду. Ободряющие слова Гленарвана прозвучали вовремя.

После первых поцелуев и объятий Гленарван рассказал леди Элен, Мери Грант и Джону Манглсу обо всем, что случилось с ними во время экспедиции, и, главное, о новом толковании документа, которое предложил проницательный Жак Паганель. Гленарван с большой похвалой отозвался о Роберте и заверил Мери Грант, что она с полным правом может гордиться братом. Он так описал мужество и самоотверженность мальчика в часы опасности и так расхвалил Роберта, что, не спрячься тот в объятиях сестры, он не знал бы, куда деваться от смущения.

– Не надо краснеть, Роберт, – сказал Джон Манглс, – ты вел себя как достойный сын капитана Гранта.

Говоря это, он притянул к себе брата Мери и расцеловал его в щеки, еще влажные от слез девушки.

Излишне упоминать о том, как сердечно были встречены майор и Паганель и с каким чувством благодарности вспоминали великодушного Талькава. Леди Элен очень сожалела, что не могла пожать руку честному индейцу. Мак-Наббс после первых же приветствий ушел к себе в каюту и принялся бриться как ни в чем не бывало. Паганель же порхал от одного к другому, собирая, подобно пчеле, мед похвал и улыбок. На радостях географ выразил желание перецеловать весь экипаж «Дункана», и, утверждая, что леди Элен и Мери Грант тоже члены экипажа, он начал с них и закончил мистером Олбинетом.

Стюард решил, что единственный способ, которым он может отблагодарить ученого за любезность, – это объявить, что завтрак готов.

– Завтрак? – воскликнул географ.

– Да, господин Паганель.

– Настоящий завтрак, на настоящем столе, с приборами и салфетками?

– Конечно, господин Паганель!

– И нам не подадут ни сушеного мяса, ни крутых яиц, ни филе страуса?

– О, сударь! – укоризненно промолвил уязвленный стюард.

– Я не хотел вас задеть, друг мой, – заметил, улыбаясь, ученый, – но такова была наша обычная пища в течение целого месяца, и обедали мы не сидя за столом, а лежа на земле или восседая верхом на дереве. Поэтому-то завтрак, о котором вы нам возвестили, и мог показаться мне сновидением, вымыслом, химерой.

– Идемте же, господин Паганель, и убедимся в его реальности, – сказала леди Элен, не в силах удержаться от смеха.

– Позвольте предложить вам руку, – галантно обратился к ней географ.

– Не будет ли каких-либо распоряжений относительно «Дункана», милорд? – спросил Джон Манглс.

– После завтрака, дорогой Джон, – ответил Гленарван, – мы обсудим сообща план нашей новой экспедиции.

Пассажиры яхты и молодой капитан спустились в кают-компанию. Механику дан был приказ держать яхту под парами, чтобы пуститься в путь по первому сигналу. К завтраку все явились переодетыми, а майор даже свежевыбритым.

Завтраку мистера Олбинета была воздана заслуженная честь. Его нашли чудесным и даже превосходящим великолепные пиршества в пампасах. Паганель по два раза накладывал себе каждого блюда, уверяя, что он это делает «по рассеянности».

Это злополучное слово навело леди Элен на мысль спросить, часто ли случалось милейшему французу впадать в его обычный грех. Майор и Гленарван, улыбаясь, переглянулись, а Паганель громко, от души расхохотался и тут же дал честное слово, что не допустит больше ни одной оплошности за все путешествие. Затем он в шутливом тоне рассказал о своей неудаче с испанским языком и о глубоком изучении поэмы Камоэнса.

– Впрочем, – прибавил он, – нет худа без добра, и я не сожалею о своей ошибке.

– Почему, мой достойный друг? – спросил майор.

– Да потому, что теперь я знаю не только испанский язык, но и португальский. Я говорю на двух новых языках, вместо одного.

– Право, я не подумал об этом, – ответил Мак-Наббс. – Поздравляю вас, Паганель, от всего сердца поздравляю!

Все зааплодировали ученому, который между тем, не теряя даром времени, умудрялся одновременно разговаривать и есть. Но он не заметил кое-чего, не ускользнувшего, однако, от Гленарвана, а именно: того особенного внимания, какое оказывал Джон Манглс своей соседке по столу, Мери Грант. Леди Элен, слегка кивнув, дала понять мужу, что все «так и есть». Гленарван с сердечной симпатией посмотрел на молодых людей, а затем обратился к Джону Манглсу, но совсем по иному поводу.

– А как прошло ваше плавание, Джон? – спросил он.

– В наилучших условиях, – ответил капитан. – Только я должен довести до вашего сведения, милорд, что мы не проходили Магеллановым проливом.

– Ну вот! – воскликнул Паганель. – Вы, значит, обогнули мыс Горн, а меня с вами не было!

– Повесьтесь! – сказал майор.

– Эгоист! – отозвался географ. – Вы даете мне такой совет лишь для того, чтобы получить мою веревку[1].

– Полноте, дорогой Паганель! – вмешался в их разговор Гленарван. – Если не обладать даром вездесущности, нельзя же быть сразу всюду. И раз вы странствовали по пампасам, вы никак не могли в то же время огибать мыс Горн.

– Но это не мешает мне сожалеть об этом, – сказал ученый.

Возразить на это было нечего. Джон Манглс стал рассказывать о переходе. По его словам, огибая американский берег, он обследовал все западные архипелаги, но нигде не обнаружил следов «Британии». У мыса Пилар, при входе в Магелланов пролив, пришлось из-за противного ветра изменить маршрут и пойти на юг. Яхта прошла мимо острова Десоласьон, достигла 67° западной долготы, обогнула мыс Горн, прошла вдоль Огненной Земли, затем через пролив Ле Мер и взяла курс вдоль берегов Патагонии. Здесь, на широте мыса Корриентес, ей пришлось выдержать сильнейшую бурю, ту самую, которая с такой яростью обрушилась во время грозы на путешественников. Выдержала яхта этот шторм хорошо и уже три дня крейсировала в открытом море, когда выстрелы карабина дали знать о прибытии ожидаемых с таким нетерпением путешественников. Капитан «Дункана» прибавил, что было бы несправедливо не упомянуть о редкой отваге, проявленной леди Гленарван и мисс Грант. Буря их не испугала, и если они и беспокоились, то лишь о своих друзьях, странствовавших в это время по равнинам Аргентинской республики.

Этими словами Джон Манглс и закончил свой рассказ. Лорд Гленарван поздравил его с удачным переходом, а затем обратился к Мери Грант.

– Дорогая мисс, – сказал он, – я вижу, что капитан Джон воздает должное вашим достоинствам, и я очень рад, что вы так хорошо чувствовали себя на борту его судна.

– Как же могло быть иначе? – ответила Мери, глядя на леди Элен, а может быть, и на молодого капитана.

– О, моя сестра очень любит вас, мистер Джон! – воскликнул Роберт. – И я вас люблю!

– Я тебя тоже, дорогой мальчик, – ответил Джон Манглс.

---

[1] Существует примета, будто веревка повешенного приносит удачу.

Молодой капитан был несколько смущен словами Роберта, а Мери Грант слегка покраснела.

Джон Манглс поспешил переменить тему разговора:

– Раз я кончил свой рассказ о переходе «Дункана», то, быть может, вы, милорд, опишете нам подробности путешествия по Америке и подвиги нашего юного героя?

Конечно, ничто не могло бы доставить большего удовольствия леди Элен и мисс Грант. Лорд Гленарван не замедлил удовлетворить их любопытство. Рассказывая, он как бы заново пережил одно за другим все происшествия экспедиции от океана до океана. Переход через Анды, землетрясение, исчезновение Роберта, похищение его кондором, выстрел Талькава, нападение красных волков, самопожертвование мальчика, знакомство с сержантом Мануэлем, наводнение, убежище на омбу, молния, пожар, кайманы, смерч и, наконец, ночь на берегу Атлантического океана – все эти эпизоды, то страшные, то веселые, попеременно вызывали ужас или смех слушателей. Не раз, когда говорилось о Роберте, его сестра и леди Элен, восхищаясь мальчиком, осыпали его ласками. Еще никогда не доставалось ему столько похвал и поцелуев сразу.

Закончив, Эдуард Гленарван прибавил:

– А теперь, друзья мои, давайте подумаем о настоящем дне. Прошлое позади, но будущее в наших руках. Займемся же снова судьбой капитана Гарри Гранта.

Завтрак был окончен. Все перешли в салон леди Гленарван и разместились вокруг стола, заваленного картами и планами.

– Дорогая Элен, – не теряя времени, начал Гленарван, – взойдя на борт «Дункана», я сказал вам, что хотя с нами и нет потерпевших крушение на «Британии», но надежды найти их у нас больше, чем когда-либо раньше. После перехода через Южную Америку мы уверились, причем совершенно точно, в том, что катастрофа эта не произошла ни на тихоокеанском, ни на атлантическом побережье. Отсюда естественно следует, что мы ошиблись и что в документе имелась в виду не Патагония. К счастью, нашего друга Паганеля внезапно осенило вдохновение, и он понял, в чем была ошибка. Он доказал, что мы шли по ложному пути, и истолковал документ так, что у нас нет больше ни малейших сомнений в его подлинном смысле. Я говорю о документе, который написан на французском языке, и прошу Паганеля теперь же разъяснить вам его, чтобы ни у кого не осталось ни тени недоверия.

Ученый исполнил просьбу Гленарвана. Он убедительно изложил, что, по его мнению, означают обрывки слов: gonie и indi. Он ясно вывел из слова austral слово «Австралия». Он доказал, что если судно капитана Гранта, покинув берега Перу, на пути в Европу потерпело аварию, его могло занести южными течениями Тихого океана к берегам Австралии. Гипотезы ученого были так остроумны, а выводы так логичны, что заслужили полное одобрение даже Джона Манглса, а он был очень строгий судья в таких вопросах, и его нельзя было увлечь фантастическими планами. Когда Паганель кончил, Гленарван объявил, что «Дункан» тотчас же направится в Австралию.

Однако майор попросил, прежде чем будет отдан приказ взять курс на восток, разрешить ему высказать одно простое соображение.

– Говорите, Мак-Наббс, – сказал Гленарван.

– Цель моя, – начал майор, – не в том, чтобы поколебать доводы моего друга Паганеля, еще менее собираюсь я опровергать их. Доводы эти я нахожу серьезными, проницательными, достойными всяческого внимания, и мы, несомненно, должны на них опираться в наших будущих поисках. Но я хотел бы, чтобы они были подвергнуты еще одной, последней проверке: тогда они станут бесспорны и неопровержимы.

Никто не понимал, куда клонит осторожный Мак-Наббс, и все слушали его с некоторым беспокойством.

– Продолжайте, майор, – сказал Паганель, – я готов ответить на все ваши вопросы.

– И вам будет чрезвычайно легко это сделать, – промолвил майор. – Когда пять месяцев назад мы изучали в Фёрт-оф-Клайд эти три документа, нам казалось, что другого толкования, чем то, какое было предложено, быть не может. Крушение «Британии» могло произойти только у берегов Патагонии. У нас не было даже тени сомнения на этот счет.

– Совершенно верно, – заметил Гленарван.

– Позднее, – продолжал майор, – когда, на наше счастье, Паганель по своей рассеянности попал на «Дункан», ему показали эти документы, и он безусловно одобрил наше намерение производить поиски у берегов Америки.

– Правильно, – подтвердил географ.

– И, однако, мы ошиблись, – сказал майор.

– Мы ошиблись, – повторил Паганель. – Каждый человек может ошибиться, но только безумец упорствует в своей ошибке.

– Не горячитесь, Паганель! Я вовсе не хочу сказать, что мы должны продолжать поиски в Америке.

– Тогда чего же вы хотите? – спросил Гленарван.

– Хочу только, чтобы вы признали, что Австралия кажется теперь единственно возможным местом крушения «Британии» с той же очевидностью, с которой еще недавно таким местом казалась Америка.

– Охотно признаем, – ответил Паганель.

– Констатируя это, – продолжал майор, – я убеждаю вас не давать воли своей фантазии и не доверять всем этим противоречивым «очевидностям». Как знать! Быть может, после Австралии какая-нибудь другая страна внушит вам такую же уверенность, и если эти поиски снова окажутся неудачными, то не станет ли «очевидным», что их надо возобновить еще в другом месте?

Гленарван и Паганель переглянулись: соображения майора были поразительно верны.

– Итак, – продолжал Мак-Наббс, – раньше чем мы направимся в Австралию, я хотел бы в последний раз все проверить. Вот они, эти бумаги, вот карты. Давайте просмотрим одно за другим все места, через которые проходит тридцать седьмая параллель, и подумаем, нет ли другой страны, на которую указывал бы наш документ.

– Это будет нетрудно и недолго, – заявил Паганель, – так как, на наше счастье, на этой широте лежит мало земель.

– Посмотрим, – сказал майор, разворачивая английскую карту обоих полушарий, сделанную по Меркатору[1].

Карту разложили перед леди Элен, и все разместились вокруг нее, чтобы следить за пояснениями Паганеля.

– Как я уже говорил вам, – начал географ, – тридцать седьмая параллель, пройдя через Южную Америку, пересекает острова Тристан-да-

---

[1] Меркатор (1512–1594) – фламандский географ-картограф; предложил новый способ измерения больших расстояний на земной поверхности. Географические проекции Меркатора особенно важны в навигации, а в картографии употребляются и в настоящее время.

Кунья. Я утверждаю, что ни одно слово документа не может относиться к этим островам.

Тщательно рассмотрев документы, все признали, что Паганель прав. Острова Тристан-да-Кунья были отвергнуты единогласно.

– Продолжим, – снова заговорил географ. – Выйдя из Атлантического океана двумя градусами южнее мыса Доброй Надежды, мы попадаем в Индийский океан. Только одна группа островов встречается на нашем пути – острова Амстердам. Проверим и эту возможность.

После основательной проверки острова Амстердам были тоже отвергнуты: ни одно слово, полное или неполное, будь то французское, немецкое или английское, не могло относиться к этой группе островов Индийского океана.

– Теперь мы подходим к Австралии, – продолжал Паганель. – Тридцать седьмая параллель вступает на этот материк у мыса Бернулли[1] и покидает его в том месте, где находится Туфоллд-Бей. Надеюсь, вы согласитесь со мной, что, не делая никакого насилия над текстом документов, можно отнести неполное слово *stra* из английского документа и неполное слово *austral* из французского документа к «Австралии»? Это так очевидно, что даже не стоит обсуждения.

Все согласились с заключением Паганеля. Его предположение казалось всесторонне обоснованным.

– Пойдем дальше, – продолжал майор.

– Хорошо, – откликнулся географ, – путешествие нетрудное. Покинув Туфоллд-Бей, мы пересекаем море на востоке от Австралии и встречаем на пути Новую Зеландию. Но напомню вам, что обрывок слова contin из французского документа неопровержимо указывает на то, что тут говорится о континенте. Стало быть, капитан Грант не мог найти пристанища на Новой Зеландии, ибо это не материк, а остров. Но пожалуйста – анализируйте, сравнивайте, переворачивайте на все лады слова и обрывки слов, а затем скажите, имеют ли они хоть малейшее отношение к этой стране.

– Ни в каком случае, – ответил Джон Манглс, еще раз рассмотрев документы и карту полушарий.

[1] В настоящее время этот мыс именуется мысом Джаффа.

– Нет, – согласились с ним остальные слушатели Паганеля и даже сам майор, – о Новой Зеландии не может быть и речи.

– Дальше, – продолжал географ, – среди всего огромного водного пространства между этим большим островом и берегом Америки тридцать седьмая параллель проходит только через один бесплодный пустынный островок.

– Как он называется? – спросил майор.

– Смотрите на карту. Это риф Мария-Тереза, но ни в одном из трех документов я не вижу никаких следов этого названия.

– Никаких, – подтвердил Гленарван.

– А теперь, друзья мои, – закончил географ, – скажите: не ясно ли, что наиболее вероятным, а точнее – совершенно бесспорным является мой вывод о том, что в документе подразумевается именно Австралия?

– Несомненно, – единодушно ответили пассажиры и капитан «Дункана».

– Скажите, Джон, – спросил тогда Гленарван капитана, – достаточно ли у вас съестных припасов и угля?

– Да, милорд, я с избытком всем запасся в Талькауано. К тому же мы легко сможем еще пополнить наш запас топлива в Кейптауне.

– В таком случае дайте приказ к отплытию…

– Еще одно соображение… – перебил Гленарвана майор.

– Прошу вас, Мак-Наббс!

– Как ни много у нас шансов на успех в Австралии, но не остановиться ли нам все же на день-два у островов Тристан-да-Кунья и Амстердам? Ведь это по пути. И тогда уж мы окончательно убедимся в том, что у этих островов нет следов крушения «Британии».

– Ну и недоверчив же этот майор! – воскликнул Паганель. – Он стоит на своем!

– Я стою главным образом за то, чтобы нам не пришлось возвращаться назад в том случае, если Австралия не оправдает наших надежд.

– Эта предосторожность кажется мне разумной, – заметил Гленарван.

– Уж я-то, конечно, не стану вас отговаривать, – добавил Паганель, – напротив!

– Тогда, Джон, отдайте приказ идти к островам Тристан-да-Кунья, – распорядился Гленарван.

– Немедленно, милорд, – ответил капитан и отправился на свой мостик, в то время как Роберт и Мери Грант горячо благодарили лорда Гленарвана.

Вскоре «Дункан», держа курс на восток, уже рассекал своим форштевнем волны Атлантического океана, удаляясь от американских берегов.

Глава вторая. Острова Тристан-да-Кунья

Если бы яхта шла вдоль экватора, то сто девяносто шесть градусов, которые отделяют Австралию от Америки (или, вернее сказать, мыс Бернулли от мыса Корриентес), составляли бы путь в одиннадцать тысяч семьсот шестьдесят географических миль. Но тридцать седьмая параллель вследствие формы земного шара короче экватора, и, следуя по ней, яхте предстояло пройти всего лишь девять тысяч четыреста восемьдесят миль. От американского берега до островов Тристан-да-Кунья две тысячи сто миль. Это расстояние Джон Манглс надеялся пройти в десять дней, если только его не задержат в пути восточные ветры. Молодому капитану посчастливилось: к вечеру ветер стал заметно спадать, а затем изменил направление. Море успокоилось, и «Дункан» получил возможность проявить все свои бесподобные качества.

Жизнь вернувшихся пассажиров на яхте пошла своим обычным ходом. Казалось, что они и не покидали судна на целый месяц. Только теперь кругом них плескались волны уже не Тихого, а Атлантического океана. Но ведь все волны, если не считать некоторого различия в их оттенках, похожи друг на друга. Стихии, подвергшие путешественников стольким грозным испытаниям, теперь им благоприятствовали.

Океан был спокоен, дул попутный ветер, и паруса «Дункана», вздувшись под западным бризом, помогали его неутомимо работавшей паровой машине.

Благодаря всему этому переход совершился быстро и без особых приключений. Путешественники ждали с твердой надеждой прибытия к австралийскому берегу. Они все больше и больше верили в успех. О капитане Гранте говорили так, будто яхта шла за ним в какой-то заранее условленный порт. Уже были приготовлены каюта для него и койки для его двух матросов. Мери Грант доставляло большую радость все устраивать и украшать в каюте. Это помещение уступил мистер Олбинет, сам же он перебрался к своей супруге. Каюта, предназначенная для капитана Гранта, находилась рядом со знаменитой каютой номер шесть, заказанной Жаком Паганелем на пароходе «Шотландия». Ученый-географ, запершись, проводил в ней почти целые дни. Он с утра до вечера работал над трудом под заглавием «Чудесные впечатления географа в аргентинских пампасах».

Часто было слышно, как он взволнованно произносил свои изящные периоды, прежде чем доверить их записной книжке. И, надо признаться, восторженный ученый не раз изменял музе истории Клио и обращался к божественной музе Каллиопе, вдохновительнице эпических поэм. Паганель и не скрывал того, что целомудренные дочери Аполлона охотно покидают для него Парнас или Геликон. Элен и майор поздравляли его с этими мифологическими посетительницами.

– Только смотрите, дорогой Паганель, – добавлял при этом майор, – берегитесь рассеянности, и если вам придет фантазия учиться языку австралийцев, то не вздумайте прибегнуть к помощи китайской грамматики.

Итак, на яхте все шло прекрасно. Лорд и леди Гленарван с интересом наблюдали за Джоном Манглсом и Мери Грант. Супруги находили, что молодые люди ведут себя безупречно, а раз Джон Манглс молчит, то лучше делать вид, что они ничего не замечают.

– Что подумает капитан Грант! – сказал однажды жене Гленарван.

– Он подумает, что Джон достоин Мери, и не ошибется, дорогой Эдуард.

Между тем яхта быстро двигалась к цели. 16 ноября, через пять дней после того, как скрылся из виду мыс Корриентес, подул западный бриз, чрезвычайно редко благоприятствующий судам, огибающим южную оконечность Африки: там постоянно дуют юго-восточные ветры. «Дункан» распустил паруса и под фоком, бизанью, марселем, брамселем и косыми парусами лег на левый борт и понесся левым галсом так быстро, что винт почти не успевал отталкиваться от ускользающих вод, рассекаемых его форштевнем. Можно было подумать, что «Дункан» принимает участие в состязании яхт Королевского яхт-клуба.

На следующий день океан оказался покрытым громадными водорослями, делавшими его похожим на огромный пруд, заросший травами. Казалось, это еще одно Саргассово море, образованное из обломков деревьев и растений с соседних материков.

Впервые на такие скопления обратил внимание мореплавателей ученый Мори.

«Дункан» словно скользил по громадному лугу (Паганель удачно сравнил его с пампасами), и ход яхты несколько замедлился.

Прошли еще одни сутки, и на рассвете с мачты послышался голос наблюдателя.

– Земля! – крикнул он.

– Где? – спросил его Том Остин, стоявший в это время на вахте.

– На подветренной стороне, – ответил матрос.

Не успел раздаться этот всегда волнующий крик: «Земля!», как палуба сразу наполнилась людьми. Вскоре из каюты выглянула подзорная труба, и тотчас же вслед за ней появился Жак Паганель. Ученый поспешно направил свой инструмент в указанную сторону, но не увидел там ничего похожего на землю.

– Взгляните выше, в облака, – посоветовал ему Джон Манглс.

– Верно, – сказал Паганель. – Там, правда, виднеется что-то вроде остроконечной горной вершины.

– Это острова Тристан-да-Кунья, – объявил Джон Манглс.

– В таком случае, если только память мне не изменяет, – продолжал ученый, – мы должны быть от острова Тристан в восьмидесяти милях, ибо его вершина, поднимающаяся на семь тысяч футов над уровнем моря, видна именно с такого расстояния.

– Совершенно верно, – отозвался капитан Джон.

Прошло несколько часов, и на горизонте вполне отчетливо вырисовалась группа островов с высокими крутыми берегами. Коническая вершина острова Тристан выделялась темным силуэтом на фоне неба, озаренного лучами восходящего солнца. Вскоре из скалистой массы архипелага выступил главный его остров, расположенный как бы у вершины направленного на северо-восток треугольника.

Тристан находится под 37°6' южной широты и 12° западной долготы от Гринвичского меридиана. Этот маленький архипелаг, затерянный в Атлантическом океане, дополняется в восемнадцати милях к юго-западу островом Инаксессибл, а в десяти милях к юго-востоку – островом Найтингейл. Около полудня яхта прошла мимо двух известных морякам береговых ориентиров: угловой скалы острова Инаксессибл, очень похожей на лодку с поднятым парусом, и двух островков у северной части острова Найтингейл, напоминающих развалины небольшой крепости. В три часа «Дункан» вошел в бухту острова Тристан – Фалмут, защищенную от западных ветров остроконечной горой Хелп. Здесь дремало на якоре несколько китобойных судов, занятых добычей тюленей и других морских животных, которыми изобилуют эти берега.

Джон Манглс стал искать надежное место для стоянки «Дункана», зная, что эта открытая гавань очень опасна для судов при северном и северо-западном ветре. Именно в этой бухте затонул в 1829 году английский бриг «Джулия» с командой и грузом. «Дункан» бросил якорь на каменистое дно в полумиле от берега, на глубине ста сорока футов. Для пассажиров яхты тотчас была спущена большая шлюпка; они высадились на берег, покрытый тонким темным песком – мельчайшими остатками выветрившихся известковых скал.

Столицей всего архипелага Тристан-да-Кунья является небольшой поселок, расположенный в глубине бухты, у широкого шумного ручья. В нем до полусотни довольно опрятных домиков, расположенных с той геометрической правильностью, которая, по-видимому, является последним словом английской архитектуры. За этим миниатюрным городком расстилается равнина в полторы тысячи гектаров, заканчивающаяся огромными насыпями из застывшей лавы. А над этой плоской возвышенностью поднимается конический пик в семь тысяч футов.

Лорд Гленарван был принят губернатором, подчиненным английским колониальным властям в Кейптауне, и тотчас же осведомился у него относительно Гарри Гранта и «Британии». Но это имя и название оказались совершенно неизвестными ему. Острова Тристан-да-Кунья находятся в стороне от обычного морского пути, и к берегам их редко подходят суда. После известного крушения английского судна «Блендон-Голл», разбившегося в 1821 году о скалы острова Инаксессибл, еще два судна потерпели крушение у берега главного острова: «Примоге» в 1845 году и трехмачтовый американский корабль «Филадельфия» в 1857 году. Этими тремя катастрофами и ограничивалась местная статистика кораблекрушений.

В сущности, Гленарван и не рассчитывал получить здесь какие-нибудь сведения, а расспрашивал губернатора только для очистки совести.

Из тех же соображений он послал шлюпки вокруг острова, окружность которого не превышает семнадцати миль. Если бы остров был даже втрое больше, то и тогда на нем не могли бы уместиться ни Лондон, ни Париж.

Пока производился этот осмотр, пассажиры «Дункана» прогуливались по поселку и его окрестностям. Население поселка не достигало и ста пятидесяти человек. Все это были англичане и американцы, женатые на негритянках и готтентотках, поразительно безобразных. Дети от этих смешанных браков сочетают грубоватые саксонские черты с черной кожей африканцев.

Путешественники были рады тому, что чувствуют под ногами твердую почву. Побывав в поселке, они отправились на берег, к которому прилегает единственная на этом острове обработанная долина. Все остальное пространство острова покрыто крутыми и бесплодными утесами из застывшей лавы. Среди них живут тысячи огромных альбатросов и нескладных пингвинов.

Сначала путешественники осмотрели утесы вулканического происхождения, а потом направились к долине. Вокруг них журчали многочисленные проворные ручьи, питаемые вечными снегами конусообразной горы. Пейзаж оживляли зеленые кусты, на которых виднелось почти столько же птичек, сколько и цветов. Среди зеленеющих пастбищ возвышалось одно-единственное дерево футов в двадцать вышиной. Гигантский кустарник «туссе» с древовидным стеблем, «ацена» с колючими семенами, могучие «ломарии» с переплетающимися стеблями, многолетние кустарниковые растения «ануэрии», распространяющие кругом одуряющий аромат, мхи, дикий сельдерей, папоротники – все это составляло хотя не слишком разнообразную, но роскошную флору. Чувствовалось, что над этим благодатным островом нежно веет вечная весна.

В окрестностях поселка паслись стада быков и овец. Поля, засеянные пшеницей, маисом, овощами, ввезенными сюда лет сорок назад, примыкали вплотную к улицам столицы.

Паганель восторженно называл остров воспетой Фенелоном Огигией, он предложил леди Гленарван отыскать грот и стать новой Калипсо[1], сам же он желал лишь быть одной из нимф у нее в услужении.

Так, любуясь природой и разговаривая, путешественники долго гуляли и вернулись на яхту только с наступлением темноты.

Неподалеку от поселка паслись стада быков и баранов; рожь, маис, овощи, которые были ввезены сюда лет сорок тому назад и которыми было

---

[1] Во время своих странствий герой древнегреческого эпоса Одиссей попал на остров Огигию к нимфе Калипсо. Французский писатель Фенелон (1651–1715) в прославленном романе «Приключения Телемаха» (Телемах – сын Одиссея) дал описание легендарной Огигии.

засеяно и засажено все, чуть ли не самые улицы поселка, составляли главное богатство населения.

Как раз в то время, когда Гленарван вернулся на борт, подошли к «Дункану» и шлюпки. Они успели в несколько часов объехать кругом весь остров, но никакого следа «Британии» не нашли. Таким образом, острова Тристан-да-Кунья были окончательно исключены из программы поисков.

Теперь «Дункан» мог свободно покинуть эти африканские острова и продолжать свой путь на восток. Если он не отплыл в тот же вечер, то только потому, что Гленарван разрешил команде поохотиться на тюленей. Тюлени кишели в бухте Фалмут. Когда-то в этих водах прекрасно себя чувствовали и настоящие киты. Но на них столько охотились, что они почти перевелись. Тюлени же живут здесь целыми стадами. Команда яхты решила всю ночь за ними охотиться, а на следующий день заготовить запасы жира. Поэтому отплытие «Дункана» было отложено на послезавтрашний день – 20 ноября.

За ужином Паганель сообщил своим спутникам интересные сведения об островах Тристан-да-Кунья. Они узнали, что этот архипелаг, открытый в 1506 году португальцем Тристаном-да-Кунья, одним из спутников д'Альбукерка, в течение более ста лет не был исследован. Здешние острова считались, и не без основания, приютом бурь и пользовались не лучшей репутацией, чем Бермудские острова. Поэтому к ним подходили только суда, заброшенные к их берегам бурями Атлантического океана.

В 1697 году, когда три голландских судна Индийской компании пристали к островам Тристан-да-Кунья, были определены координаты этих островов, а в 1700 году великий астроном Галлей внес в эти вычисления свои поправки. Между 1712 и 1767 годами ознакомились с архипелагом несколько французских мореплавателей. Среди них – Лаперуз, которому было поручено осмотреть острова во время знаменитого путешествия 1785 года. Эти так редко посещаемые острова были необитаемы вплоть до 1811 года, когда одному американцу, Джонатану Лемберту, пришла мысль основать там колонию. В январе этого года он высадился здесь с двумя товарищами, и они принялись за работу. Английский губернатор мыса Доброй Надежды, узнав, что новые колонисты преуспевают, предложил им протекторат Англии. Джонатан принял это предложение и водрузил над своей хижиной британский флаг. Казалось, Джонатану суждено было мирно и безмятежно царствовать над «своими народами» – стариком итальянцем и португальским мулатом, но однажды, исследуя берега своей «империи», он утонул или был утоплен – это осталось тайной. Настал 1816 год. Наполеон был заточен на острове Св. Елены, и Англия, дабы бдительнее охранять его, держала один гарнизон на Тристан-да-Кунья, а другой – на острове Вознесения. Гарнизон Тристан-да-Кунья состоял из артиллерийской батареи, переведенной из Кейптауна, и из отряда готтентотов. Он оставался здесь до самой смерти Наполеона, до 1821 года, затем был возвращен обратно на мыс Доброй Надежды.

– Один только европеец, – добавил Паганель, – капрал, шотландец...

– А, шотландец! – перебил его майор, которого всегда интересовали соотечественники.

– ...которого звали Уильям Гласс, – продолжал географ. – Так вот, он остался на острове с женой и двумя готтентотами. Вскоре к шотландцу присоединились два англичанина: один матрос, а другой рыбак с берегов Темзы, служивший до этого драгуном в аргентинской армии. Наконец, один из потерпевших крушение в тысяча восемьсот двадцать первом году на «Блендон-Голле» поселился вместе со своей молодой женой на острове Тристан. Таким образом, на этом острове в тысяча восемьсот двадцать первом году жило шесть мужчин и две женщины. В тысяча восемьсот двадцать девятом году население возросло: мужчин стало семь, женщин шесть, а детей четырнадцать. В тысяча восемьсот тридцать пятом году число жителей достигло сорока, а в настоящее время оно утроилось.

– Так складывается нация, – сказал Гленарван.

– Скажу еще, чтобы дополнить историю Тристан-да-Кунья, – продолжал Паганель, – эти острова, по-моему, не менее острова Хуан-Фернандес имеют право считаться островами робинзонов. В самом деле, если на островах Хуан-Фернандес были в разное время покинуты на произвол судьбы два моряка, то такой же участи едва не подверглись на острове Тристан два ученых. В тысяча семьсот девяносто третьем году мой соотечественник, естествоиспытатель Обер Дюпти-Туар, до того увлекся здесь собиранием растений, что заблудился и смог добраться до своего корабля лишь в тот момент, когда капитан уже отдал приказ поднять якорь. А в тысяча восемьсот двадцать четвертом году один из ваших соотечественников, дорогой Гленарван, искусный рисовальщик, по имени Огюст Эрл, был оставлен на этом же самом острове и провел на нем целых восемь месяцев.

Капитан судна забыл о том, что Эрл находится на берегу, и, подняв паруса, отплыл к мысу Доброй Надежды.

– Вот поистине рассеянный капитан! – воскликнул майор. – Это, верно, был один из ваших родичей, Паганель?

– Если он и не был моим родичем, то, во всяком случае, достоин этой чести, – заявил географ.

И этим его ответом разговор об островах Тристан-да-Кунья был закончен.

Ночная охота команды «Дункана» оказалась удачной: убито было пятьдесят крупных тюленей. Разрешив охоту, Гленарван не мог запретить матросам использовать трофеи. Поэтому следующий день был посвящен вытапливанию тюленьего жира, а также обработке кож этих ценных животных. Само собой разумеется, что и второй день стоянки в порту пассажиры «Дункана» использовали для того, чтобы совершить новую прогулку в глубь острова. Гленарван и майор захватили с собой ружья – они собирались поохотиться на местную дичь.

Гуляя, путешественники дошли до самой подошвы горы. Почва здесь была усеяна кусками лавовых шлаков, пористых и черных, и другими обломками вулканического происхождения. Гора возвышалась над нагромождением шатких скал. Происхождение этого огромного конусообразного пика было бесспорно, и английский капитан Кармайкел совершенно верно распознал в нем потухший вулкан.

Охотники набрели на несколько кабанов. Пуля майора уложила на месте одного из них. Гленарван же удовольствовался тем, что подстрелил несколько черных куропаток, из которых должно было выйти превосходное рагу. На высоких горных площадках часто мелькали козы. Еще на острове было много диких кошек: гордых, сильных, отважных, страшных даже для собак. Они быстро размножались и обещали в недалеком будущем стать самыми опасными хищниками на острове.

В восемь часов вечера все вернулись на яхту, а ночью «Дункан» навсегда покинул Тристан.

Глава третья. Остров Амстердам

Джон Манглс собирался запастись углем на мысе Доброй Надежды, поэтому ему пришлось немного уклониться от тридцать седьмой параллели и подняться на два градуса к северу. Здесь еще не начиналась зона пассатов, а дули сильные западные ветры, очень благоприятствовавшие ходу «Дункана». Менее чем в шесть дней он прошел тысячу триста миль, то есть расстояние от Тристан-да-Кунья до южной оконечности Африки. 24 ноября в три часа дня показалась Столовая гора, а немного погодя Джон заметил и гору Сигналов, поднимающуюся у входа в залив. «Дункан» вошел туда около восьми часов вечера и стал на якорь в порту Кейптаун.

Паганелю, члену Географического общества, было, конечно, известно, что южную оконечность Африки впервые заметил португальский адмирал Бартоломеу Диаш в 1486 году, а обогнул ее только в 1497 году Васко да Гама. Да и как мог Паганель этого не знать: ведь великий мореплаватель воспет в «Лузиадах» Камоэнса! По этому поводу ученый сделал одно любопытное замечание: если бы Диаш в 1486 году, за шесть лет до первого путешествия Христофора Колумба, обогнул мыс Доброй Надежды, то открытие Америки могло бы быть отложено на совершенно неопределенное время. Ведь путь вдоль южной оконечности Африки – самый короткий и прямой путь в Восточную Индию. А великий генуэзский моряк, углубляясь на запад, как раз искал ближайшего пути в «страну пряностей». И если бы путь вокруг мыса был уже найден, экспедиция Колумба не имела бы смысла, и вероятно, он не предпринял бы ее.

Кейптаун, или Капштадт, основанный в 1652 году голландцем Ван-Рибеком, расположен в глубине Столовой бухты. Это столица значительной колонии, которая окончательно стала английской после договоров 1815 года.

Пассажиры «Дункана» воспользовались стоянкой в порту, чтобы осмотреть город. В их распоряжении было лишь двенадцать часов, так как капитану достаточно было одного дня для возобновления запасов угля и он хотел сняться с якоря 26-го утром.

Впрочем, больше времени им и не понадобилось, чтобы обойти правильные квадраты шахматной доски, называемой Кейптауном. 30 тысяч черных и белых жителей играют на ней роль шахматных фигур: ферзей, королей, слонов и пешек. Так, во всяком случае, рассказал про этот город Паганель. После того как вы осмотрите замок, возвышающийся в юго-восточной части города, дом и сад губернатора, биржу, музей, каменный крест, водруженный здесь Бартоломеу Диашем в память своего открытия, да еще выпьете стакан понтейского – лучшего из местных вин, вам не останется ничего другого, как пуститься в дальнейший путь.

Так и сделали путешественники на рассвете следующего дня. «Дункан» поднял стакселя, фок и брамсель и через несколько часов уже обогнул тот знаменитый мыс Бурь, которому португальский король Иоанн II, оптимист, так неудачно дал название Доброй Надежды. Отсюда до островов Амстердам – две тысячи девятьсот миль. При хорошей погоде и благоприятном ветре это расстояние можно пройти дней в десять. На море путешественникам больше повезло, чем в пампасах: им не пришлось жаловаться на неблагосклонность стихий. Ветер и вода, ополчившиеся против них на суше, теперь дружно помогали им двигаться вперед.

– О море, море! – повторял Паганель. – Вот где простор для человеческой деятельности! А корабль – настоящий проводник цивилизации! Если бы земная поверхность была одним огромным материком, мы в девятнадцатом веке не знали бы и тысячной его части. Взгляните, что происходит внутри обширных материков – на равнинах Центральной Азии, в пустынях Африки, прериях Америки, на пространствах Австралии, в ледяных полярных странах. Человек едва осмеливается проникнуть туда. Самый смелый отступает, самый отважный погибает. Продвигаться там человеку невозможно: средства сообщения недостаточны. Жара, болезни, ярость дикарей ставят непреодолимые препятствия… Двадцать миль пустыни больше разделяют людей, чем пятьсот миль океана. Живущие на разных берегах океана ближе друг к другу, чем живущие на разных концах леса. Англия как бы граничит с Австралией. Но возьмите, например, Египет: он, кажется, на миллионы лье отдален от Сенегала. Пекин как будто за тридевять земель от Петербурга… Море в наше время более доступно, чем самая небольшая пустыня, и только благодаря ему, как верно заметил один американский ученый [1], между пятью частями света установились родственные узы.

Паганель говорил с жаром, и даже майор ничего не возразил на этот гимн океану. И в самом деле, если бы для поисков Гарри Гранта нужно было

---

[1] Мори. (Прим. автора.)

следовать вдоль тридцать седьмой параллели все время по материку, то это предприятие оказалось бы неосуществимым. Но к услугам отважных путешественников было море, переносившее их из одной страны в другую.

6 декабря, на рассвете, над морскими волнами показалась какая-то гора. Это был остров Амстердам, расположенный под 37°51' южной широты. Конусообразная вершина была видна в ясную погоду за пятьдесят миль. В восемь часов утра очертания этой горы, еще неясные, стали напоминать общий облик Тенерифского пика.

– Значит, она похожа и на гору острова Тристан, – заметил Гленарван.

– Основательный вывод, – отозвался Паганель. – Он вытекает из геометрографической аксиомы: два острова, похожие на третий, похожи и друг на друга. Добавлю, что острова Амстердам, так же как и острова Тристан-да-Кунья, были богаты тюленями и робинзонами.

– Значит, везде есть робинзоны? – спросила леди Элен.

– Честное слово, мадам, я не много знаю островов, где не бывало подобных приключений, – отозвался ученый, – сама жизнь гораздо раньше вашего знаменитого соотечественника Даниеля Дефо осуществила его бессмертный роман.

– Господин Паганель, – обратилась к нему Мери Грант, – разрешите мне задать вам один вопрос.

– Хоть два, дорогая мисс. Обязуюсь на них ответить.

– Скажите, вас очень пугает мысль очутиться на необитаемом острове?

– Меня? – воскликнул Паганель.

– Не вздумайте, друг мой, уверять, что это ваше заветное желание, – сказал майор.

– Я этого не говорю, – ответил географ, – но, пожалуй, подобное приключение пришлось бы мне по вкусу. Я бы начал новую жизнь: стал бы охотиться, ловить рыбу, жил бы зимой в пещере, а летом – на дереве, устроил бы склад для собранного урожая… Словом, я занялся бы колонизацией моего острова.

– Один?

– Один, если бы так пришлось. А к тому же разве на земле может быть полное одиночество? Как будто нельзя выбрать себе друга среди животных: приручить какого-нибудь козленка, говорящего попугая, милую обезьянку. А если случай пошлет вам такого товарища, как верный Пятница, то чего же еще вам нужно? Два друга на одном утесе – вот вам и счастье! Представьте, например, майора и меня...

– Благодарю вас, – сказал Мак-Наббс, – у меня нет ни малейшего желания разыгрывать роль Робинзона, я бы сыграл ее очень плохо.

– Дорогой Паганель, – вмешалась леди Элен, – ваше воображение опять уносит вас в мир фантазий. Но мне кажется, что действительность очень отличается от мечтаний. Вы представляете лишь тех вымышленных робинзонов, которых заботливая судьба забрасывает на благодатные острова, где природа балует их, словно любимых детей. Вы видите только хорошую сторону вещей.

– Как, вы думаете, что нельзя быть счастливым на необитаемом острове?

– Думаю, что нет. Человек создан для жизни в обществе, а не в одиночку. Одиночество порождает отчаяние. Это только вопрос времени. Возможно, что сначала заботы об устройстве, об удовлетворении жизненных потребностей и могут отвлечь мысли несчастного, только что спасшегося от морских волн, и он, весь занятый настоящим, не будет думать о мрачном будущем. Но настанет время, когда он почувствует себя одиноким вдали от людей, без всякой надежды увидеть родину, увидеть тех, кого он любит. Что тогда должен будет он передумать, перестрадать! Его островок – для него весь мир, все человечество – он сам... И, когда настанет смерть, страшная смерть в совершенном одиночестве, он будет чувствовать себя так, как последний человек в последний день мира... Нет, господин Паганель, поверьте мне, лучше не быть этим человеком!

Паганель, хотя не без сожаления, все же должен был согласиться с доводами леди Элен. Разговор на тему о преимуществах и тяготах одиночества продолжался вплоть до момента, когда «Дункан» бросил якорь в миле от островов Амстердам.

Этот заброшенный в Индийском океане архипелаг состоит из двух островов, расположенных приблизительно в тридцати трех милях один от другого, как раз на долготе полуострова Индостан. Северный остров называется островом Амстердам или Сен-Пьер, а южный – островом Сен-Поль. Но надо сказать, что и географы и мореплаватели часто смешивают их.

Острова были открыты в 1522 году спутником Магеллана Эль-Кано, а много позднее их обследовал д'Антркасто, который вел корабли «Эсперанс» и «Решерш» на поиски Лаперуза. Мореплаватель Берроу, Ботан-Бопре в атласе д'Антркасто, затем Хосбург, Пинпертон и другие географы все время, описывая остров Сен-Пьер, называли его Сен-Поль, и наоборот.

В 1859 году офицеры австрийского фрегата «Новара» во время кругосветного путешествия избежали этой ошибки. Паганель непременно хотел исправить ее.

Маленький остров Сен-Поль, расположенный к югу от острова Амстердам, необитаем и состоит из одной горы конической формы – по-видимому, потухшего вулкана. Остров же Амстердам, на который шлюпка высадила пассажиров «Дункана», имеет миль двенадцать в окружности. Население его состояло из нескольких добровольных изгнанников, привыкших к своему жалкому существованию. Это были сторожа рыболовных промыслов, принадлежащих, так же как и самый остров, одному коммерсанту с острова Реюньон, некоему Отовану. Этот властитель, пока еще не признанный великими европейскими державами, получает до восьмидесяти тысяч франков в год от ловли, засолки и вывоза рыбы «хейлодактилус», называемой на менее научном языке треской.

Острову Амстердам было суждено стать и остаться французским владением. Сначала он принадлежал, по праву первого поселившегося на нем, Камену, судовладельцу из Сен-Дени на Бурбоне[1]. Потом по какому-то международному соглашению остров Амстердам был уступлен одному поляку, который занялся его обработкой при помощи мадагаскарских рабов. Ну а поляки от французов недалеко ушли, и остров, попав в руки Отована, снова стал французским.

Когда 6 декабря 1864 года «Дункан» бросил якорь у острова, население его состояло из трех человек: одного француза и двух мулатов. Все трое были служащими коммерсанта-собственника Отована. Паганель с радостью пожал руку соотечественнику, почтенному господину Вио, человеку весьма преклонных лет. «Мудрый старец» радушно принял путешественников. Этот день, когда ему довелось оказать гостеприимство любезным, культурным европейцам, был для него счастливым. Ведь остров Сен-Пьер обычно посещают лишь охотники на тюленей да изредка китобои – люди грубые и неотесанные; такие гости ненамного приятнее акул.

Вио представил гостям своих подчиненных – двух мулатов. Трое этих людей да несколько диких кабанов и множество простодушных пингвинов – вот и все здешнее население. Домик, где жили трое островитян, стоял в

[1] Ныне – остров Реюньон.

юго-западной части острова, в глубине природной гавани, образовавшейся после обвала. Еще задолго до «царствования» Отована I остров Сен-Пьер служил убежищем для потерпевших кораблекрушение. Паганель очень заинтересовал слушателей, назвав свой первый рассказ об этом: «История двух шотландцев, покинутых на острове Амстердам».

Дело было в 1827 году. Английский корабль «Пальмира», проходя в виду этого острова, заметил поднимающийся кверху дым. Капитан стал приближаться к берегу и вскоре увидел двух людей, подававших сигналы бедствия. Он отправил за этими людьми шлюпку, которая и доставила на корабль двадцатидвухлетнего Жака Пэна и сорокавосьмилетного Роберта Прудфута. Эти двое несчастных были в ужасном виде. Они прожили на острове восемнадцать месяцев в страшной нужде, лишениях и муках: у них почти не было ни пищи, ни пресной воды. Питались они ракушками, время от времени какой-нибудь рыбой, пойманной на согнутый гвоздь, или мясом пойманного кабаненка. Им случалось бывать по трое суток без пищи. Подобно весталкам, они неусыпно охраняли костер, разведенный при помощи последнего куска трута, и повсюду носили с собой, как какую-нибудь драгоценность, горящий уголек. Пэн и Прудфут были высажены на остров шхуной, охотившейся за тюленями. Оставили их здесь, по обычаю рыбаков, для того, чтобы они в течение месяца топили жир тюленей и выделывали их кожи. Шхуна за ними не вернулась. Пять месяцев спустя к острову подошло английское судно «Хоуп», направлявшееся к Земле Ван-Димена[1]. Капитан его по какому-то необъяснимому, жестокому капризу отказался взять шотландцев на свое судно. Он отплыл, не оставив им ни куска сухаря, ни огнива. Несомненно, эти двое несчастных погибли бы, если бы «Пальмира», проходившая в виду острова, не подобрала их.

Второе приключение, занесенное в историю острова Амстердам – если вообще у такого утеса может быть история, – это приключение капитана Перона, на этот раз уже француза. Началось оно и закончилось так же, как у тех двух шотландцев: он добровольно остается на острове, ожидаемое судно не появляется, наконец, через сорок месяцев к берегам острова по воле ветра заносится иностранное судно. Но это приключение отличается от первого тем, что во время пребывания капитана Перона на острове

[1] То есть к острову Тасмания.

разыгралась кровавая драма, удивительно похожая на те вымышленные события, которые описал герой Даниеля Дефо, вернувшийся на свой остров[1].

Капитан Перон высадился на берег с четырьмя матросами: двумя англичанами и двумя французами. Он собирался охотиться в течение пятнадцати месяцев на морских львов. Охота была очень удачной, но, когда по истечении пятнадцати месяцев судно, которое должно было прийти за охотниками, не появилось, а съестные припасы мало-помалу стали истощаться, вспыхнула национальная рознь. Двое англичан взбунтовались против капитана Перона, и он погиб бы, если бы не помощь его соотечественников. С этого времени началось страшное, полное лишений и мук существование: две враждующие партии днем и ночью следили друг за другом, не расставались с оружием, нападали друг на друга, выходя то победителями, то побежденными. Конечно, в конце концов одна из партий покончила бы с другой. Но, к счастью, какое-то английское судно наконец подобрало и доставило на родину этих несчастных людей, которые враждовали друг с другом на утесе в Индийском океане по такой ничтожной причине.

Таковы были эти приключения. Дважды остров Амстердам становился вторым отечеством для заброшенных на него моряков, которых счастливый случай дважды спас от мук и от смерти. Но с тех пор ни одно судно не потерпело крушения у его берегов. Волны вынесли бы, конечно, на берег обломки такого судна, а бывшие на нем люди добрались бы на шлюпках до рыболовных промыслов господина Вио. А между тем за все многолетнее пребывание здесь старый француз никогда еще не имел случая оказать гостеприимство жертвам моря. О «Британии» и капитане Гранте он ничего не знал. Очевидно, катастрофа эта не произошла ни у острова Амстердам, ни у острова Сен-Поль, где часто бывают рыбаки и китобои.

Слова господина Вио не удивили и не огорчили Гленарвана. Ведь он и его спутники искали на островах подтверждение не тому, что там был капитан Грант, а тому, что его там не было. Они хотели убедиться в отсутствии Гарри Гранта в этих точках тридцать седьмой параллели, и только. Отплытие «Дункана» было поэтому назначено на следующий же день.

---

[1] Об этом рассказывается во второй части романа Дефо о Робинзоне Крузо.

Оставшееся до вечера время путешественники посвятили осмотру острова. Он оказался привлекательным, но бедным флорой и фауной. Описание его не смогло бы заполнить и страницу записной книжки даже самого многословного естествоиспытателя. Млекопитающие, птицы и рыбы были здесь представлены лишь несколькими дикими кабанами, тюленями, белыми как снег чайками, альбатросами и окунями. Из-под темной застывшей лавы били горячие ключи и железистые источники, густые пары их клубились над вулканической почвой. Температура воды некоторых источников была очень высокой, Джон Манглс погрузил в один из них термометр Фаренгейта, и он показал сто семьдесят шесть градусов[1]. Рыба, пойманная в море вблизи от берега, через пять минут становилась вареной в этой почти кипящей воде. Увидев это, Паганель отказался от мысли искупаться в источнике.

После долгой прогулки, уже в сумерках, путешественники стали прощаться с почтенным господином Вио. Все горячо пожелали ему счастья, какое только возможно на его пустынном островке, а старик в свою очередь пожелал успеха экспедиции. Скоро шлюпка с «Дункана» доставила путешественников на корабль.

[1] То есть 80° по Цельсию.

Глава четвертая. Пари Жака Паганеля и майора Мак-Наббса

7 декабря, в три часа ночи, «Дункан» стоял под парами. Заработала лебедка. Якорь был поднят с песчаного дна маленького порта и водворен в свое гнездо на борту. Завертелся винт, и яхта направилась в открытое море. Когда в восемь часов утра пассажиры поднялись на палубу, остров Амстердам уже исчезал в тумане на горизонте. Эта стоянка была последней на пути по тридцать седьмой параллели до самых австралийских берегов, а до них оставалось еще целых три тысячи миль. При попутном западном ветре и благоприятной погоде «Дункан» смог бы достигнуть Австралии дней в двенадцать.

Мери Грант и Роберт с волнением смотрели на волны, вероятно, те же, что рассекала за несколько дней до своего крушения «Британия». Где-нибудь здесь, быть может, капитан Грант на потерявшем управление судне с остатками команды боролся со страшными бурями Индийского океана, сознавая, что его корабль неудержимо несет к берегу. Джон Манглс знакомил девушку по своим морским картам с течениями и указывал их постоянное направление. Одно из этих течений проходит через весь Индийский океан к Австралийскому материку и чувствуется даже в Тихом и Атлантическом океанах. Поэтому, если бы «Британия», потеряв мачты и руль, оказалась безоружной против натиска волн и ветра, она должна была быть выброшена на берег и разбиться.

Одно оставалось непонятным: в последнем сообщении «Мореходной газеты» о капитане Гранте говорилось, что судно вышло из Кальяо 30 мая 1862 года, – как же 7 июня, всего через неделю после отплытия от берегов Перу, «Британия» могла очутиться уже в Индийском океане? Но когда об этом спросили Паганеля, он нашел такое правдивое объяснение, которое убедило даже самых несговорчивых. Это было вечером, 12 декабря, через шесть дней после того, как «Дункан» покинул берега острова Амстердам.

Лорд и леди Гленарван, Мери и Роберт Грант, капитан Джон, Мак-Наббс и Паганель беседовали в кают-компании. По обыкновению, темой разговора была «Британия» – ведь все мысли путешественников были сосредоточены на ней. На упомянутое противоречие случайно натолкнулся Гленарван. Оно привело всех в ужас: ведь могла рухнуть последняя твердая надежда.

Неожиданное замечание Гленарвана заставило Паганеля быстро поднять голову; затем, ни слова не говоря, ученый направился за документом. Вернувшись, он опять-таки молча пожал плечами, словно ему было просто стыдно, что его могли хотя бы на одно мгновение смутить «таким пустяком».

– Друг мой, – проговорил Гленарван, – дайте нам все же какое-нибудь объяснение.

– Нет, – ответил Паганель, – я только задам один вопрос капитану Джону.

– Я слушаю, господин Паганель, – сказал Джон Манглс.

– Может ли быстроходное судно сделать в один месяц переход от Америки до Австралии?

– Может, если оно будет проходить двести миль в сутки.

– Разве такая скорость необычайна?

– Нисколько. Парусные суда часто идут и быстрее.

– Ну, так предположите, что морская вода смыла одну цифру, и вместо «седьмого июня» читайте «семнадцатого июня» или «двадцать седьмого июня», и все станет ясным.

– В самом деле, – сказала леди Элен, – с тридцать первого мая до двадцать седьмого июня…

– …капитан Грант мог пересечь Тихий океан и очутиться в Индийском, – докончил за нее Паганель.

Вывод ученого всех обрадовал.

– Итак, еще одно место документа выяснено, – сказал Гленарван, – и опять благодаря нашему ученому другу. Теперь нам остается только добраться до Австралии и начать поиски следов «Британии» на западном побережье.

– Или на восточном, – добавил Джон Манглс.

– Да, вы правы, Джон: в документе нет указаний на то, что катастрофа произошла именно у западных, а не у восточных берегов. Значит, наши поиски должны быть направлены на место пересечения обоих побережий тридцать седьмой параллелью.

– Значит, милорд, неизвестно, на каком побережье надо вести поиски? – спросила Мери.

– О нет, мисс! – поспешил ответить Джон Манглс, желая рассеять беспокойство девушки. – Лорд Гленарван, конечно, согласится с тем, что если б капитан Грант высадился на восточном побережье Австралии, то он получил бы там помощь: ведь все это побережье, можно сказать, английское – оно населено колонистами. Команда «Британии» встретила бы соотечественников, не пройдя и десяти миль.

– Правильно, капитан Джон, – подтвердил Паганель, – я присоединяюсь к вашему мнению. На восточном побережье, в Туфоллд-Бей, в городе Идеи, Гарри Грант нашел бы не только приют в какой-нибудь английской колонии, но и корабль, на котором он мог бы вернуться в Европу.

– А в той части Австралии, куда мы плывем на «Дункане», потерпевшие крушение не могли бы найти такую помощь? – спросила леди Элен.

– Нет, сударыня, ибо берега эти пустынны, – ответил Паганель. – Никакие пути сообщения не соединяют их ни с Мельбурном, ни с Аделаидой. Если «Британия» разбилась о тамошние береговые рифы, то спасшиеся с судна люди могли рассчитывать на помощь не больше, чем на негостеприимных берегах Африки.

– Что же стало с моим отцом за эти два года? – промолвила девушка.

– Дорогая Мери, – отозвался Паганель, – ведь вы уверены, не правда ли, в том, что капитану Гранту после кораблекрушения удалось добраться до австралийского берега?

– Да, господин Паганель, – ответила девушка.

– Ну, так давайте зададим себе вопрос: что могло случиться с капитаном Грантом? Тут могут быть только три гипотезы: или Гарри Грант и его спутники добрались до английских колоний, или они попали в руки туземцев, или, наконец, заблудились в пустынных землях Австралии.

Паганель умолк, ища в глазах слушателей одобрения своих заключений.

– Продолжайте, Паганель, – сказал Гленарван.

– Продолжаю, – согласился географ, – и начну с того, что отброшу первую гипотезу. Гарри Грант, конечно, не добрался до английских колоний, ибо, случись это с ним, он давным-давно, целый и невредимый, вернулся бы к своим детям, в свой родной город Данди.

– Бедный отец! – прошептала Мери Грант. – Уже целых два года, как он разлучен с нами!..

– Не перебивай, сестрица, господина Паганеля! – остановил ее Роберт. – Он сейчас нам скажет…

– Увы, нет, мой мальчик! Единственное, что я могу утверждать, это то, что капитан Грант в плену у австралийцев или…

– А эти туземцы, – перебила его леди Элен, – не…

– Успокойтесь, сударыня, – ответил ученый, поняв, чего она опасалась, – эти туземцы, правда, дики и грубы и стоят на самой низкой ступени развития, но они люди мирные, не кровожадные, подобно своим соседям новозеландцам. Поверьте мне, если потерпевшие крушение на «Британии» попали к ним в плен, то жизни их не могла грозить никакая опасность. Все путешественники сходятся на том, что австралийцы не любят проливать кровь и даже часто помогают отражать нападение действительно жестоких беглых каторжников.

– Вы слышите, что говорит господин Паганель? – обратилась к Мери Грант леди Элен. – Если ваш отец в плену у туземцев – а в документе есть указания на это, – то мы найдем его.

– А если он заблудился в этой огромной стране? – отозвалась молодая девушка, вопрошающе смотря на Паганеля.

– Ну и что же! – уверенно воскликнул географ. – Мы и тогда разыщем его! Не правда ли, друзья мои?

– Конечно! – ответил Гленарван. – Но я не допускаю, чтобы он мог заблудиться.

– И я также, – заявил Паганель.

– А велика ли Австралия? – спросил Роберт.

– Австралия, мой мальчик, занимает около семисот семидесяти пяти миллионов гектаров земли, иными словами – это четыре пятых Европы.

– Она так велика? – с удивлением проговорил майор.

– Да, Мак-Наббс, это совершенно точно. Как вы думаете, имеет подобная страна право на название континента, которое дается ей в документе?

– Конечно, Паганель.

– Я еще прибавлю, – продолжал ученый, – что число путешественников, исчезнувших в этой огромной стране, очень невелико. Мне даже кажется, что, пожалуй, Лейххардт – единственный, чья судьба неизвестна, да и то незадолго до моего отъезда мне сообщили в Географическом обществе, будто Мак-Интайр считает, что напал на его след.

– Разве не все области Австралии исследованы? – спросила леди Гленарван.

– Далеко не все, – ответил Паганель. – Этот континент не более известен, чем Центральная Африка, а надо сказать, что недостатка в предприимчивых путешественниках тут не было. С тысяча шестьсот шестого по тысяча восемьсот шестьдесят второй год с полсотни человек занимались исследованием Австралии – центральных областей и побережий.

– Полсотни? – с недоверчивым видом сказал майор.

– Да, Мак-Наббс, именно. Я имею в виду и мореплавателей, которые пускались в опасные плавания вдоль необследованных австралийских берегов, и путешественников, углублявшихся в эту огромную страну.

– И все же полсотни – это преувеличение, – заявил майор.

– Так я докажу вам! – крикнул географ, неизменно приходивший в возбуждение, когда ему противоречили.

– Докажите, Паганель!

– Если вы не доверяете моим словам, то я сейчас же, не задумываясь, перечислю вам все эти пятьдесят имен.

– Ох уж эти мне ученые! – спокойно промолвил майор. – Как они уверены в себе!

– Майор, хотите держать со мной пари? Ставлю свою подзорную трубу фирмы «Секретан» против вашего карабина «Пэрди-Моор и Диксон».

– Что ж, если это может доставить вам удовольствие, Паганель! – ответил Мак-Наббс.

– Ну, майор, – воскликнул ученый, – больше вам не придется убивать серн и лисиц из этого карабина! Разве только я вам его одолжу, что, конечно, всегда сделаю охотно.

– Когда вам понадобится моя подзорная труба, Паганель, она всегда будет к вашим услугам, – с серьезным видом ответил на это майор.

– Так начнем! – воскликнул Паганель. – Милостивые господа, будьте нашими судьями, а ты, Роберт, считай имена.

Лорд и леди Гленарван, Мери и Роберт, майор и Джон Манглс приготовились слушать географа. Их всех забавлял этот спор. К тому же речь шла об Австралии, куда направлялся «Дункан», и рассказ Паганеля был особенно кстати. Поэтому его попросили немедленно начать эту демонстрацию удивительной памяти.

– Мнемозина, – воскликнул ученый, – богиня памяти, мать целомудренных муз, вдохнови своего верного и горячего поклонника! Друзья мои, двести пятьдесят восемь лет назад Австралия была неизвестна. Предполагали, правда, что где-то на юге должен существовать большой материк. На двух картах от тысяча пятьсот пятидесятого года, сохранившихся в вашем Британском музее, дорогой Гленарван, указана некая земля к югу от Азии под названием Большая Ява Португальцев. Но карты эти очень неточны. Вот почему я сразу перехожу к семнадцатому веку, а именно к тысяча шестьсот шестому году, когда испанский мореплаватель Кирос открыл землю, которую и назвал Terra Austral del Espiritu Santo, что значит «Южная Земля Святого Духа». Впрочем, некоторые писатели утверждали, что Кирос открыл вовсе не Австралию, а Ново-Гебридские острова. Я не буду вдаваться в этот спорный вопрос. Отметь, Роберт, Кироса, и перейдем к следующему.

– Один! – объявил мальчуган.

– В том же году Луис Ваэс Торрес, помощник Кироса по командованию его эскадрой, обследовал дальше к югу новооткрытые земли. Но честь истинного открытия Австралии все же принадлежит голландцу Дирку Хартогу. Он высадился на западном побережье Австралии под двадцать пятым градусом широты и дал этому месту в честь своего корабля название Эндрахт. За Хартогом идет целый ряд мореплавателей. В тысяча шестьсот восемнадцатом году один из них, Цихен, открывает на северном побережье земли Арнхемленда и Ван-Димена. В тысяча шестьсот девятнадцатом году Якоб Эдел дает свое имя части западного побережья. В тысяча шестьсот двадцать втором году голландцы на корабле «Левин» доходят до мыса, получившего имя этого судна. В тысяча шестьсот двадцать седьмом году Нейтс и Витт – первый на западе, а второй на юге – дополняют открытия своих предшественников. За ними следует командующий эскадрой Карпентьер. Он доходит со своими судами до огромного залива, поныне носящего название залива Карпентария. Наконец, в тысяча шестьсот сорок втором году мореплаватель Тасман огибает остров, который он, приняв его за часть материка, называет именем генерал-губернатора Батавии Ван-Димена. Потомки справедливо пожелали переменить это название на Тасманию. Таким образом, Австралийский материк обогнули со всех сторон.

Было выяснено, что он омывается водами Тихого и Индийского океанов. В тысяча шестьсот шестьдесят пятом году этот громадный южный остров был назван Новой Голландией. Но названию этому не суждено было сохраниться за ним, ибо как раз в то время голландские мореплаватели начали уже сходить со сцены. Сколько у нас уже имен?

– Десять, – отозвался мальчик.

– Хорошо, ставлю крестик и перехожу к англичанам. В тысяча шестьсот восемьдесят шестом году корсар Уильям Дампир, один из самых знаменитых флибустьеров [1] южных морей, пережив много славных приключений и невзгод, пристает на своем судне «Сигнит» к северо-западному берегу Новой Голландии, под шестнадцать градусов пятьдесят минут широты. Он вошел в сношения с туземцами и весьма подробно описал их нравы и жизнь. В тысяча шестьсот девяносто девятом году тот же Уильям Дампир, но теперь уже не пират, а командир одного из судов королевского флота – «Робак», – посетил бухту, где некогда высадился Хартог. До сих пор открытие Новой Голландии представляло интерес, так сказать, чисто географический. Никому не приходило в голову ее колонизировать, и в течение семидесяти лет, с тысяча шестьсот девяносто девятого по тысяча семьсот семидесятый год, ни один мореплаватель не пристал к ее берегам. Но вот появляется капитан Кук, и новый материк начинает вскоре заселяться европейскими колонистами. Во время трех своих путешествий Кук высаживается в Новой Голландии. В первый раз – тридцать первого марта тысяча семьсот семидесятого года. Произведя в Таити удачные наблюдения над прохождением Венеры через солнечный диск[2], Кук направляет свое судно «Индевор» в западную часть Тихого океана. Здесь он открывает Новую Зеландию, а затем плывет к восточному побережью Австралии и становится на якорь в одной из тамошних бухт. Бухта эта оказывается настолько богатой неизвестными растениями, что Кук дает ей название Ботанической бухты. Она и поныне называется Ботани-Бей. Сношения мореплавателя с местным населением малоинтересны. Из Ботанической бухты Кук плывет к северу, и под

---

[1] Флибустьеры – морские разбойники в XVII веке. Сыграли видную роль в борьбе Англии и Франции с Испанией за колонии. Грабили преимущественно Испанию и ее колонии.

[2] Прохождение Венеры через солнечный диск наблюдалось в 1769 году. Это редкое явление представляло большой интерес для астрономов, помогая точно рассчитать расстояние от Земли до Солнца. (Прим. автора.)

шестнадцатым градусом широты, против мыса Трибьюлейшн, его судно садится на коралловый риф в восьми лье от берега. Судну грозит опасность пойти ко дну. Но Кук приказывает сбросить в море пушки и съестные припасы, и в следующую же ночь облегченное таким образом судно снимается с рифа приливом. Надо заметить, что корабль не затонул при этом только потому, что кусок коралла, застряв в пробоине, очень уменьшил течь. Куку удается довести свое судно до маленькой бухты, в которую впадает река, названная им Индевор. Здесь в течение трех месяцев, пока длится починка судна, англичане пытаются завязать сношения с туземцами, но это им не удается. По окончании починки корабль продолжает свой путь к северу. Кук хочет узнать, существует ли пролив между Новой Гвинеей и Новой Голландией. После многих опасностей мореплаватель видит на юго-западе широкий морской простор. Значит, пролив существует! Кук проходит через него и высаживается на маленьком острове. Вступив от имени Англии во владение открытой им землей, он дает ей чисто британское название: Новый Южный Уэльс.

Три года спустя отважный моряк командует уже двумя судами: «Адвенчер» и «Резольюшн». Капитан Фюрно на корабле «Адвенчер» обследует берега Земли Ван-Димена и возвращается, думая, что она является частью Новой Голландии. Только в тысяча семьсот семьдесят седьмом году, во время своего третьего путешествия, Кук сам посещает Землю Ван-Димена. Два его судна, «Резольюшн» и «Дискавери», бросают якорь в бухте Адвенчер. Отсюда Кук отправляется на Сандвичевы острова, которым суждено было через несколько лет стать его могилой.

– Это был великий человек, – сказал Гленарван.

– Лучший из мореплавателей! После смерти Кука его спутник Бенкс подал английскому правительству мысль устроить у Ботани-Бей исправительную колонию. Вслед за Куком к новому материку устремились мореплаватели всех стран. В последнем полученном от Лаперуза письме, написанном им в Ботани-Бей седьмого февраля тысяча семьсот восемьдесят седьмого года, плывущий навстречу гибели мореплаватель говорит о своем намерении обследовать залив Карпентария, а также все побережье Новой Голландии до Земли Ван-Димена. Лаперуз уходит в море и не возвращается. В тысяча семьсот восемьдесят восьмом году капитан Филипп в Порт-Джексоне основывает первую английскую колонию. В тысяча семьсот девяносто первом году Ванкувер совершает большое морское путешествие вдоль южного побережья материка. В тысяча семьсот девяносто втором году д'Антркасто, посланный на поиски Лаперуза, плывет вокруг всей Новой Голландии, причем на западе и юге от нее открывает по пути ряд островов. В тысяча семьсот девяносто пятом и тысяча семьсот девяносто седьмом годах двое отважных молодых людей, Флиндерс и Басс, путешествуя в лодке длиной в восемь футов, продолжают обследование южного побережья. В тысяча семьсот девяносто седьмом году Басс уже один проплывает между Землей Ван-Димена и Новой Голландией по проливу, носящему теперь его имя. В этом же году Фламинг, тот самый, который открыл остров Амстердам, обследует на западном побережье Новой Голландии реку Суон-Ривер[1], где обитают прекрасные черные лебеди. В тысяча восемьсот первом году Флиндерс снова предпринимает исследования. Его судно заходит в бухту Энкаунтер (под тридцатью пятью градусами сорока минутами широты и ста тридцатью восемью градусами пятьюдесятью восемью митутами долготы) и встречается с «Географом» и «Натуралистом» – двумя французскими судами, которыми командуют Боден и Амлен.

– Капитан Боден? – переспросил майор.

– Да. А что? – удивился географ.

– Да нет, ничего! Продолжайте, дорогой Паганель.

– Продолжим. К именам упомянутых мною мореплавателей прибавлю имя капитана Кинга. Данные, добытые им во время его путешествий, с тысяча восемьсот семнадцатого по тысяча восемьсот двадцать второй год, дополнили результаты предыдущих обследований субтропического побережья Новой Голландии.

– Господин Паганель, я записал уже двадцать четыре имени, – предупредил Роберт.

– Хорошо! – отозвался географ. – Половина карабина майора уже моя. Ну а теперь, когда я покончил с мореплавателями, перейдем к путешественникам по суше.

– Прекрасно, господин Паганель! – воскликнула леди Элен. – Нельзя не признаться, что память у вас удивительная.

– Это очень странно, – прибавил Гленарван, – у человека такого…

– …такого рассеянного, вы хотите сказать? – не дал ему договорить Паганель. – Но у меня память только на числа и имена, ни на что больше.

---

[1] Суон-Ривер – Лебяжья река.

– Двадцать четыре имени, – повторил Роберт.

– Ну, значит, двадцать пятый – лейтенант Даус. Он пустился в путешествие в тысяча семьсот восемьдесят девятом году, год спустя после основания колонии в Порт-Джексоне. К этому времени берега нового материка были уже обследованы, но что таил он в себе, никому еще не было известно. Длинная цепь гор вдоль восточного побережья, казалось, преграждала всякий доступ внутрь страны. Лейтенант Даус после девятидневного пути принужден был вернуться в Порт-Джексон. В том же самом году капитан Тенч тоже пробовал перевалить через эту высокую горную цепь и так же безуспешно. Две эти неудачи на три года отбили у других путешественников охоту браться за такое трудное дело. В тысяча семьсот девяносто втором году полковник Паттерсон, отважный исследователь Африки, снова попытался проникнуть внутрь материка, но и он потерпел неудачу. В следующем году Хокинсу, простому боцману английского флота, удалось пробраться на двадцать миль дальше своих предшественников. В течение следующих восемнадцати лет только двое – мореплаватель Басс и инженер Барейе – пробовали пробраться внутрь материка, но так же безуспешно, как и их предшественники. Наконец, в тысяча восемьсот тринадцатом году был найден проход в горах, к западу от Сиднея. В тысяча восемьсот пятнадцатом году губернатор Маккуори отважился перебраться через этот проход, и по ту сторону Голубых гор им был заложен город Батерст. После этого ряд путешественников обогащает географическую науку новыми данными и способствует росту колоний. Начало этому изучению кладет в тысяча восемьсот девятнадцатом году Тросби; затем Оксли углубляется на триста миль внутрь страны. За ними следуют Ховелл и Юм. Эти двое путешественников отправились как раз из Туфоллд-Бей, через который проходит тридцать седьмая параллель. В тысяча восемьсот двадцать девятом и тысяча восемьсот тридцатом годах капитан Стерт обследует течения рек Дарлинга и Муррея...

– Тридцать шесть, – сказал Роберт.

– Прекрасно! Я двигаюсь вперед, – ответил Паганель. – Упомяну для полноты об Эйре и Лейххардте, обследовавших часть страны в тысяча восемьсот сороковом и тысяча восемьсот сорок первом годах; о путешествиях Стерта в тысяча восемьсот сорок пятом году, братьев Грегори и Хелпмана в тысяча восемьсот сорок шестом году по западной части материка, Кеннеди в тысяча восемьсот сорок седьмом году по реке

Виктория и в тысяча восемьсот сорок восьмом году по северной части Австралии, Грегори в тысяча восемьсот пятьдесят втором году, Остина в тысяча восемьсот пятьдесят четвертом году. С тысяча восемьсот пятьдесят пятого по тысяча восемьсот пятьдесят восьмой год братья Грегори занимались изучением Австралийского материка, на этот раз его северозападной части. Бебидж прошел от озера Торренс до озера Эйр. Упомяну, наконец, о путешественнике, знаменитом в летописях Австралии, Стюарте, три раза отважно пересекшем материк. Первая экспедиция Стюарта в глубь страны относится к тысяча восемьсот шестидесятому году. Когда-нибудь, если пожелаете, я расскажу вам, каким образом Австралия была четырежды пересечена с юга на север. Теперь же я ограничусь тем, что закончу этот длинный перечень. Обращаясь ко времени от тысяча восемьсот шестидесятого года до тысяча восемьсот шестьдесят второго года, я должен прибавить к этим именам имена братьев Демпстер, Кларксона и Харпера, Бёрка и Уилса, Нейльсона, Уокера, Ландсборо, Мак-Кинли, Хоуита…

– Пятьдесят шесть! – крикнул Роберт.

– Ладно! Майор, я выполнил свое обязательство с лихвой, – сказал Паганель, – а ведь я еще не назвал ни Дюперре, ни Бугенвиля, ни Фицроя, ни Стокса…

– Довольно! – проговорил Мак-Наббс, подавленный столькими именами.

– …ни Перу, ни Куа, – продолжал Паганель, не в силах остановиться, как экспресс на полном ходу, – ни Беннета, ни Кеннинга, ни Тьерри…

– Пощадите!

– …ни Дикона, ни Стшелецкого, ни Рея, ни Уилкса, ни Митчела…

– Остановитесь, Паганель! – вмешался хохотавший от души Гленарван. – Не добивайте злополучного Мак-Наббса! Будьте великодушны! Он признает себя побежденным.

– А его карабин? – с торжествующим видом спросил географ.

– Он ваш, Паганель, – ответил майор. – Признаться, мне очень жаль его, но у вас такая память, что с ней можно выиграть целый артиллерийский музей.

– Наверное, никто не знает больше об Австралии, – заметила леди Элен. – Не забыть ни одного имени, ни одного самого незначительного факта…

– Ну, положим, относительно незначительных фактов… – сказал майор, покачав головой.

– Что такое? Что вы хотите этим сказать, Мак-Наббс? – закричал Паганель.

– Я хочу сказать, что вам, быть может, неизвестны некоторые подробности, касающиеся открытия Австралии.

– Это невозможно, – с гордым видом заявил Паганель.

– А если я укажу вам такое происшествие, которое вам неизвестно, вернете ли вы мне мой карабин?

– Немедленно!

– Так, значит, по рукам?

– По рукам!

– Прекрасно! Знаете ли вы, Паганель, почему Австралия не принадлежит Франции?

– Но, мне кажется…

– Или, по крайней мере, известно ли вам, какое объяснение дают этому англичане?

– Нет, майор, – с досадой ответил Паганель.

– Ну, так знайте же: Австралия не принадлежит Франции просто потому, что капитан Боден, бывший, однако, далеко не робкого десятка, так испугался в тысяча восемьсот втором году кваканья австралийских лягушек, что поспешил поднять якоря и сбежал оттуда навсегда.

– Как, – воскликнул ученый, – это говорят в Англии? Да ведь это злая шутка!

– Очень злая, согласен, – ответил майор, – но в Соединенном Королевстве она считается историческим фактом.

– Это недостойно! – возмутился географ-патриот. – И об этом могут говорить серьезно?

– Вынужден сознаться, что это так, дорогой Паганель, – ответил среди общего хохота Гленарван. – Как, вы не знали этой подробности?

– Совершенно не знал. Но я протестую. Сами же англичане зовут нас лягушкоедами, а разве боятся того, что едят?

– Тем не менее так говорят, – со скромной улыбкой ответил майор.

Вот так знаменитый карабин «Пэрди-Моор и Диксон» и остался во владении майора Мак-Наббса.

Глава пятая. Индийский океан бушует

Спустя два дня после этого пари Джон Манглс, определив, как обычно, в полдень координаты, сообщил, что «Дункан» находится под 113°37' долготы. Пассажиры справились по карте и с радостью убедились, что от мыса Джаффа их отделяет расстояние меньше пяти градусов. Между этим мысом и мысом д'Антркасто австралийский берег описывает дугу, которая стягивается, как хордой, тридцать седьмой параллелью. Если бы «Дункан» поднялся к экватору, он бы на той же долготе нашел мыс Четем, который остался теперь в ста двадцати милях к северу. Яхта плыла в той части Индийского океана, которая омывает Австралийский материк. Можно было надеяться, что дня через четыре на горизонте покажется мыс Бернулли.

До сих пор ходу яхты благоприятствовал западный ветер, но в последние дни он мало-помалу стал слабеть, а 13 декабря и совсем упал. Паруса неподвижно повисли вдоль мачт. Не будь у «Дункана» мощной машины, он был бы скован океанским штилем. Такое состояние атмосферы могло продержаться неопределенно долгое время. Вечером Гленарван заговорил об этом с Джоном Манглсом. Молодой капитан, видя, как быстро опорожняются угольные ямы, казалось, был очень раздосадован наступившим штилем. Он приказал поднять все паруса, чтобы использовать даже самое ничтожное дуновение, но, выражаясь по-матросски, «ветром и шапки наполнить нельзя было».

– Во всяком случае, нам не следует слишком жаловаться на наше положение – штиль все же лучше противного ветра, – заметил Гленарван.

– Вы правы, милорд, – ответил Джон Манглс, – но подобное затишье обычно наступает перед переменой погоды, а мы плывем у границы муссонов[1], дующих с октября по апрель с северо-востока, и если они нас захватят, то это сильно задержит нас в пути.

– Ничего не поделаешь, Джон. Придется смириться с этой помехой. В конце концов, ведь это будет только задержка.

– Конечно, если только не разыграется буря.

---

[1] Ветры, дующие с чрезвычайной силой в Индийском океане. Их направление различно в зависимости от времени года, причем летнее обычно противоположно зимнему. (Прим. автора.)

– Разве вы опасаетесь непогоды? – спросил Гленарван, взглянув на совершенно безоблачное небо.

– Да, – ответил капитан, – но я говорю это только вам, милорд. Я не хочу тревожить леди Гленарван и мисс Грант.

– Вы правы, Джон. Что же вас тревожит?

– Верные признаки надвигающейся бури. Не доверяйте, милорд, виду неба. Он очень обманчив. Вот уже два дня, как непрерывно падает барометр. В настоящий момент он стоит на двадцати девяти дюймах[1]. Это такое предупреждение, которым не приходится пренебрегать. Особенно же я опасаюсь ярости южного океана – мне приходилось уже выдерживать борьбу с ним. Водяные пары, конденсирующиеся над громадными ледниками Южного полюса, вызывают движение воздуха страшной силы. Из столкновения экваториальных и полярных ветров рождаются циклоны, торнадо и другие бури, бороться с которыми для кораблей далеко не безопасно.

– Джон, – ответил Гленарван, – «Дункан» – прочное судно, а капитан его – искусный моряк. И в бурю, приди она, мы сумеем устоять.

Эти опасения Джону Манглсу подсказывал инстинкт моряка. Он был, как говорят англичане, искусным знатоком погоды weather-wise. Упорное падение барометра заставило молодого капитана принять на своем судне все меры предосторожности. Джон Манглс ждал сильнейшей бури: хотя небо еще и не предвещало этого, но точный барометр не мог его обманывать. Воздушные течения устремляются из мест с высоким давлением в места с низким. И чем ближе друг от друга эти места, тем скорее устанавливается единый уровень атмосферного давления, но зато тем больше и скорость ветра.

Джон Манглс не покидал мостика всю ночь. Около одиннадцати часов южная сторона неба начала покрываться тучами. Джон вызвал наверх всю команду и приказал спустить малые паруса. Он оставил только фок, бизань, марсель и кливера. В полночь ветер стал крепчать: скорость его достигла тридцати шести футов в секунду. Скрип мачт, шум, производимый работой команды, сухой треск парусов, скрип внутренних переборок яхты – все это открыло пассажирам то, о чем они до сих пор не подозревали. Паганель, Гленарван, майор, Роберт появились на палубе: одни из любопытства,

---

[1] То есть около 73,09 см. Нормальная высота ртутного столба – 76 см. (Прим. автора.)

другие – готовые принять участие в работе. По небу, которое еще недавно было ясным и звездным, теперь неслись густые тучи, они выделялись на фоне неба, словно пятна на шкуре леопарда.

– Ураган? – коротко спросил Гленарван Джона Манглса.

– Еще нет, но скоро будет, – ответил капитан.

Тут же он приказал взять марсель на нижние рифы. Матросы, с трудом борясь с ветром, уменьшили поверхность паруса и прикрепили свернутую часть его к спущенной рее. Джон Манглс хотел сохранить большую парусность, чтобы яхта была устойчивее и ее меньше качало.

Приняв эти меры предосторожности, капитан отдал приказ Остину и боцману готовиться к встрече урагана. Найтовы[1] шлюпок были удвоены. Укрепили боковые тали[2] пушек. Натянули крепче ванты[3]. Задраили люки.

Джон Манглс, словно офицер, стоящий над пробитой в укреплениях брешью, не покидал подветренной стороны яхты и, стоя на мостике, пытался разгадать, что сулит грозовое небо.

Барометр упал до двадцати шести дюймов: это исключительно низкое давление. Штормгласс[4] показывал бурю.

Был час ночи. Леди Элен и Мери Грант, которых жестоко качало в их каютах, отважились подняться на палубу. Ветер дул уже со скоростью 84 футов в секунду. Он бешено свистел в снастях. Металлические тросы, подобно струнам музыкального инструмента, гудели, словно какой-то гигантский смычок заставлял их вибрировать.

Блоки ударялись друг о друга. Снасти с шумом двигались по своим шероховатым желобам. Паруса хлопали со звуком пушечного выстрела. Чудовищные волны уже шли на приступ яхты, а она, как бы смеясь над ними, взлетала, подобно морской птице, на их пенившиеся гребни.

Завидев женщин, Джон быстро пошел им навстречу и попросил их вернуться к себе. Волны уже хлестали через борт и каждую минуту могли прокатиться по палубе. Грохот разбушевавшихся стихий был так оглушителен, что леди Элен еле слышала слова молодого капитана.

---

[1] Найтовы – веревки, снасти на корабле.

[2] Тали – подвижные блоки.

[3] Ванты – снасти, удерживающие мачту.

[4] Стеклянный сосуд, содержащий такой состав, который меняет свой цвет в зависимости от направления ветра и атмосферного давления. (Прим. автора.)

– Опасности нет? – успела она задать ему вопрос в минуту относительного затишья.

– Никакой, сударыня, – ответил Джон Манглс. – Но ни вам, ни мисс Мери нельзя оставаться на палубе.

Леди Гленарван и Мери Грант не стали противиться этому приказу, больше похожему на просьбу, и вошли в кают-компанию в ту самую минуту, когда волны с такой яростью ударили в корму яхты, что задрожали стеклянные иллюминаторы. Ветер все усиливался. Мачты согнулись под тяжестью парусов, и яхта, казалось, приподнялась над волнами.

– Фок на гитовы![1] – крикнул Джон Манглс. – Спускай марсель и кливера!

Матросы кинулись выполнять приказание. Были отданы фалы[2], стянуты вниз гитовы, спущены кливера – с таким шумом, который заглушил даже грохот бури. Из трубы «Дункана» валили клубы черного дыма. Порой над водой показывались лопасти быстро вращающегося винта.

Гленарван, майор, Паганель и Роберт с восхищением и ужасом смотрели на борьбу «Дункана» с волнами. Вцепившись изо всех сил в ванты, не в состоянии обменяться ни единым словом, они глядели на буревестников: эти зловещие птицы стаями носились кругом, как бы тешась неистовством стихии.

Вдруг пронзительный свист заглушил шум урагана. Пар со страшной силой вырвался из клапанов котла. Резко прозвучал сигнал тревоги. Яхту сильно накренило, и Вильсон, стоявший у штурвала, был сбит с ног внезапным ударом румпеля. «Дункан», потерявший управление, пошел поперек волны.

– Что случилось? – крикнул Джон Манглс, бросаясь на палубу.

– Судно ложится набок! – ответил Том Остин.

– Руль сломался?

– К машине, к машине! – послышался голос механика.

Джон стремглав сбежал по трапу. Все машинное отделение было заполнено густым паром. Поршни в цилиндрах бездействовали. Шатуны перестали вращать гребной вал. Механик, видя полную неподвижность машины и боясь за целость котлов, выпустил пар через пароотводную трубу.

– В чем дело? – спросил капитан.

---

[1] Гитовы – снасти для подтягивания нижней кромки паруса к верхней.

[2] Фалы – снасть, служащая для подъема парусов или флагов.

– Винт погнулся или задел за что-то, – ответил механик. – Он не действует.

– Как, его невозможно высвободить?

– Невозможно.

О ремонте думать не приходилось, ясно было одно: винт не работал и пар, не находя себе применения, вырывался через предохранительные клапаны. Джон был вынужден снова прибегнуть к парусам и искать помощи у того самого ветра, который сейчас был его опаснейшим врагом.

Капитан поднялся на палубу, в двух словах изложил Гленарвану положение дел и стал убеждать его отправиться вместе с остальными пассажирами в кают-компанию. Гленарван выразил желание остаться на палубе.

– Нет, милорд, – решительным тоном заявил Джон Манглс, – я должен быть здесь один с моей командой. Идите в кают-компанию. Палубу может залить водой, и тогда волны беспощадно сметут вас.

– Но мы можем быть полезны…

– Уходите, уходите, милорд, так нужно! Бывают обстоятельства, при которых я становлюсь хозяином судна. Уходите, я требую этого!

Очевидно, положение было критическим, если Джон Манглс позволил себе говорить таким повелительным тоном. Гленарван понял, что ему надлежит подать пример послушания, и покинул палубу, за ним последовали и его трое спутников. Они присоединились к женщинам, тревожно ожидавшим в кают-компании развязки этой борьбы со стихиями.

– Джон – человек решительный, – сказал, входя в кают-компанию, Гленарван.

– Да, – отозвался Паганель. – Наш капитан напомнил мне боцмана из пьесы «Буря» вашего великого Шекспира. Он кричит королю, плывущему на его корабле: «Убирайтесь! Этим ревущим валам нет дела до королей! Марш по каютам! Молчать! Не мешайте!»[1]

Между тем Джон Манглс, не теряя ни минуты, пытался вывести судно из того опасного положения, в котором оно очутилось из-за неисправности винта. Он решил лечь в дрейф, чтобы как можно меньше уклониться от курса. Важно было сохранить хоть некоторые паруса и повернуть их так, чтобы двигаться под углом к направлению ветра. Отдан был приказ

---

[1] Шекспир. «Буря», акт I, сцена I.

поставить марсель, взяв его на рифы, а также установить блинд. «Дункан» был направлен под ветер.

Яхта, обладавшая блестящими мореходными качествами, описала дугу, словно скаковая лошадь, почувствовавшая шпоры, и понеслась бортом к ветру. Выдержат ли остальные паруса? Правда, они были сделаны из лучшего полотна, но какая ткань сможет противостоять такому неистовому натиску!

Избранный капитаном маневр давал яхте существенные преимущества: она подставляла волнам наиболее прочные части своего корпуса и держалась нужного направления. Однако ей грозила и немалая опасность, так как она могла попасть в один из огромных провалов, зиявших между валами, и уже не вырваться оттуда. Капитан не имел возможности выбирать и решил держаться такого положения, пока будут целы мачты и паруса. Матросы были у него на глазах, готовые каждую минуту броситься исполнять его распоряжения. Джон Манглс, привязав себя к вантам, наблюдал за разъяренным океаном.

Так прошла ночь. Надеялись, что буря стихнет с рассветом. Напрасная надежда! Около восьми часов утра ветер еще усилился: скорость его достигла ста восьми футов в секунду. Это был ураган!

Джон Манглс молчал, но втайне трепетал за свое судно и за тех, кто был на нем. «Дункан» страшно накренился. Был момент, когда команда решила, что судно не поднимется. Матросы с топорами в руках уже бросились рубить ванты фок-мачты, как вдруг паруса сорвались с мачт и умчались, словно гигантские альбатросы. «Дункан» выпрямился, но, не имея опоры и управления, стал раскачиваться с такой силой, что мачты каждую минуту грозили переломиться у самых оснований. Яхта не могла долго противостоять подобной качке: все ее части расшатывались; казалось, обшивка вот-вот не выдержит и волны хлынут внутрь судна.

Джону Манглсу оставалось одно: поставить косой парус и идти по ветру. Но на это потребовалось несколько часов усилий: раз двадцать почти законченную работу приходилось начинать сызнова. Только к трем часам пополудни удалось наконец поставить парус. Под этим куском полотна подхваченный ветром «Дункан» помчался с невероятной быстротой. Буря несла его к северо-востоку.

Нужно было во что бы то ни стало поддерживать наибольшую быстроту хода яхты, ибо только это могло ее спасти. Порой, опережая волны,

«Дункан» разрезал их своим заостренным носом и, подобно огромному киту, зарывался в воду, облитый ею от носа до кормы. Иногда же скорость яхты совпадала со скоростью волн. Тут руль переставал действовать, яхту начинало кидать во все стороны, и она рисковала стать поперек волн. Наконец, бывало и так, что ураган гнал волны быстрее «Дункана». Тогда они перехлестывали через корму и с непреодолимой силой сметали все с палубы. Весь день 15 декабря и следующая ночь прошли в тревожных колебаниях между надеждой и отчаянием. Джон Манглс ни на минуту не покинул своего поста и не притрагивался к пище. Его мучили опасения, но он сохранял бесстрастное выражение лица. Он упорно силился проникнуть взором в туман, застилавший горизонт на севере.

Действительно, молодой капитан имел основание бояться за судно. «Дункан», отброшенный ураганом со своего пути, несся к австралийскому берегу с неудержимой быстротой. Джон Манглс инстинктивно чувствовал, что их несет какое-то необыкновенно быстрое течение. Каждую минуту он ждал, что яхта налетит на подводные скалы и разобьется вдребезги. Капитан считал, что берег находится в каких-нибудь двенадцати милях под ветром, а встреча с ним означала крушение, гибель судна. В сто раз лучше необъятный океан. С ним еще можно бороться, хотя бы и уступая ему, но когда буря выбрасывает судно на берег, тогда конец.

Джон Манглс пошел к Гленарвану и поговорил с ним наедине. Он не скрыл от него серьезности положения, рассказал об опасности с хладнокровием моряка, готового ко всему, и в заключение предупредил Гленарвана, что, быть может, он будет вынужден выбросить «Дункан» на берег.

– Чтобы попытаться, если это будет возможно, спасти тех, кто находится на нем, – добавил он.

– Поступайте, как найдете нужным, Джон, – ответил Гленарван.

– А леди Гленарван? А мисс Грант?

– Я предупрежу их только в последнюю минуту, когда исчезнет всякая надежда на то, что можно удержаться в море. Уведомьте меня.

– Я уведомлю вас, милорд.

Гленарван вернулся к жене и Мери Грант. Обе они, хотя и не знали, как велика опасность, все же чувствовали ее. Они проявляли большое мужество, не уступая в этом своим спутникам: Паганель увлекся весьма несвоевременными рассуждениями о направлении воздушных течений, проводя интересные сравнения между бурями, циклонами и ураганами. Роберт слушал его. Что касается майора, то он ждал конца с фатализмом мусульманина.

Около одиннадцати часов ураган как будто начал стихать. Влажный туман рассеялся, и Джон смог разглядеть милях в шести под ветром какой-то плоский берег. «Дункан» несся прямо к нему полным ходом. Чудовищные валы взлетали на высоту более пятидесяти футов. Джон понял, что они разбиваются о какую-то твердую преграду, иначе они не смогли бы так высоко подниматься.

– Здесь песчаные мели, – сказал он Остину.

– Вы правы, – ответил его помощник.

– Если бог не поможет нам найти проход между этими мелями, – продолжал Джон Манглс, – мы погибли.

– Сейчас прилив высок, капитан. Быть может, нам и удастся пройти.

– Но взгляните, Остин, на ярость этих валов. Какое судно в силах противостоять им?

Тем временем «Дункан» под косым парусом продолжал нестись к берегу со страшной быстротой. Вскоре он был уже милях в двух от мели. Туман ежеминутно заволакивал берег, но все же Джону удалось разглядеть за пенившейся полосой бурунов более спокойную полосу моря. Там «Дункан» был бы в относительной безопасности. Но как добраться туда?

Капитан вызвал пассажиров на палубу. Он не хотел, чтобы в час крушения они оказались запертыми в кают-компании. Гленарван и его спутники увидали бушующее море. Мери Грант побледнела.

– Джон, – тихо сказал Гленарван молодому капитану, – я попытаюсь спасти жену или погибну вместе с нею. Позаботьтесь о мисс Грант.

– Хорошо, милорд, – ответил Джон Манглс, поднося руку Гленарвана к своим влажным от слез глазам.

«Дункан» находился всего в нескольких кабельтовых от края мели. Прилив, конечно, помог бы яхте пройти через эти опасные мели. Но громадные валы, то поднимавшие, то опускавшие судно, должны были неминуемо ударить его килем о дно. Возможно ли успокоить бушующий океан?

Вдруг Джона Манглса осенила блестящая мысль.

– Жир! – крикнул он. – Жир тащите, ребята, жир!

Вся команда сразу поняла смысл этих слов. Капитан решил пустить в ход одно средство, которое иногда бывает спасительным.

Можно умерить ярость волн, покрыв их слоем жидкого жира. Этот слой разливается на поверхности воды, и волны стихают. Такое средство оказывает свое действие немедленно, но на очень короткое время. Едва успеет судно пройти по такому искусственно успокоенному морю, как волны уже начинают бушевать с еще большей силой, и горе тому, кто отважился бы плыть вслед за проскользнувшим таким образом судном[1].

Команда, силы которой удесятерились сознанием опасности, быстро выкатила на палубу бочонки с тюленьим жиром. Матросы вскрыли их ударами топоров и держали над водой у правого и левого бортов.

– Готовься! – крикнул Джон Манглс, выжидавший благоприятного момента.

В двадцать секунд яхта достигла края отмели, где бурлили и ревели волны. Пора!

– Выливай! – крикнул молодой капитан.

Бочонки были опрокинуты, и из них полились потоки жира. Маслянистый слой мгновенно сгладил пенившуюся поверхность моря. «Дункан» понесся по затихшим водам и скоро очутился в спокойном заливе, по ту сторону грозных отмелей, а за его кормой уже снова с неописуемой яростью бушевал освободившийся от пут океан.

---

[1] Поэтому морской устав запрещает капитанам пускать в ход это средство, если за ним следуют другие суда. (Прим. автора.)

Глава шестая. Мыс Бернулли

Первой заботой Джона Манглса было стать на два якоря на глубине тридцати пяти футов. Дно оказалось хорошим – из твердого гравия – и прочно удерживало якоря. Значит, судно не унесет в море и оно не сядет на мель. После стольких тревожных часов «Дункан» очутился в маленькой бухте, защищенной от океанских ветров высокой дугообразной косой.

– Спасибо, Джон, – сказал Гленарван, пожимая руку молодому капитану.

И Джон Манглс почувствовал себя щедро вознагражденным этими двумя словами.

Гленарван сохранил в тайне пережитые им душевные муки: ни леди Элен, ни Мери, ни Роберт даже и не подозревали, насколько велика была опасность, от которой они только что избавились.

Оставалось выяснить существенные вопросы: в какое место побережья занесен «Дункан» этой страшной бурей? На сколько отклонился он от тридцать седьмой параллели? На каком расстоянии на юго-западе находится от него мыс Бернулли?

Это первое, что должен был определить Джон Манглс, и он тотчас же занялся наблюдениями и вычислениями, результаты которых затем нанес на судовую карту.

Оказалось, что «Дункан» не особенно уклонился от своего курса: всего на два градуса. Он находился под 136°12’ долготы и 35°07’ широты, у мыса Катастроф на южном побережье Австралии, в трехстах милях от мыса Бернулли.

Мыс Катастроф, носящий такое зловещее название, расположен против мыса Борда на острове Кенгуру. Между этими двумя мысами проходит пролив Инвестигейтор, который ведет к двум довольно глубоким заливам: северный из них – залив Спенсер, а южный – залив Сент-Винсент. На восточном берегу этого последнего залива находится порт Аделаида, столица провинции Южная Австралия. Аделаида основана в 1836 году, ее население – сорок тысяч человек. Это довольно богатый город, но жители его заняты только обработкой плодородной земли, приносящей им богатые урожаи винограда, апельсинов и других сельскохозяйственных продуктов.

Крупных промышленных предприятий в городе нет. Поэтому там меньше инженеров, чем агрономов, и интерес к коммерции и технике невелик.

Можно ли отремонтировать «Дункан» на месте? Это надо было выяснить. Джон Манглс, желая знать, каково повреждение винта, приказал водолазам спуститься за корму яхты, и те доложили, что одна из лопастей винта погнулась и задевала за ахтерштевень[1], поэтому-то винт и не мог вращаться. Повреждение это было очень серьезным, для его починки требовалось такое оборудование, которого, конечно, не найти в Аделаиде.

По зрелом размышлении Гленарван и капитан Джон приняли такое решение: плыть на «Дункане» под парусами вдоль австралийского берега, разыскивая следы крушения «Британии», сделать остановку у мыса Бернулли, собрать там заключительные сведения, затем продолжать плавание до Мельбурна, где повреждения яхты легко исправят. А как только винт будет приведен в порядок, «Дункан» закончит свои поиски у восточных берегов.

Этот план был одобрен. Джон Манглс решил сняться с якоря при благоприятном ветре. Ждать пришлось недолго. К вечеру ураган совершенно стих. Задул попутный юго-западный ветер. Стали готовиться к отплытию, поставили новые паруса. В четыре часа утра матросы взялись за лебедку. Высвободив якоря из грунта, они подняли их наверх, и «Дункан» под фоком, марселем, брамселем, кливерами, бизанью и крюйс-марселем пошел правым галсом вдоль австралийских берегов.

Через два часа потеряли из виду мыс Катастроф – яхта плыла мимо пролива Инвестигейтор. Вечером обогнули мыс Борда и прошли вдоль острова Кенгуру. Остров этот, самый большой из австралийских мелких островов, служит убежищем для беглых ссыльных. Вид его очарователен. Бесконечные ковры зеленой растительности спускаются к прибрежным слоистым скалам. По этим равнинам и лесам, как и в 1802 году – году открытия острова, скачут неисчислимые стаи кенгуру.

На следующий день, в то время как «Дункан» лавировал вдоль побережья, на остров были посланы шлюпки с командой – осмотреть крутые берега Кенгуру. Яхта находилась под тридцать шестой параллелью, а Гленарван хотел, чтобы до тридцать восьмой параллели не осталось ни одного неисследованного клочка земли.

[1] Деревянная часть, которой оканчивается корма судна. (Прим. автора.)

18 декабря яхта, летя на всех парусах с быстротой настоящего клипера, прошла вплотную вдоль берега бухты Энкаунтер, куда попал в 1828 году путешественник Стерт, после того как открыл Муррей – самую большую из рек Южной Австралии. Но берега этой бухты совсем не походили на цветущие берега острова Кенгуру. Они были мрачные: однообразие нарушалось иногда каким-нибудь серым утесом или песчаным мысом, – словом, все как на бесплодном побережье полярных земель.

Работа команды шлюпок во время плавания была тяжелая, но никто не роптал. Моряков почти всегда сопровождали на берег Гленарван, неразлучный с ним Паганель и юный Роберт. Им хотелось собственными глазами увидеть останки «Британии». Но самые тщательные их поиски ничего не обнаруживали. Австралийские берега остались так же немы, как и патагонские прерии. Все же не следовало терять надежду до тех пор, пока не будет достигнут тот пункт, который указан в документе.

Поиски в этих местах производились лишь как добавочная мера предосторожности, на всякий случай. Ночью «Дункан» дрейфовал, чтобы, по возможности, держаться на месте, а днем на берегу производились самые тщательные поиски.

20 декабря путешественники поравнялись с мысом Бернулли. Им не удалось найти на своем пути ни одного обломка «Британии». Но эта неудача ничего не доказывала. В самом деле, ведь с момента катастрофы прошло целых два года, а за это время море могло и даже должно было сорвать с подводных камней, разбросать и уничтожить все обломки трехмачтового судна. Да и туземцы, которые чуют кораблекрушения, как коршуны труп, конечно, подобрали бы мельчайшие его обломки. А Гарри Грант и его оба спутника, попав в плен в ту минуту, когда волны выбросили их на берег, были, вне всякого сомнения, уведены в глубь материка.

Но в таком случае теряла смысл одна из остроумных гипотез Жака Паганеля. Пока речь шла об Аргентине, ученый был вправе утверждать, что цифры документа относятся не к месту кораблекрушения, а к местонахождению пленных. Конечно, в пампасах большие реки с их многочисленными притоками легко могли вынести в море драгоценный документ. Здесь же, в этой части Австралии, реки, пересекающие тридцать седьмую параллель, немногочисленны. К тому же Рио-Колорадо и Рио-Негро текут к морю через пустынные земли, негодные для жилья и незаселенные. Главные же австралийские реки – Муррей, Маррамбиджи, Дарлинг – либо впадают одна в другую, либо несут свои воды в океан через такие устья, которые стали крупными гаванями, оживленными портами. Как мало шансов за то, чтобы хрупкая бутылка могла спуститься по течению рек, где непрестанно движутся суда, и попасть в Индийский океан!

Неправдоподобность этого, конечно, не могла ускользнуть от людей проницательных. Гипотеза Паганеля, допустимая в условиях аргентинских провинций Патагонии, была бы нелогичной в Австралии. Паганель согласился с этими соображениями – их выдвинул майор Мак-Наббс. Стало очевидным, что координаты, указанные в документе, могли относиться только к месту крушения и что, следовательно, бутылка была брошена у западного побережья Австралии, где разбилась «Британия».

Тем не менее, как основательно заметил Гленарван, это толкование документа не исключило гипотезы о том, что капитан Грант находится в плену. И сам он даже наводит на эту мысль следующей фразой своего документа: «где они попадут в плен к жестоким туземцам». Поэтому искать пленных именно на тридцать седьмой, а не на какой-нибудь другой параллели оснований больше не было.

Так был разрешен этот долго обсуждавшийся вопрос. Из этого следовало, что, если только и у мыса Бернулли не найдется следов «Британии», Гленарвану ничего не останется, как вернуться в Европу. Правда, его поиски окажутся бесплодными, но все же он исполнил свой долг добросовестно и мужественно.

Конечно же это чрезвычайно огорчило пассажиров «Дункана», а Мери и Роберта привело в отчаяние. Когда дети капитана Гранта подплывали к берегу вместе с лордом и леди Гленарван, Джоном Манглсом, Мак-Наббсом и Паганелем, они думали, что теперь уже вопрос о спасении их отца решается бесповоротно. Бесповоротно, ибо во время предыдущего обсуждения Паганель справедливо сказал, что потерпевшие крушение давным-давно вернулись бы на родину в том случае, если бы их судно разбилось о подводные камни у восточного побережья.

– Надейтесь и уповайте на бога! Не теряйте надежды! – повторяла леди Элен сидевшей подле нее Мери, в то время как шлюпка шла к берегу.

– Да, мисс Мери, – сказал капитан Джон, – когда все человеческие средства исчерпаны, провидение внезапно указывает людям новые пути.

– Да услышит вас бог, мистер Джон, – ответила Мери Грант.

Берег был уже близко – до него оставалось не больше одного кабельтова. Он отлого спускался к воде у оконечности мыса, вдававшегося на две мили в море. Шлюпка причалила в маленькой природной бухте, между двумя коралловыми отмелями – из таких отмелей должно со временем вырасти целое заграждение из рифов вокруг южного берега Австралии. Да и теперь они уже были рифами, крайне опасными для кораблей, и вполне возможно, что именно о них и разбилась «Британия».

Пассажиры яхты беспрепятственно высадились на совершенно пустынный берег. Вдоль него тянулся ряд слоистых утесов вышиной от шестидесяти до восьмидесяти футов. Нелегко было бы без лестниц и крюков перелезть через эту природную крепостную стену. К счастью, Джон Манглс обнаружил в ней полумилей южнее брешь, образовавшуюся при обвале части стены. Вероятно, море, особенно бурное во время равноденствия, бьет волнами в это рыхлое заграждение из туфа и подмывает его.

Гленарван и его спутники углубились в этот проход и поднялись по довольно крутому склону на вершину утеса. Роберт, словно котенок, первым вскарабкался на нее. Паганель был в отчаянии, что двенадцатилетний мальчуган на своих детских ножках опередил его, длинноногого сорокалетнего мужчину. Но зато географ оставил далеко позади себя безмятежного майора, которому это было совершенно безразлично.

Вскоре маленький отряд весь собрался на вершине утеса и стал оттуда рассматривать расстилавшееся внизу пространство. Это были обширные невозделанные земли, поросшие жалким кустарником, – местность почти бесплодная. Гленарвану она напомнила глены[1] Шотландии, а Паганелю – бесплодные ланды[2] Бретани. Но если край этот казался необитаемым у побережья, то несколько видневшихся вдали построек говорили уже о присутствии человека, – и не дикаря, а цивилизованного труженика.

– Мельница! – крикнул Роберт.

И действительно, милях в трех вертелись в воздухе крылья ветряной мельницы.

---

[1] Глены – долины.

[2] Ланды – пустоши, равнины.

– Это действительно мельница, – отозвался Паганель, посмотрев в свою подзорную трубу. – Вот маленькое сооружение, столь же скромное, сколь и полезное. Вид его всегда радует мой взор.

– Как похоже на колокольню, – сказала леди Элен.

– Да, сударыня, между ними еще одно сходство: и колокольня и мельница дают пищу – одна для души, другая для тела человека.

– Идем на мельницу, – сказал Гленарван.

Двинулись в путь.

Через полчаса ходьбы местность преобразилась. Голая земля внезапно сменилась обработанной. Исчезли жалкие кустарники; зеленая живая изгородь окружала, видимо, недавно распаханный участок. Несколько быков и с полдюжины лошадей паслись на лугах, обсаженных раскидистыми акациями – питомцами обширных рассадников острова Кенгуру. Мало-помалу стали показываться и поля; на них росли хлеба, местами уже начавшие золотиться. Поднимались стога сена, сложенные в виде громадных ульев. Стали видны за новыми оградами фруктовые деревья, прекрасный, достойный Горация[1] сад, сочетавший приятное с полезным. Затем сараи и другие службы, весьма разумно расположенные. Наконец, путешественники увидели простой, но уютный жилой дом; над ним, лаская его скользящей тенью своих длинных крыльев, возвышалась островерхая мельница.

На лай четырех собак, возвестивших о появлении чужих людей, из дома вышел человек лет пятидесяти, с располагающей наружностью. За ним показались пять красивых, здоровых молодцов, его сыновей, и высокая, крепкая женщина, их мать. Картина была ясна: этот человек, со своими бравыми домочадцами, среди новых построек, в этой почти девственной местности, представлял собой законченный тип колониста-ирландца, который, устав от нищенской жизни на своей родине, отправился искать достатка и счастья за моря.

Не успели путники представиться, как уже раздались сердечные слова хозяина:

– Чужеземцы, милости просим в дом Падди О'Мура!

– Вы ирландец? – спросил Гленарван, пожимая руку колониста.

---

[1] Великий римский поэт Квинт Гораций Флакк (65–8 гг. до н. э.) в «Науке поэзии» советовал «мешать полезное с приятным».

– Был им, – ответил Падди О'Мур, – а теперь я австралиец. Кто бы вы ни были, господа, входите и будьте как дома.

Оставалось только воспользоваться без дальнейших церемоний этим радушным приглашением. Миссис О'Мур тотчас же повела в дом леди Элен и Мери Грант, а сыновья колониста помогли пришельцам снять их оружие.

В нижнем этаже дома, сложенного из толстых бревен, находилась большая, светлая, совсем новая горница. К стенам ее, выкрашенным яркой краской, было приделано несколько деревянных скамей. Тут же стояло с десяток табуреток, два дубовых буфета с расставленной на них белой фаянсовой посудой и блестящими оловянными жбанами, и широкий длинный стол, за которым, пожалуй, и двадцати гостям было бы не тесно. Вся обстановка как нельзя более соответствовала и этому прочно построенному дому, и его крепким обитателям.

На столе уже стоял обед. Между ростбифом и жареной бараньей ногой дымилась суповая миска; кругом были расставлены большие тарелки с маслинами, виноградом и апельсинами; тут было все необходимое и даже больше того. Хозяин и хозяйка были так приветливы, стол так велик и так заманчиво уставлен яствами, что не сесть за него казалось просто неучтивым. В это время появились работники фермера; они были на равных правах с хозяевами и обедали вместе с ними. Падди О'Мур указал места, предназначенные для гостей.

– Я ждал вас, – сказал он просто Гленарвану.

– Ждали? – с удивлением переспросил тот.

– Я всегда жду пришельцев, – ответил ирландец.

Затем он торжественно произнес предобеденную молитву, а его семья и слуги почтительно стояли у стола. Элен была растрогана простотой нравов. Во взгляде мужа она прочитала, что он разделяет ее чувства.

Обеду была воздана заслуженная честь. Завязался общий оживленный разговор. Ведь у ирландцев и шотландцев много общего. Узенькая река Твид[1], ширина которой не превышает несколько туазов[2], больше отделяет Шотландию от Англии, чем все двадцать лье Ирландского канала отделяют древнюю Каледонию от зеленого Эрина[3].

---

[1] Река, отделяющая Шотландию от Англии. (Прим. автора.)
[2] Туаз равен 1,949 м.
[3] Эрин – древнее название Ирландии.

Падди О'Мур рассказал свою историю. Это была типичная история эмигранта, изгнанного нуждой со своей родины. Из тех, кто уехал за счастьем на чужбину, многие находят лишь горести и неудачи. Они пеняют на судьбу, забывая, что виноваты их собственные пороки и лень. Кто смел, трудолюбив и рачителен – тот добивается успеха.

Именно таков был Падди О'Мур. Он уехал из Дандолка, где вместе с семьей умирал от голода, к берегам Австралии, высадился в Аделаиде. Работе на шахте он предпочел нелегкий, но дающий верный достаток труд земледельца, и через два месяца по прибытии он завел свое хозяйство, так процветающее ныне.

Вся Южная Австралия разделена на участки по восемьдесят акров, которые правительство предоставляет колонистам. Хороший земледелец может на них прокормиться и даже накопить кругленькую сумму фунтов в восемьдесят.

Падди О'Муру это удавалось. Ему помогли его агрономические познания. На свои сбережения он выгодно приобрел новые участки. Его семья и хозяйство процветали. Ирландский крестьянин стал землевладельцем, и хотя он работал всего два года, у него было уже пятьсот акров распаханной земли и пятьсот голов скота. В Европе он был рабом, здесь же стал сам себе господином и независимым, как в самой свободной стране.

Выслушав рассказ ирландского эмигранта, гости искренно и сердечно поздравили его. Окончив свое повествование, Падди О'Мур, без сомнения, ждал, что на его откровенность гости ответят такой же откровенностью, однако никаких вопросов им не задавал. Он был из тех сдержанных, скромных людей, которые говорят: «Вот кто я, а кто вы такие – об этом я вас не спрашиваю». Гленарван и сам хотел рассказать ему о «Дункане», о том, что яхта стоит на якоре у мыса Бернулли, а также о поисках, которые он продолжал с такой неутомимой настойчивостью. Но, будучи человеком, который всегда прямо идет к цели, он прежде всего спросил Падди О'Мура, не знает ли тот чего-нибудь относительно крушения «Британии».

Оказалось, что ирландец ничего не слышал о таком судне. Да и вообще за эти два года не случилось ни одного кораблекрушения ни у самого мыса, ни в окрестностях его. Между тем «Британия» потерпела крушение не более двух лет назад. Ирландец с полной уверенностью утверждал, что никто не был выброшен на этой части западного побережья.

– А теперь, милорд, – прибавил он, – я спрошу, почему это вас интересует.

Тут Гленарван рассказал колонисту историю документа, рассказал о плавании «Дункана» и обо всех попытках отыскать капитана Гранта. Не скрыл он и того, что после столь определенных заявлений Падди О'Мура приходится отказаться от всякой надежды разыскать потерпевших крушение на «Британии».

Эти слова произвели удручающее впечатление на его спутников. У Роберта и Мери заблестели слезы на глазах. Даже Паганель не мог найти ни единого слова утешения и надежды. Джон Манглс терзался мучительной скорбью.

Отчаяние начало овладевать мужественными, великодушными людьми, понапрасну приплывшими на «Дункане» к этим далеким берегам, как вдруг кто-то произнес:

– Благодарите бога, милорд. Если капитан Грант жив, то он в Австралии.

Глава седьмая. Айртон

Невозможно представить себе удивление, вызванное этими словами. Гленарван вскочил и, оттолкнув табурет, крикнул:

– Кто это сказал?

– Я, – ответил один из работников Падди О'Мура, сидевший в конце стола.

– Ты, Айртон? – проговорил колонист, изумленный не менее самого Гленарвана.

– Да, я, – отозвался взволнованным, но решительным голосом Айртон, – такой же шотландец, как вы, милорд, и один из потерпевших крушение на «Британии».

Впечатление, произведенное таким заявлением, было неописуемо. Мери Грант, почти лишившись чувств от волнения и счастья, склонилась на грудь леди Элен. Джон Манглс, Роберт и Паганель вскочили со своих мест и бросились к тому, кого Падди О'Мур только что назвал Айртоном.

Это был человек лет сорока пяти, с суровым лицом и блестящими глазами, глубоко сидевшими под густыми бровями. Несмотря на свою худобу, он, должно быть, обладал незаурядной силой. Казалось, он весь состоял только из костей и нервов и, как говорят шотландцы, «жалел время жир нагуливать». Он был широк в плечах, среднего роста. Его решительная осанка, умное и энергичное, хотя и резко очерченное лицо располагали в его пользу. Внушаемое им чувство симпатии еще усиливалось при виде запечатлевшихся на его лице следов недавно пережитых тяжелых испытаний. Он, несомненно, много выстрадал, но производил впечатление человека, способного переносить страдания, бороться с ними и преодолевать их.

Гленарван и его друзья почувствовали это с первого взгляда. Личность Айртона внушала к себе уважение. Гленарван, выражая общие чувства, засыпал его вопросами. Оба они, и Гленарван и Айртон, видимо, были взволнованы этой встречей, поэтому вопросы Гленарвана вначале были довольно беспорядочны.

– Вы один из потерпевших крушение на «Британии»? – спросил Гленарван.

– Да, милорд, я был боцманом у капитана Гранта, – ответил Айртон.

– Вы спаслись во время кораблекрушения вместе с ним?

– Нет, милорд, нет! В ту страшную минуту меня смыло с палубы волной, и я был выброшен на берег.

– Стало быть, вы не из числа тех двух матросов, о которых упоминается в документе?

– Нет. Я не подозревал о существовании этого документа. Капитан бросил его в море, когда меня уже не было на судне.

– Но что же с капитаном… с капитаном?

– Я считал его утонувшим, исчезнувшим, погибшим вместе со всей командой «Британии». Мне казалось, что спасся я один.

– Ведь вы сказали, что капитан Грант жив!

– Нет, я сказал: «Если капитан Грант жив…»

– И вы прибавили: «то он в Австралии».

– Да, он может быть только здесь.

– Вам, значит, неизвестно, где он?

– Неизвестно, милорд. Повторяю: я считал, что он утонул в волнах или разбился о скалы. Это от вас я узнаю, что он, может быть, еще жив.

– Но тогда что же вы знаете?

– Только одно, что если капитан Грант жив, то он в Австралии.

– Так где же произошло крушение? – спросил майор Мак-Наббс.

Этот вопрос, конечно, надо было задать с самого начала, но Гленарван был так взволнован и так спешил узнать, где капитан Грант, что не осведомился о месте гибели «Британии». Разговор до сих пор велся сбивчиво, непоследовательно, скачками, лишь слегка касаясь вопросов, а не углубляясь в них. После же слов майора беседа приняла более деловой характер, и вскоре слушателям стали совершенно отчетливо ясны все подробности этой загадочной истории.

На вопрос Мак-Наббса Айртон ответил так:

– Когда меня смыло с бака, где я в это время спускал парус, «Британия» мчалась к австралийскому берегу – до него оставалось меньше двух кабельтовых. Крушение и произошло, значит, у этого самого места.

– Под тридцать седьмым градусом? – спросил Джон Манглс.

– Под тридцать седьмым, – подтвердил Айртон.

– На западном побережье?

– О нет, на восточном, – живо возразил боцман.

– А когда это случилось?

– В ночь на двадцать седьмое июня тысяча восемьсот шестьдесят второго года.

– Так и есть! Все сходится! – крикнул Гленарван.

– Как видите, милорд, я имел основание сказать именно так, – добавил Айртон, – если капитан Грант еще жив, то его надо искать только на Австралийском материке, и нигде больше.

– И мы будем искать его, и найдем его, и спасем его, мой друг! – воскликнул Паганель. – Ах, драгоценный документ, – продолжал географ с бесподобной наивностью, – надо-таки признаться, что ты попал в руки людей проницательных!

Но этих самодовольных слов Паганеля, конечно, никто не слышал. Гленарван и леди Элен, Мери и Роберт – все обступили Айртона и наперебой пожимали ему руку. Казалось, присутствие этого человека служило верным залогом спасения капитана Гранта. Если при крушении удалось уцелеть матросу, то почему не мог спастись капитан? Айртон повторял, что, по всей вероятности, капитан уцелел, как и он сам. Где именно капитан находится, он, Айртон, сказать не может, но, без сомнения, где-нибудь на этом же материке.

На бесчисленные вопросы, которыми его забрасывали, боцман отвечал совершенно точно и ясно. Пока он говорил, мисс Мери держала его руку в своих. Ведь это спутник ее отца, один из матросов «Британии»! Он жил одной жизнью с Гарри Грантом, скитался с ним по одним морям, преодолевал те же опасности… И Мери, плача от радости, не могла оторвать глаз от сурового лица боцмана.

До сих пор никому не приходило в голову, действительно ли этот человек – тот боцман, за которого он себя выдает, и можно ли вообще доверять его словам. Только майор и, пожалуй, Джон Манглс, которых не так-то легко было убедить, колебались, заслуживают ли слова Айртона полного доверия.

Встреча с ним была так неожиданна, что действительно могла внушить некоторое подозрение. Правда, Айртон говорил о событиях и числах, совершенно согласующихся с теми сведениями, которые заключались в документе, и приводил при этом разительные подробности. Но подробности, как бы они ни были точны, все же не делают рассказа достоверным, ибо замечено, что нередко за точностью подробностей скрывается ложь. Но Мак-Наббс оставил при себе свои сомнения и промолчал.

Что же касается Джона Манглса, то, как только матрос заговорил с молодой девушкой о ее отце, все его подозрения рассеялись, и он уверовал в то, что Айртон действительно товарищ капитана Гранта. Выяснилось, что бывший боцман знал и Мери и Роберта, так как видел их в Глазго перед отплытием «Британии». Он напомнил молодой девушке, как оба они с братом были на прощальном завтраке, который капитан дал друзьям на борту своего судна. На этом завтраке присутствовал шериф города Мак-Интайр. Присматривать за Робертом – ему едва минуло тогда десять лет – поручено было старшему матросу Дику Тернеру, а мальчуган вырвался от него и взобрался на бом-салинг.

– Правда, правда! – подтвердил Роберт.

Айртон припомнил много таких фактов, видимо не придавая им того значения, которое они имели в глазах Джона Манглса. И каждый раз, когда боцман останавливался, Мери с мольбой говорила:

– Еще, еще расскажите нам, мистер Айртон, о нашем отце!

И он рассказывал о чем ей было угодно. Гленарвану хотелось задать ему множество более полезных вопросов, но леди Элен удерживала его, указывая ему взглядом, какая радость для Мери этот разговор.

Айртон рассказал всю историю плавания «Британии» по Тихому океану. Многое из того, что говорил он, было известно Мери, так как вести с судна приходили вплоть до мая 1862 года. За это время Гарри Грант побывал на многих островах Океании. Он заходил на Ново-Гебридские острова, Новую Гвинею, Новую Зеландию, Новую Каледонию. Но всюду оказывалось, что земли уже захвачены, и часто без законных оснований. Местные же английские власти чинили ему всяческие препятствия, будучи предупреждены о его предприятии из метрополии. Все же капитану Гранту удалось найти на западном берегу Гвинеи подходящие земли: ему казалось, что здесь нетрудно будет создать шотландскую колонию и что она, несомненно, будет процветать. И в самом деле, хороший порт по пути между Молуккскими и Филиппинскими островами должен был привлечь немало судов, особенно когда будет закончено прорытие Суэцкого канала и этим упразднен морской путь вокруг мыса Доброй Надежды. Гарри Грант был в Англии поборником начинания г-на де Лессепса [1], ставя международные интересы выше политического соперничества.

По окончании обследования Новой Гвинеи «Британия» пошла в Кальяо, чтобы возобновить запасы продовольствия и топлива. 30 мая она покинула этот порт и направилась в Европу через Индийский океан, а затем вокруг мыса Доброй Надежды. Через три недели по выходе «Британии» в море страшная буря лишила судно управления, и оно легло набок. Пришлось срубить мачты. В трюме появилась течь, и справиться с ней не удалось. Вскоре команда совершенно выбилась из сил. Выкачать всю воду насосами было невозможно. Целую неделю «Британия» была игрушкой урагана. Вода в трюме дошла до шести футов. Судно мало-помалу погружалось. Шлюпки сорвал ураган. Экипажу предстояла неминуемая гибель, как вдруг в ночь на 27 июня (Паганель угадал правильно) показалось восточное побережье Австралии. Вскоре «Британию» выбросило со страшной силой на берег. Айртон был подхвачен волной, упал в бурлящую воду и потерял сознание. Когда он пришел в себя, то увидел, что он в плену у туземцев. Они увели его в глубь материка. С тех пор он ничего не слышал о «Британии» и вполне обоснованно предполагал, что она, разбившись о рифы Туфоллд-Бей, погибла со всем экипажем и грузом.

Этим закончилась та часть рассказа, которая имела отношение к капитану Гранту. Не раз, пока говорил Айртон, слова его прерывались горестными восклицаниями. Даже майор по справедливости не мог бы усомниться в правдивости боцмана. Теперь следовало выслушать историю самого Айртона – она представляла, пожалуй, еще больший интерес, чем даже история «Британии». Ведь благодаря документу не было сомнения в том, что капитан Грант с двумя матросами уцелел после крушения, как и сам Айртон, и, следовательно, зная участь одного, можно было с полным основанием судить об участи других. Поэтому Айртона попросили рассказать о его приключениях. Сделал он это очень просто и коротко.

Уцелевшего после крушения моряка, очутившегося в плену у одного туземного племени, увели в глубь страны, в местность, орошаемую рекой Дарлингом и отстоящую от тридцать седьмой параллели миль на четыреста к северу. Жил он там в тяжелых лишениях, потому что и само племя было

---

[1] Ф. де Лессепс – французский дипломат, по проекту которого в 1855 году была организована Компания Суэцкого канала. Канал был открыт в 1869 году.

нищее, но дурного обращения он не видел. Долго тянулись эти два года тягостного рабства. Но все же в сердце его жила надежда когда-нибудь вырваться на волю. Он решил бежать и выжидал только удобного случая, хотя знал, что ему будут угрожать бесчисленные опасности.

В одну октябрьскую ночь 1864 года ему удалось обмануть бдительность туземцев и скрыться в дебрях огромных лесов. Целый месяц блуждал он по этим пустынным местам, питаясь кореньями, папоротниками и мимозной смолой, ориентируясь днем по солнцу, ночью по звездам, часто впадая в отчаяние.

Так перебрался он через болота, реки, горы – через всю необитаемую часть Австралийского материка, где побывали лишь немногие отважные путешественники. Наконец, истощенный, почти умирающий, дотащился он до гостеприимной кровли Падди О'Мура и здесь, поступив на работу, зажил счастливой жизнью.

– Если Айртон доволен мной, – проговорил колонист-ирландец, когда моряк кончил свой рассказ, – то должен сказать, что и я доволен им. Человек он умный, храбрый, хороший работник, и если он захочет, то дом Падди О'Мура надолго будет его домом.

Айртон поклонился ирландцу в знак благодарности и стал ждать новых вопросов. Впрочем, ему казалось, что законное любопытство его слушателей должно уже быть удовлетворено. И в самом деле, что мог он еще сказать, чего бы уже раз сто не повторил!

Гленарван собирался было начать составление нового плана действий, учитывая полученные от Айртона сведения, но тут майор обратился к моряку с вопросом:

– Вы были боцманом на «Британии»?

– Да, – ответил, не задумываясь, Айртон и вслед за этим, понимая, что вопрос Мак-Наббса был продиктован остатком недоверия, прибавил: – У меня даже уцелел при крушении мой судовой договор.

И он тут же отправился за этим документом. Отсутствовал он менее минуты, но Падди О'Мур все же успел сказать Гленарвану:

– Милорд, поверьте мне, Айртон – честный человек. За два месяца его службы у меня я решительно ни в чем не могу его упрекнуть. О том, что он пережил кораблекрушение и был в плену, я знал от него и раньше. Это надежный человек, достойный вашего доверия.

Гленарван хотел ответить, что он и не думал сомневаться в порядочности Айртона, но в эту минуту боцман вернулся и подал Гленарвану заключенный по всем правилам договор. Подписан он был владельцем «Британии», капитаном Грантом. Мери тотчас же узнала почерк отца. Документ устанавливал, что «Том Айртон, матрос первого класса, был принят боцманом на трехмачтовое судно «Британия». Итак, относительно личности Айртона не могло быть больше никаких сомнений, ибо трудно было допустить, чтобы документ, находившийся в его руках, не принадлежал ему.

– А теперь, – сказал Гленарван, – прошу всех высказаться, и мы немедленно решим, что следует сделать. Ваши советы, Айртон, для нас особенно ценны, и я буду вам за них очень признателен.

Подумав немного, Айртон ответил:

– Спасибо вам, милорд, за доверие, которое вы мне оказываете. Надеюсь, что я оправдаю его. Конечно, я кое-что знаю об этом крае, о нравах туземцев, и если я смогу быть вам полезен…

– Несомненно, – ответил Гленарван.

– Я думаю так же, как и вы, – продолжал Айртон, – что капитан Грант и двое матросов спаслись после крушения, а раз они при этом не добрались до английских владений и о них нет никаких сведений, то я не сомневаюсь в том, что они, как и я, попали в плен к какому-нибудь туземному племени.

– Вы, Айртон, повторяете те самые доводы, которые я уже приводил, – сказал Паганель. – Очевидно, капитан Грант со своими двумя матросами, как он и опасался, находится в плену у туземцев. Но можем ли мы считать, что их, подобно вам, увели на север от тридцать седьмой параллели?

– Вероятно, да, сэр, – ответил Айртон, – враждебные племена не очень-то любят жить по соседству с районами, подвластными англичанам.

– Это осложнит наши поиски, – проговорил озабоченно Гленарван. – Как найти следы пленников на таком огромном материке?

Ответом на эти слова было продолжительное молчание. Тщетно леди Элен обводила вопросительным взглядом своих спутников. Даже Паганель, вопреки своему обыкновению, оставался нем. Его всегдашняя изобретательность изменила ему.

Джон Манглс в замешательстве расхаживал по зале большими шагами, словно по капитанскому мостику своего судна.

– А что бы вы предприняли, мистер Айртон? – обратилась к моряку леди Элен.

– Я, сударыня, вернулся бы на «Дункан» и прямо отправился бы на то место, где произошло крушение, – с живостью ответил Айртон. – А там я бы действовал сообразно с обстоятельствами, а быть может, и с теми указаниями, которые бы мог послать мне счастливый случай.

– Отлично, – сказал Гленарван, – но только придется подождать, пока отремонтируют «Дункан».

– А, так у вас на судне есть повреждения? – спросил Айртон.

– Да, – отозвался Джон Манглс.

– И серьезные?

– Нет, но для исправления нужно оборудование, которого у нас нет на судне. У винта погнулась одна из лопастей, и починить его смогут только в Мельбурне.

– Но разве нельзя идти под парусами? – спросил боцман.

– Можно. Но если подует встречный ветер, наш переход до Туфоллд-Бей затянется надолго, а зайти в Мельбурн все равно надо.

– Ну, так пусть «Дункан» идет в Мельбурн, – воскликнул Паганель, – а мы и без него доберемся до бухты Туфоллд!

– Каким же образом? – поинтересовался Джон Манглс.

– Мы пересечем Австралию подобно тому, как пересекли Южную Америку, придерживаясь тридцать седьмой параллели.

– А как же «Дункан»? – с какой-то особой настойчивостью спросил Айртон.

– «Дункан» придет к нам, или мы придем к нему. Это будет зависеть от обстоятельств. Если во время нашего перехода мы найдем капитана Гранта, то вместе с ним вернемся в Мельбурн. Если же мы продлим поиски до самого побережья, «Дункан» явится туда за нами... Кто возражает против этого плана? Вы, майор?

– Нет, – ответил Мак-Наббс, – если только переход через Австралию возможен.

– Настолько возможен, что я предлагаю леди Гленарван и мисс Грант присоединиться к нам, – ответил ученый.

– Вы серьезно говорите это, Паганель? – спросил Гленарван.

– Вполне серьезно, дорогой лорд. Это переход в каких-нибудь триста пятьдесят миль. Делая по двенадцати миль в день, мы закончим его меньше чем за месяц, то есть за то время, какое потребуется для ремонта «Дункана». Вот если бы нужно было пересечь Австралийский материк севернее, там, где он шире всего, где простираются его необозримые безводные пустыни с нестерпимым зноем, – словом, проделать то, чего не пытались еще осуществить самые смелые путешественники, тогда другое дело. А тридцать седьмая параллель проходит через провинцию Виктория, через английские владения, почти везде заселенные, с дорогами, поездами. Такое путешествие можно совершить даже в коляске, а еще лучше на телеге. Это все равно что прогулка из Лондона в Эдинбург, не больше.

– А хищные звери? – заметил Гленарван, желая предусмотреть все заранее.

– В Австралии нет хищных зверей.

– А дикари?

– Дикарей под этой широтой нет, и, во всяком случае, они не так свирепы, как новозеландцы.

– А каторжники?

– В южных провинциях Австралии их нет. Их много лишь в восточных колониях. Провинция же Виктория не только не принимает каторжников, но даже издала закон, не допускающий на ее территорию людей, отбывших наказание в других провинциях. Еще в этом году власти провинции Виктория грозили одной пароходной компании прекратить выдачу ей субсидии, если та будет продолжать погрузку угля в портах западного побережья, где разрешается проживать ссыльным… Удивительно, что вы, англичанин, этого не знаете!

– Прежде всего я не англичанин, – ответил Гленарван.

– То, что сказал мистер Паганель, совершенно верно, – заявил Падди О'Мур. – Не только провинция Виктория, но и вся Южная Австралия, Квинсленд и даже Тасмания – все они не допускают к себе бывших каторжников. С тех пор как я живу на этой ферме, я не слыхал ни об одном из них.

– Я тоже никогда ни одного не встречал, – заметил Айртон.

– Как видите, друзья мои, – продолжал Жак Паганель, – в этих краях очень мало дикарей, совсем нет ни хищных зверей, ни каторжников, а ведь немного мест найдется в Европе, о которых можно было бы сказать то же самое… Итак, решено?

– Что скажете, Элен? – обратился к жене Гленарван.

– То, что готов сказать каждый из нас, дорогой Эдуард, – ответила она, поворачиваясь к остальным путешественникам. – В дорогу! В дорогу!

Глава восьмая. Отъезд

Не в обычае Гленарвана было тратить много времени между принятием решения и его выполнением. Как только предложение Паганеля было одобрено, Гленарван тотчас распорядился как можно скорее готовиться к путешествию. День отъезда был назначен на послезавтра, 22 декабря.

Чего можно было ожидать от этого перехода через Австралию? Раз было бесспорно, что капитан Грант здесь, экспедиция могла дать существенные результаты. Она увеличивала благоприятные шансы.

Правда, никто не обольщал себя надеждой найти капитана Гранта именно на тридцать седьмой параллели, которой было решено в точности придерживаться, но можно было ожидать, что обнаружатся какие-нибудь следы пребывания Гарри Гранта, и, во всяком случае, параллель эта вела прямо к месту кораблекрушения. А это было самым главным.

Если бы еще Айртон согласился присоединиться к путешественникам и, указывая им дорогу в лесах провинции Виктория, довел их до восточного побережья, это дало бы лишний шанс на успех. Гленарван понимал это и потому, стремясь заполучить в помощники бывшего спутника Гарри Гранта, спросил хозяина дома, не будет ли тот недоволен, если он предложит Айртону сопровождать их. Падди О'Мур заявил, что ничего не будет иметь против этого, хотя и очень жалеет, что лишается такого превосходного работника.

– Что ж, Айртон, согласны ли вы принять участие в наших поисках потерпевших крушение на «Британии»?

Айртон не сразу ответил на этот вопрос. Казалось даже, что несколько минут он колебался, но затем, подумав, сказал:

– Хорошо, милорд, я отправлюсь с вами, и если даже мне не удастся навести вас на следы капитана Гранта, то все же я доведу вас до того места, где разбилось его судно.

– Спасибо, Айртон, – промолвил Гленарван.

– Разрешите, милорд, задать вам один вопрос.

– Говорите, мой друг!

– Где встретитесь вы с «Дунканом»?

– В Мельбурне, если нам не понадобится пересекать всю Австралию от берега до берега, или на восточном побережье, если наши поиски приведут туда.

– А как же капитан…

– Капитан будет ждать моих распоряжений в порту Мельбурна.

– Что ж, милорд, – сказал Айртон, – рассчитывайте на меня.

– Буду рассчитывать, Айртон, – ответил Гленарван.

Пассажиры «Дункана» горячо поблагодарили боцмана. Дети капитана не знали, как выказать ему свою нежность. Все радовались решению Айртона, за исключением ирландца, терявшего умного и надежного помощника. Но Падди О'Мур понял, какое значение придавал Гленарван участию боцмана в экспедиции, и потому примирился с этой утратой. Гленарван поручил ирландцу снабдить экспедицию средствами передвижения для путешествия через Австралию. Заключив эту сделку и условившись с Айртоном, путешественники направились обратно на яхту.

Возвращались весело. Все изменилось, колебаниям не было места. Теперь отважной экспедиции не придется вести вслепую поиски вдоль тридцать седьмой параллели. Гарри Грант находится на этом материке, это несомненно, и сердца всех были переполнены радостью, как обычно бывает, когда вслед за сомнениями является уверенность. Через два месяца – при благоприятных обстоятельствах – «Дункан» высадит Гарри Гранта на берег Шотландии.

Когда Джон Манглс поддерживал предложение Паганеля совершить переход через Австралию, он, конечно, надеялся, что на этот раз и сам присоединится к пассажирам. Заведя на эту тему разговор с Гленарваном, он привел всевозможные доводы в пользу своего участия в экспедиции: говорил, как он предан леди Элен и самому Гленарвану, как полезен он будет при организации каравана и как бесполезно сейчас его присутствие как капитана на «Дункане». Словом, Джон Манглс привел множество всяких соображений, за исключением самого важного, которое и не понадобилось, чтобы убедить Гленарвана.

– Один только вопрос, Джон, – сказал Гленарван, выслушав молодого капитана, – вполне ли вы доверяете своему помощнику?

– Вполне, – ответил Джон Манглс. – Том Остин хороший моряк. Он доведет «Дункан» до Мельбурна, умело произведет ремонт, а затем приведет судно куда нужно, в назначенный день. Том – человек долга и дисциплины. Он никогда не решится отступить от приказа или выполнить его с опозданием. Вы можете положиться на него совершенно так же, как и на меня, милорд.

– Решено, Джон, вы отправляетесь с нами, – сказал Гленарван, а затем, улыбаясь, добавил: – Ведь лучше, чтобы вы присутствовали, когда мы разыщем отца Мери Грант.

– О, милорд! – пробормотал Джон Манглс.

Это все, что смог произнести молодой капитан. Побледнев, он сжал протянутую ему Гленарваном руку.

На следующий день Джон Манглс в сопровождении плотника и матросов, несших съестные припасы, снова отправился в усадьбу Падди О’Мура. Он должен был заняться вместе с ирландцем организацией транспорта для экспедиции.

Вся семья колониста ждала его, готовая начать работать по его указанию. Айртон тоже был здесь и не скупился на советы, подсказанные опытом.

Падди с Айртоном сошлись на том, что женщинам следует ехать в повозке, запряженной быками, а мужчинам – верхом на лошадях. Ирландец взялся снабдить экспедицию как животными, так и повозкой. Повозка была длиной в двадцать футов, с брезентовым верхом. Четыре колеса ее были сделаны из сплошного дерева, без спиц, без ободов, без железных обручей – словом, это были просто деревянные диски. Передний ход, отстоявший на большом расстоянии от заднего, был прикреплен довольно первобытным способом, так что сразу повернуть повозку было невозможно; к этому переднему ходу было приделано длиннейшее, в тридцать пять футов, дышло; в него впрягались три пары быков. Они тянули повозку, запряженные ярмом и прикрепленным к нему железной чекой шейным кольцом. Нужна была большая ловкость, чтобы управлять этой узкой, длинной и валкой колымагой и править быками с помощью одной только остроконечной палки. Но Айртон постиг это искусство на здешней ирландской ферме, и Падди ручался за его ловкость. Поэтому Айртону и были поручены обязанности возницы.

Повозка без всяких рессор была, конечно, малоудобна, но приходилось принять ее такой, какова она есть. Джон Манглс, не в силах изменить что-либо в топорном строении колымаги, постарался устроить все поудобнее хотя бы внутри. Прежде всего он разделил ее дощатой перегородкой на два отделения. Заднее предназначалось для хранения съестных припасов, багажа и походной кухни мистера Олбинета, переднее же отделение должно было всецело поступить в распоряжение путешественниц. Плотник превратил его в уютную комнатку, с толстым ковром на полу, туалетным столиком и двумя диванчиками для леди Элен и Мери Грант. Ночью для защиты от холода можно было опускать плотные кожаные занавеси. В крайнем случае и мужчины могли укрыться там во время ливней, но обычно они должны были ночевать в палатке. Джон Манглс умудрился собрать в этом маленьком помещении все вещи, необходимые для обеих женщин. Леди Элен и Мери Грант не пришлось слишком жалеть о комфортабельных каютах на «Дункане».

С мужчинами дело было проще. Приготовили семь лошадей: для лорда Гленарвана, Паганеля, Роберта Гранта, Мак-Наббса, Джона Манглса и двух матросов – Вильсона и Мюльреди, сопровождавших своего хозяина и в этой новой экспедиции. Айртону предстояло занять место на козлах колымаги, а мистер Олбинет, не прельщавшийся перспективой верховой езды, мог прекрасно устроиться в багажном отделении. Лошади и быки паслись на лугах фермы, и к моменту отъезда их легко можно было собрать.

Дав указания плотнику и обо всем распорядившись, Джон Манглс отправился обратно на «Дункан» вместе с ирландским семейством, пожелавшим посетить лорда Гленарвана. Айртон тоже решил присоединиться к ним. Около четырех часов пополудни Джон и его спутники уже были на борту «Дункана».

Гостей приняли с распростертыми объятиями. Гленарван пригласил всех отобедать на яхте: он не захотел остаться в долгу у гостеприимных австралийцев. Те с удовольствием приняли его приглашение. Меблировка кают, обои, стенные ковры и вся надводная часть яхты, отделанная кленом и палисандровым деревом, – все это привело в восторг Падди О'Мура. Айртон же, наоборот, отнесся довольно равнодушно ко всей этой дорогостоящей роскоши.

Зато боцман «Британии» осмотрел яхту с точки зрения мореплавателя. Он спустился до самого дна трюма, побывал там, где помещается винт, и в машинном отделении, осведомился о мощности машины, о том, сколько ей нужно топлива. Он обследовал угольные ямы, запасы продовольствия и пороха. Он особенно заинтересовался запасами оружия и пушкой, поставленной на баке, ее дальнобойностью. Гленарван имел дело с опытным моряком. Он увидел это по тем специальным вопросам, которые задавал Айртон. Боцман закончил свой обход осмотром мачт и такелажа.

– Красивое у вас судно, милорд, – сказал он.

– Хорошее судно, это главное, – ответил Гленарван.

– А каков его тоннаж?

– Двести десять тонн.

– Кажется, я не очень ошибусь, если скажу, что «Дункан», идя полным ходом, легко делает пятнадцать узлов.

– Прибавьте еще два, – отозвался Джон Манглс, – и вы не ошибетесь.

– Семнадцать! – воскликнул боцман. – Так, значит, ни одно военное судно – даже из самых лучших – не угонится за ним?

– Ни одно! – заявил капитан. – «Дункан» – настоящая гоночная яхта, и он не даст обогнать себя.

– Даже под парусами?

– Даже под парусами.

– Ну тогда, милорд, и вы, капитан, примите поздравления моряка, знающего цену хорошему судну.

– Рад слышать это, Айртон, – ответил Гленарван. – Оставайтесь на нашем судне, и если вы захотите, оно станет и вашим.

– Подумаю об этом, милорд, – просто ответил боцман.

Появившийся в эту минуту мистер Олбинет доложил, что обед подан. Гленарван со своими гостями направился в кают-компанию.

– Этот Айртон – умный малый, – заметил Паганель, обращаясь к майору.

– Слишком умный, – тихо отозвался Мак-Наббс.

Майору, без всяких, впрочем, оснований, не нравилось лицо боцмана и его манера держать себя.

Во время обеда Айртон, прекрасно знавший Австралийский материк, рассказал о нем много интересных подробностей. Между прочим, он спросил Гленарвана, сколько матросов берет он с собой в экспедицию. Услыхав, что только двоих – Мюльреди и Вильсона, – он, видимо, был удивлен и стал советовать Гленарвану сформировать целый отряд из лучших матросов «Дункана». Он даже настаивал на этом, что, кстати сказать, должно было рассеять последние подозрения майора.

– Но ведь наше путешествие в Южную Австралию не представляет никакой опасности? – проговорил Гленарван.

– Никакой, – поспешил подтвердить Айртон.

– Тогда надо оставить на судне как можно больше народа. Люди понадобятся, чтобы вести «Дункан» под парусами в Мельбурн, чтобы ремонтировать его. Очень важно, чтобы яхта могла без опоздания прибыть в то место, которое ей будет назначено. Поэтому не будем сокращать его команду.

Айртон, по-видимому, понял соображения Гленарвана и больше не настаивал.

Наступил вечер, и ирландцы распрощались с шотландцами. Айртон и семья Падди О'Мура вернулись на ферму. Лошади и повозка должны были быть готовы к следующему дню. Отъезд назначили на восемь часов утра.

Леди Элен и Мери Грант занялись последними приготовлениями. Сборы были недолгие, а главное, менее кропотливые, чем сборы Жака Паганеля. Ученый до поздней ночи развинчивал стекла своей подзорной трубы, вытирал их, затем снова свинчивал. Поэтому утро застало его спящим. Майор зычным голосом разбудил его.

Джон Манглс уже отправил багаж на ферму. Шлюпка ждала путешественников; они быстро разместились в ней. Молодой капитан отдавал последние распоряжения Тому Остину. Он особенно настаивал на том, чтобы его помощник ждал приказаний Гленарвана в Мельбурне и, каковы бы они ни были, выполнил их самым точным образом.

Старый моряк заверил Джона Манглса, что тот может на него положиться. Затем от имени всей команды Том Остин пожелал Гленарвану успеха в его экспедиции. Шлюпка отвалила от трапа под громовое «ура» команды.

Через десять минут она пристала к берегу, а еще через четверть часа путешественники были уже на ирландской ферме.

Здесь все было готово. Леди Элен пришла в восторг от своего жилища. Огромная повозка из массивных досок и с первобытными колесами очень понравилась ей. Шесть впряженных попарно быков своим патриархальным видом весьма подходили к ней. Айртон, держа в руках заостренную длинную палку, ждал приказаний своего нового хозяина.

– Черт возьми, – воскликнул Паганель, – какой чудесный экипаж! Ни одна почтовая карета в мире не сравнится с ней. Я не знаю лучшего способа бродить по свету! Дом, который трогается с места, движется, останавливается, когда вам заблагорассудится, – чего можно пожелать лучшего? Это некогда поняли сарматы и путешествовали только так.

– Господин Паганель, – обратилась к нему леди Элен, – надеюсь, я буду иметь удовольствие видеть вас в моем салоне?

– Конечно, мадам! Почту за честь. Какой ваш приемный день?

– Я буду дома для своих друзей ежедневно, – смеясь, ответила леди Элен, – а вы…

– …самый преданный из них, мадам, – галантно ответил Паганель.

Этот обмен любезностями был прерван появлением семи уже оседланных и взнузданных лошадей. Их привел один из сыновей Падди О'Мура. Гленарван уплатил ирландцу-фермеру за все, что было приобретено у него, и горячо поблагодарил его, а это для честного колониста было не менее ценно, чем полученные золотые гинеи.

Была дана команда к отъезду. Леди Элен и Мери заняли места в своем купе, Айртон – на козлах, а мистер Олбинет – в задней части повозки. Гленарван, майор, Паганель, Роберт, Джон Манглс и оба матроса сели на лошадей. Все они были вооружены карабинами и револьверами.

– С богом! – крикнул Падди О'Мур, а за ним хором вся его семья.

Айртон издал особый возглас и тронул быков длинной палкой. Повозка тронулась, доски ее затрещали, оси в ступицах колес заскрипели, и вскоре гостеприимная ферма славного ирландца скрылась за поворотом дороги.

Глава девятая. Провинция Виктория

Было 22 декабря 1864 года. Декабрь, такой унылый и хмурый в Северном полушарии, должен был бы называться июнем на Австралийском материке. Ведь с астрономической точки зрения, здесь два дня назад наступило лето: начиная с 21-го, когда солнце достигло тропика Козерога, оно с каждым днем бывало над горизонтом на несколько минут меньше. Таким образом, это новое путешествие Гленарвана должно было совершиться в самое жаркое время года, под почти тропическими лучами солнца.

Совокупность английских владений в этой части Тихого океана носит название Австралазии. Сюда входят Новая Голландия, Тасмания, Новая Зеландия и несколько соседних островов. Сам же Австралийский материк делится на несколько обширных колоний-провинций, очень отличающихся друг от друга по величине и по природным богатствам. При взгляде на современную карту Австралии бросается в глаза прямолинейность границ австралийских провинций – очевидно, англичане проводили их чисто условно, нисколько не сообразуясь ни с рельефом, ни с течением рек, ни с различием климата, ни с разноплеменностью населения. Эти колонии примыкают друг к другу, как кусочки мозаики правильной формы. Во всех этих прямых линиях и углах чувствуется рука не столько географа, сколько геометра. Природа берет свое только в пленительной неправильности очертаний берегов с их разнообразными изгибами, бухтами, мысами, заливами.

Это сходство между картой Австралии и шахматной доской вызвало заслуженные насмешки Жака Паганеля. Если бы Австралия была французской колонией, то уж французские географы не проявили бы такой страсти к угольнику и рейсфедеру.

Обширный австралийский остров делится в настоящее время на шесть колоний-провинций: Новый Южный Уэльс, столица – Сидней; Квинсленд, столица – Брисбен; Виктория, столица – Мельбурн; Южная Австралия, столица – Аделаида; Западная Австралия, столица – Перт; и, наконец, Северная территория, пока не имеющая столицы. Колонистами заселены лишь побережья. Почти нет сколько-нибудь значительных городов дальше двухсот миль в глубь страны. Центральная же часть материка, равная по величине двум третям Европы, еще почти не исследована.

К счастью, тридцать седьмая параллель не проходит через эти беспредельные пустыни, через эти недоступные области, уже стоившие науке стольких жертв. Гленарван не смог бы их преодолеть. На его пути, проходившем только через юг Австралии, лежали небольшая часть провинции Южная Австралия, затем вся провинция Виктория и, наконец, вершина опрокинутого треугольника, который представляет собой провинция Новый Южный Уэльс.

От мыса Бернулли до границы провинции Виктория – около шестидесяти двух миль. Это расстояние можно было свободно покрыть в два дня, и Айртон рассчитывал к вечеру следующего дня уже расположиться на ночлег в Апли, самом западном городе Виктории.

Обычно в начале всякого путешествия и всадники и лошади рвутся вперед. Воодушевление первых было только похвально, но прыть вторых понадобилось умерить. Кому предстоит далекий путь, тот должен беречь силы своей лошади. Поэтому было решено проезжать в среднем не больше двадцати пяти – тридцати миль в день. К тому же приходилось соразмерять бег лошадей с медленным шагом быков – этих настоящих живых машин, выигрывающих в силе то, что они теряют во времени.

Повозка с пассажирами и провиантом была ядром экспедиции, ее движущейся крепостью. Всадники могли разъезжать по сторонам, но не должны были слишком от нее удаляться. Вообще, так как для всадников не было установлено никакого определенного порядка езды, каждый мог до известной степени действовать по своему усмотрению. Охотники рыскали по равнине за дичью, любезные кавалеры беседовали с ехавшими в повозке дамами, философы философствовали. Паганель, совмещавший в себе все эти качества, должен был поспевать повсюду разом.

Переезд через провинцию Южная Австралия оказался неинтересным. На протяжении нескольких миль низкие пыльные холмы чередовались с пустошами, называемыми в этом краю английским словом «bush», то есть просто «кустарник»; это луга, поросшие кустами с остроконечными солоноватыми листьями – излюбленным лакомством овец. Между столбами телеграфной линии, недавно соединившей Аделаиду с побережьем, мирно паслись овцы особой породы, встречающиеся только в Новой Голландии.

Эти равнины удивительно напоминали однообразные аргентинские пампасы. Такой же ровный травяной покров, такая же четкая линия горизонта. Мак-Наббс уверял, что они и не покидали Южной Америки. Однако Паганель утверждал, что местность скоро должна измениться, и его спутники, полагаясь на слова географа, стали ждать чего-то чудесного.

В три часа отряд очутился на одной из обширных безлесных равнин, которые называют «москитными полями». Географ имел удовольствие убедиться в правильности этого названия. И путешественники, и их лошади очень страдали от непрекращавшихся укусов этих назойливых насекомых. Избежать их невозможно, но можно смягчить нашатырным спиртом из походной аптечки. Долговязый Паганель, весь исколотый жалами беспощадных москитов, выйдя из терпения, не мог удержаться от проклятий.

К вечеру несколько живых изгородей из акаций придали равнине более веселый вид. Стали попадаться группы белых камедных деревьев; появились недавно проложенные колеи и растения, вывезенные из Европы: оливковые и лимонные деревья, вечнозеленые дубы; наконец, потянулись аккуратные заборы. В восемь часов вечера быки, подгоняемые палкой Айртона, добрались до «станции» Ред-Гам. Станцией здесь называют место, где разводится скот, главное богатство Австралии. Местные животноводы называются «скваттеры», то есть «сидящие на земле»[1]. И в самом деле, первое, что делает усталый колонист после скитаний по необъятным равнинам, – он садится на землю.

Станция Ред-Гам была невелика, но приняли здесь Гленарвана очень радушно. Под кровом этих уединенных жилищ путешественника всегда ждет угощение, и в лице австралийского колониста он всегда находит гостеприимного хозяина.

На следующий день Айртон запряг своих быков уже на рассвете. Ему хотелось в тот же день добраться до границы Виктории.

Местность постепенно становилась неровной. До горизонта волнообразно тянулись холмики, усыпанные красным песком; казалось, что на равнину наброшен огромный красный флаг, складки которого раздуваются ветром. «Малли» – карликовые эвкалипты – простирали свои темно-зеленые ветви над тучными лугами, где бегало множество веселых тушканчиков. Дальше замелькали обширные заросли кустарников и

---

[1] От английского глагола «to squat» – садиться.

молодые камедные деревца. Потом кусты стали еще гуще, деревья – выше, – это начинались уже австралийские леса.

По мере приближения к границам Виктории пейзаж все более изменялся. Путешественники почувствовали себя в новой стране. Они неизменно двигались по прямой линии, и никакое препятствие на пути: ни озеро, ни гора – не принуждало их превратить эту линию в кривую или ломаную. Они неуклонно осуществляли на практике геометрическую теорему: двигались по кратчайшему пути между двумя точками. Не было ни усталости, ни трудностей. Всадники соразмеряли свой марш с медленным шагом быков, а эти спокойные животные хотя и не очень-то быстро передвигались, зато никогда не останавливались в пути. Сделав, таким образом, в два дня переход в шестьдесят миль, караван прибыл 23 декабря вечером в Апли, ближайший к границе город провинции Виктория, расположенный в округе Уиммера, под сто сорок первым градусом долготы.

Айртон остановил повозку перед харчевней, носившей, за неимением лучшей гостиницы, громкое название «Отель Короны». Был подан горячий ужин, состоявший исключительно из баранины в разных видах. Путешественники много ели, но еще больше разговаривали. Желая побольше узнать об особенностях Австралийского материка, спутники Паганеля засыпали его вопросами. Географ не заставил себя просить и охотно принялся рассказывать о провинции Виктория, называемой также Счастливой Австралией.

– Неверное название! – заметил Паганель. – Было бы ближе к истине назвать эту провинцию Богатой Австралией, ибо о странах можно сказать, как и о людях: «Богатство не дает счастья». Благодаря своим золотым приискам Австралия попала в лапы свирепых хищников-авантюристов. Вы сами это увидите, когда мы будем проезжать через золотоносные земли.

– Кажется, колония Виктория существует не так давно? – спросила леди Элен.

– Да, она основана всего каких-нибудь тридцать лет назад, а именно: шестого июня тысяча восемьсот тридцать пятого года, во вторник…

– …в четверть восьмого вечера, – добавил майор, любивший подтрунивать над точностью дат, приводимых географом.

– Ошибаетесь, – серьезно возразил географ. – В семь часов и десять минут Бетман и Фолкнер основали поселение Порт-Филлип у той самой бухты, где теперь раскинулся большой город Мельбурн. В течение первых пятнадцати лет эта колония входила в состав Нового Южного Уэльса и имела общую с ним столицу Сидней, но в тысяча восемьсот пятьдесят первом году она была объявлена независимой и получила название «Виктория».

– И много изменилось с тех пор? – спросил Гленарван.

– Судите сами, мой друг, – ответил Паганель, – я приведу вам цифры – новейшие статистические данные. А что бы ни говорил Мак-Наббс, я ничего не знаю более красноречивого, чем цифры.

– Ну давайте, – сказал майор.

– Начинаю. В тысяча восемьсот тридцать шестом году колония Порт-Филлип насчитывала двести сорок четыре жителя, а в настоящее время население провинции Виктория достигло пятисот пятидесяти тысяч человек. Семь миллионов виноградных лоз приносят ей ежегодно сто двадцать одну тысячу галлонов вина. Сто три тысячи лошадей носятся по ее равнинам, и шестьсот семьдесят пять тысяч двести семьдесят две головы рогатого скота пасется на ее беспредельных лугах.

– А свиньи здесь тоже есть? – поинтересовался Мак-Наббс.

– Да, майор. С вашего позволения, их здесь семьдесят девять тысяч шестьсот двадцать пять.

– А сколько овец, Паганель?

– Семь миллионов сто пятьдесят тысяч девятьсот сорок три, Мак-Наббс!

– Считая и барана, которого мы в данную минуту едим, Паганель?

– Нет, без него: ведь три четверти его мы уже уничтожили.

– Браво, господин Паганель! – весело смеялась леди Элен. – Надо сознаться, что вы прекрасно подкованы в географии, и сколько бы ни старался наш кузен Мак-Наббс, ему не удастся поставить вас в тупик.

– Что ж, это моя профессия – знать все это и при надобности сообщать вам. Поэтому можете поверить мне, если я скажу, что в этой необыкновенной стране нам предстоит увидеть немало чудесного.

– Однако до сих пор... – начал Мак-Наббс, любивший подзадорить географа.

– Да подождите же, нетерпеливый майор! – воскликнул Паганель. – Вы едва успели перешагнуть через границу, а уже ворчите. А я говорю, повторяю вам, клянусь вам, что этот край – самый любопытный на всем земном шаре! Его возникновение, природа, растения, животные, климат, его грядущее исчезновение – все это удивляло, удивляет и удивит всех ученых мира. Представьте себе, друзья мои, материк, который, образовываясь, поднимался из морских волн не своей центральной частью, а краями, как какое-то гигантское кольцо; материк, в середине которого есть, быть может, наполовину испарившееся внутреннее море; где реки с каждым днем все больше и больше высыхают; где нет влаги ни в воздухе, ни в почве; где деревья ежегодно теряют не листья, а кору; где листья обращены к солнцу не поверхностью, а ребром и не дают тени; где растут огнестойкие леса; где каменные плиты тают от дождя; где деревья низкорослы, а травы гигантской вышины; где животные необычны; где у четвероногих имеются клювы, например у ехидны и утконоса, что заставило ученых выделить их в особый класс; где у прыгуна кенгуру лапы разной длины; где у овец свиные головы; где лисицы порхают с дерева на дерево; где лебеди черного цвета; где крысы вьют себе гнезда; где птичка-шалашник строит целые беседки для своих крылатых подруг; где вообще все птицы поражают разнообразием песен и способностей: одна подражает бою часов, другая – щелканью бича почтовой кареты, третья – точильщику, четвертая отбивает секунды, точно маятник; есть такая, которая смеется утром, на восходе солнца, и такая, которая плачет вечером, на закате. Самая причудливая, самая нелогичная страна из всех когда-либо существовавших! Земля парадоксальная, опровергающая законы природы! Ученый-ботаник Гримар имел полное основание сказать о ней: «Вот она, эта Австралия, какая-то пародия на мировые законы или, вернее сказать, вызов, брошенный в лицо остальному миру!»

Эта тирада, стремительно произносимая Паганелем, казалось, никогда не кончится. Красноречивый секретарь Географического общества уже не владел собой. Он несся все вперед и вперед, отчаянно жестикулируя и при этом так размахивая вилкой, что его соседям по столу положительно грозила опасность. Наконец голос его был заглушен громом аплодисментов, и он умолк.

Конечно, после этого перечисления особенностей Австралии никому не пришло в голову задать географу еще какие-либо вопросы. Только майор спросил-таки своим неизменно спокойным голосом:

– И это все, Паганель?

– Нет, представьте, не все! – воскликнул с новым азартом ученый.

– Как, в Австралии есть что-нибудь еще более удивительное? – спросила заинтригованная леди Элен.

– Да, ее климат: он еще необычнее, чем все, что в нем растет и живет.

– Как? – раздалось со всех сторон.

– Я не говорю уж о том, как богат воздух Австралии кислородом и беден азотом, не говорю об отсутствии влажных ветров вследствие того, что пассаты дуют параллельно побережью; и о том, что большинство болезней, начиная от тифа и кончая корью и разными хроническими болезнями, здесь неизвестны…

– Однако это немалое преимущество, – заметил Гленарван.

– Без сомнения, но, повторяю, я не это имею в виду, – ответил Паганель. – Здесь климат обладает свойством… прямо-таки неправдоподобным…

– Каким же? – спросил Джон Манглс.

– Вы ни за что мне не поверите…

– Поверим! – воскликнули заинтересованные слушатели.

– Так вот, он…

– Ну, что же?

– …благотворно действует на нравственность!

– На нравственность?

– Да, – с убеждением ответил ученый. – Он благотворно действует на нравственность. В Австралии металлы не ржавеют на воздухе, то же происходит и с людьми. Сухой и чистый воздух здесь быстро все выбеливает: и белье и души. В Англии подметили это свойство здешнего климата, почему и решили ссылать сюда людей для исправления.

– Как, в самом деле такое влияние чувствуется? – спросила леди Гленарван.

– Да, и на животных и на людях.

– Вы не шутите, господин Паганель?

– Нет, не шучу. Австралийские лошади и рогатый скот поразительно послушны. Вы сами в этом убедитесь.

– Не может быть!

– Но тем не менее это так. Преступники, переселенные в эту живительную, оздоровляющую атмосферу, через несколько лет духовно перерождаются. Это известно филантропам. В Австралии все люди делаются лучше.

– Но тогда каким же станете вы, господин Паганель, в этой благодатной стране, – вы, и без того такой хороший? – улыбаясь, сказала леди Элен.

– Стану превосходным, просто превосходным! – ответил географ.

Глава десятая. Река Уиммера

На следующий день, 24 декабря, двинулись в путь на заре. Уже чувствовался зной, но терпимый. Дорога была почти ровной – и удобной для лошадей. Пролегала она по довольно редкому лесу. Вечером, после целого дня езды, отряд сделал привал на берегу озера Бланш[1] с солоноватой и непригодной для питья водой.

Жак Паганель принужден был согласиться, что это озеро не более бело, чем Черное море черно, Красное море красно, Желтая река желта, а Голубые горы голубого цвета. Впрочем, из профессионального самолюбия географ попытался было спорить, но его доводы не имели успеха.

Мистер Олбинет с обычной для него аккуратностью приготовил и подал ужин. Затем путешественники – одни в повозке, другие в палатке – быстро уснули, невзирая на жалобный вой динго, этих австралийских шакалов.

За озером Бланш раскинулась чудесная равнина, вся пестревшая хризантемами. Проснувшись на следующее утро, Гленарван и его спутники пришли в восторг от представшей перед их взором великолепной картины.

Снова двинулись в путь. Местность была ровная, только вдали виднелось несколько пригорков. Всюду до самого горизонта зеленела и алела цветами беспредельная равнина. Голубые цветы мелколистного льна красиво сочетались с ярко-красными цветами медвежьих когтей. Солончаковую почву густо покрывали серо-зеленые и красноватые цветы серебрянки, лебеды, свекловичника. Растения эти очень полезны, так как из их золы путем промывания добывается отличная сода. Паганель, который, очутившись среди цветов, сейчас же сделался ботаником, принялся называть все эти разновидности растений и, верный своему пристрастию к цифрам, не упустил случая сообщить, что австралийская флора включает четыре тысячи двести видов растений, принадлежащих к ста двадцати семействам.

Быстро проехали еще с десяток миль, и вот повозка катится среди рощиц высоких акаций, мимоз и белых камедных деревьев с их разнообразными цветами. Растительное царство этих равнин, богатых источниками, благодарно воздавало ароматами и цветами за теплые лучи,

---

[1] Бланш (blanche – фр.) – белое.

которые изливало на него дневное светило. Зато царство животных представлено было более скупо. Лишь кое-где бродили по равнине эму, приблизиться к которым оказалось невозможным. Майору все же удалось подстрелить одну из очень редких и уже исчезающих птиц. Это был ябиру – гигантский аист английских колонистов. Ростом он был пяти футов, а клюв его, черный, широкий, конической формы, очень заостренный на конце, имел восемнадцать дюймов длины. Лилово-пурпурная окраска его головы составляла резкий контраст с лоснящейся зеленой шеей, блестящей белой грудью и ярко-красными длинными ногами. Казалось, что природа употребила все цвета радуги на оперение ябиру.

Путешественники залюбовались птицей, и майор был бы, конечно, героем дня, если бы юный Роберт, проехав несколько миль дальше, не встретил и не подстрелил бесстрашно какое-то бесформенное животное – нечто среднее между ежом и муравьедом, напоминавшее недоразвитое допотопное существо. Из его сомкнутой пасти висел длинный, растягивавшийся липкий язык, которым это животное вылавливало муравьев – свою главную пищу.

– Это ехидна, – объяснил Паганель. – Случалось ли вам когда-либо видеть подобное животное?

– Она отвратительна! – отозвался Гленарван.

– Отвратительна, но интересна, – заметил Паганель. – К тому же она встречается только в Австралии. В другой части света ее не найти.

Понятно, Паганелю захотелось взять мерзкую ехидну с собой, и он решил положить ее в багажное отделение, но тут мистер Олбинет запротестовал с таким негодованием, что ученый должен был отказаться от мысли сохранить для науки этого представителя австралийской фауны.

В этот день путешественники достигли 141°30' долготы. До сих пор им в пути встречалось мало колонистов и скваттеров. Местность казалась пустынной. Туземцев совсем не было видно, так как дикие племена кочуют севернее, по бесконечным пустыням, орошаемым притоками Дарлинга и Муррея.

Отряду Гленарвана встретилось интересное зрелище: одно из тех колоссальных стад, которые предприимчивые торговцы пригоняют с восточных гор в провинции Виктория и Южная Австралия. Около четырех часов пополудни Джон Манглс указал своим спутникам на огромный столб пыли, поднимавшийся в трех милях впереди. Никто не мог догадаться, что означало это явление. Паганель склонен был видеть в нем какой-нибудь метеор, и пылкая фантазия ученого уже подыскивала естественное объяснение, но Айртон, не дав географу углубиться в область догадок, заявил, что пыль эту поднимает двигающееся стадо.

Боцман был прав. Густое облако пыли все приближалось. Оттуда неслось мычание, ржание и блеяние. К этой пасторальной симфонии примешивались также – в виде криков, свиста и брани – человеческие голоса.

Из шумного облака появился человек. То был главный погонщик этой четвероногой армии. Гленарван поехал к нему навстречу, и они вскоре разговорились. Погонщик был в то же время и владельцем части этого стада. Звался он Сэм Мэчел и направлялся из восточных провинций к бухте Портленд.

Его стадо состояло из двенадцати тысяч семидесяти пяти голов: тысячи быков, одиннадцати тысяч овец и семидесяти пяти лошадей. Весь этот скот, купленный худым на равнинах у Голубых гор, перегонялся теперь на тучные пастбища Южной Австралии, чтобы после откорма его можно было перепродать с большим барышом. Сэм Мэчел, выгадывая по два фунта стерлингов с быка и по полфунта с овцы, должен был выручить кругленькую сумму в пятьдесят тысяч франков. Дело, конечно, выгодное, но сколько надо было проявить терпения и энергии, чтобы довести до места назначения это норовистое стадо, сколько трудов приходилось положить на это! Да, нелегко достается барыш, получаемый от этого сурового ремесла.

В то время как стадо Сэма Мэчела продолжало двигаться вперед через рощицы мимоз, сам он в немногих словах рассказал свою историю. Леди Элен, Мери Грант и всадники сошли на землю и, усевшись в тени большого камедного дерева, слушали рассказ скотопромышленника. Сэм Мэчел был в пути уже семь месяцев. В среднем он проходил ежедневно миль десять, и его бесконечное путешествие должно было продлиться еще месяца три. В трудном деле ему помогали тридцать погонщиков и двадцать собак. Среди погонщиков было пять негров, умевших замечательно отыскивать отбившихся от стада животных по следам. За этой армией следовало шесть телег. Погонщики с бичами в руках (рукоятка этих бичей была восемнадцати дюймов длины, а ремень – девяти футов) пробирались между рядами животных и восстанавливали то и дело нарушаемый строй, между тем как легкая кавалерия в виде собак носилась по флангам. Путешественников привел в восхищение царивший в стаде порядок. Различные породы животных шли отдельно, ибо дикие быки не станут пастись там, где прошли овцы. Поэтому быков необходимо было гнать во главе армии. Разделенные на два батальона, они выступали впереди. За ними под командой двадцати погонщиков следовали пять полков овец; взвод лошадей шел в арьергарде. Сэм Мэчел обратил внимание своих слушателей на то, что вожаками этой армии были не люди, не собаки, а некоторые быки – смышленые «лидеры», авторитет которых признавался их сородичами. Они с большой важностью шествовали впереди, инстинктивно выбирая лучшую дорогу и глубоко убежденные в своем праве на всеобщее уважение. Стадо беспрекословно повиновалось им, и поэтому с ними приходилось считаться. Если им заблагорассудилось сделать остановку, надо было уступать их желанию; и тщетно было бы пытаться после стоянки снова пуститься в путь до того, как они сами подадут сигнал.

Скотопромышленник добавил еще несколько подробностей к рассказу об этом походе, достойном того, чтобы сам Ксенофонт[1] если не возглавил, то хотя бы описал его. Пока армия животных движется по равнине, все идет хорошо – без затруднений, без усталости. Скот пасется тут же, по дороге, утоляет жажду в многочисленных ручьях, ночью спит, днем идет, послушный лаю собак. Но в обширных лесах материка, в зарослях мимоз и эвкалиптов, трудности возрастают. Взводы, батальоны, полки – все смешивается или рассыпается по сторонам, и надо немало времени, чтобы снова всех собрать. Если, к несчастью, потеряется один из быков-лидеров, его нужно во что бы то ни стало разыскать, иначе все стадо может разбрестись; негры-погонщики нередко тратят по нескольку дней на эти трудные поиски. Когда идут сильные дожди, ленивые животные отказываются двигаться вперед, а во время сильных гроз обезумевший от страха скот охватывает паника.

И все же благодаря энергии и расторопности скотопромышленнику удавалось преодолевать все эти трудности. Он шел вперед миля за милей. Равнины, леса, горы оставались позади. Но на переправах через реки ему требовалось, кроме энергии и расторопности, еще нечто большее: ничем не сокрушимое терпение, которого должно было хватить не на часы, не на дни,

---

[1] Ксенофонт – греческий историограф (430–354 гг. до н. э.), описавший военный поход персидского царевича Кира Младшего.

а на целые недели. Каждая речка становилась преградой, но вовсе не потому, что ее нельзя было преодолеть. Причина задержек одна – упрямство стада, не желающего идти вброд: быки, хлебнув воды, поворачивают назад; овцы в страхе разбегаются в разные стороны. Надо ждать ночи, чтобы снова попытаться загнать стадо в реку, но попытка не удается. Баранов бросают в воду силой, но овцы не решаются следовать за ними. Пробуют в течение нескольких дней томить скот жаждой, но и это ни к чему не приводит. Переправляют на противоположный берег ягнят в надежде, что матери, услышав их крики, бросятся к ним. Но ягнята блеют, а матери не трогаются с места. Такое положение длится иногда целый месяц, и скотопромышленник не знает, что ему делать со своей блеющей, ржущей и мычащей армией. Вдруг в один прекрасный день без всякой видимой причины, словно по какому-то капризу, часть стада начинает переходить реку, и тут возникает новая трудность – помешать животным беспорядочно бросаться в воду, так как при этом они сбиваются в кучу и многие, попав в стремнины, тонут.

Вот что рассказал путешественникам Сэм Мэчел. Во время его рассказа большая часть стада прошла мимо в полном порядке, и скотопромышленник должен был поторопиться снова встать во главе своей армии и вести ее к лучшим пастбищам. Он простился с Гленарваном и его спутниками. Все крепко пожали ему руку. Затем он вскочил на прекрасного туземного коня, которого держал под уздцы один из погонщиков, и через несколько мгновений уже исчез в облаке пыли.

Повозка снова двинулась в путь и остановилась только вечером у подошвы горы Толбот. На привале Паганель весьма кстати напомнил о том, что было 25 декабря, день Рождества – праздника, столь чтимого в английских семьях. Но и мистер Олбинет не забыл этого: в палатке был сервирован вкусный ужин, заслуживший искреннюю похвалу сотрапезников. И в самом деле, Олбинет превзошел самого себя: он умудрился приготовить из своих запасов европейские блюда, которые не часто можно получить в пустынях Австралии. На этом достопримечательном ужине были поданы: оленья ветчина, солонина, копченая семга, пирог из ячменной и овсяной муки, чай в неограниченном количестве, виски в изобилии и несколько бутылок портвейна. Как будто все это было в столовой замка Малькольм, среди гор Шотландии.

Действительно, на пиршестве было все, начиная от имбирного супа и кончая печеньем. Все же Паганель счел нужным еще пополнить десерт плодами дикого апельсинового дерева, росшего у подножия холмов. Надо признаться, апельсины эти были довольно-таки безвкусны, а их зернышки, попав на зуб, обжигали рот, словно кайенский перец. Географ же, видимо, из научной добросовестности, так наелся этими апельсинами, что сжег себе нёбо и оказался не в состоянии отвечать на многочисленные вопросы майора об особенностях австралийских пустынь.

На следующий день, 26 декабря, не произошло ничего, о чем стоило бы рассказать. Путешественники миновали истоки реки Нортон, а позднее – наполовину пересохшую реку Макензи. Погода стояла прекрасная, не слишком жаркая. Дул южный ветер, приносящий здесь прохладу, как северный ветер в нашем полушарии. Паганель обратил на это внимание своего юного приятеля Роберта Гранта.

– Нам повезло, – прибавил он, – ибо в Южном полушарии обычно жарче, чем в Северном.

– А почему? – спросил мальчик.

– Почему, Роберт? Разве ты никогда не слыхал, что Земля зимой ближе к Солнцу?

– Слыхал, господин Паганель.

– И что зимой холодно только потому, что лучи солнца падают более косо?

– Да, господин Паганель.

– Так вот, мой мальчик, по этой самой причине в Южном полушарии жарче.

– Не понимаю, – с удивлением ответил Роберт.

– А вот подумай, – продолжал Паганель. – Когда у нас там, в Европе, зима, то какое же время года здесь, в Австралии, у антиподов?

– Лето, – сказал Роберт.

– Ну и если в это время Земля как раз ближе к Солнцу… Понимаешь?

– Понимаю.

– Значит, лето Южного полушария должно быть жарче лета Северного полушария именно благодаря этой близости к Солнцу.

– Теперь мне все ясно, господин Паганель.

– Итак, когда говорят, что Земля ближе к Солнцу зимой, то это верно лишь по отношению к нам, живущим в северной части земного шара.

– Вот это мне не приходило в голову, – промолвил Роберт.

– Ну так помни теперь, мой мальчик.

Роберт с большой охотой выслушал эту маленькую лекцию по космографии, в дополнение к которой он узнал еще и о том, что средняя температура в провинции Виктория составляет плюс семьдесят четыре градуса по Фаренгейту (+23,33° по Цельсию). Вечером отряд сделал привал за озером Лонсдейл, в пяти милях от него, между горой Драммонд, поднимавшейся на севере, и горой Драйден, невысокая вершина которой вырисовывалась на южной стороне небосклона.

На следующий день, в одиннадцать часов утра, повозка добралась до берегов реки Уиммеры, у сто сорок третьего меридиана.

Река эта, шириной в полмили, несла свои прозрачные воды между высокими акациями и камедными деревьями. Великолепные мирты вздымали на пятнадцатифутовую высоту свои длинные плакучие ветви, пестревшие красными цветами. Множество птиц – иволги, зяблики, золотокрылые голуби, не говоря уж о болтливых попугаях, – порхало среди зеленых ветвей. Внизу, на воде, резвилась пара черных лебедей, пугливых и неприступных. Но эти редкие птицы австралийских рек вскоре исчезли за излучинами Уиммеры, причудливо орошавшей эту пленительную долину.

Между тем повозка остановилась на ковре из зеленых трав, свисавших бахромой над быстрыми водами реки. Ни моста, ни парома не было. А все же перебраться было необходимо. Айртон стал искать удобного брода. В четверти мили вверх по течению река показалась ему менее глубокой, и он решил, что в этом месте можно будет перебраться на другой берег. Сделанные им в нескольких местах измерения показали, что река здесь не глубже трех футов. Значит, повозка могла без большого риска пройти по такому неглубокому месту.

– Нет никакого другого способа переправиться на другой берег? – обратился Гленарван к боцману.

– Другого нет, милорд, – ответил Айртон, – но эта переправа не кажется мне опасной. Как-нибудь переберемся.

– Леди Гленарван и мисс Грант должны выйти из повозки?

– Ни в коем случае. Мои быки крепки на ногу, и я берусь вести их по верному пути.

– Что ж, Айртон, – сказал Гленарван. – Я полагаюсь на вас.

Всадники окружили тяжелую повозку, и отряд смело вошел в воду. Обычно, когда телеги пересекают реку вброд, к ним прикрепляют кругом пустые бочки, чтобы поддержать их на поверхности воды. Но здесь такого спасательного пояса не имелось, и надо было положиться на чутье быков и на осторожность возницы. Айртон, сидя на козлах, правил; майор и оба матроса, рассекая быстрое течение, пробирались в нескольких саженях впереди. Гленарван и Джон Манглс держались по обеим сторонам повозки, готовые прийти на помощь путешественницам. Паганель и Роберт замыкали шествие.

Все шло хорошо до середины Уиммеры. Но здесь дно стало опускаться и вода поднялась выше колес. Быки, отнесенные течением от брода, могли потерять дно под ногами и потянуть за собой качавшуюся повозку. Айртон отважно соскочил в воду и, схватив быков за рога, заставил их вернуться к броду.

В эту минуту повозка неожиданно на что-то натолкнулась, раздался сильный треск, и она сильно накренилась. Вода залила ноги путешественницам. Несмотря на все усилия Гленарвана и Джона, уцепившихся за дощатую стенку, повозку стало относить течением. Минута была критическая. К счастью, быки мощно рванулись вперед и потащили за собой повозку. Дно начало подниматься, и вскоре животные и люди, промокшие, но счастливые, очутились в безопасности на другом берегу.

Однако у повозки оказался сломан передок, а у лошади Гленарвана сбиты передние подковы.

Нужно было как можно скорее исправить эти повреждения. Путешественники в замешательстве переглядывались, как вдруг Айртон предложил съездить на станцию Блэк-Пойнт, находившуюся в двадцати милях севернее, и привезти оттуда кузнеца.

– Поезжайте, конечно, поезжайте, дорогой мой Айртон, – сказал Гленарван. – Сколько вам потребуется времени на оба конца?

– Часов пятнадцать, не больше, – ответил Айртон.

– Ну так отправляйтесь же, а мы подождем вашего возвращения и расположимся на берегу Уиммеры.

Несколько минут спустя боцман верхом на лошади Вильсона уже скрылся за густой завесой мимоз.

Глава одиннадцатая. Бёрк и Стюарт

Остаток дня прошел в разговорах и прогулках. Путешественники бродили по берегам Уиммеры, беседуя и восхищаясь красотой местности. При их приближении журавли пепельного цвета и ибисы уносились с хриплыми криками, атласная птица пряталась в верхних ветвях дикого фигового дерева, иволги и чеканы-каменщики суетливо порхали между великолепными стеблями лилейных растений, а зимородки прекращали свою рыбную ловлю. Только более общительные попугаи – радужные, маленькие розеллы с пунцовой головкой и желтой грудкой и лори с красно-голубым оперением, – сидя на верхушках цветущих камедных деревьев, продолжали свою оглушительную болтовню.

Так, то отдыхая на траве у журчащих вод, то бродя по рощицам мимоз, путешественники до самого заката солнца любовались чудной природой. Ночь, наступившая после коротких сумерек, застигла их в полумиле от лагеря. Они направились к нему, ориентируясь не по Полярной звезде, невидимой в Южном полушарии, а по созвездию Южного Креста, сверкавшего на небосклоне на равном расстоянии от зенита и горизонта. Мистер Олбинет уже накрыл в палатке стол. Все уселись за ужин. Наибольший успех имело рагу из жареных попугаев, ловко подстреленных Вильсоном и искусно приготовленных стюардом.

Покончив с ужином, все стали искать предлога подольше не ложиться спать в такую чудесную ночь. Леди Элен, к общему удовольствию, попросила Паганеля рассказать о путешественниках, исследовавших Австралию, – он уже давно обещал сделать это.

Паганель не заставил себя просить. Его слушатели расположились у подножия великолепной банксии, и вскоре дым сигар поднялся до ее тонувшей в ночном мраке листвы.

Географ, полагаясь на свою неистощимую память, начал рассказ:

– Друзья мои, вы должны помнить – и майор, вероятно, этого не забыл – имена тех путешественников, о которых я говорил вам на борту «Дункана». Из всех, кто стремился добраться до центральной части Австралии, только четверым удалось пройти этот материк с юга на север или с севера на юг. Бёрк это сделал в тысяча восемьсот шестидесятом и тысяча восемьсот шестьдесят первом годах, Мак-Кинли – в тысяча восемьсот шестьдесят первом и тысяча восемьсот шестьдесят втором годах, Ландсборо – в тысяча восемьсот шестьдесят втором, Стюарт также в тысяча восемьсот шестьдесят втором. О Мак-Кинли и Ландсборо я упомяну лишь мимоходом. Первый из них прошел от города Аделаида до залива Карпентария, а второй – от залива Карпентария до Мельбурна. Оба они были посланы австралийскими организациями на поиски Бёрка; он не возвращался, и ему уже не суждено было вернуться.

Бёрк и Стюарт – вот те два исследователя Австралии, о которых я сейчас без дальних предисловий начну рассказывать.

Двадцатого августа тысяча восемьсот шестидесятого года Мельбурнское географическое общество отправило экспедицию, во главе которой стоял Роберт О'Хара Бёрк, отставной ирландский офицер, бывший полицейский инспектор в Каслмейне. Его сопровождали одиннадцать человек: Уильям Джон Уилс, выдающийся молодой топограф, доктор Беклер, ботаник Грей, молодой военнослужащий индийской армии Кинг, затем Ландельс, Браге и несколько сипаев[1]. Двадцать пять лошадей и столько же верблюдов везли на себе путешественников, их багаж и съестные припасы на полтора года.

Экспедиция направлялась на северное побережье, к заливу Карпентария, но предварительно должна была исследовать берега реки Куперс-Крик. Беспрепятственно перебравшись через реки Муррей и Дарлинг, экспедиция достигла поселения Мениндье на границе колоний. Здесь выяснилось, что такое большое количество багажа очень обременительно. Это затруднение, да еще несколько резкий характер Бёрка внесли разлад в отряд. Дело дошло до того, что Ландельс, ведавший верблюдами, отделился от экспедиции и вместе с несколькими погонщиками-индусами вернулся к берегам Дарлинга. Бёрк продолжал свой путь. Продвигаясь вперед то по великолепным, обильно орошаемым пастбищам, то по каменистым, безводным дорогам, он спустился к реке Куперс-Крик. Двадцатого ноября, после трехмесячного странствия, Бёрк устроил на берегах этой реки свой первый склад провианта.

Здесь путешественники на некоторое время задержались в поисках удобного пути на север, – пути, пролегающего вблизи воды. С большими трудностями они добрались до пункта, находящегося на полпути между Мельбурном и заливом Карпентария. Они устроили в этом месте

---

[1] Сипаи – наемные солдаты англо-индийской армии, вербуемые из местного населения (индусов).

сторожевой пост, обнесли его изгородью и дали ему название «форт Уилс». Здесь Бёрк разделил свой отряд на две части. Одной группе, возглавляемой Браге, предстояло оставаться во вновь созданном форте в течение трех месяцев, а если хватит провианта, то и дольше, и ожидать возвращения другой. Эта вторая группа состояла из самого Бёрка, Кинга, Грея и Уилса. Они взяли с собой шесть верблюдов и съестных припасов на три месяца, а именно: триста фунтов муки, пятьдесят фунтов риса, пятьдесят фунтов овсяной муки, сто фунтов сушеного лошадиного мяса, сто фунтов соленой свинины и сала, а также тридцать фунтов сухарей. Взятых продуктов должно было хватить на путешествие в шестьсот лье в оба конца.

И вот эти четыре человека отправились в путь. С трудом перебравшись через каменистую пустыню, они достигли реки Эйр-Крик, крайней точки, до которой дошел в тысяча восемьсот сорок пятом году Стюарт. Отсюда, держась как можно ближе к сто сороковому меридиану, они направились к северу.

Седьмого января они под палящим солнцем пересекли тропик. Их часто морочили обманчивые миражи; они страдали от жажды; но время от времени их освежали сильные грозы. Кое-где они встречали кочующих туземцев, которые относились к ним довольно радушно. В общем, надо сказать, путь их, не преграждаемый ни озерами, ни большими реками, ни горами, не представлял особых трудностей.

Двенадцатого января на севере показалось несколько холмов из песчаника, в их числе гора Форбса, а дальше пошли одна за другой гранитные горные цепи. Здесь двигаться вперед стало очень утомительно, животные еле плелись, порой совсем отказываясь идти дальше. «Мы все еще среди горных цепей. Наших верблюдов от страха бросает в пот», – писал Бёрк в своем путевом дневнике. Однако ж исследователям благодаря их энергии удалось добраться сначала до берегов реки Тернер, а затем и до верхнего течения реки Флиндерс, которую в тысяча восемьсот сорок первом году видел Стокс. Неся свои воды в зарослях из пальм и эвкалиптов, Флиндерс впадает в залив Карпентария.

Там уже сказывалась – множеством болотистых мест – близость океана. Один верблюд погиб в болоте, а остальные отказались идти дальше. Кинг и Грей принуждены были остаться с ними. Бёрк и Уилс продолжали вдвоем двигаться к северу, и, преодолев трудности, о которых весьма смутно упоминается в дорожном дневнике Бёрка, они достигли болотистого места, заливаемого морским приливом. Но самого океана они так и не увидели. Произошло это одиннадцатого февраля тысяча восемьсот шестьдесят первого года…

– Значит, этим отважным людям не удалось продвинуться дальше? – спросила леди Элен.

– Нет, сударыня, – ответил Паганель. – Болотистая почва уходила из-под ног, и им оставалось только попытаться вернуться к своим спутникам, оставшимся в форте Уилс. Поистине печальное возвращение. Слабые, изнуренные, едва передвигая ноги, дотащились они до Грея и Кинга. Отсюда экспедиция, спускаясь к югу по уже пройденной дороге, направилась к Куперс-Крик. Нам не известны в точности все перипетии, опасности, муки этого путешествия, ибо в дорожном дневнике нет соответствующих записей, но, несомненно, все это было ужасно.

В апреле в долину Куперс-Крик прибыли только трое: Грей изнемог в пути и скончался. Четыре верблюда погибли. Однако, доберись путешественники до форта Уилс, где ждал их Браге со своим складом провианта, и они были бы спасены.

Они удвоили усилия и брели еще несколько дней. Двадцать первого апреля показалась наконец ограда форта. Они входят – и что же: в этот самый день, тщетно прождав пять месяцев, Браге ушел из форта Уилс!..

– Ушел? – воскликнул Роберт.

– Да, ушел, по роковой игре случая… И, судя по оставленной Браге записке, всего за каких-нибудь семь часов до их появления. Нечего было и думать догнать его. Несчастные, брошенные на произвол судьбы люди немного подкрепились оставленными на складе продуктами. Но у них не было средств передвижения, а до реки Дарлинг оставалось еще целых полтораста лье.

Тут Бёрку пришла в голову мысль идти к австралийским поселениям, находящимся у подножия горы Хоплесс, в шестидесяти лье от форта. И вот, несмотря на то, что Уилс был против этого плана, трое путешественников пустились в путь. Из двух еще уцелевших верблюдов один утонул в тинистом притоке Куперс-Крик, а другой был не в силах больше сделать ни шагу; пришлось прикончить верблюда и питаться его мясом. Вскоре припасы иссякли. Трем несчастным пришлось питаться только «нарду» – съедобным водяным растением.

Отдалиться же от реки они не могли, так как в стороне от нее нет воды, а нести запас ее они не могли. Хижина, в которой они ночевали, сгорела вместе со всеми дорожными вещами. Они были обречены на гибель. Оставалось лишь умереть.

Бёрк подозвал к себе Кинга и сказал ему: «Мне осталось жить всего несколько часов. Вот мои часы и мой дневник. Когда я умру, вложите в мою правую руку пистолет и оставьте меня так, не зарывая». Это было последнее, что сказал Бёрк. На следующий день, в восемь часов утра, его не стало. Кинг, в страхе и отчаянии, бросился искать туземцев. Вернувшись, он застал мертвым и Уилса. Самого Кинга приютили туземцы. У них нашла его в сентябре экспедиция Хоуита, которая одновременно с экспедициями Ландсборо и Мак-Кинли была послана разыскивать Бёрка. Так из четырех исследователей, предпринявших переход через Австралийский материк, уцелел лишь один…

Рассказ Паганеля произвел на всех слушателей тяжелое впечатление. Каждый думал о капитане Гранте, который, быть может, подобно Бёрку и его спутникам, бродил по этому роковому материку. Удалось ли потерпевшим кораблекрушение избежать участи отважных исследователей? Это сопоставление было так естественно, что слезы заблестели на глазах Мери Грант.

– Отец, бедный отец!.. – прошептала она.

– Мисс Мери, мисс Мери! – воскликнул Джон Манглс. – Чтобы подвергнуться всем этим бедам, нужно углубиться внутрь материка, а капитан Грант, как Кинг, попал к туземцам и, как Кинг, будет спасен. Ваш отец никогда не был в таких страшных условиях.

– Никогда, – подтвердил Паганель. – И я еще раз говорю вам, дорогая мисс Мери, что австралийцы очень гостеприимны.

– О, если бы это было так! – промолвила девушка.

– Ну а Стюарт? – спросил Гленарван, желая отвлечь своих товарищей от этих грустных мыслей.

– Стюарт? – отозвался ученый. – О, ему больше повезло, и имя его внесено и прославлено в анналах австралийской истории. Еще в тысяча восемьсот сорок восьмом году Джон Мак-Доуэлл Стюарт, ваш соотечественник, друзья мои, начал свои странствия по Австралии, приняв участие в путешествии Стерта в пустыню, простирающуюся к северу от Аделаиды. В тысяча восемьсот шестьдесятом году Стюарт, в сопровождении всего двух человек, тщетно пытался проникнуть в глубь Австралии. Но он не падал духом. Первого января тысяча восемьсот шестьдесят первого года, во главе одиннадцати смелых спутников, он двинулся в путь с берегов Чамберс-Крик и остановился всего лишь в шестидесяти лье от залива Карпентария. Пересечь весь этот опасный материк он так и не смог – из-за недостатка съестных припасов пришлось вернуться в Аделаиду.

Все же Стюарт отважился еще раз попытать счастья и организовал третью экспедицию. На этот раз ему суждено было достигнуть цели, к которой он так пылко стремился.

Парламент Южной Австралии поддержал это начинание и постановил выдать Стюарту пособие в две тысячи фунтов стерлингов. Стюарт, обладая уже опытом исследователя, принял все меры предосторожности. Друзья его: естествоиспытатель Уотерхауз, Фринг, Кэкуик, его бывшие спутники: Вудфорд, Олд и другие – всего десять человек – присоединились к нему. Он взял с собой двадцать бурдюков из американской кожи, вместимостью по семь галлонов каждый, и пятого апреля тысяча восемьсот шестьдесят второго года экспедиция в полном составе уже находилась в бассейне Ньюкасль-Уотерхаус, за восемнадцатым градусом широты, в том самом пункте, дальше которого Стюарт не смог продвинуться в прошлый раз. Дальнейший путь экспедиции лежал приблизительно вдоль сто тридцать первого меридиана, то есть на семь градусов отклонялся на запад от маршрута Бёрка.

Базой этих новых исследований должен был служить бассейн Ньюкасль-Уотерхаус. Стюарт тщетно старался пройти через густые леса на север и северо-восток. Также не удалось ему достичь на западе реки Виктории: путь преграждала непроходимая чаща кустарников. Тогда Стюарт решился перенести свой лагерь в другое место, и ему удалось раскинуть его немного севернее, среди Говеровых болот. Отсюда, идя к востоку, он встретил на своем пути среди равнин, поросших травой, реку Дейли и поднялся по ее течению приблизительно миль на тридцать.

Места становились чудесными: роскошные пастбища обрадовали и обогатили бы любого скваттера; эвкалипты изумляли своей вышиной. Восхищенный Стюарт продолжал двигаться вперед. Он достиг берегов реки Странгуэйс, притока реки Ропер, открытой Лейххардтом. Эти реки несут свои воды среди великолепных пальмовых рощ, достойных детищ этого тропического края. Здесь жили туземные племена. Они радушно приняли исследователей.

Отсюда экспедиция направилась к северо-западу, разыскивая среди песчаника и железистых горных пород истоки реки Аделейд, впадающей в залив Ван-Димена. Ее русло проходит по области Арнхемленда, среди пальм, бамбука, сосен и панданусов. Река Аделейд делалась все шире, а берега ее становились болотистыми. Чувствовалась близость моря.

Во вторник, двадцать второго июля, Стюарт разбил лагерь среди болот Фришуотер. Его продвижение очень затрудняли бесчисленные ручьи, и он решил послать троих из своих спутников на поиски более удобных путей. На следующий день, то огибая непроходимые озера, то увязая в топях, Стюарт выбрался на более высокие места, поросшие травой. Там и здесь виднелись рощицы камедных деревьев и каких-то деревьев с волокнистой корой. Носились стаи ибисов, гусей, совершенно диких водяных птиц. Туземцев не было, только вдалеке виднелись дымки их кочевий.

Двадцать четвертого июля, через девять месяцев после выступления из Аделаиды, Стюарт, желая достигнуть в тот же день берега океана, двинулся на север в восемь часов двадцать минут утра. Он проходил по холмистой местности, усеянной железной рудой и обломками горных вулканических пород. Деревья становились ниже, как всегда на берегу моря. Перед глазами открылась широкая долина с наносной почвой, окаймленная деревцами. Стюарт отчетливо слышал шум прибоя, но ничего не говорил своим спутникам. Они вошли в заросли дикого винограда. Стюарт сделал несколько шагов – и вот он на берегу Индийского океана!

«Море, море!» – закричал изумленный Фринг.

Подбежали остальные, и путешественники приветствовали Индийский океан троекратным продолжительным «ура».

Австралийский материк был пересечен в четвертый раз.

Выполняя обещание, данное губернатору сэру Ричарду Макдонеллу, Стюарт ступил в море и умыл лицо и руки соленой водой. Вернувшись в долину, он вырезал на стволе дерева свои инициалы: Д. М. Д. С. Лагерь раскинули у ручья. На следующий день Фринг отправился в разведку: надо было выяснить, можно ли с юго-запада подойти к устью реки Аделейд. Почва оказалась слишком болотистой для лошадей, и пришлось отказаться от этого намерения.

Тогда Стюарт выбрал на поляне высокое дерево, срубил его нижние ветки, а на верхушке водрузил австралийский флаг. На коре дерева он вырезал следующие слова: «Ищи под землей на один фут к югу».

И если какой-нибудь путешественник когда-либо разроет землю в указанном месте, то он найдет там в жестяной коробке документ, каждое слово которого врезалось в мою память:

«Великое исследование и переход с юга на север Австралии.

Исследователи, возглавляемые Джоном Мак-Доуэллом Стюартом, достигли этого места двадцать пятого июля тысяча восемьсот шестьдесят второго года. Перед тем они пересекли всю Австралию от Южного моря до берегов Индийского океана, пройдя через центр материка. Они покинули город Аделаиду двадцать шестого октября тысяча восемьсот шестьдесят первого года, а последний населенный пункт английских колоний в северном направлении – двадцать первого января тысяча восемьсот шестьдесят второго года. В память этого счастливого события они водрузили здесь австралийский флаг с начертанным на нем именем главы экспедиции. Все обстоит благополучно. Боже, храни королеву».

За этим следуют подписи Стюарта и его спутников. Так было увековечено это крупное событие, слух о котором прокатился по всему земному шару.

– А свиделись ли эти мужественные люди со своими друзьями на юге? – спросила леди Элен.

– Да, – ответил Паганель, – до юга добрались все, но чего им это стоило! Больше всех страдал Стюарт. Когда он двинулся обратно в Аделаиду, здоровье его было очень расшатано цингой. В начале сентября болезнь стала так прогрессировать, что Стюарт уже потерял надежду когда-нибудь увидеть обитаемые места; он был не в силах держаться в седле и двигался вперед, лежа на носилках, подвешенных между двумя лошадьми. В конце октября у него началось кровохарканье, совершенно его истощившее. Пришлось убить одну из лошадей, чтобы сварить ему бульон. Двадцать восьмого октября Стюарт чуть не умер, но наступил спасительный кризис, и десятого декабря маленький отряд в полном составе достиг первых поселений.

Семнадцатого декабря восхищенные жители Аделаиды встречали Стюарта. Но здоровье его все же было подорвано, и вскоре, получив от Географического общества большую золотую медаль, он на судне «Инд» отплыл на родину – в Шотландию, где мы можем по возвращении встретиться с ним[1].

– А после Стюарта никто не пытался делать новые открытия? – спросила леди Элен.

– Как же, – ответил Паганель, – я не раз упоминал о Лейххардте. Этот исследователь уже в тысяча восемьсот сорок четвертом году совершил замечательное путешествие на север Австралии. В тысяча восемьсот сорок восьмом году он организовал экспедицию на северо-восток Австралии. Вот уже семнадцать лет, как он исчез. В прошлом году ботаник доктор Мюллер из Мельбурна организовал сбор средств на снаряжение поисковой экспедиции. Нужная сумма была в короткое время собрана, и отряд скваттеров во главе с Мак-Интайром покинул двадцать первого июня тысяча восемьсот шестьдесят четвертого года берега реки Пару. Сейчас, когда я рассказываю вам об этой экспедиции, она, вероятно, уже далеко углубилась внутрь страны. Пусть же поиски Лейххардта увенчаются успехом, и пусть мы сами, подобно этой экспедиции, отыщем дорогих нам друзей!

Так закончил географ свое повествование. Час был поздний. Поблагодарив Паганеля, слушатели разошлись. Несколько минут спустя все уже мирно спали. Только птица-часы, спрятавшись в листве белого камедного дерева, равномерно отбивала секунды этой безмятежной ночи.

---

[1] Жак Паганель действительно встретился по возвращении в Шотландию со Стюартом, но недолго наслаждался обществом знаменитого путешественника. Стюарт умер 5 июня 1866 года в скромном доме в Ноттингем-Хилле. (Прим. автора.)

Глава двенадцатая. Железная дорога из Мельбурна в Сандхерст

Майор с некоторым опасением отнесся к поездке Айртона за кузнецом на станцию Блэк-Пойнт. Но он ни словом не обмолвился о своем недоверии к бывшему боцману, а ограничился наблюдением за окрестностями реки. Спокойствие, царившее над соседними лугами, ничем не нарушалось. Прошла короткая ночь, и над горизонтом снова появилось солнце.

Что касается Гленарвана, то он боялся только одного: что Айртон вернется один. Повозка без починки не сможет продолжать путь. Задержка могла затянуться на несколько дней, а Гленарван, которому не терпелось поскорее добиться успеха, не допускал никаких промедлений.

К счастью, Айртон не потратил времени и усилий даром. Он явился на следующий день, на рассвете, в сопровождении человека, назвавшегося кузнецом из Блэк-Пойнта. Это был рослый, крепкий парень, но в лице его было что-то отталкивающее, зверское. Но, в сущности, это было не так уж важно, если он знал свое ремесло. Во всяком случае, он был чрезвычайно молчалив и даром слов не тратил.

– А он хороший кузнец? – спросил Джон Манглс боцмана.

– Я знаю его не больше вашего, капитан, – ответил Айртон. – Посмотрим.

Кузнец принялся за работу. По тому, как он чинил повозку, видно было, что он знает свое дело. Работал он проворно и с незаурядной силой. Майор заметил вокруг кистей рук кузнеца кольцо черноватой, запекшейся крови – следы недавних ран, которые рукава грязной шерстяной рубахи плохо скрывали. Мак-Наббс спросил кузнеца о происхождении этих, вероятно, очень болезненных ссадин, но тот ему ничего не ответил, а молча продолжал работать.

Через два часа колымага была починена. Лошадь Гленарвана кузнец подковал очень быстро, так как захватил с собой готовые подковы. Подковы эти имели особенность, которая не ускользнула от майора: на их внутренней стороне был грубо вырезан трилистник. Мак-Наббс указал на это Айртону.

– Это клеймо Блэк-Пойнта, – пояснил боцман. – Оно помогает находить след убежавших со стоянки лошадей и не смешивать их с чужими.

Подковав лошадь, кузнец потребовал плату за свою работу и ушел, не произнеся за все время и двух слов.

Полчаса спустя путешественники снова ехали вперед. Из-за поднимавшихся по сторонам мимоз открывались обширные пространства, вполне заслуживавшие свое местное название: «open plain» – «открытая равнина». Среди кустов, высоких трав и изгородей, за которыми паслись многочисленные стада, валялись обломки кварца и железистых горных пород. Несколькими милями дальше колеса повозки начали довольно глубоко врезаться во влажный грунт. Здесь журчали извилистые ручьи, полускрытые зарослями гигантских тростников. Позднее пришлось огибать обширные высыхающие соленые озера. Путешествие совершалось без всяких затруднений, а также, надо добавить, и без скуки.

Из-за тесноты «салона» леди Элен приглашала к себе в гости всадников по одному, всех по очереди. Каждый отдыхал от верховой езды и приятно проводил время, беседуя с этой милой женщиной. Леди Элен вместе с Мери с очаровательной любезностью принимала гостей в своем передвижном доме. Конечно, не был обойден этими приглашениями и Джон Манглс. Его несколько серьезная беседа отнюдь не утомляла путешественниц. Даже наоборот.

Двигаясь таким образом, отряд пересек почтовую дорогу из Крауленда в Хоршем, – дорогу очень пыльную, по которой мало кто ходит. Близ границы округа Толбот путешественники проехали мимо ряда невысоких холмов, а вечером они разбили лагерь в трех милях севернее Мэриборо. Шел мелкий дождь. В любой другой стране он размыл бы почву, но здесь воздух так поразительно впитывает сырость, что лагерь нисколько не пострадал от дождя.

В течение следующего дня, 29 декабря, отряд двигался немного медленнее, из-за того что ехать пришлось по гористой местности, напоминавшей Швейцарию в миниатюре. Надо было то подниматься, то опускаться; трясло при этом довольно изрядно, поэтому путешественники часть пути сделали пешком, что было гораздо приятнее.

В одиннадцать часов подъехали к Карлсбруку, довольно значительному городу. Айртон считал, что его надо объехать стороной, чтобы не терять времени. Гленарван согласился с ним, но Паганелю, жадному до всяких достопримечательностей, очень хотелось побывать в Карлсбруке. Ему представили эту возможность, повозка же медленно продолжала свой путь.

Паганель, по своему обыкновению, взял с собой Роберта. Пробыли они в Карлсбруке недолго, но этого времени оказалось достаточно для ученого, чтобы составить себе точное представление об австралийских городах. В Карлсбруке имелись банк, суд, рынок, школа, церковь и сотня совершенно схожих между собой кирпичных домов. Все это было расположено по английской системе – правильным четырехугольником, пересеченным параллельными улицами. Ничего не может быть проще, но и скучнее этого. По мере того как город растет, улицы его просто удлиняются, как штанишки подрастающего ребенка, и первоначальная симметрия не нарушается.

В Карлсбруке царило большое оживление – любопытная особенность всех таких лишь вчера народившихся городов. Кажется, в Австралии города растут, как деревья под жарким солнцем. Люди, озабоченные делами, бежали по улицам. Агенты по пересылке золота толпились у транспортных контор. Драгоценный металл под охраной местной полиции привозился сюда с заводов Бендиго и с горы Александра. Все эти люди, охваченные жаждой наживы, настолько были погружены в свои дела, что даже не заметили проезжавших мимо них иностранцев.

Паганель и Роберт, осмотрев город за час, поехали тщательно обработанными полями и вскоре догнали своих спутников. За полями потянулись обширные луга с бесчисленными стадами овец и разбросанными там и сям хижинами пастухов. Затем вдруг, без всякого перехода, как это часто бывает в Австралии, перед путниками раскинулась пустыня. Холмы Симпсон и гора Таранговер отмечали южную границу округа Лоддон под 144° долготы.

До сих пор экспедиция не встретила на своем пути ни одного туземного племени. Гленарвану уже приходило в голову, что в Австралии, пожалуй, так же не окажется австралийцев, как в аргентинских пампасах не оказалось индейцев. Но Паганель объяснил ему, что дикие племена кочуют главным образом по равнине у реки Муррей, милях в ста на восток.

– Мы приближаемся к стране золота, – продолжал он. – Не пройдет и двух дней, как мы окажемся в богатейшем районе горы Александра. Туда в тысяча восемьсот пятьдесят втором году устремилось множество золотоискателей. Коренным жителям пришлось уйти в пустыни

Центральной Австралии. Мы с вами теперь – в цивилизованном крае, хоть это и незаметно, и еще сегодня мы пересечем железную дорогу, соединяющую берега Муррея с морем. Но все же должен признаться, друзья мои, что в Австралии железная дорога мне кажется чем-то совершенно удивительным.

– Почему же, Паганель? – поинтересовался Гленарван.

– Почему? Да потому, что это неестественно! О, я знаю: вы, англичане, привыкли заселять свои отдаленные владения, вы провели телеграф в Новой Зеландии и даже устраиваете там всемирные выставки, и для вас это в порядке вещей. Но ум француза железная дорога приводит в замешательство и спутывает все его представления об Австралии.

– Потому что вы смотрите в прошлое, а не в настоящее, – заметил Джон Манглс.

– Согласен, – ответил Паганель. – Но свист паровоза, мчащегося по пустыням; клубы его пара, обволакивающие ветви мимоз и эвкалиптов; ехидны, утконосы и казуары, убегающие от курьерских поездов; дикари, садящиеся в три тридцать в скорый Мельбурн – Каслмейн, – все это не может не привести в изумление любого человека, если только он не англичанин и не американец. Из-за вашей железной дороги уходит поэзия пустыни.

– Что из этого, зато приходит прогресс! – отозвался майор.

Громкий свисток паровоза прервал этот спор. Путешественники находились всего в какой-нибудь миле от железной дороги. Паровоз, шедший малой скоростью с юга, остановился как раз в том месте, где дорога, по которой ехала повозка, пересекала железнодорожный путь.

Железнодорожная линия, как сказал Паганель, соединяла столицу провинции Виктория с самой большой рекой Австралии – Мурреем. Эта огромная река, открытая в 1828 году Стертом[1], берет свое начало в Австралийских Альпах, затем, обогащенная водами притоков, Лаклан и Дарлинг, течет вдоль всей северной границы провинции Виктория и впадает в залив Энкаунтер, близ города Аделаиды. Муррей несет свои воды по цветущим, плодородным местам, и благодаря хорошему железнодорожному сообщению с Мельбурном по его берегам вырастают все новые и новые фермы. Эта железнодорожная линия эксплуатировалась на

---

[1] Река Муррей была открыта в 1824 году Г. Юмом и У. Ховеллом.

протяжении ста пяти миль, от Сандхорста до Мельбурна, обслуживая также Кайнтон и Каслмейн. Дальнейший ее участок, длиной в семьдесят миль, только еще строился. Шла она в Эчуку, столицу провинции Риверина, лишь в этом году основанную на берегах Муррея.

Тридцать седьмая параллель пересекла полотно железной дороги в нескольких милях севернее Каслмейна, у Кемденского моста, переброшенного через Лоддон, один из многочисленных притоков Муррея.

К этому месту Айртон и направил свою повозку, а всадники помчались туда галопом. Их любопытство привлекало множество устремившихся к железнодорожному мосту людей. Жители соседних поселений покинули свои дома, пастухи бросили стада, и все они запрудили подступы к полотну железной дороги. Слышались крики:

– Сюда, сюда!

Видимо, это смятение было вызвано каким-то важным событием, быть может крупной катастрофой.

Гленарван и его спутники еще быстрее погнали своих лошадей. Через несколько минут они уже были у Кемденского моста. Здесь им сразу стала понятна причина скопления народа.

Произошла ужасающая катастрофа. Поезд не столкнулся с другим, а сошел с рельсов и рухнул; это напоминало самые крупные катастрофы на американских линиях. Река, через которую шла железная дорога, была завалена обломками вагонов и паровоза. Мост ли не выдержал тяжести поезда, или поезд сам сошел с рельсов, но из шести вагонов пять вместе с паровозом свалились в русло Лоддона. Лишь последний вагон, чудом уцелевший благодаря лопнувшей цепи, один стоял на рельсах в каком-нибудь метре от пропасти. Внизу зловеще громоздились почерневшие, погнутые оси, обломки вагонов, исковерканные рельсы, обуглившиеся шпалы. Далеко кругом валялись куски парового котла, разорвавшегося от удара. Из этого скопления бесформенных обломков поднимались языки пламени и клубы пара, смешанные с черным дымом. После ужасного крушения – еще более ужасный пожар. Виднелись кровавые останки, обуглившиеся, обезображенные трупы. Никто не решался подумать о том, сколько жертв погребено под этими обломками.

Гленарван, Паганель, майор, Джон Манглс, смешавшись с толпой, прислушивались к тому, что говорилось вокруг. Все старались найти объяснение катастрофе. Между тем уже начались спасательные работы.

– Должно быть, мост провалился, – говорил один.

– Какое там провалился, – возражали другие, – он и теперь целехонек! Видно, забыли перед проходом поезда свести его, только и всего.

Действительно, мост был разводной, что требовалось для прохода судов. Неужели железнодорожный сторож по непростительной небрежности забыл свести мост и мчавшийся поезд провалился в реку? Такая гипотеза казалась очень правдоподобной, ибо если обломки одной части моста и валялись под разбитыми вагонами, то другая часть его, отведенная на противоположный берег, продолжала висеть на своих совершенно неповрежденных цепях. Ясно, катастрофа произошла по вине сторожа.

Крушение случилось ночью с экспрессом номер тридцать семь, вышедшим из Мельбурна в одиннадцать часов сорок пять минут вечера. Было около четверти четвертого утра, когда этот поезд, выйдя за двадцать пять минут перед этим со станции Каслмейн, рухнул с Кемденского моста. Пассажиры и служащие последнего, уцелевшего, вагона пытались было просить помощи, но телеграф, столбы которого валялись на земле, не работал. Поэтому каслмейнские власти прибыли на место крушения только через три часа. И только в шесть часов утра удалось начать спасательные работы под руководством главного инспектора колонии мистера Митчела и отряда полисменов во главе с полицейским офицером. Полисменам помогали скотоводы со своими рабочими. Прежде всего стали тушить огонь, с огромной быстротой пожиравший груды обломков. Несколько изуродованных до неузнаваемости трупов лежало на откосах насыпи. Однако пришлось отказаться от мысли извлечь из такого пекла хотя бы одно живое существо. Огонь быстро завершил смертоносную работу крушения. Из всех пассажиров поезда – число их было неизвестно – уцелело лишь десять, бывших в последнем вагоне. Управление железной дороги только что послало за ними паровоз, который должен был доставить их обратно в Каслмейн. Тем временем лорд Гленарван, представившись инспектору, вступил в беседу с ним и полицейским офицером. Офицер этот был худощавый, высокий, невозмутимо хладнокровный человек. Если он и способен был что-то чувствовать, то это, во всяком случае, не отражалось на его бесстрастном лице. К крушению он относился как математик к задаче, которую нужно было решить и определить неизвестное. Услыхав слова взволнованного Гленарвана: «Какое великое несчастье!», он спокойно заметил:

– Больше чем несчастье, милорд.

– Больше? – воскликнул Гленарван, пораженный этой фразой. – Что же может быть больше этого несчастья?

– Преступление, – спокойно ответил полицейский офицер.

Гленарван вопросительно поглядел на Митчела.

– Да, милорд, – отозвался главный инспектор, – из осмотра места крушения мы вынесли убеждение, что причина катастрофы – преступление. Последний, багажный вагон разграблен, а на уцелевших пассажиров напала шайка из пяти или шести злоумышленников. Мост, очевидно, оказался разведенным не по небрежности, а намеренно, и если сопоставить это обстоятельство с исчезновением железнодорожного сторожа, то можно сделать вывод, что этот негодяй был соучастником преступления.

Услыхав такое заключение главного инспектора, полицейский офицер покачал головой.

– Вы, я вижу, не согласны со мной, – сказал инспектор.

– Не согласен, поскольку речь идет о соучастии сторожа.

– Однако только при его соучастии можно допустить, что это преступление совершено дикарями, бродящими по берегам Муррея, – возразил инспектор. – Ведь без его содействия туземцам, ничего не смыслящим в механизме моста, никогда бы не развести его.

– Правильно.

– Далее, – продолжал Митчел, – показаниями одного капитана установлено, что после прохождения его судна под Кемденским мостом в десять часов сорок минут вечера мост этот, согласно правилам, был снова сведен.

– Совершенно верно.

– Поэтому соучастие железнодорожного сторожа мне представляется безусловно доказанным.

Но полицейский офицер продолжал покачивать головой.

– Значит, вы не считаете, что преступление это совершили дикари? – обратился к нему Гленарван.

– Ни в коем случае.

– Но тогда кто же?

В это время в полумиле вверх по течению Муррея раздался гул голосов. Там собралась толпа. Она быстро увеличивалась, а скоро все подошли к мосту. Посредине толпы шли два человека, несшие труп. То было уже окоченевшее тело железнодорожного сторожа. Удар кинжалом поразил его в сердце. Убийцы, оттащив тело своей жертвы подальше от Кемденского моста, очевидно, стремились направить первые розыски полиции по ложному пути.

Найденный труп в полной мере подтверждал слова полицейского офицера: дикари были ни при чем.

– Люди, подстроившие крушение, – сказал офицер, – давно знакомы с этой игрушкой.

С этими словами он показал ручные кандалы, сделанные из двух железных колец, замыкавшихся замком.

– Вскоре, – прибавил он, – я буду иметь удовольствие преподнести им этот браслет в виде новогоднего подарка.

– Так, значит, вы подозреваете…

– …бесплатных пассажиров на судах ее величества.

– Что? Каторжников?! – воскликнул Паганель, знавший, что в австралийских колониях обозначает эта метафора.

– Я думал, что ссыльные не имеют права жительства в провинции Виктория, – заметил Гленарван.

– Что из этого? – отозвался полицейский офицер. – Не имея этого права, они тем не менее пользуются им. Некоторым из этих молодчиков удается бежать, и вряд ли я ошибусь, если скажу, что наши молодцы прибыли прямехонько с Пертской каторги. Но, поверьте мне, они не замедлят туда вернуться.

Митчел кивнул в знак согласия. В эту минуту к переезду через полотно железной дороги подъехала повозка. Гленарвану хотелось избавить путешественниц от ужасного зрелища. Он тотчас же простился с инспектором и знаком пригласил своих спутников следовать за ним.

– Из-за этого все же нельзя прерывать наше путешествие, – сказал он им.

Подъехав к повозке, Гленарван сказал леди Элен, что здесь произошла железнодорожная катастрофа, умолчав при этом, что вызвана она была преступлением. Не упомянул он также и о шайке беглых каторжников: Гленарван собирался сообщить об этом только Айртону. Маленький отряд пересек железную дорогу в нескольких сотнях метров выше моста и продолжал свой путь на восток.

Глава тринадцатая. Первая награда по географии

На горизонте, милях в двух от железной дороги, вырисовывались удлиненные профили нескольких холмов, замыкавших равнину. Повозка вскоре попала в узкие, извилистые ущелья. Ущелья эти вывели путешественников к прекрасным местам, где, разбившись на маленькие рощицы, росли с поистине тропической роскошью чудесные деревья. Самые замечательные из них – казуарины – казалось, заимствовали у дуба его могучий ствол, у акации – пахучие стручки, у сосны – жесткость сине-зеленых листьев. Сквозь их ветви выглядывали причудливые конусообразные вершины стройных, удивительно изящных банксий. Большие кусты с ниспадающими ветвями производили в этой чаще впечатление зеленых вод, льющихся из переполненных водоемов.

Восхищенные взоры блуждали среди всех этих чудес природы, не зная, на котором остановиться.

Маленький отряд на минуту задержался. Айртон, по приказанию леди Элен, остановил быков, и колеса повозки перестали скрипеть по кварцевому песку. Между рощицами расстилались длинные зеленые ковры. Какие-то холмики, расположенные рядами, разделяли их на квадраты, еще достаточно отчетливые, и делали похожими на большую шахматную доску. Паганель сразу понял назначение этих пустынных зеленых луговин, так поэтично приспособленных для вечного покоя. Он узнал четырехугольные могилы туземцев; ныне почти все они заросли травой и потому так редко попадаются путешественнику на австралийской земле.

– Это рощи смерти, – сказал он.

Действительно, перед глазами путешественников было кладбище туземцев, но оно дышало такой свежестью, было так тенисто, так уютно, так оживляли его стаи птиц, что не навевало никаких грустных мыслей. Его можно было принять за райский сад тех времен, когда на земле еще не властвовала смерть. Казалось, все здесь сделано для жизни. Могилы, которые когда-то содержались в безукоризненном порядке, теперь уже исчезали под бурно нахлынувшими травами. Нашествие европейцев заставило австралийцев далеко уйти от земель, где покоились их предки, и было ясно, что продолжающаяся колонизация в ближайшем же будущем отдаст эти кладбища под пастбища скоту. Вот почему эти рощицы встречаются все реже и реже, и нога равнодушного путешественника часто ступает по земле, под которой скрыты останки не так давно еще жившего поколения.

Паганель и Роберт, опередив своих спутников, ехали по тенистым аллейкам между могильными холмиками. Они разговаривали, просвещая друг друга, ибо Паганель утверждал, что ему очень много дают беседы с юным Грантом. Но не проехали эти два друга и четверти мили, как Гленарван увидел, что они остановились, затем сошли с лошадей и нагнулись к земле. Судя по их выразительным жестам, они нашли что-то чрезвычайно любопытное.

Айртон погнал быков, и повозка быстро нагнала обоих друзей. Тотчас стало ясно, почему остановились и чем были так удивлены Паганель и Роберт. Под тенью великолепной банксии спал мирным сном мальчик-туземец лет восьми, одетый в европейское платье. О том, что мальчуган – уроженец центральных областей Австралии, красноречиво говорили его курчавые волосы, почти черная кожа, приплюснутый нос, толстые губы и необычайно длинные руки; но смышленое лицо ребенка доказывало, что образование продвинуло его развитие.

Леди Элен, заинтересовавшись, сошла с повозки, и вскоре весь отряд окружил спавшего крепким сном мальчика.

– Бедное дитя! – проговорила Мери Грант. – Неужели он заблудился?

– Мне думается, – сказала леди Элен, – что он пришел издалека, чтобы посетить эти рощи смерти. Здесь, верно, покоятся те, кого он любил.

– Его нельзя так оставить, – заявил Роберт, – он ведь совсем один и…

Но сострадательная фраза Роберта осталась незаконченной: маленький австралиец, не просыпаясь, повернулся на другой бок, и окружавшие его, к своему величайшему удивлению, увидели прикрепленный к спине мальчика плакат, где было написано по-английски:

«Толине. Должен быть доставлен в Эчуку под присмотром железнодорожного носильщика Джеффри Смита. Уплачено вперед».

– Узнаю англичан! – воскликнул Паганель. – Они отправляют ребенка, как какую-нибудь посылку, и пишут на нем адрес, словно на конверте. Правда, мне говорили, что у них так делается, но я не хотел этому верить.

– Бедняжка! – промолвила леди Элен. – Уж не был ли он в том поезде, который сошел с рельсов? Быть может, родители его погибли и он теперь один на свете?

– Не думаю, сударыня, – сказал Джон Манглс. – Этот плакат, наоборот, указывает на то, что он путешествовал один.

– Он просыпается, – объявила Мери Грант.

Действительно, ребенок просыпался. Глаза его открылись, потом закрылись от яркого дневного света. Леди Элен взяла его за руку. Мальчуган поднялся и с удивлением стал рассматривать путешественников. В первую минуту на лице ребенка отразился страх, но присутствие леди Элен успокоило его.

– Понимаешь ли ты по-английски, дружок? – обратилась к нему молодая женщина.

– Понимаю и говорю, – ответил мальчик на языке путешественников, но с сильным акцентом, напоминавшим тот, с каким обыкновенно говорят по-английски французы.

– Как тебя зовут? – спросила леди Элен.

– Толине, – ответил маленький австралиец.

– А, Толине! – воскликнул Паганель. – Если я не ошибаюсь, на языке австралийцев это значит «древесная кора», не так ли?

Толине утвердительно кивнул головой и снова принялся рассматривать путешественниц.

– Откуда ты? – продолжала расспрашивать леди Элен.

– Я из Мельбурна и ехал в поезде.

– Ты был в том поезде, который сошел с рельсов на Кемденском мосту? – спросил Гленарван.

– Да, сэр.

– Ты путешествуешь один?

– Один. Преподобный отец Пэкстон поручил меня Джеффри Смиту. К несчастью, бедный носильщик погиб.

– А ты никого больше не знал в этом поезде?

– Никого, сэр, но детей оберегает сам бог.

Толине произнес эти слова проникновенным голосом. Когда он говорил о боге, он становился серьезным, глаза его загорались, и чувствовалось, что он взволнован всей душой. Религиозный пыл у такого маленького мальчика объяснялся просто. Он был одним из детей туземцев, которых английские миссионеры окрестили и воспитали в суровом духе методистской церкви. Сдержанные ответы, аккуратный темный костюм уже и теперь придавали ему вид маленького священника.

Но куда же брел мальчуган через эти пустынные места и почему покинул он Кемденский мост? Леди Элен спросила его об этом.

– Я иду к моему племени в Лаклан, – пояснил Толине, – мне хочется повидать родных.

– Они австралийцы? – спросил Джон Манглс.

– Австралийцы из Лаклана.

– И у тебя есть отец, мать? – спросил Роберт Грант.

– Да, брат, – ответил Толине, протягивая руку юному Гранту.

Роберт, растроганный этим обращением, тут же обнял маленького австралийца, и оба мальчика сразу стали друзьями.

Путешественников так заинтересовали ответы маленького туземца, что скоро все сидели вокруг него и слушали. Солнце уже склонялось за высокие деревья. Место казалось удобным для стоянки, особенной надобности спешить не было, и поэтому Гленарван распорядился остановиться на привал. Айртон распряг быков, стреножил их с помощью Мюльреди и Вильсона и пустил пастись на свободе. Раскинули палатку. Олбинет приготовил обед. Толине, хотя и был голоден, не сразу согласился принять в нем участие. Сели за стол. Мальчуганов посадили рядом. Роберт выбирал лучшие куски для своего нового товарища, а маленький туземец принимал их с несколько смущенным видом, но очень мило.

Разговор во время обеда не умолкал. Все с большим участием отнеслись к ребенку и засыпали его вопросами. Путешественникам хотелось узнать его историю. Она была очень несложна. Прошлое Толине было совершенно таким же, как прошлое многих туземцев, отданных в раннем возрасте на попечение благотворительных обществ колоний соседними туземными племенами. Австралийцы – народ кроткий. Они не питают к английским завоевателям такой ненависти, как новозеландцы и, быть может, некоторые племена Северной Австралии. Их нередко можно видеть в больших городах: в Аделаиде, Сиднее, Мельбурне, где они прогуливаются в своих первобытных костюмах. Они торгуют мелкими поделками, охотничьими и рыболовными принадлежностями, оружием. Вожди некоторых племен предоставляют своим детям возможность получить английское образование.

Так поступили и родители Толине, настоящие дикари обширного Лакланского края, раскинувшегося по ту сторону Муррея. За пять лет, проведенных мальчиком в Мельбурне, он не видел никого из своих. Тем не менее неугасимое родственное чувство жило в сердце Толине, и он не побоялся тяжелого пути через пустыню, чтобы добраться до своего племени, быть может уже рассеянного по всему материку Австралии. Он стремился повидаться со своей семьей, быть может уже погибшей.

– А повидавшись с родными, ты снова вернешься в Мельбурн, дитя мое? – спросила у него леди Элен.

– Да, сударыня, – ответил Толине, с неподдельной нежностью глядя на молодую женщину.

– А чем ты хочешь заняться, когда вырастешь?

– Хочу вырвать моих братьев из нищеты и невежества: хочу дать им знания и веру. Я буду миссионером!

Слова эти, произнесенные с таким воодушевлением восьмилетним австралийцем, других, более легкомысленных людей могли бы насмешить, но вдумчивые шотландцы отнеслись к ним с пониманием и уважением. Паганель был тронут до глубины души и почувствовал подлинную симпатию к маленькому туземцу. А надо признаться, что до сих пор этот дикарь, одетый в европейское платье, был не очень по душе географу. Ведь он, Паганель, явился в Австралию не для того, чтобы видеть австралийцев в сюртуке, ему хотелось видеть на них татуировку. «Приличная» одежда мальчика спутывала все его представления о туземцах. Но восторженные слова Толине изменили мнение ученого о нем, и он объявил себя поклонником маленького австралийца.

Конец же разговора сделал почтенного географа лучшим другом мальчика. Когда леди Элен спросила Толине, где он учится, тот сообщил, что он ученик средней школы в Мельбурне, во главе которой стоит преподобный отец Пэкстон.

– Что же тебе преподают в этой школе? – спросила леди Элен.

– Мне преподают там Библию, математику, географию…

– О, географию! – воскликнул с живостью Паганель.

– Да, сэр, – ответил Толине. – Перед январскими каникулами я даже получил первую награду по географии.

– Ты получил награду по географии, мой мальчик?

– Вот она, сэр, – проговорил Толине, вытаскивая из кармана книгу.

То была Библия в хорошем переплете. На оборотной стороне первой страницы стояла надпись: «Средняя школа в Мельбурне. Первая награда по географии ученику Толине из Лаклана».

Тут Паганель не выдержал. Подумать только: австралиец, хорошо знающий географию! Он в восторге расцеловал Толине в обе щеки, как, вероятно, поцеловал мальчика преподобный Пэкстон в день раздачи наград. Ученый, однако, должен был бы знать, что подобное явление – не редкость в австралийских школах: юные туземцы очень способны к географии и с охотой ею занимаются; зато математика им не дается.

Толине совершенно не понял, за что его целуют. Леди Элен объяснила мальчику, что Паганель – знаменитый географ да к тому же еще замечательный преподаватель географии.

– Преподаватель географии? – воскликнул Толине. – О, сэр, спросите меня!

– Спросить тебя, мой мальчик? – повторил Паганель. – Да с большим удовольствием! Я даже собирался сделать это без твоего разрешения. Я не прочь узнать, как преподается география в Мельбурнской средней школе.

– А что, Паганель, если Толине окажется сильнее вас в географии? – спросил Мак-Наббс.

– Ну уж извините, майор! – воскликнул ученый. – Сильнее секретаря Французского географического общества!..

Затем, поправив на носу очки, выпрямившись во весь свой высокий рост, Паганель с важностью, подобающей преподавателю, начал экзамен:

– Ученик Толине, встаньте!

Толине, который и без того стоял, принял более почтительную позу и стал ожидать вопросов географа.

– Ученик Толине, – продолжал Паганель, – назовите мне пять частей света.

– Океания, Азия, Африка, Америка и Европа.

– Прекрасно! Начнем же с Океании, раз мы в данный момент в ней находимся. Скажите, как разделяется Океания?

– Она разделяется на Полинезию, Меланезию и Микронезию. Главные ее острова следующие: Австралия, принадлежащая англичанам; Новая Зеландия, принадлежащая англичанам; Тасмания, принадлежащая англичанам; острова Чатем, Окленд, Маккуори, Кермадек, Макин, Мараки и другие, также принадлежащие англичанам.

– Хорошо! – ответил Паганель. – А Новая Каледония, Сандвичевы острова, Менданские острова, Паумоту?

– Эти острова находятся под протекторатом Великобритании.

– Как под протекторатом Великобритании? – воскликнул Паганель. – Мне кажется, что, наоборот, Франции…

– Франции? – с удивленным видом сказал мальчуган.

– Эге-ге! – сказал Паганель. – Так вот чему вас учат в Мельбурнской средней школе!

– Да, господин учитель. А разве это неверно?

У Паганеля был полураздосадованный-полуудивленный вид, доставлявший удовольствие майору.

Экзамен продолжался.

– Перейдем к Азии, – сказал географ.

– Азия, – сказал Толине, – огромная страна. Столица ее – Калькутта. Главные города: Бомбей, Мадрас, Аден, Пегу, Сингапур, Коломбо; острова: Лаккадивские, Мальдивские, Чагос и многие другие. Все это принадлежит англичанам.

– Хорошо, хорошо, ученик Толине. А что вы знаете об Африке?

– В Африке две главные колонии: на юге Капская со столицей Капштадтом, а на западе английские владения с главным городом Сьерра-Леоне.

– Прекрасный ответ! – сказал Паганель, начавший уже мириться с этой англо-фантастической географией. – Вижу, преподавание у вас было поставлено как нельзя лучше. Что же касается Алжира, Марокко, Египта, то они, конечно, стерты с английских атласов. Ну а теперь я с удовольствием послушаю, что ты мне расскажешь об Америке.

– Америка делится на Северную и Южную, – начал Толине. – В Северной англичанам принадлежит Канада, Новый Браунсвик, Новая Шотландия, а также Соединенные Штаты, которыми управляет губернатор Джонсон[1].

– Губернатор Джонсон? – воскликнул Паганель. – Этот преемник великого Линкольна[2], убитого обезумевшим фанатиком – сторонником рабовладельцев? Чудесно! Лучше этого и придумать нельзя. Ну а Южная Америка с Гвианой, с Фолклендскими и Шетлендскими островами, Южной Георгией, Ямайкой, Тринидадом и так далее, и так далее – все это также принадлежит англичанам? Не стану с тобой спорить. А теперь, Толине, мне хотелось бы знать твое мнение или, вернее, мнение твоих преподавателей о Европе.

– О Европе? – переспросил маленький австралиец, не понимавший, почему так горячится географ.

– Да, о Европе. Кому принадлежит Европа?

– Европа принадлежит англичанам, – убежденным тоном ответил мальчик.

– Я и сам так думал, – продолжал Паганель. – Но каким образом? Вот что мне хотелось бы знать.

– Англичанам принадлежат Англия, Шотландия, Ирландия, Мальта, острова Джерси и Гернси, острова Ионические, Гебридские...

– Молодец, молодец, Толине! – перебил его Паганель. – Но ведь в Европе существуют и другие государства, о которых ты забыл упомянуть, мой мальчик.

– Какие же, сэр? – спросил, не смущаясь, мальчуган.

– Испания, Россия, Австрия, Пруссия, Франция...

– Это провинции, а не государства, – сказал Толине.

– Это уж слишком! – крикнул Паганель, срывая с себя очки.

– Конечно, провинции. Столица Испании – Гибралтар...

– Восхитительно! Чудесно! Бесподобно! Ну а Франция? Я ведь француз, и мне хотелось бы знать, кому я принадлежу.

---

[1] Эндрю Джонсон (1808–1875) – президент Соединенных Штатов Америки с 1865 по 1869 год.

[2] Линкольн (1809–1865) – президент Соединенных Штатов, боровшийся за отмену рабства.

– Франция? Это английская провинция, – ответил спокойно Толине. – Главный город Кале.

– Кале! – крикнул Паганель. – Как! Ты считаешь, что Кале до сих пор принадлежит Англии?[1]

– Конечно!

– И ты думаешь, что это главный город Франции?

– Да, сэр. И там живет губернатор лорд Наполеон…[2]

Тут Паганель расхохотался. Мальчуган не знал, что и думать. Его спрашивали, и он старался ответить как можно лучше. Но курьезность его ответов не могла быть поставлена ему в вину: он даже не подозревал о ней. Все же юный австралиец не казался смущенным и с серьезным видом ждал конца этого непонятного веселья.

– Вот видите, – смеясь, сказал майор. – Разве я не был прав, когда говорил, что ученик Толине превзойдет вас?

– Несомненно, милый майор, – ответил географ. – Вот как преподают географию в Мельбурне! Хороши учителя в этой школе! Подумать только: Европа, Азия, Африка, Америка, Океания – все, весь мир принадлежит англичанам! Черт возьми! При таком воспитании я понимаю, что туземцы подчиняются англичанам… Ну, Толине, а как луна? Что она – тоже принадлежит англичанам?

– Будет принадлежать, – серьезно ответил мальчик.

Тут Паганель вскочил – он уже не мог усидеть на месте.

Его душил смех, и он отбежал чуть ли не на четверть мили от лагеря, чтобы посмеяться вволю.

Между тем Гленарван разыскал в своей дорожной библиотечке «Краткий очерк географии» Самуэля Ричардсона. Эта книга была очень популярна в Англии и давала более научные сведения о земном шаре, чем мельбурнские преподаватели.

– Вот возьми, малыш, – сказал Гленарван маленькому австралийцу. – У тебя не совсем верные сведения по географии, и их полезно исправить. Дарю тебе эту книгу на память о нашей встрече.

Толине молча взял книгу и стал внимательно ее рассматривать, недоверчиво качая головой и не решаясь сунуть ее в карман.

---

[1] Кале был отвоеван у Англии в 1558 году.

[2] Речь идет о французском императоре Наполеоне III.

Тем временем совсем стемнело. Было десять часов вечера. Следовало подумать о сне: ведь на следующий день нужно было вставать на рассвете. Роберт предложил своему другу Толине половину постели, и маленький туземец улегся подле него.

Несколько минут спустя леди Элен и Мери Грант ушли в свою повозку, мужчины улеглись в палатке, и только доносившийся издали хохот Паганеля сливался с тихим стрекотом сорок.

На следующее утро, когда в шесть часов солнечный луч разбудил наших путешественников, они уже не нашли рядом с собой австралийского мальчика. Толине исчез. Стремился ли он поскорее попасть в свой родной край или его обидели насмешки Паганеля, это так и осталось неизвестным.

Но когда леди Элен проснулась, она нашла у себя на груди букет свежих мимоз, а Паганель обнаружил в кармане своей куртки «Географию» Самуэля Ричардсона.

Глава четырнадцатая. Прииски горы Александра

В 1814 году Родерик Мерчисон, ныне президент Королевского географического общества в Лондоне, сравнив горную цепь, которая тянется с севера на юг, заканчиваясь у южного побережья Австралии, и Уральский хребет, нашел, что между ними существует замечательное сходство. А так как Уральский хребет золотоносен, то геолог, естественно, предположил, что этот драгоценный металл должен встречаться и в австралийских горах. И он не ошибся. Действительно, два года спустя Мерчисону были присланы из Нового Южного Уэльса образцы золота, и геолог побудил многих корнуэльских рабочих отправиться в золотоносные районы Новой Голландии.

Первым нашел в Южной Австралии золотые самородки Френсис Даттон. Золотые же россыпи были открыты Форбсом и Смитом.

Как только разнесся слух об этих открытиях, в Южную Австралию со всех частей света устремились золотоискатели: англичане, американцы, итальянцы, французы, немцы, китайцы. Однако только 3 апреля 1851 года Харгрейвс открыл чрезвычайно богатые месторождения золота и предложил указать это место губернатору колонии Сидней Фицрою за незначительную сумму – в пятьсот фунтов стерлингов. Предложение это не было принято губернатором, но слух об открытии Харгрейвса получил распространение, и золотоискатели наводнили Соммерхилл и Ленис-Понд. Здесь был основан город Офир, который благодаря соседству с богатыми приисками скоро оправдал свое название[1].

До тех пор никто не интересовался провинцией Виктория, а между тем ей суждено было превзойти все другие провинции богатством своих залежей.

Несколько месяцев спустя, в августе 1851 года, в провинции Виктория были найдены первые самородки золота, а затем вскоре открылись и обширные прииски в ее четырех округах: Балларат, Оуэнс, Бендиго и горы Александра. Все эти четыре округа были очень богаты золотом. Но на берегах реки Оуэнс обильные подпочвенные воды затрудняли добычу золота; в Балларате расчеты предпринимателей часто не оправдывались из-

---

[1] Офир – легендарная страна, богатая золотом.

за неравномерного его распределения, в Бендиго почва была непригодна для работы старателей. Лишь у горы Александра все условия благоприятствовали добыче золота, и оно, расцениваясь по тысяче четыреста сорока одному франку за фунт, продавалось прибыльнее, чем где-либо на земном шаре.

Через это место проходила и тридцать седьмая параллель, по которой следовала экспедиция в поисках Гарри Гранта.

Весь день 31 декабря путешественники ехали по сильно пересеченной местности, что очень утомило и лошадей и быков. Наконец под вечер показались округлые вершины горы Александра. Путешественники расположились лагерем в узком ущелье этой невысокой горной цепи и пустили быков и лошадей в путах искать корм среди обломков кварца. Это еще не был район, где разрабатывались золотые россыпи. Только на следующий день, первый день нового, 1865 года, тяжелые колеса повозки заскрипели по дорогам этого богатейшего края.

Жак Паганель и его спутники были довольны, что им удалось увидеть на своем пути знаменитую гору, носившую на австралийском языке название «Джебур». Сюда, к этой горе, стекались целые орды авантюристов, воров и людей порядочных: и те, кто вешает, и те, кого вешают. При первых слухах о «великом открытии» в «золотом» 1851 году горожане, крестьяне, матросы покинули свои дома, поля и корабли. Золотая горячка стала эпидемией, заразной, как чума, и сколько от нее поумирало людей, уже видевших себя богачами! Шли толки, будто расточительная природа посеяла в Австралии на двадцати пяти градусах широты многие миллионы.

Ремесло золотоискателя затмило все прочие. Многие из пришельцев, не выдержав тяжелого труда, погибали; другие, наоборот, обогащались одним ударом заступа. О неудачниках умалчивалось, а о счастливцах гремела молва, разносившаяся эхом по всем пяти частям света. Вскоре целые потоки авантюристов разных сословий хлынули на побережье Австралии. За последние четыре месяца 1852 года только в один Мельбурн понаехало пятьдесят четыре тысячи эмигрантов – целая армия, но армия без вождя, без дисциплины, армия, предвкушавшая еще не состоявшуюся победу. Словом, понаехало пятьдесят четыре тысячи самых зловредных хищников.

В первые годы этого безумного опьянения повсюду царил неописуемый беспорядок. Но англичане, с их энергичностью, быстро стали хозяевами положения. Из местных жителей была набрана полиция, и многие из недавних воров теперь сами стали блюстителями порядка. Все резко изменилось. Поэтому Гленарван уже не застал жутких сцен, которые разыгрывались здесь в 1852 году.

С тех пор протекло тринадцать лет, и теперь работы на приисках велись методично и организованно. Однако золотые россыпи начали иссякать. Усиленная разработка истощила их. Да и как могли не иссякнуть эти богатства природы, когда только с 1852 по 1858 год золотоискатели вырвали из недр земли золота больше чем на шестьдесят три миллиона фунтов стерлингов! Количество эмигрантов в связи с сокращением добычи золота уменьшилось. Жаждущие наживы бросились в места, еще не тронутые рукой человека. И теперь золотая лихорадка забросила миллионы двуногих муравьев на недавно открытые прииски в Отаго и Марлборо в Новой Зеландии[1].

К одиннадцати часам путешественники добрались до центра разработок. Здесь поднимался настоящий город с заводами, банками, церковью, казармой и газетными лавками. Были и гостиницы, и фермы, и виллы, и даже один пользующийся популярностью театр, где за вход берут десять шиллингов. Там с большим успехом шла пьеса местного драматурга под названием «Френсис Обадия, или Счастливый золотоискатель». В последней сцене герой, уже отчаявшись в успехе, вдруг находит самородок невероятных размеров.

Гленарван, желая осмотреть обширные золотые прииски горы Александра, отправил вперед повозку в сопровождении Айртона и Мюльреди, обещая нагнать ее через несколько часов. План этот привел в восторг Паганеля, и он, по своему обыкновению, взялся быть чичероне – проводником своих спутников.

По его совету первым делом отправились в банк. Улицы были широкие, вымощенные и тщательно политые. Внимание привлекали гигантские рекламы различных золотопромышленных компаний. Эти объединения

---

[1] Но, возможно, те, кто покинул австралийские прииски, ошиблись. Залежи золота еще далеко не исчерпаны. По последним сообщениям из Австралии, площадь золотых россыпей в Виктории и Новом Южном Уэльсе – пять миллионов гектаров, а приблизительный общий вес золотоносного кварца – 20,650 миллиарда килограммов. При современных способах добычи работы хватит для ста тысяч рабочих на триста лет. В целом золотые запасы Австралии оцениваются в 664 миллиарда 250 миллионов франков. (Прим. автора.)

рабочих рук и капитала пришли на смену одиноким старателям. Слышался шум машин, промывавших песок и измельчавших драгоценный кварц.

За постройками простирались золотые россыпи, иными словами – обширные земельные пространства, откуда добывалось золото. Здесь работали рудокопы, нанятые и хорошо оплачиваемые золотопромышленными компаниями. Немыслимо было сосчитать все видневшиеся кругом ямы. Железные заступы вспыхивали на солнце, точно молнии. Среди рудокопов были люди самых различных национальностей. Но никто не ссорился. Все одинаково спокойно выполняли свою обычную работу.

– Не следует, однако, думать, – сказал Паганель, – что на австралийской земле совершенно перевелись искатели, охваченные страстной жаждой найти золото. Конечно, большинство продает свой труд разным компаниям. Да и что остается делать этим людям, раз государство продало или сдало в аренду все золотоносные земли компаниям? Но все же и человек, у которого ничего нет, который не может ни купить, ни арендовать золотоносную землю, имеет возможность обогатиться.

– Какая же это возможность? – спросила леди Элен.

– Джампинг, – ответил Паганель. – Например, даже мы, не имеющие никаких прав на здешние золотоносные земли, и то могли бы разбогатеть, понятно, если нам уж очень посчастливится.

– Но каким же образом? – поинтересовался майор.

– Благодаря джампингу, о котором я имел уже честь вам говорить.

– А что такое джампинг? – спросил майор.

– Это соглашение, действующее среди рудокопов. Из-за него, правда, происходят порой беспорядки и даже насилия, но, однако, властям так и не удалось отменить его.

– Рассказывайте, Паганель, – сказал Мак-Наббс, – не томите.

– Ну так слушайте. В силу этого соглашения любой участок в центре приисков, где в течение суток не производится работа (за исключением праздников), делается общим достоянием. Каждый, кто захватит такой участок, может его разрабатывать и стать богачом, если только счастье улыбнется ему. Итак, Роберт, постарайся найти одну из таких брошенных ям, и она станет твоей.

– Пожалуйста, не наводите моего брата на такие мысли, господин Паганель, – сказала Мери Грант.

– Я шучу, дорогая мисс, и Роберт прекрасно это понимает. Он – рудокоп? Никогда! Пахать землю, переворачивать ее, обрабатывать, засевать, а затем ждать за свои труды урожая – вот это дело! Но рыться в земле, наподобие крота, вслепую, стремясь вырвать оттуда крохи золота, – это жалкое ремесло, и только отверженные и небом и людьми могут им заниматься.

Побывав в самом центре приисков и пройдя по земле, состоявшей главным образом из кварца, глинистого сланца и песка, когда-то содержавших в себе золото, путешественники подошли к банку.

Это было большое здание, на крыше которого развевался английский флаг. Гленарван обратился к главному инспектору банка, и тот любезно согласился показать ему и его спутникам свое учреждение. В этот банк компании сдают под расписку золото, добытое из недр земли. Прошло время, когда скупщики наживались на старателях, покупая у них золото по 53 шиллинга за унцию и перепродавая в Мельбурне по 65. Правда, в дороге скупщики подвергались опасности, и даже эскорт не всегда спасал от нападений многочисленных грабителей с большой дороги.

Инспектор показал посетителям любопытные образцы золота и сообщил им ряд интересных подробностей о различных способах добывания этого металла.

Обычно золото встречается в двух видах: коренное и рассыпное. Его находят в руде либо смешанным с наносной землей, либо заключенным в кварцевую оболочку. Поэтому при его добывании, сообразуясь со свойствами почвы, производят либо поверхностные, либо глубинные раскопки. Рассыпное золото обычно встречается на дне рек и ручьев, долин и оврагов и располагается соответственно величине: сверху песчинки, затем крупинки, в самом низу кусочки побольше. А коренное золото из жил, обнаженных выветриванием, залегает в больших количествах на одном месте, в так называемых «карманах». Иногда в таких карманах лежит целое состояние.

У горы Александра золото большей частью встречается в глинистых пластах и в расщелинах сланцевых скал. Здесь попадаются целые гнезда самородков, и счастливцам не раз удавалось находить их.

Осмотрев различные образцы золота, посетители прошлись затем по минералогическому музею банка. Здесь были представлены и классифицированы все породы, из которых состоит почва Австралии, и к каждому образцу был прикреплен ярлычок. Золото не единственное богатство этой страны: она по справедливости может быть названа обширным ларцом, в котором природа хранит свои драгоценности. Под стеклами витрин блестели белые топазы, могущие соперничать с бразильскими, гранаты-альмандины, зеленые эпидоты, рубины необыкновенной красоты – ярко-красные и розовые, сапфиры – бледно-голубые и темно-синие, так же высоко ценимые, как сапфиры Малабара и Тибета, блестящие рутилы и, наконец, маленький кристаллик алмаза, найденный в здешних местах. В этой сияющей коллекции были представлены все драгоценные камни, не было недостатка и в золоте для оправ, даже если бы понадобилось оправить их все.

Поблагодарив инспектора за любезность, Гленарван простился с ним, а затем продолжал со своими спутниками осмотр золотых россыпей.

Как ни был Паганель равнодушен к благам сего мира, однако он не отрывал глаз от земли. Он ничего не мог с собой поделать, и даже шутки его спутников не помогали. Он ежеминутно нагибался, поднимал то камешек, то кусок жильной породы, то осколок кварца. Внимательно осмотрев, он отшвыривал их с пренебрежением. И так в течение всей прогулки.

– Что с вами, Паганель? Потеряли вы что-нибудь? – спросил его майор.

– Конечно, потерял, – ответил ученый, – в этой стране золота и драгоценных камней если вы ничего не нашли, то, значит, потеряли. Не знаю почему, но мне очень хотелось бы увезти отсюда самородок в несколько унций или даже фунтов в двадцать, не больше.

– А что бы вы стали делать с ним, мой почтенный друг? – поинтересовался Гленарван.

– О, это не проблема! Я поднес бы его в дар моей родине, – ответил Паганель, – положил бы его в государственный банк Франции.

– И его приняли бы?

– Без сомнения, в виде облигаций железнодорожной компании.

Все поздравили Паганеля с его мыслью «облагодетельствовать» таким способом свою родину. Леди Элен пожелала ему найти самый крупный самородок в мире.

Так, весело разговаривая, путешественники обошли большую часть приисков. Всюду работы шли размеренно, но механически, без воодушевления. После двухчасовой прогулки Паганель заметил приличный трактир и предложил своим спутникам посидеть там, пока не придет время догонять повозку. И так как в трактире приятно освежиться, Паганель попросил трактирщика принести какой-нибудь местный напиток.

Каждому из них принесли по стакану «коблера». Это, в сущности, грог навыворот. Вместо того чтобы в большой стакан воды влить маленькую рюмку водки, здесь в большой стакан водки вливают маленькую рюмку воды, затем кладут туда сахар и пьют. Это было уж слишком по-австралийски, поэтому, к удивлению трактирщика, его посетители потребовали графин воды, и коблер, разбавленный водой, превратился в британский грог.

Затем, естественно, заговорили о приисках и рудокопах. Паганель, очень довольный всем виденным, однако, сказал, что было бы интереснее побывать в этих местах в первые годы разработки золотых приисков.

– Земля тогда, – пояснил он свою мысль, – была вся изрешечена ямами, в которых кишело бесчисленное множество трудолюбивых муравьев, да еще каких трудолюбивых! Однако эмигранты переняли у муравьев их пыл в работе, но не их рачительность. Золото бездумно тратили: его пропивали, проигрывали, и этот самый трактир, где мы сейчас находимся, был, наверно, адом. Игра в кости заканчивалась поножовщиной. Полиция была бессильна что-либо сделать. Не раз губернатор колонии бывал принужден высылать регулярные войска для усмирения расходившихся золотоискателей… Все же ему удалось образумить их: он, хотя и не без труда, заставил уважать право патента, и, в общем, на здешних приисках было меньше буйств и беспорядка, чем в Калифорнии.

– Значит, золотоискателем может быть каждый? – спросила леди Элен.

– Да, сударыня. Для этого нет необходимости кончать колледж, довольно двух крепких рук. Гонимые нуждой, авантюристы являлись на прииски без гроша, богатые – с заступом, бедные – только с ножом, но все они бросались копать землю с такой бешеной страстью, с какой, конечно, они не занимались бы ни одним честным ремеслом. А как выглядели в ту пору эти золотоносные земли! Здесь были разбросаны палатки, брезентовые навесы, хижины, землянки, бараки из досок и ветвей. В центре возвышалась палатка представителей власти, над которой развевался британский флаг. Вокруг нее располагались синие тиковые палатки военных, а дальше – лавки менял, скупщиков золота, торговцев – всех, кто спекулировал на этом смешении богатства и бедности. Эти-то господа наживались наверняка. Посмотрели бы вы на длиннобородых золотоискателей в красных шерстяных рубашках, живших здесь в грязи и сырости! В воздухе стоял несмолкаемый гул от ударов заступов и разносились зловонные испарения от валявшихся кругом трупов животных. Над беднягами облаком стояла удушливая пыль. Смертность была очень высокой, и, не будь местный климат таким благодатным, их всех скосил бы тиф. И если бы все эти авантюристы добивались успеха! Но страдания не вознаграждались, и, если посчитать хорошенько, оказалось бы, что на одного разбогатевшего золотоискателя приходится сто, двести, а то и тысяча погибших в нужде и отчаянии.

– Не могли бы вы, Паганель, рассказать нам, как тогда добывалось золото? – попросил Гленарван.

– Делалось это как нельзя более просто, – ответил географ. – Первые старатели промывали золото почти так же, как это и теперь проделывается в некоторых местах в Севеннах, во Франции. В настоящее время золотопромышленные компании действуют иначе: они добираются до самых истоков золота, до золотоносных жил, откуда происходят все самородки, чешуйки и песчинки. Но первые золотоискатели довольствовались всего-навсего промывкой золотоносных песков. Они рыли землю, брали те ее пласты, которые им казались наиболее богатыми золотом, а затем, промывая их, добывали драгоценный металл. Было приспособление для промывки, вывезенное из Америки, которое называли «люлькой». Это ящик длиной от пяти до шести футов, нечто вроде открытого гроба, разделенного на два отделения. В одном из этих отделений было несколько расположенных одно над другим сит, причем внизу ставились более частые. Второе отделение книзу суживалось. И вот на верхнее сито сыпали золотоносный песок, лили на него воду, а затем начинали качать люльку. При этом на первом сите оставались камни, на следующих – руда и песок. Разжиженная земля уходила с водой через второе, суживающееся книзу отделение. Такова была машина, которой тогда пользовались.

– Но и ее надо было иметь, – заметил Джон Манглс.

– Обыкновенно машину покупали у разбогатевших или разорившихся золотоискателей или обходились без нее.

– А чем ее заменяли? – спросила Мери Грант.

– Железным листом, дорогая Мери, простым железным листом. Землю веяли, как пшеницу, с той лишь разницей, что вместо пшеничных зерен иногда попадались крупинки золота. В первый год золотой лихорадки многие старатели разбогатели, не тратясь ни на какое оборудование. Видите, друзья мои, то было прибыльное время, хотя за сапоги и платили сто пятьдесят франков, а стакан лимонада стоил десять шиллингов. Ведь кто поспеет первым, тот всегда и в выигрыше. Золото было повсюду в изобилии: и на поверхности земли, и на дне ручьев, и даже на улицах Мельбурна – ведь и в щебне была золотая пыль. И вот за время с двадцать шестого января по двадцать четвертое февраля тысяча восемьсот пятьдесят второго года из горы Александра было вывезено в Мельбурн под охраной правительственных войск на восемь миллионов двести тридцать восемь тысяч семьсот пятьдесят франков драгоценного металла. Это составляет в среднем на каждый день сто шестьдесят четыре тысячи семьсот двадцать пять франков.

– Почти столько, сколько расходует в год на личные нужды российский император!

– Бедняга! – пошутил майор.

– А известны случаи внезапного обогащения? – спросила леди Элен.

– Их было несколько.

– И вы их знаете? – спросил Гленарван.

– Конечно, знаю, – ответил Паганель. – В тысяча восемьсот пятьдесят втором году в округе Балларат был найден самородок весом в пятьсот семьдесят три унции, а в Гипсленде – весом в семьсот восемьдесят две унции, и там же в тысяча восемьсот шестьдесят первом году нашли слиток в восемьсот тридцать четыре унции. Один такой удар заступа – и рента в одиннадцать тысяч франков обеспечена!

– На сколько же увеличилась мировая добыча золота с тех пор, как открыли эти россыпи? – спросил Джон Манглс.

– Увеличилась колоссально, дорогой Джон. В начале столетия годовая добыча золота выражалась в сумме сорок семь миллионов франков, а в настоящее время в Австралии, Европе, Азии и Америке золота добывается на девятьсот миллионов, почти на миллиард.

– Значит, возможно, господин Паганель, на том самом месте, где мы стоим с вами, прямо у нас под ногами скрыто много золота? – промолвил Роберт.

– Да, мой милый, целые миллионы. Мы ходим по ним. Но если мы топчем их, так это потому, что мы их презираем.

– Значит, Австралия – счастливая страна?

– Нет, Роберт, – ответил географ, – страны, богатые золотом, никогда не бывают счастливы. Они порождают лентяев, а не сильных и трудолюбивых людей. Взгляни на Бразилию, Мексику, Калифорнию, Австралию. Что представляют они собой в девятнадцатом веке? Знай, мой мальчик: благоденствует не страна золота, а страна железа.

Глава пятнадцатая. «Австралийская и Новозеландская газета»

2 января на восходе солнца путешественники покинули пределы золотоносного района и графства Толбот. Копыта их лошадей ступали теперь по пыльным тропам графства Далхоузи. Несколько часов спустя отряд вброд перебрался через речки Кальбоан и Кемпейс на 144°35’ и 144°45’ долготы. Половина расстояния, отделявшего путешественников от цели, была пройдена. Еще две недели такого же благополучного путешествия – и маленький отряд достигнет берегов Туфоллд-Бей.

К тому же все чувствовали себя отлично. Слова Паганеля о здоровом климате Австралии вполне оправдались. В воздухе почти не ощущалось сырости, и жара была очень умеренной. Лошади и быки, так же как и люди, нисколько не страдали.

Надо сказать, что после Кемденского моста в походном строе отряда произошла некоторая перемена. Когда Айртон узнал о том, что железнодорожная катастрофа была вызвана преступлением, он посоветовал принять некоторые меры предосторожности, в которых до сих пор не было надобности. Теперь всадники не выпускали из виду повозку, а во время привалов один из них должен был нести караул. Утром и вечером тщательно осматривались ружья. Раз было известно, что в окрестностях бродит шайка злоумышленников, то, хотя непосредственная опасность еще и не грозила, тем не менее следовало держаться настороже. Излишне говорить о том, что это делалось без ведома леди Элен и Мери: Гленарван не хотел пугать их.

Такое решение было обоснованно. Неосторожность и даже простая небрежность могли обойтись дорого. Впрочем, не один Гленарван опасался злоумышленников – жители уединенных городков и фермеры также принимали меры предосторожности против нападения и всяких неожиданностей. Уже в сумерки все дома запирались. Собаки, спущенные с цепи, заливались лаем при приближении посторонних. У каждого из пастухов, загонявших на ночь огромные стада, висел на луке седла карабин. Такие чрезвычайные меры были вызваны известием о преступлении, совершенном на Кемденском мосту. Многие колонисты, спавшие до тех пор с открытыми дверями и окнами, теперь, как только смеркалось, запирались на все засовы.

Администрация провинции тоже проявила бдительность и усердие. В окрестности были разосланы полицейские отряды из туземцев. Телеграммы стали доставляться под охраной. Раньше почтовая карета разъезжала по большим дорогам без конвоя. Но вот когда отряд Гленарвана пересекал большую дорогу из Килмора в Хиткот, мимо него промчалась, поднимая облака пыли, почтовая карета, и, как ни быстро неслась она, Гленарван успел заметить блеснувшие карабины полисменов, скакавших у ее дверец. Можно было подумать, что еще не кончилась та мрачная пора, когда вслед за открытием золотых россыпей на Австралийский материк устремились подонки европейского общества.

Проехав с милю от Килморской дороги, повозка очутилась в лесу с гигантскими деревьями. Впервые с тех пор, как путешественники отправились в путь с мыса Бернулли, они очутились в таком массиве, который покрывает пространство в несколько градусов. У всех вырвался крик восхищения при виде эвкалиптов в двести футов вышины, с их губчатой корой толщиной до пяти дюймов. На этих стволах двадцати футов в окружности, изборожденных ручейками душистой смолы, не было видно ни ветки, ни сука, ни случайного побега, ни даже изгиба. Даже выйдя они из рук токаря, они и то не могли бы быть ровнее. Было похоже, что стоят сотни совершенно одинаковых колонн. А завершались они на громадной высоте капителями из круто изогнутых ветвей, на концах которых росли симметричные листья и крупные цветы, похожие на опрокинутые урны.

Под этим вечнозеленым куполом свободно циркулировал воздух, высушивая почву. Деревья росли так далеко друг от друга, что между ними, словно по просеке, могли свободно проходить стада быков, проезжать всадники и телеги. Не то что чаща колючих кустов или девственный лес, загроможденный свалившимися стволами, опутанный цепкими лианами, через которые только топор и огонь могут проложить дорогу пионерам. Ковер травы у подножия деревьев, завеса зелени по их вершинам, длинные, уходящие вдаль ряды стройных стволов, мало тени и прохлады и какой-то особенный свет, будто проходящий через тонкую ткань, ровные освещенные полосы, четкая игра отблесков на земле – все это создавало причудливую, изменчивую картину. Австралийский лес совершенно не похож на лес Нового Света. Эвкалипт, одна из бесчисленных разновидностей семейства миртовых, занимает главное место среди древесных пород Австралии. То, что тень его не густа и под его зелеными сводами не бывает очень темно, объясняется любопытной аномалией в расположении листьев этого дерева. Все они обращены к солнцу не лицевой стороной, а ребром, и глаз видит эту необычную листву только в профиль. Вот почему лучи солнца проникают как будто через щели жалюзи.

Все заметили это и были удивлены: почему так странно расположены листья? Понятно, этот вопрос был обращен к Паганелю, и он ответил с готовностью человека, которого ничто не может поставить в тупик.

– Меня удивляют не странности природы, – сказал он, – природа знает, что делает, но ботаники иногда не знают, что говорят. Природа не ошиблась, дав этим деревьям такую своеобразную листву, а вот люди неверно назвали их эвкалиптами.

– А что значит это слово? – спросила Мери Грант.

– По-гречески это значит: «Я хорошо покрываю». Ботаники постарались скрыть свою ошибку, назвав растение греческим словом, однако очевидно, что эвкалипт покрывает очень плохо.

– Вполне с вами согласен, дорогой Паганель, – отозвался Гленарван. – А теперь объясните нам: почему листья растут таким образом?

– По вполне естественной и легко понятной причине, друзья мои. В здешней стране, где воздух сух, где дожди редки, где земля иссушена, деревья не нуждаются ни в ветре, ни в солнце. Недостаток влаги вызывает у деревьев недостаток соков. Отсюда эти узкие листья, которые стремятся найти способ защитить себя от солнца и чрезмерных испарений. Вот причина, почему эти листья подставляют солнечным лучам не лицевую сторону, а ребро. Нет ничего умнее листа.

– И ничего более эгоистичного, – заметил майор. – Листья эти думают только о себе, совершенно позабыв о путешественниках.

Все в душе согласились с Мак-Наббсом, кроме Паганеля, – тот, вытирая потный лоб, ликовал, что ему довелось ехать под деревьями, не дающими тени. Такое расположение листвы весьма досадно: переход через эти леса часто бывает очень продолжителен и мучителен, так как ничто не защищает путников от жгучих лучей солнца.

Весь день повозка катилась среди бесконечных рядов эвкалиптов. Ни одно четвероногое, ни один человек не попался навстречу. На вершинах деревьев обитали какаду, но на такой высоте их едва было видно, и болтовня их превращалась в еле уловимый ропот. Порой вдали между стволами мелькала стая попугайчиков, оживляя все вокруг своим разноцветным оперением. Но, в общем, в этом огромном храме зелени царила глубокая тишина; ее нарушали лишь стук лошадиных копыт, несколько беглых слов, которыми иногда перекидывались между собой путешественники, скрип колес да порой окрик Айртона, понукавшего ленивых быков.

Вечером разбили лагерь под эвкалиптами. На их стволах видны были следы недавнего огня. Стволы этих гигантов походили на фабричные трубы, ибо огонь выжег их внутри до самого верха. Они держались, в сущности, одной корой, но держались, видимо, неплохо. Однако вредная привычка скваттеров и туземцев разводить таким образом огонь постепенно уничтожает эти великолепные деревья, и в конце концов они исчезнут, подобно четырехсотлетним кедрам Ливана, погибающим от неосторожно разложенных лагерных костров.

Олбинет, по совету Паганеля, развел огонь для приготовления ужина в одном из таких выжженных полых стволов. Тотчас получилась сильная тяга: дым терялся высоко в темной листве. Ночью из предосторожности Айртон, Мюльреди, Вильсон и Джон Манглс по очереди охраняли лагерь.

В продолжение всего дня 3 января тянулся этот бесконечный лес из длинных симметричных рядов эвкалиптов. Казалось, ему и конца не будет. Но к вечеру деревья стали редеть, и наконец в небольшой долине показался строй домов.

– Симор! – воскликнул Паганель. – Это последний из городов провинции Виктория, который должен встретиться нам на пути.

– Это действительно город? – полюбопытствовала леди Элен.

– Это простой поселок, сударыня, – ответил Паганель, – который только собирается стать городом.

– Найдем ли мы там приличную гостиницу? – спросил Гленарван.

– Надеюсь, что да, – ответил географ.

– Тогда направимся в этот Симор. Думаю, что наши отважные путешественницы будут рады провести там ночь.

– Мы с Мери согласны, дорогой Эдуард, – сказала Элен, – но при условии, что это не принесет лишних хлопот и не задержит нас.

– Нисколько, – сказал Гленарван. – К тому же и нашим быкам надо отдохнуть. Завтра с рассветом мы снова двинемся в путь.

Было девять часов вечера. Луна уже склонилась к горизонту, и ее косые лучи тонули в тумане. Понемногу сгущался мрак. Маленький отряд, с Паганелем во главе, вступил на широкие улицы Симора. Географ, казалось, всегда прекрасно знал то, что никогда ему не приходилось видеть. Как бы руководимый инстинктом, он привел своих спутников прямо к гостинице «Северная Британия».

Лошадей и быков поставили в конюшню, повозку – в сарай, а путешественникам предоставили довольно удобные комнаты. В десять часов вновь прибывшим был подан ужин, который мистер Олбинет осмотрел с видом знатока. Паганель уже успел обежать с Робертом весь город. Но о своей вечерней прогулке он рассказал весьма лаконично: он ничего не видел.

Однако человек менее рассеянный обратил бы внимание на то, что на улицах Симора чувствовалась какая-то тревога. Там и здесь собирались люди, и эти группы мало-помалу увеличивались. Жители разговаривали у дверей домов, с явным беспокойством расспрашивали о чем-то друг друга, читали вслух вышедшие в этот день газеты, обсуждали их, спорили. Эти признаки не могли ускользнуть от самого невнимательного наблюдателя. Но Паганель ничего не заметил.

Майор же, не побывав в городе, даже не переступив порога гостиницы, почувствовал, что городок чем-то напуган. Поговорив десять минут со словоохотливым хозяином мистером Диксоном, он успел разузнать, в чем дело. Но ни слова не сказал об этом.

Только когда по окончании ужина леди Гленарван, Мери и Роберт Грант разошлись по комнатам, майор, задержав остальных спутников, сказал им:

– Стали известны виновники крушения на Сандхерстской железной дороге.

– И они арестованы? – живо спросил Айртон.

– Нет, – ответил Мак-Наббс, казалось не замечая поспешности боцмана (впрочем, вполне понятной при данных обстоятельствах).

– Тем хуже, – заметил Айртон.

– Так кому же приписывают это преступление? – спросил Гленарван.

– Вот читайте, – сказал майор, протягивая Гленарвану номер «Австралийской и Новозеландской газеты», – и вы убедитесь в том, что главный инспектор не ошибался.

Гленарван прочитал вслух:

– «Сидней, второго января тысяча восемьсот шестьдесят пятого года. Наши читатели помнят, что в ночь с двадцать девятого на тридцатое декабря произошло крушение поезда у Кемденского моста, в пяти милях от станции Каслмейн железной дороги Мельбурн – Сандхерст. Ночной экспресс, вышедший из Мельбурна в одиннадцать часов сорок пять минут вечера, идя полным ходом, свалился в реку Лоддон. При прохождении поезда Кемденский мост оказался разведенным. Многочисленные кражи, совершенные после этого крушения, а также труп железнодорожного сторожа, найденный в полумиле от Кемденского моста, доказали, что крушение было результатом преступного замысла. Действительно, расследование выяснило, что это является делом рук шайки каторжников, бежавших полгода тому назад из Пертской исправительной тюрьмы в Западной Австралии в то время, когда их собирались переправить на остров Норфолк[1].

Шайка состоит из двадцати девяти человек. Главарь ее, некий Бен Джойс, опаснейший преступник, несколько месяцев тому назад приплывший в Австралию на каком-то судне и до сих пор ускользавший от полиции.

Просим жителей городов, колонистов и скваттеров быть настороже, а также доводить до сведения главного инспектора данные, которые могут содействовать розыскам преступников. Д. П. Митчел, главный инспектор».

Когда Гленарван окончил чтение этого сообщения, Мак-Наббс, повернувшись к географу, сказал:

– Видите, Паганель, что и в Австралии могут быть каторжники.

– Беглые – это неоспоримо, – отозвался ученый. – Отбывшие наказание не имеют здесь права жительства.

– И все же они тут, – заметил Гленарван. – Но я полагаю, что их присутствие не может изменить наши планы и прервать путешествие. Что вы думаете, Джон, по этому поводу?

---

[1] Остров Норфолк помещается на востоке от Австралии, туда высылают рецидивистов и неисправимых преступников под особый надзор. (Прим. автора.)

Джон Манглс ответил не сразу. Молодой капитан колебался: с одной стороны, он понимал, какое горе принесет Мери и Роберту Грант прекращение поисков их отца, а с другой – он боялся подвергнуть экспедицию опасности.

– Если бы с нами не было леди Гленарван и мисс Грант, то меня очень мало бы тревожила эта шайка негодяев, – промолвил он наконец.

Гленарван понял его и добавил:

– Само собою разумеется, что не может быть и речи о том, чтобы отказаться от взятой нами на себя задачи, но, быть может, учитывая, что с нами дамы, было бы благоразумнее возвратиться сейчас в Мельбурн, оттуда пойти на «Дункане» к восточному побережью и там возобновить поиски Гарри Гранта? Ваше мнение, Мак-Наббс?

– Раньше чем высказаться, – ответил майор, – я хотел бы знать мнение Айртона.

Боцман взглянул на Гленарвана и ответил:

– Мы находимся в двухстах милях от Мельбурна, и мне кажется, что если опасность в самом деле существует, то она нам грозит на южной дороге не меньше, чем на восточной. Обе они довольно пустынны, и одна стоит другой. К тому же я не думаю, чтобы три десятка злоумышленников могли быть страшны для восьми хорошо вооруженных и смелых людей. В общем, по-моему, если нет лучшего предложения, надо идти вперед.

– Вы правы, Айртон, – согласился Паганель. – Продолжая наш путь, мы можем напасть на следы капитана Гранта, а возвращаясь на юг, наоборот, уходить от них. Я тоже думаю, как и вы, что храброму человеку не страшны какие-то беглые каторжники!

Предложение продолжать путешествие поставили на голосование, и оно было принято единогласно.

– Еще одно соображение, милорд, – сказал боцман, когда все уже собрались разойтись.

– Говорите, Айртон.

– Не пора ли послать распоряжение «Дункану» держаться вблизи берегов?

– Зачем? – вмешался Джон Манглс. – Когда мы доберемся до Туфоллд-Бей, тогда и надо будет послать такое распоряжение. А если какой-нибудь случай заставит нас направиться в Мельбурн, нам придется пожалеть, что там нет «Дункана». К тому же судно, должно быть, еще и не вышло из ремонта. Поэтому я считаю, что лучше с этим обождать.

– Ну что ж, – согласился Айртон, не настаивая на своем предложении.

На следующий день маленький отряд покинул Симор. Он был хорошо вооружен и готов ко всяким неожиданностям. Через полчаса путешественники снова очутились в эвкалиптовом лесу, тянувшемся на восток. Гленарван предпочел бы ехать по открытым местам. На равнине, конечно, труднее устроить нападение или засаду, чем в густом лесу. Но выбора не было, и повозка целый день пробиралась между однообразными гигантскими деревьями. Вечером, проехав вдоль северной границы графства Энглси, путешественники пересекли сто сорок четвертый меридиан и раскинули лагерь у границы округа Муррей.

Глава шестнадцатая, в которой майор утверждает, что это обезьяны

На следующий день, 5 января, путешественники вступили в обширный округ Муррей. Этот малообследованный, необитаемый край простирался до высокой гряды Австралийских Альп. Цивилизация еще не разделила его на отдельные графства.

Вообще эта часть провинции малоизвестна и малопосещаема. Когда-нибудь эти леса падут под ударами топора лесопромышленника, а луга будут отданы стадам скваттеров, но пока здешняя земля так же девственна и пустынна, как в те времена, когда она поднялась со дна Индийского океана.

Все английские карты называют эту область следующими словами: «Reserve for the blacks» – «Территория для черных». Сюда англичане-колонисты грубо оттеснили туземцев. Австралийской расе оставили на далеких равнинах и в непроходимых лесах несколько определенных мест, где ей предстояло постепенное вымирание. Всякий белый, кто бы он ни был: колонист, эмигрант, скваттер, лесопромышленник, – имеет право проникнуть в эти места, но черный не смеет выйти за их пределы.

Паганель завел беседу о важной проблеме туземных племен. Не могло быть двух мнений: британская политика направлена к уничтожению завоеванных народностей, к изгнанию их из тех мест, где жили их предки. Такая пагубная политика проводилась англичанами во всех их колониях, а в Австралии – более чем где-либо. В первые времена колонизации ссыльные да и сами колонисты смотрели на туземцев как на диких зверей. Они с ружьями охотились на них и, убивая их, доказывали, ссылаясь на авторитет юристов, что раз австралиец вне закона, то и убийство его не является преступлением. Сиднейские газеты предложили даже радикальное средство избавиться от туземных племен озера Хантер, а именно: массовое отравление.

Итак, англичане, овладев страной, призвали на помощь колонизации убийство. Жестокости их были неописуемы. Они вели себя в Австралии так же, как в Индии, где было истреблено пять миллионов индусов; так же, как в Капской колонии, где из миллиона готтентотов уцелело всего сто тысяч. Понятно, что коренное австралийское население в результате таких жестоких мер, а также пьянства, которое насаждается колонизаторами, постепенно вырождается и вскоре под давлением смертоносной цивилизации совершенно исчезнет. Правда, бывали губернаторы, издававшие против кровожадных лесопромышленников постановления, в силу которых белый, отрезавший нос или уши чернокожему либо отрубивший у него мизинец, чтобы «прочищать им трубку», подвергался нескольким ударам кнута. Тщетные угрозы! Убийства совершались в огромных размерах, и целые племена исчезали с лица земли. Пример тому – остров Земля Ван-Димена. Здесь в начале XIX века было пять тысяч туземцев, а в 1863 году их осталось всего семь человек. А недавно «Меркурий» сообщил о том, что в город Хобарт явился последний из тасманцев.

Ни Гленарван, ни Джон Манглс, ни майор не пытались возражать Паганелю. И будь они даже не шотландцами, а англичанами, то и тогда они не смогли бы что-либо сказать в защиту своих соотечественников: факты были очевидны, неопровержимы.

– Лет пятьдесят назад, – добавил Паганель, – мы уже встретили бы на пути не одно австралийское племя, а вот теперь нам до сих пор не попался ни один туземец. Пройдет столетие, и на этом материке совершенно исчезнет черная раса.

В самом деле, места, предоставленные чернокожим, выглядели совершенно заброшенными. Никаких следов кочевий или поселений. Равнины чередовались с лесами, и мало-помалу местность приняла дикий вид. Казалось даже, что в этот отдаленный край не заглядывает ни одно живое существо – ни человек, ни зверь. Вдруг Роберт, остановившись у группы эвкалиптов, крикнул:

– Обезьяна! Смотрите, обезьяна!

Он показывал на черное существо, которое, скользя с ветки на ветку, перебиралось с одной вершины на другую с такой изумительной ловкостью, что можно было подумать, будто его поддерживают в воздухе какие-то перепончатые крылья. Может быть, в этом странном краю обезьяны летают, подобно тем лисицам, которых природа снабдила крыльями летучей мыши?

Между тем повозка остановилась, и все стали следить за животным. Оно постепенно скрылось в эвкалиптовой листве. Однако вскоре оно стало спускаться с молниеносной быстротой вниз по стволу, соскочило на землю и, пробежав немного, со всевозможными ужимками и прыжками, ухватилось своими длинными руками за гладкий ствол громадного камедного дерева. Путешественники недоумевали, как сможет это животное вскарабкаться по прямому и скользкому стволу, обхватить который оно не могло. Но тут в руках у обезьяны появилось нечто вроде топора, и она, делая в стволе небольшие зарубки, добралась по ним до верхушки дерева. Еще несколько секунд – и обезьяна скрылась в густой листве.

– Что это за обезьяна? – спросил майор.

– Эта обезьяна – чистокровный австралиец! – ответил Паганель.

Не успели спутники географа пожать плечами, как вблизи послышались крики, что-то вроде: «Коо-э! Коо-э!» Айртон погнал быков, и через каких-нибудь сто шагов путешественники неожиданно очутились перед кочевьем туземцев.

Как печально было это зрелище! На голой земле раскинулось с десяток шалашей, «гуниос». Сделанные из кусков коры, заходящих друг на друга наподобие черепицы, они защищали своих жалких обитателей лишь с одной стороны. Эти существа, доведенные до убожества, имели отталкивающий вид. Их было человек тридцать – мужчин, женщин и детей. Одеты они были в шкуры кенгуру, висевшие на них лохмотьями. Завидев повозку, они бросились было бежать, но несколько слов Айртона, произнесенных на невнятном местном наречии, видимо, несколько успокоили их. Они вернулись назад, полудоверчиво-полубоязливо, как звери, которым протягивают лакомый кусок.

Эти туземцы, ростом до пяти футов и семи дюймов, с лохматыми головами, длинными руками и выпяченными животами, не были черны: цвет их кожи напоминал застаревшую копоть. Их волосатые тела были татуированы и испещрены шрамами от надрезов, сделанных в знак траура при погребальных обрядах. Трудно было себе представить более непривлекательную внешность: огромный рот, приплюснутый и словно раздавленный нос, выдающаяся нижняя челюсть с белыми, торчащими вперед зубами. Все это делало их похожими на животных.

– Роберт не ошибся, – сказал майор. – Это обезьяны, чистокровные – это верно, – но обезьяны!

– Мак-Наббс, – сказала леди Элен, – значит, вы одобряете тех, кто охотится на них, как на диких зверей? Но эти несчастные – люди.

– Люди! – воскликнул Мак-Наббс. – Скорее нечто среднее между человеком и орангутангом. У них такой же покатый лоб, как у обезьян.

В этом Мак-Наббс был прав. Лицевой угол австралийцев очень острый и почти такой же, как у орангутангов: примерно 60–62°. Поэтому де Риенци не без оснований предложил считать эти племена особой расой, которую он назвал «питекоморфы», то есть обезьяноподобные люди.

Но леди Элен была еще более права, чем Мак-Наббс, считая, что и у этих находящихся на низшей стадии развития существ есть человеческая душа. Между австралийцами и зверями – целая пропасть. Паскаль [1] справедливо сказал, что человек нигде не бывает зверем. Правда, он столь же мудро добавлял: «и ангелом тоже». Однако леди Элен и Мери Грант были живым опровержением этой второй части высказывания великого мыслителя. Милосердные женщины вышли из повозки, ласково протянули руки изголодавшимся туземцам и предложили им еду. Те с жадностью набросились на нее. Должно быть, они приняли леди Элен за божество, тем более что, по их верованиям, белые были когда-то черными и побелели после смерти.

Особенное сострадание возбудили в путницах женщины. Ничто не может сравниться с положением австралийки. Природа-мачеха отказала ей в малейшей привлекательности; это раба, похищенная силой, не знавшая других свадебных подарков, кроме ударов «вади» – палки – своего владыки. Выйдя замуж, австралийская женщина преждевременно и поразительно быстро стареет: ведь на нее падает вся тяжесть трудов кочевой жизни. Во время переходов ей не только приходится тащить своих детей в корзине из плетеного тростника, но и нести оружие и рыболовные снасти мужа, да еще запас растения phormium tenax, из которого она делает сети. Кроме того, ей надо еще добывать пищу для семьи. Она охотится за ящерицами, опоссумами и змеями, подчас взбираясь за ними до самых верхушек деревьев. Она же рубит дрова для очага и сдирает кору для постройки шалашей. Как вьючное животное, она не знает, что такое покой, и питается отвратительными объедками своего владыки-мужа. Сейчас некоторые из этих несчастных женщин, быть может давно не видевшие пищи, старались подманить к себе птиц семенами. Они лежали на раскаленной земле неподвижно, точно мертвые, готовые ждать часами, пока какая-нибудь неискушенная птичка не подлетит настолько близко, что ее можно будет схватить. Никаких ловушек они не знали, и поистине надо было быть австралийским пернатым, чтобы попасться им в руки.

---

[1] Блез Паскаль (1623–1662) – французский писатель-моралист.

Между тем туземцы, успокоенные приветливостью путешественников, окружили их, и приходилось оберегать запасы от расхищения.

Они говорили с прищелкиванием языка, с присвистом. Их речь напоминала крики животных. Но в голосе их подчас слышались и мягкие, ласкающие нотки. Туземцы часто повторяли слово «ноки», и по сопровождавшим его жестам можно было легко понять, что оно означает «дай мне» и относится ко всему, даже самым мелким вещам путешественников. Мистеру Олбинету пришлось проявить немало энергии, чтобы отстоять багажное отделение и особенно бывшие в нем съестные припасы экспедиции. Эти несчастные, изголодавшиеся люди бросали на повозку страшные взгляды и скалили острые зубы, быть может отведавшие человеческого мяса. Большинство австралийских племен не людоеды, во всяком случае в мирное время, но почти все дикари пожирают побежденных врагов.

Тем временем Гленарван, по просьбе жены, приказал раздать туземцам кое-что из еды. Дикари, поняв, в чем дело, стали так бурно выражать свой восторг, что это не могло не тронуть самое черствое сердце. Они издавали крики, похожие на рев зверей, когда сторож зоопарка приносит им пищу. Разумеется, майор был неправ, но трудно отрицать, что эти племена близки к животному состоянию.

Мистер Олбинет, будучи человеком благовоспитанным, хотел сначала преподнести пищу женщинам. Но эти несчастные создания не посмели приступить к еде раньше своих грозных мужей. Те набросились на сухари и сушеное мясо, словно звери на добычу.

Слезы навернулись на глаза у Мери Грант при мысли о том, что ее отец может быть пленником подобных дикарей. Она живо представила себе, что должен был вынести такой человек, как Гарри Грант, в плену у этих бродячих племен, как приходилось ему страдать от нищеты, голода, дурного обращения! Джон Манглс, с тревожной заботливостью наблюдавший за девушкой, угадал ее мысли и, предупреждая ее желание, сам обратился к боцману «Британии»:

– От таких ли дикарей вы убежали, Айртон?

– Да, капитан, все эти племена внутренней Австралии похожи друг на друга. Только здесь вы видите лишь кучку этих бедняг, а по берегам Дарлинга живут многолюдные племена, подчиняющиеся вождям, которые держат их в страхе.

– Что же может делать европеец среди этих туземцев? – спросил Джон Манглс.

– То, что делал я, – ответил Айртон, – он охотится с ними, ловит рыбу, принимает участие в их битвах. С ним, как я уже говорил, обращаются в зависимости от тех услуг, какие он оказывает племени, и если европеец неглуп и храбр, то он занимает видное положение в племени.

– Но все же он остается пленником? – спросила Мери Грант.

– Конечно, и с него не спускают глаз ни днем ни ночью.

– Тем не менее вам, Айртон, удалось же бежать, – вмешался в разговор майор.

– Да, мистер Мак-Наббс, удалось благодаря сражению, происшедшему между моим племенем и соседним. Мне повезло. Что ж! Я не жалею об этом. Но, повторись все это, я, кажется, предпочел бы вечное рабство тем мукам, какие пришлось мне испытать, пробираясь через пустыни материка. Дай бог, чтобы капитан Грант не попытался спастись таким же образом!

– Да, конечно, нам следует желать, чтобы ваш отец, мисс Грант, оставался в плену у туземного племени, – сказал Джон Манглс. – Нам будет тогда гораздо легче найти его следы, чем в том случае, если б он бродил по лесам.

– Вы все еще надеетесь? – спросила девушка.

– Я не перестаю надеяться на то, что когда-нибудь увижу вас счастливой, мисс Мери.

Взгляд влажных от слез глаз Мери Грант послужил благодарностью молодому капитану.

В то время, как велся этот разговор, среди туземцев началось какое-то необычайное движение: они громко кричали, бегали туда и сюда, хватали свое оружие и, казалось, были охвачены дикой яростью.

Гленарван не мог понять, что творится с дикарями, но тут майор обратился к боцману:

– Скажите, Айртон, раз вы так долго прожили у австралийцев, вы, верно, понимаете язык этих дикарей?

– Не слишком хорошо, – ответил боцман, – ведь у каждого племени свое особое наречие. Но все же я, кажется, догадываюсь, в чем дело: желая отблагодарить милорда, дикари собираются представить для него бой.

Он был прав. Туземцы без дальних слов набросились друг на друга с яростью, так хорошо разыгранной, что, если бы не предупреждение Айртона, это побоище можно было принять всерьез. Действительно, по словам путешественников, австралийцы превосходные актеры; и в данном случае они проявили недюжинный талант.

Все их оружие – и для нападения и для защиты – состоит из палицы – дубины, способной проломить самый крепкий череп, – и топора, вроде индейского томагавка, сделанного из куска очень крепкого заостренного камня, зажатого между двумя палками и прикрепленного к ним растительным клеем. Рукоятка топора длиной футов в десять. Это грозное оружие в бою и полезный инструмент в мирное время; он отсекает либо головы, либо ветки, врубается то в людские тела, то в древесные стволы, смотря по обстоятельствам.

Бойцы с воплями кидались друг на друга, исступленно потрясая оружием. Одни падали, точно мертвые, другие издавали победный крик. Женщины, особенно старухи, одержимые духом войны, подстрекали бойцов, набрасывались на мнимые трупы и делали вид, что терзают их, и эта разыгранная свирепость устрашала не меньше, чем натуральная. Леди Элен все время боялась, как бы эта игра не превратилась в настоящий бой. Впрочем, дети, принимавшие участие в сражении, воевали по-настоящему. Мальчишки и особенно девочки, войдя в раж, награждали друг друга полновесными тумаками.

Эта военная игра длилась уже минут десять, как вдруг дикари сразу остановились. Оружие выпало из их рук. Глубокая тишина сменила шум и сумятицу. Туземцы застыли, словно действующие лица в живых картинах. Казалось, они окаменели.

Что же было причиной этой внезапной перемены, почему все разом оцепенели? Скоро это выяснилось. Над вершинами камедных деревьев появилась стая какаду. Птицы наполняли воздух своей болтовней; ярко оперенные, они походили на летающую радугу. Появление этой разноцветной стаи и прервало бой. Война сменялась более полезным занятием – охотой.

Один из туземцев, захватив какое-то оружие странной формы, выкрашенное в красный цвет, покинул своих все еще неподвижных товарищей и стал пробираться между деревьями и кустами к стае какаду.

Он двигался ползком, бесшумно, не задевая ни одного листика, не сдвигая с места ни одного камешка. Казалось, это скользит тень.

Подкравшись к птицам на достаточно близкое расстояние, дикарь метнул свое оружие. Оно понеслось по горизонтальной линии, футах в двух от земли. Пролетев так футов около сорока, оно, не ударившись о землю, вдруг под прямым углом устремилось вверх, поднялось на сто футов, сразило с дюжину птиц, а затем, описывая параболу, вернулось назад и упало к ногам охотника.

Гленарван и его спутники были поражены – они не верили своим глазам.

– Это бумеранг, – пояснил Айртон.

– Бумеранг! Австралийский бумеранг! – воскликнул Паганель и мигом бросился поднимать это удивительное оружие, чтобы, как ребенок, «посмотреть, что там внутри».

Действительно, можно было подумать, что внутри бумеранга скрыт какой-то механизм, что какая-то внезапно отпущенная пружина изменяет направление его полета. Но ничего подобного не было. Бумеранг был сделан из целого изогнутого куска твердого дерева длиной в тридцать – сорок дюймов. В середине он был толщиной дюйма в три, а на концах заострялся. Его вогнутая сторона была на полдюйма скошена, а края выпуклой – остро отточены. Все это было столь же несложно, как и непонятно.

– Так вот он, этот пресловутый бумеранг! – сказал Паганель, тщательно осмотрев странное оружие. – Кусок дерева, и ничего больше. Но почему же он, летя по горизонтали, вдруг поднимается вверх, а затем возвращается к тому, кто его кинул? Ни ученые, ни путешественники не могли до сих пор найти объяснения этому явлению.

– Может быть, здесь происходит то же, что с обручем, который можно так запустить, что он вернется назад? – сказал Джон Манглс.

– Скорее это похоже на попятное движение бильярдного шара, получившего удар кием в определенную точку, – добавил Гленарван.

– Никоим образом, – ответил Паганель. – В обоих этих случаях есть точка опоры, которая обусловливает обратное действие: у обруча – земля, а у шара – поверхность бильярда. Но здесь точки опоры нет: оружие не касается земли, и тем не менее оно поднимается на значительную высоту.

– Как же вы это объясняете, господин Паганель? – спросила леди Элен.

– Я не объясняю, сударыня, а только еще раз констатирую факт. По-видимому, тут все зависит от способа, которым кидают бумеранг, и от его особой формы. А способ метания – это уже тайна австралийцев.

– Во всяком случае, это очень ловко придумано... для обезьян, – добавила леди Элен и взглянула на майора, который с сомнением покачал головой.

Однако время шло, и Гленарван, считая, что не следует больше задерживаться, хотел уже просить путешественниц снова сесть в повозку, как вдруг прибежал какой-то дикарь и возбужденно выкрикнул несколько слов.

– Вот как! – проговорил Айртон. – Они заметили казуаров.

– Что, будет охота? – заинтересовался Гленарван.

– О, надо непременно посмотреть! – воскликнул Паганель. – Это, должно быть, любопытно. Быть может, снова пойдут в дело бумеранги.

– А вы, Айртон, как думаете? – спросил Гленарван боцмана.

– Это не займет много времени, милорд, – ответил тот.

Туземцы между тем не теряли ни минуты. Ведь убить нескольких казуаров – для них необыкновенная удача. Значит, племя будет обеспечено пищей на несколько дней. Поэтому охотники применяют все свое искусство, чтобы завладеть такой добычей. Но как умудряются они настигать такое быстроногое животное без собак и убивать его без ружей? Это было самое интересное в зрелище, которое так жаждал увидеть Паганель.

Эму, или австралийский казуар[1], встречается на равнинах Австралии все реже и реже. Это крупная птица в два с половиной фута вышиной, у нее белое мясо, напоминающее мясо индейки. На голове у казуара роговой нарост, глаза его светло-коричневые, клюв черный, загнутый вниз. На ногах по три пальца, вооруженных могучими когтями. Крылья его, настоящие культяпки, не могут служить для полета. Его перья, похожие на шерсть, более темного цвета на шее и на груди. Если казуар не летает, то зато бегает так быстро, что свободно обгонит самую быструю скаковую лошадь. Захватить его можно только хитростью, причем хитростью исключительной.

---

[1] Жюль Верн путает здесь двух разных птиц: казуара, который не водится на юге Австралии, и страуса эму. Роговой нарост на голове, о котором упоминает Ж. Верн, есть у казуаров, в остальном же его описание подходит к эму.

Вот почему на призыв дикаря тотчас же отозвался десяток австралийцев. Они, словно отряд стрелков, рассыпались по чудесной равнине, где кругом синели кусты дикого индиго. Путешественники столпились на опушке мимозовой рощи.

При приближении туземцев несколько страусов поднялись и отбежали на милю. Охотник племени, удостоверившись, где находятся птицы, сделал знак товарищам, чтобы те не шли дальше. Те растянулись на земле, а охотник вынул из сетки две искусно сшитые вместе шкуры казуара и надел их на себя. Затем он поднял над головой правую руку и стал подражать походке страуса, разыскивающего себе пищу. Охотник направился к стае. Он то останавливался, как бы склевывая какие-то семена, то поднимал вокруг себя ногами целые облака пыли. Все это было выполнено безукоризненно. Невозможно было более верно воспроизвести повадки казуара. К тому же охотник настолько точно подражал его глухому ворчанию, что сами птицы были обмануты. Вскоре дикарь оказался среди беспечной стаи. Вдруг он взмахнул дубиной – и пять казуаров из шести свалились подле него. Охота была успешно закончена.

Гленарван, путешественницы и весь отряд распрощались с туземцами. Тех не очень огорчило расставание. Наверное, удачная охота на казуаров заставила их забыть о том, как их накормили. Не только сердце, но и желудок, обычно более отзывчивый у дикарей и зверей, не подсказал им благодарности.

Как бы то ни было, но в некоторых случаях туземцам нельзя было отказать в удивительной сообразительности и ловкости.

– Теперь, дорогой Мак-Наббс, – сказала леди Элен, – и вы должны признать, что австралийцы не обезьяны.

– Потому что они умело подражают повадкам зверей? Но это только подтверждает мое мнение, – возразил майор.

– Шутка не ответ. Я хочу знать, майор, остаетесь ли вы при своем прежнем мнении?

– Что ж, кузина, да или, вернее, нет. Не туземцы обезьяны, а обезьяны – туземцы.

– То есть как?

– А вы припомните, что говорят негры об орангутангах.

– Что же они говорят? – спросила леди Элен.

– Они уверены, – ответил майор, – что обезьяны – такие же черные люди, как они, но очень хитрые. «Он не разговаривает, чтобы не работать», – сказал один раздосадованный негр о ручном орангутанге, которого его хозяин кормил задаром.

Глава семнадцатая. Скотоводы-миллионеры

После спокойно проведенной ночи под 146°15' долготы путешественники 6 января в семь часов утра снова тронулись в путь, пересекая обширный округ Муррей. Они двигались на восток, и следы копыт их лошадей и быков вытягивались по равнине в совершенно прямую линию. Дважды они пересекли следы скваттеров, направлявшихся на север, и все эти отпечатки копыт, несомненно, смешались бы, если бы на пыльной земле не выделялись следы коня Гленарвана с клеймом станции Блэк-Пойнт – двумя трилистниками.

Местами равнину бороздили извилистые, часто пересыхающие речки, по берегам которых рос самшит. Все они берут начало на склонах гор Баффало, невысокая, но живописная цепь которых волнисто вырисовывалась на горизонте.

Решено было к ночи добраться до этих гор и там расположиться лагерем. Айртон стал подгонять быков, и к концу дня, усталые после тридцати пяти миль пути, они дотащили повозку до подножия гор. Здесь, под большими деревьями, раскинули палатку. Наступила ночь. С ужином живо покончили: после такого перехода больше хотелось спать, чем есть.

Паганелю первому пришлось нести дежурство, и с ружьем на плече он прогуливался взад и вперед, чтобы не поддаваться дремоте. Хотя луны и не было, но благодаря яркому сиянию южных звезд ночь была светлая. Ученый развлекался чтением великой книги неба, всегда открытой взорам и столь интересной для тех, кто может ее понимать. Глубокую тишину уснувшей природы нарушал лишь звон железных пут на ногах лошадей.

Паганель, предавшись своему астрономическому созерцанию, был занят больше небесным, чем земным, как вдруг он был выведен из задумчивости какими-то отдаленными звуками. Географ стал внимательно прислушиваться, и, к его изумлению, ему послышались звуки рояля; до его слуха донеслось несколько трепетно-звучных аккордов. Ошибки быть не могло.

– Рояль в такой глуши! – пробормотал Паганель. – Никогда не поверю!

Действительно, это было более чем странно, и Паганель предпочел уверить себя, что это какая-то удивительная австралийская птица подражает звукам рояля, так же как некоторые здешние птицы подражают звукам часов и точильной машины.

Но в эту минуту в вышине прозвучал ясный, чистый голос – к пианисту присоединился певец. Паганель слушал не сдаваясь. Но через несколько мгновений он был вынужден сознаться, что слышит божественную арию «Il mio tesoro tanto»[1] из «Дон-Жуана».

«Черт возьми! Как ни удивительны австралийские птицы, но самый музыкальный попугай на свете не может же спеть арию из оперы Моцарта!» – подумал географ.

Он дослушал до конца этот шедевр гениального композитора. Впечатление от пленительной мелодии, раздававшейся в чистом, прозрачном воздухе ночи, было неописуемо.

Паганель долго наслаждался этой невыразимой красотой, но вот голос умолк, и кругом снова воцарилась тишина.

Когда Вильсон пришел сменить ученого, то застал его в глубокой задумчивости. Паганель ничего не сказал матросу и, решив сообщить завтра Гленарвану об этом странном явлении, пошел спать в палатку.

На следующее утро весь лагерь был разбужен неожиданным лаем собак. Гленарван вскочил на ноги. Два великолепных длинноногих пойнтера, превосходные образцы легавых собак английской породы, прыгая, резвились на опушке рощицы. При приближении путешественников они скрылись среди деревьев и принялись лаять еще громче.

– По-видимому, в этих пустынных местах расположена ферма, – сказал Гленарван, – раз есть охотничьи собаки, то есть и охотники.

Паганель открыл было рот, чтобы поделиться своими ночными впечатлениями, но тут появилось двое молодых людей верхом на великолепных, чистокровных лошадях, настоящих «гунтерах». Оба джентльмена – они были одеты в изящные охотничьи костюмы – остановились, увидев путников, расположившихся табором, словно цыгане. Они, казалось, недоумевали, что означает присутствие здесь вооруженных людей, но в эту минуту заметили путешественниц, выходивших из повозки.

Всадники тотчас же спешились и со шляпами в руках направились к женщинам. Лорд Гленарван пошел навстречу незнакомцам и назвал им свое имя и титул. Молодые люди поклонились, и старший из них сказал:

---

[1] «Сокровище мое» (итал.).

– Милорд, не пожелают ли ваши дамы, а также и вы с вашими спутниками отдохнуть у нас в доме?

– С кем я имею удовольствие говорить? – спросил Гленарван.

– Майкл и Сэнди Патерсоны – владельцы скотоводческого хозяйства Хотем. Вы уже на территории фермы, и отсюда до нашего дома не больше четверти мили.

– Господа, я боюсь злоупотребить вашим столь любезно предложенным гостеприимством… – начал Гленарван.

– Милорд, – ответил Майкл Патерсон, – принимая приглашение скромных отшельников, вы окажете нам честь.

Гленарван поклонился в знак того, что приглашение принято.

– Сэр, – обратился Паганель к Майклу Патерсону, – надеюсь, вы не сочтете меня нескромным, если я спрошу: не вы ли пели вчера божественную арию Моцарта?

– Я, сударь, – ответил джентльмен, – а мой брат Сэнди аккомпанировал.

– Тогда, сэр, примите искренние поздравления француза, пламенного поклонника музыки! – сказал Паганель, протягивая руку молодому человеку.

Тот любезно пожал ее; затем он указал гостям дорогу, которой надо было держаться. Лошадей поручили Айртону и матросам. Беседуя и осматриваясь, путешественники направились пешком к усадьбе в обществе молодых людей.

Хозяйство Патерсонов содержалось в образцовом порядке, как английские парки. Громадные луга, обнесенные серой оградой, расстилались, насколько мог охватить глаз. Там паслись тысячи быков и миллионы овец. Множество пастухов и еще больше собак сторожили это шумное стадо. Мычание и блеяние сливались с лаем собак и резким щелканьем бичей.

На востоке взгляд останавливали австралийские акации и камедные деревья на опушке леса, над которым высилась величественная гора Хотем, поднимающаяся на семь с половиной тысяч футов над уровнем моря. Во все стороны расходились длинные аллеи вечнозеленых деревьев. Там и здесь виднелись группы густых кустов вышиной футов в десять, похожих на карликовые пальмы. Ветви их терялись в массе узких и длинных листьев. Воздух был напоен благоуханием мятнолавровых деревьев, усыпанных гроздьями белых, тонко пахнущих цветов.

Среди живописных групп туземных растений росли также породы, вывезенные из Европы. При виде этих деревьев: персиковых, апельсиновых, смоковниц, яблонь, груш и даже дубов – у путешественников вырвалось громкое «ура». Идя под тенью деревьев своей родины, они восхищались и порхавшими между ветвей атласными птицами с шелковистым оперением, и иволгами, словно одетыми в золото и черный бархат.

Здесь же путешественникам довелось впервые увидеть птицу, хвост которой напоминает изящный инструмент Орфея – лиру. Лирохвост носился среди древовидных папоротников, и когда хвост его ударял по листьям, то казалось почти удивительным, что при этом не раздаются гармонические аккорды. Паганелю захотелось сыграть на этой лире.

Впрочем, лорд Гленарван был занят не только созерцанием феерических чудес этого нежданного оазиса в пустынных австралийских землях. Он слушал рассказ молодых джентльменов. В цивилизованных английских поместьях всякий пришелец прежде всего должен был бы сообщить хозяину, откуда он и куда направляется. Здесь же, движимые какой-то тонкой деликатностью, Майкл и Сэнди Патерсоны сочли своим долгом сначала поведать путешественникам, которым предлагали гостеприимство, о себе. И они рассказали свою историю.

Это была обычная история молодых англичан, умных, предприимчивых и не считающих, что богатство избавляет от труда. Майкл и Сэнди Патерсоны были сыновьями одного лондонского банкира. Когда им исполнилось по 20 лет, глава семейства сказал: «Вот, молодые люди, столько-то миллионов. Отправляйтесь в какую-нибудь далекую колонию, заведите там хорошее хозяйство, и пусть работа научит вас жить. Если дело пойдет на лад – отлично. Если нет – не беда. Мы не будем сожалеть о миллионах, которые ушли на то, чтобы сделать вас взрослыми людьми». Юноши послушались. Местом для посева отцовских средств они выбрали австралийскую колонию Виктория, и им не пришлось раскаиваться. По прошествии трех лет их хозяйство процветало.

В провинциях Виктория, Новый Южный Уэльс и Южная Австралия насчитывается более трех тысяч ферм; на одних живут скваттеры, которые разводят скот, на других – поселенцы, главное занятие которых земледелие. До прибытия двух юных англичан самым крупным хозяйством такого рода была ферма Джеймсона, чьи земли протянулись на сто километров по берегу притока Дарлинга Пару.

Теперь же первой по величине и по размаху стала ферма Хотем. Два молодых хозяина были и скваттерами и земледельцами одновременно. Они управляли своими огромными владениями с редким умением и, что еще труднее, необыкновенно энергично.

Ферма была расположена, как гости и сами видели, в отдалении от главных городов, в пустынном, уединенном округе Муррей. Она занимала пространство между 146°48' и 147°, то есть участок длиной и шириной в 5 лье, который ограничивали горы Баффало и гора Хотем. На севере по углам этого обширного квадрата возвышалась слева гора Эбердин, справа – вершины Хай-Барвен. Здесь протекало множество живописных извилистых речушек и ручьев – притоков Овечьей реки, которая впадает на севере в Муррей. На таких угодьях можно было с равным успехом разводить скот и засевать землю. На десяти тысячах лье прекрасно обработанной земли туземные культуры чередовались с привозными, а на зеленых лугах паслись миллионы голов скота. И недаром продукция фермы Хотем высоко ценилась на рынках Каслмейна и Мельбурна. Рассказ Майкла и Сэнди Патерсонов об их хозяйстве подходил к концу, когда в конце широкой аллеи, по сторонам которой росли казуариновые деревья, показался дом.

То был домик в швейцарском стиле, из кирпича и дерева, прятавшийся в густых эмерофилис. Вокруг шла увешанная китайскими фонариками веранда, напоминавшая галереи древнеримских зданий. Над окнами висели разноцветные маркизы, казавшиеся огромными цветами. Трудно было себе представить более уютный, ласкающий глаз, комфортабельный уголок. На лужайках и среди рощиц, раскинутых вокруг дома, высились бронзовые канделябры с изящными фонарями. С наступлением темноты весь парк освещался белым газовым светом. Газ поступал из резервуара, скрытого в чаще акаций и древовидных папоротников.

Вблизи дома не было видно ни служб, ни конюшен, ни сараев – ничего, что говорило бы о сельском хозяйстве. Все эти строения – настоящий поселок более чем в двадцать домов и хижин – находились в четверти мили от дома, в глубине маленькой долины. От хозяйского дома в поселок был проведен электрический телеграф, по которому они могли мгновенно сообщаться друг с другом. Сам же дом, удаленный от всякого шума, казался затерянным среди чащи экзотических деревьев.

В конце казуариновой аллеи через журчащий ручей был переброшен изящный железный мостик. Он вел в часть парка, прилегавшую к дому.

Когда путешественники вместе с хозяевами перешли мостик, их встретил внушительного вида управляющий. Двери хотемского дома распахнулись, и гости вступили в великолепные апартаменты, скрывавшиеся за этими скромными, увитыми цветами кирпичными стенами.

Их глазам представилась роскошная обстановка, говорившая о художественных склонностях хозяев. Из прихожей, увешанной принадлежностями верховой езды и охоты, двери вели в просторную гостиную в пять окон. Рояль, заваленный всевозможными нотами, и старинными, и современными, мольберты с начатыми полотнами, цоколи с мраморными статуями, несколько картин фламандских художников на стенах, гобелены с мифологическими сюжетами, под ногами – мягкие, словно густая трава, ковры, старинная люстра под потолком, расставленный всюду драгоценный фарфор, дорогие, со вкусом подобранные безделушки, тысяча разных изящных мелочей, которые так странно было видеть в австралийском доме, – все это являло прекрасное сочетание артистизма и комфорта. В этой сказочной гостиной, казалось, было собрано все, что могло развеять печаль добровольной ссылки и напомнить европейские обычаи. Можно было подумать, что находишься в каком-нибудь княжеском замке во Франции или в Англии.

Свет смягчался, проходя через полузатемненную веранду и тонкую ткань маркиз. Леди Элен, подойдя к одному из окон, пришла в восторг. Дом был расположен над широкой долиной, расстилавшейся на восток до самых гор. Луга сменялись лесами; среди них проглядывали большие поляны, а вдали виднелась группа плавно закругленных холмов. Все это представляло неописуемую по красоте картину. Ни один уголок на земном шаре не мог бы сравниться с этим, даже знаменитая Райская долина в Норвегии, у Телемарка. Эта огромная панорама, пересекаемая полосами света и теней, то и дело изменялась по прихоти солнца. Никакое воображение не могло бы нарисовать ничего подобного, волшебное зрелище восхищало взор.

Тем временем Сэнди Патерсон приказал дворецкому распорядиться завтраком для гостей, и не прошло и четверти часа после прибытия путешественников, как они уже садились за роскошно сервированный стол. Поданные кушанья и вина были выше всяких похвал, но гостям больше всего доставляла удовольствие та радость, с которой молодые хозяева угощали их. Узнав за завтраком о цели экспедиции, братья Патерсон горячо заинтересовались поисками Гленарвана. Они укрепили надежды детей капитана Гранта.

– Раз Гарри Грант не появлялся нигде на побережье, он, очевидно, в руках туземцев, – сказал Майкл Патерсон. – Судя по документу, капитан точно знал, где находится, и если он не добрался до какой-нибудь английской колонии, то только потому, что при высадке был захвачен в плен дикарями.

– Как раз это и случилось с его боцманом Айртоном, – заметил Джон Манглс.

– А вам, господа, никогда не случалось слышать о гибели «Британии»? – спросила леди Элен.

– Никогда, сударыня, – ответил Майкл.

– А как, по-вашему, должны были обращаться австралийцы со своим пленником?

– Австралийцы не жестоки, – ответил молодой скваттер, – и мисс Грант может не беспокоиться на этот счет. Известно немало случаев, когда проявлялась мягкость характера здешних дикарей. Некоторые европейцы подолгу жили среди них и не имели повода жаловаться на жестокость.

– В числе их Кинг, – сказал Паганель, – единственный уцелевший человек из всей экспедиции Бёрка.

– Не только этот отважный исследователь, – вмешался в разговор Сэнди Патерсон, – но и английский солдат по имени Бакли. Бакли дезертировал в тысяча восемьсот третьем году с берегов залива Порт-Филлип, попал к туземцам и прожил с ними тридцать три года.

– А в одном из последних номеров «Австралийской газеты», – добавил Майкл Патерсон, – есть сообщение о том, что какой-то Морилл вернулся на родину после шестнадцатилетнего плена. История капитана Гранта, должно быть, похожа на его историю, ибо этот Морилл был взят в плен туземцами и уведен ими в глубь материка после крушения судна «Перуанка» в тысяча восемьсот сорок шестом году. Итак, мне кажется, вам не надо терять надежду.

Эти слова чрезвычайно обрадовали слушателей. Они подтверждали догадки Паганеля и Айртона.

Когда леди Элен и Мери Грант удалились из столовой, мужчины заговорили о каторжниках. Патерсоны знали о катастрофе на Кемденском мосту, но бродившая в окрестностях шайка беглых каторжников не внушала им никакого беспокойства. Уж конечно, злоумышленники не осмелились бы напасть на их ферму, где жило больше сотни мужчин. К тому же трудно было допустить, чтобы эти злодеи решили углубиться в пустыни, прилегающие к реке Муррей, – им там совершенно нечего делать – или рискнули бы приблизиться к колониям Нового Южного Уэльса, дороги которых хорошо охранялись. Такого же мнения придерживался Айртон.

Гленарван не мог не исполнить просьбу своих радушных хозяев провести у них весь день. Эти двенадцать часов задержки дали двенадцать часов отдыха как для путешественников, так и для их лошадей и быков, поставленных в удобные стойла.

Итак, решено было остаться до следующего утра. Молодые хозяева предложили гостям программу дня, которая была горячо одобрена.

В полдень семь породистых коней нетерпеливо били копытами землю у крыльца дома. Дамам была подана коляска, запряженная четырьмя лошадьми, которыми возница искусно управлял с помощью длинных вожжей. Всадники, вооруженные превосходными охотничьими ружьями, скакали по обеим сторонам экипажа. Доезжачие неслись верхом впереди, а своры собак оглашали леса веселым лаем.

В течение четырех часов кавалькада объезжала аллеи и дороги парка, по величине не уступавшего какому-нибудь маленькому германскому государству. Правда, здесь встречалось меньше жителей, но зато все кругом кишело овцами. Дичи же было столько, что даже целая армия загонщиков не могла бы выгнать на охотников больше. Поэтому вскоре загремели один за другим выстрелы, вспугивая мирных обитателей рощ и равнин.

Юный Роберт, охотившийся рядом с Мак-Наббсом, творил чудеса. Отважный мальчуган, несмотря на наставления сестры, был всегда впереди и стрелял первым. Но Джон Манглс взялся наблюдать за Робертом, и Мери Грант успокоилась.

Во время этой облавы было убито несколько австралийских животных, которых до сего времени сам Паганель знал только по названию. Таких, например, как вомбат и бандикут.

Вомбат – это травоядное животное. Он роет норы, как сурок. Ростом он с овцу, и мясо его превкусное. Бандикут – сумчатый барсук – превосходит хитростью даже европейскую лису и мог бы поучить ее искусству выкрадывать обитателей птичьих дворов. Такое животное, довольно отталкивающего вида, фута в полтора длиной, убил Паганель и из охотничьего самолюбия нашел его прелестным.

– Очаровательное животное! – заявил географ.

Роберт ловко подстрелил одну виверру – зверька, похожего на маленькую лису, чей черный с белыми пятнышками мех не уступает куньему, и пару опоссумов, прятавшихся в густой листве больших деревьев.

Но, конечно, самым интересным из всех этих охотничьих подвигов была погоня за кенгуру. Около четырех часов дня собаки вспугнули целое стадо этих любопытных сумчатых животных. Детеныши мигом вскочили в материнские сумки, и все стадо гуськом помчалось прочь. До чего странно видеть огромные скачки кенгуру! Их задние лапы вдвое длиннее передних и распрямляются, словно пружины.

Во главе убегавшего стада несся самец футов в пять вышиной, великолепный экземпляр кенгуру-великана. Погоня продолжалась неустанно на протяжении четырех-пяти миль. Кенгуру не проявляли признаков усталости, а собаки, опасавшиеся – и не зря – могучих лап с острыми когтями, не очень-то старались к ним приблизиться. Но наконец, выбившись из сил, стадо остановилось, и кенгуру-великан, прислонясь к стволу дерева, приготовился к защите. Одна из собак в пылу погони подкатилась к самцу, но в тот же миг взлетела на воздух и свалилась на землю с распоротым брюхом. Конечно, и всей своре было бы не под силу справиться с этими могучими животными. Приходилось охотникам взяться за ружья – только пули могли прикончить их.

В эту минуту Роберт едва не пал жертвой своей неосторожности. Желая лучше прицелиться, мальчик так приблизился к кенгуру, что тот бросился на него. Роберт упал, раздался крик. Мери Грант, онемев от ужаса и едва не лишившись сознания, протягивала руки к брату. Ни один из охотников не решался стрелять, боясь попасть в мальчика, но тут Джон Манглс, рискуя жизнью, бросился с раскрытым охотничьим ножом на кенгуру и поразил его в сердце. Животное рухнуло, Роберт поднялся на ноги, целый и невредимый. Миг – и сестра прижимала его к своей груди.

– Спасибо, мистер Джон, спасибо! – сказала Мери Грант, протягивая руку молодому капитану.

– Он был на моем попечении, – отозвался Джон Манглс, пожимая дрожащую руку девушки.

Этим происшествием закончилась охота.

После смерти вожака стадо кенгуру разбежалось, а убитого кенгуру-великана охотники увезли с собой.

Домой вернулись в шесть часов вечера. Охотников ожидал великолепный обед. Гостям особенно понравился бульон из хвоста кенгуру, приготовленный по-туземному.

После десерта из мороженого и шербета все перешли в гостиную. Вечер был посвящен музыке. Леди Элен, прекрасная пианистка, взялась аккомпанировать хозяевам. Майкл и Сэнди Патерсоны с большим вкусом исполнили отрывки из новейших партитур Гуно, Фелисьена Давида и даже из сочинений Рихарда Вагнера.

В одиннадцать часов подали чай. Приготовлен он был наилучшим способом, по-английски. Но Паганель захотел попробовать австралийского чая, и ему принесли жидкость, похожую на чернила. Ничего удивительного – полфунта чая кипело в литре воды в течение четырех часов! Паганель хоть и поморщился, но объявил напиток превосходным.

В полночь гостей провели в прохладные удобные комнаты, и они погрузились в сон после полного удовольствий дня.

На другой день, на рассвете, они простились с молодыми скваттерами. Хозяева и гости благодарили друг друга и обещали по возвращении в Европу встретиться в замке Малькольм. Наконец повозка тронулась, обогнула гору Хотем, и вскоре дом исчез из глаз путешественников, словно его и не было. Но еще целых пять миль их лошади скакали по территории огромной фермы. Только в девять часов последняя изгородь осталась позади, и маленький отряд вступил на почти неизведанные земли провинции Виктория.

Глава восемнадцатая. Австралийские Альпы

Путь на юго-восток преграждала цепь Австралийских Альп. Это подобие гигантских крепостных стен причудливо извивается на протяжении тысячи пятисот миль и задерживает тучи на высоте четырех тысяч футов.

Небо заволакивали облака, и зной, смягченный сгустившимися парами, был не так жгуч, так что жара не особенно давала себя чувствовать, но зато делалось труднее двигаться по все более изрезанной местности. Стали появляться холмики, поросшие молодыми зелеными камедными деревьями. Дальше потянулись высокие холмы, это уже были первые отроги Альп. Дорога все время шла в гору, это особенно ясно было видно по тем усилиям, которые делали быки. Их ярмо скрипело под тяжестью громоздкой повозки, они громко пыхтели, мускулы ног напрягались так, что казалось, готовы были лопнуть. Повозка трещала при неожиданных толчках, избежать которых не удавалось даже ловкому Айртону. Путешественницы весело с этим мирились.

Джон Манглс со своими двумя матросами, обследуя путь, ехали в нескольких сотнях шагов впереди. Они выбирали удобный путь – так и хочется сказать: фарватер, так похожи были все эти бугры на рифы, среди которых повозка искала проход. Такое путешествие действительно напоминало плавание по морским волнам. Задача была трудной, а подчас даже и опасной. Не раз топору Вильсона приходилось прокладывать дорогу среди густой чащи кустарников. Глинистая и влажная почва словно ускользала из-под ног. Путь удлинялся частыми объездами непреодолимых препятствий: высоких гранитных скал, глубоких оврагов, не внушающих доверия озерков. Поэтому за целый день едва преодолели полградуса. Вечером расположились лагерем у подошвы Альп, на берегу горной речки Кобонгры, в маленькой долине, поросшей кустарником футов четырех вышины, со светло-красными, веселящими взгляд листьями.

– Да, трудно будет перевалить, – проговорил Гленарван, глядя на горную цепь, очертания которой уже начинали теряться в надвигавшейся вечерней мгле. – Альпы! Одно название заставляет призадуматься.

– Не надо понимать буквально, дорогой Гленарван, – отозвался Паганель. – Не думайте, что вам предстоит пройти через целую Швейцарию. Правда, в Австралии есть, как в Европе, Пиренеи и Альпы, но все это в миниатюре. Эти названия доказывают только то, что фантазия географов ограниченна или что количество собственных имен очень невелико.

– Так эти Австралийские Альпы… – начала леди Элен.

– …карманные горы, – ответил Паганель. – Мы и не заметим, как переберемся через них.

– Говорите за себя! – сказал майор. – Только рассеянный человек может перевалить через горную цепь, не заметив этого.

– Рассеянный! – воскликнул географ. – Да я уже больше не рассеян. Спросите у наших дам. Разве с тех пор, как я ступил ногой на этот материк, я не держал своего слова? Бывал ли я хоть раз рассеян? Можно ли упрекнуть меня в каком-нибудь промахе?

– Ни в одном, господин Паганель! – заявила Мери Грант. – Теперь вы самый совершенный из смертных!

– Даже слишком совершенный! – смеясь, добавила леди Элен. – Ваша рассеянность шла вам.

– Не правда ли, сударыня, – отозвался Паганель, – ведь если у меня не будет ни одного недостатка, я стану заурядным человеком? Поэтому я в ближайшем же будущем постараюсь совершить какой-нибудь крупный промах, который всех вас насмешит. Видите ли, когда я ничего не путаю, мне кажется, что я изменяю своему призванию.

На следующий день, 9 января, вопреки уверениям самонадеянного географа, маленький отряд с самого начала перехода через Альпы стал испытывать большие трудности. Приходилось идти на авось по узким, глубоким ущельям, которые могли закончиться тупиком.

Айртон очутился бы в очень затруднительном положении, если бы после часа тяжелого пути по горной дороге им неожиданно не встретился жалкий кабачок.

– Не думаю, черт побери, чтобы кабачок в подобном месте мог обогатить своего хозяина! – воскликнул Паганель. – Какой от него здесь толк?

– Хотя бы тот, что мы сможем в нем узнать дорогу, – отозвался Гленарван. – Войдем!

Гленарван вместе с Айртоном вошел в кабачок. Хозяин «Куста» – такое название было написано на вывеске – производил впечатление человека грубого. Лицо у него было неприветливое и говорившее о том, что сам он является главным потребителем джина, бренди и виски своего трактира.

Обычно его единственными посетителями были путешествующие скваттеры и пастухи, перегоняющие стада.

На вопросы кабатчик отвечал неохотно. Но все же по его ответам Айртон смог сориентироваться.

Гленарван отблагодарил кабатчика за усердие несколькими кронами и собирался было уже уходить, когда заметил наклеенное на стене объявление колониальной полиции. В нем сообщалось о бегстве каторжников из Пертской тюрьмы и была оценена голова Бена Джойса. Сто фунтов стерлингов полагалось за его выдачу.

– Несомненно, такого негодяя стоило бы повесить, – сказал Гленарван боцману.

– А главное, недурно бы поймать его! – отозвался Айртон. – Сто фунтов стерлингов – сумма немалая! Он ее не стоит.

– А этот кабатчик, хотя у него и висит объявление полиции, признаться, внушает мне мало доверия, – добавил Гленарван.

– Мне тоже, – подтвердил Айртон.

Гленарван и боцман вернулись к повозке. Отсюда отряд направился к тому месту, где дорога на Лакнау кончается и начинается узкий извилистый проход, пересекающий наискось горную цепь. Начали подниматься. Восхождение было трудным. Не раз путешественницы выходили из повозки, а их спутники спешивались. Приходилось поддерживать тяжелую повозку, подталкивать ее, удерживать на опасных спусках, распрягать быков на крутых поворотах, подкладывать клинья под колеса, когда повозка начинала катиться назад. Не раз Айртон должен был прибегать к помощи лошадей, и без того утомленных подъемом. То ли из-за этой усталости, то ли из-за чего-то другого, но в тот день одна из лошадей пала. Она вдруг рухнула на землю, хотя ничто перед тем не предвещало такого несчастья. Это была лошадь Мюльреди. Когда тот хотел поднять ее, она оказалась мертвой.

Подошел Айртон и стал осматривать лежавшее на земле животное. Видимо, он совершенно не мог понять причины его мгновенной смерти.

– Должно быть, у этой лошади лопнул какой-нибудь сосуд, – сказал Гленарван.

– Очевидно, так, – отозвался Айртон.

– Садись на мою лошадь, Мюльреди, – обратился Гленарван к матросу, – а я поеду с леди Элен в повозке.

Мюльреди повиновался, и маленький отряд, бросив труп лошади на съедение воронам, продолжал утомительный подъем.

Цепь Австралийских Альп в ширину невелика, не более восьми миль. Поэтому если проход, которого придерживался Айртон, действительно шел к восточному склону, то двумя сутками позже маленький отряд должен был бы оказаться по ту сторону хребта. А там уже до самого моря не могло встретиться никаких непреодолимых препятствий и трудных дорог.

Днем 10 января путешественники добрались до наивысшей точки перевала, на высоте двух тысяч футов. Они очутились на плоскогорье, откуда открывался обширный вид. На севере сияли спокойные воды озера Омео, изобилующего водоплавающими птицами, а за ним расстилались необъятные равнины Муррея. К югу тянулись зеленеющие пространства Гипсленда – его золотоносные земли, высокие леса. Этот край имел первобытный вид. Здесь природа еще владычествовала над своими творениями – над водами рек, над огромными деревьями, незнакомыми с топором, и скваттеры, пока, правда, редко там встречавшиеся, не решались вступать с ней в борьбу. Казалось, что Альпы эти отделяют друг от друга две различных страны, одна из которых сохранила первобытную дикость. Солнце заходило, и его лучи, прорываясь сквозь мрачные облака, оживляли краски округа Муррей. А Гипсленд, заслоненный горами, терялся в смутной мгле, и во всей заальпийской области, казалось, наступала преждевременная ночь. Зрители, стоявшие между двумя резко отличавшимися друг от друга областями, живо почувствовали этот контраст и с некоторым волнением смотрели на простиравшийся перед ними почти неведомый край, через который им предстояло пробираться до самой границы провинции Виктория.

Здесь же, на плоскогорье, был разбит лагерь, а на следующее утро начался спуск. Спускались довольно быстро. Вдруг на путешественников обрушился страшный град и принудил их забиться под скалы. Это были не градины, а настоящие куски льда величиной с ладонь, летевшие из грозовых туч с такой силой, словно они были выпущены из пращи. И несколько основательных ушибов убедили Паганеля и Роберта в необходимости поскорее укрыться. Повозка была продырявлена во многих местах. Против ударов таких острых ледяшек не устояли бы и крыши домов. Некоторые градины врезались даже в стволы деревьев. Такой град мог убить, и пришлось переждать его. На это ушел час, а затем маленький отряд снова двинулся в путь по отлогим каменистым тропам, скользким от таявшего града.

К вечеру повозка уже спускалась по последним уступам Альп, меж огромных одиноких елей. Ее остов во многих местах от сильной тряски разошелся, но все же крепко держался на своих грубых деревянных колесах. Горный проход заканчивался у равнин Гипсленда. Переход через Альпы был благополучно завершен, и отряд, как обычно, расположился на ночлег.

12-го с рассветом маленький отряд, охваченный неослабевающим воодушевлением, снова двинулся в путь. Все стремились как можно скорее достичь цели, то есть побережья Тихого океана в том месте, где разбилась «Британия». Конечно, только там можно было напасть на след потерпевших крушение, а не здесь, в этом пустынном Гипсленде. И Айртон настаивал, чтобы Гленарван поскорее отправил «Дункану» приказ идти к восточному побережью, где яхта могла быть очень полезна при поисках. По мнению боцмана, надо было воспользоваться дорогой из Лакнау в Мельбурн. Позднее послать нарочного будет трудно, ибо дальше со столицей нет прямого сообщения.

Предложение боцмана казалось целесообразным, и Паганель советовал прислушаться к нему: географ тоже думал, что яхта могла бы быть очень полезна при подобных обстоятельствах и что позднее, миновав Лакнаускую дорогу, они не смогут уже сообщаться с Мельбурном.

Гленарван был в нерешительности. Быть может, он и послал бы приказ «Дункану», чего так настойчиво добивался Айртон, если бы против этого плана энергично не восстал майор. Мак-Наббс доказывал, что присутствие Айртона необходимо для экспедиции: он ведь знал местность вблизи побережья, и если отряд случайно нападет на следы Гарри Гранта, то боцман лучше всякого другого сумеет повести отряд по этим следам; наконец, только он, Айртон, сможет указать место крушения «Британии». Словом, майор стоял за то, чтобы путешествие продолжалось без изменений. Он нашел единомышленника в лице Джона Манглса. Молодой капитан указал Гленарвану на то, что его распоряжения легче будет переслать на «Дункан» из Туфоллд-Бей морским путем, чем теперь с гонцом, которому придется проехать верхом двести миль по дикому краю.

Майор и капитан одержали верх. Гленарван решил послать гонца по прибытии в Туфоллд-Бей. Майору, наблюдавшему за Айртоном, показалось, что у того был довольно разочарованный вид. Но Мак-Наббс ни с кем не поделился своими наблюдениями, а, по обыкновению, оставил их при себе.

Равнины, простиравшиеся у подножия Австралийских Альп, едва заметно понижались к востоку. Их монотонное однообразие кое-где нарушали рощи мимоз, эвкалиптов и различных пород камедных деревьев. Попадались кусты гастролобиум грандифлорум с ярко окрашенными цветами. Часто дорогу пересекали небольшие горные речки, вернее, ручьи, берега которых густо заросли мелким тростником и орхидеями. Их переходили вброд.

Вдали видно было, как убегали при приближении отряда стаи дроф и эму, а через кусты прыгали кенгуру, как бумажные чертики на резинке. Но всадники не помышляли об охоте, их истомленным лошадям тоже было не до этого.

К тому же стояла удушливая жара. Воздух был насыщен электричеством. И животные и люди испытывали на себе его влияние. Сил хватало только на то, чтобы брести вперед. Тишину нарушали лишь окрики Айртона, подгонявшего измученных быков.

С полудня до двух часов отряд ехал по любопытному лесу из папоротников, который восхитил бы путников менее изнуренных. Эти древовидные растения были вышиной футов в тридцать. Не только лошади, но и всадники, не нагибаясь, проезжали под склоненными ветвями гигантских папоротников, и порой колесико чьей-нибудь шпоры позвякивало, ударяясь об их стволы. Под неподвижными зонтами зеленой листвы царила прохлада, которая всех только порадовала. Паганель, как всегда экспансивный, испустил несколько столь звучных вздохов удовольствия, что вспугнул стаи какаду. Поднялся оглушительный птичий гвалт.

Географ продолжал ликовать и восторженно вскрикивать, как вдруг на глазах у своих спутников закачался и рухнул вместе с лошадью на землю. Что с ним случилось: головокружение или припадок удушья от жары?

Все бросились к нему.

– Паганель! Паганель! Что с вами? – крикнул Гленарван.

– Со мною то, что я остался без лошади, милый друг, – ответил географ, высвобождая ноги из стремян.

– Как! Ваша лошадь…

– …пала, словно пораженная молнией, так же, как лошадь Мюльреди.

Гленарван, Джон Манглс и Вильсон осмотрели лошадь. Паганель не ошибся: она внезапно околела.

– Странно! – проговорил Джон Манглс.

– Очень странно… – пробормотал майор.

Гленарвана очень озаботило это новое злоключение. Ведь в таком пустынном крае негде взять лошадей. Так что если их поражает какая-то эпидемия, то дальнейший путь экспедиции окажется весьма затруднительным.

Еще до наступления вечера догадка об эпидемии подтвердилась: издохла третья лошадь, на которой ехал Вильсон, а за ней – что было, быть может, еще серьезнее – пал также и один из быков. Оставалось только три быка и четыре лошади.

Положение стало тяжелым. Всадники, лишившиеся лошадей, могли, на худой конец, идти пешком. Немало скваттеров до них пробиралось таким же образом через этот пустынный край. Но если придется бросить повозку, как быть с путешественницами? Смогут ли они пройти пешком оставшиеся до Туфоллд-Бей сто двадцать миль?

Встревоженные, Гленарван и Джон Манглс осмотрели уцелевших лошадей. Нельзя ли предотвратить новые жертвы? При этом осмотре не было обнаружено не только признаков какой-либо болезни, но и слабости. Лошади казались вполне здоровыми и хорошо выносили утомительное путешествие. Гленарван начал надеяться, что эта странная эпидемия ограничится четырьмя павшими животными.

Так же думал и Айртон. Боцман признался, что он ровно ничего не понимает в этом молниеносном падеже скота.

Снова тронулись в путь. То один, то другой пеший по очереди садились отдохнуть в повозку. Вечером после небольшого перехода, всего в десять миль, сделали привал и раскинули лагерь. Ночь прошла благополучно в рощице из древовидных папоротников, между которыми носились огромные летучие мыши, метко названные летучими лисицами.

Следующий день, 13 января, начался хорошо. Несчастные случаи не возобновлялись. Все чувствовали себя неплохо. Лошади и быки бодро справлялись со своей работой. В «салоне» леди Элен из-за притока посетителей было очень оживленно. Мистер Олбинет усердно обносил всех прохладительными напитками, что было очень кстати при тридцатиградусной жаре. Выпили целых полбочонка шотландского эля. Беркли и К° был объявлен самым великим человеком Великобритании, более великим, чем даже Веллингтон[1], который никогда не изготовил бы такого хорошего пива. Вот оно, шотландское тщеславие! Паганель много выпил и ораторствовал еще больше и обо всем на свете.

Так хорошо начавшийся день, казалось, должен был и закончиться хорошо. Отряд прошел добрых пятнадцать миль по довольно гористой местности с красноватой почвой. Можно было надеяться, что в тот же вечер удастся расположиться на берегу Сноуи-Ривер, крупной реки, впадающей на юге провинции Виктория в Тихий океан. Вскоре колеса повозки стали прокладывать колеи в темной наносной почве обширных, поросших буйными травами и кустами гастролобиума равнин.

Наступил вечер, и туман, четко выделявшийся на горизонте, обозначил течение Сноуи-Ривер. Повозка продвинулась еще на несколько миль. За небольшим холмом дорога круто поворачивала в высокий лес. Айртон направил утомленных быков между высокими стволами, погруженными во мрак, и уже миновал опушку, как вдруг в какой-нибудь полумиле от реки повозка завязла до ступиц.

– Осторожнее! – крикнул боцман ехавшим за ним всадникам.

– Что случилось? – спросил Гленарван.

– Мы завязли в грязи, – ответил Айртон.

Он понукал быков криками и ударами заостренной палки, но они увязли по колена и не могли сдвинуться с места.

– Остановимся здесь, – предложил Джон Манглс.

– Это лучшее, что мы можем сделать, – отозвался Айртон, – завтра, при свете, нам легче будет выбраться.

– Привал! – крикнул Гленарван.

После коротких сумерек быстро наступила ночь, но прохлады она не принесла. Воздух был насыщен душными парами. У горизонта порой вспыхивали ослепительные молнии далекой грозы.

---

[1] Веллингтон (1769–1852) – английский полководец, одержавший решительную победу над Наполеоном в битве при Ватерлоо.

Кое-как устроились на ночлег в увязшей колымаге и в палатке, раскинутой под темными сводами больших деревьев. Если только не пойдет дождь, жаловаться не на что.

Айртону удалось, хотя и не без труда, высвободить быков из трясины – они увязли в ней по брюхо. Боцман разместил их на ночь вместе с лошадьми и взялся сам, никому не препоручая, набрать им корму. Вообще он ухаживал за скотом очень умело. Гленарван заметил, что в тот вечер он особенно старался, и поблагодарил его, так как сохранить скот было теперь важнее всего.

Пока Айртон возился со скотом, путешественники быстро поужинали. Усталость и жара отбивали аппетит. Все нуждались не в пище, а в отдыхе. Леди Элен и мисс Грант, пожелав спокойной ночи своим спутникам, улеглись, как всегда, в повозке на своих диванчиках. Что же касается мужчин, то одни из них устроились в палатке, а другие предпочли растянуться под деревьями, на густой траве, что в этой здоровой местности было совершенно безопасно.

Постепенно все заснули тяжелым сном. Небо заволакивалось большими тучами, и делалось еще темней. Не чувствовалось ни малейшего ветерка. Ночная тишина нарушалась лишь заунывным криком «морпука», напоминающим печальное кукование европейской кукушки.

Около одиннадцати часов вечера, после нездорового сна, тяжелого и утомительного, майор проснулся. Его взгляд с удивлением остановился на каком-то неясном свете, мерцавшем под деревьями. Как будто поблескивала водная гладь озера. Мак-Наббс сначала принял это за начало распространявшегося по земле пожара.

Он встал и направился к лесу. Велико было его удивление, когда он увидел, что обширное пространство кругом было занято фосфоресцирующими грибами. Их споры довольно сильно светились в темноте.

Майор, не желая быть эгоистом, уже собирался разбудить Паганеля, чтобы ученый мог собственными глазами увидеть это редкое явление, как вдруг заметил нечто такое, что остановило его.

Фосфорический свет освещал лес на полмили кругом, и Мак-Наббсу показалось, что какие-то тени скользят у опушки. Что это, обман зрения? Галлюцинация?

Майор бросился на землю и стал внимательно наблюдать. Вскоре он ясно увидел несколько человек. То нагибаясь, то выпрямляясь, они, казалось, искали на земле еще свежие следы.

Нужно было узнать, чего хотят эти люди.

Мак-Наббс не колебался. Не будя никого из своих спутников, точно дикарь в прериях, он исчез среди высоких трав.

Глава девятнадцатая. Неожиданная развязка

Ночь была ужасна. В два часа пошел проливной дождь, лівший до утра. Палатка оказалась ненадежным убежищем. Гленарвану и его спутникам пришлось приютиться в повозке. О сне и думать было нечего. Пошли разговоры о том о сем. Только майор, чьего недолгого отсутствия никто не заметил, слушал молча. Страшный ливень не прекращался. Стали опасаться, что Сноуи-Ривер выйдет из берегов, а тогда повозка, и так увязшая в трясине, очутилась бы в критическом положении. Поэтому Мюльреди, Айртон и Джон Манглс не раз ходили смотреть уровень воды в реке и возвращались, промокшие с головы до ног.

Наконец стало светать. Дождь перестал, но солнечные лучи не могли пробиться сквозь нависшие густые тучи. Кругом виднелись большие лужи желтоватой воды, похожие на мутные, грязные пруды. Из размытой почвы поднимались горячие испарения и насыщали воздух нездоровой сыростью.

Гленарван решил прежде всего заняться повозкой. Он считал это самым важным. Принялись осматривать эту тяжелую колымагу. Она застряла посреди большой котловины в вязкой глине. Передний ход почти весь провалился в трясину, а задний – по оси. Вытащить такую махину было делом нелегким даже для соединенных усилий людей, быков и лошадей.

– Как бы то ни было, а надо спешить. Когда глина начнет высыхать, станет еще труднее, – заметил Джон Манглс.

– Поспешим, – отозвался Айртон.

Гленарван, оба матроса, Джон Манглс и Айртон отправились в лес, где ночевали быки и лошади. Это был мрачный лес из высоких камедных деревьев. На большом расстоянии друг от друга высились одни лишь давно засохшие деревья, у которых отвалилась кора, как у пробковых дубов во время сбора пробки. Наверху, футах в двухстах над землей, виднелись их жалкие кроны с переплетающимися между собой обнаженными ветвями. Ни одна птица не сидела на этих деревьях-скелетах, ни один лист не дрожал на их сухих, стучащих, как кости, сучьях. Такие мертвые леса, словно пораженные какой-то болезнью, встречаются в Австралии нередко. Что послужило причиной их гибели, неизвестно. Ни старики туземцы, ни их отцы, давно погребенные в рощах смерти, не видели эти леса зелеными.

Идя под мертвыми деревьями, Гленарван смотрел на серое небо, на фоне которого отчетливо вырисовывались, будто вырезанные, мельчайшие их веточки. Айртон удивился, не найдя лошадей и быков на том месте, куда он отвел их вчера вечером. Не могли же спутанные животные забрести далеко!

Их стали искать по всему лесу, но безуспешно. Изумленный Айртон вернулся на поросший великолепными мимозами берег Сноуи-Ривер. Здесь он принялся громко звать быков привычным для них окликом, но они не появлялись. Боцман, казалось, был очень встревожен; его спутники растерянно поглядывали друг на друга.

Так в тщетных поисках прошел целый час, и Гленарван уже собирался направиться к повозке, находившейся в доброй миле оттуда, как вдруг он услышал ржание, а затем почти одновременно раздалось и мычание.

– Вон они где! – крикнул Джон Манглс, пробираясь между высокими кустами гастролобиума, которые свободно могли бы скрыть и целое стадо.

Гленарван, Мюльреди и Айртон бросились вслед за ним и оцепенели: два быка и три лошади, как и те, прежние, лежали распростертые на земле, точно подкошенные. Трупы уже успели остыть. Среди мимоз каркала стая тощих воронов, выжидая, когда можно будет наброситься на добычу.

Гленарван и его спутники переглянулись. У Вильсона невольно вырвалось крепкое словцо.

– Ничего не поделаешь, Вильсон, – сказал, едва сдерживаясь, Гленарван. – Айртон, уведите уцелевших быка и лошадь. Теперь им вдвоем придется выручать нас.

– Если бы повозка не завязла в грязи, – сказал Джон Манглс, – то бык и лошадь небольшими переходами, пожалуй, и смогли бы дотащить ее до побережья. Значит, проклятую колымагу нужно во что бы то ни стало высвободить.

– Попытаемся, Джон, – ответил Гленарван. – А теперь вернемтесь в лагерь: там, наверное, все уже обеспокоены нашим долгим отсутствием.

Айртон снял путы с быка, а Мюльреди – с лошади, и все, держась извилистого берега реки, направились в лагерь.

Полчаса спустя Паганель, Мак-Наббс, леди Элен и мисс Грант были посвящены во все происшедшее.

– Ей-богу, жаль, Айртон, что не пришлось подковать всех лошадей после переправы через Уиммеру, – не выдержав, сказал боцману майор.

– Почему, сэр?

– Да потому, что из всех наших лошадей уцелела только та, которую подковал ваш кузнец.

– Совершенно верно, – подтвердил Джон Манглс. – Вот странная случайность!

– Случайность, и только, – ответил боцман, пристально глядя на майора.

Мак-Наббс крепко сжал губы, как бы не желая произнести те слова, которые уже были готовы у него вырваться. Гленарван, Манглс, леди Элен, казалось, ждали, чтобы майор высказал до конца свою мысль, но он молча направился к повозке, которую осматривал Айртон.

– Что он хотел сказать? – спросил Гленарван Джона Манглса.

– Не знаю, – ответил молодой капитан, – но майор не такой человек, чтобы говорить зря.

– Конечно, Джон, – сказала леди Элен. – Мак-Наббс, наверное, в чем-то подозревает Айртона.

– Подозревает? – пожимая плечами, переспросил Паганель.

– Но в чем же? – удивился Гленарван. – Неужели он считает Айртона способным убить наших лошадей и быков? С какой же целью? Разве интересы боцмана не совпадают с нашими?

– Вы правы, дорогой Эдуард, – сказала леди Элен, – к тому же с самого начала путешествия боцман дал нам не одно бесспорное доказательство своей преданности.

– Без сомнения, – подтвердил Джон Манглс. – Но что же тогда означают слова майора? Я хотел бы понять это.

– Не считает ли он его сообщником тех каторжников? – необдуманно воскликнул Паганель.

– Каких каторжников? – спросила Мери Грант.

– Господин Паганель ошибся, – поспешно ответил Джон Манглс. – Ему прекрасно известно, что в провинции Виктория нет каторжников.

– Ах да, разумеется! – спохватился географ, охотно бы взявший назад вырвавшиеся у него слова. – Как это я забыл? Какие там каторжники – о них никто никогда и не слыхал в Австралии! К тому же они не успеют высадиться здесь, как моментально становятся честными людьми. Все климат, мисс Мери! Знаете, благотворное влияние климата...

Бедный ученый, желая загладить свой промах, увяз не хуже колымаги. Леди Элен не спускала с него глаз, и это лишало его всякого хладнокровия. Но, не желая дольше смущать географа, леди Элен увела Мери в палатку, где Олбинет был занят в это время приготовлением завтрака по всем правилам кулинарного искусства.

– Меня самого следовало бы сослать за это! – сконфуженно проговорил Паганель.

– Вот именно, – отозвался Гленарван.

Серьезный тон, каким это было сказано, еще более удручил достойного географа, а Гленарван с Джоном Манглсом направились к повозке.

В эту минуту Айртон и оба матроса старались вытащить ее из трясины. Бык и лошадь, запряженные бок о бок, напрягались изо всех сил. Казалось, постромки вот-вот лопнут, а хомуты разорвутся. Вильсон и Мюльреди силились сдвинуть колеса, а боцман подгонял животных криком и ударами. Тяжелая колымага не трогалась с места. Успевшая уже подсохнуть глина держала ее, словно цемент.

Джон Манглс приказал полить глину водой, чтобы сделать ее менее вязкой. Тщетно: увязшая махина по-прежнему была неподвижна. После новых бесплодных усилий люди и скот остановились. Ничего нельзя было поделать, разве что разобрать повозку по частям. Но без инструментов и это было невозможно.

Один Айртон, который хотел во что бы то ни стало преодолеть это препятствие, собирался предпринять новую попытку, но Гленарван остановил его.

– Довольно, Айртон, довольно! – сказал он. – Оставшихся быка и лошадь нам надо беречь. Раз уж приходится продолжать путешествие пешком, то одно из этих животных повезет обеих женщин, а другое – провизию. Они еще смогут принести нам большую пользу.

– Хорошо, милорд, – ответил боцман и стал выпрягать измученных животных.

– А теперь, друзья мои, – продолжал Гленарван, – вернемтесь в лагерь. Обсудим наше положение, взвесим, на что надеяться и чего опасаться, а затем примем решение.

Путешественники подкрепились после тяжелой ночи вполне сносным завтраком, и совещание началось. Все должны были высказать свое мнение.

Прежде всего следовало самым точным образом определить местонахождение лагеря. Паганель выполнил это возложенное на него поручение с безупречной пунктуальностью. По словам географа, экспедиция находилась на берегу Сноуи-Ривер, на тридцать седьмой параллели, под 147°53' долготы[1].

– А какова точная долгота Туфоллд-Бей? – спросил Гленарван.

– Она находится на сто пятидесятом градусе, – ответил Паганель.

– Сколько же миль составляют эти два градуса семь минут?

– Семьдесят пять миль.

– А сколько до Мельбурна?

– Не меньше двухсот миль.

– Так, – сказал Гленарван. – Теперь, когда наше местоположение выяснено, что же мы будем делать?

Ответ был единодушным: идти к побережью, и как можно скорее.

Леди Элен и Мери Грант готовы были делать по пять миль ежедневно. Отважные женщины не боялись, если понадобится, идти пешком от Сноуи-Ривер до самой Туфоллд-Бей.

– Вы надежный товарищ в путешествии, дорогая Элен, – сказал жене Гленарван. – Но можем ли мы быть уверены, что, придя в бухту, мы достанем все необходимое?

– Без сомнения, – сказал Паганель. – Иден – город, существующий не со вчерашнего дня, и между его портом и Мельбурнским должны часто курсировать суда. Но мне думается, что в тридцати пяти милях отсюда, в Делегите, мы сможем не только запастись съестными припасами, но добыть даже и средства передвижения.

– А как с «Дунканом»? – спросил Айртон. – Вы не находите уместным, милорд, вызвать его в Туфоллд-Бей?

– Ваше мнение, Джон? – спросил Гленарван.

– Мне кажется, милорд, не следует торопиться с этим, – ответил, подумав, молодой капитан. – Вы всегда успеете отдать приказ и вызвать Тома Остина к побережью.

---

[1] Координаты реки указаны Ж. Верном неточно, Сноуи-Ривер не пересекает даже 148° долготы.

– Совершенно верно, – добавил Паганель.

– Подумайте, – продолжал Джон Манглс, – ведь через четыре-пять дней мы будем в Идене.

– Четыре-пять дней? – повторил Айртон, качая головой. – Нет, капитан, положите на это дней пятнадцать, а то и все двадцать, или вам придется потом жалеть о вашей ошибке.

– Пятнадцать или двадцать дней, чтобы покрыть семьдесят пять миль? – воскликнул Гленарван.

– Никак не меньше, милорд. Ведь впереди – самая трудная часть Виктории: пустынные места, где, по словам скваттеров, нет никаких ферм, все заросло кустарником, дорог нет. Придется пробираться с топором или факелом в руках, и, поверьте, вы не сможете идти быстрее.

Айртон сказал все это уверенным тоном. Все вопросительно взглянули на Паганеля, и географ кивком головы подтвердил слова боцмана.

– Пусть так, – сказал Джон Манглс. – Ну что ж, милорд, вы пошлете распоряжение «Дункану» через пятнадцать дней.

– Надо прибавить, – продолжал Айртон, – что трудная дорога – еще не самое главное. Ведь надо будет переправляться через Сноуи-Ривер, и, наверное, придется ожидать убыли воды.

– Ожидать? – воскликнул молодой капитан. – Да разве нет брода?

– Не думаю, – ответил Айртон. – Сегодня утром я пытался найти брод, но это мне так и не удалось. Редкая река бывает такой бурной в это время года, но ничего не поделаешь.

– Значит, она широкая, эта Сноуи-Ривер? – спросила леди Гленарван.

– Широкая и глубокая, сударыня, – ответил Айртон. – Шириной она будет с милю, и течение ее стремительно. Даже для хорошего пловца было бы рискованным делом попытаться переплыть ее.

– Ну так что ж! – воскликнул ничем не смущавшийся Роберт. – Срубим дерево, выдолбим его и поплывем. Вот и все!

– Молодец, сын капитана Гранта! – воскликнул Паганель.

– Конечно, он прав, – сказал Джон Манглс. – Нам ничего другого не остается. И я считаю, что не стоит терять время на бесполезные споры.

– Что скажете, Айртон? – обратился к боцману Гленарван.

– Боюсь, милорд, что если не подоспеет помощь, то мы и через месяц все еще будем на Сноуи-Ривер.

– А есть у вас другой, лучший план? – с некоторой досадой спросил Джон Манглс.

– Есть: если «Дункан» покинет Мельбурн и приплывет к восточному побережью.

– Ай, опять «Дункан»! А почему, скажите, если яхта придет в Туфоллд-Бей, нам легче будет добраться до этой бухты?

Айртон подумал немного и сказал довольно уклончиво:

– Не стану навязывать свое мнение. Я хочу только общего блага и готов идти вперед, как только милорд прикажет.

Проговорив это, он скрестил руки на груди.

– Это не ответ, Айртон, – сказал Гленарван. – Познакомьте нас с вашим планом, и мы обсудим его. Что вы предлагаете?

– Я считаю, что в нашем тяжелом положении не следует рисковать и уходить с берегов Сноуи-Ривер, – начал спокойным и уверенным тоном Айртон. – Мы должны ждать помощи здесь, а получить ее мы сможем только от «Дункана». Остановимся на этом месте, где много дичи, и пусть один из нас доставит Тому Остину приказ идти в Туфоллд-Бей.

Все были несколько удивлены этим неожиданным предложением, а Джон Манглс отнесся к нему явно неодобрительно.

– Тем временем, – продолжал боцман, – или спадет вода в Сноуи-Ривер, и мы сможем перебраться вброд, или мы успеем соорудить лодку. Вот план, который я предлагаю вам, милорд.

– Хорошо, Айртон, – ответил Гленарван, – ваше предложение заслуживает серьезного обсуждения. Главный его недостаток в том, что, поступив так, мы потеряем много времени, но зато это избавит нас от изнурительной траты сил, а быть может, и от настоящих опасностей... Что скажете, друзья мои?

– А ваше мнение, дорогой Мак-Наббс? – обратилась к майору леди Элен. – С самого начала спора вы только слушаете, а сами не проронили ни единого слова.

– Раз вы спрашиваете моего мнения, – ответил Мак-Наббс, – я совершенно откровенно вам его выскажу. Мне кажется, что Айртон сейчас говорил как человек умный и осторожный, и я поддерживаю его предложение.

Никто не ожидал такого ответа, ибо до сих пор Мак-Наббс всегда оспаривал мнение Айртона в этом вопросе. Самого боцмана, видимо, это удивило – он бросил быстрый взгляд на майора. Паганель, леди Элен и матросы были склонны поддержать проект Айртона, слова же Мак-Наббса рассеяли их последние сомнения.

Гленарван объявил, что план Айртона в общих чертах принят.

– А теперь, Джон, – обратился Гленарван к молодому капитану, – скажите: вы тоже находите благоразумным остаться здесь, на берегу реки, в ожидании средств передвижения?

– Да, – ответил Джон Манглс, – если только нашему гонцу удастся переправиться через Сноуи-Ривер, которую мы сами не можем перейти.

Все посмотрели на боцмана. Тот улыбнулся с уверенным видом.

– Гонец не будет переправляться через реку, – сказал он.

– Не будет? – удивился Джон Манглс.

– Он просто вернется на Лакнаускую дорогу и по ней отправится в Мельбурн.

– Пройти двести пятьдесят миль пешком! – воскликнул молодой капитан.

– Нет, верхом, – возразил Айртон. – Ведь у нас есть одна здоровая лошадь. На ней дня в четыре можно покрыть это расстояние. Прибавьте еще два дня на переход «Дункана» в Туфоллд-Бей, сутки, чтобы добраться до нашего лагеря. Значит, через неделю гонец с отрядом матросов будет здесь.

Майор сопровождал одобрительными кивками слова Айртона, что очень удивляло Джона Манглса. Итак, предложение боцмана было принято единогласно, и оставалось только выполнить этот действительно хорошо задуманный план.

– А теперь, друзья мои, – сказал Гленарван, – нам остается выбрать гонца. Он возьмет на себя поручение и трудное и рискованное, не хочу скрывать этого. Кто из преданности товарищам рискнет отправиться с письмом?

Тотчас же вызвались Вильсон, Мюльреди, Джон Манглс, Паганель и даже Роберт. Особенно настаивал Джон Манглс. Но тут заговорил молчавший до этого времени Айртон:

– С вашего разрешения, поеду я, милорд. Я знаю этот край. Не раз мне случалось скитаться по местам еще более диким и опасным. Я смогу выпутаться из беды там, где другой погибнет. Вот почему я в общих интересах прошу отправить в Мельбурн именно меня. Вы дадите мне письмо к помощнику капитана яхты, и я ручаюсь, что через шесть дней «Дункан» будет уже в бухте Туфоллд-Бей.

– Хорошо сказано, Айртон! – ответил Гленарван. – Вы человек умный и смелый и добьетесь своего!

Действительно, было очевидно, что Айртон сможет лучше, чем кто-либо, справиться с этой трудной задачей. Все это поняли, и никто не стал с ним спорить. Только Джон Манглс попытался возразить, что Айртон нужен для отыскивания следов «Британии» и Гарри Гранта. Но на это майор заметил, что экспедиция до возвращения боцмана никуда не тронется с берегов Сноуи-Ривер и потому не может быть и речи о возобновлении без него этих важных поисков. Следовательно, отсутствие Айртона отнюдь не принесет никакого ущерба интересам капитана Гранта.

– Ну что ж, отправляйтесь, Айртон, – сказал Гленарван. – Поторапливайтесь и возвращайтесь через Иден в наш лагерь у Сноуи-Ривер.

В глазах боцмана сверкнуло торжество. Он быстро отвернулся, но Джон Манглс успел уловить этот блеск. Молодой капитан чувствовал, как инстинктивно растет его недоверие к Айртону.

Боцман занялся приготовлениями к отъезду. Ему помогали оба матроса: один седлал лошадь, другой готовил провизию. Гленарван же в это время писал письмо Тому Остину. В нем он приказывал помощнику капитана «Дункана» немедленно идти в Туфоллд-Бей. Об Айртоне он говорил как о человеке, на которого можно всецело положиться. По прибытии яхты на восточное побережье Тому Остину предписывалось дать в распоряжение Айртона отряд матросов с яхты. Гленарван как раз дописывал это распоряжение, когда Мак-Наббс, следивший глазами, спросил его каким-то особенным тоном, как он пишет имя «Айртон».

– Да так, как оно произносится, – ответил Гленарван.

– Вы ошибаетесь, – спокойным тоном проговорил майор. – Это имя произносится «Айртон», а пишется «Бен Джойс»!

Глава двадцатая. «Aland! Zealand!»

Бен Джойс! Это имя произвело впечатление удара молнии. Айртон резко выпрямился. В руках его блеснул револьвер. Грянул выстрел. Гленарван упал, сраженный пулей. Снаружи раздалась ружейная стрельба.

Джон Манглс и матросы, в первую минуту оцепеневшие от неожиданности, хотели кинуться на Бена Джойса, но дерзкий каторжник уже исчез и присоединился к своей шайке, рассеянной по опушке леса.

Палатка была плохим прикрытием от пуль. Надо было отступать. Легко раненный Гленарван поднялся на ноги.

– К повозке! К повозке! – крикнул Джон Манглс, увлекая за собой леди Элен и Мери Грант.

Вскоре женщины были в безопасности за толстыми дощатыми стенками повозки.

Джон Манглс, майор, Паганель и матросы схватили свои карабины и приготовились отражать нападение каторжников. Гленарван и Роберт присоединились к женщинам, а Олбинет поспешил занять место среди защитников.

Все эти события совершились с быстротой молнии. Джон Манглс внимательно наблюдал за опушкой леса. Как только Бен Джойс добрался до своей шайки, выстрелы сразу прекратились. После беспорядочной стрельбы наступила тишина. Только кое-где среди камедных деревьев еще поднимались дымки от выстрелов. Высокие кусты гастролобиума не шевелились. Не было никаких признаков нападения.

Майор и Джон Манглс разведали все до самого леса. Никого уже не было. Виднелись многочисленные следы, да кое-где дымились не погасшие еще запалы. Майор из осторожности затоптал их, потому что одной искры было достаточно, чтобы вызвать в высохшем лесу страшный пожар.

– Каторжники скрылись, – сказал Джон Манглс.

– Да, – отозвался майор, – и это, признаться, тревожит меня. Я предпочел бы встретиться с ними лицом к лицу. Не так страшен тигр на равнине, как змея среди высоких трав. Обследуем-ка весь кустарник вокруг повозки.

Майор и Джон Манглс осмотрели все вокруг. От опушки леса до Сноуи-Ривер им не попался ни один каторжник. Шайка Бена Джойса как будто улетела, подобно стае хищных птиц. Это исчезновение было слишком странно, чтобы путешественники могли почувствовать себя в безопасности. Поэтому решили держаться настороже. Повозка, эта настоящая увязшая в глине крепость, сделалась центром лагеря. Двое часовых сменялись каждый час.

Первой заботой леди Элен и Мери Грант было перевязать рану Гленарвана. В ту минуту, когда муж упал, сраженный пулей Бена Джойса, леди Элен в ужасе бросилась к нему. Потом, овладев собой, храбрая женщина помогла раненому добраться до повозки. Когда плечо Гленарвана обнажили, майор, исследовав рану, убедился, что пуля не задела ни костей, ни мускулов. Рана сильно кровоточила, но Гленарван свободно двигал пальцами и предплечьем – это успокоило его жену и друзей. Тотчас была сделана перевязка, после чего Гленарван потребовал, чтобы им более не занимались. Настало время прояснить все, что случилось. Все путешественники, за исключением Мюльреди и Вильсона, сторожививших снаружи, кое-как разместились в повозке. Майора попросили дать объяснения.

Прежде чем начать свой рассказ, Мак-Наббс сообщил леди Элен о том, что ей было неизвестно, то есть о бегстве шайки каторжников из Пертской тюрьмы, об их появлении в провинции Виктория и о том, что крушение поезда на Кемденском мосту было делом их рук. Он вручил ей также номер «Австралийской и Новозеландской газеты», купленный им в Симоре, и прибавил, что полиция назначила сто фунтов стерлингов за голову Бена Джойса – опасного разбойника, приобретшего благодаря совершенным им в течение полутора лет преступлениям печальную известность.

Но каким же образом удалось Мак-Наббсу узнать в боцмане Айртоне Бена Джойса? Это была тайна, которую всем хотелось узнать, и майор рассказал следующее.

С первого же дня Мак-Наббс почувствовал инстинктивное недоверие к Айртону. Два-три незначительных факта, взгляд, которым боцман обменялся с кузнецом у реки Уиммеры; его стремление по возможности объезжать города и поселения; та настойчивость, с которой он добивался вызова «Дункана» на восточное побережье; странная гибель бывших на его попечении животных, наконец, какая-то неискренность в поведении боцмана – все это пробудило в майоре подозрения. Однако до событий прошлой ночи Мак-Наббс все же не мог определенно сказать, в чем именно он подозревает Айртона.

В ту ночь, прокравшись среди высоких кустов, он добрался в полумиле от лагеря до подозрительных теней, привлекших издали его внимание. Фосфоресцирующие грибы бросали слабый свет среди мрака. Три человека рассматривали на земле свежие следы. Среди этих людей Мак-Наббс узнал кузнеца из Блэк-Пойнта. «Это они», – сказал один. «Да, – отозвался другой, – вот и трилистники на подкове». – «След идет от самой Уиммеры». – «Все лошади подохли». – «Яд под рукой». – «Хватит на целый кавалерийский полк». – «Да, полезное растение этот гастролобиум!»

– Тут они замолчали, – продолжал Мак-Наббс, – и пошли прочь. Но того, что я услышал, было слишком мало, и я пошел за ними. Вскоре они снова заговорили. «Ну и ловкач же этот Бен Джойс! – сказал кузнец. – Каков боцман, и как хитро придумано кораблекрушение! Если его план удастся, мы богачи! Этот Айртон – черт, а не человек». – «Нет, зови его Беном Джойсом, он заслужил это имя!» Затем негодяи ушли из леса. Теперь я знал все и вернулся в лагерь, убежденный в том, что Австралия влияет благотворно далеко не на всех каторжников, не во гнев будь сказано Паганелю.

Майор умолк. Его товарищи сидели молча в раздумье.

– Итак, Айртон завлек нас сюда, чтобы ограбить и убить? – проговорил бледный от гнева Гленарван.

– Да! – ответил майор.

– И от самой Уиммеры его шайка идет по нашим следам, ожидая удобного случая?

– Да.

– Так, значит, этот негодяй вовсе не матрос с «Британии»? Значит, он украл у какого-то Айртона его имя и договор о найме на судно?

Все посмотрели на Мак-Наббса: ведь ему тоже должны были прийти в голову все эти мысли.

– Вот что можно точно сказать обо всей этой истории, – ответил майор своим неизменно спокойным голосом. – Мне кажется, что имя этого человека в самом деле Айртон. Бен Джойс – это его кличка. Несомненно, что он знает Гарри Гранта и был боцманом на «Британии». То и другое доказывают подробности, о которых он упоминал, это подтверждает и разговор каторжников, о котором я вам рассказал. Не будем же блуждать среди бесполезных гипотез, а признаем бесспорным, что Айртон и Бен Джойс – одно и то же лицо, то есть бывший матрос «Британии», ставший главарем шайки беглых каторжников.

Слова Мак-Наббса не вызвали никаких возражений.

– А теперь, – сказал Гленарван, – не объясните ли вы мне, Мак-Наббс, каким образом и почему боцман Гарри Гранта попал в Австралию?

– Каким образом? Не знаю, – ответил майор. – И полиция заявляет, что она не более моего осведомлена об этом. Почему? Это мне тоже неизвестно. Здесь тайна, которую раскроет только будущее.

– Полиция даже не подозревает, что Айртон и Бен Джойс одно и то же лицо, – заметил Джон Манглс.

– Вы правы, Джон, – ответил майор. – И эти сведения могли бы помочь ее розыскам.

– Очевидно, этот негодяй проник на ферму Падди О'Мура с преступной целью, – сказала леди Элен.

– Несомненно, – отозвался Мак-Наббс. – Он, видимо, подготовлял на ферме ирландца какое-то преступление, а тут подвернулось нечто более заманчивое. Случай свел его с нами. Он услышал рассказ Гленарвана, историю кораблекрушения и, будучи человеком дерзким, тут же решил извлечь из этого дела пользу. Решено было организовать экспедицию. У Уиммеры он вошел в сношения с одним из своих людей, кузнецом из Блэк-Пойнта, и сделал приметными наши следы. Его банда шла за нами. С помощью ядовитого растения Бен Джойс мало-помалу уничтожил наших быков и лошадей. Наконец, когда приспело время, он завел нас в болота у Сноуи-Ривер и предал в руки беглых каторжников, которыми он заправляет.

Все стало ясно. Майор раскрыл все прошлое Бена Джойса, и этот негодяй предстал таким, каким он был на самом деле: дерзким и опасным преступником. Намерения его были теперь вполне ясны, и они требовали от Гленарвана величайшей бдительности. К счастью, разоблаченный разбойник был все же менее страшен, чем предатель.

Но из этих окончательно проясненных обстоятельств вытекало одно важное следствие, о котором пока никто, кроме Мери Грант, не подумал. В то время как другие обсуждали прошлое, она думала о будущем.

Джону Манглсу первому бросились в глаза ее бледное лицо, ее отчаяние. Он сразу понял, что должна была она переживать.

– Мисс Мери! Мисс Мери! Вы плачете? – воскликнул он.

– Ты плачешь, мое дитя? – обратилась к ней леди Элен.

– Отец, отец!.. – прошептала девушка.

Она не в силах была продолжать. Но всех вдруг осенила одна и та же мысль – всем стало ясно горе Мери, почему она заплакала, почему вспомнила об отце.

Раскрытие предательства Айртона убивало всякую надежду найти Гарри Гранта. Каторжник, для того чтобы завлечь Гленарвана в глубь материка, придумал крушение у австралийского побережья. Об этом определенно было упомянуто в разговоре бандитов, подслушанном Мак-Наббсом. Никогда «Британия» не разбивалась о подводные камни Туфоллд-Бей! Никогда Гарри Грант не ступал ногой на Австралийский материк! Вот уже второй раз ошибочное истолкование документа толкнуло искавших «Британию» по ложному пути.

Подавленные горем детей капитана Гранта, их спутники хранили молчание. Да и что можно было сказать им в утешение! Роберт плакал, прижавшись к сестре. Паганель с раздражением бормотал:

– А, злосчастный документ! Чуть не дюжина честных людей ломает головы по твоей милости!

И, негодуя сам на самого себя, почтенный географ колотил себя кулаком по лбу, рискуя проломить череп.

Тем временем Гленарван пошел к Мюльреди и Вильсону, стоявшим на страже. По всей долине между опушкой леса и рекой царила полная тишина. На небе неподвижно теснились густые тучи. В дремотно застывшем воздухе далеко разнесся бы малейший звук, между тем ничего не было слышно. По-видимому, Бен Джойс и его шайка удалились на порядочное расстояние, иначе не веселились бы так на нижних ветках деревьев стаи птиц, не объедали бы так мирно молодые побеги несколько кенгуру, не высовывала бы доверчиво из кустов свои головы пара страусов, – все говорило о том, что нигде в мирной глуши нет людей.

– Вы ничего не видели и не слышали за последний час? – спросил Гленарван матросов.

– Ничего, милорд, – ответил Вильсон. – Каторжники, должно быть, за несколько миль отсюда.

– Как видно, их было слишком мало, чтобы напасть на нас, – добавил Мюльреди. – Наверное, этот Бен Джойс отправился вербовать себе помощников среди других таких же беглых каторжников, бродящих у подножия Альп.

– Видимо, так, Мюльреди, – согласился Гленарван. – Эти негодяи – трусы. Они знают, что мы вооружены – и вооружены хорошо. Быть может, они ждут ночи, чтобы напасть на нас. Когда станет темнеть, нужно будет усилить бдительность. Ах, если бы мы могли покинуть эту болотистую равнину и продолжать путь к побережью! Но разлившиеся воды реки преграждают нам дорогу. За плот, который переправил бы нас на тот берег, я бы отдал столько золота, сколько он весит.

– А почему же вы не прикажете нам построить такой плот, милорд? – спросил Вильсон. – Ведь деревьев здесь сколько угодно.

– Верно, Вильсон, – ответил Гленарван, – но эта Сноуи-Ривер не река, а непреодолимый поток.

Тут к Гленарвану подошли Джон Манглс, майор и Паганель. Они как раз только что обследовали Сноуи-Ривер. После последних дождей ее воды поднялись еще на один фут. Они неслись со стремительностью, напоминавшей пороги американских рек. Конечно, немыслимо было пуститься по этой ревущей, клокочущей пучине, изрытой водоворотами. Джон Манглс заявил, что переправа неосуществима.

– Все же нельзя сидеть здесь сложа руки, – прибавил он. – То, что мы хотели сделать еще до предательства Айртона, теперь, по-моему, еще более необходимо.

– Что вы хотите сказать, Джон? – спросил Гленарван.

– Я хочу сказать, что нам срочно необходима помощь, и, раз нельзя идти в Туфоллд-Бей, надо идти в Мельбурн. У нас осталась одна лошадь. Дайте мне ее, милорд, и я отправлюсь в Мельбурн.

– Но это рискованная попытка, Джон, – сказал Гленарван. – Не говоря уж обо всех опасностях этого путешествия в двести миль, по незнакомому краю, учтите и то, что все дороги и тропы, вероятно, отрезаны сообщниками Бена Джойса.

– Знаю, милорд, но знаю и то, что дальше так продолжаться не может. Айртону, по его словам, требовалась неделя, чтобы доставить сюда матросов с «Дункана»; я же берусь вернуться с ними на берега Сноуи-Ривер через шесть дней. Так как же, милорд? Каковы будут ваши приказания?

– Прежде чем Гленарван ответит, – сказал Паганель, – позвольте мне сделать замечание. Ехать в Мельбурн надо, но я против того, чтобы этим опасностям подвергался Джон Манглс. Он капитан «Дункана» и поэтому не должен рисковать своей жизнью. Вместо него поеду я.

– Хорошо сказано! – похвалил майор. – Но почему именно вы, Паганель?

– А мы разве не можем? – в один голос воскликнули Мюльреди и Вильсон.

– Думаете, я испугаюсь проехать какие-нибудь двести миль верхом? – сказал Мак-Наббс.

– Друзья мои, – заговорил Гленарван, – раз один из нас должен поехать в Мельбурн, то давайте бросим жребий... Паганель, пишите наши имена.

– Во всяком случае, не ваше, милорд, – заявил Джон Манглс.

– Почему? – спросил Гленарван.

– Как вы можете покинуть леди Элен, да и рана ваша не зажила еще.

– Гленарван, вам нельзя покидать экспедицию! – воскликнул Паганель.

– Конечно, – подтвердил Мак-Наббс. – Ваше место здесь, Эдуард, вы не должны уезжать.

– Предстоят опасности, – возразил Гленарван, – и я никому не уступлю мою долю риска. Пишите, Паганель. Пусть мое имя будет смешано с именами моих товарищей, и дай бог, чтобы оно вышло первым.

Пришлось подчиниться воле Гленарвана. Его имя присоединили к другим. Стали тянуть жребий, и он пал на Мюльреди. У отважного матроса вырвалось радостное «ура».

– Милорд, я готов пуститься в путь, – сказал он.

Гленарван пожал руку Мюльреди. Он направился к повозке, а майор и Джон Манглс остались на страже.

Леди Элен немедленно узнала о решении послать гонца в Мельбурн и о том, на кого пал жребий. У нее нашлись для честного матроса слова, тронувшие его до глубины сердца. Все знали Мюльреди как человека храброго, толкового, неутомимого, и жребий поистине сделал наилучший выбор.

Отъезд Мюльреди был назначен на восемь часов вечера, тотчас же после коротких сумерек. Вильсон взялся снарядить лошадь.

Ему пришло в голову заменить на ее левой ноге изобличительную подкову с трилистниками другой, снятой с одной из павших ночью лошадей. Теперь, думалось ему, каторжники не смогут ни распознать следы Мюльреди, ни гнаться за ним, ведь у них нет лошадей.

Пока Вильсон седлал лошадь, Гленарван занялся письмом Тому Остину, но он не мог писать из-за раненой руки и попросил это сделать Паганеля. Ученый, поглощенный какой-то неотступной мыслью, казалось, не замечал ничего вокруг. Надо сказать, что среди всех тревожных событий Паганель думал только об одном: о неверно истолкованном документе. Он всячески переставлял слова, стремясь извлечь из них новый смысл, и с головой ушел в эту работу.

Конечно, он не расслышал просьбы, и Гленарван должен был ее повторить.

– А, прекрасно! Я готов! – отозвался Паганель.

С этими словами он машинально взял свою записную книжку, вырвал из нее листок, взял карандаш и приготовился писать.

Гленарван начал диктовать следующее:

– Приказываю Тому Остину немедленно выйти в море и вести «Дункан»…

Паганель дописывал это последнее слово, но тут его глаза случайно остановились на валявшемся на земле номере «Австралийской и Новозеландской газеты». Газета была сложена, и из ее названия, по-английски, «Australian and New-Zealand Gazette» виднелись только последние пять букв слова New-Zealand. Карандаш Паганеля вдруг остановился: географ, по-видимому, совершенно забыл и о Гленарване, и о его письме, и о том, что ему диктовали.

– Паганель! – окликнул его Гленарван.

– Ах! – воскликнул географ.

– Что с вами? – спросил майор.

– Ничего, ничего, – пробормотал Паганель. Потом он зашептал про себя: – Aland! Aland! Aland!

Он вскочил и схватил газету. Он тряс ее, стараясь удержать слова, рвавшиеся из уст.

Леди Элен, Мери, Роберт, Гленарван с удивлением смотрели на географа, не понимая причины его волнения.

Паганель словно внезапно сошел с ума. Но его нервное возбуждение длилось недолго. Ученый мало-помалу успокоился. Радость, светившаяся в его глазах, угасла. Он сел на прежнее место и сказал спокойно:

– Я к вашим услугам, милорд.

Гленарван снова принялся диктовать письмо. В окончательном виде оно гласило: «Приказываю Тому Остину немедленно выйти в море и вести «Дункан», придерживаясь тридцать седьмой параллели, к восточному побережью Австралии».

– Австралии? – переспросил Паганель. – Ах да, Австралии!..

Закончив письмо, географ дал его Гленарвану. Тот кое-как подписал – ему мешала его рана. Затем письмо было запечатано, и Паганель еще дрожащей от волнения рукой написал на конверте:

«Тому Остину, помощнику капитана яхты «Дункан», Мельбурн».

Вслед за этим он вышел из повозки, жестикулируя и повторяя непонятные слова:

– Aland! Aland! Zealand!

Глава двадцать первая. Четыре томительных дня

Остаток дня прошел без происшествий. Все приготовления к отъезду Мюльреди были закончены. Честный матрос был счастлив, что может доказать Гленарвану свою преданность.

К Паганелю вернулось хладнокровие, и он стал таким, как обычно. Можно было догадаться, что он о чем-то непрерывно думает, но решил скрывать это. Без сомнения, у него были на то серьезные причины, ибо майор слышал, как он повторял, словно борясь с собой:

– Нет, нет! Они мне не поверят! Да и зачем? Слишком поздно!

Приняв такое решение, Паганель стал показывать Мюльреди на карте путь, которого ему следовало держаться, чтобы достигнуть Мельбурна. Все тропы на равнине вели к дороге на Лакнау. Она шла прямо на юг до самого побережья, где круто поворачивала к Мельбурну. Географ советовал Мюльреди все время держаться этого пути и не пытаться ехать напрямик по малоизвестной местности. Все очень просто. Заблудиться Мюльреди не мог.

Опасны были только первые несколько миль от лагеря, где, должно быть, засела шайка Бена Джойса. Главное – миновать их, а там уже каторжники не смогут догнать Мюльреди, и его важное поручение будет выполнено.

В шесть часов пообедали. Шел проливной дождь, защитить от которого палатка не могла. Поэтому все забрались в повозку. Вот это было надежное убежище. Затвердевшая глина сковала повозку, и она прочно держалась, как форт на своем фундаменте. Арсенал этой крепости, состоявший из семи карабинов и семи револьверов, мог выдержать довольно долгую осаду, благо не было недостатка ни в пулях, ни в провианте. А через шесть дней «Дункан», возможно, уже бросит якорь в Туфоллд-Бей. Еще сутки – и его команда появится на противоположном берегу Сноуи-Ривер, и даже если переправа будет еще невозможна, то шайка каторжников, во всяком случае, принуждена будет отступить перед превосходящими силами. Но для этого прежде всего нужно было, чтобы Мюльреди успешно выполнил опасное поручение.

В восемь часов вечера совершенно стемнело. Настало время ехать. Привели оседланную лошадь. Ее копыта, из осторожности обернутые тряпками, беззвучно ступали по земле. Лошадь казалась усталой, а ведь от твердости ее поступи и крепости ног зависело общее спасение. Майор посоветовал Мюльреди щадить лошадь, как только он будет вне досягаемости каторжников. Лучше задержаться на полдня, но зато наверняка добраться до цели.

Джон Манглс передал матросу револьвер, который сам только что тщательно зарядил. Недурное оружие в руках отважного человека, ибо шесть выстрелов один за другим за несколько секунд могут расчистить дорогу, прегражденную бандитами. Мюльреди вскочил в седло.

– Вот письмо, которое ты передашь Тому Остину, – сказал Гленарван. – Пусть не теряет ни часа! Пусть плывет в Туфоллд-Бей, и если нас там не окажется, если мы не сможем переправиться через Сноуи-Ривер, то пусть немедленно спешит сюда. А теперь – в путь, мой честный матрос, да хранит тебя бог!

Гленарван, Элен и Мери Грант – все пожали руку Мюльреди. Такой отъезд темной дождливой ночью в полный опасностей путь через огромные неизведанные дебри смутил бы человека, менее крепкого духом, чем отважный матрос.

– Прощайте, милорд, – произнес он спокойно и быстро исчез на тропе, шедшей вдоль опушки леса.

К этому времени порывы ветра усилились. Сухие ветви эвкалиптов с глухим стуком ударялись друг о друга. Порой было слышно, как они, отломившись, падали на размокшую землю. Не одно гигантское дерево, высохшее, но все еще стоявшее, повалилось в эту бурную ночь. Среди треска деревьев и рева Сноуи-Ривер раздавались завывания ветра. Густые тучи, гонимые к востоку, неслись так низко над землей, что казались клубами пара. Беспросветный мрак делал еще страшнее эту и без того страшную ночь.

После отъезда Мюльреди путешественники укрылись в повозке. Леди Элен, Мери Грант, Гленарван и Паганель разместились в переднем отделении. Оно из предосторожности было наглухо закрыто. В заднем отделении устроились Олбинет, Вильсон и Роберт. Майор и Джон Манглс несли дозор снаружи. Это было необходимо, так как каторжники могли воспользоваться возможностью легкого нападения.

Оба эти верных стража стояли на своем посту, стоически перенося хлеставший им в лицо дождь и порывы ветра. Они силились проникнуть взором в таившую опасность темноту, ибо из-за воя бури, треска сучьев, шума валившихся деревьев, рева бушевавших вод расслышать что-либо было невозможно.

Однако в оглушительном шуме порой на короткое время наступало затишье. Ветер приостанавливался, словно для того, чтобы перевести дух. Одна лишь Сноуи-Ривер бурлила среди неподвижных камышей и черной завесы камедных деревьев. В такие минуты тишина казалась особенно глубокой. Тогда майор и Джон Манглс внимательно прислушивались.

В один из моментов затишья до них донесся пронзительный свист. Джон Манглс поспешно подошел к майору.

– Слыхали? – спросил он его.

– Да, – ответил Мак-Наббс. – Но кто это: человек или животное?

– Человек, – ответил Джон Манглс.

Оба стали слушать. Вдруг снова послышался тот же непонятный свист, а вслед за ним – звук, похожий на выстрел. Но в этот миг буря завыла с новой силой и почти заглушила его. Мак-Наббс и Джон Манглс перестали слышать друг друга. Они подошли к повозке с подветренной стороны.

В тот же миг кожаные занавеси приподнялись, и из повозки вышел Гленарван. Он тоже слышал зловещий свист и выстрел, отдавшийся эхом под брезентовым навесом.

– С какой стороны это послышалось? – спросил он.

– Оттуда. – Джон Манглс указал рукой в сторону темной тропы, по которой поехал Мюльреди.

– С какого расстояния?

– Звуки донес ветер. Это было, наверное, милях в трех от нас, – ответил Джон Манглс.

– Идем! – сказал Гленарван, вскидывая на плечо карабин.

– Нельзя! – отозвался майор. – Это западня, подстроенная, чтобы увести нас подальше от повозки.

– А что, если негодяи убили Мюльреди? – настаивал, схватив за руку Мак-Наббса, Гленарван.

– Об этом мы узнаем завтра, – хладнокровно ответил майор, твердо решивший удержать Гленарвана от бесполезной неосторожности.

– Вам нельзя покидать лагерь, милорд, – сказал Джон, – пойду я один.

– И вы не пойдете! – твердо возразил Мак-Наббс. – Неужели вы хотите, чтобы нас перебили поодиночке, хотите ослабить наши силы, хотите, чтобы мы оказались в руках этих злодеев? Если Мюльреди стал их жертвой, зачем же прибавлять к этому несчастью еще новое? Мюльреди отправился потому, что на него пал жребий. Пади жребий на меня, отправился бы не он, а я, и не просил бы и не ждал бы никакой помощи.

Майор был совершенно прав, удерживая Гленарвана и Джона Манглса. Было бы безумием, притом совершенно бесполезным, идти на поиски матроса в такую темную ночь, в лес, где засели каторжники. В небольшом отряде Гленарвана слишком мало людей, чтобы рисковать еще чьей-нибудь жизнью.

Однако Гленарван, видимо, не хотел согласиться с этими доводами. Рука его нервно сжимала карабин. Он ходил взад и вперед у повозки, прислушивался к малейшему шороху, вглядывался в зловещий мрак. Его терзала мысль, что один из близких ему людей где-то лежит, смертельно раненный, беспомощный, тщетно зовя тех, для кого он рисковал жизнью. Мак-Наббс далеко не был уверен, что ему удастся удержать Гленарвана и что, повинуясь чувству, он не бросится под выстрелы Бена Джойса.

– Эдуард, – сказал он, – успокойтесь. Послушайте друга. Подумайте о леди Элен, о Мери Грант, обо всех, кто останется здесь. И куда вы пойдете? Где искать Мюльреди? Если на него напали, то не ближе чем в двух милях отсюда. На какой дороге? По какой тропе идти?

В эту минуту, как бы в ответ на слова майора, раздался отчаянный крик.

– Слушайте! – сказал Гленарван.

Крик послышался с той же стороны, откуда прозвучал выстрел, на расстоянии какой-нибудь четверти мили. Гленарван, оттолкнув Мак-Наббса, уже бежал по тропе, но тут шагах в трехстах от повозки кто-то позвал:

– Помогите! Помогите!

Голос был жалобный, полный боли. Джон Манглс и майор бросились туда, откуда он донесся. Через несколько минут они увидели, что вдоль опушки леса ползет и тяжело стонет человек. То был Мюльреди, раненый, умирающий, может быть, при последнем издыхании. Когда товарищи подняли его с земли, они почувствовали, что руки их в крови.

Ливень все усиливался, ураган неистовствовал в вершинах мертвых деревьев. Борясь с яростными порывами ветра, Гленарван, Джон Манглс и майор понесли Мюльреди к повозке.

Когда они вошли, все встали; Паганель, Олбинет, Роберт и Вильсон ушли из повозки, а леди Элен уступила бедному Мюльреди свое отделение. Майор снял с матроса промокшую от крови и дождя куртку и обнаружил у него в правом боку рану, нанесенную кинжалом. Мак-Наббс умелой рукой перевязал ее. Сказать, были ли задеты главные органы, он не мог. Из раны, то усиливаясь, то ослабевая, струилась алая кровь. Бледность и слабость раненого говорили о серьезности ранения. Обмыв рану свежей водой, майор наложил на нее плотный тампон из трута и нескольких слоев корпии, а затем туго забинтовал. Ему удалось остановить кровотечение. Мюльреди уложили на здоровый бок, приподняв голову и грудь, и леди Элен дала ему выпить несколько глотков воды.

Через четверть часа раненый наконец зашевелился, глаза его приоткрылись, и он стал шептать какие-то бессвязные слова. Майор нагнулся к нему и расслышал, как он несколько раз пробормотал:

– Милорд… письмо… Бен Джойс…

Майор повторил вслух эти слова и вопросительно взглянул на своих товарищей. Что силился сказать Мюльреди? Видимо, Бен Джойс напал на матроса. Но только ли затем, чтобы помешать ему добраться до «Дункана»? Письмо… Гленарван осмотрел карманы Мюльреди. Письма, адресованного Тому Остину, там не оказалось!

Ночь прошла в мучительном беспокойстве. Боялись, что раненый умрет. У него был сильнейший жар. Леди Элен и Мери Грант, сестры милосердия, не отходили от Мюльреди. Ни за одним больным не ухаживали так заботливо и с таким сочувствием.

Рассвело. Дождь перестал, но тяжелые тучи еще ползли по небу. На земле валялись обломанные сучья. Размокшая глина стала жидкой, и хотя повозка уже не могла увязнуть глубже, но подойти к ней стало труднее.

Джон Манглс, Паганель и Гленарван отправились на рассвете обследовать окрестности лагеря. Они пошли по тропе, где еще виднелись пятна крови. Никаких следов Бена Джойса и его шайки не было. Они дошли до того места, где произошло нападение. Там лежали два трупа – бандиты, которых застрелил Мюльреди. Один из них был кузнец из Блэк-Пойнта. Смерть страшно исказила его лицо. На этом Гленарван прекратил разведку – далеко отходить от лагеря было неблагоразумно.

Озабоченный серьезностью положения, он пошел назад к повозке.

– Нечего и думать об отправке нового гонца в Мельбурн, – сказал он.

– Однако это необходимо, милорд, – отозвался Джон Манглс, – и я попытаюсь пробраться там, где это не удалось моему матросу.

– Нет, Джон, у вас даже нет лошади для этого пути в двести миль.

Действительно, лошадь Мюльреди, единственная оставшаяся у путешественников, не вернулась. Убили ее, или она заблудилась в чаще, или ее захватили каторжники?

– Во всяком случае, – сказал Гленарван, – расставаться мы больше не будем. Подождем здесь неделю, две недели, пока спадет вода в Сноуи-Ривер. А тогда, делая небольшие переходы, мы доберемся до Туфоллд-Бей и оттуда более безопасным путем пошлем «Дункану» приказ идти к восточному побережью.

– Это единственное, что нам остается сделать, – согласился Паганель.

– Итак, друзья, – продолжал Гленарван, – будем держаться все вместе. Слишком велик риск пускаться в одиночку в дебри, где бродят разбойники.

Гленарван был прав и в том, что отказался посылать кого-нибудь одного, и в том, что решил терпеливо выжидать на берегу Сноуи-Ривер спада воды. Ведь до Делегита, первого пограничного городка провинции Новый Южный Уэльс, было всего миль тридцать пять. Там они, конечно, найдут средства передвижения, чтобы добраться до Туфоллд-Бей, и смогут отправить оттуда в Мельбурн по телеграфу приказ «Дункану». Эти решения были разумны, но запоздалы. Если бы Гленарван не послал Мюльреди по дороге на Лакнау, скольких бед можно было бы избежать, не говоря уже о тяжелейшей ране матроса!

Вернувшись в лагерь, Гленарван застал своих товарищей менее удрученными. Казалось, у них затеплилась надежда.

– Ему лучше! Ему лучше! – крикнул Роберт, бросаясь к Гленарвану.

– Мюльреди лучше?

– Да, Эдуард, – ответила леди Элен. – У него был кризис. Наш матрос будет жить!

– Где Мак-Наббс? – спросил Гленарван.

– Он у него. Мюльреди захотел с ним поговорить. Не надо им мешать.

Действительно, час назад раненый очнулся от забытья, жар уменьшился. Придя в себя, Мюльреди тотчас же попросил позвать Гленарвана, а если его нет, то майора. Мак-Наббс, видя, как раненый слаб, запретил было ему всякие разговоры. Но Мюльреди так упорно настаивал, что майору пришлось сдаться.

Когда Гленарван вернулся, разговор длился уже несколько минут. Оставалось только ждать, что скажет майор. Вскоре кожаные занавески раздвинулись, и показался Мак-Наббс. Он прошел в раскинутую под камедным деревом палатку, где ждали его друзья. Лицо майора, обычно бесстрастное, теперь казалось сумрачным и озабоченным. Когда глаза его остановились на леди Элен, на Мери Грант, в них отразилась глубокая грусть.

Гленарван стал расспрашивать майора. Вот что Мак-Наббс узнал от раненого.

Покинув лагерь, Мюльреди поехал по тропе, указанной ему Паганелем. Он спешил, насколько это было возможно в темноте. Он проехал, как он думает, уже мили две, как вдруг несколько человек – кажется, пятеро – бросились наперерез лошади. Она встала на дыбы. Мюльреди выхватил револьвер и стал стрелять. Ему показалось, что двое из нападавших упали. При вспышке выстрелов он узнал Бена Джойса. Больше ничего Мюльреди не видел. Он не успел расстрелять всех зарядов. Сильный удар в правый бок сбросил его с седла. Однако он еще не потерял сознания. Убийцы сочли его мертвым. Он почувствовал, что его обыскивают. Затем он услышал, как один из разбойников сказал: «Нашел письмо!» – «Давай его сюда, – отозвался Бен Джойс. – Теперь «Дункан» наш!»

Здесь у Гленарвана невольно вырвался крик. Мак-Наббс продолжал:

– «А теперь поймайте лошадь, – сказал Бен Джойс. – Через четыре дня я буду на «Дункане», через шесть – в Туфоллд-Бей. Там встретимся. Отряд Гленарвана будет еще вязнуть здесь, в болотах у Сноуи-Ривер. Вы же переходите реку через Кемпльпирский мост, добирайтесь до моря и ждите меня. Я найду способ привести вас на яхту. Когда же мы побросаем команду в море, то с таким судном, как «Дункан», станем хозяевами Индийского океана». – «Ура Бену Джойсу!» – крикнули каторжники. Привели лошадь Мюльреди, и Бен Джойс ускакал на ней по направлению к дороге на Лакнау, а его шайка направилась к реке. Мюльреди же, хотя и тяжело раненный, нашел в себе силы дотащиться до того места, где мы нашли его почти умирающим. Вот что рассказал мне Мюльреди, – закончил Мак-Наббс. – Теперь вы понимаете, почему отважный матрос так спешил сообщить все это нам?

Рассказ майора привел в ужас Гленарвана и его спутников.

– Пираты! Пираты! – воскликнул Гленарван. – Они перебьют мою команду и завладеют «Дунканом»!

– Конечно, – отозвался Мак-Наббс, – ведь Бен Джойс захватит экипаж врасплох, и тогда…

– Значит, надо опередить этих негодяев! – сказал Паганель.

– Но как же мы переправимся через реку? – спросил Вильсон.

– Так же, как и они, – ответил Гленарван, – каторжники перейдут через Кемпльпирский мост, то же самое сделаем и мы.

– А как быть с Мюльреди? – спросила леди Элен.

– Мы понесем его! Будем сменяться!.. Не могу же я допустить, чтобы моя беззащитная команда попала в лапы шайки Бена Джойса!

План перейти реку через Кемпльпирский мост был осуществим, но, конечно, рискован. Каторжники могли засесть у моста и оборонять его. Их оказалось бы человек тридцать против семи мужчин отряда. Но бывают минуты, когда не до расчетов и, несмотря ни на что, надо идти вперед.

– Милорд, – обратился к Гленарвану Джон Манглс, – прежде чем решиться испробовать последний шанс и рискнуть перейти через этот мост, стоит сначала все разведать. Я беру это на себя.

– Я с вами, Джон, – заявил Паганель.

Джон согласился, и оба они стали тотчас же собираться. Надо было идти вниз по течению, пока они не найдут мост, о котором говорил Бен Джойс, и, конечно, соблюдать осторожность, чтобы не попасться на глаза каторжникам, вероятно наблюдавшим за берегами реки.

Итак, два отважных путешественника, хорошо вооруженные и снабженные пищей, пустились вперед, пробираясь среди высокого тростника, росшего по берегам.

Их ждали весь день, но наступил вечер, а они все не возвращались. В лагере начали беспокоиться.

Наконец около одиннадцати часов Вильсон возвестил об их приближении. Паганель и Джон Манглс вернулись, крайне утомленные десятимильным переходом.

– Ну, что этот мост? Он существует? – бросившись им навстречу, спросил Гленарван.

– Да, мост из лиан, – сказал Джон Манглс. – Каторжники действительно прошли через него, но…

– Но что? – допрашивал Гленарван, предчувствуя новую беду.

– Они сожгли его за собой! – ответил Паганель.

Глава двадцать вторая. Иден

Предаваться отчаянию было некогда, надо было действовать. Кемпльпирский мост сожжен, но необходимо во что бы то ни стало переправиться через Сноуи-Ривер и добраться до Туфоллд-Бей раньше шайки Бена Джойса. Вот почему, не теряя времени на бесполезные разговоры, Гленарван и Джон Манглс на следующий же день, 16 января, отправились к реке, чтобы найти какой-нибудь способ переправы.

Бурные, вздувшиеся от дождей воды все не убывали. Они клубились с неописуемой яростью. Пуститься по ним значило бы обречь себя на верную гибель. Гленарван, опустив голову, скрестив на груди руки, неподвижно стоял на берегу.

– Хотите, я попытаюсь вплавь перебраться на тот берег? – предложил Джон Манглс.

– Нет, Джон, – ответил Гленарван, удерживая за руку отважного молодого человека, – подождем еще!

Они вернулись в лагерь. День прошел в томительном беспокойстве. Раз десять Гленарван приходил на берег Сноуи-Ривер. Он пытался изобрести какой-нибудь смелый способ переправы. Тщетно. Даже если бы меж берегов реки неслись потоки лавы, и тогда она была бы не более неприступна.

В эти долгие часы вынужденного бездействия леди Элен, следуя советам майора, старательно и толково ухаживала за раненым Мюльреди. Матрос чувствовал, что он возвращается к жизни. Теперь Мак-Наббс смело мог утверждать, что у раненого не были затронуты главные органы. Видимо, слабость его объяснялась лишь большой потерей крови. А раз кровотечение остановлено и рана затягивалась, для полного выздоровления нужны были только время и покой. Леди Элен настояла, чтобы Мюльреди оставался в первом, лучшем отделении повозки. Честному матросу было совестно. Он все думал, что из-за него может задержаться весь отряд, и добился обещания, что если будет найден способ переправы, то его оставят в лагере под присмотром Вильсона.

К несчастью, не удалось переправиться ни в тот день, ни на следующий, 17 января. Такая задержка приводила Гленарвана в отчаяние. Напрасно леди Элен и майор пытались его успокоить и уговорить терпеливо выждать. Выжидать, когда Бен Джойс, быть может, уже всходит в эту минуту на палубу яхты! Когда «Дункан», быть может, уже разводит пары и снимается с якоря, чтобы направиться к роковому для него восточному побережью!

Джон Манглс переживал те же муки, что и Гленарван. Поэтому, стремясь во что бы то ни стало преодолеть ставшее на пути препятствие, молодой капитан соорудил из больших кусков коры камедных деревьев нечто вроде пироги. Из этих легких пластов, скрепленных деревянными перекладинами, получилась хрупкая лодка.

Днем 18 января капитан и матрос приступили к испытанию суденышка. Они проявили чудеса сноровки, силы, ловкости, отваги. Но, как только пирогу подхватило течение, она перевернулась, и храбрецы едва не поплатились жизнью за свою попытку. Пирога же, закрутившись в водовороте, исчезла. Джону Манглсу и Вильсону не удалось проплыть и десяти саженей по разлившейся на целую милю после дождей и таяния снегов реке.

Дни 19 и 20 января не принесли ничего утешительного. Майор и Гленарван поднялись вверх по течению на целых пять миль, но брода не нашли. Река всюду мчалась с той же бурной стремительностью: ведь в нее вливались все воды горных ручьев и речек южного склона Австралийских Альп.

Приходилось отказаться от надежды спасти «Дункан». Со времени отъезда Бена Джойса прошло пять дней. Яхта, наверное, уже была у восточного побережья и в руках каторжников!

Однако такое положение вещей не могло длиться бесконечно. Чем сильнее наводнение, тем быстрее оно кончается. 21-го утром Паганель заметил, что вода в Сноуи-Ривер начала спадать. Географ сообщил об этом Гленарвану.

– Э, не все ли теперь равно! – ответил тот. – Слишком поздно!

– Это не основание, чтобы оставаться здесь, – заметил Мак-Наббс.

– Конечно, – отозвался Джон Манглс. – Быть может, завтра можно будет переправиться.

– Спасет ли это мою несчастную команду? – воскликнул Гленарван.

– Прошу вас, милорд, выслушайте меня, – сказал молодой капитан. – Я хорошо знаю Тома Остина. Он, конечно, выполнит приказ и уйдет в море, как только это станет возможным. Но откуда нам известно, вышла ли яхта из ремонта ко времени прибытия в Мельбурн Бена Джойса… А что, если нет? Что, если Остину пришлось на день, на два задержаться?

– Ты прав, Джон, – согласился Гленарван, – нужно добраться до Туфоллд-Бей. Мы ведь всего в тридцати пяти милях от Делегита!

– А там, – сказал Паганель, – мы найдем быстрый транспорт. Как знать: быть может, мы еще успеем предупредить беду!

– Так в путь! – крикнул Гленарван.

Не теряя времени, Джон Манглс и Вильсон принялись строить большой плот. Они уже убедились на опыте, что куски коры не могут выдержать сильного течения. И потому Джон Манглс срубил несколько камедных деревьев, из которых они и сбили грубый, но прочный плот. Работы с этим плотом было немало, и он был закончен лишь на следующий день.

К этому времени вода значительно понизилась. Бурный поток опять становился рекой, правда очень быстрой, но все же рекой. Джон надеялся, что, умело управляя и лавируя, он доведет плот до противоположного берега.

В половине первого на плот погрузили столько провизии, сколько каждый мог унести с собой на два дня. Остальное бросили вместе с повозкой и палаткой. Мюльреди настолько оправился, что его можно было взять с собой. Он быстро выздоравливал.

В час дня все взобрались на плот, пришвартованный к берегу. Джон Манглс установил на правой стороне нечто вроде весла, чтобы бороться с течением и не дать плоту отклоняться от нужного направления. Править веслом капитан поручил Вильсону. Сам же он рассчитывал, стоя сзади, управлять с помощью грубо сделанного кормового весла. Леди Элен, Мери Грант и Мюльреди разместились посередине плота. Гленарван, майор, Паганель и Роберт – вокруг них, чтобы, если понадобится, немедленно прийти им на помощь.

– Все готово, Вильсон? – спросил капитан.

– Все, капитан, – ответил Вильсон, взявшись мощной рукой за весло.

– Будь начеку! Смотри, чтобы нас не относило течением!

Джон Манглс отчалил и, оттолкнув плот от берега, пустил его по волнам. Первые саженей пятнадцать все шло хорошо. Вильсон успешно боролся с течением. Но вскоре плот попал в водовороты и завертелся так, что даже два весла не могли удержать его, как ни напрягали силы Джон Манглс и Вильсон.

Приходилось покориться. Не было никакого способа остановить вращение плота. Его вертело с головокружительной быстротой и уносило по течению. Джон Манглс, бледный, со сжатыми губами, стоял, не отрывая глаз от водоворотов. Постепенно плот вынесло на середину реки. Он находился полумилей ниже того места, откуда отчалил. Здесь течение было еще сильнее, но так как оно разбивало водовороты, то плот стал несколько более устойчивым.

Джон и Вильсон снова взялись за весла, и им удалось заставить плот двигаться к противоположному берегу, наискось перерезая реку.

Они были уже саженях в пятидесяти от берега, как вдруг весло Вильсона сломалось. Их понесло по течению. Джон, рискуя сломать и свое весло, изо всех сил пытался удержать плот. Вильсон, с окровавленными руками, бросился помогать капитану. Наконец они победили, и после почти часа переправы плот ткнулся в крутой берег. Удар был силен: веревки лопнули, бревна разошлись, и на плот, бурля, ворвалась вода. Путешественники едва успели уцепиться за свисавшие над водой кусты и вытащить на берег промокших женщин и Мюльреди. Все уцелели, но большая часть провизии и все оружие, кроме карабина майора, были унесены течением вместе с обломками плота.

Итак, после переправы маленький отряд очутился почти с пустыми руками в тридцати пяти милях от Делегита, в пустынном, неведомом краю. Здесь не встретишь ни колонистов, ни скваттеров, разве что свирепых грабителей.

Решили сразу пуститься в дорогу. Мюльреди, понимая, что он будет обузой, просил, чтобы его оставили здесь, где он один подождет помощи из Делегита.

Гленарван отказал ему. Они могли попасть в Делегит только через три дня, а на побережье – через пять, то есть не раньше 26 января. «Дункан» же должен был выйти из Мельбурна 16-го. Что значили при этом какие-то несколько часов промедления!

– Нет, друг мой, – сказал Гленарван, – я тебя не брошу. Мы сделаем носилки и по очереди будем нести тебя.

Носилки сделали из крепких ветвей эвкалипта, и Мюльреди волей-неволей пришлось улечься на них. Гленарван захотел первым нести своего матроса. Он взялся за носилки с одной стороны, Вильсон – с другой, и отряд двинулся в путь.

Как печально было это зрелище! Как плохо кончалось так хорошо начатое путешествие! Теперь шли не на поиски Гарри Гранта. Материк, где его не было и никогда не бывало, грозил стать роковым для тех, кто искал его следы. И если даже его отважные соотечественники достигнут побережья, они уже не найдут там «Дункана», на котором могли бы вернуться на родину!

В тягостном молчании прошел первый день пути. У носилок сменялись каждые десять минут, и хотя утомление усугублялось жарой, никто не жаловался.

Вечером, пройдя пять миль, остановились в роще камедных деревьев. Поужинали тем, что уцелело после крушения плота. В дальнейшем можно было рассчитывать только на карабин майора.

Ночь провели плохо, к тому же шел дождь. Путешественники едва дождались рассвета. Снова двинулись в путь. Майору не удалось ничего подстрелить: этот злосчастный край был хуже любой пустыни – сюда не забегали и звери.

К счастью, Роберт наткнулся на гнездо дрофы, в котором оказалось двенадцать крупных яиц. Олбинет испек их в горячей золе. Эти печеные яйца да несколько сорванных в овраге стеблей портулака составили весь завтрак 22 января.

Дорога стала невероятно трудной. Песчаные равнины были покрыты колючей травой спинифекс, называемой в Мельбурне «дикобраз». Она рвала в клочья одежду и до крови царапала ноги. Тем не менее отважные женщины, не жалуясь, шли вперед, подавая пример своим спутникам, подбадривая то одного, то другого словом или взглядом.

Вечером остановились на привал у подножия горы Булла-Булла, на берегу горной речки Юнгалы. Ужин был бы совсем плох, если бы Мак-Наббсу не удалось наконец подстрелить крупную крысу leporillus conditor, очень ценимую за вкусное мясо. Олбинет зажарил ее. При всех ее достоинствах она все же была не с барана величиной. Пришлось довольствоваться и этим. Все косточки были обглоданы.

23 января путешественники, утомленные, но по-прежнему полные решимости, снова зашагали вперед. Обогнув подножие горы, они очутились на обширных лугах, поросших травой, похожей на китовый ус. Это было какое-то нагромождение колючек, какая-то живая стена острых штыков; приходилось прокладывать дорогу то топором, то огнем.

В то утро и не заводили речь о завтраке. Эта усеянная осколками кварца земля была воплощением бесплодия. Помимо голода, путешественников жестоко мучила жажда, и эти муки еще усиливались страшной жарой. За час едва проходили полмили. Продлись эти лишения до вечера, путешественники уже не имели бы сил держаться на ногах, а упав, уже не встали бы.

Но само провидение приходит на помощь людям, когда они, обессиленные, ждут скорой гибели. Напоило путешественников похожее на кораллы растение цефалот, цветы которого, как ковшики, были наполнены бесценной влагой. Все напились и почувствовали, что к ним вернулись силы. Накормило же их растение, к которому прибегают туземцы, когда не могут добыть ни дичи, ни насекомых, ни змей. Открыл его в пересохшем ручье горной речки Паганель. Ученый не раз читал о замечательных свойствах этого растения в статьях одного из своих коллег по Географическому обществу.

То было нарду – тайнобрачное растение, то самое, которое поддерживало жизнь Бёрка и Кинга в пустынях Центральной Австралии. Под его листьями, похожими на листья клевера, виднелись сухие споры величиной с чечевицу. Их растерли между двумя камнями – получилось нечто вроде муки. Из нее испекли грубый хлеб, и он позволил путешественникам утолить муки голода. В этом месте нарду росло в изобилии, и Олбинет собрал его столько, что путешественникам была обеспечена пища на несколько дней.

На следующий день Мюльреди оказался уже в силах пройти часть дороги пешком. Его рана совершенно зажила. До города Делегита оставалось не более десяти миль. В тот вечер остановились под 149° долготы, на самой границе провинции Новый Южный Уэльс.

Уже несколько часов шел мелкий дождик. Укрыться было негде, но и тут отряду повезло: Джон Манглс отыскал хижину, заброшенную и ветхую, в которой когда-то ночевали пильщики.

Пришлось довольствоваться этим жалким шалашом из веток и соломы. Вильсон пошел набрать валявшегося кругом хворосту, чтобы развести костер и испечь хлеб из нарду. Но разжечь этот хворост ему так и не удалось. Это оказалось то самое огнестойкое дерево, о котором упоминал Паганель, перечисляя чудеса Австралии.

Пришлось обойтись без костра, а следовательно, и без хлеба, и спать в сырой одежде.

Прятавшиеся в верхушках деревьев птицы не переставали весело щебетать, словно издеваясь над несчастными путешественниками.

Все же мучения отряда Гленарвана приближались к концу. Да и пора было. Молодые женщины делали героические усилия, но слабели с каждым часом. Они уже не шли, а брели.

На следующий день вышли на рассвете. В одиннадцать часов утра показался наконец Делегит – городок графства Уэлси, находящийся в пятидесяти милях от Туфоллд-Бей.

В Делегите быстро нашлись средства передвижения. Гленарван приободрился при мысли, что он уже недалек от океана. Быть может, в самом деле что-нибудь задержало «Дункан», и он опередит приход яхты! Ведь уже через сутки он доберется до Туфоллд-Бей.

В полдень, после сытного завтрака, путешественники сели в почтовую карету, и пять сильных лошадей умчали их из Делегита.

Кучер и форейторы, ожидая обещанного щедрого вознаграждения, гнали лошадей во весь дух, благо дорога была хорошей. Они проворно перепрягали их на почтовых станциях, отстоявших на десять миль одна от другой. Казалось, нетерпение, пожиравшее Гленарвана, передалось и его возницам.

Так, делая по шести миль в час, неслись весь день и всю ночь. Назавтра, при первых проблесках зари, глухой рокот волн возвестил о близости океана. Надо было обогнуть бухту, чтобы доехать до того места берега у тридцать седьмой параллели, где Том Остин должен был ждать путешественников.

Когда перед ними развернулось море, все взоры устремились вдаль, ища «Дункан». Вдруг яхта каким-то чудом лавирует здесь, подобно тому, как месяц назад она лавировала у мыса Корриентес, близ аргентинских берегов!

Но ничего не было видно. Лишь вода и небо, сливавшиеся у горизонта. Ни один парус не оживлял бесконечного океана. Оставалась еще одна надежда: быть может, Том Остин бросил якорь в Туфоллд-Бей – море было бурно, и лавировать у открытых берегов небезопасно.

– В Иден! – приказал Гленарван.

Почтовая карета свернула направо и понеслась по дороге вдоль берега бухты к маленькому городку Иден. До него было пять миль.

Кучер остановился невдалеке от маяка, указывавшего вход в порт. На рейде стояло на якоре несколько судов, но ни на одном из них не развевался флаг Малькольма.

Гленарван, Джон Манглс и Паганель, выпрыгнув из кареты, побежали на таможню. Они расспросили служащих и справились по книге о судах, прибывших в порт за последние дни.

Оказалось, что за всю неделю ни одно новое судно не входило в порт.

– Может быть, «Дункан» еще не вышел из Мельбурна? – воскликнул Гленарван, цепляясь за последнюю надежду. – Вдруг мы прибыли раньше него?

Джон Манглс покачал головой. Капитан знал своего помощника. Том Остин ни в коем случае не мог бы медлить десять дней с выполнением приказа.

– Я хочу убедиться, – сказал Гленарван. – Уверенность лучше, чем сомнение.

Четверть часа спустя была послана телеграмма судовому маклеру в Мельбурн.

Затем Гленарван приказал кучеру ехать в гостиницу «Виктория».

В два часа дня лорду Гленарвану была вручена ответная телеграмма следующего содержания:

«Лорду Гленарвану, Иден, Туфолд-Бей. “Дункан” ушел в море 18-го текущего месяца в неизвестном направлении.

Дж. Эндрю, судовой маклер».

Телеграмма выпала из рук Гленарвана.

Никаких сомнений! Мирная шотландская яхта попала в руки Бена Джойса и стала пиратским судном.

Так закончился этот переход через Австралию, начало которого было столь обнадеживающим. Следы капитана Гранта и его матросов были, кажется, безвозвратно потеряны. Эта неудача стоила жизни всей команде «Дункана». Лорд Гленарван потерпел поражение, и этого отважного человека, которого недавно в пампасах не заставили отступить все стихии, здесь, в Австралии, победила человеческая низость.

ЧАСТЬ ТРЕТЬЯ

Глава первая. «Маккуори»

Если когда-нибудь разыскивавшие капитана Гранта должны были отчаяться увидеть его, то не в эти ли дни, когда рухнуло все сразу? В какую часть света снаряжать новую экспедицию? Каким образом достигнуть новых земель? Ведь «Дункана» больше не существовало, и даже нельзя было немедленно вернуться на родину. Итак, предприятие великодушных шотландцев потерпело неудачу. Неудача! Печальное слово, которое не находит отклика в душе мужественного человека. И все же Гленарван был вынужден сознаться в бессилии продолжать это самоотверженное дело.

В столь тяжелой обстановке Мери Грант имела мужество не упоминать имени отца. Она сдерживала свои душевные муки, думая о несчастной погибшей команде «Дункана». Теперь она утешала леди Элен, прежде утешавшую ее. Мери первая заговорила о возвращении в Шотландию. Джон Манглс, видя, с каким мужеством девушка безропотно покоряется своей судьбе, восхищался ею. Он хотел сказать, что капитана Гранта еще можно найти, но Мери взглядом остановила его, а через некоторое время сказала ему:

– Нет, мистер Джон, теперь нужно думать о тех, кто жертвовал собой. Лорду Гленарвану необходимо возвращаться в Европу.

– Вы правы, мисс Мери, – ответил Джон Манглс, – это необходимо. Необходимо также, чтобы английские власти были уведомлены о судьбе «Дункана». Но не теряйте надежды. Я не брошу начатых нами поисков – буду продолжать их один. Или я найду капитана Гранта, или погибну сам!

Обязательство, которое брал на себя Джон Манглс, было нешуточное. Мери приняла его и протянула руку молодому капитану, как бы желая скрепить этот договор. Джон самоотверженно ставил на карту свою жизнь, и Мери отвечала ему бесконечной благодарностью.

В этот день было окончательно решено вернуться на родину. Решили без промедления добираться до Мельбурна. На следующее утро Джон Манглс отправился узнать, какие корабли отплывают туда. Молодой капитан полагал, что между Иденом и столицей провинции Виктория постоянное сообщение.

Однако его ожидания не оправдались: суда ходили редко. Три или четыре судна, стоявшие на якоре в порту, составляли весь местный торговый флот. И ни одно из них не шло ни в Мельбурн, ни в Сидней, ни в Пойнт-де-Галл. А только из этих трех портов и можно было отплыть в Англию. Пароходы морской компании связывали их с метрополией.

Что тут было делать? Ждать подходящего судна? Но можно было задержаться надолго, ибо Туфоллд-Бей не так часто посещают суда. Сколько их проходит в открытом море, не заходя в бухту!

Все обсудив и обдумав, Гленарван уже решил было ехать в Сидней сухим путем, как вдруг Паганель сделал неожиданное предложение.

Географ также побывал в Туфоллд-Бей и узнал, что там не было судов, идущих на Мельбурн и Сидней. Но один бриг, стоявший на рейде, готовился к отплытию в Окленд, столицу Те-Ика-а-Мауи, Северного острова Новой Зеландии. Паганель предлагал зафрахтовать этот бриг и плыть на нем в Окленд, откуда легко будет вернуться в Европу, так как порт этот связан с ней регулярными рейсами.

Это предложение заслуживало внимания. К тому же Паганель, вопреки своему обыкновению, не стал приводить бесчисленные доводы в его пользу. Он только изложил суть дела и прибавил, что переход займет не более пяти-шести дней. Действительно, от Австралии до Новой Зеландии не больше тысячи миль.

По какому-то странному совпадению, Окленд находился на той самой тридцать седьмой параллели, которой от самой Араукании так упорно придерживались путешественники. Конечно, географ, не рискуя быть обвиненным в эгоизме, мог бы прибегнуть к этому выгодному для него доводу. Ведь попутно это давало ему возможность посетить берега Новой Зеландии. Однако Паганель не воспользовался таким полезным аргументом. После двух неудач он не отважился предложить еще новое, третье толкование документа. Да это было и невозможно. Ведь в документе определенно сказано, что капитан Грант нашел убежище на континенте, а не на острове. Новая Зеландия – только остров. Это было бесспорно. Во всяком случае, по этой ли причине или по иной, но, предлагая отправиться в Окленд, Паганель не упоминал ни словом, ни делом о новых поисках. Он только заметил, что между этим городом и Великобританией имеется регулярное сообщение, чем легко можно будет воспользоваться.

Джон Манглс поддержал предложение Паганеля. Он советовал принять его, потому что неизвестно, сколько пришлось бы ждать в Туфоллд-Бей подходящего судна. Он счел нужным побывать на бриге, о котором говорил географ. И вот Гленарван, майор, Паганель, Роберт и молодой капитан сели в лодку и в несколько взмахов весел подплыли к судну, стоявшему на якоре в двух кабельтовых от берега.

Это был бриг вместимостью в двести пятьдесят тонн, носивший название «Маккуори». Он совершал рейсы между различными портами Австралии и Новой Зеландии. Капитан, или, вернее сказать, хозяин брига, принял посетителей довольно грубо. Они тотчас же увидели, что имеют дело с человеком невоспитанным, мало чем отличающимся от своих пяти матросов. У него была толстая красная физиономия, грубые руки, приплюснутый нос, вытекший глаз, рот в табаке; все это да еще и зверский вид в придачу делало Уилла Холли малоприятным человеком. Но выбора не было, и вообще для перехода в несколько дней можно быть и не особенно требовательным.

– Эй, вы там! Что вам нужно? – крикнул Уилл Холли незнакомцам, всходившим на палубу его брига.

– Вы капитан? – спросил Джон Манглс.

– Я, – ответил Холли. – Что дальше?

– Скажите, «Маккуори» идет с грузом в Окленд?

– Да! Что дальше?

– Что он везет?

– Все, что продается и покупается. Что дальше?

– Когда он отчаливает?

– Завтра в полдень, с отливом. Что дальше?

– Взяли бы вы пассажиров?

– Смотря каких, и притом если они согласятся есть из общего судового котла.

– У них будет своя провизия.

– Дальше!

– Дальше?

– Да. Сколько их?

– Девять, из них две дамы.

– У меня нет кают.

– Они удовольствуются предоставленной им рубкой.

– Что дальше?

– Вы согласны? – спросил Джон Манглс, которого нисколько не смущали повадки капитана.

– Подумать надо, – пробурчал хозяин «Маккуори».

Уилл Холли прошелся раза два по палубе, стуча своими грубыми, подбитыми гвоздями сапожищами, а затем, круто остановившись перед Джоном Манглсом, бросил:

– Сколько даете?

– Сколько хотите? – спросил Джон.

– Пятьдесят фунтов.

Гленарван кивнул в знак согласия.

– Ладно, – ответил Джон Манглс, – идет: пятьдесят фунтов.

– Только за проезд!

– Только.

– Харчи свои!

– Свои.

– Уговорились. Дальше! – буркнул Холли.

– Что еще?

– Задаток.

– Вот вам половина – двадцать пять фунтов, – сказал Джон Манглс, отсчитывая хозяину брига деньги…

Холли засунул их в карман, не найдя нужным поблагодарить.

– Быть завтра на судне! До полудня. Будете, нет ли – снимаюсь с якоря.

– Будем.

Закончив переговоры, Гленарван, майор, Роберт, Паганель и Джон Манглс покинули судно, причем Уилл Холли не соблаговолил даже пальцем прикоснуться к своей клеенчатой шляпе, покрывавшей его рыжие всклокоченные волосы.

– Какой грубиян! – вырвалось у Джона Манглса.

– А мне он по вкусу, – возразил Паганель. – Настоящий морской волк!

– Скорее – медведь, – отозвался майор.

– И я думаю, что этот медведь торговал в свое время рабами, – прибавил Джон Манглс.

– Не все ли равно? – отозвался Гленарван. – Важно лишь то, что он капитан «Маккуори», а «Маккуори» идет в Новую Зеландию. От Туфоллд-Бей до Окленда мы будем видеть его мельком, а после Окленда и совсем больше не увидим.

Леди Элен и Мери Грант были рады узнать, что отъезд назначен на завтра. Гленарван предупредил их, что на «Маккуори» у них не будет таких удобств, как на «Дункане». Но после всех испытаний такой пустяк не мог смутить женщин. Олбинету было поручено позаботиться о провизии. Бедняга оплакивал свою несчастную жену, которая осталась на яхте и, значит, сделалась жертвой свирепых каторжников вместе со всем экипажем. Однако Олбинет выполнил обязанности стюарда с обычным усердием, и «харчи», припасенные им, состояли из отборных продуктов, каких на бриге не водилось. В несколько часов закупки были окончены.

В это время майор получил деньги по чекам Гленарвана на Мельбурнский объединенный банк. Он не желал остаться без денег. Без оружия и патронов тоже. Поэтому он обновил свой арсенал. Что же касается Паганеля, то ему удалось добыть прекрасную карту Новой Зеландии, составленную Джонсоном.

Мюльреди совсем поправился. Рана, которая угрожала его жизни, теперь почти не чувствовалась. Морской переход должен был окончательно восстановить его силы. Он рассчитывал полечиться ветрами Тихого океана. Вильсону было поручено подготовить на «Маккуори» помещения для пассажиров. После его щетки и метлы рубка брига стала неузнаваемой. Уилл Холли пожимал плечами, но предоставлял ему действовать по его усмотрению. Гленарван с его спутниками и спутницами не интересовал капитана. Он даже не знал имен своих пассажиров и не спрашивал их. Эта прибавка к грузу дала ему лишних пятьдесят фунтов стерлингов – вот и все. В его глазах более заслуживали внимания двести тонн дубленой кожи, до отказа переполнившей его трюм. На первом месте кожа, люди – на втором. Он был, прежде всего, торговцем. Но все же его считали довольно опытным моряком, хорошо знающим здешние моря, столь опасные из-за коралловых рифов.

Гленарван задумал использовать последние часы дня накануне отплытия для того, чтобы еще раз побывать на побережье под тридцать седьмой параллелью. У него были на это две причины. Ему хотелось еще раз осмотреть место, где могло быть крушение «Британии». Ведь Айртон действительно был боцманом на ней, и она действительно могла разбиться у этой части побережья Австралии – не западного, а восточного. Было бы легкомысленно, навсегда покидая страну, не обследовать это место. Затем, если даже «Британии» там никогда не было, то уж «Дункан» попал в руки каторжников именно у этого берега. Быть может, завязался бой. Разве нельзя было надеяться найти там следы борьбы, последнего сопротивления? Если команда погибла в море, разве не могли волны выбросить на берег трупы?

И Гленарван вместе с Джоном Манглсом отправился на разведку. Хозяин гостиницы «Виктория» предоставил в их распоряжение двух верховых лошадей, и они снова пустились на север по дороге, огибавшей Туфоллд-Бей.

Печальной была эта разведка. Гленарван и капитан Джон Манглс ехали молча, но каждый понимал другого. Одни и те же мысли, а стало быть, одни и те же тревоги мучили их обоих. Они всматривались в утесы, подточенные морем. Им не о чем было спрашивать друг друга и нечего отвечать. Положась на усердие и сообразительность Джона Манглса, можно смело утверждать, что весь берег был исследован самым тщательным образом. Не были пропущены ни одна бухточка, ни один покатый пляж, ни одна песчаная отмель, куда прилив Тихого океана, правда не очень сильный, мог выбросить обломки корабля. Но не нашлось решительно ничего такого, что дало бы основание начать в этих местах новые поиски. След «Британии» снова потерян.

Не нашли и следов «Дункана». Вся эта часть австралийского побережья была пустынна. Однако Джон Манглс наткнулся невдалеке от берега на несомненные следы какого-то лагеря: обуглившиеся поленья недавнего костра. Может быть, тут несколько дней назад кочевало какое-нибудь туземное племя? Нет, Гленарвану бросилось в глаза нечто безусловно свидетельствовавшее о том, что здесь были каторжники.

Это была брошенная под деревом желто-серая изношенная, заплатанная куртка. На зловещих лохмотьях виднелся номер узника Пертской исправительной тюрьмы. Каторжника уже не было, но мерзкое тряпье говорило о его недавнем присутствии. Эта ливрея каторги, побывав на плечах какого-то негодяя, теперь догнивала на пустынном побережье.

– Видишь, Джон, – сказал Гленарван, – каторжники добрались сюда. А вот где-то наши бедные товарищи с «Дункана»?

– Да, – ответил молодой капитан глухим голосом, – ясно, что их не высадили и они погибли!..

– Презренные негодяи! Попадись они только в мои руки, я отомщу им за свою команду! – воскликнул Гленарван.

Горе сделало черты лица Гленарвана более жесткими. Несколько минут он не отрывал взора от горизонта, будто надеясь увидеть затерявшееся в беспредельных пространствах океана судно. Мало-помалу гнев потух в глазах Гленарвана. Он пришел в себя и, не прибавив ни слова, ни жеста, во весь опор поскакал обратно в Иден.

Оставалось выполнить еще одну формальность – заявить обо всем случившемся в полицию. Это было сделано в тот же вечер. Чиновник Томас Бенкс, составляя протокол, едва мог скрыть свое удовольствие. Бенкс просто был в восторге, узнав, что Бен Джойс со своей шайкой убрался прочь. И этот восторг разделял с ним весь город. Правда, каторжники покинули Австралию, совершив еще новое преступление, но все же они ее покинули. Важная новость была немедленно передана по телеграфу властям в Мельбурн и Сидней. Гленарван, покончив с этим делом, вернулся в гостиницу «Виктория». Грустно провели путешественники свой последний вечер в Австралии. Мысли их невольно блуждали по стране, принесшей им столько несчастий. Вспоминались те, казалось бы, основательные надежды, которые засияли им у мыса Бернулли и которые так жестоко разбились в Туфоллд-Бей. Паганель был в каком-то лихорадочно-возбужденном состоянии. Джон Манглс, наблюдавший за ним с самого происшествия на Сноуи-Ривер, чувствовал, что географ что-то и хочет и не хочет сказать. Много раз он осаждал его вопросами, но так ничего и не добился. Все же в этот вечер, провожая ученого в его комнату, Джон спросил, почему он сегодня так нервничает.

– Джон, друг мой, – ответил уклончиво географ, – мои нервы в том же состоянии, как и всегда.

– Господин Паганель, – не отступал Джон, – у вас есть секрет, и он вас мучит!

– Но что же я могу с этим поделать? – крикнул, отчаянно всплеснув руками, географ.

– О чем вы говорите?

– О своей радости – с одной стороны, и отчаянии – с другой.

– Вы одновременно и радуетесь и приходите в отчаяние?

– Да, я и радуюсь и в отчаянии, что попаду в Новую Зеландию.

– Нет ли у вас каких-нибудь новых соображений? – с живостью спросил Джон Манглс. – Уж не напали ли вы опять на следы капитана Гранта?

– Нет, друг Джон! Из Новой Зеландии не возвращаются. Однако ж… Словом, вы знаете человеческую натуру: пока дышишь – надеешься. И мой девиз: «spiro – spero»[1], лучший девиз на свете!

---

[1] «Пока дышу – надеюсь» (лат.).

Глава вторая. Прошлое той страны, куда направляются путешественники

На следующий день, 27 января, пассажиры брига «Маккуори» расположились в его тесной рубке. Уилл Холли, конечно, не предложил женщинам своей каюты, но об этом жалеть не приходилось, ибо эта берлога была достойна медведя, который в ней жил.

В половине первого дня, при наступлении отлива, стали сниматься с якоря. Лишь с большим трудом удалось оторвать его ото дна. С юго-запада дул умеренный ветер. Стали ставить паруса. Пятеро матросов брига не торопились. Вильсон хотел было помочь команде, но Холли остановил его, грубо сказав, чтобы он не вмешивался не в свое дело. Он, Холли, привык сам со всем справляться и не просит ни помощи, ни советов.

Последнее относилось к Джону Манглсу. Молодой капитан, видя, до чего неискусно орудуют матросы снастями, не мог порой не улыбаться. Джон понял намек Холли и решил, что вмешается, хотя бы и непрошеным, лишь в том случае, если судну из-за неловкости команды будет грозить опасность.

Наконец пятеро матросов, понукаемые бранными окриками хозяина, все-таки подняли все паруса. «Маккуори» под нижними парусами, марселями, брамселями, бизанью и кливерами вышел левым галсом в открытое море. Но, несмотря на обилие парусов, бриг едва двигался. Со своим слишком закругленным носом, широким дном и тяжелой кормой «Маккуори» был неуклюжим – вот уж настоящая калоша!

Пришлось с этим мириться. К счастью, как ни плохо шел «Маккуори», а через пять, самое большее шесть дней он все же должен был бросить якорь на рейде Окленда.

В семь часов вечера скрылись из виду берега Австралии и маяк иденского порта. Море было довольно бурным, и бриг сильно качало. Он тяжело зарывался в волны. От такой качки пассажирам в рубке приходилось плохо. Но выйти на палубу было невозможно из-за сильного ливня. Они оказались в вынужденном заключении. Каждый погрузился в свои думы. Говорили мало. Только леди Элен и Мери Грант иногда обменивались несколькими словами. Гленарвану не сиделось, и он расхаживал из угла в угол. Майор же не двигался с места. Джон Манглс, а с ним и Роберт время от времени выходили на палубу понаблюдать за морем. Ну а Паганель бормотал в своем углу какие-то непонятные бессвязные слова.

О чем думал почтенный географ? О Новой Зеландии, куда влекла его судьба. Паганель перебирал в уме ее историю, и перед его глазами воскресало прошлое этой мрачной страны.

Но случалось ли за всю историю что-нибудь, что позволило бы первооткрывателям этих островов видеть в них материк? А современный географ и моряк – могли ли они назвать их материком? Как видим, Паганель опять и опять возвращался к толкованию письма капитана Гранта. Это была просто одержимость, навязчивая идея. После Патагонии, после Австралии его воображение, подстегнутое каким-то словом, уцепилось за Новую Зеландию. Но вот одно, только одно смущало его.

– *Contin... contin...* – повторял он. – Ведь это же значит continent – материк.

И он стал припоминать мореплавателей, обследовавших эти два больших острова южных морей.

13 декабря 1642 года голландец Тасман, открыв Землю Ван-Димена, подошел к неведомым до того берегам Новой Зеландии. В течение нескольких дней он плыл вдоль этих берегов, а 17 декабря его суда вошли в просторную бухту, в глубине которой виднелся узкий пролив, разделявший два острова.

Северный из них был остров Те-Ика-а-Мауи, что значило по-зеландски «рыба мауи». Южный остров носил название Те-Вахи-пуна-му, то есть «страна зеленого камня». Абель Тасман послал на берег шлюпки, и они вернулись в сопровождении двух пирог с кричащими туземцами. Дикари эти были среднего роста, с коричневой или желтой кожей, тощие, с резкими голосами; их черные волосы, связанные на японский лад, были увенчаны большим белым пером.

Эта первая встреча европейцев с туземцами, казалось, обещала прочные дружеские отношения. Но на следующий же день, когда одна из шлюпок разыскивала новую стоянку, поближе к берегу, на нее набросилось множество туземцев на семи пирогах. Шлюпка накренилась и наполнилась водой. Командовавшего шлюпкой боцмана ударили грубо отточенной пикой в шею. Он свалился в море. Из шести матросов четверо было убито. Двоим остальным и раненому боцману удалось доплыть до своих судов и спастись.

После этого зловещего происшествия Тасман стал немедленно сниматься с якоря. Туземцам он отомстил лишь несколькими мушкетными выстрелами, которые, по всей вероятности, в них не попали. Тасман ушел из этой бухты, за которой осталось название бухты Убийц, поплыл вдоль западного побережья и 5 января бросил якорь у северной оконечности острова. Но здесь сильный прибой, а также враждебное отношение дикарей не дали ему запастись водой, и он окончательно покинул эту страну, дав ей название Земля Штатов – в честь голландских Генеральных Штатов.

Голландский мореплаватель назвал так эти земли потому, что воображал, что они граничат с островами того же имени, открытыми к востоку от Огненной Земли, у южной оконечности Америки, и считал, что он открыл Великий южный материк.

«Моряк семнадцатого века еще мог назвать эту землю материком, но не моряк девятнадцатого! – твердил себе Паганель. – Нет! Тут есть что-то для меня непонятное!»

В течение более чем ста лет никто не вспоминал о сделанном Тасманом открытии. Новая Зеландия словно и не существовала, когда к ней пристал под 35°37' широты французский мореплаватель Сюрвиль. Сначала он не имел оснований жаловаться на туземцев. Но вот подул сильный ветер, на море разыгралась буря, и лодка, перевозившая больных матросов, была выброшена на берег бухты Приют. Здесь туземный вождь Наги-Нуи прекрасно принял французов и даже угощал их в своей собственной хижине. Все шло хорошо, пока не была украдена одна из шлюпок Сюрвиля. Сюрвиль тщетно требовал возвращения ее и решил в наказание за воровство спалить всю деревню. Эта ужасная и несправедливая месть, несомненно, сыграла роль в тех кровавых расправах, которые потом имели место в Новой Зеландии.

6 октября 1769 года у этих берегов появился капитан Кук. Он поставил на якорь судно «Индевор» в бухте Тауэ-Роа и пытался завоевать расположение туземцев. Но чтобы общаться с людьми, надо было захватить их. И Кук, не колеблясь, взял в плен двух или трех туземцев, чтобы, так сказать, насильно оказать им благодеяния. Осыпав подарками пленных, Кук отправил их на берег. Вскоре множество туземцев, соблазненных их рассказами, добровольно явились на судно и обменялись товарами с европейцами. Через несколько дней Кук отправился в большую бухту Хаукс-Бей на восточном берегу Северного острова. Здесь его встретили

воинственные туземцы с криками и угрозами. Их пыл зашел так далеко, что пришлось усмирить его пушечным залпом.

20 октября «Индевор» стал на якоре в бухте Токо-Малу. На берегу ее обитало мирное племя в двести человек. Ботаники, бывшие на судне, произвели в этой местности полезные исследования, причем туземцы переправляли их на берег на своих пирогах. Кук посетил два селения, обнесенных частоколами, брустверами и двойными рвами, которые говорили об умении туземцев строить оборонительные сооружения. Главное их укрепление возвышалось на скале, которая во время сильных приливов делалась настоящим островом. И не просто островом: волны не только окружали ее, но даже с ревом прорывались сквозь естественную арку в шестьдесят футов вышиной, на которой держалась эта неприступная крепость.

Кук пробыл в Новой Зеландии пять месяцев. 31 марта он покинул ее, собрав много растений, образцов утвари, этнографических сведений и дав свое имя проливу, разделяющему два острова. Ему предстояло еще вернуться сюда во время позднейших путешествий.

И действительно, в 1773 году мореплаватель снова появился в Хаукс-Бей. На этот раз он стал свидетелем каннибализма. Но надо сказать, что его товарищи сами подстрекали дикарей. Офицеры нашли на берегу останки убитого молодого туземца, принесли их на судно, «сварили» и предложили дикарям, которые жадно набросились на эту пищу. Какая гнусная прихоть – готовить людоедское угощение!

Во время своего третьего путешествия Кук снова посетил эти места, к которым он питал особое пристрастие. Мореплаватель непременно захотел закончить здесь гидрографические съемки. Навсегда покинул он Новую Зеландию 25 февраля 1777 года.

В 1791 году Ванкувер в течение двадцати дней стоял на якоре в Бей-оф-Айлендс. Но он ничего не внес нового в естествознание и географию. В 1793 году д'Антркасто сделал на протяжении двадцати пяти миль съемку северного побережья Те-Ика-а-Мауи. Капитаны торгового флота Хаузен и Дальримп, а позднее Баден, Ричардсон, Муди появлялись ненадолго у этих островов. Доктор Севедж за пять недель собрал в Новой Зеландии немало интересных сведений о нравах ее обитателей.

В 1805 году племянник вождя Ранги-Ху, смышленый Дуа-Тара, отправился в море на судне «Арго» под командой капитана Бадена, которое стояло тогда в Бей-оф-Айлендс.

Быть может, приключения Дуа-Тара послужат в будущем сюжетом героической поэмы для какого-нибудь новозеландского Гомера. Приключения эти изобиловали бедами, несправедливостями и дурным обращением. Вероломство, заключение, побои, ранения – вот что пришлось испытать бедному дикарю за его верную службу. Какое представление должен был получить он о людях, считавших себя цивилизованными!

Дуа-Тара привезли в Лондон и сделали матросом последнего разряда, предметом издевательств для всей команды. Несчастный юноша не перенес бы таких мук, если бы не преподобный Марсден. Этот миссионер увидел в юном дикаре сметливость, отвагу, необыкновенную кротость и приветливость и заинтересовался им. Он добыл для родины своего любимца несколько мешков зерна и орудия для обработки земли, но все это у бедняги было украдено. Злоключения и муки снова обрушились на несчастного Дуа-Тара, и только в 1814 году ему удалось вернуться в страну предков. Но как раз тогда, когда после стольких превратностей судьбы он собирался изменить жестокие обычаи своей родины, его в возрасте двадцати восьми лет настигла смерть. Несомненно, это непоправимое несчастье на долгие годы задержало культурное развитие Новой Зеландии. Ничто не может заменить умного, хорошего человека, в сердце которого сочетаются любовь к добру и любовь к родине!

До 1816 года Новой Зеландией никто не интересовался. В этом году Томсон, в 1817 году Николас, в 1819 году Марсден обследовали различные местности обоих островов, а в 1820 году Ричард Крюйс, капитан 84-го пехотного полка, пробыл на островах десять месяцев и собрал за это время много ценных материалов о нравах туземцев.

В 1824 году Дюперре, командир судна «Кокий», простоял пятнадцать дней на якоре в Бей-оф-Айлендс и встретил самое дружелюбное отношение со стороны туземцев.

После него, в 1827 году, английскому китобойному судну «Меркурий» пришлось обороняться от туземцев. А в том же самом году капитан Диллон во время двух своих стоянок был встречен туземным населением чрезвычайно гостеприимно.

В марте 1827 года командир судна «Астролейб», знаменитый Дюмон-Дюрвиль, не имея при себе никакого оружия, смог благополучно провести несколько дней на берегу, среди новозеландцев. Он обменялся с ними подарками, слушал их пение, спал в их хижинах и спокойно выполнил свои интересные работы по съемкам, результатом которых были столь полезные для флота карты.

На следующий год английский бриг «Хоус», которым командовал Джон Джеймс, сделав стоянку в Бей-оф-Айлендс, направился к Восточному мысу. Здесь англичанам много пришлось вытерпеть от вероломного вождя по имени Энараро. Некоторые из спутников Джона Джеймса погибли ужасной смертью.

Из этих противоречивых происшествий, из этой смены кротости и жестокости следует сделать тот вывод, что часто жестокость новозеландцев была лишь местью. Хорошее или дурное отношение туземцев зависело от того, хороши или дурны были капитаны. Конечно, бывали и нападения ничем не оправданные, но большей частью они являлись местью, вызываемой самими европейцами. Наказаны же бывали, к несчастью, те люди, которые этого не заслуживали.

После Дюрвиля этнография Новой Зеландии была дополнена отважным исследователем, двадцать раз объехавшим весь земной шар, бродягой, цыганом от науки, – английским ученым Ирлем. Он побывал в не исследованных дотоле местностях обоих островов, причем хотя сам и не имел оснований жаловаться на туземцев, но не раз был свидетелем того, как они лакомились человеческим мясом. Новозеландцы с отвратительной алчностью пожирали друг друга.

Те же сцены людоедства наблюдал в 1831 году во время стоянки в Бей-оф-Айлендс и капитан Лаплас. Бои туземцев между собой стали несравненно грозней, ибо дикари уже выучились владеть с удивительным искусством огнестрельным оружием. Поэтому когда-то цветущие, густонаселенные местности острова Те-Ика-а-Мауи превратились в настоящие пустыни. Целые племена исчезли, как исчезает стадо овец, которых жарят и поедают. Тщетно пытались миссионеры победить эти кровавые инстинкты. Начиная с 1808 года миссионерское общество «Church Missionary Society»[1] посылало своих самых искусных агентов – такое название им весьма подходит – в главные поселения Северного острова. Но дикость новозеландцев пресекла

---

[1] «Церковная миссионерская община» (англ.).

все попытки основать миссии. Только Марсден, покровитель Дуа-Тара, Холл и Кинг высадились в 1814 году в Бей-оф-Айлендс и купили у местных вождей участок в двести акров за дюжину железных топоров. Там разместилась миссия англиканского общества.

Первые шаги были трудными. Но все же туземцы не лишили жизни миссионеров. Они приняли их заботу и их учение. Смягчились даже самые суровые. В сердцах, прежде чуждых человечности, пробудилась благодарность. Однажды, в 1824 году, новозеландцы даже защитили своих священников от грубости матросов, которые оскорбляли миссионеров и угрожали им.

Итак, через некоторое время миссии добились успехов, несмотря на разлагающее влияние, которое оказывали на население каторжники, бежавшие из Порт-Джексона. В 1831 году миссионерская газета писала о двух значительных миссиях: одна из них в Киди-Киди, на берегу канала, ведущего в Бей-оф-Айлендс, а другая – в Паи-Хиа, на берегу реки Кава-Кава. Под руководством миссионеров туземцы прокладывали дороги, прорубали просеки в огромных лесах, перекидывали мосты через реки. Все миссионеры поочередно отправлялись проповедовать благую веру в глухие племена, строя из тростника и коры часовни, школы для детей; и над крышей этих простых сооружений развевался флаг миссии с изображением креста и словами «Ронго-Пай», то есть «Евангелие» по-новозеландски.

По существу, влияние миссионеров не распространилось дальше ближайших селений. Вне его остались все кочующие племена. Только христиане отказались от людоедства, да и тех не следовало подвергать слишком сильному искушению. Кровавый инстинкт еще не умер в них.

В этих диких местах не прекращается война. Новозеландцы не похожи на забитых австралийцев, которые убегают перед нашествием европейцев, – они сопротивляются, защищаются, ненавидят захватчиков. В данное время эта неукротимая ненависть побуждает их набрасываться на английских эмигрантов. Будущее этих больших островов в руках случая. Их ждет или быстрая цивилизация, или века дремучего варварства – в зависимости от того, кто победит в войне.

Так Паганель, горя нетерпением поскорее добраться до Новой Зеландии, восстанавливал в своей памяти ее историю. Но увы, ничто в ней не давало ему права называть эти два острова континентом. И если некоторые слова документа снова воспламеняли воображение нашего географа, то два злополучных слога «кон-ти» упорно останавливали его на пути к новой расшифровке.

Глава третья. Новозеландские избиения

За четыре дня плавания «Маккуори» не прошел еще и двух третей пути от Австралии до Новой Зеландии. Уилла Холли мало заботило управление судном, сам он ничего не делал. Показывался он редко, и пассажиры на это отнюдь не жаловались. Никто ничего не имел бы против того, чтобы он проводил время у себя в каюте, но грубиян хозяин ежедневно напивался джином и бренди. Команда охотно следовала его примеру, и никогда ни одно судно не плыло так, как «Маккуори» из Туфоллд-Бей, положившись только на милость судьбы.

Эта непростительная беспечность заставила Джона Манглса быть настороже. Не раз Мюльреди и Вильсон бросались выправлять руль, когда бриг заносило и он готов был лечь набок. Подчас Уилл Холли обрушивался за это на обоих матросов со страшной бранью. Те были не склонны терпеть, и им очень хотелось скрутить пьяницу и засадить его на дно трюма до конца перехода. Но Джон Манглс, правда не без труда, сдерживал справедливое негодование своих матросов.

Разумеется, положение судна не могло не заботить молодого капитана. Но, не желая тревожить Гленарвана, он поделился своими опасениями лишь с майором и Паганелем. Мак-Наббс дал ему тот же совет, что Мюльреди и Вильсон, только в других выражениях.

– Если вам это кажется нужным, Джон, – сказал майор, – вы должны без колебаний взять на себя командование, или – если хотите – руководство судном. Когда мы высадимся в Окленде, этот пьяница снова станет хозяином своего брига и тогда сможет переворачиваться, сколько душе его будет угодно.

– Конечно, мистер Мак-Наббс, я так и поступлю, когда это будет безусловно необходимо, – ответил Джон Манглс. – Пока мы в открытом море, достаточно одного надзора. Ни я, ни мои матросы не покидаем палубы. Но если этот Уилл Холли не протрезвится при приближении к берегу, я, признаться, окажусь в очень затруднительном положении.

– Разве вы не сможете взять верный курс? – спросил Паганель.

– Это будет не так-то легко сделать, – ответил Джон. – Трудно поверить, но, представьте, на этом судне нет морской карты.

– Неужели?

– Это действительно так. «Маккуори» совершает каботажное плавание только между Иденом и Оклендом, и Уилл Холли так изучил эти места, что ему не нужны вычисления.

– Он, вероятно, думает, что бриг сам знает дорогу и идет куда надо, – сказал Паганель.

– Ох, что-то я не верю в суда, которые идут сами собой, – отозвался Джон Манглс. – И если вблизи берегов Уилл Холли будет пьян, нам придется нелегко.

– Будем надеяться, что, подходя к земле, он образумится, – сказал Паганель.

– Значит, если понадобится, вы не сможете ввести «Маккуори» в Оклендский порт? – спросил Мак-Наббс.

– Без карты побережья это невозможно. Тамошние берега чрезвычайно опасны. Это цепь неправильных и причудливых фиордов, напоминающих фиорды Норвегии. Там много рифов, и, чтобы избежать их, нужен большой опыт. Даже самое крепкое судно неминуемо разобьется вдребезги, если его киль наткнется на одну из этих подводных скал.

– И тогда экипажу останется только искать спасения на берегу, не так ли? – спросил майор.

– Да, мистер Мак-Наббс, если позволит погода.

– Рискованный выход, – отозвался Паганель. – Ведь берега Новой Зеландии отнюдь не гостеприимны: на суше грозит не меньшая опасность, чем на море!

– Вы имеете в виду маори, господин Паганель? – спросил Джон Манглс.

– Да, друг мой. Среди моряков, плавающих по океану, их репутация установлена прочно. Это не робкие австралийцы, а смышленое, кровожадное племя, людоеды, от которых ждать пощады не приходится.

– Итак, если б капитан Грант потерпел крушение у берегов Новой Зеландии, вы бы не посоветовали устремиться туда на его поиски? – спросил майор.

– К берегам – да, – ответил географ, – так как там, быть может, удалось бы найти следы «Британии», но идти вглубь – нет, это было бы бесполезно. Каждый европеец, который осмеливается проникнуть в этот край, попадает в руки маори, а пленники их обречены на верную гибель. Я побуждал моих друзей пересечь пампасы, пересечь Австралию, но никогда не увлек бы их по тропам Новой Зеландии. Да сохранит нас судьба от этих свирепых туземцев!

Опасения Паганеля были более чем обоснованны. Новая Зеландия пользуется ужасной славой: почти все исследования ее связаны с кровавыми событиями.

Список погибших мученической смертью мореплавателей очень велик. Эта кровавая летопись каннибализма начинается с пяти матросов Абеля Тасмана, убитых и съеденных туземцами. Та же судьба постигла весь экипаж капитана Тукнея. Были съедены дикарями и пять рыболовов с судна «Сидней-Ков», захваченных в восточной части пролива Фово. Следует еще упомянуть о четырех матросах со шхуны «Бразерс», убитых в гавани Молине, о нескольких солдатах генерала Гейтса, о трех дезертирах с судна «Матильда» и, наконец, назвать имя печально знаменитого капитана Мариона Дюфрена.

11 мая 1772 года, после первого путешествия Кука, французский капитан Марион привел в Бей-оф-Айлендс свои суда: «Маскарен», которым командовал он сам, и «Маркиз де Кастри» под командой его помощника капитана Крозе. Лицемерные новозеландцы встретили вновь прибывших очень радушно. Они даже разыграли робость, и, чтобы приручить их, пришлось делать им подарки, оказывать всякие услуги, все время дружески общаться с ними.

Их вождь, смышленый Такури, по словам Дюмон-Дюрвиля, принадлежал к племени нга-рауру и был родственником туземца, за два года перед этим предательски увезенного Сюрвилем.

Уроженец страны, где долг чести требует от каждого маори мстить за оскорбление кровью, Такури, конечно, не мог простить обиду, нанесенную его племени. Он терпеливо ждал появления какого-нибудь европейского судна, обдумал свою месть и привел ее в исполнение с ужасающим хладнокровием.

Притворившись сначала, что он боится французов, Такури всеми средствами постарался внушить им ложную уверенность в безопасности. Часто он со своими товарищами ночевал на кораблях. Они привозили отборную рыбу. Их сопровождали жены и дочери. Вскоре дикари узнали имена офицеров и стали приглашать их к себе в поселения. Марион и Крозе, подкупленные такими знаками дружелюбия, объехали весь берег, где жили четыре тысячи человек. Туземцы выбегали навстречу французам без всякого оружия и старались вызвать полное доверие к себе.

Капитан Марион стал на якорь в Бей-оф-Айлендс с целью заменить на судне «Маркиз де Кастри» мачты, очень пострадавшие от последних бурь. И вот, осмотрев окрестности, он 23 мая наткнулся на чудесный кедровый лес в двух лье от берега и рядом с бухтой, расположенной в лье от стоянки кораблей. В этом лесу был разбит лагерь, и две трети матросов, вооружившись топорами и другими инструментами, принялись рубить кедры и расширять дорогу к бухте. Было и еще два лагеря: один – на островке Моту-Аро, посреди бухты, сюда перевезли всех больных с кораблей, а также судовых кузнецов и бондарей; другой – на берегу океана, в полутора лье от судов; этот последний лагерь сообщался с лагерем плотников. Во всех трех пунктах морякам помогали в их работах сильные и услужливые дикари.

До сих пор капитан Марион все же считал необходимым принимать некоторые меры предосторожности. Так, дикарям было запрещено появляться на судах с оружием, а шлюпки ходили на берег не иначе как с хорошо вооруженной командой. Однако туземцы своим обращением ввели в заблуждение и Мариона, и даже самых недоверчивых его офицеров, и глава экспедиции приказал разоружить шлюпки. Капитан Крозе все же убеждал Мариона отменить такой приказ, но ему не удалось этого добиться.

Тут предупредительность и преданность новозеландцев еще более возросли. Вожди их были с французскими офицерами в самой нежной дружбе. Не раз Такури привозил на корабль своего сына и оставлял его там ночевать. 8 июня, во время торжественного визита Мариона, туземцы провозгласили французского капитана «великим вождем» всего края и в знак почтения украсили его волосы четырьмя белыми перьями.

Так прошло тридцать три дня со времени прихода судов в Бей-оф-Айлендс. Работа над мачтами продвигалась вперед, запас пресной воды пополнялся из источников островка Моту-Аро. Капитан Крозе лично командовал плотниками, и казалось, все позволяло рассчитывать на удачное завершение работ.

12 июня катер командира был приготовлен для рыбной ловли близ деревни, где жил Такури. Вместе с Марионом на катер сели два офицера – Водрикур и Леу, один волонтер, каптенармус и двенадцать матросов. Их сопровождали пять туземных вождей во главе с Такури. Ничто не

предвещало той ужасной участи, которая ожидала шестнадцать европейцев из семнадцати.

Катер отвалил от борта, поплыл к берегу и вскоре скрылся из виду.

Вечером капитан Марион не вернулся ночевать на судно. Это не возбудило ни в ком беспокойства. Решили, что капитан пожелал посетить лагерь в лесу и там остался на ночь.

На следующее утро, в пять часов, шлюпка с судна «Маркиз де Кастри» отправилась, как обычно, за пресной водой на островок Моту-Аро. Она благополучно вернулась обратно.

В девять часов вахтенный с «Маскарена» заметил в море плывущего к кораблям почти обессилевшего человека. На помощь ему была послана шлюпка, которая и доставила его на борт.

Это был Тюрнер, гребец с катера капитана Мариона. В боку у него было две раны, нанесенных копьем. Из семнадцати человек, покинувших накануне судно, вернулся он один.

Тюрнера засыпали вопросами, и вскоре стали известны все подробности ужасной драмы.

Катер несчастного Мариона пристал к берегу в семь часов утра. Дикари с веселым видом выскочили навстречу гостям и на плечах вынесли на берег офицеров и матросов, которые не пожелали замочить себе ноги.

На берегу французы разошлись в разные стороны. Тут-то дикари, вооруженные копьями и дубинами, набросились на них по десятку на одного и прикончили. Раненому Тюрнеру удалось ускользнуть от врагов и спрятаться в чаще.

Сидя там, он был свидетелем страшных сцен. Дикари сдирали с мертвых одежду, вспарывали им животы, рубили их на куски. Никем не замеченный, Тюрнер бросился в море и, почти умирающий, был подобран шлюпкой с «Маскарена».

Все это привело в ужас команды обоих судов. Раздались призывы к мести. Но прежде чем мстить за мертвых, надо было спасать живых. Ведь на берегу находилось три лагеря, и их окружали тысячи кровожадных дикарей-людоедов, которые уже вошли во вкус.

Капитана Крозе на судне не было: он ночевал в лагере, в лесу, поэтому необходимые меры поспешил принять старший офицер Дюклемер. Он отправил с «Маскарена» шлюпку с офицером и отрядом солдат. Этому офицеру был отдан приказ в первую очередь спасти плотников. Он отправился, проплыл вдоль берега, увидел разбитый катер капитана Мариона и высадился на берег.

Капитан Крозе, которого, как сказано, не было на судне, ничего не знал о резне, как вдруг около двух часов пополудни он увидел приближающийся отряд. Предчувствуя что-то недоброе, Крозе поспешил ему навстречу и узнал, что произошло. Не желая лишать бодрости духа всех работников, Крозе запретил сообщать им об этом.

Между тем толпы туземцев заняли все окрестные возвышенности. Капитан Крозе велел взять самые важные инструменты, остальные зарыть, поджечь навесы и затем стал отступать, уводя шестьдесят человек.

Туземцы шли за ними, выкрикивая: «Такури мате Марион!» [1] Они надеялись запугать матросов известием о гибели их командира. Матросы, охваченные бешенством, хотели было броситься на дикарей. Капитану Крозе с трудом удалось удержать их.

Прошли два лье. Отряд добрался до берега, и, соединившись с матросами из второго лагеря, все разместились по шлюпкам. Все это время тысячи дикарей сидели на земле и не двигались. Но, как только лодки вышли в море, вслед полетели камни. Тут четыре матроса, хорошие стрелки, открыли огонь и уложили одного за другим всех вождей, к великому изумлению дикарей, не имевших понятия об огнестрельном оружии.

Капитан Крозе, вернувшись на «Маскарен», тотчас же послал шлюпку на островок Моту-Аро. Под охраной отряда солдат бывшие на островке больные провели там еще одну ночь, а утром были водворены на суда.

На другой день сторожевой пост Моту-Аро был усилен еще одним отрядом. Надо было очистить островок от орд туземцев и заполнить резервуары водой. В поселении на Моту-Аро насчитывалось триста жителей. Французы напали на них. Шестерых вождей они убили, остальных дикарей обратили в бегство штыками, а деревню сожгли.

Однако «Маркиз де Кастри» не мог выйти в море без мачт, и Крозе, вынужденный отказаться от кедровых стволов, распорядился починить старые мачты. Снабжение судов пресной водой продолжалось. Так прошел месяц. Дикари не раз делали попытки вернуть Моту-Аро, но добиться этого

---

[1] «Такури убил Мариона!»

не могли. Как только показывались пироги, пушечные выстрелы превращали их в щепы.

Наконец работы были закончены. Оставалось узнать, не спасся ли кто-нибудь из шестнадцати жертв, и отомстить за всех остальных. Шлюпка с отрядом офицеров и солдат направилась к деревне, где жил Такури. При приближении шлюпки этот вероломный и трусливый вождь, одетый в шинель командира Мариона, убежал. Хижины поселка были тщательно обысканы. В хижине самого Такури оказался череп недавно изжаренного человека. На нем еще виднелись следы зубов людоеда. Тут же висела человеческая ляжка, насаженная на деревянный прут. Нашли сорочку Мариона с окровавленным воротником, одежду и пистолеты юного Водрикура, оружие с катера и много изодранной одежды. Подальше, в другом поселке, наткнулись на вычищенные и сваренные человеческие внутренности.

Все эти неопровержимые доказательства убийства и людоедства были собраны. Человеческие останки почтили погребением. А затем поселения Такури и его соучастника Пики-Оре были преданы пламени. 14 июля 1772 года оба судна покинули эти роковые места.

Таково было ужасное событие, помнить о котором должен каждый путешественник, вступающий на берега Новой Зеландии. Неблагоразумен капитан, который не учтет подобного предупреждения. Новозеландцы и поныне вероломны и падки на человеческое мясо. В этом убедился и Кук во время своего второго путешествия, в 1773 году.

Шлюпка одного из его кораблей, посланная 17 декабря на новозеландский берег за образцами диких трав, так и не вернулась. На шлюпке находился мичман с девятью матросами. Капитан Фюрно, обеспокоенный, послал на ее розыски лейтенанта Берни. Тот, высадившись на месте, где пристала шлюпка, увидел, по его словам, «ужасную картину зверства и варварства, о которой нельзя говорить без содрогания. Кругом валялись разбросанные на песке головы, внутренности, легкие наших товарищей, и здесь же несколько собак доедали другие такие же останки».

Чтобы закончить этот кровавый перечень, следует добавить к нему нападение, произведенное в 1815 году новозеландцами на судно «Бразерс», а также гибель в 1820 году всей команды судна «Бойд» под командой капитана Томсона. Наконец, 1 марта 1829 года вождь Энараро разграбил судно «Хоус», пришедшее из Сиднея. Орда его людоедов убила несколько матросов, трупы которых затем зажарила и съела.

Вот какой была та Новая Зеландия, куда шел бриг «Маккуори» со своей тупоумной командой, возглавляемой капитаном-пьяницей.

Глава четвертая. Подводные скалы

Между тем утомительный переход продолжался. 2 февраля, через шесть дней после отплытия, «Маккуори» еще не достиг оклендского побережья. Ветер был благоприятный – юго-западный. Но бригу мешали встречные течения, и он едва двигался вперед. Море было бурное. «Маккуори» сильно качало, весь остов его трещал; судно зарывалось в волны и с трудом поднималось. Плохо натянутые ванты, бакштаги и штаги недостаточно крепко держали мачты, а сильная качка расшатывала их.

К счастью еще, Уилл Холли, вообще не любивший торопиться, не ставил много парусов, а то мачты неизбежно сломались бы. Джон Манглс не терял надежды, что эта жалкая посудина дотащится без особых злоключений до гавани, но ему было тяжело видеть, в каких плохих условиях находятся на бриге его спутники.

Однако ни леди Элен, ни Мери Грант ни на что не жаловались, хотя непрекращающийся дождь и заставлял их сидеть в рубке. Там было душно и очень ощущалась качка. Поэтому, не обращая внимания на дождь, они часто выходили на палубу, и только налетавший шквал заставлял их спускаться в тесную рубку, более годную для перевозки товаров, чем пассажиров, а тем более женщин.

Друзья старались как-нибудь развлечь их. Паганель пробовал было заинтересовать их своими рассказами, но это ему плохо удавалось. Печальное возвращение всех угнетало. И если прежде речи географа о пампасах, об Австралии слушались с интересом, то все его замечания и размышления о Новой Зеландии принимались холодно и равнодушно. Ведь путешественники плыли в этот мрачный край без воодушевления, без вдохновляющей цели, не по своему желанию, а по злому капризу судьбы.

Из всех пассажиров «Маккуори» наибольшего сожаления заслуживал лорд Гленарван. Он редко бывал в рубке: ему не сиделось на месте. По природе нервный и легко возбуждающийся, он не мог примириться с этим заключением в тесной каюте. Весь день и часть ночи проводил он на палубе и, не обращая внимания ни на волны, хлеставшие по ней, ни на потоки дождя, то стоял, опершись на поручни, то лихорадочно расхаживал взад и вперед. И все время смотрел на море. Когда на короткое время рассеивался туман, Гленарван не отрывал глаз от подзорной трубы. Казалось, он вопрошал эти немые волны; ему хотелось взмахом руки разорвать эту завесу тумана, это скопление паров, застилавшее горизонт. Он никак не мог примириться, и лицо его выражало глубокое страдание. Это был энергичный человек, до сей поры удачливый и сильный, которому вдруг изменили сила и удача.

Джон Манглс не покидал Гленарвана и вместе с ним переносил ненастье. В тот день Гленарван особенно настойчиво вглядывался в прорывы дымки у горизонта.

– Вы ищете землю, милорд? – спросил Джон Манглс.

Гленарван отрицательно покачал головой.

– Все же вам не терпится, наверно, сойти с этого брига, – продолжал молодой капитан. – Мы должны были увидеть огни оклендского порта еще тридцать шесть часов назад.

Гленарван ничего не ответил. Он продолжал смотреть в подзорную трубу на горизонт, в ту сторону, откуда дул ветер.

– Земля не там, – заметил Джон Манглс. – Смотрите направо, милорд.

– Зачем, Джон? – сказал Гленарван. – Я ищу не землю.

– А что же, милорд?

– Мою яхту! Мой «Дункан»! – гневно ответил Гленарван. – Ведь он должен плавать здесь, в этих водах, занимаясь гнусным пиратским ремеслом. Говорю тебе, Джон, он здесь, на пути судов между Австралией и Новой Зеландией. У меня предчувствие, что мы с ним встретимся.

– Да избавит нас бог от этой встречи, милорд!

– Почему, Джон?

– Вы забываете, милорд, в каком мы теперь положении. На этом бриге, если «Дункан» погонится за нами, мы не в силах уйти от него.

– Уйти, Джон?

– Да, милорд. Мы тщетно пытались бы это сделать! Мы были бы захвачены и оказались бы во власти этих негодяев, а Бен Джойс показал уже, что он не отступит перед преступлением. Дело не в нашей жизни – мы защищались бы до последнего вздоха. Но подумайте, милорд, о наших спутницах!

– Бедные женщины! – прошептал Гленарван. – У меня разрывается сердце, Джон, и порой я прихожу в отчаяние. Мне кажется, что нас ждут новые беды, что судьба против нас, и мне делается страшно.

– Вам, милорд?

– Не за себя, Джон, но за тех, кого я люблю и кого любишь ты.

– Успокойтесь, милорд, – ответил молодой капитан. – Бояться нечего. «Маккуори» идет неважно, но все же идет. Уилл Холли – тупоумная скотина, но ведь я здесь, и если мне покажется, что подходить к берегу рискованно, я поверну судно обратно в море. Но боже нас сохрани очутиться бок о бок с «Дунканом», милорд, поэтому заметить его важно лишь для того, чтобы успеть избежать встречи, уйти.

Джон Манглс был прав: встреча с «Дунканом» оказалась бы роковой для «Маккуори». Пираты были страшны в этих водах, где они могли свободно разбойничать. К счастью, яхта не появилась; наступила шестая ночь со времени отплытия из Туфоллд-Бей, а опасения Джона Манглса не оправдались.

Но эта ночь обещала быть ужасной. В семь часов стемнело почти внезапно. Небо стало грозным. Инстинкт моряка заговорил даже в пьяном Уилле Холли. Протирая глаза и тряся огромной рыжей гривой, капитан вышел из каюты, с силой втянул в себя воздух – как выпивают для отрезвления стакан воды – и принялся осматривать паруса. Ветер свежел и, повернув на четверть румба к западу, нес бриг к новозеландскому побережью.

Уилл Холли с грубой бранью накинулся на матросов, велел им убрать на ночь брамсели. Джон Манглс одобрил про себя распоряжение капитана. Он решил не вступать ни в какие разговоры с этим грубияном. Но ни молодой капитан, ни Гленарван не ушли с палубы. Два часа спустя ветер еще усилился, и Уилл Холли приказал взять на рифы марсели. С этой работой трудно было бы справиться команде из пяти человек, если бы на «Маккуори» не имелось двойного рея американской системы. Достаточно было опустить верхний рей, чтобы марсели сократились до минимальной величины.

Прошло еще два часа. Море разбушевалось. Волны так резко били в бриг, как будто его киль натыкался на рифы. Это было не так, просто тяжелый корпус брига с трудом поднимался на гребни, и потому его захлестывали надвигавшиеся сзади волны. Шлюпка, висевшая над левым бортом, была смыта.

Джон Манглс тревожился. Всякому другому судну были бы нипочем эти, в сущности, не такие уж страшные волны, но с тяжеловесным «Маккуори» можно было опасаться пойти ко дну, ибо каждый раз, когда он зарывался в волны, на палубу обрушивалось столько воды, что она не успевала схлынуть через шпигаты [1] и угрожала затопить бриг. Было бы благоразумно прорубить топорами фальшборты, но Уилл Холли не согласился принять такую меру предосторожности. Впрочем, «Маккуори» грозила еще большая опасность, и предотвратить ее уже не было времени.

Около половины двенадцатого ночи до Джона Манглса и Вильсона, стоявших у борта с подветренной стороны, вдруг донесся какой-то необычный шум. Оба опытные моряки, они насторожились. Джон схватил матроса за руку.

– Прибой! – сказал он.

– Да, – отозвался Вильсон, – это волны разбиваются о рифы.

– Не более чем в двух кабельтовых?

– Не больше! Там земля!

Джон перегнулся через борт, посмотрел на темные волны и крикнул:

– Лот, Вильсон, лот!

Хозяин «Маккуори», стоявший на носу, по-видимому, не сознавал своего положения. Вильсон схватил свернутый лот и бросил его в воду. Веревка заскользила между его пальцев. У третьего узла лот остановился.

– Три сажени![2] – крикнул Вильсон.

– Капитан, мы у рифа! – воскликнул Джон, подбегая к Уиллу Холли.

Заметил ли Джон Манглс, как Холли пожал плечами, но только молодой капитан кинулся к штурвалу, повернул румпель, а Вильсон, бросив лот, стал подтягивать марсель, чтобы привести бриг к ветру. Вахтенный матрос, которого Джон Манглс с силой оттолкнул, был озадачен этим внезапным нападением.

– Трави! Трави! – кричал молодой капитан, поворачивая бриг таким образом, чтобы уйти от подводных скал.

С полминуты судно шло, почти касаясь рифов правым бортом, и даже в темноте Джон разглядел футах в тридцати от «Маккуори» белые гребни ревущих волн. Тут Уилл Холли, оценив наконец грозящую судну опасность, потерял голову. Еле протрезвившиеся матросы никак не могли понять, чего требует капитан. Несвязная речь, противоречивые приказания – видно, у

[1] Шпигаты – желоба для стока воды.
[2] Около восьми метров.

этого тупоголового пьяницы совсем не было хладнокровия. Холли был поражен: он считал, что земля от него еще в тридцати – сорока милях, а она оказалась в каких-нибудь восьми. Судно отнесло течением в сторону от его обычного пути, и жалкий капитан растерялся.

Благодаря быстро произведенному Джоном Манглсом маневру «Маккуори» избежал подводных скал. Но Джон Манглс не знал, что его ждет. Быть может, рифы окружали его со всех сторон? Ветер нес бриг прямо к востоку, и каждую минуту можно было наткнуться на риф.

В самом деле, вскоре шум прибоя стал нарастать справа. Снова Джон Манглс повернул румпель до отказа. Перед форштевнем судна бурлил один бурун за другим. Надо было во что бы то ни стало выйти в открытое море. Но удастся ли так круто развернуть такое неустойчивое судно под зарифленными парусами? Шансов на успех немного, но все же надо было отважиться на этот маневр.

– Румпель вниз! До отказа! – крикнул Джон Манглс Вильсону.

«Маккуори» стал приближаться к новой полосе подводных скал. Кипели буруны. Наступила минута мучительного ожидания. Волны светились от пены, будто вспыхивая фосфорическим светом. Море ревело, словно морские чудовища из античной мифологии. Вильсон и Мюльреди, нагнувшись, изо всех сил налегали на штурвал.

Вдруг – страшный толчок. «Маккуори» наткнулся на риф. Штаги лопнули, и фок-мачта потеряла устойчивость. Удастся ли развернуть судно без других аварий?

Нет, не удалось: на какой-то миг ветер спал, и бриг снова снесло. Маневр сорвался. Нахлынувший вал подхватил судно, поднял и со страшной силой швырнул на скалы. Фок-мачта со всей оснасткой рухнула. Бриг дважды ударился килем о скалы и, накренившись на правый борт на тридцать градусов, замер.

Стекла в рубке разлетелись вдребезги. Пассажиры бросились на палубу. Но по ней перекатывались волны, и оставаться там было опасно. Джон Манглс, зная, что судно основательно увязло в песке, попросил их вернуться в рубку.

– Говорите правду, Джон, – хладнокровно обратился к молодому капитану Гленарван.

– Правда, милорд, такова: ко дну мы не пойдем. Будет ли судно разбито волнами, это другой вопрос, но у нас есть время.

– Теперь полночь?

– Надо подождать, пока рассветет.

– Нельзя ли спустить шлюпку?

– При такой волне и в темноте это немыслимо. И в какую сторону плыть к берегу?

– Хорошо, Джон, останемся здесь до утра.

В это время Уилл Холли бегал словно сумасшедший по палубе своего брига. Его матросы, выйдя из остолбенения, высадили дно у бочонка с водкой и принялись распивать его. Джон предвидел, что скоро начнется пьяный дебош. Рассчитывать, что капитан сможет удержать свою команду, не приходилось. Этот ничтожный человек рвал на себе волосы и ломал руки. Он думал только о своем грузе, который не был застрахован.

– Я разорен! Я погиб! – кричал он, перебегая от одного борта к другому.

Джон Манглс не стал его утешать. Он велел спутникам достать оружие, и все приготовились дать отпор матросам, которые пили водку и страшно ругались.

– Пусть только кто-нибудь из этих мерзавцев приблизится к рубке – я убью его как собаку, – спокойно заявил майор.

Матросы, должно быть, поняли, что с ними церемониться не станут, и, увидев, что пытаться грабить их бесполезно, куда-то исчезли.

Джона Манглса эти пьяницы больше не заботили. Он с нетерпением ждал рассвета.

Бриг оставался совершенно неподвижным. Ветер стихал. Море мало-помалу успокаивалось. Видимо, корпус судна мог продержаться еще несколько часов.

С восходом солнца Джон Манглс рассчитывал разглядеть берег. Если пристать будет нетрудно, то ялик – последняя лодка на судне – перевезет на берег и команду и пассажиров. Придется сделать не меньше трех рейсов, ибо в ялик помещалось всего четыре человека. Ведь шлюпку, как было сказано, снесло волной.

Обдумывая это опасное положение, Джон Манглс, опершись о борт, прислушивался к шуму клокочущих бурунов. Он старался разглядеть что-нибудь в беспросветном мраке и раздумывал, на каком расстоянии могла находиться эта столь желанная, но страшная земля. Буруны часто тянутся на несколько миль от берега. Сможет ли легкая, хрупкая лодка выдержать такой переход?

В то время как Джон Манглс, нетерпеливо ожидая, когда просветлеет небо, думал обо всем этом, женщины, положившись во всем на него, спали на своих койках. Неподвижность судна дала им несколько часов отдыха. Гленарван, Джон Манглс и их спутники, не слыша больше криков мертвецки пьяной команды, также решили немного поспать. В час ночи на «Маккуори», дремавшем на своем песчаном ложе, воцарилась полная тишина.

Около четырех часов утра на востоке показались первые проблески зари. Облака посветлели в бледных лучах рассвета. Джон Манглс снова поднялся на палубу. Туманная завеса застилала горизонт. Какие-то неясные очертания будто реяли на некоторой высоте в утренней дымке. Легкая зыбь колыхала море, и волны терялись в клубах тумана.

Джон Манглс стал ждать. Мало-помалу делалось светлее, восток загорался алым светом. Туман медленно поднимался. Стали видны выступающие из воды черные скалы. Затем за полоской пены проступила черта, а высоко над нею загорелся, словно маяк, яркий свет – это еще невидимое солнце осветило остроконечную вершину горы. Земля была там, милях в девяти.

– Земля! – крикнул Джон Манглс.

Его спутники, разбуженные этим криком, выбежали на палубу брига и молча устремили глаза на побережье, видневшееся у горизонта. Гостеприимное или пагубное, оно должно было дать им приют.

– Где Уилл Холли? – спросил Гленарван.

– Не знаю, милорд, – ответил Джон Манглс.

– А его матросы?

– Скрылись, как и он.

– И вероятно, как и он, мертвецки пьяны, – добавил Мак-Наббс.

– Разыщите их, – сказал Гленарван. – Нельзя же их бросить на этом судне.

Мюльреди и Вильсон спустились в кубрик и тут же вернулись обратно. Там никого не оказалось. Затем они тщательно осмотрели все судно, до самого трюма, но ни Уилла Холли, ни его матросов нигде не обнаружили.

– Как, никого? – сказал Гленарван.

– Не упали ли они в море? – спросил Паганель.

– Все возможно, – отозвался Джон Манглс, очень озабоченный этим исчезновением. Затем, направляясь на корму, он крикнул: – К ялику!

Вильсон и Мюльреди последовали за ним, чтобы спустить на воду ялик, но его не было – он исчез.

Глава пятая. Матросы поневоле

Уилл Холли ночью сбежал вместе со своей командой на единственной лодке брига. В этом не могло быть ни малейшего сомнения. Капитан, обязанный оставить судно последним, покинул его первым.

– Эти мерзавцы сбежали, – сказал Джон Манглс. – Что ж, тем лучше, милорд, они избавили нас от многих неприятных сцен.

– И я того же мнения, – согласился Гленарван. – К тому же, Джон, на судне ведь есть и капитан, и матросы, если не умелые, то, во всяком случае, храбрые, твои товарищи. Приказывай, мы готовы повиноваться!

Майор, Паганель, Роберт, Вильсон, Мюльреди и даже Олбинет встретили рукоплесканиями слова Гленарвана и, выстроившись на палубе, стали ждать распоряжений Джона Манглса.

– С чего же нам начать? – спросил Гленарван.

Молодой капитан бросил взгляд на море, затем на поломанные мачты брига и, подумав немного, сказал:

– Есть два способа выйти из положения: или снять с рифов бриг и снова выйти в море, или добраться до побережья на плоту – построить его будет нетрудно.

– Если бриг можно снять с рифов, снимем его, – ответил Гленарван. – Это лучший выход, не правда ли?

– Да, милорд, ведь на суше мы бы очутились без всяких средств передвижения.

– Будем держаться подальше от берега, – заметил Паганель, – лучше опасаться Новой Зеландии.

– Да к тому же из-за беспечности Холли мы значительно отклонились от курса, – прибавил Джон Манглс. – Нас, очевидно, отнесло к югу. В полдень я определю наши координаты, и если, как я предполагаю, мы находимся южнее Окленда, то я попытаюсь достигнуть его, плывя вдоль берегов.

– Но ведь бриг поврежден. Как же быть? – спросила леди Элен.

– Я не думаю, чтобы эти повреждения были серьезны, – ответил Джон Манглс. – Я заменю сломанную фок-мачту временной, и «Маккуори» пойдет, куда мы пожелаем, правда, медленно, но все же пойдет. Если же, на наше несчастье, корпус брига проломлен или вообще нельзя будет снять его с рифов, тогда придется покориться необходимости и добираться до берега на плоту, а там идти пешком в Окленд.

– В первую очередь надо осмотреть судно, – сказал майор.

Гленарван, Джон Манглс и Мюльреди спустились в трюм. Здесь было беспорядочно навалено тонн двести дубленой кожи.

С помощью укрепленных талей можно было перемещать тюки с кожей без особого труда. Чтобы облегчить судно, Джон Манглс распорядился немедленно выбросить часть тюков в море.

После трех часов тяжелой работы дно трюма было расчищено, и его осмотрели. Выяснилось, что два шва обшивки левого борта разошлись. Так как «Маккуори» лег на правый борт, то левый, поврежденный, был над водой. Только поэтому трюм не затопило. Вильсон законопатил швы паклей, а потом аккуратно забил их медным листом. Лот показал, что воды в трюме меньше двух футов. Эту воду легко можно было выкачать насосами и тем облегчить судно.

Осмотр корпуса показал Джону Манглсу, что, сев на рифы, «Маккуори» мало пострадал. Конечно, когда бриг снимется, часть фальшкиля, увязнув в песке, может остаться в нем, но это не опасно.

После проверки внутренних частей судна Вильсон нырнул в воду, чтобы выяснить положение «Маккуори» на мели. Оказалось, что бриг, обращенный носом на северо-запад, сел на песчано-илистую мель, очень круто опускающуюся в море. Низ форштевня и две трети киля глубоко застряли в песке. Остальная же часть до ахтерштевня была в воде, глубина которой в этом месте доходила до пяти саженей. Так что руль не увяз и мог действовать свободно.

Какая удача: значит, можно воспользоваться им, как только понадобится!

В Тихом океане прилив не особенно силен, но все же Джон Манглс рассчитывал на него, чтобы снять с мели «Маккуори». Бриг стал на мель приблизительно за час до начала отлива. С понижением воды бриг все больше и больше кренился на правый борт. В шесть часов утра, когда отлив кончился, этот крен достиг своего максимума, а подпирать бриг так и не пришлось. Поэтому удалось сохранить реи и шесты, из которых Джон Манглс собирался сделать временную мачту и поставить на носу брига.

Оставалось подготовить все для снятия «Маккуори» с мели. Работа долгая и утомительная. Было, конечно, немыслимо закончить ее к приливу, то есть к двенадцати с четвертью часам дня. Можно было только посмотреть, что станет при подъеме воды со свободной частью брига, а решающее усилие будет сделано при следующем приливе.

– За дело! – скомандовал Джон Манглс.

Новоиспеченные матросы были наготове. Джон Манглс начал с того, что распорядился убрать паруса. Майор, Роберт и Паганель под руководством Вильсона взобрались на марс[1]. Надутый ветром грот-марсель помешал бы подъему судна. Надо было его убрать, и это кое-как было сделано. Затем после упорной и тяжелой для неумелых рук работы справились и с грот-брам-реем. Юный Роберт, проворный, как кошка, и отважный, как юнга, оказался очень полезным в этой нелегкой операции.

Затем надо было бросить якорь, а то и два за корму, против киля. Эти якоря должны были во время прилива стащить с мели «Маккуори». Такая операция – дело нетрудное, когда есть шлюпка. Тогда якорь подвозят к заранее назначенному месту и там бросают. Но лодки не было, и надо было чем-то ее заменить.

Гленарван был достаточно сведущ в морском деле, чтобы понять, зачем все это нужно. Чтобы снять судно, севшее на мель во время отлива, необходимо бросить якорь.

– Но как же это сделать без лодки? – спросил он Джона Манглса.

– Соорудим что-нибудь из обломков фок-мачты и пустых бочонков, – ответил капитан. – Дело будет трудное, но не невозможное, ибо якоря «Маккуори» невелики. А если они будут заброшены и не сорвутся, я надеюсь на успех.

– Что ж, тогда не будем терять времени, Джон.

Все, и матросы и пассажиры, были вызваны на палубу, и каждый принялся за работу. Топорами перерубили снасти, еще удерживавшие фок-мачту. Мачта была сломана у верха, так что марс легко удалось снять. Из этой площадки Джон Манглс собирался сделать плот. Ее укрепили на пустых бочонках так, чтобы она смогла выдержать тяжесть якорей. К этому плоту приделали для управления кормовое весло. Впрочем, отлив и так

[1] Марс – площадка на верху мачты.

должен был отнести плот за корму, а оттуда, забросив якорь, легко было вернуться на судно, держась за протянутый с него канат.

В полдень, когда плот был наполовину готов, Джон Манглс поручил Гленарвану руководить работами и занялся определением местонахождения брига. Знать это было чрезвычайно важно. К счастью, Джон Манглс нашел в каюте Уилла Холли справочник Гринвичской обсерватории и секстант, очень грязный, но вполне годный для работы. Молодой капитан вычистил его и принес на палубу.

С помощью системы подвижных зеркал этот инструмент совмещает с горизонтом изображение солнца в момент, когда оно находится на наибольшей высоте над землей, то есть в полдень. Конечно, для этого нужно визировать через линзу секстанта только настоящий горизонт, то есть линию слияния воды и неба. Поэтому полоса земли, которая заслоняла эту линию на севере, мешала наблюдениям.

В таких случаях настоящий горизонт заменяют искусственным. Обычно им служит плоский сосуд с ртутью, и визируют отраженное в ней солнце. Ведь ртуть представляет собой идеально горизонтальное зеркало.

У Джона не было ртути, но он вышел из положения, использовав кюветку, наполненную дегтем, с поверхности которого солнце отражалось достаточно четко. К счастью, долгота была известна – ведь судно находилось у западного берега Новой Зеландии, – к счастью, потому что хронометра, чтобы ее определить, не было.

Джон Манглс не знал только широту, а для ее вычисления у него было все, что нужно. С помощью секстанта он измерил высоту солнца в полдень над горизонтом – 68°30'. Расстояние от солнца до зенита равнялось, следовательно, 21°30', так как в сумме эти два числа должны были составить 90°. Справочник указывал, что в тот день, 3 февраля, солнечное склонение равнялось 16°30'. Сложив эту цифру с расстоянием до зенита – 21°30', Джон получил искомую широту: 38°. Итак, координаты «Маккуори» были таковы: 171° долготы и 38° широты, не считая незначительной погрешности в вычислении из-за несовершенства приборов.

Справившись по карте, купленной Паганелем в Идене, Джон Манглс убедился, что авария произошла у входа в бухту Аотеа, севернее мыса Кахуа, у берегов провинции Окленд. Город Окленд находится на тридцать седьмой параллели, значит, «Маккуори» отнесло на один градус к югу. Теперь, для того чтобы попасть в столицу Новой Зеландии, ему нужно было подняться на градус к северу.

– Переход в какие-нибудь двадцать пять миль. Пустяк, – сказал Гленарван.

– Двадцать пять миль по морю – пустяк, а по суше – долгий и трудный путь, – возразил Паганель.

– Поэтому сделаем все, что в человеческих силах, чтобы снять «Маккуори» с мели, – сказал Джон Манглс.

Снова принялись за работу. В четверть первого прилив достиг высшей точки, но Джон Манглс не смог этим воспользоваться, ибо якоря еще не были заброшены. Все же они с некоторым волнением наблюдали за тем, что делается с «Маккуори». Не всплывет ли бриг благодаря приливу? Это должно было решиться в течение пяти минут.

Стали ждать. Раздался треск: это подводная часть судна хотя и не поднялась, но все же поколебалась. Бриг не сдвинулся, но Джон Манглс возложил надежды на следующий прилив.

Работа кипела. К двум часам плот был готов. На него погрузили малый якорь. Джон Манглс и Вильсон поместились на плоту, предварительно прикрепив к корме судна перлинь[1]. Отлив отнес их на полкабельтова; здесь они бросили якорь на глубине семидесяти футов. Якорь хорошо держал, и плот вернулся к бригу. Остался второй, большой якорь. Спустить его оказалось труднее. Но затем плот снова понесло отливом, и вскоре второй якорь был брошен позади первого, на глубине ста футов. Покончив с этим, Джон Манглс и Вильсон, подтягиваясь на канате, вернулись к «Маккуори».

Канат и перлинь накрутили на брашпиль[2], и все стали ждать нового прилива, который должен был начаться в час ночи. Было еще только шесть часов вечера.

Джон Манглс похвалил своих матросов, а Паганелю даже внушил, что если он будет всегда храбр и усерден, то может когда-нибудь стать и боцманом.

Тем временем мистер Олбинет, трудившийся вместе со всеми, вернулся на кухню. Он приготовил сытный обед, который пришелся как нельзя более кстати. Все насытились и почувствовали себя в силах продолжать работу.

---

[1] Перлинь – корабельный пеньковый канат.

[2] Брашпиль – ворот для поднятия тяжестей, особенно якорей.

После обеда Джон Манглс принял последние меры, которые должны были обеспечить успех задуманного плана. Когда снимают с мели судно, нельзя допустить ни малейшей оплошности. Подчас все срывается, и киль не покидает своего песчаного ложа из-за самой незначительной перегрузки.

Джон Манглс уже распорядился выбросить в море большую часть груза для облегчения брига. Теперь же остальные тюки с кожей, тяжелые шесты, запасные реи, несколько бочек с балластом были помещены на корму, для того чтобы она своей тяжестью помогла подняться форштевню. Вильсон и Мюльреди вкатили на корму еще несколько бочонков, которые они затем наполнили водой. Эти последние работы были закончены только к полуночи. Вся команда устала до изнеможения, а это было особенно плохо, ибо вскоре должны были понадобиться все ее силы. Это заставило Джона Манглса принять новое решение.

К этому времени заштилело. Легкая зыбь едва морщила поверхность моря. Всматриваясь в горизонт, Джон Манглс заметил, что юго-западный ветер меняется на северо-западный. Моряк распознал это по особому расположению облаков и их окраске. Вильсон и Мюльреди разделяли мнение капитана.

Джон Манглс поделился своими наблюдениями с Гленарваном и предложил ему отложить подъем брига на завтра.

– Вот мои доводы, – сказал капитан. – Прежде всего, мы очень утомлены, а между тем, чтобы высвободить «Маккуори», нужны все наши силы. Затем, если даже нам удастся снять бриг с мели, то как вести его среди подводных скал в такую темную ночь? Лучше действовать днем. У меня есть и еще одно основание не спешить: нам на помощь может прийти ветер, и я этим воспользуюсь. Мне хотелось бы, чтобы в тот момент, когда прилив поднимет эту старую калошу, ветер дал ей задний ход. А завтра, если я не ошибаюсь, задует северо-западный ветер. Мы поставим паруса на грот-мачту, и они помогут поднять бриг.

Эти доводы были настолько убедительны, что даже Гленарван и Паганель, которым особенно не терпелось, сдались, и подъем «Маккуори» был отложен на завтра.

Ночь прошла благополучно. Установили вахту: главным образом для наблюдения за якорями. Настал день. Предсказания Джона Манглса сбывались: начинал дуть северо-западный ветер, все свежевший. Это сильно помогало. Весь экипаж был вызван на палубу. Роберт, Вильсон и Мюльреди, сидя на верху грот-мачты, а майор, Гленарван и Паганель – на палубе, были готовы поставить в нужный момент паруса. Закрепили грот-марса-реи. Грот и грот-марсель взяли на гитовы[1].

Было девять часов утра. До полного прилива оставалось еще четыре часа. Они не прошли даром. Джон Манглс использовал это время для того, чтобы заменить сломанную фок-мачту временной. Это давало ему возможность уйти из этих опасных мест, как только «Маккуори» будет снят с мели. Команда снова напрягла все силы, и еще до полудня фока-рей был прочно укреплен на носу брига вместо мачты. Леди Элен и Мери Грант оказали большую помощь, приладив запасной парус. Они очень радовались тому, что помогли общему спасению. Когда оснастка «Маккуори» была закончена, он хотя и имел не особенно элегантный вид, но все же мог идти, правда не удаляясь от берега.

Вода прибывала, по морю пошли небольшие волны. Черные верхушки скал мало-помалу исчезли среди бурунов, точно морские животные, прячущиеся в родной стихии. Близился решительный момент. Путешественники ждали его с лихорадочным нетерпением. Никто не говорил ни слова. Все глядели на Джона, ожидая его приказаний.

Молодой капитан, перегнувшись через борт на корме, наблюдал за приливом. Он с беспокойством поглядывал на сильно натянутые канат и перлинь якорей.

В час дня прилив достиг наивысшего подъема. Наступил короткий момент, когда вода не прибывает и не убывает. Надо было действовать без промедления. Поставили грот и грот-марсель, и оба паруса надулись ветром.

– К брашпилю! – крикнул Джон Манглс.

Это был лежачий ворот с качалками, как у пожарных насосов. Гленарван, Мюльреди и Роберт с одной стороны, Паганель, майор, Олбинет – с другой навалились на качалки, приводившие брашпиль в движение. Джон Манглс и Вильсон, схватив шесты, присоединили свои усилия к усилиям товарищей.

– Смелей! Смелей! – кричал молодой капитан. – Дружно, все сразу!

Брашпиль сильно натянул канат и перлинь. Якоря держались крепко. Надо было торопиться. Через несколько минут должен был начаться отлив. Команда удвоила усилия. Свежий ветер надувал паруса. Корпус брига

---

[1] Гитов – снасть для уборки парусов.

затрясся. Казалось, вот-вот он приподнимется. Казалось, подтолкни его еще одной рукой – и он вырвется из песка.

– Элен! Мери! – крикнул Гленарван.

Молодые женщины бросились помогать товарищам. Брашпиль лязгнул в последний раз. Вот и все. Бриг не двинулся. Операция не удалась. Начинался отлив. Стало ясно, что такой небольшой команде даже с помощью ветра и волн не снять судна с мели.

Глава шестая, в которой людоедство рассматривается с теоретической точки зрения

Итак, первый способ спасения, испробованный Джоном Манглсом, не удался. Надо было немедля прибегнуть ко второму. Было совершенно ясно, что поднять «Маккуори» невозможно; ясно и то, что единственный выход – это покинуть бриг. Ждать на нем маловероятной помощи было бы не только неосторожно, но просто безумно. Пока появится этот спасительный корабль, «Маккуори» успеет обратиться в щепки. Стоит только разыграться буре или просто подуть свежему ветру с открытого моря, и волны потащат по песку злосчастный бриг, разобьют, растерзают и размечут его обломки. Джон Манглс хотел добраться до суши раньше этой неминуемой гибели судна.

И он предложил построить такой крепкий плот, чтобы на нем можно было перевезти на берег Новой Зеландии пассажиров и достаточное количество съестных припасов.

Обсуждать было некогда, и принялись за дело. Закипела работа, и до наступления темноты было немало сделано. Около восьми часов вечера, после ужина, в то время как леди Элен и Мери Грант лежали в рубке, Паганель и все остальные расхаживали по палубе, обсуждая положение. Роберт не захотел идти спать. Храбрый мальчуган слушал, готовый оказать какую угодно услугу, пойти на любое самое опасное дело.

Паганель спросил капитана, не может ли плот, вместо того чтобы высадить пассажиров на берег, проплыть с ними вдоль побережья до Окленда. Джон Манглс ответил, что такое плавание на ненадежном плоту невозможно.

– А на ялике брига можно было бы решиться на то, что нельзя сделать на плоту?

– Но только в крайнем случае, – ответил Джон Манглс, – и лишь при условии, что мы шли бы на нем днем, а ночью стояли на якоре.

– Так, значит, подлецы, которые нас бросили…

– Ах, эти! – сказал Джон Манглс. – Они были совсем пьяны, и я боюсь, что в такую непроглядную ночь они поплатились жизнью за свой низкий поступок.

– Тем хуже для них, – отозвался Паганель, – но тем хуже и для нас, ибо ялик был бы нам очень полезен.

– Что делать, Паганель! – вмешался в разговор Гленарван. – Плот доставит нас на сушу.

– Этого-то мне и хотелось бы избежать, – сказал географ.

– Как! – воскликнул Гленарван. – Разве нас, закаленных в странствиях по пампасам, может испугать путешествие в каких-нибудь двадцать миль?

– Друзья мои, – ответил Паганель, – я не сомневаюсь ни в нашей отваге, ни в мужестве наших спутниц. Двадцать миль – это, конечно, сущий пустяк, но не в Новой Зеландии. Надеюсь, вы не заподозрите меня в малодушии – ведь я первый уговаривал вас пересечь Америку, пересечь Австралию. Но тут я еще раз повторяю: лучше все, что угодно, чем путешествие по этой вероломной стране.

– Разве лучше верная гибель на разбитом судне? – возразил Джон Манглс.

– Что же такого страшного для нас в Новой Зеландии? – спросил Гленарван.

– Дикари, – ответил Паганель.

– Дикари? – повторил Гленарван. – Но разве мы не можем избежать встречи с ними, держась берега? И вообще, что могут несколько жалких дикарей сделать с десятком европейцев, хорошо вооруженных и готовых защищаться.

– Это вовсе не жалкие дикари, – отвечал, качая головой, Паганель. – Новозеландцы объединены в грозные племена, борющиеся против английского владычества. Они сражаются с захватчиками, часто побеждают их, а победив, всегда съедают!

– Так это людоеды! Людоеды! – крикнул Роберт, а затем прошептал еле слышно: – Сестра… леди Элен…

– Не бойся, мой мальчик, – сказал, желая успокоить его, Гленарван. – Наш друг Паганель преувеличивает.

– Я ничего не преувеличиваю, – возразил географ. – Роберт уже не раз показал себя мужчиной, и я говорю с ним как с мужчиной, не скрывая правды. Новозеландцы самые жестокие, если не сказать самые убежденные, из всех людоедов. Они пожирают всех, кто им попадается. Для них война – всего лишь охота за вкусной дичью, которая называется человеком, и, надо признать, такая война не лишена смысла. Европейцы убивают врагов и зарывают их в землю. Дикари убивают врагов и поедают их, а, как сказал мой соотечественник Туснель, не так жестоко зажарить врага, как убить его, когда он не хочет умирать.

– Это спорный вопрос, Паганель, – сказал майор, – но сейчас не время для дискуссий. Есть ли логика или нет в том, чтобы быть съеденным, нам этого не хочется. Но как же христианство еще не победило эти людоедские нравы?

– Так вы думаете, что все новозеландцы христиане? – возразил Паганель. – Таких очень немного, и миссионеры слишком часто становятся жертвами дикарей. В прошлом году был зверски замучен преподобный Уокнер. Маори повесили его. Их женщины выкололи ему глаза. Его кровь выпили, мозг – съели. И это убийство произошло в тысяча восемьсот шестьдесят четвертом году, в Опотики, в нескольких лье от Окленда, буквально под носом у английских властей. Нужны века, друзья мои, чтобы изменить натуру целой расы. Маори еще долго будут такими, какими были всегда. Вся их история полна кровавых расправ. Сколько моряков они растерзали и сожрали: от матросов Тасмана до экипажа судна «Хоус»! И дело не в том, что им понравилось мясо белых. Задолго до прибытия европейцев новозеландцы убивали друг друга, потакая своему чревоугодию. Многие путешественники, жившие среди них, присутствовали при каннибальских трапезах, участникам которых просто хотелось поесть лакомого кушанья, такого, как мясо женщины или ребенка!

– Ба! – сказал майор. – Не рождено ли большинство этих рассказов воображением путешественников? Приятно вернуться из опасных стран, едва избежав участи попасть в желудки людоедов.

– Я допускаю, что в этих свидетельствах есть известная доля преувеличения, – ответил Паганель, – но ведь обо всем этом рассказывали люди, достойные доверия, как, например, Марсден, капитаны Дюмон-Дюрвиль, Лаплас и многие другие, и я верю их рассказам, не могу им не верить. Новозеландцы по природе жестоки. Когда у них умирает вождь, они совершают человеческие жертвоприношения. Считается, что жертвы смягчают гнев умершего, иначе этот гнев мог бы обрушиться на живых. Заодно вождь получает и слуг для «того света». Но так как, принося в жертву этих слуг, новозеландцы затем пожирают их, то есть основание считать, что делается это скорее из желания поесть человеческого мяса, чем из суеверия.

– Однако, – сказал Джон Манглс, – я думаю, что людоедство обусловлено и религией. Поэтому, если изменится религия, изменятся и нравы.

– Что ж, друг мой Джон, – ответил Паганель, – вы затронули серьезный вопрос о происхождении людоедства. Религия ли, голод ли побуждает людей пожирать друг друга? Теперь этот спор был бы праздным. Пока не решен вопрос, почему существует каннибализм, но он существует – вот важный факт, который оправдывает нашу тревогу.

Паганель был прав. Людоедство в Новой Зеландии стало таким же хроническим явлением, как и на островах Фиджи или Торресова пролива. Суеверие, несомненно, играет известную роль в этих гнусных обычаях, но все же людоедство существует главным образом потому, что бывают времена, когда дичь в этих местах редка, а голод силен. Дикари начали есть человеческое мясо, чтобы утолить голод. В дальнейшем их жрецы утвердили и освятили этот чудовищный обычай. Потребность стала обрядом – вот и все.

К тому же, с точки зрения маори, нет ничего более естественного, чем поедать друг друга. Миссионеры часто говорили с ними о каннибализме. Спрашивали, почему они поедают своих братьев. На это вожди отвечали, что рыбы едят рыб, собаки – людей, люди – собак и что собаки едят друг друга. В их мифологии есть даже легенда о том, как один бог съел другого. Исходя из таких примеров, как устоять от соблазна пожирать себе подобных? Притом новозеландцы утверждают, что, пожирая врага, они уничтожают его духовную сущность, и таким образом к ним переходит его душа, сила, доблесть, ибо все это, главным образом, заключено в его мозгу. Вот почему мозг и считается на пиршествах людоедов лучшим и почетным блюдом.

Однако Паганель настаивал, и не без оснований, на том, что прихоть и, главное, голод толкали на людоедство не только новозеландцев, но и первобытных жителей Европы.

– Да, – прибавил Паганель, – людоедство свирепствовало среди предков самых цивилизованных народов, и не посчитайте, друзья мои, за личную обиду, если я скажу вам, что особенно оно было развито у шотландцев.

– В самом деле? – сказал Мак-Наббс.

– Да, майор, – подтвердил Паганель. – Если вы прочтете некоторые отрывки из летописей Шотландии, вы увидите, каковы были ваши праотцы, и, даже не углубляясь в доисторические времена, можно указать, что в царствование Елизаветы, в то самое время, когда Шекспир создавал своего Шейлока, шотландский разбойник Сони Бин был казнен за людоедство. Что побудило его есть человеческое мясо? Религия? Нет, голод.

– Голод? – спросил Джон Манглс.

– Да, голод, – повторил Паганель, – а точнее, та потребность пополнять в организме запас азота, содержащегося в животной пище, которую испытывают все плотоядные. Корнеплоды, крахмалистые овощи полезны для работы легких. Но чтобы быть сильным, надо питаться мясом, в котором есть все, что нужно для укрепления мышц. До тех пор, пока маори не вступят в вегетарианское общество, они будут есть мясо, причем человеческое мясо.

– А почему не мясо животных? – спросил Гленарван.

– Потому что животных у них нет, – ответил Паганель, – и это надо знать: не для того, чтобы оправдывать новозеландцев, но чтобы объяснить их людоедство. В этом негостеприимном крае редки не только четвероногие, но и птицы. Поэтому-то маори во все времена и питались человеческим мясом. У них даже существует сезон людоедства, как охотничий сезон в цивилизованных странах. Тут начинаются у новозеландцев великие охоты, иначе говоря – великие войны, после которых целые племена попадают на стол победителей.

– Так по-вашему, Паганель, людоедство в Новой Зеландии переведется лишь тогда, когда на ее лугах будут пастись стада овец, быков и свиней? – заметил Гленарван.

– Очевидно, так, дорогой лорд. Но еще и потом понадобятся годы, чтобы маори отвыкли от мяса своих соплеменников, которое они предпочитают всякому другому, ибо не скоро сыновьям перестанет нравиться то, что нравилось отцам. Если верить дикарям, мясо новозеландцев похоже на свинину, но более ароматно. До мяса же европейцев они не очень охочи, потому что белые добавляют в пищу соль, и это придает их мясу особый привкус, который гурманам не по нраву.

– Они разборчивы! – сказал майор. – Ну а как они едят это мясо – и белых и чернокожих – сырым или жареным?

– Да зачем вам это нужно знать, мистер Мак-Наббс? – воскликнул Роберт.

– А как же, мой мальчик! – серьезным тоном ответил майор. – Ведь если мне придется кончить свои дни в пасти у людоеда, я предпочитаю быть зажаренным.

– Почему?

– Для уверенности в том, что меня не съедят живым.

– Да, но зато вас станут поджаривать живым, майор! – озадачил его географ.

– Действительно, выбор не из легких, – ответил майор.

– Как бы то ни было, узнайте, к вашему удовольствию, Мак-Наббс, что новозеландцы употребляют человеческое мясо только в жареном или копченом виде. Это люди благовоспитанные, знатоки кулинарного искусства. Но мне отвратительна сама мысль быть съеденным! Окончить жизнь в желудке дикаря! Тьфу!

– Словом, из всего этого ясно, что не следует попадать им в руки, – заключил Джон Манглс. – Будем все же надеяться, что когда-нибудь христианство уничтожит эти чудовищные обычаи.

– Да, остается только надеяться, – ответил Паганель, – но, поверьте, дикарь, раз отведавший человеческого мяса, не так легко откажется от него. Судите сами по двум примерам.

– Каким же, Паганель? – спросил Гленарван.

– О первом сообщается в записках иезуитского миссионерского общества в Бразилии. Как-то раз один португальский миссионер повстречал больную старуху-бразилианку. Ей оставалось жить считанные дни. Иезуит открыл ей истины христианства, и старуха приняла их, не прекословя. Оделив ее пищей духовной, иезуит подумал и о телесной пище и предложил кающейся грешнице несколько европейских блюд. «Ох, – простонала в ответ старуха, – мой желудок не принимает никакой пищи. Вот только одного мне хотелось бы поесть, но этого никто мне здесь не достанет». – «Что же это?» – спросил иезуит. «Ах, сынок, это детская ручка! Я бы, кажется, с удовольствием обсосала косточки!»

– Неужели это так вкусно? – спросил Роберт.

– Вторая история ответит на твой вопрос, мой мальчик, – продолжал Паганель. – Один миссионер говорил в упрек людоеду, что есть человеческое мясо отвратительно и противно божеским законам. «Да, должно быть, и невкусно!» – прибавил он. «О, отец мой! – ответил дикарь, с вожделением поглядывая на миссионера. – Скажите, что не велит бог, но не говорите, что это невкусно! Если бы вы попробовали!..»

Глава седьмая. Высадка на землю, от которой лучше было бы держаться подальше

Все, что говорил Паганель, было бесспорно. Несомненно, новозеландцы жестоки, и высаживаться на их побережье опасно. Но будь эта опасность в сто раз большей, все же приходилось идти ей навстречу. Джон Манглс сознавал всю необходимость безотлагательно покинуть судно, обреченное на скорую гибель. Выбирая из двух опасностей – одной неизбежной, а другой только вероятной, – колебаться не приходилось. Трудно было рассчитывать на то, что путешественников может подобрать какое-нибудь судно: «Маккуори» был в стороне от пути судов, идущих в Новую Зеландию. Они обычно проходят или севернее, в Окленд, или южнее, в Нью-Плимут. А бриг застрял как раз между этими двумя пунктами, против пустынных берегов Те-Ика-а-Мауи. А это опасные, редко посещаемые берега. Суда избегают их, и если ветер заносит их сюда, они стараются как можно скорее уйти из этих мест.

– Когда мы двинемся? – спросил Гленарван.

– Завтра в десять часов, – ответил Джон Манглс, – в это время начнется прилив, и он понесет нас к берегу.

Сооружение плота было закончено на следующий день, 5 февраля, к восьми часам утра. Джон Манглс приложил все усилия, чтобы оборудовать его как можно лучше. Марс, на котором перевозили якоря, конечно, не мог доставить на берег людей и съестные припасы. Нужно было более солидное сооружение, способное выдержать плавание в девять миль. Такой плот можно было построить только из мачт.

Вильсон и Мюльреди принялись за работу. Они перерубили такелаж, и грот-мачта с треском упала под ударами топора на правый борт. «Маккуори» без мачт стал похож на понтон.

Нижняя часть мачты, грот-стеньга и грот-брам-стеньга были распилены и разъединены. Теперь главные части плота уже были спущены на воду. Их присоединили к обломкам фок-мачты. Все эти длинные шесты крепко-накрепко связали канатами, а между ними Джон Манглс распорядился укрепить полдюжины пустых бочек – они должны были приподнять плот над водой.

На этом прочном фундаменте Вильсон сделал из решетчатых люков нечто вроде пола. Благодаря этому вода могла прокатываться по плоту, не задерживаясь на нем. К тому же крепко привязанные вокруг плота пустые бочки из-под воды образовали как бы борт для защиты от больших волн.

В то утро Джон Манглс, увидев, что дует попутный ветер, распорядился установить посередине плота грот-брам-рей вместо мачты. Его укрепили вантами и подняли на него парус. У задней части плота было установлено большое весло с широкой лопастью – для управления.

Столь тщательно и обдуманно построенный плот должен был выдержать удары волн. Но если ветер изменится, возможно ли будет управлять плотом, достигнет ли он берега? Этого никто не знал.

В девять часов на плот погрузили столько провизии, что ее хватило бы до самого Окленда, ибо в этом бесплодном краю нельзя было рассчитывать достать что-либо съестное.

Из припасов, купленных Олбинетом для путешествия на «Маккуори», осталось лишь некоторое количество мясных консервов. Этого, конечно, было мало. Пришлось взять и запасы грубой пищи с брига: морские сухари далеко не лучшего качества и два бочонка соленой рыбы. Стюарда это очень огорчило.

Продукты поместили в герметически закупоренные, непроницаемые для морской воды ящики, которые спустили на плот и прикрепили к основанию мачты толстыми найтовами. Ружья и боевые припасы уложили в безопасное сухое место. К счастью, путешественники были хорошо вооружены карабинами и револьверами.

Погрузили и небольшой якорь на тот случай, если не удастся добраться до берега за один прилив и придется в ожидании следующего стоять на якоре в море.

В десять часов начался прилив. Дул слабый северо-западный ветер. По морю шла легкая зыбь.

– Все готово? – спросил Джон Манглс.

– Все готово, капитан, – ответил Вильсон.

– На посадку! – крикнул Джон Манглс.

Леди Элен и Мери Грант спустились на плот по грубой веревочной лестнице и сели около мачты на ящики со съестными припасами. Их спутники разместились вокруг них. Вильсон взялся за руль. Джон Манглс стал у паруса. Мюльреди перерубил канат, которым плот был привязан к бригу. Поставили парус, и плот, движимый силой прилива и ветра, двинулся к берегу.

До него было девять миль. Расстояние незначительное, на шлюпке с хорошими гребцами его можно было пройти в каких-нибудь три часа. На плоту, конечно, это должно было занять больше времени. Правда, если бы ветер продержался, можно было бы доплыть за один прилив. Но если он спадет, то отлив повлечет плот обратно в море, и тогда придется бросить якорь и дожидаться следующего прилива. Положение было не из легких, и это очень беспокоило Джона Манглса.

Но все же он верил в успех. Ветер свежел. Так как прилив начался в десять часов, то необходимо было добраться до берега не позже трех часов дня, иначе придется бросить якорь, или отлив унесет плот.

Вначале все шло хорошо. Черные верхушки рифов и желтые песчаные мели мало-помалу исчезали под волнами усиливавшегося прилива. Нужно было напряженное внимание и большое искусство, чтобы избегать этих прячущихся под водой скал и править плотом, который плохо слушался руля и легко уклонялся в сторону.

В двенадцать часов плот был еще в пяти милях от земли. Погода была ясной, и уже можно было разглядеть рельеф берега. На северо-востоке вырисовывалась гора странного вида. Ее очертания были похожи на запрокинутую голову кривляющейся обезьяны. То была гора Пиронгиа высотой в две тысячи пятьсот футов, расположенная, судя по карте, у тридцать восьмой параллели.

В половине первого Паганель обратил внимание своих спутников на то, что все подводные скалы исчезли под волнами.

– Кроме одной, – отозвалась леди Элен.

– Какой? – спросил Паганель.

– Вон той, – ответила леди Элен, показывая на черную точку в миле от плота.

– Верно, – согласился географ, – постараемся же точно определить положение этой скалы, чтобы не наткнуться на нее: ведь прилив скоро скроет ее.

– Она находится прямо по линии северного гребня горы, – сказал Джон Манглс. – Смотри, Вильсон, обходи ее.

– Есть, капитан! – ответил матрос, наваливаясь всей тяжестью на большое рулевое весло.

За полчаса прошли еще полмили. Но странно: черная точка все еще виднелась среди волн. Джон Манглс внимательно вглядывался в нее и, чтобы лучше рассмотреть, попросил у Паганеля его подзорную трубу. Поглядев в нее, молодой капитан сказал:

– Это вовсе не скала, это какой-то предмет, качающийся на волнах.

– Не обломок ли мачты с «Маккуори»? – спросила леди Элен.

– Нет, – ответил Гленарван, – ни один обломок не мог уплыть так далеко от судна.

– Постойте! – крикнул Джон Манглс. – Я узнаю его! Это ялик!

– Ялик с брига? – спросил Гленарван.

– Да, милорд, он самый, опрокинутый вверх дном.

– Несчастные! – воскликнула леди Элен. – Они погибли!

– Да, погибли, – подтвердил Джон Манглс. – И они неминуемо должны были погибнуть, ибо в бурном море, беспросветной ночью, среди этих рифов они шли на верную смерть.

– Да простит их бог! – прошептала Мери Грант.

Несколько минут путешественники молчали. Они глядели на приближавшийся утлый челн. Очевидно, он перевернулся в четырех милях от берега, и, разумеется, ни один из плывших в нем не спасся.

– Но ялик, пожалуй, может нам пригодиться, – сказал Гленарван.

– Конечно, – ответил Джон Манглс. – Правь к нему, Вильсон.

Матрос выполнил приказание капитана, но ветер спадал, и плот добрался до опрокинутого ялика лишь к двум часам.

Мюльреди, стоявший на передней части плота, ловко подтянул ялик к борту.

– Пустой? – спросил Джон Манглс.

– Да, капитан, – ответил матрос. – Ялик пуст и пробит. Значит, нам он не годится.

– И с ним ничего нельзя сделать? – спросил Мак-Наббс.

– Ничего, – ответил Джон Манглс. – Это обломок, годный только на дрова.

– Жаль, – сказал Паганель. – На ялике мы могли бы добраться до Окленда.

– Что делать, господин Паганель, – отозвался Джон Манглс. – Впрочем, на таких волнах я все же предпочитаю наш плот этой легкой лодке. Достаточно слабого удара, чтобы разбить ее. Что ж, милорд, нам здесь больше нечего делать.

– Едем дальше, Джон, – сказал Гленарван.

– Правь прямо к берегу, Вильсон! – приказал капитан.

Прилив должен был держаться еще с час. За это время удалось пройти две мили. Но тут ветер почти совсем спал; казалось даже, что он начинает дуть с берега. Плот остановился. А вскоре отлив стал сносить его в открытое море. Нельзя было терять ни секунды.

– Отдать якорь! – крикнул Джон Манглс.

Мюльреди, бывший наготове, бросил якорь на глубине в тридцать пять футов. Плот отнесло назад еще немного, а затем перлинь туго натянулся, и плот застыл, обращенный передней частью к берегу. Убрали парус, приготовились к довольно долгой стоянке. Следующий прилив должен был начаться в девять часов вечера, а так как Джон Манглс не хотел идти на плоту ночью, предстояло простоять на якоре до пяти часов утра. Плот был меньше чем в трех милях от берега.

На море было довольно сильное волнение, и казалось, валы катились к берегу. И Гленарван, узнав, что предстоит провести на плоту всю ночь, спросил Джона Манглса, почему он не воспользуется этими валами, чтобы приблизиться к берегу.

– Вас вводит в заблуждение оптический обман, милорд, – ответил ему капитан. – Зыбь не движется вперед, хотя так кажется. Это просто колебания воды. Бросьте в волны деревяшку, и увидите, что ее никуда не унесет, пока не начнется отлив. Нам остается только запастись терпением и ждать.

– И пообедать, – добавил майор.

Олбинет достал из ящика с провизией несколько кусков сушеного мяса и дюжину сухарей. Стюард был смущен скудным меню, которое приходилось предлагать господам. Но все ели охотно, не исключая путешественниц, хотя качка совсем не прибавляла им аппетита.

Волны ударяли в плот, якорный канат натягивался до отказа, и эти резкие толчки были очень утомительны. Плот то и дело сотрясали короткие порывистые волны – не хуже, чем подводные рифы. Подчас казалось, что он и на самом деле бьется о камни. Перлинь сильно дергало, и молодой капитан травил его каждые полчаса. Без этой предосторожности канат неизбежно лопнул бы, и плот унесло бы в открытое море.

Легко понять опасения Джона Манглса. Лопни трос, сорвись якорь – в обоих случаях положение оказалось бы отчаянное.

Приближалась ночь. Кроваво-красный диск солнца, вытянутый из-за преломления света, вот-вот должен был исчезнуть за горизонтом. Далеко на западе вода блестела и сверкала, словно расплавленное серебро. Там ничего не было видно, кроме неба и моря, да еще остова «Маккуори», неподвижно стоявшего на мели.

Сумерки длились всего несколько минут, и скоро берега, замыкавшие горизонт на севере и на востоке, потонули во мраке.

Как тоскливо было потерпевшим крушение путешественникам на тесном плоту, среди ночи! Одни забылись в тяжелой дремоте, нагонявшей тревожные сны, другие всю ночь не могли сомкнуть глаз. Все встретили рассвет, разбитые усталостью.

С началом прилива снова подул ветер с моря. Было шесть часов утра. Время не ждало. Джон Манглс приготовил все к отплытию. Он приказал поднять якорь. Но толчки натянутого перлиня загнали лапы якоря глубоко в песок. Без брашпиля, даже блоками, поставленными Вильсоном, оказалось невозможным вытащить его.

Полчаса прошло в тщетных попытках. Наконец Джон Манглс, которому не терпелось отплыть, велел перерубить канат. Лишаясь якоря, молодой капитан исключил возможность стоянки в том случае, если бы прилив и на этот раз не донес их до берега. Но Джон Манглс не хотел больше задерживаться, и удар топора предал плот на волю ветра и волн. Скорость течения была около двух узлов.

Поставили парус, и плот медленно понесло к земле, которая вырисовывалась еще неясно, какой-то серой массой на фоне рассветного неба.

Искусно обойденные рифы остались позади. Но при переменчивом ветре с моря плот двигался так медленно, что казалось, совсем не приближался к берегу. Сколько трудностей, чтобы добраться до страны, которая грозила такими опасностями!

Все же в девять часов до земли оставалось уже меньше мили. Волны разбивались о крутые берега. Нужно было найти место для высадки. Ветер все слабел и слабел и наконец совсем спал. Парус повис и только отягощал мачту. Джон приказал спустить его. Теперь только один прилив нес плот к берегу, и управлять им больше было нельзя. А тут еще ход замедляли огромные морские водоросли.

В десять часов Джон убедился, что они почти не двигаются с места, а до берега еще добрых три кабельтовых. Стать на якорь нельзя. Неужели их отнесет отливом в открытое море?

Джон Манглс в тревоге, судорожно стиснув руки, мрачно глядел на недоступную землю.

К счастью – теперь это действительно было счастьем, – вдруг сильный толчок сотряс плот. Он остановился. Это плот выплыл на мелководье и уткнулся в песчаное дно в двухстах футах от берега.

Глава восьмая. Настоящее той страны, куда попали путешественники

Гленарван, Роберт, Вильсон, Мюльреди бросились в воду. Плот привязали канатами к ближайшим скалам. Женщин перенесли на берег, передавая их с рук на руки, и они не замочили даже подола платья. И вот все путешественники, с оружием и съестными припасами, окончательно высадились на зловещий берег Новой Зеландии.

Гленарвану хотелось немедленно двинуться вдоль побережья к Окленду. Но с самого утра небо стали заволакивать густые тучи, а после высадки на берег, около одиннадцати часов утра, начался ливень. Пуститься в дорогу было невозможно. Пришлось искать убежища.

Вильсон очень удачно нашел пещеру, выдолбленную морем в базальтовых скалах. Путешественники приютились в ней вместе с оружием и провизией. В пещере оказалось множество сухих водорослей, когда-то занесенных сюда морскими волнами. Это были готовые постели, которыми и пришлось удовольствоваться. У входа в пещеру собрали кое-какой хворост, развели костер, и каждый стал обсушиваться.

Джон Манглс надеялся, что чем сильнее ливень, тем скорее он должен прекратиться. Он ошибся. Прошло несколько часов, а дождь все хлестал. Около полудня сильный ветер еще увеличил непогоду. Такая помеха могла кого угодно вывести из себя. Но что же было делать? Пуститься в дорогу в такую грозу пешком было бы безумием. К тому же путь до Окленда должен был занять несколько суток, и задержка в полдня не имела особого значения, если, конечно, не появятся туземцы.

Во время этой вынужденной остановки зашел разговор о войне, происходившей тогда в Новой Зеландии. Но, чтобы понять и оценить, насколько серьезно было положение к моменту высадки потерпевших крушение на «Маккуори», надо знать всю историю той кровавой борьбы, которая разыгралась на острове Те-Ика-а-Мауи.

После появления Абеля Тасмана в проливе Кука в декабре 1642 года здешние берега часто посещались европейскими судами, но это не мешало новозеландцам пользоваться полной свободой на своих независимых островах. Ни одно из европейских государств еще не помышляло о захвате этого архипелага, так выгодно расположенного в Тихом океане. Только обосновавшиеся кое-где миссионеры приобщали эту девственную страну к цивилизации христианских стран. Некоторые из них, особенно англиканские, старались приучить новозеландских вождей к мысли о том, что им необходимо склониться под игом Англии. И ловко одураченные вожди подписали письмо к королеве Виктории, в котором просили ее покровительства. Но наиболее дальновидные понимали глупость такого шага, и один из них, поставив под этим посланием отпечаток своей татуировки, пророчески сказал: «Мы потеряли родину. Отныне она не наша. Скоро ее захватят иноземцы, и мы станем их рабами».

Вождь был прав. 29 января 1840 года в Бей-оф-Айлендс на севере Те-Ика-а-Мауи появился английский корвет «Герольд». Капитан корвета Гобсон высадился у селения Коророрека. Туземцев собрали в протестантскую церковь. Здесь капитан прочел им привезенные от английской королевы грамоты.

5 января 1841 года английский резидент капитан Гобсон вызвал к себе в селение Пайя главных вождей новозеландцев. Он старался убедить вождей подчиниться английской королеве, говоря, что она послала войска и корабли для их защиты, что у них останутся неприкосновенные права и полная свобода. Но их земли будут принадлежать королеве Виктории, которой они и должны продать их.

Большинство вождей, найдя цену королевского покровительства слишком высокой, отказались от него. Но посулы и подарки оказали большее действие на дикарей, чем громкие слова капитана Гобсона, и сделка состоялась.

Что же произошло в Новой Зеландии со знаменательного 1840 года по тот день, когда «Дункан» вышел из залива Клайд?

Все это знал Жак Паганель и готов был сообщить своим друзьям.

– Сударыня, – обратился он к леди Элен, – я повторяю то, что мне уже приходилось говорить, а именно: что новозеландцы – народ отважный. Уступив в какой-то момент притязаниям Англии, они скоро стали защищать каждую пядь земли. Маорийские племена похожи на шотландские кланы. Каждое из них – целый род, подчиняющийся одному вождю, который не терпит ослушания.

Мужчины Новой Зеландии – люди гордые и храбрые. Одни из них высокого роста, с гладкими волосами, похожи на мальтийцев или багдадских евреев – это высшая раса; другие меньше ростом, коренастые, напоминают мулатов, но все они сильные и воинственные. Некогда был у них знаменитый вождь по имени Хихи, прославленный не менее, чем Версенжиторикс[1]. Не удивительно, что на острове Те-Ика-а-Мауи война с англичанами тянется без конца. Ведь здесь обитает неустрашимое племя ваикато, которое вождь Уильям Томсон[2] увлекает на защиту родной земли.

– Но разве англичанам принадлежат главные пункты Новой Зеландии? – спросил Джон Манглс.

– Конечно, дорогой Джон, – ответил Паганель. – С тех пор как капитан Гобсон захватил Новую Зеландию и стал ее губернатором, на островах возникло к тысяча восемьсот шестьдесят второму году девять колоний, и все они занимают самые удобные места. Из этих колоний образовалось девять провинций: четыре на северном острове – Окленд, Таранаки, Уэллингтон, Гаукс-Бей, – и пять на южном острове – Нельсон, Малборо, Кентербери, Отаго и Вестланд. Тридцатого июня тысяча восемьсот шестьдесят четвертого года в этих провинциях насчитывалось сто восемьдесят тысяч триста сорок шесть жителей. Повсюду выросли важные торговые города. Когда мы доберемся до Окленда, вас, я уверен, поразит расположение этого южного Коринфа. Он господствует над узким перешейком, переброшенным, точно мост, через воды Тихого океана. В городе уже двенадцать тысяч жителей. На западном побережье вырос Нью-Плимут, на восточном – Агугири, на южном – Уэллингтон; это все цветущие города с оживленной торговлей. И на Южном острове – Те-Вахи-пуна-му – трудно сказать, какой город лучше: утопающий в садах Нельсон, прославленный своими винами, как во Франции – Монпелье; Пиктон, расположенный у пролива Кука; или Крайстчёрч, Инверкаргилл и Данидин – города богатой провинции Отаго, куда стекаются искатели золота со всего света. И заметьте, это не просто скопления хижин, населенных семействами дикарей, но настоящие города с портами, соборами, банками, доками, ботаническими садами, музеями, обществами акклиматизации, газетами, больницами, благотворительными обществами, философскими институтами, масонскими ложами, клубами, обществами хорового пения, с театрами, дворцами, построенными для всемирной выставки, точь-в-точь как в Париже или Лондоне. И если память не изменяет мне, в текущем, тысяча восемьсот шестьдесят пятом году, быть может, даже в то время, когда я все

---

[1] Версенжиторикс (Верцингеторикс) – прославленный галльский полководец (I в. до н. э.).

[2] Маорийское имя этого вождя – Вирему Тамихана.

это вам рассказываю, промышленные изделия всего земного шара выставлены здесь, в этой стране.

– Как, несмотря на войну с туземцами? – спросила леди Элен.

– Что такое какая-то война для англичан! – ответил Паганель. – Они и сражаются, и устраивают выставки в одно и то же время. Их это нисколько не смущает. Они даже строят под выстрелами новозеландцев железные дороги. В провинции Окленд две железнодорожных линии ходят через опорные пункты повстанцев. Я готов биться об заклад, что железнодорожники отстреливаются с паровозов.

– И на каком же сейчас этапе эта бесконечная война? – спросил Джон Манглс.

– Вот уже шесть месяцев, как мы покинули Европу, и я, конечно, не могу знать, что случилось после нашего отплытия, – ответил Паганель, – за исключением разве нескольких происшествий, о которых я прочитал в газетах Мериборо и Симура, еще когда мы были в Австралии. Тогда, помнится, шли бои на Те-Ика-а-Мауи.

– А когда началась война? – спросила Мери Грант.

– Вы, дорогая мисс Грант, верно, хотели сказать: «когда возобновилась», – ответил Паганель, – ибо первое восстание было в тысяча восемьсот сорок пятом году. Так вот: возобновилась война в конце тысяча восемьсот шестьдесят третьем года. Но маори задолго до этого начали готовиться к свержению английского владычества. Туземная национальная партия вела деятельную пропаганду за то, чтобы избрать правителем одного из маорийских вождей, Потатау. Она хотела сделать этого старого вождя королем, а его селение, лежащее между реками Уаикато и Уайпа, – столицей нового государства. У самого старого Потатау было больше хитрости, чем храбрости, но его премьер-министром был умный и энергичный человек из племени игати-хауа, которое обитало на Оклендском перешейке до захвата его иноземцами. Этот министр, по имени Уильям Томсон, стал вдохновителем освободительной войны. Он очень умело сформировал из маори боевые отряды. Под его влиянием один вождь из Таранаки объединил несколько разрозненных племен. Другой вождь, из провинции Уаикато, основал Земельную лигу, которая убеждала туземцев не продавать своих земель английскому правительству. Перед началом переворота, как и в цивилизованных странах, дали несколько пиров. Английские газеты начали указывать на эти тревожные симптомы; правительство было не на шутку обеспокоено действиями Земельной лиги. Словом, умы возбуждены, бомба готова взорваться. Не хватало только искры, вернее, столкновения интересов, чтобы высечь ее.

– И это столкновение?.. – спросил Гленарван.

– …произошло в тысяча восемьсот шестидесятом году, – отвечал Паганель, – в провинции Таранаки, на юго-западном побережье острова Те-Ика-а-Мауи. У одного туземца было шестьсот акров земли близ Нью-Плимута. Он продал их английскому правительству. Когда землемеры явились вымерять проданный участок, вождь Кинги стал протестовать, а в марте этого года он выстроил на спорных шестистах акрах лагерь, огороженный высоким частоколом. Через несколько дней полковник Голд со своим отрядом взял укрепление приступом. В тот же день прогремел первый выстрел национальной войны.

– А многочисленны ли маори? – спросил Джон Манглс.

– За последние сто лет их стало меньше, – ответил географ. – В тысяча семьсот шестьдесят девятом году Кук определял их число в четыреста тысяч человек. А в тысяча восемьсот сорок пятом году, по переписи туземного протектората, маорийское население уменьшилось до ста девяти тысяч. Болезни, водка и войны «за просвещение» сократили его, но и сейчас на обоих островах все же насчитывается девяносто тысяч туземцев, в том числе тридцать тысяч воинов, которые еще долго будут наносить поражения европейским войскам.

– И что же, до сих пор восстание шло успешно? – спросила леди Элен.

– Да. И самих англичан не раз приводила в восхищение отвага новозеландцев. Они ведут партизанскую войну, совершают налеты, нападают на небольшие подразделения регулярных войск, грабят усадьбы английских поселенцев. Генералу Камерону пришлось туго в этой войне: опасность таилась за каждым кустом. В тысяча восемьсот шестьдесят третьем году после долгой борьбы не на жизнь, а на смерть маори занимали у верховий реки Уаикато, в конце цепи крутых холмов, сильную укрепленную позицию, защищенную тремя оборонительными линиями. Местные пророки призывали все население на защиту своей земли, обещая полную победу над «пакекас», то есть белыми. Туземцам противостояли три тысячи английских солдат под командой генерала Камерона; они беспощадно расправлялись с маори, после того как те зверски убили капитана Спрента. Происходили кровопролитные сражения. Иные длились по двенадцать часов, а маори все не отступали под пушечными выстрелами европейцев. Ядром этой свободолюбивой армии было свирепое племя ваикато во главе с Уильямом Томсоном. Этот туземный полководец сначала командовал двумя с половиной тысячами воинов, потом восемью тысячами, когда к нему присоединились со своими подданными два грозных вождя – Хонги и Хеке. Женщины самоотверженно помогали мужчинам в этой освободительной войне. Но сила не всегда на стороне справедливости. После жестоких боев генерал Камерон все же завоевал округ Уаикато, правда, пустой и обезлюдевший, ибо маори покинули его. Во время этой войны совершались удивительные подвиги. Четыреста маори, осажденные в крепости Оракау тысячей англичан под командованием бригадного генерала Кери, без воды и пищи, отказались сдаться. Наконец, среди бела дня осажденные проложили себе путь оружием сквозь ряды сорокового полка и скрылись в болотах.

– Но с покорением округа Уаикато эта кровавая война окончилась? – спросил Джон Манглс.

– Нет, друг мой, – ответил Паганель. – Англичане решили идти на провинцию Таранаки и осадить там крепость Матантава, где засел Уильям Томсон. Но без больших потерь взять ее им не удастся. Перед самым отъездом из Парижа я прочитал в газетах, что племя тауранга изъявило покорность генералу и губернатору и что туземцам оставили три четверти земель. Говорилось, что и главный вождь восстания, Уильям Томсон, также собирается сдаться. Однако австралийские газеты не только не подтвердили эти слухи, но сообщили обратное. Так что, возможно, новозеландцы с новой энергией готовятся к сопротивлению.

– И по вашему мнению, Паганель, – спросил Гленарван, – арена этой борьбы – Таранаки и Оклендская провинция?

– Думаю, что да.

– Та самая, куда мы заброшены крушением «Маккуори»?

– Вот именно! Мы высадились всего в нескольких милях севернее гавани Кафиа, где и сейчас, должно быть, развевается национальный флаг маори.

– Тогда будет благоразумнее идти на север, – сказал Гленарван.

– Конечно, – согласился Паганель. – Новозеландцы ненавидят европейцев, особенно англичан. Поэтому постараемся не попасть им в руки.

– Быть может, мы встретим какой-нибудь отряд английских войск, – сказала леди Элен. – Это было бы большой удачей.

– Возможно, – ответил географ, – но я на это не надеюсь. Отдельные английские отряды не особенно охотно появляются в здешних местах, где за каждым деревом, каждым кустиком прячется искусный стрелок. Вот почему я не рассчитываю на конвой из солдат сорокового полка. Но на западном побережье, вдоль которого лежит наш путь в Окленд, находится несколько миссий, и мы сможем там остановиться. Хорошо бы нам попасть на дорогу, по которой шел вдоль реки Уаикато Хохштеттер.

– Кто он – путешественник? – спросил Роберт Грант.

– Да, мой мальчик, это член научной экспедиции, совершившей кругосветное путешествие на австрийском фрегате «Новара» в тысяча восемьсот пятьдесят восьмом году.

– Господин Паганель, – не унимался Роберт, глаза которого загорались при мысли о великих географических экспедициях, – в Новой Зеландии тоже были знаменитые путешественники, как Бёрк и Стюарт в Австралии?

– Их было несколько, мой мальчик, например: доктор Хукер, профессор Бризар, естествоиспытатели Диффенбах и Юлиус Гаст. Но хотя некоторые из них поплатились жизнью за свою страсть к приключениям, они не так знамениты, как путешественники по Австралии и Африке.

– А вы знаете что-нибудь о них? – спросил юный Грант.

– Еще бы! И так как я вижу, дружок, что ты горишь нетерпением узнать столько же, я все расскажу тебе.

– Спасибо, господин Паганель, я вас слушаю.

– И мы тоже слушаем, – сказала леди Элен. – Уже не в первый раз мы набираемся знаний благодаря плохой погоде. Господин Паганель, рассказывайте нам всем.

– К вашим услугам, сударыня, – ответил географ. – Но рассказ не будет длинным. Ведь это не то, что отважные исследователи, которые, не щадя сил, пробирались через Австралию, настоящий лабиринт Минотавра[1]. Новая Зеландия слишком мала, чтобы быть недоступной для человека. Поэтому мои герои, собственно говоря, не путешественники, а просто туристы, ставшие жертвой обыкновенных несчастных случаев.

---

[1] Минотавр – в греческой мифологии чудовище с телом человека и головой быка; он жил в лабиринте на острове Минос.

– Назовите их, – попросила Мери Грант.

– Геометр Уиткомб и Чарльтон Ховит. Это он нашел останки Бёрка, погибшего во время памятной экспедиции, о которой я вам рассказывал на берегу Уиммеры. Уиткомб и Ховит были во главе двух экспедиций на остров Те-Вахи-пуна-му. Оба они в начале тысяча восемьсот шестьдесят третьего года отправились из Крайстчёрча с целью найти проходы в горах на севере провинции Кентербери. Ховит, перевалив через горную цепь у северной границы провинции, устроил свою штаб-квартиру на берегах озера Браннер. Уиткомб же нашел в долине реки Ракаиа проход к восточному склону горы Тиндаль. У Уиткомба был спутник, Джекоб Лаупер, впоследствии опубликовавший в газете «Литтлтон таймс» рассказ об этом путешествии и о катастрофе, которой оно завершилось. Насколько помню, эти два исследователя находились двадцать второго апреля тысяча восемьсот шестьдесят третьего года у ледника, где берут начало истоки реки Ракаиа. Отсюда они поднялись на вершину горы и стали разыскивать новые горные проходы. На следующий день Уиткомб и Лаупер, измученные усталостью и холодом, сделали привал на снегу на высоте четырех тысяч футов над уровнем моря. Семь дней бродили они среди гор, по ущельям, замкнутым со всех сторон отвесными скалами. Часто дождь мешал им развести огонь, случалось и голодать. Их сахар превратился в сироп, сухари – в мокрое тесто; одежда их была насквозь промочена дождем; их терзали насекомые. В удачные дни они проходили по три мили, но бывали и такие, когда они продвигались всего на каких-нибудь двести ярдов. Наконец двадцать девятого апреля они набрели на маорийскую хижину; в огороде нашлось немного картофеля. Это был последний раз, когда друзья ели вместе. Вечером они добрались до морского берега близ устья реки Тарамакау. Надо было переправиться на правый берег, чтобы потом идти на север, к реке Грей. Тарамакау – широкая и глубокая река. После долгих поисков Лаупер наткнулся на два продырявленных челнока. Он починил их, как смог, а затем связал вместе. Оба путешественника сели в челноки и стали переправляться. Едва успели они добраться до середины реки, как челноки наполнились водой. Уиткомб вернулся вплавь к левому берегу. Джекоб Лаупер не умел плавать и потому уцепился за свой челнок. Это спасло его, но все же ему пришлось пережить немало злоключений. Несчастного понесло к бурунам. Одна волна накрыла его, другая снова выбросила на поверхность. Его ударило о скалы. Наступила непроглядная ночь. Дождь лил как из ведра. Окровавленного, промокшего Лаупера носило несколько часов по волнам. Наконец челнок ударился о берег, и Лаупер, без сознания, очутился на земле. Придя в себя на рассвете, он дополз до ручья и скоро убедился, что его отнесло на целую милю от того места, где они пытались переправиться через реку. Он встал, пошел вдоль берега и вскоре набрел на несчастного Уиткомба – тот был мертв и увяз головой и туловищем в тине. Лаупер руками вырыл в песке яму и похоронил труп товарища. Два дня спустя умирающего от голода Лаупера приютили какие-то гостеприимные маори – бывают среди них и такие, – а четвертого мая он добрался до лагеря Чарльтона Ховита на берегу озера Браннер. А через полтора месяца и сам Ховит погиб так же, как Уиткомб.

– Да, – сказал Джон Манглс, – это какая-то цепь несчастий. Кажется, путешественники связаны какой-то нитью, и когда она рвется, то они погибают один за другим.

– Вы правы, друг Джон, – ответил Паганель. – Мне тоже это часто приходило в голову. В силу какого совпадения Ховит окончил свою жизнь почти при таких же обстоятельствах, что и Уиткомб? Что тут скажешь? Чарльтон Ховит выполнил задание Уайда, начальника правительственных работ, – наметить трассу проезжей дороги от равнины Хурунуи до устья реки Тарамакау. Ховит тронулся в путь первого января тысяча восемьсот шестьдесят третьего года с пятью спутниками. Он очень удачно справился с поручением: была проложена дорога длиной в сорок миль, до самой реки Тарамакау, но переправиться через нее оказалось невозможным. Ховит вернулся в Крайстчёрч. Несмотря на то что надвигалась зима, он испросил разрешения продолжать работы. Мистер Уайд дал согласие. Ховит, запасшись всем необходимым, отправился обратно в свой лагерь, намереваясь провести там зимний сезон. В ту пору и пришел в лагерь Джекоб Лаупер. Двадцать седьмого июня Ховит с двумя рабочими, Робертом Литлом и Генри Мюлисом, покинул лагерь. Они отплыли в лодке на противоположную сторону озера Браннер. И с тех пор исчезли бесследно. Легкую плоскодонку, на которой они плыли, нашли опрокинутой на берегу. Их тщетно разыскивали целых два месяца. Очевидно, эти несчастные, никто из которых не умел плавать, утонули в озере.

– А может быть, они остались целы и невредимы и попали к какому-нибудь новозеландскому племени, – сказала леди Элен. – Во всяком случае, их смерть не так уж несомненна.

– Увы, сударыня, нет, – ответил Паганель, – в августе тысяча восемьсот шестьдесят пятого года прошло уже больше года, а эти люди еще не вернулись… – И географ шепотом закончил: – А кто не вернулся из Новой Зеландии в течение года, тот погиб безвозвратно.

Глава девятая. Тридцать миль к северу

7 февраля, в шесть часов утра, Гленарван повел свой отряд в путь. Дождь прекратился еще ночью. Сероватые тучи, заволакивавшие все небо на высоте трех миль, задерживали солнечные лучи. Жары не чувствовалось, и дневной переход обещал быть не слишком тяжелым.

Паганель определил по карте расстояние от мыса Кафиа до Окленда: оно составляло восемьдесят миль, что означало восемь дней пути, по десяти миль в сутки. Но, вместо того чтобы идти вдоль извилистого морского побережья, географ предпочел направиться к селению Нгаруавахиа, расположенному в тридцати милях при слиянии двух рек – Уаикато и Уайпы. Здесь проходила почтовая дорога, вернее, тропа, доступная для повозок, которая пересекает большую часть острова – от бухты Хока до Окленда. По ней можно было бы добраться до Друри и там хорошенько отдохнуть в превосходной гостинице, которую очень хвалит естествоиспытатель Хохштеттер.

Распределив между собой груз, путешественники двинулись по берегу бухты Аотеа. Из осторожности все держались вместе, и мужчины, сжимая заряженные карабины, настороженно оглядывали холмистую равнину, расстилавшуюся к востоку. Паганель, со своей превосходной картой в руках, находил особое удовольствие в том, чтобы отмечать точность малейших подробностей.

Часть дня маленький отряд шел по истертым в песок обломкам двустворчатых раковин и крабьих панцирей, смешанных, главным образом, с окислами железа. Стоит поднести к такой почве магнит, как он тотчас покрывается блестящими кристалликами.

На берегу, у края прилива, резвились, даже и не думая убегать, несколько тюленей. Эти морские животные, с круглой головой, широким покатым лбом, выразительными глазами, имели очень добродушный вид. Глядя на них, можно было понять, почему легенда опоэтизировала этих любопытных обитателей моря, сделав из них, даже несмотря на их далеко не гармоничное ворчание, обольстительниц-сирен. Тюлени эти водятся в большом количестве у берегов Новой Зеландии, на них ведется охота, весьма выгодная, так как их жир и шкуры высоко ценятся.

Среди тюленей выделялись три или четыре морских слона. Они были серо-голубого цвета, длиной футов в двадцать. Эти огромные животные, лениво раскинувшись на толстом слое гигантских водорослей – ламинарий, раздували «хобот» и смешно поводили длинными, жесткими, загнутыми усами, напоминавшими пробочник или подвитые усы какого-нибудь щеголя.

Роберту доставляло большое удовольствие наблюдать за этими интересными существами.

– Вот это да! – вдруг воскликнул удивленный мальчуган. – Тюлени едят гальку!

В самом деле, некоторые животные с жадностью глотали валявшиеся на берегу камешки.

– Еще бы! Это известно, – ответил Паганель. – То, что тюлени не брезгуют береговой галькой, – бесспорный факт.

– Странная пища, и переварить ее трудно, – заметил Роберт.

– Они не питаются камнями, а глотают их, мой мальчик, для того, чтобы нагрузить себя балластом. Это их способ увеличивать вес, чтобы легче опускаться на дно. Вернувшись на берег, они просто-напросто выплюнут камни. Ты сейчас увидишь, как вот эти нырнут в воду.

Действительно, вскоре с полдюжины тюленей, видимо достаточно нагрузив себя балластом, тяжело поползли по берегу и исчезли под водой. Но Гленарван не мог терять драгоценное время и ждать их возвращения, чтобы понаблюдать за тем, как они станут разгружаться, и, к большому сожалению Паганеля, отряд снова зашагал вперед.

В десять часов остановились позавтракать под большими базальтовыми скалами, возвышавшимися у самого моря. Здесь на отмели нашли множество устриц. Они были мелкие и малоприятные на вкус. Но, по совету Паганеля, Олбинет зажарил их на раскаленных углях, и получилось так вкусно, что за завтраком ели дюжину за дюжиной.

Передохнув, путешественники снова двинулись вдоль берега бухты. На вершинах зубчатых скал ютилось множество морских птиц: фрегаты, глупыши, чайки, огромные альбатросы, неподвижно сидевшие на остроконечных верхушках утесов. К четырем часам дня без особенного напряжения и усталости прошли десять миль. Женщины готовы были идти до самой ночи. Пора было изменять направление пути и, обогнув подножия видневшихся на севере гор, углубиться в долину реки Уайпы.

Вдали простирались бесконечные луга, идти по которым, казалось, будет нетрудно. Но, приблизившись к этому морю зелени, путешественники были сильно разочарованы. Вместо луга они увидели поросль кустарников с белыми цветами, среди которых виднелось бесчисленное множество высоких папоротников, очень распространенных в Новой Зеландии. Пришлось прокладывать дорогу между этими волокнистыми стеблями, что было не так-то легко. Все же к восьми часам вечера первые отроги горной цепи Хакари-хоата остались позади, и путешественники остановились на привал.

После перехода в четырнадцать миль можно было подумать и об отдыхе. За неимением повозки и палатки пришлось просто улечься у подножия великолепных новозеландских сосен каури. К счастью, в одеялах недостатка не было, и из них устроили постели.

Гленарван принял все меры предосторожности на ночь. Мужчины, с оружием наготове, должны были по двое нести стражу до самого утра. Костров не разводили. Эта преграда из пламени хороша от хищных зверей, но ведь в Новой Зеландии не водится ни тигров, ни львов, ни медведей – ни одного свирепого зверя, но зато сами новозеландцы были им достойной заменой. Так что огонь мог бы только привлечь этих двуногих хищников.

В общем, ночь прошла благополучно, если не считать довольно неприятных укусов кустарниковых мух – «нгаму» на туземном наречии – да еще того, что какое-то отважное семейство крыс исправно грызло всю ночь мешки со съестными припасами. На следующее утро, 8 февраля, Паганель проснулся в более спокойном настроении и почти примиренным с Новой Зеландией. Маори, которых географ особенно опасался, не появлялись. Даже во сне кровожадные людоеды не потревожили его покоя. Такой радостью он поделился с Гленарваном.

– Мне кажется, что мы благополучно закончим эту маленькую прогулку, – добавил он. – Сегодня к ночи мы доберемся до слияния Уайпы и Уаикато, а там, на дороге в Окленд, нам уже почти нечего бояться встречи с туземцами.

– Сколько же предстоит пройти до этого места? – спросил Гленарван.

– Пятнадцать миль – почти столько же, сколько мы сделали за вчерашний день.

– Но мы сильно задержимся, если этот несносный кустарник так и будет мешаться на пути, – заметил Гленарван.

– Нет, – отозвался географ, – мы теперь пойдем по берегу Уайпы, где нет никаких препятствий, так что будет легче.

– Так в дорогу! – ответил Гленарван, видя, что женщины уже готовы.

В первые часы пути густой кустарник продолжал замедлять переход. Конечно, не только повозке, но и лошади не проехать было бы там, где они пробирались. Так что жалеть об австралийской повозке не приходилось. Пока через эти заросли не проложат проезжие дороги, Новая Зеландия будет доступна одним пешеходам. Можно сказать, что бесчисленные разновидности здешних папоротников с не меньшим упорством, чем сами маори, защищают родную землю.

Поэтому равнину, где горная цепь Хакарихоата переходит в холмы, маленький отряд пересекал с большим трудом. Тем не менее путешественники еще до полудня добрались до реки Уайпы и отсюда уже без затруднений направились по ее крутому берегу к северу.

Шли по чудесной долине, пересеченной небольшими речками со свежей, чистой водой – они, весело журча, бежали среди кустарников. По словам ботаника Хукера, в Новой Зеландии насчитывается до двух тысяч видов растений, из которых пятьсот принадлежат исключительно ей. Цветы здесь редки и однообразны по краскам. Почти не встречается однолетних растений, но в изобилии растут папоротники, злаки и зонтичные. В некотором отдалении от берега, над темной зеленью виднелись иногда высокие деревья: метросидерос с ярко-красными цветами, норфолкские сосны, туи с вертикально прижатыми ветвями и разновидность кипарисов – риму, не менее печальные, чем их европейские родичи. Стволы деревьев утопали в зеленом море папоротников.

Между ветвей больших деревьев и над кустами порхали какаду, зеленые с красной полоской на шее какарири, таупо с великолепными черными бакенбардами и, наконец, кеа, названные естествоиспытателями «попугай-нестор»: они величиной с утку, рыжие, с яркой подпушкой крыльев.

Майор и Роберт смогли, не отдаляясь от товарищей, подстрелить несколько прятавшихся в кустах болотных куликов и куропаток. Олбинет тут же на ходу ощипал их.

Ну а Паганель, равнодушный к гастрономическим свойствам дичи, жаждал раздобыть какую-нибудь птицу, встречающуюся лишь в Новой Зеландии. Любознательность естествоиспытателя заглушала в нем аппетит путешественника. Географу вспомнились описания местной птицы «туи». Туземцы зовут ее то «пересмешник» – за беспрестанное, словно насмешливое, воркование, то «кюре» – за оперение, совершенно черное, с белыми перьями на шее, напоминающее сутану.

– Туи так жиреет зимой, что из-за этого даже хворает. Она уже не может летать, – рассказывал Паганель майору. – Чтобы избавиться от жира и стать легче, она рвет себе грудь клювом. Не кажется ли это вам странным, Мак-Наббс?

– Настолько странным, – ответил майор, – что я не верю ни единому слову.

К большому сожалению географа, ему не удалось достать ни одного экземпляра туи, чтобы показать недоверчивому майору ее истерзанную, окровавленную грудь.

Больше повезло Паганелю с другим, тоже причудливым животным, которое, спасаясь от преследований человека, собаки и кошки, бежало в необитаемые районы и теперь мало-помалу исчезает из новозеландской фауны. Роберт, шаривший повсюду, как настоящая ищейка, наткнулся на гнездо в переплетении корней, где сидели две курицы без крыльев и хвоста. У них было пышное белое оперение, длинный, как у бекаса, клюв, а на ногах – по четыре пальца. Казалось, эти странные животные представляют собой переходную ступень от яйцекладущих к млекопитающим.

Это был новозеландский киви, который одинаково охотно питается личинками, червяками, насекомыми и семенами. Водится он исключительно в Новой Зеландии. В зоологических садах Европы их едва удалось акклиматизировать. Неуклюжий вид, комичные движения всегда привлекали к киви внимание путешественников, и Академия наук даже поручила Дюмон-Дюрвилю, отправлявшемуся исследовать острова Океании, привезти экземпляр этой странной птицы. Но, несмотря на обещанную туземцам награду, ему так и не удалось раздобыть живого киви.

Паганель, в восторге от счастливой находки, связал вместе своих курочек и бодро понес, заранее радуясь тому, что подарит их Парижскому зоологическому саду. И перед увлекающимся географом уже рисовалась заманчивая надпись: «Дар Жака Паганеля», красующаяся на самой лучшей клетке.

Тем временем маленький отряд без устали двигался вперед по берегу Уайпы. Местность была пустынная. Кругом не было видно никаких следов туземцев, никакой тропинки, указывающей на присутствие человека в этих равнинах. Воды реки струились то меж высоких кустов, то по длинным песчаным отмелям. Тогда взору открывалась равнина, замыкавшаяся на востоке невысокой горной цепью. Странные, нелепые в далекой дымке очертания этих гор напоминали гигантских допотопных животных. Как будто вдруг окаменело целое стадо колоссальных китов. Такое хаотически-причудливое нагромождение говорило о вулканической деятельности. Действительно, Новая Зеландия – сравнительно недавний продукт работы подземных сил. Подъем этих островов продолжается и теперь. Некоторые точки за двадцать лет поднялись над уровнем моря на целых шесть футов. Огонь до сих пор не утих в недрах Новой Зеландии, он сотрясает ее и вырывается во многих местах через гейзеры и вулканы.

К четырем часам дня бодрым шагом прошли девять миль. Судя по карте, с которой то и дело справлялся Паганель, до слияния Уайпы и Уаикато осталось меньше пяти миль. Там проходит дорога на Окленд, там отряд и заночует. Пятьдесят миль до Окленда будут пройдены за два-три дня, а если посчастливится встретить почтовый дилижанс, который раза два в месяц ходит между бухтой Хока и Оклендом, то и за восемь часов.

– Итак, нам придется, как видно, еще раз ночевать под открытым небом, – сказал Гленарван.

– Да, – отозвался Паганель, – но надеюсь, что это будет в последний раз.

– Тем лучше, так как эти ночевки – тяжелое испытание для леди Элен и Мери Грант.

– И они переносят их, не жалуясь, – заметил Джон Манглс. – Но, если я верно понял вас, господин Паганель, вы упоминали о каком-то поселении, расположенном близ слияния этих двух рек.

– Да, – ответил географ, – оно значится на карте Джонсона. Это Нгаруавахиа, милях в двух ниже места слияния.

– Так разве нельзя там устроиться на ночь? Мне кажется, наши спутницы, не колеблясь, предпочтут пройти две лишние мили, чтобы отдохнуть в более или менее приличной гостинице.

– В гостинице! – воскликнул Паганель. – Гостиница в маорийском селении! В нем нет и постоялого двора, нет даже кабака! Это всего-навсего кучка туземных хижин, и, по-моему, нужно не искать там приюта, а, наоборот, держаться как можно дальше.

– Все ваши страхи, Паганель! – сказал Гленарван.

– Дорогой мой лорд, недоверие здесь лучше доверия. Неизвестно, в каких отношениях состоят сейчас маори с англичанами: подавлено ли восстание или одержало верх. Быть может, мы попали сюда в разгар войны. Не будем скромничать, люди, подобные нам, – неплохая добыча для дикарей, и мне совсем не улыбается испробовать новозеландское гостеприимство. Поэтому я нахожу благоразумным держаться подальше от этого поселения, обойти его и стараться избежать встречи с туземцами. Вот когда мы доберемся до Друри, другое дело: там наши отважные спутницы смогут вволю отдохнуть от утомительного пути.

Мнение географа восторжествовало. Леди Элен предпочла провести еще одну ночь под открытым небом, чем подвергать опасности своих товарищей. Ни она, ни Мери Грант не попросили сделать остановки и снова зашагали вдоль берега реки.

Через два часа с гор стали спускаться вечерние тени. Склонившееся к горизонту солнце вдруг пробилось из-за туч, и лучи его озарили красным светом далекие вершины восточных гор. Это было как бы его кратким прощальным приветом путешественникам.

Все ускорили шаг, ибо знали, как коротки сумерки под этой широтой и как быстро здесь наступает ночь. Надо было непременно добраться до слияния рек, прежде чем сгустится мрак. Но как раз в это время все кругом заволокло густым туманом, и держаться верного направления стало очень трудно.

К счастью, слух заменил ставшие бесполезными глаза. Вскоре усилившийся рокот воды оповестил о том, что неподалеку сливаются реки. В восемь часов вечера маленький отряд достиг наконец того места, где Уайпа с ревом вливается в русло Уаикато.

– Это Уаикато, – воскликнул Паганель, – и дорога в Окленд идет по ее правому берегу!

– Реку мы увидим завтра, а теперь давайте устраиваться на ночлег, – предложил майор. – Мне кажется, что вон там, где тень гуще, есть рощица, которая выросла как будто нарочно, чтобы приютить нас. Поужинаем и ляжем спать.

– Поужинаем, – сказал Паганель, – но только сухарями и сухим мясом, не разводя огня. Мы явились сюда инкогнито, постараемся так же и уйти, благо из-за тумана нас не видно.

Вблизи действительно оказалась рощица. Добравшись до нее, путники, помня строгий наказ географа, бесшумно закончили холодный ужин и вскоре, утомленные переходом в пятнадцать миль, погрузились в глубокий сон.

Глава десятая. Национальная река

На следующее утро, на рассвете, плотный туман тяжело стелился над рекой. Часть паров, насыщавших воздух, сгустилась от ночной прохлады и покрыла густым облаком поверхность воды. Однако лучи солнца вскоре проникли сквозь эти клубы, и они растаяли под взором сияющего светила. Затуманенные берега очистились, и Уаикато предстала во всей своей утренней красе.

Узкая длинная коса, поросшая кустарником, заканчивалась острым мысом у слияния двух рек. Струи более бурной Уайпы на целых четверть мили оттесняли воды Уаикато, не сливаясь с ними. Но могучая, спокойная река все же брала верх над неистовым потоком, поглощала его и мирно увлекала к Тихому океану.

Когда туман рассеялся, показалась пирога, поднимавшаяся вверх по течению Уаикато. Это была лодка в семьдесят футов длины, пять футов ширины и три фута глубины, целиком выдолбленная из местной сосны «кахикатеу» и напоминающая венецианскую гондолу своим приподнятым носом. Дно ее было устлано сухим папоротником. Пирога быстро неслась на восьми веслах; сзади сидел человек, управлявший кормовым веслом.

Это был туземец высокого роста, лет сорока пяти, широкогрудый, мускулистый, с сильными руками и ногами. Выпуклый лоб, изборожденный глубокими морщинами, свирепый взгляд, мрачное выражение лица придавали ему грозный вид.

То был один из верховных вождей маори. Это видно было по искусной татуировке его лица и тела. От ноздрей его орлиного носа шли спиралью две черные линии: обведя его желтые глаза, они соединялись на лбу, а затем терялись в пышных волосах. Вокруг рта с блестящими зубами, а также по подбородку тянулись разноцветные линии, ровными завитками спускавшиеся на могучую грудь туземца.

Эта татуировка – моко – у новозеландцев является знаком отличия. Такой почетной росписи достоин только тот, кто отличился в нескольких сражениях. Рабы и люди низкого происхождения не могут притязать на моко. Знаменитые вожди узнаются по законченности, точности и характеру рисунка; на их телах часто изображаются животные. Некоторые из туземных вождей до пяти раз подвергают себя мучительной процедуре моко. Чем более знаменит в Новой Зеландии человек, тем больше он раскрашен.

Дюмон-Дюрвиль рассказывает любопытные подробности об этом обычае. Он справедливо заметил, что моко заменяет здесь гербы, которыми так кичатся некоторые высокородные семейства в Европе. Но он показывает и разницу между этими знаками отличия: ведь у европейцев герб чаще всего говорит о заслугах того, кто первым сумел его добиться, не доказывая никаких заслуг его потомков, а личный герб новозеландцев достоверно свидетельствует, что тот, кто носит его, по праву доказал свою исключительную отвагу.

Надо добавить, что татуировка маори, кроме внушаемого ею почтения, несомненно, и полезна. Она утолщает кожу и делает ее менее чувствительной к перемене погоды и к беспрестанным укусам москитов.

Высокое положение вождя, правившего лодкой, не внушало сомнений. Острая кость альбатроса, употребляемая маорийскими татуировщиками, пять раз глубоко бороздила узорами его гордое лицо. На вожде был плащ, сотканный из растения формиум и отделанный собачьими шкурами, и набедренная повязка, носившая следы крови недавних сражений. На растянутых мочках его ушей висели подвески из нефрита; шею украшали ожерелья из «пунаму» – камешков, почитаемых суеверными новозеландцами священными. Рядом с вождем лежало английское ружье, а также «пату-пату» – нечто вроде топора с двойным острием изумрудного цвета, восемнадцати дюймов длины.

Девять более низких по положению, но вооруженных и суровых воинов, и некоторые из них, казалось, страдали от недавно полученных ран, совершенно неподвижно сидели подле вождя, завернувшись в свои плащи из формиума. Три свирепые собаки лежали у их ног. Восемь сидевших впереди гребцов были, по-видимому, рабами или слугами вождя. Гребли они с большой силой, и пирога, плывя против течения, правда, не очень стремительного, двигалась довольно быстро.

Посредине пироги, со связанными ногами, но свободными руками, сидели, прижавшись друг к другу, десять пленных европейцев. То были Гленарван, леди Элен, Мери Грант, Роберт, Паганель, майор, Джон Манглс, стюард и два матроса.

Накануне вечером весь отряд, обманутый густым туманом, расположился на ночлег прямо посреди большого лагеря туземцев. Около полуночи спавших путешественников застигли врасплох, взяли в плен и перенесли в пирогу. Пока маори ничего дурного им не сделали, а сопротивляться теперь уже было бесполезно, ибо все оружие и патроны очутились в руках дикарей и те тотчас же пристрелили бы пленников из их же собственных ружей.

Из английских слов, проскальзывающих в разговорах туземцев, пленники вскоре узнали, что маори, разбитые английскими войсками, пробираются к верховьям Уаикато. Их вождь, оказав упорное сопротивление 42-му полку и потеряв в сражениях своих лучших бойцов, теперь возвращался, чтобы призвать к оружию прибрежные племена и с новым войском идти на соединение с неукротимым Уильямом Томсоном, по-прежнему ведущим борьбу с завоевателями. Вождь носил зловещее имя Кай-Куму, что на туземном языке значит: «тот, кто съедает тело своего врага». Он был отважен, смел, но его жестокость не уступала его доблести. Ждать пощады от такого человека не приходилось. Имя его было хорошо известно английским солдатам, и за его голову губернатор Новой Зеландии недавно назначил денежную награду.

Этот страшный удар обрушился на Гленарвана как раз в то время, когда он был совсем близко от желанного Окленда, откуда мог бы вернуться в Европу.

Между тем, видя его холодное, спокойное лицо, никто не догадался бы о переживаемых им муках. Гленарван не падал духом при тяжелых обстоятельствах. Он чувствовал, что должен быть поддержкой, примером для своей жены и спутников и готов был, если потребуется, ради общего спасения умереть первым. Пред лицом грозной опасности этот мужественный человек ни на одно мгновение не раскаялся в своем великодушном порыве, увлекшем его в дикие края.

Спутники Гленарвана были достойны его. Они разделяли его благородные мысли, и, глядя на их гордые, спокойные лица, никто бы не сказал, что они плывут навстречу смерти. По совету Гленарвана и общему согласию, они выказывали перед туземцами полнейшее равнодушие ко всему происходящему. Это был единственный способ внушить этому суровому племени уважение к себе. У дикарей вообще, а у маори в особенности развито чувство достоинства, никогда их не покидающее. Они уважают того, кто заслуживает уважения хладнокровием и мужеством.

Гленарван знал, что, ведя себя подобным образом, он и его товарищи избавятся от грубого обращения со стороны новозеландцев.

За все время пути маори, малоразговорчивые, как все дикари, едва перекинулись между собой несколькими словами, но даже из них Гленарван мог заключить, что английский язык был им хорошо знаком. Он решил расспросить новозеландского вождя о той участи, которую он им готовил.

– Куда ты везешь нас, вождь? – спросил он Кай-Куму голосом, в котором не слышалось ни малейшего страха.

Вождь холодно посмотрел на него и ничего не ответил.

– Что ты собираешься делать с нами? – снова спросил Гленарван.

Глаза Кай-Куму блеснули, и он с важностью ответил:

– Обменять тебя, если твои захотят взять тебя. Убить, если они откажутся.

Гленарван не стал больше задавать вопросов, но в сердце его вновь затеплилась надежда. Наверное, какие-нибудь маорийские вожди попали в руки англичан, и туземцы хотели попытаться выменять их. Значит, какие-то шансы на спасение оставались и положение было не таким уж отчаянным.

Тем временем лодка быстро шла вверх по реке. Паганель, чья подвижная натура легко переходила от одной крайности к другой, снова воспрянул духом. Ему уже казалось, что маори избавили их от необходимости самим добираться до английских аванпостов и что все к лучшему. Примирившись со своей судьбой, географ принялся прослеживать на карте тот путь, которым Уаикато несла свои воды по равнинам и долинам.

Леди Элен и Мери Грант, подавляя свой ужас, вполголоса разговаривали с Гленарваном, и самый опытный физиономист не прочел бы на лицах женщин их душевного смятения.

Уаикато – это как бы национальная река Новой Зеландии. Маори гордятся ею так же, как немцы своим Рейном, а славяне – Дунаем. Река эта орошает на протяжении двухсот миль самые плодородные и красивые местности Северного острова – от провинции Уэллингтон до провинции Окленд. Она дала свое имя всем прибрежным туземным племенам, неукротимым и неукрощенным, которые поднялись, как один человек, против захватчиков. На Уаикато почти не видно иноземных судов. Одни пироги островитян рассекают своими высокими носами ее волны. Редкий путешественник отваживается плыть меж ее священных берегов. А в верховья реки доступ нечестивым европейцам, по-видимому, и вовсе прегражден.

Паганель знал, как чтят туземцы эту великую новозеландскую реку. Ему также было известно, что ни один естествоиспытатель не поднимался по Уаикато выше ее слияния с Уайпой. Куда же заблагорассудится Кай-Куму увезти своих пленников? Этого географ не смог бы угадать, если б часто повторяемое вождем и его воинами слово «Таупо» не привлекло его внимания. Справившись по карте, он увидел, что название это относится к интереснейшему с точки зрения географии озеру, расположенному в самой гористой части острова, на юге провинции Окленд. Уаикато берет в нем начало. Длина реки от ее слияния с Уайпой до этого озера – примерно сто двадцать миль.

Паганель, обратившись к Джону Манглсу по-французски, чтобы не поняли дикари, попросил его определить скорость лодки. Молодой капитан оценил ее примерно в три мили в час.

– В таком случае, – сказал географ, – если мы будем останавливаться на ночь, наше путешествие до озера продлится дня четыре.

– Но где же расположены английские посты? – спросил Гленарван.

– Трудно сказать, – ответил Паганель. – Впрочем, военные действия, должно быть, сосредоточились в провинции Таранаки, поэтому, по всей вероятности, войска сгруппированы по ту сторону озера, за горами, там, где находится очаг восстания.

– Дай бог, чтобы это было так! – сказала леди Элен.

Гленарван с грустью посмотрел на свою молодую жену и на Мери Грант. Несчастные женщины были во власти свирепых туземцев; их увозили в дикий край, где некому было прийти им на помощь. Но, заметив устремленный на него взгляд Кай-Куму, Гленарван из осторожности, боясь, как бы вождь не догадался о том, что одна из пленниц – его жена, подавил свое волнение и стал с самым равнодушным видом рассматривать берега реки.

Пирога прошла, не остановившись, мимо бывшей столицы короля Потатау, расположенной в полумиле от слияния рек. Больше ни одна пирога не бороздила вод Уаикато. Разрушенные хижины, то и дело видневшиеся по берегам, свидетельствовали о недавних ужасах войны. Прибрежные поселения казались брошенными, берега были пустынны. Только водяные птицы вносили жизнь в эти печальные, безлюдные места. Взвивалась в воздух и исчезала «тапарунга» – длинноногая птица с черными крыльями, белым животом и красным клювом. Цапли трех видов: серые «матуку», красавцы «котуку» – белые, с желтым клювом и черными ногами, и еще другие, похожие на глупую выпь, – спокойно смотрели на проплывавшую пирогу. Где высокие отлогие берега указывали на глубокое место, зимородки – «котаре» на языке маори – подстерегали крошечных угрей, которые кишат в новозеландских реках. В кустах над водой охорашивались при первых лучах солнца гордецы удоды и султанские куры. Весь этот мирок пернатых наслаждался свободой, которую не стесняли люди, изгнанные или уничтоженные войной.

Здесь, в нижнем течении, Уаикато широко разлилась среди равнин, но ближе к верховью холмы, а затем горы суживают долину, где проходит ее русло. В десяти милях от слияния рек, согласно карте Паганеля, на левом берегу должно было находиться поселение Кири-Кирироа, которое там и оказалось. Кай-Куму не сделал здесь остановки. Он велел дать пленникам их собственные съестные припасы, захваченные маори во время ночного нападения. Что же касается самого вождя, его воинов и рабов, то они довольствовались своей обычной пищей – съедобным папоротником, печеными кореньями и картофелем «капанас», в изобилии разводимым на обоих островах. Ничего мясного за трапезой маори не было, и, видимо, сушеное мясо, которое ели пленники, нисколько их не прельщало.

В три часа дня на правом берегу реки показались отроги горной цепи Покароа, походившие на разрушенные крепостные стены. На некоторых вершинах виднелись развалины «па» – укреплений, когда-то воздвигнутых туземцами на неприступных местах. Они были похожи на огромные орлиные гнезда.

Солнце уже скрывалось за горизонтом, когда пирога причалила к крутому берегу, усыпанному пемзой, камнями вулканического происхождения, нанесенными сюда водами Уаикато. Здесь росло несколько деревьев, и это место показалось маори удобным, чтобы разбить лагерь.

Кай-Куму приказал высадить пленников на землю. Мужчинам связали руки, женщин по-прежнему оставили свободными. Всех их поместили в центре лагеря, а вокруг разложили столько костров, что из них образовался непреодолимый огненный барьер.

До того как Кай-Куму сообщил пленникам свое намерение обменять их, Гленарван и Джон Манглс обсуждали способы бегства. Пока они плыли в пироге, это было невозможно, но они надеялись попытать счастья на берегу во время привала, рассчитывая, что темнота облегчит побег.

Но после разговора Гленарвана с новозеландским вождем решили, что разумнее отказаться от подобных попыток. Надо было запастись терпением. Так будет вернее. Ведь обмен представлял больше шансов на спасение, чем рукопашная схватка или бегство через неведомый край. Конечно, многие обстоятельства могут задержать обмен или даже помешать ему, но все же лучше подождать исхода переговоров. И в самом деле, в силах ли десять безоружных людей справиться с тридцатью вооруженными дикарями? К тому же Гленарван предполагал – и он не ошибся, – что какой-то видный вождь племени Кай-Куму был захвачен в плен и что соплеменники хотят во что бы то ни стало освободить его.

На следующий день пирога понеслась по реке вверх с еще большей быстротой. В десять часов она остановилась ненадолго у впадения в Уаикато маленькой речки, извивавшейся по равнинам правого берега, – Похайвены. Здесь к пироге Кай-Куму подплыла другая, с десятью туземцами. Воины небрежно обменялись приветствиями: «Айре-маира», – что означает пожелание доброго здравия, и обе пироги пошли дальше рядом. Вновь прибывшие маори, видимо, недавно сражались с английскими войсками. Об этом говорило окровавленное оружие и их одежда, вся в клочьях, не скрывавшая ран, из которых еще сочилась кровь. Воины были мрачны, молчаливы. Со свойственной всем дикарям сдержанностью они сделали вид, что не обращают внимания на европейцев.

В полдень на западе стали вырисовываться вершины Маунгатотари. Долина Уаикато сузилась, и могучая река, стиснутая крутыми берегами, бушевала, словно горный поток. Но гребцы с удвоенной силой налегли на весла, запели в такт их ударам какую-то песню, и пирога быстро помчалась по пенящимся волнам. Стремнина осталась позади, и Уаикато по-прежнему плавно понесла свои воды между извилистыми берегами.

Под вечер Кай-Куму приказал пристать у крутого берега, к которому отвесно спускались первые отроги гор. Там уже расположились человек двадцать туземцев, высадившихся из своих пирог. Под деревьями пылали костры. Какой-то вождь, равный Кай-Куму, не спеша подошел к нему и дружески его приветствовал, проделав «шонги», то есть потеревшись носом об его нос. Пленников снова поместили посредине лагеря и бдительно сторожили всю ночь.

На следующее утро долгий путь вверх по течению Уаикато продолжался. Из мелких притоков реки появлялись новые пироги. На них было около шестидесяти воинов. Все, видимо, участники последнего восстания, которые, более или менее пострадав от английских пуль, возвращались теперь к себе в горы. Время от времени из этих шедших одна за другой пирог раздавалось пение. Кто-нибудь из воинов затягивал патриотическую песнь, гимн, призывавший маори на борьбу за независимость:

Папа ративати тиди
И дунга нэи…

Голос певца, полный и звучный, будил эхо в горах. После каждой строфы туземцы, ударяя себя в грудь, точно в барабан, хором подхватывали воинственный припев. Гребцы вновь налегали на весла, и пироги, преодолевая течение, летели по водной поверхности.

В тот день на Уаикато можно было наблюдать одно любопытное явление. Около четырех часов пополудни пирога, управляемая твердой рукой Кай-Куму, смело, не убавляя хода, вошла в узкое ущелье. Буруны с яростью разбивались о многочисленные, опасные для плывущих лодок островки. Перевернись здесь пирога, это была бы верная гибель, ибо спасения искать было негде. Всякий, кто ступил бы на кипящую тину берегов, неминуемо погиб бы.

Дело в том, что Уаикато текла здесь среди горячих источников, издавна привлекавших внимание путешественников. Окись железа окрашивала в ярко-красный цвет ил берегов; на них нельзя было найти и сажени твердой земли. Воздух был насыщен едким запахом серы. Туземцы легко переносили его, зато пленники очень страдали от удушливых испарений, которые поднимались из расщелин почвы или прорывались наружу пузырями, лопавшимися под напором подземных газов. Но если обонянию трудно было освоиться с серными испарениями, то зато взор мог лишь восхищаться величественным зрелищем.

Пироги нырнули в густое облако паров. Их ослепительно-белые завитки вздымались, как купол, над рекой. По берегам сотни гейзеров выбрасывали то облака пара, то столбы воды, создавая причудливые сочетания, словно струи и каскады фонтана, созданного человеческой рукой. Казалось, их ритмом управляет какой-то скрытый механизм. Вода и пар, смешиваясь в воздухе, переливались на солнце всеми цветами радуги.

В этом месте река течет по зыбкому ложу, непрерывно кипящему под действием подземного огня. Немного восточнее, в стороне озера Роторуа, ревут горячие ключи и дымящиеся водопады Ротомахана и Тетарата, виденные некоторыми отважными путешественниками. Вся эта местность изрыта гейзерами, кратерами и сопками. Через них пробивается тот избыток газа, который не находит себе выхода через клапаны Тонгариро и Тараверы – двух действующих вулканов Новой Зеландии.

Две мили пироги плыли под сводом серных испарений, клубившихся над водой. Наконец это серное облако рассеялось, и струи чистого воздуха, освеженные речной влагой, принесли облегчение задыхавшимся пленникам. Район серных источников остался позади.

До конца дня пироги, благодаря могучим усилиям гребцов, преодолели еще две стремнины – Гипапатуа и Таматеа. Вечером Кай-Куму остановился на привал в ста милях от слияния Уайпы и Уаикато. Обогнув озеро с востока, река теперь обрушивалась в него на юге огромным фонтаном.

На следующий день на правом берегу реки показалась гора. Жак Паганель, справляясь по карте, узнал, что это гора Таубара высотою в три тысячи футов.

В полдень вся вереница пирог вплыла через один из рукавов реки в озеро Таупо. У берега озера развевался на крыше одной хижины обрывок материи. Туземцы восторженно приветствовали его – то был их национальный флаг.

Глава одиннадцатая. Озеро Таупо

В доисторические времена в центре острова вследствие обвала пещер образовалась бездонная пропасть длиной в двадцать пять миль и шириной в двадцать. Воды, стекавшие с окрестных гор в эту огромную впадину, превратили ее в озеро, в озеро-бездну, ибо до сих пор ни один лот не смог измерить его глубину.

Это необычное озеро, носящее название Таупо, лежит на высоте тысячи двухсот пятидесяти футов над уровнем моря и окружено горами высотой в две тысячи четыреста футов. На западе поднимаются громадные остроконечные скалы; на севере виднеется несколько отдаленных вершин, поросших невысоким лесом, на востоке берег широкий и отлогий, здесь проходит дорога и меж зеленых кустов проблескивают пемзовые камни; на юге лес, за которым высятся конические вершины вулканов. Таков величественный ландшафт, окаймляющий это огромное водное пространство, где свирепствуют бури, не уступающие по своей ярости океанским циклонам.

Вся эта местность кипит и клокочет, словно колоссальный котел, подвешенный над подземным огнем. Земля дрожит, и кора ее, как слишком поднявшийся в печи пирог, дает во многих местах глубокие трещины, откуда вырывается горячий пар. Без сомнения, все это плоскогорье рухнуло бы в пылающее под ним подземное горнило, если бы скопившиеся пары не находили себе выхода на расстоянии двадцати миль от озера через кратеры вулкана Тонгариро.

Этот увенчанный снегом, дымом и огнем вулкан, возвышающийся над мелкими огнедышащими сопками, отлично виден с северного берега озера. Тонгариро состоит из нескольких вулканических конусов. Позади него среди равнины одиноко поднимается другой вулкан, Руапеху, коническая вершина которого теряется среди облаков на высоте девяти тысяч футов. Нога смертного еще никогда не ступала на его неприступную вершину, человеческий взор еще не проникал в глубину его кратера. А более доступные вершины Тонгариро за последние двадцать лет были измерены трижды Бидвиллом, Дизоном и совсем недавно Хохштеттером.

С этими вулканами связано немало легенд, и в другое время Паганель, конечно, не преминул бы сообщить их своим товарищам. Он рассказал бы о ссоре двух бывших друзей и соседей, Тонгариро и Таранаки, из-за женщины. Тонгариро, вспыльчивый, как всякий вулкан, вышел из себя и поколотил Таранаки.

Тот, избитый и униженный, убежал по долине Вангани, обронил дорогой две скалы и, наконец, добрался до берега моря, где и стоит одиноко под именем Монт-Эгмонт.

Но географ не был склонен рассказывать, а его друзья – слушать. Они молча разглядывали северо-восточный берег озера Таупо, куда привела их жестокая судьба. Миссии, учрежденной преподобным Грасом в Пукава, на западном берегу озера, больше не существовало. Война заставила проповедника бежать подальше от этого очага восстания. Пленники были одни во власти жаждущих мести маори и как раз в той дикой части острова, куда христианство так и не проникло.

Кай-Куму пересек бухточку, обогнул острый мыс, вдающийся далеко в озеро, и причалил к восточному берегу, у подошвы первых отрогов горы Манга вышиной более чем в две тысячи футов. Здесь раскинулись поля формиума, ценного новозеландского льна. У туземцев он зовется «харакеке». В этом полезном растении ничего не пропадает даром. Его цветы дают превосходный мед; из стеблей получают клейкое вещество, заменяющее воск и крахмал; еще больше пользы извлекают из листьев формиума: свежие служат бумагой, сушеные – трутом, из резаных делают веревки, канаты и сети, из их расчесанных волокон ткут одеяла, циновки, плащи и набедренные повязки; в окрашенную в красный или черный цвет ткань из формиума наряжаются маорийские щеголи.

Это драгоценное растение встречается повсюду на обоих островах: и на морском побережье, и по берегам озер и рек. Вот и здесь дикорастущими кустами формиума были покрыты целые поля.

Его красно-коричневые цветы, напоминающие цветы агавы, во множестве выглядывали из зеленой гущи длинных и острых, как клинки, листьев. Красивые птицы нектарии, завсегдатаи полей формиума, стаями носились над кустами и наслаждались медовым цветочным соком. В водах озера плескались пестрые, черно-серо-зеленые утки, легко прирученные людьми.

В четверти мили на крутом утесе виднелась неприступная па – крепость маори. Пленники были один за другим высажены из пироги, и воины, развязав им руки и ноги, повели их в крепость. Тропинка шла сначала по полям формиума, а затем – через пышно разросшуюся рощицу. Здесь были и вечнозеленые «кайкатеа» с красными ягодами, и австралийские драцены, называемые туземцами «ти», чьи вершины заменяют здесь пальмы, и «гуюс», из которых добывают черную краску для материи. При приближении людей ввысь взвились и умчались прочь крупные голуби с оперением, отливающим металлом, курклюши пепельного цвета и целые стаи скворцов с красноватым хохолком.

Сделав довольно большой крюк, Гленарван, леди Элен, Мери Грант и их спутники вошли в па. Наружным укреплением крепости был частокол из крепких столбов футов в пятнадцать вышины; второй пояс укреплений состоял из такого же частокола и ивовой ограды с проделанными в ней бойницами. Внутри виднелись различные маорийские постройки и около сорока симметрично расположенных хижин.

Ужасное впечатление произвели на пленников мертвые головы, которыми были украшены шесты второго частокола. Леди Элен и Мери отвернулись скорее с отвращением, чем со страхом. Эти головы принадлежали павшим в боях неприятельским вождям, тела которых съели победители. Паганель определил это по пустым глазным впадинам. Действительно, глаза вражеских вождей съедаются, а головы препарируются особым образом: удаляют мозг и кожу, носы укрепляют палочками, ноздри набивают формиумом, рты и веки сшивают; а затем тридцать часов коптят. Таким образом головы навсегда сохраняются и служат трофеями победителей.

Маори часто сохраняют и головы своих вождей, но в таком случае открытые глаза смотрят из своих орбит. Новозеландцы гордятся этими останками, показывают их восхищенным молодым воинам и устраивают пышные церемонии в их честь.

Но жуткая выставка Кай-Куму состояла только из вражеских голов, и, уж наверное, не один из безглазых черепов, украшавших коллекцию вождя маори, принадлежал англичанину.

Жилище Кай-Куму возвышалось в глубине па, среди нескольких других хижин, где жили туземцы не столь высокого происхождения. За ним была большая площадка – европейцы, пожалуй, назвали бы ее военным плацем. Жилище вождя было построено из кольев, оплетенных ветвями, а внутри обито циновками из формиума. Оно имело двадцать футов в длину, пятнадцать – в ширину, десять – в вышину, то есть заключало в себе три тысячи кубических футов. Новозеландскому вождю было достаточно такого помещения.

В постройке имелось лишь одно отверстие, служившее дверью. Оно было завешено плотной циновкой. Крыша выдавалась навесом, на котором собиралась дождевая вода. На концах стропил было вырезано несколько фигур. На портале красовались резные изображения веток, листьев, символических фигур чудовищ – любопытный орнамент, рожденный резцом туземных мастеров. Внутри земляной утрамбованный пол приподнимался на полфута, плетенки из тростника и матрацы из сухого папоротника, покрытые циновками из тонких и гибких листьев тифы, заменяли кровати. Яма в полу, обложенная камнями, служила очагом, а дыра в крыше – трубой. Когда густой дым наполнял всю хижину, он в конце концов выходил через это отверстие, успев изрядно закоптить стены. Рядом с хижиной Кай-Куму находились склады, в которых хранились запасы вождя: его урожай формиума, бататов, съедобного папоротника – таро – и печи, где все это готовилось на раскаленных камнях. Еще подальше в небольших загородках стояли свиньи и козы, эти редко встречающиеся здесь потомки акклиматизированных когда-то капитаном Куком полезных животных. Собаки рыскали в поисках скудной еды. Как видно, маори не слишком заботились об этих животных, хотя и питались их мясом.

Гленарван и его спутники оглядели эту картину. Они дожидались у какой-то пустой хижины решения вождя, а пока их осыпала бранью целая толпа старух. Эти ведьмы обступили их, сжав кулаки, выли и угрожали. Из нескольких английских слов, сорвавшихся с их толстых губ, было ясно, что они требуют мести сию же минуту.

Среди этих воплей и угроз леди Элен оставалась с виду спокойной, не показывая, каково у нее на душе. Боясь лишить мужа хладнокровия, она делала героические усилия, чтобы держать себя в руках. Бедняжка Мери была близка к обмороку. Джон Манглс поддерживал ее, готовый защитить ее ценой собственной жизни. Остальные относились к этому извержению брани и угроз по-разному: кто, подобно майору, оставался равнодушным, а кто, как Паганель, все более раздражался.

Желая избавить леди Элен от этих старых мегер, Гленарван направился к Кай-Куму и, указывая на отвратительную толпу, сказал:

– Прогони их.

Маорийский вождь пристально поглядел на своего пленника, не удостоив его ответом, затем жестом приказал орущим старухам замолчать. Гленарван наклонил голову в знак благодарности и не спеша вернулся к своим.

К этому времени в па собралось человек сто новозеландцев: здесь были и старики, и люди зрелого возраста, и юноши. Одни, мрачные, но спокойные, ожидали распоряжений Кай-Куму, другие же предавались неистовому горю – они оплакивали родственников или друзей, павших в последних боях.

Из всех маорийских вождей, откликнувшихся на призыв Уильяма Томсона, один Кай-Куму вернулся на озеро, и он первый оповестил племя о разгроме восстания, о поражении новозеландцев в низовьях Уаикато. Из двухсот воинов, выступивших под его командой на защиту своей земли, вернулось всего пятьдесят. Правда, кое-кто попал в плен к англичанам, но скольким воинам, распростертым на поле брани, уже не суждено было вернуться на землю предков!

Этим и объяснялось глубокое отчаяние, охватившее туземцев по возвращении Кай-Куму. Они еще ничего не знали о последней битве, и эта весть поразила всех, как громом.

У дикарей душевное горе всегда находит выражение во внешних проявлениях. И теперь родичи и друзья погибших воинов, особенно женщины, принялись раздирать себе лицо и плечи острыми раковинами. Выступившая кровь смешивалась со слезами. Порезы были тем глубже, чем больше скорбь. Ужасно было видеть этих окровавленных, обезумевших новозеландок.

Еще одна причина, очень важная в глазах туземцев, усугубляла их отчаяние. Не только погиб оплакиваемый родич или друг, но и кости его не будут лежать в семейной могиле. А это, по верованиям маори, необходимо для будущей жизни. Туземцы кладут в «удупа», что значит «обитель славы», не тленное тело, а кости, которые предварительно тщательно очищают, скоблят, полируют и даже покрывают лаком. Эти могилы украшаются деревянными статуями, на которых с точностью воспроизводится татуировка покойного. А теперь могилы пусты, не будут совершены погребальные обряды, и кости убитых, если их не обгрызут дикие собаки, останутся лежать без погребения на поле битвы.

Дикари предавались горю все неистовее. К крикам женщин присоединились проклятия мужчин по адресу европейцев. Брань усиливалась, жесты делались все более угрожающими. Угрозы вот-вот могли перейти в насилие.

Кай-Куму, видимо боясь, что будет не в силах обуздать фанатизм соплеменников, приказал отвести пленных в святилище, которое находилось в другом конце па, на узкой площадке. Эта хижина стояла вплотную к горному отрогу в сто футов вышины, который замыкал с этой стороны кольцо укреплений крутым обрывом. В этом священном доме туземные жрецы – арики – учили новозеландцев вере в бога, единого в трех лицах: отца, сына и птицы, или святого духа. В просторной, закрытой со всех сторон хижине хранилась избранная священная пища, которую божество Мауи-Ранга-Ранги поедает устами своих жрецов.

Здесь, почувствовав себя хотя бы временно в безопасности от ярости туземцев, пленники бросились на циновки из формиума. Леди Элен, обессиленная и измученная, склонилась на грудь к мужу. Гленарван крепко обнял ее.

– Мужайся, дорогая Элен, – повторял он.

Едва успели запереть пленников, как Роберт, взобравшись на плечи к Вильсону, умудрился просунуть голову в щель между крышей и стеной, на которой были развешаны амулеты. Отсюда до самого дворца Кай-Куму все было видно как на ладони.

– Они собрались вокруг вождя, – сказал вполголоса мальчик. – Размахивают руками... завывают... Кай-Куму собирается говорить...

Роберт умолк на несколько минут, а затем продолжал:

– Кай-Куму что-то говорит... Дикари успокаиваются... слушают его...

– Очевидно, вождь покровительствует нам недаром, – заметил майор. – Он хочет обменять нас на других вождей своего племени. Но согласятся ли воины на такой обмен?

– Да! – снова раздался голос мальчика. – Они повинуются... расходятся... Одни входят в хижины... другие покидают крепость...

– Правда? – воскликнул майор.

– Ну да, мистер Мак-Наббс, – ответил Роберт, – с Кай-Куму остались только воины из его пироги... А! Вот один идет к нам...

– Слезай, Роберт! – сказал Гленарван.

В эту минуту леди Элен, выпрямившись, схватила мужа за руку.

– Эдуард, – сказала она твердым голосом, – ни я, ни Мери Грант не должны попасть в руки этих дикарей живыми!

С этими словами она протянула Гленарвану заряженный револьвер. Глаза Гленарвана сверкнули.

– Оружие! – воскликнул он.

– Да! Маори не обыскивают пленниц. Но это оружие, Эдуард, не для них, а для нас.

– Спрячьте револьвер, Гленарван, – поспешно сказал Мак-Наббс. – Еще не время.

Револьвер исчез под одеждой Гленарвана.

Циновка, которой был завешен вход в хижину, поднялась. Вошел туземец. Он знаком приказал пленникам следовать за ним.

Гленарван с товарищами, держась друг возле друга, прошли через площадку па и остановились возле Кай-Куму.

Вокруг вождя собрались первые воины племени. Среди них был и тот туземец, чья пирога присоединилась к пироге Кай-Куму у впадения Похайвены в Уаикато. Это был человек лет сорока, мощного сложения, с суровым, свирепым лицом. Он носил имя Кара-Тете, что на новозеландском языке значит «гневливый». По тонкости татуировки Кара-Тете было видно, что он занимает высокое положение в племени, и сам Кай-Куму обращался с ним почтительно. Однако наблюдательный человек мог бы догадаться, что между этими двумя вождями существует соперничество. От внимания майора не ускользнуло, что влияние, которым пользовался Кара-Тете, возбуждало недобрые чувства в Кай-Куму. Оба они стояли во главе крупных племен, населявших берега Уаикато, и оба обладали одинаковой властью. И хотя губы Кай-Куму улыбались, когда он говорил с другим вождем, но глаза выражали глубокую неприязнь.

Кай-Куму начал допрашивать Гленарвана.

– Ты англичанин? – спросил он.

– Да, – не колеблясь ответил тот, понимая, что такой ответ должен был облегчить обмен.

– А твои товарищи? – продолжал Кай-Куму.

– Товарищи мои такие же англичане, как и я. Мы – путешественники, потерпевшие кораблекрушение. Но знай, никто из нас не принимал участия в войне…

– Не важно! – оборвал его Кара-Тете. – Каждый англичанин – наш враг. Твои соплеменники захватили наш остров! Они присвоили себе наши поля! Они сожгли наши селения!

– Они были неправы, – сказал Гленарван серьезно. – Я говорю это потому, что так думаю, а не потому, что я в твоей власти.

– Послушай, – продолжал Кай-Куму, – Тогонга, верховный жрец нашего бога Нуи-Атуа, попал в руки твоих братьев – он пленник пакекас. Бог велит нам его выкупить. Я хотел бы вырвать у тебя сердце, хотел бы, чтобы твоя голова и головы твоих товарищей вечно висели на кольях этой изгороди… но Нуи-Атуа изрек свое слово!

Кай-Куму, до сих пор сдержанный, дрожал от гнева, и лицо его зажглось яростью. Потом он снова заговорил:

– Как ты думаешь, согласятся ли англичане обменять тебя на нашего Тогонгу?

Гленарван внимательно посмотрел на вождя и ответил не сразу.

– Не знаю, – проговорил он наконец.

– Отвечай, – настаивал Кай-Куму, – стоит ли твоя жизнь жизни нашего Тогонги?

– Нет, – ответил Гленарван, – у себя на родине я не вождь и не жрец.

Паганель, пораженный этим ответом, изумленно взглянул на Гленарвана.

Кай-Куму, казалось, тоже был удивлен.

– Значит, ты сомневаешься? – спросил он.

– Я не знаю, – повторил Гленарван.

– Так твои не согласятся взять тебя в обмен на нашего Тогонгу?

– Одного меня – нет, а всех – быть может.

– У маори принято менять голову на голову.

– Так лучше предложи обменять своего жреца на этих двух женщин, – сказал Гленарван, указывая на леди Элен и Мери Грант.

Леди Элен рванулась к мужу, но майор удержал ее.

– Эти две женщины, – продолжал Гленарван, почтительно склоняясь перед леди Элен и Мери Грант, – занимают высокое положение в своей стране.

Вождь холодно посмотрел на пленника. Злая усмешка промелькнула на его губах, но он тут же подавил ее и ответил, еле сдерживая гнев:

– Ты надеешься обмануть Кай-Куму своими лживыми словами, проклятый европеец? Ты думаешь, Кай-Куму не умеет читать в человеческих сердцах? – Вождь указал на леди Элен. – Вот твоя жена!

– Нет, моя! – воскликнул Кара-Тете и, оттолкнув прочих пленников, положил руку на плечо леди Элен.

От этого прикосновения она побледнела.

– Эдуард! – обезумев от ужаса, крикнула она.

Гленарван молча вытянул руку. Грянул выстрел. Кара-Тете мертвый повалился на землю.

При звуке выстрела туземцы высыпали из хижин. Толпа тут же заполнила всю площадь. Сотни рук угрожающе протянулись к несчастным пленникам. У Гленарвана вырвали револьвер. Кай-Куму бросил на него странный взгляд, затем, заслонив одной рукой убийцу, он поднял другую, сдерживая толпу, готовую ринуться на «проклятых пакекас».

Покрывая шум, громко прозвучал его голос:

– Табу! Табу!

Услышав это слово, толпа дикарей застыла перед Гленарваном и его товарищами, словно какая-то сверхъестественная сила остановила их.

Через несколько минут пленников отвели в то же, служившее им тюрьмой святилище. Но ни Роберта, ни Жака Паганеля с ними не было.

Глава двенадцатая. Погребение маорийского вождя

Кай-Куму, как это нередко случается в Новой Зеландии, был не только вождем племени, но и ариком, то есть жрецом, и как таковой мог налагать табу, имевшее в глазах суеверных туземцев магическую силу.

Табу, существующее у всех народов Полинезии, налагается на какой-нибудь предмет или на человека, делая их неприкосновенными. Религия маори учит, что всякого поднявшего святотатственную руку на то, что объявлено табу, разгневанный бог покарает смертью. Даже если божество не сразу отомстит за нанесенную ему обиду, то жрец ускорит эту месть.

Иногда вожди налагают табу из политических соображений, но чаще его причиной бывают события повседневной жизни. На туземца налагается табу на несколько дней во многих случаях: когда он остриг волосы, когда он подвергся татуировке, когда он строит пирогу или дом, когда он смертельно болен и, наконец, когда он умер. Бывает, что табу накладывается из экономических соображений: если, например, неумеренное потребление грозит истребить всю рыбу в реке или опустошить плантации еще неспелых сладких бататов, рыба или бататы объявляются табу. Пожелает ли вождь избавиться от назойливых гостей, он объявляет свой дом табу; захочет ли монополизировать деловые сношения с каким-либо судном, снова – табу; вздумает лишить покупателей не сумевшего угодить ему европейского купца – и тут табу. Запрет вождя напоминает древнее вето королей.

Если предмет объявлен табу, то никто не может безнаказанно дотронуться до, него. Когда этот запрет налагается на человека, то в течение какого-то времени ему не разрешено прикасаться к определенной пище. Если он богат, ему приходят на помощь рабы: они кладут ему в рот те кушанья, к которым он не смеет прикоснуться руками; если же беден, то он принужден подбирать пищу ртом, превращаясь из-за табу в животное.

Словом, этот своеобразный обычай направляет и изменяет поведение новозеландца даже в мелочах. Табу имеет силу закона, и можно сказать, что в его частом применении заключается вообще все туземное законодательство, притом неоспоримое и не подлежащее обсуждению.

В случае с пленниками властное табу спасло их от ярости, охватившей племя. Друзья и приверженцы Кай-Куму разом остановились по этому слову вождя и не тронули пленных.

Однако Гленарван не заблуждался относительно ожидавшей его участи. Он знал, что только жизнью своей сможет заплатить за убийство вождя. А у диких народов смерть осужденного – лишь конец долгих пыток. Гленарван приготовился жестоко искупить то законное негодование, которое побудило его убить Кара-Тете, но он надеялся, что гнев Кай-Куму обрушится на него одного.

Какую ужасную ночь провели Гленарван и его спутники! Кто в силах был бы описать их тоску, измерить их муки! Бедный Роберт и храбрый Паганель так и не появились. Но разве могло быть хотя бы малейшее сомнение в их участи! Они, конечно, пали первыми жертвами мстительных туземцев. Всякая надежда исчезла даже у Мак-Наббса, который нелегко поддается унынию. А Джон Манглс, видя сумрачное отчаяние Мери Грант, разлученной с братом, чувствовал себя близким к безумию. Гленарван думал об ужасной просьбе леди Элен, желавшей умереть от его руки, чтобы избежать пыток или рабства. Найдет ли он в себе это страшное мужество?

«А Мери – какое право я имею убить ее?» – с болью в сердце думал Джон Манглс.

Бегство было заведомо невозможно. Десять воинов, вооруженных с головы до ног, стерегли двери храма.

Наступило утро 13 февраля. Туземцы не приближались к пленникам, огражденным табу. В храме была кое-какая еда, но несчастные едва к ней прикоснулись. Скорбь подавляла голод. День прошел, не принеся ни перемены, ни надежды. Видимо, погребение убитого вождя и казнь убийцы должны были совершиться одновременно.

Гленарван был убежден, что Кай-Куму оставил мысль об обмене пленников. У Мак-Наббса же все еще теплилась слабая надежда.

– Как знать, – говорил он, напоминая Гленарвану, как отнесся вождь к смерти Кара-Тете, – не чувствует ли в глубине души Кай-Куму, что вы оказали ему услугу?

Но, что бы ни думал Мак-Наббс, Гленарван не хотел больше ни на что надеяться. Прошел еще день, а никаких приготовлений к казни все не было. И вот чем объяснялась эта задержка.

Маори верят в то, что душа умершего пребывает в его теле еще три дня, и потому труп хоронят только по истечении трех суток. Этот обычай, заставлявший откладывать погребение, был соблюден со строжайшей точностью. До 15 февраля крепость была совершенно пустынна. Джон Манглс, взобравшись на плечи Вильсона, не раз вглядывался в наружные укрепления. Из-за них не показывался ни один туземец. Только сменялись часовые, бдительно несшие караул у дверей храма.

Но на третий день двери хижин распахнулись. Несколько сот дикарей – мужчин, женщин, детей – собрались на площади па. Они были спокойны и безмолвны.

Кай-Куму вышел из своего жилища и, окруженный главными вождями племени, поднялся на земляную насыпь в несколько футов вышины, находившуюся посредине крепости. Толпа туземцев стала полукругом немного позади. Все хранили глубокое молчание.

Кай-Куму сделал знак, и один из воинов направился к храму.

– Помни же, – сказала леди Элен мужу.

Гленарван молча прижал ее к сердцу. Тогда Мери Грант подошла к Джону Манглсу и сказала:

– Лорд и леди Гленарван согласятся с тем, что если муж может убить свою жену, чтобы избавить ее от позора, то и жених имеет право убить невесту. Джон, в эту последнюю минуту разве не смею я сказать, что в глубине души вы давно называете меня своею невестой? Могу ли я, дорогой Джон, надеяться на вас так же, как леди Элен на лорда Гленарвана?

– Мери! – воскликнул в смятении молодой капитан. – Мери! Дорогая!

Он не успел договорить: циновка поднялась, и пленников повели к Кай-Куму. Женщины были готовы принять смерть. Мужчины скрывали душевные муки под наружным спокойствием, говорившим о сверхчеловеческой силе воли.

Пленники предстали перед новозеландским вождем. Приговор его был короток.

– Ты убил Кара-Тете? – спросил он Гленарвана.

– Убил, – ответил тот.

– Завтра на рассвете ты умрешь.

– Один? – спросил Гленарван.

Сердце его забилось.

– О, если б только жизнь нашего Тогонги не была ценнее ваших! – со свирепым сожалением воскликнул Кай-Куму.

В это время среди туземцев произошло какое-то движение. Гленарван быстро оглянулся. Вскоре толпа расступилась, и появился воин, весь в поту, изнемогавший от усталости. Кай-Куму сейчас же обратился к нему по-английски, очевидно желая, чтобы разговор был понят пленниками:

– Ты пришел из лагеря пакекас?

– Да, – ответил воин.

– Ты видел пленника – нашего Тогонгу?

– Видел.

– Он жив?

– Он мертв. Англичане расстреляли его.

Участь Гленарвана и его спутников была решена.

– Завтра на рассвете вы все умрете! – воскликнул Кай-Куму.

Итак, несчастных ждала одинаковая кара. Леди Элен и Мери Грант молитвенно обратили взоры к небу.

Пленников не повели назад в храм. Они должны были присутствовать на погребении вождя и кровавых ритуалах, сопровождающих его. Отряд туземцев отвел пленников на несколько шагов в сторону, к подножию огромного дерева – куди. Там они и остались стоять, окруженные стражей, не спускавшей с них глаз. Остальные маори, погруженные в скорбь об усопшем вожде, казалось, забыли о них.

После смерти Кара-Тете прошло три установленных обычаем дня. Теперь, по верованиям новозеландцев, душа покойного окончательно покинула его бренное тело. Начался обряд погребения. Тело вождя положили на небольшую земляную насыпь посреди крепости. Покойник был облачен в пышные одежды и покрыт великолепной циновкой из формиума. На голову, украшенную перьями, был надет венок из зеленых листьев. Лицо, руки и грудь покойного, натертые растительным маслом, не обнаруживали никаких признаков разложения.

Родственники и друзья Кара-Тете подошли к насыпи, и вдруг, словно невидимый дирижер взмахнул палочкой к началу похоронного гимна, грянула оглушительная симфония плача, рыданий, стонов. Заунывен и тяжек был ритм этих причитаний. Родные покойного били себя по голове, женщины с остервенением раздирали ногтями свои лица, проливая больше крови, чем слез. Эти несчастные добросовестно выполняли дикий обряд. Но, видимо, этих проявлений скорби было недостаточно для умиротворения души умершего, и воины, боясь, чтобы гнев вождя не обрушился на переживших его соплеменников, хотели умилостивить покойника, предоставив ему на том свете те блага, которыми пользовался он на земле. Поэтому и жена Кара-Тете должна была последовать в могилу за супругом. Бедная женщина и не согласилась бы пережить мужа. Таков был ее освященный обычаем долг, и история Новой Зеландии насчитывает немало подобных жертвоприношений.

Вот появилась она сама. Она была еще молода. Растрепанные волосы падали на плечи. Она рыдала и голосила. Вопли перемежались отрывочными фразами, в которых она прославляла добродетели умершего супруга и горько жалела о нем. Наконец, охваченная безудержным порывом горя, она простерлась у подножия кургана и стала биться головой о землю.

В эту минуту к ней подошел Кай-Куму. Обреченная жертва вдруг поднялась, но вождь могучим ударом дубины повалил ее обратно на землю. Она упала, сраженная.

Раздались страшные крики. Сотни рук угрожающе протянулись к пленникам. Но никто не тронулся с места, ибо похоронный обряд еще не был закончен.

Жена Кара-Тете соединилась с мужем. Их тела лежали теперь рядом. Но для вечной жизни покойнику было мало верной жены. Кто будет прислуживать супругам у Ниа-Атуа, если за ними не последуют на тот свет их рабы?

К трупам хозяев подвели шестерых слуг. Они стали рабами в силу беспощадных законов войны.

При жизни вождя они терпели жестокие лишения, их били, держали впроголодь, заставляли работать, как вьючных животных, и теперь, как верили маори, они будут вечно влачить то же рабское существование в загробной жизни. Казалось, бедняги безропотно покорялись своей участи. В таком заранее известном конце не было для них ничего неожиданного. Их несвязанные руки доказывали, что от обреченных не ждут сопротивления перед смертью.

К тому же эта смерть была быстрой: их избавили от длительных мучений. Пытки предназначались виновникам гибели вождя. Те, стоя в двадцати шагах, отводили глаза от страшного зрелища; однако вскоре оно сделалось еще ужаснее.

Под ударами дубин шестерых сильных воинов жертвы распростерлись на земле в луже крови. Это послужило сигналом к жуткой сцене людоедства.

Сила табу, которая охраняет тело хозяина, не распространяется на мертвых рабов. Они принадлежат племени. Это как бы мелкие подачки плакальщикам. И вот, едва жертвоприношение было закончено, все туземцы: вожди, воины, старики, женщины, дети, – все, без различия пола и возраста, охваченные животной яростью, набросились на бездыханные останки жертв. Быстрее, чем это может описать перо, еще теплые тела были растерзаны, разорваны, искромсаны даже не на куски, а на клочки. Каждый из двухсот присутствовавших при жертвоприношении дикарей получил свою долю человеческого мяса. Они боролись, дрались и спорили из-за каждого куска. Участники этого чудовищного пира были покрыты горячей кровью, и вся эта отвратительная орда копошилась, обливаясь кровавыми брызгами. Это было какое-то исступление, бешенство тигров, разрывающих свою добычу. Словно дикие звери в цирке бросились на укротителей. Вскоре в разных углах па вспыхнули двадцать костров, разнесся смрад горелого мяса, и если бы не оглушительный шум пиршества, не крики – неутихавшие, хотя рты уже были набиты мясом, – пленники могли бы слышать, как хрустят кости жертв под зубами людоедов.

Гленарван и его спутники, задыхаясь от отвращения, пытались скрыть от глаз женщин это гнусное зрелище. Теперь они понимали, какая смерть ждет их завтра на рассвете и какие жестокие пытки им, без сомнения, придется испытать, прежде чем умереть.

Вслед за пиршеством начались ритуальные танцы. Крепкая водка, настоянная на горчайшем стручковом перце, еще усилила неистовство дикарей. Казалось, они вот-вот забудут о наложенном вождем табу, набросятся на ошеломленных этим исступлением пленников.

Но среди общего опьянения Кай-Куму сохранял трезвую голову. Он дал кровавой оргии достигнуть кульминационной точки, затем постепенно утихнуть, и обряд погребения завершился последним торжественным актом. Трупы Кара-Тете и его жены подняли и усадили по новозеландскому обычаю, подогнув колени со сложенными на них руками к животу. Наступило время предать мертвецов земле, но не окончательно, а до тех пор, пока тело не истлеет и не останутся одни кости.

Место для могилы было выбрано вне крепости, милях в двух от нее, на вершине небольшой горы Маунгахауми, поднимавшейся на правом берегу озера.

Туда должны были перенести тела вождя и его супруги. К насыпи принесли примитивный паланкин, вернее, просто носилки. На них посадили оба трупа, укрепив их лианами. Четыре воина подняли носилки и двинулись к месту погребения в сопровождении всего племени, снова затянувшего похоронную песнь.

Пленники, с которых не спускали глаз стражи, видели, как процессия вышла за внутреннюю ограду, потом пение и крики стали мало-помалу затихать.

С полчаса, пока мрачное шествие двигалось в глубине долины, пленники не видели его, а затем оно снова показалось на извилистой тропе, поднимавшейся в гору. Издали эта длинная, змеящаяся колонна имела фантастический вид.

Племя остановилось на высоте восьмисот футов, на вершине Маунгахауми, у того места, где была приготовлена могила для погребения Кара-Тете.

Незнатного маори хоронят просто в яме и засыпают ее камнями. Но для могучего вождя, которому, конечно, скоро предстояло стать богом, племя позаботилось приготовить могилу, достойную его подвигов.

Могила была огорожена частоколом, а у самой ямы, где должны были покоиться тела вождя и его жены, были вбиты шесты, украшенные резными, окрашенными охрой фигурами. Родственники усопших не забывали о том, что для «вайдуа» – духа умершего – нужна такая же пища, как для тела в бренной жизни. Поэтому у могилы вместе с оружием и одеждой покойного была положена еда.

Теперь в могиле было все необходимое. Супругов положили рядом, а затем, оплакав в последний раз, их засыпали землей и цветами. В глубоком молчании спустилась процессия с горы. Отныне никто, под страхом смертной казни, не смел взойти на Маунгахауми, ибо на нее было наложено табу, так же как когда-то на гору Тонгариро, на вершине которой покоятся останки вождя, погибшего в 1846 году во время землетрясения.

Глава тринадцатая. Последние часы

Пленников отвели обратно в тюрьму, когда солнце скрывалось за вершинами гор по ту сторону озера Таупо, а выйдут они, когда вершины горной цепи окрасятся первыми лучами солнца.

Это была их последняя ночь перед смертью. Несмотря на изнеможение, несмотря на переживаемый ими ужас, они сели поужинать вместе.

– Нам нужны силы, чтобы смело взглянуть в глаза смерти, – проговорил Гленарван. – Надо показать этим дикарям, как умеют умирать европейцы.

После ужина леди Элен громко прочитала вечернюю молитву. Остальные, обнажив головы, присоединились к ней. Кто же перед смертью не обратится к богу! Исполнив этот долг, пленники обняли друг друга.

Мери Грант и леди Элен улеглись на циновке в углу хижины. Сон, заставляющий на время забыть всякое горе, скоро сомкнул им глаза. Сломленные усталостью и бессонными ночами, они заснули, прижавшись друг к другу.

Гленарван, отведя своих товарищей в сторону, сказал им:

– Дорогие друзья, если завтра нам суждено умереть, я уверен, что мы сумеем умереть как люди смелые и как христиане, готовые предстать перед высшим судом. Бог, читающий в душах, знает, что мы стремились к благородной цели. Если нам уготован не успех, а смерть, значит, такова его воля. Как ни суров его приговор – я не стану роптать. Но здесь нас ждет не только смерть, но и пытка; быть может, бесчестие, и эти две женщины…

Твердый до сих пор голос Гленарвана дрогнул. Он замолчал, чтобы справиться с волнением.

– Джон, – обратился он через минуту к молодому капитану, – ведь ты обещал Мери то же, что я обещал леди Элен. Как же ты решил поступить?

– Мне кажется, я имею право выполнить это обещание, – ответил Джон Манглс.

– Да, Джон, но ведь у нас нет оружия.

– Одно есть, – сказал молодой капитан, показывая кинжал, – я вырвал его из рук Кара-Тете в ту минуту, когда этот дикарь свалился у ваших ног.

И пусть, милорд, тот из нас, кто останется жив, выполнит желание леди Элен и Мери Грант.

После этих слов воцарилось глубокое молчание. Его нарушил майор.

– Друзья мои, – сказал он, – приберегите это крайнее средство на самую последнюю минуту. Я не сторонник непоправимых поступков.

– Это не относится к нам, мужчинам, – ответил Гленарван. – Какая бы ни ждала нас смерть, мы сумеем без страха встретить ее. Ах, если бы мы были одни, я уже двадцать раз крикнул бы вам: «Друзья, попытаемся прорваться! Нападем на этих негодяев!» Но моя жена, но Мери…

Джон Манглс приподнял циновку и стал считать воинов, сторожививших дверь храма. Их было двадцать пять. Они развели большой костер, бросавший зловещие отблески на площадь, хижины и изгороди па. Некоторые дикари лежали вокруг костра, другие стояли неподвижно, и их резкие черные силуэты вырисовывались на фоне яркого пламени. Но все они то и дело глядели на хижину, наблюдать за которой им было поручено.

Говорят, что у узника всегда есть шансы убежать от стерегущего его тюремщика. И в самом деле, для узника успех всегда важнее, чем для тюремщика. Тюремщик может забыть, что он поставлен стеречь, – узник не может забыть, что его стерегут. Узник чаще думает о побеге, чем его страж о том, как помешать ему бежать. Оттого часто удаются поразительные побеги.

Но здесь за пленниками наблюдали не равнодушные тюремщики, а ненависть и жажда мести. Если их не связали, то только потому, что узы излишни, раз двадцать пять человек охраняли единственный выход из храма.

Эта хижина, примыкавшая к скале, которой завершались укрепления крепости, была доступна лишь со стороны входа, откуда узкая тропа вела на площадь па. Две боковые стены хижины выходили на отвесные склоны над пропастью футов сто глубиной. Спуститься здесь никак нельзя. Немыслимо было убежать и со стороны задней стены, ибо она упиралась в огромную скалу. Единственным выходом была дверь храма, и маори стерегли тропу, соединявшую его с па, подобно подъемному мосту.

Итак, бегство было невозможно. Гленарван, исследовав чуть ли не в двадцатый раз стены своей тюрьмы, принужден был признать это.

Между тем один за другим проходили часы этой мучительной ночи. Горы погрузились в непроницаемый мрак. На небе не видно было ни луны, ни звезд. Порой над па, сотрясая сваи святилища, проносились порывы ветра. Они на миг раздували костер маори, и отблески его пламени озаряли мимолетным светом внутренность храма и сидевших в нем узников. Несчастные были погружены в предсмертные думы. Мертвая тишина царила в хижине.

Около четырех часов утра внимание майора вдруг привлек какой-то шорох, казалось доносившийся из-под задней стены, примыкавшей к скале.

Сначала Мак-Наббс не придал этому шуму значения, но так как он не прекращался, майор стал прислушиваться, а затем, заинтересовавшись, даже припал ухом к земле, чтобы яснее его расслышать. Ему показалось, что кто-то за стеной скребет, роет землю.

Когда Мак-Наббс убедился, что слух не обманывает его, он тихо подошел к Гленарвану и Джону Манглсу и, оторвав их от мучительных дум, увел обоих в глубину хижины.

– Прислушайтесь, – проговорил он шепотом, знаком приглашая их нагнуться.

Шорох слышался все явственнее. Уже можно было различить, как под нажимом чего-то острого скрипели и скатывались вниз камешки.

– Какой-нибудь зверь роет нору, – сказал Джон Манглс.

Гленарван вдруг ударил себя по лбу.

– Как знать, – сказал он, – а вдруг это человек!

– А вот мы сейчас выясним, человек это или животное, – отозвался майор.

К ним подошли Вильсон и Олбинет, и все вчетвером принялись подкапываться под стену: Джон Манглс работал кинжалом, остальные – вырванными из земли камнями или просто руками. Мюльреди, растянувшись на полу и приподняв циновку, наблюдал за группой туземцев.

Дикари, неподвижно сидя вокруг костра, и не подозревали о том, что происходило в двадцати шагах от них.

В этом месте, где пленники стали копать, скалу из кремнистого туфа покрывал слой рыхлой земли. Поэтому, хотя не хватало инструментов, яма быстро углублялась. Вскоре стало ясно, что какой-то человек или несколько человек роют подкоп в хижину с внешней стороны крепости. Зачем они это делали? Знали ли они о том, что здесь находятся пленники, или кто-то хотел проникнуть сюда с какой-то особой целью?

Пленники удвоили усилия. Кровь сочилась из их пальцев, но они все рыли и рыли. Через полчаса они уже вырыли яму фута в три глубиной. Шорох с той стороны доносился все отчетливее: наверное, работавших отделял друг от друга лишь тонкий слой земли. Прошло еще несколько минут – и вдруг майор отдернул руку, пораненную каким-то острым лезвием. Он едва удержался, чтобы не вскрикнуть. Джон Манглс отклонил своим кинжалом нож, показавшийся из земли, и схватил руку, которая держала его. То была рука женская или детская, рука европейца!

Ни с той, ни с другой стороны не последовало ни слова. Очевидно, обе стороны избегали шума.

– Уж не Роберт ли это? – прошептал Гленарван.

Как ни тихо произнес он это имя, но Мери Грант, разбуженная возней в хижине, сейчас же проскользнула к Гленарвану и, схватив эту всю перепачканную землей руку, осыпала ее поцелуями.

– Ты! Ты! – шептала девушка. (Уж она не могла ошибиться!) – Ты, мой Роберт!

– Да, сестричка, это я, – послышался голос Роберта. – Я здесь, чтобы всех вас спасти. Но тише!

– Храбрый мальчик!.. – повторял Гленарван.

– Наблюдайте за дикарями у входа, – снова донесся голос юного Гранта, – и расширьте ход.

Мюльреди, отвлеченный на миг появлением мальчугана, снова вернулся на свой наблюдательный пункт.

– Все в порядке, – сказал он, – бодрствуют только четверо. Остальные спят.

– Смелей! – отозвался Вильсон.

В одну минуту отверстие было расширено, и Роберт из объятий сестры попал в объятия леди Элен. Вокруг пояса у него была закручена длинная веревка из формиума.

– Мальчик, мой мальчик, – шептала леди Элен, – так тебя не убили дикари?

– Не убили. Сам не знаю как, но мне удалось во время общего переполоха ускользнуть от них. Я выбрался из крепости и два дня скрывался в кустах, а по ночам бродил. Мне хотелось увидеть вас. Пока все племя было занято погребением вождя, я осмотрел ту сторону крепости, на которой находится ваша тюрьма, и увидел, что смогу добраться до вас. Я стащил из какой-то пустой хижины этот нож и веревку и стал карабкаться к вам, хватаясь за пучки трав и ветки кустов. К счастью, в скале, на которой стоит эта хижина, оказалось что-то вроде пещеры, и оттуда мне осталось прокопать всего несколько футов рыхлой земли. И вот я с вами!

Два десятка поцелуев послужили безмолвным ответом на слова Роберта.

– Идем! – сказал он решительным тоном.

– А Паганель внизу? – спросил Гленарван.

– Господин Паганель? – с удивлением переспросил Роберт.

– Да. Он ждет нас?

– Да нет, милорд. Разве господин Паганель не с вами?

– Его здесь нет, Роберт, – ответила Мери Грант.

– Как, ты его не видел? – спросил Гленарван. – Значит, вы убежали не вместе?

– Нет, милорд, – ответил мальчик, удрученный известием об исчезновении своего друга Паганеля.

– Идем! – сказал майор. – Нельзя терять ни минуты. Где бы ни был Паганель, он все же не может быть в худшем положении, чем мы здесь. Идемте!

Действительно, каждая минута была на счету. Нужно было спасаться бегством. К счастью, побег не представлял больших трудностей, если не считать почти вертикального обрыва сразу по выходе из пещеры, всего футов в двадцать. Дальше до самого подножия горы спуск был не слишком крут. Оттуда пленники могли быстро добраться вниз, в долину. А дикарям, заметь они бегство европейцев, пришлось бы в погоне за ними проделать длинный путь в обход, так как они не знали о ходе, прорытом из хижины на внешний склон.

Побег начался. Действовали со всей осторожностью. Один за другим пленники пробрались через узкий ход и очутились в пещере. Джон Манглс, прежде чем покинуть святилище, уничтожил все следы подкопа, а затем и сам соскользнул в отверстие, закрыв его за собой циновкой. Теперь ход был совсем незаметен.

Дальше предстояло спуститься с отвесной скалы. Этот спуск был бы неосуществим, не принеси с собой Роберт веревку из формиума. Ее размотали, один конец прикрепили к выступу скалы, а другой опустили вниз. Прежде чем предоставить своим друзьям вввериться этой скрученной из волокон формиума веревке, Джон Манглс испробовал ее. Она показалась ему не особенно крепкой. Приходилось быть осмотрительным: падение с такой высоты могло оказаться смертельным.

– Эта веревка может выдержать не больше двух человек, – сказал он. – Поэтому поступим так. Пусть лорд и леди Гленарван спустятся первыми. Добравшись до подножия скалы, они три раза дернут за веревку – дадут знать, что могут спускаться другие.

– Но сначала спущусь я, – заявил Роберт. – Я нашел внизу глубокую впадину, в которой могут спрятаться те, кто спустятся первыми.

– Отправляйся, дитя мое, – сказал Гленарван, пожимая руку Роберту.

Мальчик скрылся. Через минуту троекратное подергивание веревки дало знать, что он благополучно спустился. Лорд Гленарван и леди Элен тотчас вышли из пещеры. Было еще очень темно, но вершины гор, поднимавшихся на востоке, начали чуть-чуть сереть.

Резкий утренний холодок подбодрил молодую женщину, и она почувствовала прилив сил. Первым Гленарван, за ним леди Элен спустились со скалы на склон горы. Отсюда Гленарван, поддерживая жену, пятясь, пошел вниз. Он нащупывал пучки травы, кустики и, испытав их прочность, ставил на них ногу леди Элен. Взлетали с криком какие-то напуганные птицы. Беглецы вздрагивали, когда сорвавшийся из-под ноги камень с шумом катился до подножия горы.

Они уже спустились до половины склона, как вдруг из пещеры послышался тихий голос Джона Манглса:

– Остановитесь!..

Гленарван, уцепившись одной рукой за куст, а другой поддерживая жену, замер на месте.

Тревогу поднял Вильсон. Услышав какие-то звуки на площади перед хижиной, он вернулся в храм и, приподняв циновку, стал наблюдать за маори. По его знаку Джон Манглс остановил Гленарвана. Оказалось, что один из воинов, уловив непонятный шум, встал и подошел к хижине. Стоя в двух шагах от нее, он, склонив голову, прислушивался. В такой позе он простоял с минуту, показавшуюся Вильсону часом. Затем, тряхнув головой, как бы поняв, что ошибся, туземец вернулся к своим товарищам, поднял с земли охапку хвороста и подбросил ее в полупотухший костер. Огонь сразу запылал и осветил лицо воина; на нем уже не осталось и следа озабоченности. Поглядев на первые проблески зари на горизонте, он улегся у костра, чтобы согреться.

– Все в порядке, – сказал Вильсон.

Джон дал знак Гленарвану продолжать спуск. Гленарван осторожно двинулся дальше, и вскоре он и леди Элен очутились на узенькой тропинке, где их ждал Роберт.

Снова трижды дернулась веревка, а затем пустились в опасный путь Джон Манглс и Мери Грант.

Они так же удачно достигли земли и вскоре встретились с лордом и леди Гленарван в указанном Робертом углублении.

Через каких-нибудь пять минут все беглецы, счастливо выбравшись из храма, уже покинули свое временное убежище. Стремясь удалиться от обитаемых берегов озера, они двигались по узким тропинкам в самую глубь гор. Шли быстро, стараясь избегать тех мест, где кто-нибудь мог их увидеть. Безмолвно, словно тени, скользили между кустами. Куда шли они? Куда глаза глядят, но главное – они были свободны.

Около пяти часов начало светать. Тянувшиеся высоко в небе облака приняли голубоватый оттенок. Вершины гор очищались от утреннего тумана. Вскоре должно было показаться солнце, и его появление не послужит сигналом к казни, но обнаружит бегство осужденных.

Поэтому беглецам надо было во что бы то ни стало до наступления этого рокового момента уйти так далеко, чтобы дикари не догнали их. Но вперед подвигались довольно медленно, так как тропинки были круты. Гленарван не вел, а скорее нес жену. Мери Грант опиралась на руку Джона Манглса. Роберт, счастливый, торжествующий, радуясь успеху, шел впереди. Шествие замыкали матросы.

Еще полчаса – и из-за туманного горизонта должно было появиться солнце.

Эти полчаса беглецы шли наугад: ведь с ними не было Паганеля, всегда направлявшего их на верный путь, Паганеля, чье отсутствие так их тревожило и набрасывало мрачную тень на их счастье. Все же они старались по возможности двигаться на восток, навстречу разгоравшейся чудесной заре. Вскоре они уже достигли высоты пятисот футов над озером Таупо, и их охватил холод, который здесь был еще сильнее. Перед беглецами вырисовывались неясные контуры холмов и громоздившихся над ними гор.

Но Гленарван желал только одного – затеряться в них. А там, позднее, говорил он себе, видно будет, как выбраться из этого горного лабиринта.

Наконец появилось солнце и озарило первыми лучами беглецов.

Вдруг раздался ужасающий вой – в него слились вопли сотни глоток. Он несся из крепости, местонахождение которой Гленарван не совсем ясно себе представлял. Густой туман еще скрывал простиравшиеся внизу долины.

Беглецы поняли, что их исчезновение обнаружено. Удастся ли им ускользнуть от погони? Заметили ли их туземцы? Не выдадут ли их следы?

В эту минуту клубившийся внизу туман поднялся кверху, на минуту окутал беглецов влажным облаком, и они увидели в трехстах футах под собой толпу туземцев. Они могли теперь видеть, но и их увидали. Снова раздались завывания, к ним присоединился лай собак, и все дикари, тщетно попытавшись спуститься со скалы храма, бросились из крепости и помчались по кратчайшим тропинкам в погоню за узниками, ускользавшими от их мести.

Глава четырнадцатая. Священная гора

До вершины горы оставалось еще футов сто. Важно было достичь ее, чтобы скрыться на противоположном склоне от взоров маорийцев. Там они надеялись по какому-нибудь доступному гребню пробраться до одной из ближайших вершин горного лабиринта, столь запутанного, что, пожалуй, только бедный Паганель, будь он здесь, смог бы в нем разобраться.

Угрожающие вопли слышались все ближе, и беглецы, насколько могли, ускоряли шаг. Орда преследователей уже подбегала к подошве горы.

– Смелее! Смелее, друзья! – кричал Гленарван, подбадривая товарищей и подавая пример.

Меньше чем в пять минут беглецы достигли вершины горы. Здесь они огляделись по сторонам, разбираясь в обстановке и выбирая, куда пойти, чтобы сбить со следа маори.

На западе перед глазами беглецов расстилалось среди гор озеро Таупо. На севере поднимались вершины Пиронгии, на юге – огнедышащий кратер Тонгариро. На востоке же взоры упирались в барьер гор, смыкавшихся с Вахити – большой цепью, которая тянется через весь Северный остров, от пролива Кука до Восточного мыса. Итак, надо было спуститься по противоположному склону и углубиться в узкие ущелья, из которых, быть может, даже не было выхода.

Гленарван тревожно оглянулся. Под лучами солнца туман рассеялся, и ему было видно все до мелочей. Ни одно движение дикарей не ускользнуло от его взора.

Когда беглецы карабкались на гору, туземцы были менее чем в пятистах футах от них.

Гленарван понимал, что нельзя останавливаться ни на минуту. Как ни были все утомлены, а приходилось бежать, чтобы не попасть в руки преследователей.

– Будем спускаться! – воскликнул он. – Скорее, пока нам не отрезали путь!

Но когда обессилевшие женщины, собрав всю волю, поднялись на ноги, Мак-Наббс остановил их.

– Это излишне, Гленарван, – сказал он. – Взгляните!

И действительно, в поведении маори произошло непонятное изменение. Штурм горы вдруг прекратился, словно был отменен чьим-то властным приказом. Толпа туземцев вдруг остановилась, как морская волна, задержанная высоким утесом.

Все эти жаждавшие крови дикари, столпившись у подошвы горы, вопили, размахивали руками, потрясали ружьями и топорами, но не двигались вперед ни на шаг. Их собаки тоже как будто вросли в землю и бешено лаяли.

Что же произошло? Какая невидимая сила удерживала туземцев? Беглецы глядели, ничего не понимая, боясь, как бы племя Кай-Куму вдруг не сбросило с себя сковавшие его чары.

Вдруг у Джона Манглса вырвался крик. Его товарищи оглянулись. Он указал им рукой на маленькую крепость, высившуюся на горе.

– Да ведь это могила вождя Кара-Тете! – воскликнул Роберт.

– Ты уверен, Роберт? – спросил Гленарван.

– Да, милорд, она самая, я узнаю ее…

Мальчик не ошибался. Футах в пятидесяти над ними, на самой вершине, виднелась свежевыкрашенная ограда. Тут уже и Гленарван узнал склеп новозеландского вождя. Случай привел беглецов на вершину Маунгахауми.

Гленарван и его спутники поднялись к могиле. Широкий вход в склеп был завешен циновками. Гленарван хотел было войти, но вдруг быстро подался назад.

– Там дикарь, – проговорил он.

– Дикарь у этой могилы? – спросил майор.

– Да, Мак-Наббс.

– Что из этого! Войдем.

Гленарван, майор, Роберт и Джон Манглс вошли внутрь. Там действительно сидел маори в длинном плаще из формиума. Тень от ограды мешала разглядеть черты его лица. Казалось, он был очень спокоен и завтракал самым беззаботным образом.

Гленарван собирался заговорить с ним, но туземец, опередив его, любезно сказал на чистейшем английском языке:

– Садитесь, дорогой лорд! Завтрак ждет вас.

То был Паганель. Услышав его голос, все бросились в склеп и стали обнимать бесценного географа. Паганель нашелся! Вот залог спасения всех!

Каждому не терпелось расспросить его, узнать, как и почему очутился он на вершине Маунгахауми, но Гленарван пресек одним словом это несвоевременное любопытство.

– Дикари! – напомнил он.

– Дикари! – повторил, пожимая плечами, Паганель. – Вот уж кого я решительно презираю!

– Но разве они не могут…

– Они-то! Эти болваны? Идемте, взгляните на них.

Все вышли вслед за Паганелем. Новозеландцы находились на том же месте, у подошвы горы, и издавали ужасающие вопли.

– Кричите! Завывайте! Надсаживайтесь! – сказал Паганель. – Попробуйте-ка взберитесь на эту гору!

– Но почему же… – начал Гленарван.

– Да потому, что на ней похоронен вождь, потому, что на гору наложено табу!

– Табу!

– Да, друзья мои! И вот почему я сам забрался сюда, как в одно из тех средневековых убежищ, где находили приют гонимые.

– Сам бог хранит нас! – воскликнула леди Элен, воздевая руки к небу.

Действительно, священная власть табу сделала гору недоступной для суеверных дикарей.

Это было еще не полное спасение, но, во всяком случае, благодетельная передышка, которая была так необходима беглецам. Гленарван, охваченный невыразимым волнением, не мог произнести ни слова; майор с довольным видом покачивал головой.

– А теперь, друзья мои, – сказал Паганель, – если эти скоты рассчитывают поупражнять на нас свое терпение, они жестоко ошибаются. Не пройдет и двух дней, как мы будем вне их досягаемости.

– Мы убежим! – сказал Гленарван. – Но как?

– Пока не знаю как, но убежим, – ответил Паганель.

Тут все стали просить географа рассказать о его приключениях. Но странная вещь: на этот раз из разговорчивого ученого пришлось прямо вытягивать каждое слово. Он, так любивший рассказывать, давал на все вопросы лишь какие-то уклончивые ответы.

«Подменили моего Паганеля», – подумал Мак-Наббс.

В самом деле, в достойном ученом произошла какая-то перемена: он усердно кутался в свою огромную шаль из формиума и, казалось, избегал любопытных взглядов. Ни от кого не укрылось, что географ смущался всякий раз, когда заходила речь о нем, но из деликатности все делали вид, что не замечают этого. Впрочем, как только разговор переходил на другой предмет, к Паганелю тотчас же возвращалась его обычная веселость.

Что же до приключений, то вот всё, что географ счел нужным рассказать товарищам, когда все уселись вокруг ограды склепа.

После убийства Кара-Тете Паганель, как и Роберт, воспользовался сумятицей и выбрался из па. Но ему не так посчастливилось, как юному Гранту: он угодил в другое маорийское поселение. Здесь управлял вождь высокого роста, с умным лицом, гораздо более развитой, чем все его воины. Он говорил на правильном английском языке и приветствовал гостя, потершись кончиком носа о его нос.

Сначала Паганель не мог понять, в плену он или нет, но вскоре, видя, что вождь любезно, но неотступно следует за ним по пятам, понял, как обстоит дело.

Этот вождь по имени Хихи, что означает «луч солнца», вовсе не был злым. Видимо, очки и подзорная труба придавали Паганелю особый вес в глазах вождя, и Хихи решил привязать географа к себе не только хорошим обращением, но и крепкими веревками из формиума.

Так продолжалось три долгих дня. На вопрос, хорошо или плохо с ним обращались в это время, географ ответил: «И да и нет», не вдаваясь в подробности. Словом, он был пленником, и положение его только тем выгодно отличалось от положения его несчастных друзей, что ему не предстояла немедленная казнь.

К счастью, однажды ночью он умудрился перегрызть свои веревки и убежать. Издали видел он, как происходило погребение Кара-Тете. Теперь он знал, что на горе Маунгахауми похоронен вождь и, следовательно, она стала табу. Не желая покидать друзей в плену, Паганель решил там и укрыться. Ему удалось выполнить этот опасный замысел. В прошлую ночь он добрался до могилы Кара-Тете и, «восстанавливая свои силы», ждал, не освободит ли какой-нибудь счастливый случай его друзей.

Таков был рассказ Паганеля. Не умолчал ли он намеренно о чем-нибудь из того, что с ним произошло в плену? Замешательство географа не раз наводило его слушателей на такую мысль. Но как бы то ни было, все единодушно поздравили географа со счастливым избавлением и, покончив с прошлым, занялись настоящим. Положение беглецов все еще было тяжелым. Правда, туземцы не решались взобраться на вершину Маунгахауми, но они рассчитывали, что голод и жажда вновь приведут пленников в их руки. Вопрос был только во времени, а у дикарей терпение долгое.

Гленарван не строил себе иллюзий, но он решил ждать благоприятных обстоятельств, а если придется, то и создать их. Прежде всего он решил досконально осмотреть Маунгахауми, свою импровизированную крепость: не для того, чтобы защищать ее – ведь приступа бояться не приходилось, а для того, чтобы выбраться из нее. Поэтому Гленарван, майор, Джон Манглс, Роберт и Паганель тщательно обследовали гору, изучили направление и крутизну каждой тропки. Гребень длиной в милю, соединявший Маунгахауми с цепью гор Вахити, шел, понижаясь, к равнине. Этот гребень, узкий и извилистый, был единственным доступным путем для бегства. Если бы путешественники под прикрытием ночи пробрались по нему незамеченными, им, быть может, и удалось бы, ускользнув от маорийских воинов, достигнуть ущелий в горах Вахити.

Но эта дорога представляла немало опасностей. В нижней части гребень был досягаем для ружейных выстрелов, а под перекрестным огнем стерегущих внизу туземцев никто не смог бы пробраться.

Когда Гленарван и его друзья отважились ступить на опасный участок гребня, воины приветствовали их градом пуль, которые, правда, не долетели. Ветер донес к ним несколько пыжей. Они были сделаны из обрывков книжных страниц. Паганель, из любопытства, подобрал бумажку и, расправив ее, не без труда разобрал то, что на ней было напечатано.

– Каково! – воскликнул он. – Знаете, друзья мои, чем они набивают свои ружья?

– Не знаем, Паганель, – ответил Гленарван.

– Страницами, вырванными из Библии! Так-то используют они священные стихи! Мне жалко местных миссионеров. Нелегко им будет создать маорийские библиотеки.

– И каким же отрывком из Священного Писания выпалили в нас туземцы? – спросил Гленарван.

– Это слова Всемогущего Бога, – ответил Джон Манглс, тоже прочитавший написанное на обгоревшей бумаге, и с пылом несокрушимой шотландской веры прибавил: – Он призывает нас уповать на него.

– Прочти, Джон, – попросил Гленарван.

Джон прочел стих, оставшийся невредимым:

– «Псалом девяностый. Ибо ты, Господи, уповающий на мя спасется».

– Друзья, – сказал Гленарван, – отнесем эти слова надежды нашим милым отважным спутницам. Они придадут им сил.

И все пошли за ним по крутым тропинкам на вершину горы к могиле вождя. Взбираясь, они с удивлением заметили, что земля у них под ногами подрагивает. Это были не резкие толчки, а постоянная вибрация, как будто дрожали стенки котла, в котором кипит вода. Очевидно, в недрах горы скопилось большое количество паров, образовавшихся там под действием подземного огня.

Это своеобразное явление не могло удивить тех, кто недавно плыл между горячими ключами Уаикато. Им было известно, что центральная область Те-Ика-а-Мауи – район сильной вулканической деятельности. Это настоящее сито, через отверстия которого выбиваются наружу горячие ключи и серные пары.

Паганель, уже раньше наблюдавший гору Маунгахауми, обратил внимание своих спутников на ее вулканическую природу. Географ считал, что в будущем Маунгахауми с ее конической вершиной, как и другие подобные ей горы центральной части острова, превратится в действующий вулкан. Достаточно самого незначительного механического воздействия, и в ее почве из беловатого кремнистого туфа может образоваться кратер.

– Но все же, – заметил Гленарван, – мы здесь не в большей опасности, чем близ парового котла «Дункана». Ведь земная кора, пожалуй, еще покрепче железа.

– Это так, – отозвался майор, – но даже самый лучший паровой котел в конце концов лопается от слишком долгого употребления.

– Я и не собираюсь долго оставаться на этой горе, Мак-Наббс! – возразил Паганель. – Была бы возможность, я тотчас же покинул бы ее.

– Ах, почему эта Маунгахауми не может сама унести нас, раз в ее недрах заключена такая колоссальная механическая сила! – воскликнул Джон Манглс. – Здесь у нас под ногами целые миллионы лошадиных сил, которые пропадают зря. «Дункану» хватило бы тысячной доли этого, чтобы увезти нас на край света!

Напоминание о «Дункане» навеяло Гленарвану самые грустные мысли. Как ни тяжело было его собственное положение, он нередко забывал о нем, горюя об участи своей команды.

В таком раздумье он добрался до вершины Маунгахауми, где его ждали остальные. Леди Элен, завидев мужа, тотчас же пошла ему навстречу.

– Дорогой Эдуард, – сказала она, – что же вы разведали? Надеяться ли нам или страшиться?

– Будем надеяться, дорогая Элен, – ответил Гленарван. – Дикари не посмеют вступить на склоны горы, и у нас будет достаточно времени, чтобы обдумать план бегства.

– Да и сам бог, сударыня, – сказал Джон Манглс, – велит нам надеяться.

И он протянул ей клочок из Библии со священным стихом. Леди Элен и Мери, всегда готовые уверовать в помощь свыше, увидели в этих библейских словах верное предзнаменование спасения.

– А теперь – в склеп! – весело крикнул Паганель. – Ведь это наша крепость, наш замок, наша столовая, наш кабинет. Там никто нам не помешает. Сударыни, разрешите мне оказать вам гостеприимство в этой прелестной обители.

Все последовали за неунывающим Паганелем. Когда дикари увидели, что беглецы снова оскверняют священную могилу, раздались громкие выстрелы и едва ли не более громкие завывания. Но, к счастью, пули не долетали так далеко, как крики: они не пролетели и половину горы, вопли же затихли высоко в небе.

Леди Элен, Мери Грант и их спутники, убедившись, что суеверие маори превосходит даже их злобу, спокойно вошли в склеп.

Могила новозеландского вождя была огорожена частоколом, окрашенным в красную краску. Символические изображения, настоящая татуировка по дереву, свидетельствовали о высоком положении и славных подвигах покойного. На столбах были подвешены амулеты из раковин и обточенных камней. Внутри ограды земля была покрыта ковром зеленых листьев. Посередине возвышался холмик над свежей могилой. На нем было разложено оружие вождя: заряженные ружья, копье, великолепный топор из зеленого нефрита. Тут же запас пуль и пороха для охоты в «вечной жизни».

– Вот целый арсенал, который мы используем лучше, чем покойный! – сказал Паганель. – Дикари неплохо придумали брать с собой оружие на тот свет!

– Э, да это ружья английского образца! – сказал майор.

– Конечно, – отозвался Гленарван. – А все эта нелепая идея дарить дикарям огнестрельное оружие. Они потом пускают его в ход против завоевателей, и правильно делают. Эти-то ружья пригодятся хоть нам.

– А еще больше, – прибавил Паганель, – пригодятся вода и пища, предназначенные для Кара-Тете.

И в самом деле, родичи и друзья покойного не поскупились: судя по количеству еды, они питали к высоким качествам вождя настоящее почтение. Съестных припасов хватило бы десятку людей на полмесяца, а покойному вождю и на целую вечность. Пища эта была растительная и состояла из корней папоротника, сладких бататов и картофеля, давно уже ввезенного в Новую Зеландию европейцами. Тут же стояли объемистые сосуды с чистой водой, которой новозеландцы запивают еду, и дюжина искусно сплетенных корзин, наполненных плитками какой-то неведомой зеленой смолы.

Итак, беглецы были обеспечены пищей и питьем по меньшей мере на несколько дней. Не дожидаясь приглашения, они тут же отведали угощения вождя.

Гленарван отдал все продукты Олбинету. Стюард, взыскательный даже при самых тяжелых обстоятельствах, нашел меню обеда несколько скудным. К тому же он не имел представления о способе приготовления этих кореньев, и у него не было огня.

Но Паганель вывел его из затруднения, посоветовав просто закопать корни папоротника и бататы в землю. В самом деле, температура верхнего слоя почвы была очень высока, и если воткнуть туда термометр, он, наверное, показал бы градусов шестьдесят – шестьдесят пять. Олбинет даже чуть не обварился, ибо когда он стал рыть яму, чтобы положить в нее свои коренья, из земли вырвался столб пара и со свистом взлетел на целых шесть футов.

Стюард в ужасе упал навзничь.

– Заверните кран! – крикнул майор и, подбежав с двумя матросами к яме, засыпал ее валявшимися вблизи кусками пемзы.

Между тем Паганель, с каким-то странным видом наблюдавший все это, бормотал:

– Так… так… А почему бы и нет?

– Вас не обожгло? – спросил майор Олбинета.

– Нет, мистер Мак-Наббс, – ответил стюард, – но я, право, не ожидал…

– …такой удачи! – воскликнул Паганель радостно. – Оказывается, у нас есть не только пища и вода Кара-Тете, но и огонь в земле. Да эта гора – настоящий рай! Я предлагаю основать здесь колонию, распахать поля и жить до конца наших дней. Мы будем робинзонами Маунгахауми! Поистине я тщетно ищу, чего нам еще не хватает на этой уютной горе!

– Ничего, если только она прочна, – отозвался Джон Манглс.

– Ну! Не со вчерашнего же дня она стоит, – возразил Паганель. – Она уже давно сдерживает подземный огонь и, уж конечно, выдержит еще до нашего ухода.

– Завтрак подан, – объявил Олбинет с таким видом, словно исполнял свои обязанности в Малькольм-Касле.

Усевшись у ограды, беглецы тотчас принялись за еду. Уже который раз за последнее время в самые тяжелые минуты их кормило само провидение!

Съели все, не привередничая, но мнения о съедобном папоротнике все же разделились. Одни находили, что он сладок и приятного вкуса, другим же он казался каким-то слизистым, совершенно безвкусным и удивительно жестким. Зато сладкие бататы, испеченные в горячей земле, оказались превосходными. Паганель заметил, что Кара-Тете недурно устроился.

После завтрака Гленарван предложил немедленно заняться обсуждением плана бегства.

– Уже? – жалобным тоном воскликнул Паганель. – Как, вы собираетесь так скоро покинуть этот чудесный уголок?

– Будь мы в Капуе, господин Паганель, – ответила леди Элен, – нам, как вы знаете, не следовало бы подражать Ганнибалу.

– Сударыня, – ответил географ, – я не позволю себе перечить вам. Приступим к обсуждению, раз вам так угодно.

– Прежде всего, – сказал Гленарван, – я думаю, что мы должны попытаться выбраться отсюда раньше, чем нас принудит к этому голод.

Пока у нас есть силы, надо их использовать. Попробуем этой же ночью прорваться в темноте через окружение туземцев в восточные долины.

– Чудесно, если только маори дадут нам пройти! – отозвался Паганель.

– А если нет? – спросил Джон Манглс.

– Тогда мы прибегнем к сильнодействующим средствам, – ответил Паганель.

– Так у вас имеются сильнодействующие средства? – заинтересовался майор.

– В таком количестве, что я даже не знаю, что с ними делать, – заявил географ, не вдаваясь ни в какие объяснения.

Оставалось ждать наступления ночи, чтобы попытаться прорвать цепь туземцев.

Те не двигались с места. Казалось даже, что ряды их еще пополнились запоздавшими товарищами. Горящие костры образовали словно огненный пояс вокруг горы. Когда соседние долины погрузились во тьму, могло показаться, будто подножие Маунгахауми охвачено пожаром, в то время как вершина терялась во мраке. Пленники слышали ропот, крики, шум вражеского бивуака в шестистах футах под ними.

В девять часов, в глубокой темноте Гленарван и Джон Манглс решили пойти на разведку, прежде чем вести своих товарищей по столь опасному пути.

Они стали бесшумно спускаться и минут через десять были уже на узком гребне горы, пересекавшем неприятельскую цепь на высоте пятидесяти футов.

До сих пор все шло хорошо. Лежавшие вокруг костров воины, казалось, не замечали двух беглецов, и они продвинулись еще на несколько шагов дальше. Но вдруг слева и справа грянула ружейная пальба.

– Назад! – сказал Гленарван. – У этих разбойников кошачьи глаза и отменные ружья.

И вместе с Джоном Манглсом он поспешил подняться обратно по крутому склону и вскоре успокоил опасения своих испуганных стрельбой друзей. Шляпа Гленарвана оказалась простреленной в двух местах. Итак, отважиться идти по длинному горному хребту между двумя рядами стрелков было немыслимо.

– До завтра, – сказал Паганель. – И раз мы не сможем обмануть бдительность этих туземцев, так уж разрешите мне угостить их по моему вкусу!

Было довольно холодно. К счастью, в гробнице у Кара-Тете были его лучшие ночные одежды и теплые одеяла из формиума. Беглецы без зазрения совести укутались в них, улеглись внутри ограды склепа и вскоре, охраняемые суеверием туземцев, уже спали спокойным сном на теплой земле, содрогавшейся от клокочущих в глубине газов.

Глава пятнадцатая. Сильнодействующие средства Паганеля

На следующее утро, 17 февраля, спавших на вершине Маунгахауми беглецов разбудили первые лучи солнца. Маори давно уже бродили у подножия, не переставая наблюдать за тем, что происходит на горе. Яростные крики встретили европейцев, как только они показались из оскверненного склепа. Беглецы окинули взглядом окрестные горы, еще затянутые туманом глубокие долины, озеро Таупо, воды которого слегка рябил утренний ветерок. Затем, желая проникнуть в замыслы Паганеля, все окружили географа, вопросительно глядя на него.

Паганель не замедлил удовлетворить любопытство своих спутников.

– Друзья мои, – начал он, – в моем плане превосходно то, что если он не даст всех ожидаемых от него эффектов, если он даже потерпит неудачу, наше положение от этого все же не ухудшится. Но план этот должен удаться, и он удастся!

– А что это за план? – спросил Мак-Наббс.

– Вот мой план, – продолжал Паганель. – Суеверие туземцев обеспечило нам здесь убежище, и надо, чтобы это же суеверие помогло нам выбраться отсюда. Если мне удастся уверить Кай-Куму, что мы пали жертвой нашего осквернения могилы, что над нами разразился гнев небесный – словом, что мы мертвы и погибли ужасной смертью, то Кай-Куму тут же покинет подножие Маунгахауми и вернется в свое селение, не так ли?

– Несомненно, – сказал Гленарван.

– А какой же ужасной смертью вы угрожаете нам? – поинтересовалась леди Элен.

– Смертью святотатцев, друзья мои! – ответил Паганель. – Карающее пламя у нас под ногами. Откроем же ему путь!

– Что! Вы хотите создать вулкан? – воскликнул Джон Манглс.

– Да, но вулкан не настоящий, а импровизированный, которым мы сами будем управлять. Здесь, под нами, огромное количество подземных паров и пламени, стремящихся вырваться наружу. Устроим же для нашего блага искусственное извержение!

– Хорошая мысль! – заметил майор. – Славно придумано, Паганель!

– Понимаете, – сказал географ, – мы сделаем вид, будто нас пожрало пламя новозеландского Плутона, а сами в это время скроемся в могиле Кара-Тете и там пробудем дня три, четыре и даже пять, если понадобится, – словом, до тех пор, пока дикари, убедившись в нашей гибели, уйдут ни с чем.

– А что, если они вздумают собственными глазами убедиться в постигшей нас каре и взберутся на вершину? – усомнилась мисс Грант.

– Нет, дорогая Мери, – ответил Паганель, – этого они не сделают. Ведь на гору наложено табу, а когда она сама истребит своих осквернителей, это табу будет иметь еще большую силу.

– Ваш план действительно хорошо задуман, – сказал Гленарван. – Он может не удаться лишь при одном условии: если дикари будут упорно оставаться у подножия горы и у нас кончится запас пищи. Но это маловероятно, особенно если мы разыграем все как следует.

– Когда же мы испытаем этот последний шанс на спасение? – спросила леди Элен.

– Сегодня же вечером, – ответил Паганель, – когда совсем стемнеет.

– Решено, – проговорил Мак-Наббс. – Паганель, вы гениальны! Меня не так-то легко увлечь, но тут и я ручаюсь за успех. Мы им устроим такое чудо, которое еще на сто лет отодвинет их обращение в христианство. Да простят нам это миссионеры.

Итак, план Паганеля был принят, и, пожалуй, с суеверными маори он мог и должен был удаться. Оставалось лишь привести его в исполнение. Идея хороша, но осуществить ее было непросто. Не уничтожит ли вулкан смельчаков, прорывших ему кратер? Смогут ли они совладать с извержением, управлять им, когда пары, пламя и огненная лава устремятся наружу? Не рухнет ли вся вершина в огненную бездну? Ведь они посягают на силы, которыми властна распоряжаться лишь сама природа.

Паганель предвидел эти трудности, но надеялся действовать осторожно, не доходя до крайностей. Чтобы обмануть маори, нужна была только видимость извержения, а не грозная реальность.

Каким длинным показался этот день! Все с нетерпением считали часы. Для бегства все было готово. Пищу из склепа разделили на части, чтобы было удобнее ее нести. К этому легкому снаряжению присоединили еще ружья и несколько циновок из запасов вождя. Разумеется, все приготовления делались втайне от дикарей, за оградой могилы.

В шесть часов вечера стюард подал сытный обед. Кто знает, где и когда придется поесть в следующий раз. Поэтому ели впрок. Основным блюдом было жаркое из полдюжины крупных крыс – их поймал Вильсон. Леди Элен и Мери Грант наотрез отказались отведать этой дичи, столь ценимой в Новой Зеландии, но мужчины отдали ей честь, как настоящие маори. И в самом деле, мясо оказалось превосходным, и от всех шести грызунов остались лишь обглоданные кости.

Наконец наступили сумерки. Солнце скрылось за густыми грозовыми тучами. У горизонта поблескивали молнии, громыхал отдаленный гром.

Паганель был рад надвигавшейся грозе: она пойдет на пользу его замыслам и дополнит задуманную им инсценировку. Ведь дикари относятся с суеверным страхом к грозным явлениям природы. Новозеландцы слышат в громе разъяренный голос своего бога Нуи-Атуа, а в молнии видят сверкание его разгневанных очей. Им покажется, что само божество явилось покарать нечестивцев, нарушивших табу.

В восемь часов вершина Маунгахауми скрылась в зловещем мраке. Небо готовило черный фон для того взрыва пламени, который собирался вызвать Паганель. Маори уже не могли разглядеть беглецов. Наступило время действовать немедля. Гленарван, Паганель, Мак-Наббс, Роберт, стюард и два матроса дружно принялись за работу.

Место для кратера выбрали в тридцати шагах от склепа Кара-Тете. Было важно, чтобы извержение не тронуло могилу, ибо с исчезновением ее перестало бы действовать и табу.

Паганель приметил огромную каменную глыбу, из-под которой с силой вырывались пары. Она, очевидно, прикрывала небольшой кратер, естественно образовавшийся на этом месте, и только ее тяжесть мешала выходу подземного огня. Если бы удалось откатить глыбу, то пары и лава вырвались бы через освободившееся отверстие.

Друзья вооружились кольями, вырванными из могильной ограды, и изо всех сил принялись выворачивать ими, как рычагами, огромный камень. Под их напором глыба скоро закачалась. Тогда по склону горы вырыли небольшую траншею, чтобы глыба скатилась по ней. Чем больше приподнимали скалу, тем ощутимее делалось сотрясение почвы. Из-под тонкой коры земли доносились глухой рев и свист пламени. Смельчаки, словно циклопы, раздувающие подземный огонь, трудились молча. Вскоре появилось несколько трещин, из которых выбивались горячие пары – признак того, что опасность близка.

Но вот последнее усилие – и глыба, сорвавшись с места, покатилась вниз и скрылась из виду.

Тонкий слой земли в ту же минуту прорвался. Из образовавшегося отверстия с грохотом вырвался огненный столб, а за ним хлынули кипящая вода и лава; потоки их устремились по склону горы к лагерю туземцев и в долину.

Вся вершина содрогнулась. Казалось, она вот-вот рухнет в бездну.

Гленарван и его товарищи едва успели спастись от извержения. Они добежали до склепа, отделавшись легкими ожогами от брызг горячей, близкой к кипению воды. Скоро легкий запах кипящей воды сменился сильным запахом серы. Комья земли, лава, вулканические обломки – все смешалось в едином потоке. Огненные реки потекли по склонам Маунгахауми. Соседние горы осветились заревом извержения. Глубокие долины ярко озарились его отблеском. Лава уже клокотала в лагере дикарей, метавшихся, ища спасения. Те, кого не настиг этот огненный поток, бросились бежать и взобрались на соседние холмы. Оттуда они с ужасом глядели на это грозное явление, на этот вулкан, поглотивший, по повелению их разгневанного бога, нечестивцев, которые осквернили священную гору. В те минуты, когда грохот извержения несколько ослабевал, до беглецов доносились исступленные заклинания:

– Табу! Табу! Табу!

Между тем из кратера вырывались в огромном количествс пары, раскаленные камни, лава. Это уже был не гейзер, каких много в окрестностях вулкана Гекла в Исландии, а вулкан не хуже самой Геклы. Вся эта клокочущая огненная масса до сих пор не вырывалась на поверхность, потому что располагала достаточным отводным клапаном в виде вулкана Тонгариро, а теперь, когда ей представился новый выход, она со страшной силой устремилась в него, и в эту ночь, по закону распространения давления, все другие извержения на острове были слабее обычного.

Через час после начала извержения этого нового на земном шаре вулкана по его склонам уже неслись широкие потоки огненной лавы. Полчища крыс бросали свои норы и убегали с охваченной пламенем земли.

Всю ночь новый вулкан бушевал вместе с грозой в небесах так сильно, что Гленарван встревожился. Жерло кратера все расширялось.

Беглецы, укрывшись за оградой могилы, наблюдали, как нарастает сила извержения.

Наступило утро. Ярость вулкана не ослабевала. К пламени примешивались густые желтоватые пары. Всюду змеились потоки лавы.

Гленарван с бьющимся сердцем наблюдал сквозь щели ограды за туземцами. Маори укрылись на соседних склонах, где извержение было им не страшно. На месте их бывшего лагеря виднелось несколько обуглившихся трупов. Дальше, по направлению к па, раскаленная лава сожгла десятка два хижин – некоторые из них еще дымились. Кое-где стояли группы туземцев, с благоговейным ужасом взиравших на объятую пламенем вершину Маунгахауми.

Среди воинов появился Кай-Куму. Гленарван тотчас же узнал его. Вождь подошел к подножию горы с той стороны, где не текла лава, но не сделал ни шагу дальше.

Он распростер руки, словно колдун, творящий заклинания, и по мимике вождя беглецы легко догадались о смысле его действий. Как и предвидел Паганель, Кай-Куму наложил на гору-мстительницу еще более строгое табу.

Вскоре маори вереницей двинулись по извилистым тропинкам вниз, в па.

– Они уходят! – воскликнул Гленарван. – Покидают свой сторожевой пост! Наша военная хитрость удалась! Ну, дорогая Элен и мои добрые товарищи, вот мы все и мертвы и погребены под лавой! Но сегодня же вечером мы воскреснем, покинем нашу могилу и убежим от этих варваров!

Трудно себе представить радость беглецов. Их сердца снова зажглись надеждой. Отважные путешественники забыли о прошлом, не помышляли о будущем – они думали только о настоящем. А между тем пробраться через этот дикий край до какой-нибудь английской колонии было нелегко. Но после того, как беглецам удалось обмануть Кай-Куму, им казалось, что никакие дикари Новой Зеландии для них уже не страшны!

Майор теперь и вовсе ни в грош не ставил этих маори и не жалел для них презрительных кличек. Паганель и он, стремясь перещеголять друг друга, обзывали туземцев дремучими олухами, тупыми ослами, первейшими болванами на всем Тихом океане, буйно помешанными, кретинами и т. д. Оба были неистощимы.

Однако, прежде чем уйти, надо было переждать. Паганелю удалось уберечь свою драгоценную карту Новой Зеландии, и он искал по ней безопасные пути.

По зрелом размышлении решено было отправиться на восток, к заливу Пленти. Этот путь проходил по местам неисследованным, но, по-видимому, пустынным. Ни суровая природа, ни лишения не страшили закаленных путешественников так, как встреча с туземцами. Поэтому они во что бы то ни стало хотели уклониться от такой встречи и стремились добраться до восточного побережья, где было несколько миссий. К тому же эта часть острова пока избежала ужасов войны и там не было повстанческих отрядов.

Расстояние от озера Таупо до залива Пленти составляло примерно сто миль. Десять дней пути, по десяти миль в день. Конечно, путешествие было не из легких, но никто из этих отважных людей не думал об усталости. Только бы дойти до какой-нибудь миссии, а там можно будет и отдохнуть в ожидании удобного случая добраться до Окленда – конечной цели их путешествия.

Приняв такое решение, Гленарван и его спутники продолжали до самого вечера наблюдать, не появятся ли туземцы. Но у подошвы горы не осталось никого и, когда тьма поглотила окрестные долины, не зажегся ни один костер. Путь был свободен.

В девять часов, в полной темноте, Гленарван повел свой отряд вперед. Захватив оружие и одеяния Кара-Тете, все начали осторожно спускаться с Маунгахауми. Первыми шли Джон Манглс и Вильсон. Они ловили малейший проблеск света, останавливались при всяком шорохе. Беглецы словно скользили по склону, как бы стараясь слиться с ним.

Спустившись на двести футов, молодой капитан и матрос очутились на том опасном горном гребне, который так бдительно охранялся туземцами.

Если бы, к несчастью, маори оказались хитрее беглецов и, не дав себя обмануть искусственным извержением, только сделали вид, что уходят, чтобы вернее захватить пленников, то тогда именно здесь, на этом гребне, и должно было обнаружиться их присутствие. Несмотря на всю свою уверенность и на шутки Паганеля, Гленарван невольно содрогнулся. Жизнь его близких будет висеть на волоске все десять минут, пока они будут переходить по гребню. Он слышал, как билось сердце прижавшейся к нему жены. Однако Гленарван и не помышлял повернуть назад. Джон, разумеется, тоже. Молодой капитан первый пополз под покровом ночи по узкому гребню. За ним – остальные. Когда какой-нибудь камень скатывался вниз, все замирали на месте. Если дикари все же сторожили у подножия хребта, этот необычный шорох непременно вызвал бы град ружейных выстрелов. Понятно, что, пробираясь ползком, точно змеи, вдоль покатого хребта, беглецы подвигались вперед не так уж быстро. Когда Джон Манглс дополз до самого низкого места гребня, он очутился всего в каких-нибудь двадцати пяти футах от площадки, где накануне стояли лагерем туземцы. Дальше гребень круто шел в гору и вел к лесу, до которого оставалось четверть мили.

Путешественники благополучно миновали страшное место и стали молча подниматься в гору. Леса из-за темноты не было видно, но все знали, что он близко, а там, если только им не устроили засаду, они будут в безопасности. Гленарван надеялся на это, но он понимал, что защитное действие табу уже кончилось. Восходящая часть гребня принадлежала уже другой горе, расположенной к востоку от озера Таупо. Стало быть, здесь можно было опасаться не только обстрела, но и рукопашной схватки с туземцами.

В течение десяти минут беглецы бесшумно поднимались к вышележащему плоскогорью. Джон не мог еще разглядеть лес, но до него, должно быть, оставалось уже меньше двухсот футов.

Вдруг молодой капитан остановился и как будто попятился назад. Ему почудился в темноте какой-то шорох. Все замерли. Джон Манглс стоял неподвижно так долго, что его спутники забеспокоились. Они выжидали. Кто опишет их мучительную тревогу! Неужели придется идти назад и снова искать убежища на вершине Маунгахауми?

Но, убедившись, что шум не возобновляется, Джон Манглс снова начал подниматься по узкому гребню. Вскоре в ночи стали неясно вырисовываться деревья. Еще несколько шагов – и беглецы, добравшись наконец до леса, укрылись под его густой листвой.

Глава шестнадцатая. Между двух огней

Ночь благоприятствовала беглецам. Надо было воспользоваться ею, чтобы уйти подальше от роковых берегов озера Таупо. Паганель взялся вести отряд и снова проявил во время этого трудного странствования в горах свое изумительное чутье путешественника. Он с удивительным проворством пробирался в темноте, отыскивая едва приметные тропинки и не уклоняясь от нужного направления. Правда, географу очень помогала его никталопия: его кошачьи глаза различали в непроницаемой тьме самые мелкие предметы.

Три часа подряд беглецы шли, не останавливаясь, по отлогим восточным склонам гор. Паганель отклонился немного к юго-востоку, стремясь попасть в узкое ущелье между горными цепями Каймаи и Вахити, по которому проходит дорога от Окленда к бухте Хока. Он рассчитывал пересечь это ущелье и, оставив дорогу в стороне, пробираться к побережью под защитой высоких гор по необитаемой части провинции.

К девяти часам утра, за двенадцать часов, было пройдено двенадцать миль. Пора было пощадить отважных женщин. К тому же и место оказалось подходящим для привала. Беглецы добрались до ущелья, разделявшего горные цепи. Дорога на юг, к Оберленду, осталась справа. Паганель, справляясь по карте, сделал крюк к северо-востоку, и в десять часов маленький отряд очутился у крутого горного уступа. Здесь вынули из сумок съестные припасы и подкрепились ими. Даже Мери Грант и майор, которым до тех пор корни папоротника были не по вкусу, теперь ели их с удовольствием.

Отдохнув до двух часов пополудни, путешественники снова двинулись к востоку и вторично остановились на привал вечером в восьми милях от гор. Здесь все с наслаждением растянулись под открытым небом и уснули крепким сном.

На следующий день путь оказался труднее. Он пролегал по любопытному району вулканических озер, гейзеров и дымящихся серных сопок, простиравшемуся к востоку от Вахити. Путь этот был гораздо приятнее для глаз, чем для ног. Все время надо было обходить, огибать, преодолевать препятствия. Это было утомительно. Но зато какое необычайное зрелище! Как неистощимо разнообразие природы!

На обширном пространстве в двадцать квадратных миль можно было видеть всевозможные проявления подземных сил. Из рощ местного чайного дерева струились до странности прозрачные соляные источники, кишащие мириадами насекомых. Вода их едко пахла жженым порохом и оставляла на земле белый осадок, похожий на ослепительно сверкающий снег. Одни источники были горячи, другие холодны как лед. Гигантские папоротники росли по берегам этих ручьев в условиях, сходных с условиями силурийской эры.

Со всех сторон среди клубящихся паров били из земли снопы воды, напоминавшие фонтаны какого-нибудь парка. Одни из них били непрерывно, другие пульсировали, подчиняясь прихотям своенравного Плутона. Эти фонтаны были расположены амфитеатром на естественных террасах. Воды их, осененные клубами белого пара, постепенно сливались воедино и, разъедая полупрозрачные ступени этих гигантских природных лестниц, свергались по ним кипящими водопадами, питая собой целые озера.

Потом на смену горячим ключам и бурным гейзерам пошли серные сопки. Вся земля казалась покрытой крупными прыщами. Это были полупотухшие кратеры; через их многочисленные трещины выбивались различные газы. В воздухе чувствовался едкий, неприятный запах серной кислоты, и земля кругом была усеяна кристаллами серы. Здесь целыми веками накапливались огромные неиспользуемые богатства, и если когда-нибудь серные рудники Сицилии истощатся, новые запасы сырья будет поставлять промышленности этот пока почти не изведанный район Новой Зеландии.

Можно представить себе, чего стоил путешественникам этот мучительный переход. Место для привала найти было нелегко, и охотникам не попадалось ни одной птицы, достойной быть общипанной руками мистера Олбинета. Поэтому чаще всего приходилось довольствоваться съедобными папоротниками и сладким бататом – скудной едой, которая, конечно, не могла восстановить силы изнуренных путников. Естественно, что каждый стремился поскорее распроститься с этими бесплодными, пустынными террасами.

Однако понадобилось не менее четырех дней, чтобы пересечь труднопроходимый край. Только 23 февраля путешественники смогли сделать привал в пятидесяти милях от Маунгахауми, у подошвы безымянной горы, обозначенной на карте Паганеля. Вокруг расстилались равнины, поросшие кустарником, а дальше, у горизонта, снова показались большие леса.

Такой вид сулил легкий путь, если только в этом гостеприимном краю не обосновалось уже слишком много постоянных жителей. До сих пор туземцев не было и в помине.

В тот день Мак-Наббс и Роберт подстрелили трех киви, которые могли скрасить обед, но удовольствие длилось недолго, и через несколько минут от дичи ничего не осталось.

За десертом, состоявшим из картофеля и сладких бататов, Паганель внес предложение, которое было принято с восторгом: назвать безымянную гору, вершина которой терялась на высоте трех тысяч футов в облаках, именем Гленарвана. И географ тут же старательно нанес имя шотландского лорда на свою карту.

Было бы бесполезно описывать дальнейшее путешествие: дни проходили однообразно и малоинтересно. В течение всего перехода от озер до Тихого океана произошло лишь два-три более или менее значительных события. Обычно шли целый день по лесам и равнинам. Джон Манглс определял направление по солнцу и звездам. Небо было довольно милостиво: оно не посылало ни зноя, ни дождя. Но тем не менее измождение путешественников, перенесших уже столько мук, мешало им идти быстро, и всем не терпелось скорее добраться до миссии.

Они, правда, разговаривали, но разговор этот не был общим. Отряд разбился на группки, состав которых определялся не каким-то особым предпочтением, а общими мыслями.

Гленарван обычно шел один. По мере приближения к побережью он все чаще вспоминал о «Дункане» и его команде. Забывая об опасностях, еще подстерегавших отряд на пути к Окленду, он думал об убитых матросах. Эта страшная мысль неотступно томила его.

О Гарри Гранте никто не заговаривал. К чему, раз ничего нельзя для него сделать. Если имя капитана и упоминалось, то только в беседах его дочери с Джоном Манглсом.

Молодой капитан никогда не возвращался к тому, что девушка сказала ему в ту ужасную ночь в хижине. Скромность не позволяла ему напомнить о словах, вырвавшихся у нее в минуту отчаяния.

Говоря о Гарри Гранте, Джон Манглс строил все новые планы. Он уверял Мери, что Гленарван организует еще одну экспедицию. Ведь подлинность найденного в бутылке документа не подлежала сомнению. Следовательно, Гарри Грант где-то должен был находиться. А если так, то в конце концов он все же будет найден, хотя бы для этого пришлось обшарить весь свет.

Мери упивалась этими речами. Она и Джон Манглс жили одними и теми же мыслями, надеждами. Нередко и леди Элен принимала участие в их разговоре. Она не разделяла надежд молодых людей, но не хотела возвращать их к печальной действительности.

Мак-Наббс, Роберт, Вильсон и Мюльреди старались, не слишком удаляясь от товарищей, настрелять как можно больше дичи.

Паганель, по-прежнему драпируясь в свой плащ из формиума, молчаливый и задумчивый, держался в стороне.

И все-таки, хотя испытания, опасности, усталость и лишения, как правило, делают раздражительными и ожесточают даже людей с самым лучшим характером, все эти товарищи по несчастью остались так же дружны, верны и были готовы пожертвовать жизнью друг за друга.

25 февраля дорогу путникам преградила река. Судя по карте Паганеля, это была Уаикаре. Через нее удалось перебраться вброд.

Два дня тянулись равнины, поросшие кустарником. Теперь половина пути между озером Таупо и берегом океана была пройдена если не без труда, то, во всяком случае, без нежелательных встреч.

Затем пошли громадные, бесконечные леса, напоминавшие австралийские, только вместо эвкалиптов здесь росли каури. Хотя за четыре месяца странствий у Гленарвана и его спутников изрядно притупилась способность восторгаться, но и они были восхищены этими гигантскими соснами, достойными соперниками ливанских кедров и мамонтовых деревьев Калифорнии. Каури были так высоки, что только футах в ста от земли начинались ветви. Они росли группами, и лес состоял не из отдельных деревьев, а из целых семей этих гигантов, вздымавших зонты из зелени на высоту двухсот футов.

Некоторые еще молодые каури, едва достигшие столетнего возраста, походили на красные ели европейских стран: у них была темная конусообразная крона.

Более старые деревья, которым перевалило за пятьсот – шестьсот лет, несли огромные шатры зелени, покоившиеся на бесчисленных переплетающихся ветвях. У этих патриархов новозеландских лесов стволы были до пятидесяти футов в окружности. Все спутники Гленарвана, взявшись за руки, не могли бы охватить такой гигантский ствол.

Три дня маленький отряд брел под этими огромными зелеными сводами по глинистой почве, на которую никогда не ступала нога человека. Об этом говорили и большие наплывы клейкой смолы на многих стволах: она могла бы на долгие годы обеспечить туземцев товаром для торговли с европейцами.

Охотники наталкивались на большие стаи киви, столь редких в обитаемых местах. Здесь же, в недоступных лесах, эти странные птицы нашли себе убежище. Теперь у путешественников было вдоволь здоровой пищи – мяса киви.

Вечером 1 марта отряд Гленарвана, выйдя наконец из огромного леса гигантов-каури, расположился лагерем у подошвы горы Икиранги высотой в пять с половиной тысяч футов.

От горы Маунгахауми было пройдено около ста миль, а до побережья оставалось еще миль тридцать. Когда Джон Манглс надеялся закончить весь переход дней в десять, он еще не знал, какой трудный предстоит путь.

Оказалось, что частые обходы, различные препятствия, неточность в определении координат удлинили маршрут на одну пятую. И вот путешественники добрались до горы Икиранги уже в совершенном изнеможении.

Чтобы выйти на побережье, нужно было еще два больших дневных перехода. И как раз теперь требовалось удвоить энергию и бдительность, ибо путники снова вступали в обитаемые места. Однако все преодолели свою усталость и на следующий день на рассвете вновь двинулись в путь.

Дорога между двумя горами – Икиранги справа и Харди, высотой в три тысячи семьсот футов, слева – стала очень трудной. На протяжении десяти миль тянулась долина, сплошь заросшая гибкими растениями, метко названными «удушающие лианы». На каждом шагу лианы, как змеи, обвивались вокруг ног, рук и всего тела. Два дня пришлось путешественникам продвигаться вперед с топором в руках и бороться с этой многоголовой гидрой, с этими неотвязными, цепкими растениями, которые Паганель охотно отнес бы к классу зоофитов[1].

В этих равнинах стало невозможно охотиться, и охотники не приносили обычной дичи. Съестные припасы истощались, а пополнить их было нечем. Иссякла вода, и путники уже не могли утолить жажду, которая еще усугублялась усталостью.

Гленарван и его спутники испытывали страшные муки, и впервые их чуть не оставила сила воли. Наконец, уже не шагая, а еле волоча ноги, измученные путники, руководимые одним лишь инстинктом самосохранения, добрались до мыса Лоттин на побережье Тихого океана.

Здесь виднелось несколько пустых хижин, остатки опустошенного войной селения, брошенные поля. Везде следы грабежа и пожара. И тут судьба обрекла несчастных путников на новое ужасное испытание.

Обессиленные, они брели по берегу, как вдруг в миле от них показался отряд туземцев. Дикари устремились на них, размахивая оружием. Бежать было некуда, позади только море, и Гленарван, собрав последние силы, хотел было отдать приказ защищаться, как вдруг Джон Манглс закричал:

– Пирога! Пирога!

В самом деле, на плоском песчаном берегу в двадцати шагах от беглецов стояла вытащенная на берег пирога с шестью веслами. Столкнуть лодку в воду, прыгнуть в нее и отплыть прочь от опасного берега было делом одной минуты. Джон Манглс, Мак-Наббс, Вильсон и Мюльреди сели на весла, Гленарван взялся за руль, обе женщины, Олбинет, Паганель и Роберт разместились на корме.

Через десять минут пирога была уже в четверти мили от берега. Море было спокойно. Беглецы молчали.

Джон, не желая все-таки заплывать слишком далеко, хотел уже приказать плыть вдоль берега, как вдруг весло замерло в его руках. Из-за мыса Лоттин показались три пироги – это была погоня.

– В море! В море! – крикнул молодой капитан. – Уж лучше погибнуть в волнах!

Четыре гребца налегли на весла, и пирога снова понеслась в открытое море. Полчаса расстояние между ними и преследователями не сокращалось, но несчастные, измученные люди вскоре ослабели, и вражеские пироги

---

[1] Зоофиты – животные-растения.

стали приближаться. Вот между ними уже меньше двух миль. Итак, нападение туземцев неизбежно, их длинные ружья уже нацелены!

А что же Гленарван? Стоя на корме пироги, он вглядывался в горизонт в безумной надежде на помощь. Чего он ждал? Чего хотел? Или в нем пробудилось какое-то предчувствие?

Вдруг глаза его вспыхнули, рука протянулась, указывая на что-то вдали.

– Корабль! – крикнул он. – Корабль, друзья мои! Гребите! Гребите сильнее!

Ни один из четырех гребцов даже не повернулся, чтобы взглянуть на это неожиданно появившееся судно: нельзя было упустить ни одного взмаха весла. Только Паганель встал и направил свою подзорную трубу туда, куда указывал Гленарван.

– Да, – сказал географ, – там судно. Паровое судно! Идет на всех парах! Сюда, к нам! Ну, еще немного, друзья мои!

Беглецы с новой энергией налегли на весла и еще полчаса не давали преследователям приблизиться, гребя из последних сил. Корабль вырисовывался все яснее и яснее. Вот уже видны две его мачты со спущенными парусами и густые клубы черного дыма.

Гленарван, передав руль Роберту, схватил подзорную трубу Паганеля и внимательно следил за каждым движением судна.

Но как были изумлены Джон Манглс и все остальные, когда увидели, что черты Гленарвана исказились, лицо его побледнело и подзорная труба выпала из рук. Одного слова хватило, чтобы объяснить эту внезапную перемену.

– «Дункан»! – крикнул Гленарван. – «Дункан» и каторжники!

– «Дункан»! – воскликнул Джон Манглс, выпуская весло и поднимаясь.

– Да, смерть!.. Смерть и там и здесь… – прошептал Гленарван, сломленный отчаянием.

Это и правда была их яхта, сомневаться не приходилось, – их яхта и команда бандитов! У майора вырвалось проклятие. Судьба жестоко пошутила!

Между тем пирога была предоставлена самой себе. Куда править? Куда бежать? Что лучше: угодить к дикарям или к каторжникам? С ближайшей пироги туземцев раздался выстрел, пуля попала в весло Вильсона.

Несколько взмахов весел снова толкнули пирогу по направлению к «Дункану». Яхта шла полным ходом, до нее оставалось всего полмили.

Все пути отрезаны, и Джон Манглс уже не знал, куда и направить пирогу. Женщины, еле живые от ужаса, бросились на колени и стали молиться. Дикари открыли беглый огонь, пули градом сыпались вокруг пироги. Вдруг на яхте прогремел залп, и над головами беглецов пролетело пушечное ядро. Очутившись между двух огней, они замерли на месте между «Дунканом» и пирогами туземцев. Джон Манглс, обезумев от отчаяния, схватил топор. Он хотел прорубить дно пироги и потопить ее вместе со всеми своими спутниками, но его остановил голос Роберта.

– Том Остин! Том Остин! – кричал мальчуган. – Он на борту! Я вижу его! Он узнал нас, он машет шапкой!

Топор Джона замер в воздухе. Второе ядро со свистом пронеслось над головой беглецов. Оно надвое разбило ближайшую из трех пирог. На «Дункане» грянуло громкое «ура». Дикари в страхе повернули пироги и стремительно поплыли обратно к берегу.

– К нам! К нам, Том! – громовым голосом крикнул Джон Манглс.

Через несколько минут беглецы, все еще плохо понимая, как это случилось, были уже в безопасности на «Дункане».

Глава семнадцатая. Почему «Дункан» крейсировал у восточного берега Новой Зеландии

Невозможно описать чувства Гленарвана и его друзей, когда их слуха коснулись напевы старой Шотландии. Когда они ступили на палубу «Дункана», волынщик заиграл гимн древнего клана Малькольм и дружные крики «ура» встретили лорда, вернувшегося на борт своего судна.

Гленарван, Джон Манглс, Паганель, Роберт и даже майор – все со слезами обнимали и целовали друг друга. Это был порыв безумной радости. Географ совсем потерял голову: он приплясывал как сумасшедший и все прицеливался своей неразлучной подзорной трубой в подходившие к берегу уцелевшие пироги.

Но, видя, в какие лохмотья превратилась одежда Гленарвана и его спутников, как бледны их лица, отражающие все пережитые ими страшные муки, команда яхты прервала свои бурные изъявления радости. На борт «Дункана» вернулись лишь тени тех отважных, блестящих путешественников, которые три месяца назад, полные надежд, устремились на поиски капитана Гранта. Случай, и только случай, привел их на судно, которое они уже не ожидали никогда увидеть. Как они исхудали, как ослабли!

Все же, прежде чем подумать об отдыхе, пище и питье, Гленарван стал расспрашивать Тома Остина. Почему «Дункан» находился у восточного берега Новой Зеландии? Каким образом не попал в руки Бена Джойса? Какой сказочно счастливый случай привел яхту навстречу беглецам?

«Почему? Как? Зачем?» – посыпались со всех сторон вопросы на Тома Остина.

Старый моряк не знал, кого и слушать. Наконец он решил слушать одного Гленарвана и отвечать только ему.

– А где же каторжники? – спросил Гленарван. – Что вы сделали с каторжниками?

– С каторжниками? – переспросил с недоумением Том Остин.

– Да! С теми негодяями, которые напали на яхту.

– На какую яхту? – спросил Том Остин. – На вашу яхту, милорд?

– Ну да, Том, на «Дункан». Ведь явился же к вам Бен Джойс?

– Никакого Бена Джойса я не знаю. Никогда его не видывал, – ответил Остин.

– Как – никогда?.. – воскликнул Гленарван, пораженный ответом старого моряка. – Тогда скажите мне, Том, почему же «Дункан» крейсирует сейчас вдоль берегов Новой Зеландии?

Если Гленарван, леди Элен, Мери Грант, Паганель, майор, Роберт, Джон Манглс, Олбинет, Мюльреди, Вильсон не понимали, чему удивляется старый моряк, то каково же было их изумление, когда Том спокойно ответил:

– Но он крейсирует здесь по вашему приказанию, милорд.

– По моему приказанию?.. – опешил Гленарван.

– Так точно, милорд, я лишь выполнял предписание, содержавшееся в вашем письме от четырнадцатого января.

– В моем письме? В моем письме? – вскричал Гленарван.

Тут все десять путешественников окружили Тома Остина и впились в него глазами: значит, письмо, написанное у Сноу-Ривер, все-таки дошло до него?

– Давайте-ка объяснимся хорошенько, – сказал Гленарван, – а то мне кажется, будто я вижу сон. Вы говорите, Том, что получили письмо?

– Да, милорд.

– В Мельбурне?

– В Мельбурне, как раз в тот момент, когда я закончил ремонт.

– А что это за письмо?

– Оно написано не вами, но подпись ваша, милорд.

– Это верно. И мое письмо вам передал каторжник по имени Бен Джойс?

– Нет, милорд, матрос по имени Айртон, боцман с «Британии».

– Ну да! Айртон и Бен Джойс – это одно и то же лицо! И что же говорилось в письме?

– В нем содержался приказ покинуть Мельбурн и направляться к восточному побережью.

– ...Австралии! – крикнул Гленарван с горячностью, смутившей старого моряка.

– Австралии? – с удивлением повторил Том, широко открывая глаза. – Да нет же, Новой Зеландии!

– Австралии, Том, Австралии! – подтвердили в один голос все спутники Гленарвана.

Тут на Остина словно нашло помрачение. Гленарван говорил с такой уверенностью, что старому моряку стало казаться, что он и вправду ошибся, читая письмо. Неужели он, преданный и пунктуальный моряк, мог сделать подобную ошибку? Он смутился и покраснел.

– Успокойтесь, Том, – ласково сказала леди Элен, – такова была воля провидения.

– Да нет же, сударыня, простите, – пробормотал старый моряк. – Это невозможно, я не ошибся! Айртон прочел это письмо так же, как и я. И он-то, он-то и хотел, чтобы я, вопреки приказанию, шел к австралийским берегам!

– Айртон? – воскликнул Гленарван.

– Он самый. Айртон уверял, что это ошибка и что назначенное место встречи – Туфоллд-Бей.

– У вас сохранилось это письмо, Том? – спросил крайне заинтересованный майор.

– Да, мистер Мак-Наббс, – ответил Остин. – Я сейчас схожу за ним.

И Остин побежал к себе в каюту.

Несколько минут, пока его не было, все молча переглядывались. Только майор вперил взор в Паганеля и, скрестив на груди руки, проговорил:

– Ну, знаете, Паганель, это было бы уж слишком!

– А? Что вы сказали? – пробормотал географ.

Сгорбившийся, с очками на лбу, он удивительно походил на гигантский вопросительный знак.

Остин возвратился. Он держал в руке письмо, написанное Паганелем и подписанное Гленарваном.

– Прочтите, пожалуйста, – сказал старый моряк.

Гленарван взял письмо и стал читать:

– «Приказываю Тому Остину немедленно выйти в море и вести “Дункан”, придерживаясь тридцать седьмой параллели, к восточному побережью Новой Зеландии...»

– Новой Зеландии! – крикнул, сорвавшись с места, Паганель.

Он вырвал из рук Гленарвана письмо, протер глаза, сдвинул на нос очки и прочел письмо сам.

– Новой Зеландии! – повторил он непередаваемым тоном, роняя письмо.

В этот момент он почувствовал, что на плечо его легла чья-то рука. Он поднял голову. Перед ним стоял майор.

– Что ж, почтеннейший Паганель, – сказал с невозмутимой серьезностью Мак-Наббс, – счастье еще, что вы не услали «Дункан» в Индокитай!

Эта шутка доконала бедного географа. Грянул дружный гомерический хохот. Паганель, как сумасшедший, шагал взад и вперед, сжимая руками голову, рвал на себе волосы. Он уже не отдавал себе отчета в том, что он делает и что намерен делать. Он спустился по трапу с юта и бесцельно зашагал, спотыкаясь, по нижней палубе, затем поднялся на бак. Здесь ноги его запутались в свернутом канате, он пошатнулся и ухватился за какую-то подвернувшуюся ему под руку веревку.

Вдруг раздался оглушительный грохот. Выстрелила пушка. Град картечи усеял спокойные воды океана. Злополучный Паганель уцепился за веревку заряженной пушки, курок опустился – и грянул выстрел.

Географа отбросило на трап бака, и он провалился в кубрик.

На какой-то момент зрители оторопели, но тут же вскрикнули от ужаса. Все подумали, что случилось несчастье. Матросы гурьбой бросились вниз и вынесли на палубу согнутого вдвое Паганеля. Он был не в силах говорить. Долговязого больного перетащили на ют. Товарищи веселого француза были в отчаянии.

Майор, который при несчастных случаях заменял врача, собирался было раздеть бедного Паганеля, чтобы перевязать его раны, но едва он прикоснулся к умирающему, как тот подскочил, словно от электрического тока.

– Ни за что! Ни за что! – вскричал он и, запахнувшись в свою изодранную одежду, с необычайной поспешностью застегнулся на все пуговицы.

– Но послушайте, Паганель... – сказал майор.

– Нет, говорю я вам!

– Надо же осмотреть...

– Ничего вы не осмотрите!

– Вы, быть может, сломали… – уговаривал его Мак-Наббс.

– Да, – ответил Паганель, прочно становясь на свои длинные ноги, – но то, что я сломал, починит плотник.

– Что же вы сломали?

– Палубную подпорку, когда летел вниз.

Такой ответ снова всех рассмешил и совершенно успокоил друзей достойного Паганеля: он вышел из своего приключения с пушкой цел и невредим.

«Однако, – подумал майор, – какой необычайно стыдливый географ!»

Когда Паганель пришел в себя после пережитых волнений, ему пришлось ответить еще на один неизбежный вопрос.

– Теперь, Паганель, отвечайте мне чистосердечно, – обратился к нему Гленарван. – Я признаю, что ваша ошибка оказалась счастливой. Если б не вы, «Дункан», несомненно, попал бы в руки каторжников. Если б не вы, нас снова захватили бы дикари. Но, ради бога, скажите мне: какая непостижимая причуда заставила вас вместо «Австралия» написать «Новая Зеландия»?

– А, черт возьми, – воскликнул Паганель, – это все потому…

Но тут его взор упал на Роберта и Мери Грант, и он осекся. Потом ответил:

– Что поделаешь, дорогой Гленарван! Я безумец, сумасшедший, неисправимое существо. Видно, я так до смерти и проживу в шкуре рассеянного чудака.

– Если только ее раньше не сдерут с вас, – заметил майор.

– Сдерут? – вдруг вспыхнул географ. – Это что, намек?

– Какой намек, Паганель? – безмятежно спросил Мак-Наббс.

Но Паганель не стал продолжать разговор. Таинственное появление «Дункана» разъяснилось. Чудесно спасшиеся путешественники хотели снова попасть в свои уютные каюты, хотели поскорее поесть.

Леди Элен, Мери Грант, майор, Паганель и Роберт ушли, а Гленарван и Джон Манглс все же задержались на палубе, желая еще порасспросить Тома Остина.

– А теперь, мой старый Том, – сказал Гленарван, – скажите мне вот что. Приказ крейсировать у берегов Новой Зеландии не показался вам странным?

– Да, милорд, признаться, я был очень удивлен, – ответил старый моряк. – Но я не привык обсуждать получаемые приказы и повиновался. Мог ли я поступить иначе? Если бы я не выполнил в точности ваших указаний и случилось какое-нибудь несчастье, разве не я был бы виновен в этом? А вы, капитан, разве поступили бы не так? – обратился он к Джону Манглсу.

– Нет, Том, я поступил бы точно так же.

– Но что же вы подумали? – спросил Гленарван.

– Я подумал, милорд, что в интересах Гарри Гранта надо идти туда, куда вы приказываете, что ваши планы изменились и вы отправляетесь в Новую Зеландию на каком-нибудь судне, а мне следует ждать вас у восточного побережья. Уходя из Мельбурна, я даже никому не сказал, куда мы направляемся, и команда узнала об этом лишь тогда, когда мы были уже в открытом море и австралийский берег скрылся из глаз. Но тут случилось такое, чего я никак не ждал.

– Что именно, Том? – спросил Гленарван.

– Да то, что когда на следующий день после нашего отплытия из Мельбурна боцман Айртон узнал, куда идет «Дункан»...

– Айртон! – воскликнул Гленарван. – Так он на яхте?

– Да, милорд.

– Айртон здесь! – повторил Гленарван, глядя на Джона Манглса.

– Судьба, – отозвался молодой капитан.

Мгновенно, с быстротой молнии, перед их глазами промелькнули все злодеяния Айртона: его заранее подготовленное предательство, рана Гленарвана, покушение на Мюльреди, все муки отряда в болотах у Сноуи-Ривер. И вот теперь, по невероятному стечению обстоятельств, каторжник был в их власти.

– Где он? – быстро спросил Гленарван.

– В одной из кают бака под стражей, – ответил Том Остин.

– Почему же вы взяли его под стражу?

– Потому что, когда Айртон увидел, что яхта идет к Новой Зеландии, он пришел в ярость, хотел заставить меня изменить направление судна, угрожал и, наконец, стал подстрекать команду к бунту. Я понял, что это опасный тип, и вынужден был из предосторожности изолировать его.

– И с тех пор...

– С тех пор он сидит в каюте и не пытается выйти.

– Хорошо, Том.

Тут Гленарвана и Джона Манглса позвали в кают-компанию. Подали завтрак – сейчас это было нужнее всего. Они сели за стол, ни словом не упомянув об Айртоне. Но когда после завтрака воспрянувшие путешественники собрались на палубе, Гленарван сообщил им, что боцман находится на «Дункане». Он добавил, что хочет допросить Айртона при всех.

– Нельзя ли избавить меня от присутствия на допросе? – спросила леди Элен. – Признаюсь, дорогой Эдуард, мне было бы тягостно видеть этого негодяя.

– Это будет очная ставка, Элен, – ответил Гленарван. – Очень прошу вас остаться. Нужно, чтобы Бен Джойс встретился лицом к лицу со всеми своими жертвами.

Это убедило леди Элен. Она и Мери Грант сели подле Гленарвана. А вокруг них – майор, Паганель, Джон Манглс, Роберт, Вильсон, Мюльреди, Олбинет – все, кто так жестоко пострадал от предательства каторжника. Команда яхты, не понимая еще всей важности этой сцены, хранила глубокое молчание.

– Приведите Айртона, – сказал Гленарван.

Глава восемнадцатая. Айртон или Бен Джойс?

Появился Айртон. Он твердым шагом прошел по нижней палубе и поднялся по трапу. Его взор был мрачен, зубы стиснуты, кулаки судорожно сжаты. Ни вызывающей дерзости, ни смирения в нем не чувствовалось.

Очутившись перед Гленарваном, он молча скрестил на груди руки и стал ждать вопросов.

– Итак, Айртон, – начал Гленарван, – мы с вами теперь на том самом «Дункане», который вы хотели выдать шайке Бена Джойса.

Губы боцмана слегка дрогнули. Его бесстрастное лицо на мгновение покраснело. Но не от раскаяния, а от стыда за постигшую его неудачу. Он – узник на той самой яхте, которой собирался командовать, и участь его должна была решиться через несколько минут. Он ничего не ответил. Гленарван терпеливо ждал, но Айртон упорно молчал.

– Говорите же, Айртон, – снова обратился к нему Гленарван. – Что вы можете сказать?

Айртон, видимо, колебался. Морщины на его лбу стали глубже. Наконец он спокойно ответил:

– Мне нечего сказать, милорд. Я имел глупость попасться вам в руки. Поступайте, как вам будет угодно.

И боцман устремил глаза на берег, расстилавшийся на западе, и сделал вид, что ему глубоко безразлично все происходящее. Глядя на него, можно было подумать, что это дело его нисколько не касается. Но Гленарван решил не терять терпения. Ему хотелось узнать кое-что о таинственном прошлом Айртона, особенно о том, что относилось к Гарри Гранту и «Британии». Он возобновил допрос, стараясь говорить мягко, подавить кипевшее в нем негодование.

– Мне думается, Айртон, – сказал он, – что вы не откажетесь ответить на некоторые вопросы, которые я хочу вам задать. Прежде всего скажите, как звать вас: Айртоном или Беном Джойсом? Были вы или не были боцманом на «Британии»?

Айртон все так же безучастно смотрел на берег, будто не слыша этих вопросов.

В глазах Гленарвана вспыхнул гнев, но он продолжал:

– Ответьте мне: при каких обстоятельствах вы покинули «Британию» и почему очутились в Австралии?

То же молчание и тот же безучастный вид.

– Послушайте, Айртон, – еще раз обратился к нему Гленарван, – в ваших же интересах говорить: только откровенность может облегчить ваше положение. В последний раз спрашиваю: желаете ли вы отвечать на мои вопросы?

Айртон повернулся к Гленарвану и посмотрел ему прямо в глаза.

– Милорд, я не собираюсь отвечать, – произнес он, – пусть правосудие само изобличает меня.

– Это легко сделать, – заметил Гленарван.

– Легко, милорд? – насмешливо отозвался Айртон. – Мне кажется, это слишком смело сказано! Я утверждаю, что самый лучший английский судья запутается в моем деле. Кто скажет, почему я появился в Австралии, раз здесь нет капитана Гранта? Кто докажет, что я тот самый Бен Джойс, приметы которого дает полиция, если я никогда не бывал в ее руках, а товарищи мои на свободе? Кто, кроме вас, может обвинить меня не только в преступлении, но даже в каком-нибудь предосудительном поступке? Кто может подтвердить, что я собирался захватить это судно и отдать его каторжникам? Никто! Слышите? Никто! У вас есть подозрения? Пусть. Но этого мало, чтобы осудить человека, – тут нужны улики, а у вас их нет. До тех пор, пока не будет доказано противное, я – Айртон, боцман «Британии».

Говоря это, Айртон оживился, но скоро принял прежний безразличный вид. Он думал, вероятно, что это его заявление положит конец допросу, но ошибся. Гленарван снова заговорил:

– Айртон, я не судья, расследующий ваше прошлое. Это не мое дело. Давайте условимся точно. Я не требую, чтобы вы свидетельствовали против себя. Здесь не суд. Но вам известно, какими поисками я занят, и вы одним словом можете навести меня на утерянный след. Вы будете говорить?

Айртон, твердо решивший молчать, отрицательно покачал головой.

– Вы не скажете мне, где находится капитан Грант? – спросил Гленарван.

– Нет, милорд, – ответил Айртон.

– Скажите тогда, где потерпела крушение «Британия».

– Нет!

– Айртон, – сказал почти умоляющим тоном Гленарван, – если вам известно, где Гарри Грант, скажите об этом, по крайней мере, его бедным детям. Вы видите, как они ждут от вас хотя бы одного слова!

Айртон дрогнул. На его лице отразилась внутренняя борьба. Но он все же тихо ответил:

– Не могу, милорд.

И тут же добавил резко, словно раскаиваясь в минутной слабости:

– Нет! Нет! Вы ничего от меня не узнаете! Можете меня повесить, если хотите.

– Повесить! – вскричал, выйдя из себя, Гленарван.

Но, овладев собой, он сказал серьезно:

– Айртон, здесь нет ни судей, ни палачей. На первой же стоянке вы будете переданы английским властям.

– Этого я и хочу, – ответил боцман.

И он снова спокойно направился в каюту, служившую ему тюрьмой. У ее дверей стояли два матроса, которым было приказано следить за каждым движением заключенного.

Свидетели этой сцены разошлись, полные возмущения и отчаяния.

Раз Гленарвану не удалось ничего выпытать у Айртона, что же было делать? Очевидно, поступить так, как решили в Идене: возвращаться в Европу, с тем чтобы когда-нибудь возобновить неудавшиеся поиски. Теперь же следы «Британии» казались безвозвратно утерянными; документ не поддавался никакому новому толкованию, на всей тридцать седьмой параллели не осталось ни одной необследованной страны, и «Дункану» оставалось только идти обратно на родину.

Посоветовавшись со всеми, Гленарван особо обсудил вопрос о возвращении с Джоном Манглсом. Джон осмотрел угольные ямы и убедился, что угля хватит не больше чем на две недели. Значит, на первой же стоянке необходимо пополнить запас топлива. Джон предложил Гленарвану плыть в бухту Талькауано, где «Дункан» однажды уже заправлялся перед началом своего кругосветного плавания. Это был бы прямой путь, и он как раз проходил по тридцать седьмой параллели. А затем яхта, имея все необходимое, пойдет на юг и, обогнув мыс Горн, направится через Атлантический океан в Шотландию.

Этот план был одобрен, и механик получил приказ разводить пары. Полчаса спустя «Дункан» взял курс на бухту Талькауано. Яхта понеслась по зеркальной поверхности океана, и в шесть часов последние вершины Новой Зеландии скрылись в горячей дымке на горизонте.

Итак, начался обратный путь. Печален был он для отважных людей, возвращавшихся назад без Гарри Гранта, которого они искали. Команда «Дункана», такая веселая и полная надежд на успех при отплытии из Шотландии, теперь пала духом и возвращалась в Европу в самом печальном настроении. Никого из этих славных матросов не радовало, что скоро они вернутся на родину, и все готовы были продолжать опасное плавание по океану, лишь бы найти капитана Гранта.

На «Дункане», где еще так недавно звучали в честь Гленарвана радостные крики «ура», теперь царило уныние. Пассажиры, не то что прежде, почти перестали видеться друг с другом; умолкли беседы, так развлекавшие их в пути. Все держались порознь, каждый в своей каюте, лишь изредка показывались на палубе.

Общее настроение, хорошее или дурное, всегда особенно ярко проявлялось у Паганеля, и вот теперь он, у которого всегда находились слова утешения, хранил мрачное молчание. Географа почти не было видно. Его природная болтливость и чисто французская живость сменились безмолвием и упадком духа. Он, казалось, был даже в большем унынии, чем его товарищи. Когда Гленарван заговаривал о новых поисках в будущем, Паганель качал головой, словно он потерял всякую надежду и уже не сомневается в том, какая судьба постигла потерпевших крушение на «Британии». Чувствовалось, что он считает их безвозвратно погибшими.

А между тем один человек на борту «Дункана» мог бы рассказать об этой катастрофе, но продолжал молчать. Это был Айртон. Без сомнения, если этот негодяй и не знал, где сейчас капитан Грант, то, во всяком случае, ему было известно место крушения. Но, видимо, Грант мог стать для боцмана нежелательным свидетелем. Поэтому он упрямо не желал говорить. Это возмущало всех, особенно матросов, которые хотели даже расправиться с ним.

Не раз Гленарван пытался добиться чего-нибудь от боцмана. Ни обещания, ни угрозы не действовали. Необъяснимое упорство Айртона заходило так далеко, что майора даже взяло сомнение, знает ли он вообще что-нибудь. Географ разделял это мнение, подтверждавшее его собственные догадки о судьбе Гарри Гранта. Но если Айртон ничего не знал, почему он в этом не признавался? Ведь это не могло повредить ему. Его молчание мешало составить план на будущее. Значило ли присутствие Айртона в Австралии, что Гарри Грант должен быть на этом же континенте? Во что бы то ни стало надо было заставить Айртона говорить.

Леди Элен, видя, что у Гленарвана ничего не выходит, попросила разрешения самой попытаться сломить упорство Айртона. Быть может, думала она, женская мягкость сделает то, что не удается мужчинам. Есть ведь старая басня о том, как буря не смогла сорвать с путника плащ, который он снял сам, как только выглянуло солнце.

Зная ум своей молодой жены, Гленарван предоставил ей поступать, как она захочет.

И вот 5 марта Айртона привели в каюту леди Элен. Здесь была и Мери Грант. Присутствие молодой девушки могло оказать большое влияние на боцмана, а леди Элен не хотела упустить ни одного шанса на успех.

Целый час женщины провели с боцманом «Британии». Что они говорили, какие приводили доводы, чтобы вырвать у каторжника его тайну, – об этом никто ничего не узнал. Впрочем, когда леди Элен и Мери вышли, их разочарованный вид показывал, что попытка не удалась. Когда боцмана вели обратно в каюту, матросы встретили его свирепыми угрозами. Айртон лишь молча пожал плечами. Это еще усилило ярость команды, и только вмешательство Джона Манглса и Гленарвана спасло Айртона от расправы.

Но леди Элен не признала себя побежденной. Она все еще надеялась найти доступ к сердцу этого безжалостного человека. На следующий день она сама пошла в каюту Айртона, желая предотвратить бурные сцены, сопровождавшие появление боцмана на палубе яхты.

Два часа добрая, кроткая шотландка провела с глазу на глаз с атаманом беглых каторжников. Гленарван в волнении бродил у каюты, то решаясь испытать до конца это последнее средство, то порываясь избавить жену от такой тягостной беседы.

На этот раз, когда леди Элен покинула Айртона, в глазах ее светилась надежда. Неужели ей удалось пробудить последние остатки жалости в сердце этого негодяя и она вырвала у него тайну?

Первым ее увидел Мак-Наббс и не поверил своим глазам.

Среди команды с быстротой электрической искры разнесся слух о том, что боцман уступил наконец настояниям леди Гленарван. Все матросы собрались на палубе проворнее, чем по свистку Тома Остина, созывавшего их на работу.

Гленарван бросился навстречу жене.

– Айртон все рассказал? – спросил он.

– Нет, – ответила леди Элен, – но, уступая моей просьбе, он хочет говорить с вами.

– Ах, дорогая Элен, так вы, значит, добились своего!

– Хочу надеяться, Эдуард!

– Вы что-нибудь обещали ему от моего имени?

– Я пообещала ему только одно: что вы используете все ваше влияние, чтобы смягчить его участь.

– Хорошо, дорогая. Пусть сейчас же приведут ко мне Айртона.

Леди Элен ушла к себе вместе с Мери Грант, а боцмана привели в кают-компанию, где ожидал его Гленарван.

Глава девятнадцатая. Сделка

Матросы, которые привели боцмана, тут же удалились.

– Вы хотели поговорить со мной, Айртон? – спросил Гленарван.

– Да, милорд, – ответил боцман.

– Только со мной?

– Да, но мне кажется, было бы лучше, если бы при нашем разговоре присутствовали майор Мак-Наббс и господин Паганель.

– Лучше для кого?

– Для меня.

Айртон говорил очень спокойно. Гленарван пристально посмотрел на него. Затем он послал сказать Мак-Наббсу и Паганелю, что просит их прийти в кают-компанию. Они тотчас явились на его приглашение. Как только оба они уселись у стола, Гленарван сказал боцману:

– Мы вас слушаем.

Несколько минут Айртон собирался с мыслями, потом сказал:

– Милорд, когда два человека заключают между собой сделку или контракт, то при этом обычно присутствуют свидетели. Вот почему я и просил, чтобы здесь были господин Паганель и майор Мак-Наббс. Я, собственно говоря, и хочу предложить вам сделку.

Гленарван, привыкший к манерам Айртона, даже глазом не моргнул, хотя всякое соглашение между ним и этим человеком казалось ему более чем странным.

– Что же это за сделка? – спросил он.

– Так вот, – ответил Айртон, – вы хотите узнать от меня некоторые полезные для вас сведения, а я хочу добиться от вас кое-каких важных для меня уступок. Услуга за услугу, милорд. Подходит вам это или нет?

– А что это за сведения? – живо спросил Паганель.

– Нет, – остановил его Гленарван, – что это за уступки?

Айртон кивнул в знак того, что понял мысль Гленарвана.

– Вот, – сказал он, – те уступки, на которые я предлагаю вам пойти. Скажите, милорд, вы по-прежнему намерены передать меня английским властям?

– Да, Айртон, и это будет только справедливо.

– Не спорю, – спокойно отозвался боцман. – Итак, вы не согласились бы вернуть мне свободу?

Гленарван с минуту колебался, прежде чем ответить на такой прямой вопрос. Ведь от его ответа, быть может, зависела судьба Гарри Гранта. Однако чувство долга взяло верх, и он сказал:

– Нет, Айртон, я не могу вернуть вам свободу.

– Я и не прошу об этом! – гордо ответил боцман.

– Так что же вам нужно?

– Нечто среднее между ожидающей меня виселицей и той свободой, которую вы, милорд, не можете мне дать.

– То есть?

– Высадите меня на одном из необитаемых островов Тихого океана и оставьте мне лишь самое необходимое. Там уж я выпутаюсь, как сумею, а со временем – как знать! – может быть, и раскаюсь.

Гленарван, не подготовленный к такому предложению, поглядел на своих друзей. Они не проронили ни слова. Подумав, Гленарван сказал боцману:

– А если я пообещаю вам сделать то, о чем вы просите, Айртон, вы расскажете мне все, что меня интересует?

– Да, милорд, то есть все, что я знаю о капитане Гранте и о судьбе «Британии».

– Всю правду?

– Всю правду.

– Но кто же поручится мне…

– О! Я понимаю, что вас беспокоит, милорд. Вам придется положиться на мое слово – слово преступника! Это верно, но что поделаешь! Так уж вышло. Придется или согласиться, или отказаться.

– Я верю вам, Айртон, – просто сказал Гленарван.

– И правильно делаете, милорд. А если даже я обману вас, то вы всегда сможете отомстить мне.

– Каким образом?

– Вернуться на мой остров и снова захватить меня: ведь убежать оттуда я не смогу.

У Айртона был ответ на все. Он предусмотрел все затруднения и сам приводил самые невыгодные для него доводы. Было ясно, что он относился к этой «сделке» с подчеркнутой добросовестностью и был предельно откровенен. Но Айртон показал себя еще более бескорыстным.

– Милорд и вы, господа, – добавил он, – мне хочется убедить вас в том, что я играю в открытую. Я не стремлюсь ввести вас в заблуждение и сейчас еще раз докажу свою искренность в этом деле. Я откровенен потому, что верю в вашу честность.

– Говорите, Айртон, – ответил Гленарван.

– У меня ведь еще нет вашего согласия на мое предложение, и тем не менее я, не колеблясь, говорю вам, что знаю о Гарри Гранте немного.

– Немного! – воскликнул Гленарван.

– Да, милорд. Подробности, которые я могу сообщить вам, касаются меня лично. И они вряд ли помогут вам снова напасть на утерянный след.

Сильнейшее разочарование отразилось на лицах Гленарвана и майора. Они были уверены, что боцман владеет важной тайной, и вдруг он признается, что все его сведения окажутся для них бесполезными. Один Паганель остался невозмутим.

Как бы то ни было, но все трое были тронуты признанием Айртона, которым он сам себя обезоружил, а особенно последними словами боцмана.

– Итак, милорд, я предупредил вас: сделка эта будет для вас менее выгодна, чем для меня.

– Это не важно, – ответил Гленарван. – Я согласен на ваше предложение, Айртон. Даю слово, что высажу вас на одном из островов Тихого океана.

– Хорошо, милорд, – промолвил боцман.

Можно было подумать, что решение Гленарвана не обрадовало этого странного человека, ибо на его бесстрастном лице не отразилось ни малейшего волнения. Казалось, что он ведет переговоры не о себе, а о ком-то другом.

– Я готов отвечать, – сказал он.

– Мы не станем задавать вам вопросы, – возразил Гленарван. – Расскажите нам сами, Айртон, все, что вы знаете, и прежде всего сообщите нам, кто вы такой.

– Господа, – начал Айртон, – я действительно Том Айртон, боцман «Британии». Двенадцатого марта тысяча восемьсот шестьдесят первого года я покинул Глазго на корабле Гарри Гранта. Четырнадцать месяцев мы вместе с ним бороздили волны Тихого океана в поисках подходящего места для шотландской колонии. Гарри Грант был рожден для великих дел, но у нас с ним часто бывали серьезные столкновения. Его характер не по мне. Я не умею беспрекословно подчиняться, а когда Гарри Грант принимал какое-нибудь решение – кончено: всякие возражения бесполезны. Это железный человек, одинаково строгий к себе и к другим. Я все же осмелился восстать против него. Я попытался поднять мятеж среди команды и захватить корабль в свои руки. Прав ли я был или виноват – теперь не важно. Как бы то ни было, Гарри Грант недолго думая высадил меня восьмого апреля тысяча восемьсот шестьдесят второго года на западном побережье Австралии...

– Австралии? – повторил майор, прерывая рассказ Айртона. – Значит, вы покинули «Британию» до стоянки в Кальяо, откуда были получены последние сведения о ней?

– Да, – ответил боцман. – Пока я был на борту «Британии», она ни разу не заходила в Кальяо, и если я упомянул на ферме Падди О'Мура о Кальяо, то только потому, что узнал об этой стоянке из вашего рассказа.

– Продолжайте, Айртон, – сказал Гленарван.

– Итак, я очутился один на почти пустынном берегу, но всего в двадцати милях от Пертской тюрьмы. Бродя по побережью, я встретил шайку только что бежавших каторжников и присоединился к ним. Вы разрешите мне не рассказывать вам о моей жизни в течение двух с половиной лет. Скажу только, что я под именем Бена Джойса стал главарем банды. В сентябре тысяча восемьсот шестьдесят четвертого года я явился на ирландскую ферму и поступил туда батраком под моим настоящим именем – Айртон. Я ждал подходящего случая, чтобы захватить какое-либо судно. Это было моей заветной мечтой. Два месяца спустя появился «Дункан». Придя на ферму, вы, милорд, рассказали всю историю капитана Гранта. Тут я узнал о том, что мне было неизвестно: о стоянке «Британии» в порту Кальяо, о том, что последние известия о судне относились к июню тысяча восемьсот шестьдесят второго года (это было через два месяца после моей высадки), о документе, о том, что судно разбилось на тридцать седьмой параллели; узнал, наконец, какие веские доводы подсказали вам, что искать Гарри Гранта нужно на Австралийском материке. Я не колебался ни секунды. Я решил завладеть «Дунканом», прекрасным судном, способным опередить самые быстроходные суда британского флота. Но «Дункан» был серьезно поврежден, он нуждался в ремонте. Поэтому я дал ему уйти в Мельбурн, а сам, сказав, как это и было на самом деле, что я боцман «Британии», предложил быть вашим проводником к вымышленному мной месту крушения у восточного побережья Австралии. Таким образом я направил вашу экспедицию через провинцию Виктория. Мои молодцы то следовали за нами, то шли впереди. Это они совершили у Кемденского моста бесполезное преступление: бесполезное потому, что как только «Дункан» подошел бы к восточному берегу, он неминуемо попал бы в мои руки, а с такой яхтой я стал бы хозяином океана. Итак, не вызвав ни в ком из вас недоверия, я довел отряд до Сноуи-Ривер. Быки и лошади пали один за другим, отравленные гастролобиумом. Я завел повозку в топи Сноуи-Ривер. По моему настоянию... Но остальное вам известно, и вы можете быть уверены, что, если бы не оплошность господина Паганеля, я теперь командовал бы «Дунканом». Вот и вся моя история, господа. К несчастью, эта исповедь не может навести вас на след Гарри Гранта. Как видите, сделка со мной была для вас маловыгодна.

Боцман умолк, скрестил, по своему обыкновению, руки и стал ждать. Гленарван и его друзья молчали. Они чувствовали, что все в рассказе этого странного злодея было правдой. Только по не зависевшим от него причинам он не смог захватить «Дункан». Его сообщники добрались до Туфоллд-Бей – это доказывала куртка каторжника, найденная Гленарваном. Здесь они, согласно приказу своего атамана, стали поджидать яхту, а когда им в конце концов надоело ждать, они, наверное, снова занялись грабежами и поджогами в селениях Нового Южного Уэльса.

Первым возобновил допрос майор: ему хотелось выяснить некоторые даты, касавшиеся «Британии».

– Итак, – спросил он, – вы были высажены на западном побережье Австралии восьмого апреля тысяча восемьсот шестьдесят второго года?

– Точно так.

– А не знаете ли вы, каковы были в это время планы Гарри Гранта?

– Довольно смутно.

– Все же расскажите, что вы знаете: самый незначительный факт может навести нас на верный путь.

– Вот все, что я могу сообщить вам, – ответил боцман. – Капитан Грант собирался побывать в Новой Зеландии. Пока я был на борту «Британии», это его намерение еще не было выполнено. Так что не исключено, что капитан Грант, выйдя из Кальяо, направился в Новую Зеландию. Это согласовалось бы со временем крушения судна, указанным в документе: двадцать седьмого июня тысяча восемьсот шестьдесят второго года.

– Совершенно верно, – сказал Паганель.

– Однако в тех обрывках слов, которые уцелели в документе, ничто не может относиться к Новой Зеландии, – возразил Гленарван.

– На это уж я не могу вам ответить, – сказал боцман.

– Хорошо, Айртон, – сказал Гленарван, – вы сдержали свое слово, я сдержу свое. Мы обсудим, на каком из островов Тихого океана вас высадить.

– О, это мне все равно, – заявил Айртон.

– Ступайте в свою каюту и ждите нашего решения, – сказал Гленарван.

Боцман удалился в сопровождении охранявших его матросов.

– Этот негодяй мог бы стать настоящим человеком, – сказал майор.

– Да, – согласился Гленарван. – Он умен, у него сильный характер. И надо же было, чтобы его способности направились на зло!

– Ну а Гарри Грант?

– Боюсь, что найти его невозможно. Бедные дети! Кто скажет, где их отец?

– Я, – отозвался Паганель, – да, я!

Читатель заметил, что географ, обычно такой словоохотливый, такой нетерпеливый, не проронил почти ни слова за все время допроса. Он молча слушал. Но то, что он сказал сейчас, стоило многих речей. Гленарван встрепенулся.

– Вы, Паганель? Вы знаете, где капитан Грант? – воскликнул он.

– Да, насколько это вообще возможно, – ответил географ.

– И как же вы это узнали?

– Все из того же документа.

– А-а… – протянул майор тоном полнейшего недоверия.

– Сначала выслушайте, Мак-Наббс, а потом уже пожимайте плечами… – заметил географ. – Я молчал до сих пор, зная, что вы мне все равно не поверите. Да и к чему было говорить! Если же сейчас я все же решаюсь на это, то только потому, что слова Айртона подтвердили мои предположения.

– Значит, в Новой Зеландии? – спросил Гленарван.

– Выслушайте меня, а потом судите сами, – отвечал Паганель. – Ошибка в письме, которая спасла нас, была не случайна, ее можно объяснить. В то время как я писал под диктовку Гленарвана, слово «Зеландия» не давало мне покоя, и вот почему. Помните, как мы все сидели в повозке и Мак-Наббс рассказывал леди Гленарван о каторжниках, о крушении у Кемденского моста? При этом он дал ей номер «Австралийской и Новозеландской газеты», где описывалась эта катастрофа. Так вот, когда я писал письмо, эта газета валялась на полу; она была сложена так, что из ее английского названия виднелось всего два слога – aland. И вдруг меня осенило. Именно такое слово «aland» было в документе, написанном по-английски; до сих пор мы считали, что это означает «на землю», а на самом деле это окончание слова «Zealand», Зеландия!

– Что такое? – вырвалось у Гленарвана.

– Да, – продолжал Паганель голосом, в котором чувствовалась глубочайшая уверенность, – это толкование раньше мне в голову не приходило. И знаете почему? Да потому, что я, естественно, изучал главным образом французский экземпляр документа, более полный, чем другие, а как раз в нем-то этого важного слова и нет.

– Ой-ой! Какой вы, однако, фантазер, Паганель! – сказал Мак-Наббс. – И как легко вы забываете свои прежние доводы!

– Пожалуйста, майор, я готов на все вам ответить.

– Тогда скажите, как истолковывается слово *austral*?

– Так же, как с самого начала. Оно обозначает: «южные страны».

– Хорошо! А обрывок слова *indi*, который первоначально истолковывался как *indiens* – «индейцы», затем как *indigénes* – «туземцы»? Теперь как вы его понимаете?

– Третье и последнее его толкование таково: это начало слова *indigence* – нужда, лишения.

– А *contin*? Означает ли по-прежнему континент? – воскликнул Мак-Наббс.

– Нет, конечно, раз Новая Зеландия только остров.

– Тогда как же? – спросил Гленарван.

– Дорогой лорд, я сейчас прочту вам документ в новом, третьем толковании, и вы сами увидите. Но прежде прошу вас: во-первых, забудьте, насколько возможно, прежние толкования и отбросьте предвзятые мнения;

во-вторых, имейте в виду, некоторые места вам покажутся натянутыми, и возможно, что я их толкую неудачно; таково, например, слово agonie, которое я, однако, никак не могу истолковать иначе. Но все эти места совершенно не важны. К тому же мое толкование основывается на французском экземпляре документа, а он, не забывайте, написан англичанином, которому могли быть неизвестны некоторые особенности чужого языка. А теперь я начинаю.

И Паганель медленно и внятно прочел следующее:

– «Двадцать седьмого июня 1862 года трехмачтовое судно «Британия», из Глазго, после долгой агонии потерпело крушение в южных морях, у берегов Новой Зеландии (по-английски Zealand). Двум матросам и капитану Гранту удалось выбраться на берег.

Здесь, терпя постоянно жестокие лишения, они бросили этот документ под... долготы и 37°11' широты. Придите им на помощь, или они погибнут».

Паганель умолк. Такое толкование документа было вполне допустимо. Но именно потому, что оно казалось таким же правдоподобным, как и прежние его толкования, оно также могло быть ошибочным. Вот почему ни Гленарван, ни майор не стали его оспаривать. Однако раз следы «Британии» не были найдены ни у берегов Патагонии, ни у берегов Австралии, там, где проходила тридцать седьмая параллель, то, конечно, были шансы найти их в Новой Зеландии.

Когда географ сказал об этом, его друзья были поражены.

– Скажите, Паганель, – обратился к нему Гленарван, – почему же вы два месяца держали в тайне это новое толкование?

– Потому что я не хотел понапрасну вас обнадеживать. К тому же мы ведь все равно направлялись в Окленд, лежащий именно на той широте, которая была указана в документе.

– Ну а потом, когда мы отклонились от этого пути, почему же вы тогда ничего не сказали?

– По той причине, что мое толкование, как бы верно оно ни было, не могло бы помочь спасти капитана Гранта.

– Почему вы так думаете?

– Да потому, что если с тех пор прошло целых два года и капитан не появился, значит, он пал жертвой либо крушения, либо новозеландцев.

– Так вы думаете?.. – спросил Гленарван.

– Я думаю, что, быть может, и удастся найти какие-либо останки «Британии», но потерпевшие крушение люди безвозвратно погибли.

– Ни слова об этом, друзья мои, – сказал Гленарван. – Предоставьте мне выбрать подходящий момент, чтобы сообщить эту печальную весть детям капитана Гранта.

Глава двадцатая. Крик в ночи

Вскоре вся команда «Дункана» узнала, что сообщение Айртона не пролило света на судьбу капитана Гранта. Все впали в глубокое уныние: на боцмана возлагалось столько надежд, а оказалось, что ему неизвестно ничего, что могло бы навести «Дункан» на след «Британии».

Итак, яхта шла прежним курсом. Оставалось лишь выбрать остров, на котором высадить Айртона.

Паганель и Джон Манглс справились по корабельным картам. Как раз на тридцать седьмой параллели значился клочок земли под названием риф Мария-Тереза. Этот скалистый, затерянный в Тихом океане островок расположен в трех с половиной тысячах миль от американского побережья и в тысяче пятистах милях от Новой Зеландии. На севере ближайшая к нему земля – архипелаг Паумоту, находящийся под протекторатом Франции; к югу же никаких земель вплоть до вечных льдов Южного полюса нет. Суда никогда не пристают к берегам этого пустынного островка. Никаких отголосков того, что делается в мире, не долетает до него. Одни буревестники во время своих дальних перелетов опускаются сюда отдыхать. На многих картах и вовсе не значится этого островка – рифа, омываемого волнами Тихого океана.

Этот остров, заброшенный в океане, в стороне от всех морских путей, был самым уединенным местом, какое только можно найти на земном шаре. Айртону показали его на карте. Боцман согласился поселиться там, вдали от людей, и «Дункан» взял курс на риф Мария-Тереза. Яхта находилась в это время как раз на прямой линии от бухты Талькауано к Марии-Терезе. Два дня спустя, в два часа дня вахтенный матрос заметил на горизонте землю. Это был остров Мария-Тереза, низкий, вытянутый, едва поднимавшийся из воды, похожий на огромного кита. Яхта, рассекавшая волны со скоростью шестнадцати узлов, была еще на расстоянии тридцати миль от него. Мало-помалу стали видны очертания рифа. На фоне заходящего солнца отчетливо вырисовывался его причудливый силуэт. Солнце ярко освещало отдельные невысокие скалы.

В пять часов Джону Манглсу показалось, что над островом поднимается к небу легкий дым.

– Что это, вулкан? – спросил он Паганеля, рассматривавшего остров в подзорную трубу.

– Не знаю, что и думать, – ответил географ. – Этот остров малоизвестен. Конечно, не было бы ничего удивительного, если бы он оказался вулканического происхождения.

– Но если его создало извержение, нет ли опасности, что другое извержение его разрушит? – сказал Гленарван.

– Маловероятно, – ответил Паганель. – Гарантией его прочности служит то, что он существует несколько веков. Эти новые острова могут исчезнуть вскоре после возникновения, как остров Джулия, просуществовавший в Средиземном море всего лишь несколько месяцев.

– Что ж, – сказал Гленарван, – как вы думаете, Джон, сможем мы подойти к берегу до наступления ночи?

– Нет, милорд. Я не могу подвергать корабль опасности, подводя его в темноте к незнакомому мне берегу. Я буду крейсировать, делая короткие галсы, а завтра на рассвете мы пошлем туда шлюпку.

В восемь часов вечера риф Мария-Тереза, до которого оставалось всего пять миль, казался какой-то удлиненной, едва видной тенью. «Дункан» все приближался к нему.

В девять часов на островке вспыхнул довольно яркий огонек. Он светился ровным, неподвижным светом.

– Вот это как будто указывает на вулкан, – проговорил Паганель, внимательно всматриваясь.

– Однако на таком близком расстоянии мы слышали бы грохот, всегда сопровождающий извержение, – заметил Джон Манглс, – а восточный ветер не доносит до нас никакого шума.

– Действительно, пламя есть, но вулкан безмолвствует, – согласился Паганель. – Кажется, этот огонь мигает, как маяк.

– Вы правы, – отозвался Джон. – А между тем на этих берегах нет маяков. О! – воскликнул он. – Вот и другой огонек – теперь на самом берегу. Смотрите! Он колышется! Он перемещается!

Джон не ошибался. Действительно, появился другой огонек. Казалось, он то потухает, то снова разгорается.

– Значит, остров обитаем? – спросил Гленарван.

– Очевидно, населен дикарями, – ответил Паганель.

– Но тогда мы не сможем высадить там боцмана.

– Нет, конечно, – вмешался майор, – это был бы слишком плохой подарок даже для дикарей.

– В таком случае мы поищем какой-нибудь другой, необитаемый остров, – сказал Гленарван. – Я обещал Айртону, что он будет жив и невредим, и хочу сдержать свое слово.

– Во всяком случае, будем осторожны, – заметил Паганель, – у новозеландцев, как некогда у жителей Корнуэльских островов, в ходу обычай заманивать к берегам суда с помощью движущихся огней. Вероятно, и обитателям Марии-Терезы знаком этот прием.

– Держись в четверти мили от берега! – крикнул Джон Манглс матросу, стоявшему на руле. – Завтра на рассвете мы узнаем, в чем дело.

В одиннадцать часов Джон Манглс и пассажиры разошлись по своим каютам. На баке остались вахтенные, а на корме у румпеля стоял один рулевой.

В это время на верхнюю палубу поднялись Мери Грант и Роберт. Дети капитана Гранта, облокотившись на перила, с грустью смотрели на блестевшее фосфоресцирующим светом море и на светящийся след, остававшийся за кормой «Дункана». Мери думала о будущем Роберта, Роберт – о будущем сестры. И оба думали об отце. Жив ли он еще, их любимый отец? Неужели надо отказаться от надежды свидеться с ним? Но как жить без него? Что станется с ними? Что было бы с ними и теперь без лорда Гленарвана и леди Элен?

Горе сделало мальчика взрослым не по годам. Он догадывался, какие мысли волновали сестру.

– Мери, – сказал он, беря ее за руку, – никогда не надо отчаиваться. Вспомни, чему учил нас отец, которого ничто не могло сломить. До сих пор, сестра, ты работала для меня, а теперь моя очередь, я стану трудиться для тебя.

– Милый Роберт!..

– Мери, мне надо сказать тебе одну вещь. Ты ведь не станешь сердиться, правда?

– Зачем же мне сердиться, мой мальчик!

– И ты позволишь мне сделать то, что я задумал?

– Что ты хочешь сказать? – с беспокойством спросила Мери.

– Сестра! Я хочу стать моряком…

– Ты покинешь меня? – вскрикнула Мери, сжимая руку брата.

– Да, сестра, я буду моряком, как отец, как капитан Джон! Мери, дорогая Мери, ведь капитан Джон не потерял надежды разыскать отца. Верь в его преданность, как и я. Джон обещал сделать из меня отличного моряка, а пока мы будем вместе с ним разыскивать отца. Скажи, сестра, что ты согласна. Наш долг – мой долг – сделать для отца то, что он сделал бы для нас. У меня лишь одна цель в жизни: искать, непрестанно искать того, кто никогда не оставил бы ни тебя, ни меня. Мери, дорогая, как он был добр, наш отец!

– И как благороден, как великодушен! – добавила Мери. – Знаешь ли ты, Роберт, что им уже гордилась наша родина, и, если бы злая судьба не помешала ему, он стал бы одним из величайших людей Шотландии.

– Знаю ли я это! – воскликнул Роберт.

Мери прижала брата к груди, и мальчик почувствовал, как слезы сестры оросили его лоб.

– Мери! Мери! – крикнул он. – Что бы ни говорили наши друзья, сколько бы они ни молчали, я все еще надеюсь и всегда буду надеяться! Такой человек, как наш отец, не умирает, не доведя своего дела до конца!

Мери Грант не могла отвечать: ее душили рыдания. Девушка была глубоко взволнована мыслями о новых поисках Гарри Гранта и о безграничной преданности молодого капитана.

– Значит, мистер Джон еще надеется? – спросила она.

– Да, – ответил Роберт. – Он наш брат и никогда не покинет нас. И я тоже стану моряком, чтобы вместе с ним искать отца, да, Мери? Ты согласна?

– Конечно, согласна! Но расстаться… – прошептала девушка.

– Ты не останешься одна, Мери. Я знаю, мне говорил мой друг Джон. Леди Гленарван не отпустит тебя. Ты ведь женщина, сестра, и потому можешь и должна принять ее помощь. Было бы неблагодарностью отказаться от нее. А я мужчина, значит, должен – отец много раз повторял мне это – сам ковать свою судьбу.

– Но что же станет тогда с нашим милым домом в Данди? С ним связано столько воспоминаний!

– Мы его сохраним, сестричка! Все будет в порядке. Наш друг Джон и лорд Гленарван все обдумали. Ты будешь жить в замке Малькольм у лорда и леди Гленарван, как их дочь. Лорд сам сказал это моему другу Джону, а он рассказал мне. Ты будешь у них чувствовать себя совсем как дома, и тебе будет с кем поговорить об отце. А в один прекрасный день мы тебе привезем его самого. Ах! Как это будет чудесно! – восторженно сказал Роберт.

– Брат мой, мальчик мой, как счастлив был бы отец, если бы он мог слышать тебя! – сказала Мери. – Как ты похож, милый Роберт, на него, на нашего дорогого отца! Когда ты станешь мужчиной, ты будешь вылитый отец!

– О Мери! – краснея от благородной сыновней гордости, воскликнул мальчик.

– Но чем мы отблагодарим лорда и леди Гленарван? – сказала Мери.

– О, это нетрудно будет сделать! – заявил с юношеской самоуверенностью Роберт. – Мы будем их любить, почитать, говорить им об этом, будем с ними нежны, а когда-нибудь пожертвуем для них своей жизнью!

– Нет, уж лучше живи для них! – воскликнула молодая девушка, целуя брата. – Это будет им приятнее, да и мне тоже.

Дети капитана Гранта умолкли, но продолжали глядеть друг на друга. Мысленно они все еще вели разговор, задавали друг другу вопросы, слышали ответы. По морю плавно перекатывалась легкая зыбь, светилась сквозь сумрак бурлившая за винтом вода.

И тут произошло нечто странное. Как будто какая-то магнетическая сила, связывавшая брата и сестру, вызвала у обоих одновременно одну и ту же галлюцинацию. Им почудилось вдруг, что из лона волн, попеременно то темных, то светящихся, зазвучал чей-то голос, и его глубокий, тоскующий звук проник им в самую душу.

– Помогите! Помогите!.. – кричал голос.

– Мери, ты слышала, слышала? – спросил Роберт.

Поспешно перегнувшись через борт, они стали вглядываться во мглу, но ничего не было видно – только безбрежный мрак расстилался перед ними.

– Роберт, – проговорила бледная от волнения Мери, – мне почудилось… Да, почудилось, как и тебе… Мы оба бредим, милый Роберт.

Но голос, призывавший на помощь, раздался снова, и на этот раз иллюзия была так велика, что у обоих вырвался крик:

– Отец! Отец!

Мери не могла больше выдержать. Сломленная волнением, она без чувств упала на руки брата.

– Помогите! – крикнул Роберт. – Сестра! Отец!.. Помогите!..

Рулевой бросился поднимать бесчувственную девушку. Прибежали вахтенные матросы, появились разбуженные шумом Джон Манглс, леди Элен, Гленарван.

– Сестра умирает, а наш отец там! – воскликнул Роберт, указывая на волны.

Никто не мог понять, в чем дело.

– Да, да, – повторял мальчик, – отец там! Я слышал его голос! Мери тоже слышала…

В эту минуту Мери пришла в себя и в безумном порыве тоже закричала:

– Отец! Там отец!

Бедная девушка перегнулась через борт, словно собиралась броситься в море.

– Милорд! Леди Элен! Говорю вам, что там мой отец! – твердила она, сжимая руки. – Уверяю вас, я слышал его голос! Он звучал из волн, словно жалоба, словно последнее «прости»…

С бедняжкой сделались спазмы, конвульсии. Пришлось отнести ее в каюту. Туда пошла и леди Элен, чтобы оказать ей помощь.

Роберт же все повторял:

– Отец мой! Отец там! Я уверен в этом, милорд!..

Свидетели этой мучительной сцены поняли наконец, что дети капитана Гранта были обмануты галлюцинацией. Но как убедить их в этом?

Гленарван попытался это сделать. Взяв за руку Роберта, он спросил его:

– Ты слышал голос отца, дитя мое?

– Да, милорд. Там, среди волн. Он кричал: «Помогите! Помогите!»

– И ты узнал голос?

– Узнал ли я голос? О да, клянусь вам! Сестра тоже слышала и тоже узнала голос отца. Неужели вы думаете, что мы оба могли ошибиться? Милорд, надо спасти отца! Шлюпку! Шлюпку!

Гленарван увидел, что разубедить бедного мальчика невозможно. Тем не менее он сделал последнюю попытку и позвал рулевого.

– Хокинс, – обратился он к нему, – вы ведь стояли у руля, когда мисс Грант так внезапно упала?

– Да, – ответил Хокинс.

– И вы ничего не заметили, ничего не слышали?

– Ничего.

– Вот видишь, Роберт!

– Хокинс не сказал бы, что ничего не слышал, будь то его собственный отец! – запальчиво крикнул мальчик. – Это был мой отец, милорд, мой отец, отец!

Голос Роберта прервался рыданием. Бледный и безмолвный, он тоже лишился чувств. Гленарван распорядился отнести его на постель в каюту, и измученный волнением мальчик впал в тяжелое забытье.

– Бедные сироты, – промолвил Джон Манглс, – какое страшное испытание выпало им на долю!

– Да, – отозвался Гленарван, – чрезмерное горе, видимо, вызвало у обоих одновременно эту галлюцинацию.

– У обоих? – прошептал Паганель. – Странно! Наука не допускает этого.

Затем географ перегнулся через борт и, сделав всем знак молчать, стал прислушиваться.

Кругом было тихо. Паганель громко крикнул. Но никто не ответил.

– Странно, странно, – повторял географ, направляясь в свою каюту. – Сходство мыслей и общее горе все же не могут объяснить подобное явление.

На следующий день, 8 марта, в пять часов утра, как только стало светать, пассажиры, в том числе Роберт и Мери – их невозможно было удержать в каютах, – собрались на палубе «Дункана». Каждому хотелось посмотреть на землю, лишь мельком виденную накануне. Все жадно глядели на остров в подзорные трубы. Было видно все до подробностей.

Вдруг раздался крик Роберта. Мальчик уверял, что видит, как два человека бегают по берегу, а третий машет флагом.

– Английский флаг! – крикнул Джон Манглс, взглянув в подзорную трубу.

– Верно! – воскликнул Паганель, быстро оборачиваясь к Роберту.

– Милорд, – заговорил мальчик, дрожа от волнения, – если вы не хотите, чтобы я добрался до берега вплавь, велите спустить шлюпку. На коленях умоляю вас, позвольте мне первым высадиться на берег!

Никто не решался вымолвить ни слова. Как! На этом островке, расположенном на тридцать седьмой параллели, было трое потерпевших крушение английских подданных. Всем вспомнилось вчерашнее происшествие, голос в ночи, который услышали Роберт и Мери. Что ж, может быть, им не почудилось и кто-то в самом деле кричал, но возможно ли, чтобы это был голос их отца? Увы! Нет, тысячу раз нет! И каждый, думая об ужасном разочаровании, которое ожидало сирот, трепетал, боясь, что бедные дети уже не в силах будут перенести это новое испытание. Но как удержать их! У Гленарвана не хватило на это духу.

– Спустить шлюпку! – крикнул он.

Минута – и шлюпка уже была на воде. Дети капитана Гранта, Гленарван, Джон Манглс, Паганель бросились в нее, и она стремительно понеслась вперед под бешеными ударами весел шести матросов.

В шестистах футах от берега Мери крикнула душераздирающим голосом:

– Отец!..

На берегу, рядом с двумя товарищами, стоял высокий, крепко сложенный человек. В его выразительном лице, кротком и вместе с тем отважном, сочетались черты обоих юных Грантов. Несомненно, это был тот самый человек, которого так часто описывали Мери и Роберт. Сердце не обмануло их – то был их отец, то был капитан Грант!

Капитан услышал крик Мери, протянул руки и упал, словно пораженный громом.

Глава двадцать первая. Остров Табор

От радости не умирают: и отец и дети пришли в себя еще до того, как шлюпка доставила их на яхту. Где найти слова, чтобы описать эту сцену! Вся команда плакала, видя, как эти трое молча приникли друг к другу.

Взойдя на палубу «Дункана», олицетворявшую для него родную Шотландию, Гарри Грант возблагодарил бога за свое спасение. Затем он дрожащим от волнения голосом выразил горячую признательность Гленарвану и всем его спутникам. За то короткое время, пока шлюпка доплыла до яхты, Мери и Роберт успели в нескольких словах рассказать отцу всю историю экспедиции «Дункана».

Как бесконечно он был обязан леди Гленарван, этой благородной женщине, и ее спутникам! Разве все они, от самого Гленарвана и до последнего матроса, не боролись и не страдали ради него! Гарри Грант излил переполнявшую его благодарность с такой простотой, с таким благородством, его мужественное лицо было озарено таким чистым и кротким светом, что вся команда почувствовала себя вознагражденной с лихвой за все перенесенные испытания. Даже невозмутимый майор не мог сдержаться и прослезился. А Паганель плакал, как ребенок, даже не стараясь скрыть слезы.

Гарри Грант не сводил глаз с дочери. Он восхищался красотой и обаянием Мери и повторял это ей вслух, призывая леди Элен в свидетельницы того, что это не только голос отцовской любви. Повернувшись к сыну, он восклицал с восторгом:

– Как он вырос! Совсем мужчина!

И он осыпал любимых детей бесконечными поцелуями.

Роберт представил отцу по очереди всех своих друзей. И хотя мальчуган старался разнообразить характеристики, но повторял о каждом одно и то же. Все, как один, были очень добры к сиротам. Когда наступила очередь Джона Манглса, молодой капитан покраснел, как девушка, и во время разговора с отцом Мери голос его дрожал.

Леди Элен рассказала капитану Гранту об их путешествии. Капитан мог гордиться и сыном и дочерью.

Гарри Грант узнал о подвигах юного героя, узнал, как мальчик уже отчасти уплатил Гленарвану отцовский долг. Вслед за леди Элен заговорил Джон Манглс. Он так отзывался о Мери, что Гарри Грант, который кое-что понял еще со слов леди Элен, вложил руку дочери в руку отважного молодого капитана и, обращаясь к лорду и леди Гленарван, сказал:

– Милорд и вы, сударыня, благословим наших детей!

Когда все было рассказано и пересказано сотню раз, Гленарван поведал Гарри Гранту об Айртоне. По словам капитана, все, что боцман сообщил о его высадке на австралийское побережье, было правдой.

– Это малый с головой, смельчак, – добавил он, – но страсти увлекли его ко злу. Будем надеяться, что он одумается, раскается и вернется к лучшим чувствам.

Но Гарри Гранту хотелось, прежде чем на остров будет высажен Айртон, принять там, на своей скале, новых друзей. Он пригласил их посетить свой деревянный домик и отобедать за столом Робинзона Океании.

Гленарван и его спутники с удовольствием приняли это приглашение. Роберту и Мери не терпелось поскорее увидеть те места, где так долго тосковал по ним отец.

Снарядили лодку, и вскоре капитан с детьми, лорд и леди Гленарван, майор, Джон Манглс и Паганель высадились на берег острова.

Им достаточно было нескольких часов, чтобы обойти владения Гарри Гранта. Этот островок был, в сущности, вершиной подводной горы и представлял собой плоскогорье со множеством базальтовых скал и обломков вулканических пород. Под действием подземного огня гора эта в отдаленную геологическую эпоху мало-помалу поднялась со дна Тихого океана. Но с тех пор прошло уже много веков, вулкан потух, и его вершина превратилась в остров, на нем образовался плодородный слой почвы; этой новой землей постепенно завладела растительность. Проплывавшие мимо острова китобои высадили здесь домашних животных – коз и свиней, которые размножились и с течением времени одичали. Таким образом на этом островке, затерянном среди Тихого океана, были представлены теперь все три царства природы. Когда же здесь очутились моряки, потерпевшие крушение на «Британии», силы природы стали направляться рукой человека. За два с половиной года Гарри Грант и его матросы совершенно преобразили остров. Несколько тщательно обработанных акров земли приносили им превосходные овощи.

Гости подошли к домику, осененному зелеными камедными деревьями; перед его окнами живописно расстилалось море, сверкавшее под лучами солнца. Под раскидистыми деревьями поставили стол, и все уселись вокруг него. Жаркое из козлятины, хлеб из нарду, несколько чашек молока, два-три стебля дикого цикория и чистая холодная вода составляли эту простую, идиллическую трапезу.

Паганель был в восторге. Воскресли его старые мечты стать Робинзоном.

– Жалеть пройдоху Айртона не приходится: этот островок – настоящий рай! – воскликнул географ.

– Да, он был раем для трех жертв кораблекрушения, – отозвался Гарри Грант. – Но я очень жалею, что Мария-Тереза не обширный плодородный остров с рекой вместо ручья и удобным портом вместо бухточки.

– Почему, капитан? – спросил Гленарван.

– Потому что тогда я основал бы здесь, в Тихом океане, колонию, которую подарил бы Шотландии.

– Вот как, капитан Грант! Вы, стало быть, не оставили своего замысла, который сделал вас столь популярным на нашей родине? – сказал Гленарван.

– Нет, не оставил, милорд. И я спасен богом и вами именно для того, чтобы осуществить этот замысел. Нужно, чтобы наши несчастные братья, обитатели древней Каледонии, нашли на новой земле убежище от нищеты. Наша родина должна иметь в этих морях свою, ей одной принадлежащую колонию, где у нее будет хоть немного той независимости, того благосостояния, которых ей так недостает в Европе!

– О! Это хорошо сказано, капитан Грант! – сказала леди Элен. – Прекрасный план, достойный благородного сердца! Но этот островок…

– Наш риф смог бы прокормить всего нескольких колонистов, а нам нужны большие, плодородные земли.

– Ну что ж, капитан, – воскликнул Гленарван, – будущее в наших руках! Будем искать эти земли вместе.

Гарри Грант и Гленарван крепко пожали друг другу руки, как бы скрепляя данное обещание.

Всем не терпелось услышать на этом самом островке, в этом скромном домике рассказ о том, как потерпевшие крушение прожили два долгих года вдали от людей.

Гарри Грант охотно исполнил желание своих новых друзей.

– Моя история, – начал он, – это история всех робинзонов, заброшенных на пустынный остров. Уповая лишь на бога и на самих себя, они понимают, что должны бороться за свою жизнь с силами природы. В ночь с двадцать шестого на двадцать седьмое июня тысяча восемьсот шестьдесят второго года «Британия», потеряв управление во время шестидневной бури, разбилась о риф Мария-Тереза. Море так бушевало, что спасти всех было невозможно, и моя несчастная команда погибла. Только двум матросам, Бобу Лирсу и Джо Беллу, и мне после многих тщетных попыток удалось добраться до берега.

Земля, приютившая нас, оказалась пустынным островком длиной в пять миль, шириной в две. На нем росло три десятка деревьев, было несколько лугов, а также источник пресной воды, к счастью, никогда не пересыхавший. Очутившись с моими двумя матросами в этом затерянном уголке земного шара, я не пал духом и приготовился к упорной борьбе. Боб и Джо, мои отважные товарищи по несчастью, стали энергично помогать мне.

По примеру Робинзона, созданного воображением Даниеля Дефо, мы начали с того, что подобрали обломки судна, инструменты, немного пороха, оружие и мешок с драгоценным для нас зерном. Первые дни были трудны, но вскоре охота и рыбная ловля обеспечили нас пищей: остров кишел дикими козами, а у берегов было много рыбы. Мало-помалу наша жизнь наладилась.

Приборы, которые мне удалось спасти от крушения, помогли мне точно определить, где находится наш островок, и я понял, что он лежит вдали от обычных путей судов и что только счастливый случай может выручить нас. Не переставая думать о моих любимых детях, но уже не надеясь снова увидеть их, я решил смело принять выпавшее мне на долю испытание. Мы работали не покладая рук. Вскоре несколько акров земли были засеяны семенами из мешка с «Британии». Картофель, цикорий и щавель оздоровили нашу пищу. Со временем появились и другие овощи. Мы поймали нескольких козлят. Их удалось легко приручить. Теперь у нас было молоко, масло. Из нарду, росшего на дне пересохших ручьев, мы стали печь довольно вкусный хлеб. Словом, мы вполне обеспечили свою жизнь всем необходимым.

Мы выстроили себе дом из выброшенных на берег обломков «Британии», покрыли его тщательно просмоленными парусами. Получилось надежное убежище, где мы благополучно пережили период дождей. Сколько в этом домике обсуждалось планов, сколько было мечтаний! И самая чудесная из наших грез ныне сбылась! Сначала я хотел пуститься в море на лодке, сделанной из обломков нашего судна, но ближайшая земля – архипелаг Паумоту – отстояла от нас на полторы тысячи миль. Никакая лодка не смогла бы выдержать такое плавание. Пришлось отказаться от этой мысли. Только счастливый случай мог спасти нас.

Ах, дорогие мои дети! Сколько раз высматривали мы с береговых скал, не появится ли судно в морской дали! За все время нашего заточения на горизонте только два-три раза показались паруса, но тотчас исчезали. Так прошло два с половиной года. Мы уже перестали надеяться, но еще не отчаивались.

Наконец, вчера, взобравшись на высокую скалу, я вдруг увидел на западе легкий дымок. Он стал расти. Вскоре я различил судно. Казалось, оно направлялось к нам. Но не пройдет ли оно мимо острова? Ведь ему незачем здесь останавливаться.

Ах, что это был за мучительный день! Как сердце не разорвалось у меня в груди! Мои товарищи зажгли костер на вершине одной из скал. Наступила ночь, а никаких признаков того, что нас заметили на яхте, не было. От этого судна зависело наше спасение. Неужели мы упустим эту возможность! Я уже не колебался. Тьма сгущалась. Ночью судно могло обогнуть остров и уйти. Я бросился в воду и поплыл к нему. Надежда утраивала мои силы. Я с нечеловеческой энергией рассекал волны. Уже яхта была от меня в каких-нибудь двух сотнях футов, как вдруг она переменила галс. Тогда-то я испустил те отчаянные крики, которые услышали только мои дети и которые не были их галлюцинацией. Затем я вернулся на берег, обессиленный волнением и усталостью. Матросы вытащили меня из воды полумертвым. Эта последняя ночь на острове была ужасной. Мы уже считали себя навсегда обреченными на одиночество. Но вот стало светать, и мы увидели, что яхта все еще здесь и медленно лавирует. Потом вы спустили шлюпку… Мы были спасены! И какое великое счастье: дети, мои дорогие дети были в этой шлюпке и протягивали ко мне руки!..

Последние слова капитана утонули в поцелуях и ласках, которыми его осыпали Мери и Роберт. И тут только капитан узнал, что своим спасением он был обязан неразборчивому документу, тому самому, который он через неделю после крушения вложил в бутылку и бросил в море.

Но о чем думал Жак Паганель во время рассказа капитана Гранта? Почтенный географ в тысячный раз перебирал в уме слова документа. Он припоминал одно за другим все три своих толкования, которые оказались одинаково неверными. Какое же из этих размытых морской водой слов относилось к рифу Мария-Тереза?

Паганель не вытерпел. Он схватил за руку Гарри Гранта.

– Капитан, – воскликнул он, – скажите же мне наконец, что содержалось в вашей загадочной записке?

При этих словах географа все насторожились: сейчас будет разгадана тайна, в которую они тщетно пытались проникнуть в течение девяти месяцев!

– Помните ли вы, капитан, содержание документа дословно? – продолжал Паганель.

– Помню совершенно точно, – ответил Гарри Грант. – Не проходило дня, чтобы я не припоминал этих слов: ведь на них была вся наша надежда.

– Какие же это слова, капитан? – спросил Гленарван. – Откройте нам их: наше самолюбие задето за живое!

– Пожалуйста, – ответил Гарри Грант. – Но, как вам известно, стремясь увеличить шансы на спасение, я вложил в бутылку три записки на разных языках. Какая из них вас интересует?

– Так они не тождественны? – воскликнул Паганель.

– Тождественны, за исключением одного названия.

– Тогда скажите нам французский текст, – сказал Гленарван, – он был наименее поврежден водой, и наши толкования основывались главным образом на нем.

– Вот этот текст слово в слово: *«Двадцать седьмого июня 1862 года трехмачтовое судно “Британия”, из Глазго, потерпело крушение в тысяче пятистах лье от Патагонии, в Южном полушарии. Два матроса и капитан Грант добрались до острова Табор...»*

– Как?! – воскликнул Паганель.

– *«Здесь,* – продолжал Гарри Грант, – *терпя постоянные жестокие лишения, они бросили этот документ под 153° долготы и 37°11' широты. Придите им на помощь, или они погибнут».*

Услышав слово «Табор», Паганель вскочил с места и вне себя воскликнул:

– Как – остров Табор? Да ведь это же риф Мария-Тереза!

– Совершенно верно, господин Паганель, – ответил Гарри Грант. – На английских и немецких картах – Мария-Тереза, а на французских – Табор.

В эту минуту полновесный удар обрушился на плечо Паганеля, так что он согнулся. Справедливость требует признать, что это майор, впервые вышедший из рамок строгой корректности, так наградил Паганеля.

– Географ! – сказал с глубочайшим презрением Мак-Наббс.

Но Паганель даже и не почувствовал удара. Что значил он по сравнению с ударом, нанесенным его самолюбию ученого!

– Так вот, – сказал Мак-Наббс капитану Гранту, – Паганель постепенно приближался к истине. Патагония, Австралия, Новая Зеландия казались ему бесспорным местом крушения. Обрывок слова *contin,* который он истолковал сначала как *continent* (континент), постепенно получил свое подлинное значение: *continuelle* (постоянная); *indi* означало сначала *indiens* (индейцы), потом *indigénes* (туземцы) и, наконец, было правильно понято как слово *indigence* (лишения). Только обрывок слова *abor* ввел в заблуждение проницательного географа. Паганель упорно видел в нем корень глагола *aborder* (причаливать), между тем как это было частью французского названия острова Мария-Тереза, где нашли приют потерпевшие кораблекрушение на «Британии»: остров Табор. Правда, этой ошибки трудно было избежать, раз на всех корабельных картах «Дункана» этот остров значился под названием Мария-Тереза.

– Но все равно! – восклицал Паганель и рвал на себе волосы в отчаянии. – Я не должен был забывать об этом двойном названии! Это непростительная ошибка, заблуждение, недостойное секретаря Географического общества! Я опозорен!

– Господин Паганель, успокойтесь! – утешала географа леди Элен.

– Нет, нет! Я настоящий осел!

– И даже не ученый осел, – отозвался в виде утешения ему майор.

Когда обед был окончен, Гарри Грант позаботился о том, чтобы привести в порядок все свое хозяйство. Он ничего не брал с собой, желая, чтобы преступник наследовал честному человеку.

Все вернулись на борт «Дункана». Гленарван хотел отплыть в тот же день и потому дал приказ высадить боцмана на остров. Айртона привели на ют, где находился Гарри Грант.

– Это я, Айртон, – сказал Грант.

– Вижу, капитан, – отозвался боцман, не проявляя и тени удивления. – Ну что же, рад вас видеть в добром здоровье.

– По-видимому, Айртон, я сделал ошибку, высадив вас в обитаемых местах.

– По-видимому, капитан.

– Вы сейчас останетесь вместо меня на этом пустынном островке. Я надеюсь, что вы раскаетесь в том зле, которое причинили людям.

– Все может быть, – спокойно ответил Айртон.

Гленарван обратился к боцману:

– Итак, Айртон, вы по-прежнему хотите, чтобы я высадил вас на необитаемый остров?

– Да.

– Остров Табор вам подходит?

– Совершенно.

– Теперь, Айртон, выслушайте то, что я хочу напоследок сказать вам. Вы здесь, вдали от всякой земли, будете лишены общения с другими людьми. Чудеса редки: вам не убежать с этого островка, на котором оставит вас «Дункан». Вы будете один, но вы не будете затеряны, отрезаны от мира, как капитан Грант. Люди все же будут помнить о вас, хоть вы того и не заслуживаете. Я знаю, где найти вас, Айртон, и я этого не забуду.

– Спаси вас бог, милорд, – просто ответил Айртон.

То были последние слова, которыми обменялись Гленарван и боцман.

Шлюпка уже стояла наготове. Айртон спустился в нее.

Джон Манглс заранее распорядился перевезти на остров несколько ящиков с консервами, одежду, инструменты, оружие, а также запас пороха и пуль. Таким образом, боцман мог работать и переродиться в труде. У него было все необходимое, даже книги, и в их числе – Библия.

Настал последний час. Команда и пассажиры собрались на палубе. У многих сжималось сердце. Мери Грант и леди Элен не могли скрыть своего волнения.

– Это так необходимо? – обратилась молодая женщина к мужу. – Необходимо покинуть здесь этого несчастного?

– Да, Элен, необходимо, – ответил Гленарван. – Это искупление!

В эту минуту шлюпка, по команде Джона Манглса, отвалила от борта. Айртон, как всегда невозмутимый, стоя снял шапку и с суровой важностью поклонился.

Гленарван, а за ним вся команда обнажили головы, точно у постели умирающего. Шлюпка все удалялась. Все на палубе молчали.

Когда шлюпка подошла к берегу, Айртон выскочил на песок, а шлюпка вернулась к яхте. Было четыре часа пополудни. С юта пассажиры видели, как боцман, скрестив на груди руки, неподвижно, словно статуя, стоял на прибрежной скале. Глаза его были устремлены на «Дункан».

– Отправляемся, милорд? – спросил Джон Манглс.

– Да, Джон, – ответил Гленарван; он был взволнован, но старался не показать этого.

– Полный вперед! – крикнул капитан механику.

Пар зашипел в трубах, винт закрутился, и в восемь часов скалы острова Табор скрылись в вечерней мгле.

Глава двадцать вторая. Последняя причуда Жака Паганеля

18 марта, через одиннадцать дней после того, как «Дункан» отплыл от острова Табор, показались берега Америки, а на следующий день яхта бросила якорь в бухте Талькауано.

Она вернулась сюда после пятимесячного плавания, во время которого, строго придерживаясь тридцать седьмой параллели, обошла вокруг всего земного шара. Участники этой достопамятной, не имевшей прецедента в летописях английского Клуба путешественников экспедиции побывали в Чили, в пампасах, в Аргентинской республике, в Атлантическом океане, на островах Тристан-да-Кунья, в Индийском океане, на островах Амстердам, в Австралии, в Новой Зеландии, на острове Табор и в Тихом океане. И усилия путешественников увенчались успехом: они возвращали на родину моряков, потерпевших крушение на «Британии».

Все храбрые шотландцы, отозвавшиеся на призыв Гленарвана, остались живы и невредимы и возвращались в свою старую Шотландию. Эта экспедиция напоминала битвы, которые древняя история именовала «битвами без слез».

Пополнив запасы угля, «Дункан» двинулся вдоль берегов Патагонии и, обогнув мыс Горн, пошел по Атлантическому океану.

Путешествие было на редкость спокойным. Яхта казалась доверху нагруженной счастьем. На борту больше не было никаких секретов, даже любовь Джона Манглса к Мери Грант перестала быть тайной.

Впрочем, нет, было нечто непонятное, что не давало покоя Мак-Наббсу. Почему Паганель всегда наглухо застегивался и укутывался по самые уши в свое кашне? Майор, снедаемый любопытством, не мог понять, чем вызвана эта странность.

Но несмотря на все расспросы, все намеки, все подозрения Мак-Наббса, Паганель так ни разу и не расстегнулся. Даже тогда, когда «Дункан» пересекал экватор и смола, которой были залиты пазы палубы, растопилась от пятидесятиградусного зноя.

– Он по рассеянности воображает себя в Петербурге, – говорил майор, видя, как Паганель кутается в широчайший плащ, словно от холода ртуть замерзает в термометре.

Наконец, 9 мая, через пятьдесят три дня после выхода из бухты Талькауано, Джон Манглс заметил маячные огни мыса Клир. Яхта вошла в пролив Св. Георга, пересекла Ирландское море и 10 мая была в заливе Клайд. В одиннадцать часов утра «Дункан» бросил якорь у Дамбартона, а в два часа ночи пассажиры и экипаж уже входили в Малькольм-Касл под громкие крики «ура», которыми горцы приветствовали их возвращение.

Верно, так уж было суждено, что Гарри Грант и его два товарища спасутся, что Мери Грант обвенчается с Джоном Манглсом в старинном соборе Св. Мунго, и тот самый преподобный Мортон, который девять месяцев тому назад молился о спасении отца Мери, теперь благословил брак его дочери с его спасителем. А Роберту было суждено стать таким же смелым моряком, как Гарри Грант и Джон Манглс, и работать вместе с ними под покровительством лорда Гленарвана над осуществлением проекта капитана Гранта. Но было ли суждено Паганелю умереть холостяком? По-видимому, нет.

Действительно, после всех своих подвигов бравый ученый не мог не стать знаменитым. Рассказы о его рассеянности произвели фурор в светском обществе Шотландии. Географа вырывали друг у друга, и он был просто не в состоянии побывать везде, куда его приглашали.

Тогда-то одна приятная тридцатилетняя девица, не кто иная, как двоюродная сестра майора Мак-Наббса, особа несколько эксцентричная, но добрая и еще очаровательная, влюбилась в чудака географа и предложила ему руку и сердце. В руке этой был миллион, но это обходили молчанием.

Паганель был далеко не равнодушным к нежным чувствам, питаемым к нему мисс Арабеллой, однако высказаться он не решался.

Посредником между этими двумя сердцами, созданными друг для друга, явился майор. Он даже сказал Паганелю, что женитьба – это та «последняя причуда», которую географ мог бы себе еще позволить.

Но странно! Паганель в замешательстве никак не мог вымолвить решительного слова.

– Разве мисс Арабелла вам не нравится? – не раз спрашивал Мак-Наббс.

– Что вы, майор! Она очаровательна, – восклицал Паганель, – даже слишком очаровательна! И, признаться, я рад был бы, если б этого очарования в мисс Арабелле было поменьше. Мне бы хотелось найти в ней хоть один недостаток!

– Успокойтесь, – отвечал майор, – недостаток найдется, и не один. У самой безупречной женщины есть свои недостатки. Итак, Паганель, это дело решенное?

– Я не смею, – отвечал Паганель.

– Но скажите же, мой ученый друг, почему вы колеблетесь?

– Я недостоин мисс Арабеллы, – отвечал неизменно географ.

На том все и кончалось.

Наконец однажды настойчивый майор так прижал географа, что тот, правда под большим секретом, поведал ему нечто, что было бы очень на руку полиции, если бы ей когда-нибудь понадобились приметы Паганеля.

– Вот оно что! – воскликнул майор.

– Так оно и есть, – подтвердил Паганель.

– Но ведь это пустяки, мой достойный друг!

– Вы так думаете?

– Больше того, это только увеличивает вашу оригинальность. Это дополняет ваши личные достоинства и делает вас неповторимым, а именно о таком человеке и мечтает Арабелла.

И майор вышел с невозмутимо серьезным видом, оставив Паганеля в мучительной тревоге.

Между Мак-Наббсом и Арабеллой произошел короткий разговор.

Через две недели в Малькольм-Касле пышно праздновалась свадьба Жака Паганеля и мисс Арабеллы. Жених был великолепен, но все же застегнут на все пуговицы, невеста – восхитительна.

Тайна Паганеля так и осталась бы нераскрытой, если б майор не поделился ею с Гленарваном, а тот не рассказал бы о ней леди Элен, а леди Элен, в свою очередь, не шепнула бы об этом миссис Манглс. Одним словом, тайна дошла до миссис Олбинет, а тут уж ее узнали все.

Во время своего трехдневного пребывания у маори Паганель был татуирован – татуирован от ног до самых плеч. На груди у него была изображена геральдическая птица, раскинувшая крылья и впившаяся клювом в его сердце.

Это было единственное за все долгое путешествие несчастье, после которого Паганель не мог утешиться и которого он не мог простить новозеландцам. Оно же было причиной того, что, несмотря на многочисленные приглашения, он так и не вернулся в родную Францию, хотя очень жалел об этом.

Ученый боялся, как бы Географическое общество в лице своего свежетатуированного ученого секретаря не подверглось насмешкам карикатуристов и газетных острословов.

Возвращение капитана Гранта в Шотландию стало национальным праздником, а сам он – самым популярным человеком во всей древней Каледонии. Его сын Роберт сделался таким же моряком, как отец, как капитан Джон Манглс, и, поддерживаемый лордом Гленарваном, не оставляет мысли основать шотландскую колонию на островах Тихого океана.

КАРТЫ

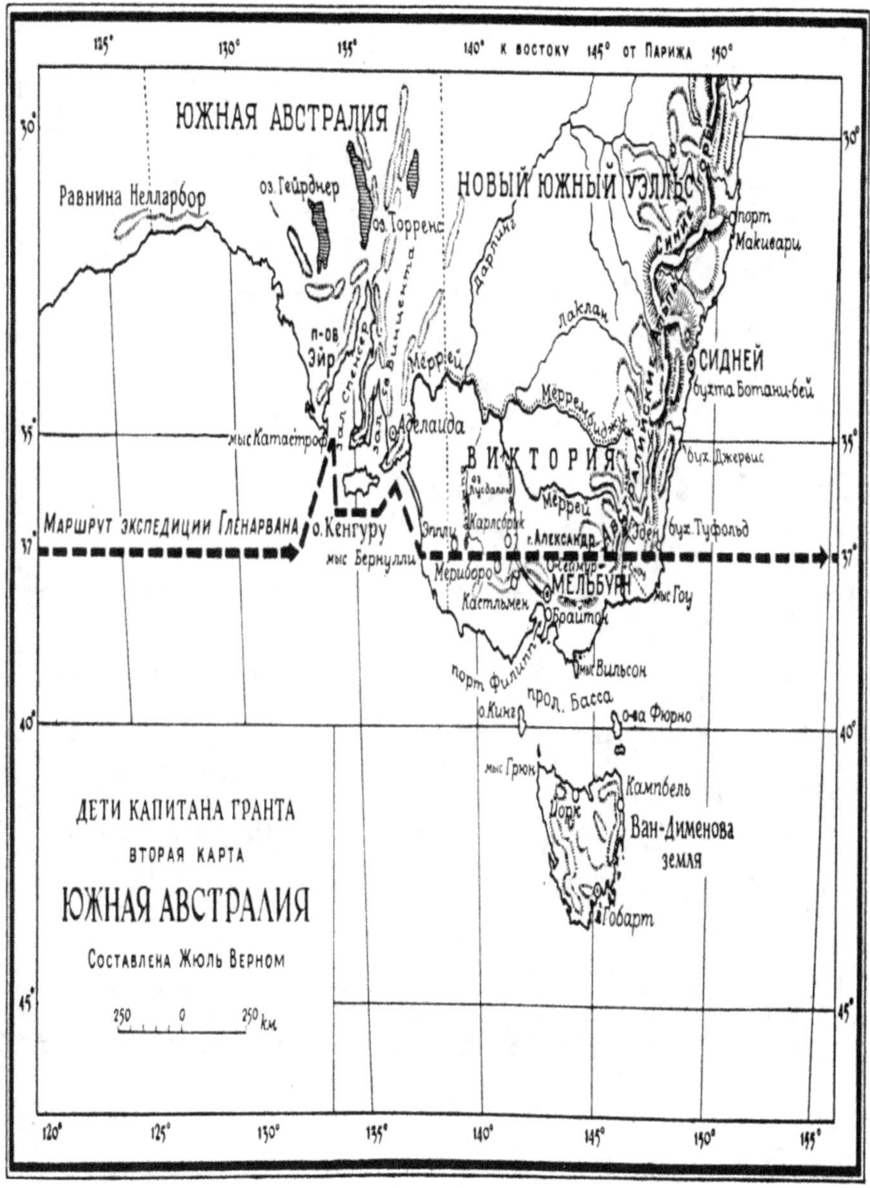

К ВОСТОКУ ОТ ПАРИЖА
ЮЖНАЯ АВСТРАЛИЯ
Равнина Нелларбор
оз. Гейрднер
оз. Торренс
НОВЫЙ ЮЖНЫЙ УЭЛЛЬС
Дарлинг
Лаклан
порт Макквари
СИДНЕЙ
бухта Ботани-бей
п-ов Эйр
Муррей
Муррембиджи
Аделаида
мыс Катастроф
ВИКТОРИЯ
бух. Джервис
о. Кенгуру
Маршрут экспедиции Гленарвана
Карлсбрук
г. Александр
Эден
бух. Туфольд
мыс Бернулли
Мериборо
МЕЛЬБУРН
мыс Гоу
Кастльмен
Брайтон
порт Филипп
мыс Вильсон
о. Кинг
прол. Басса
о-ва Фюрно
мыс Грюн
Кампбель
Ван-Дименова земля
Гобарт
ДЕТИ КАПИТАНА ГРАНТА
ВТОРАЯ КАРТА
ЮЖНАЯ АВСТРАЛИЯ
Составлена Жюль Верном
250 0 250 км

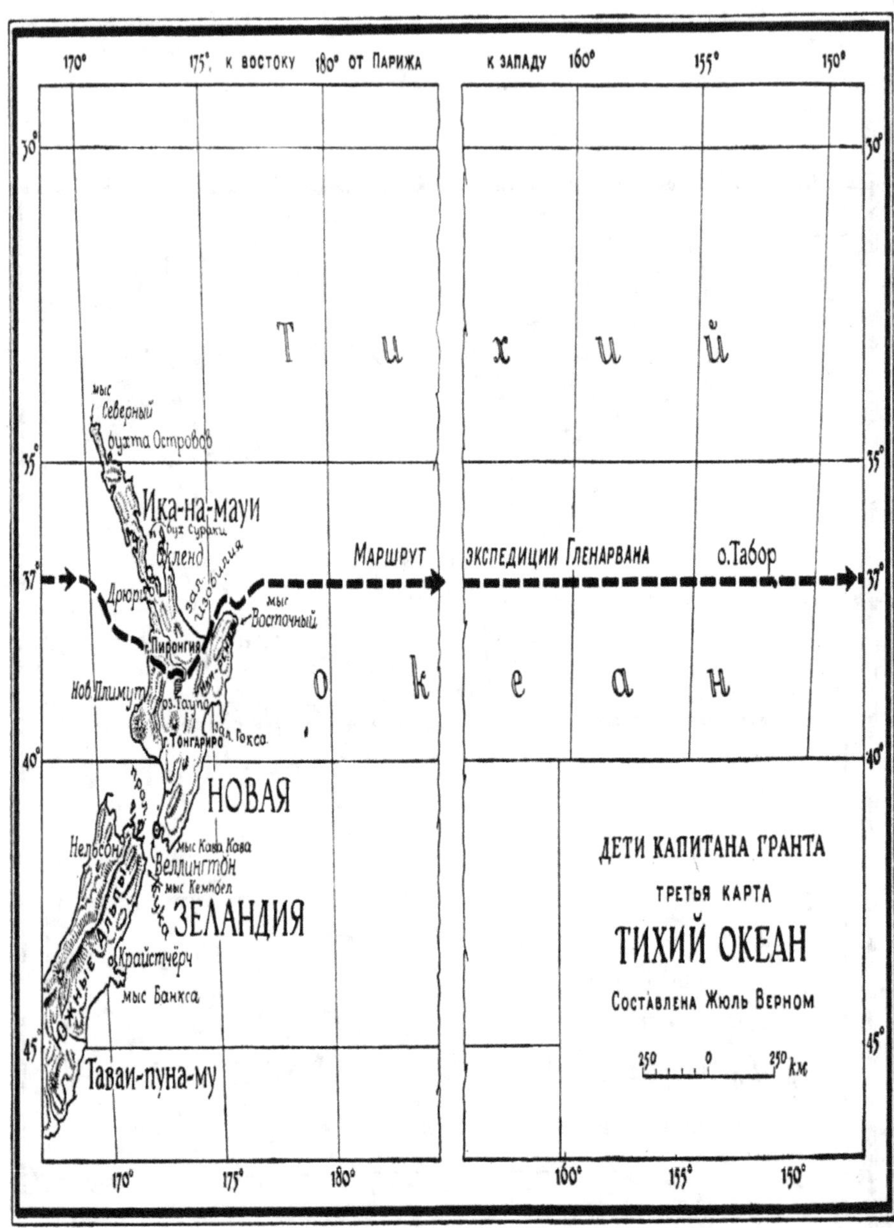
170° 175° к востоку 180° от Парижа
к западу 160° 155° 150°
30°
35°
37°
40°
45°
Т и х и й
о к е а н
мыс Северный
бухта Островов
Ика-на-мауи
Окленд
зал. Изобилия
Маршрут экспедиции Гленарвана
о.Табор
Дрюри
мыс Восточный
Пиронгия
Нов Плимут
оз. Таупо
г. Тонгариро
зал. Гокса
НОВАЯ
ЗЕЛАНДИЯ
Нельсон
мыс Кава Кава
Веллингтон
мыс Кемпбел
Крайстчёрч
мыс Банкса
Таваи-пуна-му
ДЕТИ КАПИТАНА ГРАНТА
ТРЕТЬЯ КАРТА
ТИХИЙ ОКЕАН
Составлена Жюль Верном
250 0 250 км
170° 175° 180° 160° 155° 150°

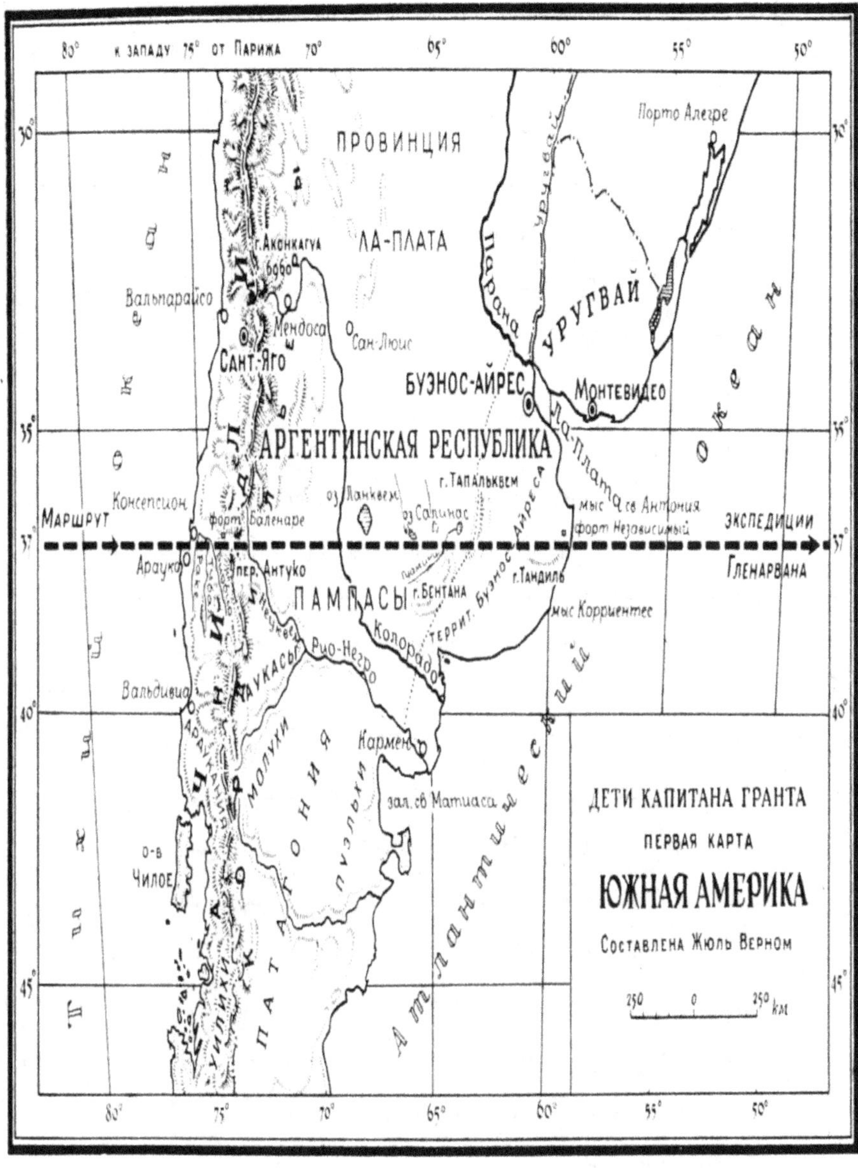
к западу от Парижа
ПРОВИНЦИЯ
ЛА-ПЛАТА
г. Аконкагуа
Вальпараисо
Мендоса
Сан-Люис
Сант-Яго
Парана
Уругвай
Порто Алегре
УРУГВАЙ
БУЭНОС-АЙРЕС
Монтевидео
АРГЕНТИНСКАЯ РЕСПУБЛИКА
Ла-Плата
г. Тапалькуэм
оз. Ланкуэм
оз. Салинас
Консепсион
форт Баленаре
мыс св. Антония
форт Независимый
МАРШРУТ
ЭКСПЕДИЦИИ
ГЛЕНАРВАНА
Араука
пер. Антуко
г. Бентана
г. Тандиль
ПАМПАСЫ
террит. Буэнос-Айреса
мыс Корриентес
Колорадо
Рио-Негро
Вальдивия
Кармен
зал. св. Матиаса
о-в Чилоэ
Патагония
Атлантический
Океан
ДЕТИ КАПИТАНА ГРАНТА
ПЕРВАЯ КАРТА
ЮЖНАЯ АМЕРИКА
Составлена Жюль Верном
250 0 250 км

ОГЛАВЛЕНИЕ

www.ingramcontent.com/pod-product-compliance
Lightning Source LLC
Chambersburg PA
CBHW060635310726
48982CB00003B/785
9781763822375